VINCENT WALDER

ALTER: 46

WOHNORT: Stockholm

FAMILIENSTAND: geschieden von Ulrika, mit ihr hat er zwei Kinder: Benjamin, 19, und Rebecka, 15. Inzwischen verheiratet mit Ulrikas Schwester Maria, mit der er ebenfalls ein Kind hat: Aston, 8.

BERUF: Mentalist

HINTERGRUND: Vincent ist Experte für Mentalmagie und die Geheimnisse des menschlichen Geistes – aus kleinsten Details kann er Erstaunliches herauslesen. Aber seine Autismus-Spektrum-Störung macht es ihm manchmal schwer, mit anderen Menschen zurechtzukommen. Sein Familienleben ist, gelinde gesagt, kompliziert.

KNAUR

Camilla Läckberg, Jahrgang 1974, stammt aus Fjällbacka. Von ihrer mittlerweile zehnbändigen Falck-Hedström-Krimireihe und der Golden-Cage-Thrillerreihe wurden weltweit über 26 Millionen Exemplare verkauft. Damit ist sie Schwedens erfolgreichste Autorin. Mit ihrem Unternehmen »Invest In Her« fördert sie Projekte junger Frauen. Camilla Läckberg lebt mit ihrer Patchworkfamilie in Stockholm.

Henrik Fexeus ist Spezialist für Psychologie und nonverbale Kommunikation. Mit seinen Vorträgen und Auftritten als Mentalist beeindruckt und fasziniert er sein Publikum. Auf Deutsch sind von ihm die Sachbücher »Die Kunst des Gedankenlesens« und »Nicht mehr tun, was andere wollen« erschienen.

CAMILLA
LÄCKBERG
HENRIK
FEXEUS

SCHWARZ LICHT

KRIMINALROMAN

Aus dem Schwedischen
von Katrin Frey

KNAUR

Die schwedische Originalausgabe erschien 2021
unter dem Titel »Box« bei Forum, Stockholm.

Besuchen Sie uns im Internet:
www.knaur.de

Aus Verantwortung für die Umwelt hat sich die Verlagsgruppe Droemer Knaur zu einer nachhaltigen Buchproduktion verpflichtet. Der bewusste Umgang mit unseren Ressourcen, der Schutz unseres Klimas und der Natur gehören zu unseren obersten Unternehmenszielen.
Gemeinsam mit unseren Partnern und Lieferanten setzen wir uns für eine klimaneutrale Buchproduktion ein, die den Erwerb von Klimazertifikaten zur Kompensation des CO_2-Ausstoßes einschließt.
Weitere Informationen finden Sie unter:
www.klimaneutralerverlag.de

FSC www.fsc.org MIX Papier aus verantwortungsvollen Quellen FSC® C019821

Deutsche Erstausgabe April 2022
Knaur Verlag
Published by arrangement with Nordin Agency AB, Sweden

Redaktion: Bärbel Flad
Covergestaltung: Zero Media
Coverabbildung: Collage von Zero Media unter Verwendung von Motiven von Arcangel und Shutterstock.com.
Satz: Adobe InDesign im Verlag
Druck und Bindung: C.H. Beck, Nördlingen
Printed in Germany
ISBN 978-3-426-22762-6

2 4 5 3 1

Februar

Tuva trommelt nervös mit den Fingern auf den Tresen. Sie ist immer noch im Café am Hornstull, obwohl sie längst Feierabend haben müsste. Ein Kunde, der sich soeben in der Ecke niedergelassen hat, sieht genervt zu ihr herüber, und sie wirft ihm einen Blick zu, der töten könnte. Sie prägt sich sein Aussehen ein und nimmt sich vor, diesem Kunden beim nächsten Mal kein Herz auf den Cappuccino zu streuen. Eher einen Mittelfinger.

Wenn sie unpünktlich ist, bekommt sie schlechte Laune. Und jetzt ist sie richtig spät dran. Ohne nachzudenken, streicht sie sich das lange blonde Haar hinters Ohr. Vor einer halben Stunde hätte sie Linus vom Kindergarten abholen müssen. Gegen die finsteren Mienen des Personals ist sie mittlerweile immun, aber ihr zweijähriger Sohn wird traurig sein. Und Tuva ist nicht jemand, der Kinder traurig macht. Vor allem Linus nicht. Sie weiß nicht, wie oft sie schon gesagt hat, dass sie für ihn sterben würde. In Wirklichkeit ist es nicht ganz so einfach. Die Götter wissen, wie viel Mühe sie sich gibt. Extrem viel. Sie bindet sich die Schürze ab, öffnet den Putzschrank und wirft die Schürze auf den proppenvollen Wäschekorb. Sie kann erst gehen, wenn sie abgelöst wird. Wo um alles in der Welt bleibt er?

Martin, der Vater von Linus, war an dem Tag, als sein Sohn zur Welt kam, verreist. Tuva hat ihm das nicht zum Vorwurf gemacht, schließlich war sie zwei Wochen vor dem errechneten Termin mit dem Krankenwagen in die Klinik gebracht worden. Seltsam fand sie jedoch, dass Martin sie auch in den darauffolgenden Tagen nicht auf der Wochenstation besuchte. Die Entbindung war nicht ohne Komplikationen verlaufen. Sie war zu erschöpft gewesen, um sich alles genau zu merken, und erinnerte sich nur vage an Ärztinnen, die ihr und dem Baby immer wieder Blut abnahmen und schließlich fanden, dass alles gut sei. Genau wie Martin in den kurzen Textnachrichten, die sie während des Krankenhausaufenthalts erhielt. Er würde kommen, schrieb er, müsse nur vorher noch ein paar Dinge erledigen. Im Gegensatz zu den verschwommenen Tagen auf der Wochenstation hatte sich ihr die leere Wohnung, die sie und Linus bei ihrer Rückkehr erwartete, messerscharf ins Gedächtnis gebrannt. Während sie unter Schmerzen ihren gemeinsamen Sohn zur Welt gebracht hatte, hatte Martin seine Sachen gepackt und die Wohnung verlassen. Das hatte er offenbar mit den Dingen gemeint, die er noch »zu erledigen« hatte. Seitdem hatte sich das feige Arschloch weder blicken noch von sich hören lassen. Vielleicht auch besser so, denn sie hätte ihn höchstwahrscheinlich umgebracht, wenn er wieder aufgetaucht wäre.

Stattdessen hatte sie sich ganz auf Linus konzentriert. Sie und Linus gegen den Rest der Welt, wobei diese Welt leider viel zu oft zwischen ihnen steht. Wie zum Beispiel jetzt. Daniel, der für die Nachmittagsschicht eingeteilt war, hätte schon vor einer Stunde hier sein sollen, war aber noch immer nicht da. Sie musste ihn anrufen, um ihn zu wecken. Mittags um halb zwei. War sie mit einundzwanzig auch so verantwortungslos gewesen? Vermutlich. Kein Wunder, dass es mit ihm nicht funktioniert hatte. Sie sieht auf ihre Uhr.

Verfluchte Scheiße!

Sie schlüpft in ihre Daunenjacke und setzt sich die Mütze auf, dann macht sie zwei doppelte Espressos. Einen in einer normalen Tasse und einen im Pappbecher zum Mitnehmen.

Vermutlich hat Matti mal wieder den Schwarzen Peter gezogen und muss im Kindergarten auf sie warten. Matti, der Kindergärtner, den ihr Sohn manchmal Papa nennt. Matti wirft ihr jedes Mal diesen Blick zu, der sagen will, dass sie mehr Zeit mit ihrem Kind verbringen sollte, anstatt so viel zu arbeiten. Tja, vielen Dank für das schlechte Gewissen. Als ob es nicht reichen würde, sich mit Linus' Tränen auseinandersetzen zu müssen, weil er wieder mal nicht weiß, wann seine Mama endlich kommt.

Der Espresso ist in dem Moment fertig, als Daniel verschlafen hereinspaziert. Mit ihm kommt die bittere Februarkälte, und einige Gäste schlottern demonstrativ, aber Daniel scheint keine Notiz davon zu nehmen. Oder es ist ihm egal. Wie ist sie bloß auf die Idee gekommen, ihn jemals auch nur ansatzweise attraktiv zu finden?

»Hier«, sagt sie so eisig, wie das mit einer einzigen Silbe möglich ist, und schiebt ihm die Espressotasse über die Theke. »Den wirst du brauchen. Ich haue ab.«

Ohne seine Antwort abzuwarten, schnappt sie sich ihren Pappbecher, rast raus in den Schnee, der gar nicht schmelzen will, und prallt, weil sie überhaupt nicht aufpasst, mit einem älteren Paar zusammen.

»Verzeihung, ich bin spät dran, muss mein Kind vom Kindergarten abholen«, murmelt sie, ohne die beiden anzusehen.

»Nun, Kinder versetzen einen ja immer wieder in Erstaunen. Oft können sie sich durchaus selbst helfen.«

Die Stimme klingt freundlich und nicht vorwurfsvoll.

Tuva antwortet nicht, aber sie ist erleichtert, dass ihre Ungeschicklichkeit keinen Ärger provoziert hat. Die Menschen sind so unglaublich empfindlich. Es haben schon mehrere Gäste nicht nur auf einer chemischen Reinigung, sondern auch auf einer ordentlichen Entschädigung bestanden, als sie ihnen versehentlich Kaffee auf die Kleidung geschüttet hatte. Sie lächelt dem Paar entschuldigend zu. Der Espresso in Tuvas Hand schwappt über, und ihr wird auf diese Weise bewusst, dass sie für so was jetzt wirklich keine Zeit hat. Sie murmelt noch eine Entschuldigung und hetzt im Laufschritt weiter zur U-Bahn. Den Espresso trinkt sie unterwegs. Zuerst verbrennt sie sich die Zunge, dann spürt sie die viel zu heiße und bittere Flüssigkeit im Magen. Sie schmeckt nach Chemie, fast wie Medizin. Sie muss dringend die Maschine reinigen. In der kalten Luft wirkt der Kaffee fast noch heißer.

Wenn sie Linus abgeholt hat, will sie mit ihm zusammen ins Café zurückkehren. Dort soll er auf Daniels Rechnung so viele Zimtschnecken essen dürfen, wie er will, das geschieht Daniel recht. Zum Teufel mit Makkaroni und Fleischbällchen. Morgen wird sie verreisen, aber heute Abend geht es nur um Linus und sie.

Als sie den Treppenschacht der U-Bahn erreicht, knicken ihr ohne Vorwarnung die Beine weg. Sie schreit auf und kann sich gerade noch am Geländer festhalten. Zum Glück ist sie nicht gestürzt. Sie muss wohl gestolpert sein. So eilig hat sie es doch nun auch wieder nicht. Sie muss ja nicht grade grün und blau am Kindergarten ankommen.

Sie will sich wieder aufrichten, aber in ihren Beinen scheinen keine Knochen mehr zu sein. Die Füße geben einfach unter ihr nach. Ihr ist schwindelig. Und übel. Fast so, als würde sie gleich ohnmächtig werden. Es ist das gleiche Gefühl wie damals, als sie so viele Medikamente bekommen hat. Bei der Entbindung.

Linus.

Ich komme.

Sie versucht, sich am Geländer hochzuziehen, aber ihre Arme sind ellenlang. Das Treppengeländer schwebt weit über ihrem Kopf, und sie hat sowieso keine Ahnung mehr, wozu es eigentlich da ist. Am Rand ihres Blickfelds tanzen dunkle Flecken. Plötzlich dreht sich ihre Welt mehrmals um sich selbst, und eine leise Stimme in ihrem Innern sagt, dass sie jetzt die Treppe runterfällt. Sie merkt nichts davon.

Das Erste, was Tuva bemerkt, als sie wieder aufwacht, sind die Schmerzen in Armen und Beinen. Sie liegt nicht bequem. Sie macht ein schmatzendes Geräusch mit den Lippen und räuspert sich. Ihr Mund ist trocken. Sie hat noch den Rest eines schalen Geschmacks auf der Zunge, den sie nicht einordnen kann. Es dauert ein paar Sekunden, bis sie wieder vollständig bei Bewusstsein ist, erst dann wird ihr klar, dass sie gar nicht liegt. Sie kniet vielmehr in leicht vornübergebeugter Haltung. Von allen Seiten drücken Wände gegen sie. Auch von oben, gegen ihren Nacken.

Als befände sie sich in einer Kiste.

Für einen bösen Traum tut es zu weh. Aber real kann es auch nicht sein. Ausgeschlossen. Oder? Das Holz riecht echt. Das Licht, das durch die Ritzen dringt, wirft ein Muster auf ihre nackten Arme und Beine. Ihre nackten …? Wo sind ihre Kleider? Nicht nur die Jacke ist weg, sondern auch der Kapuzenpullover. Und die Jeans. Jemand hat sie ihr ausgezogen. Sie hockt in Unterhemd und Slip da, und das darf einfach nicht wahr sein.

Wieder schmatzt sie mit den Lippen. Der chemische Geschmack ist noch da. Es muss etwas im Espresso gewesen sein. Jemand hat unbemerkt etwas reingetan. Und sie war zu gestresst, um stutzig zu werden. Und hat alles ausgetrunken.

Als das Adrenalin durch ihren Körper rauscht, spürt sie ein Brennen auf der Haut. Sie muss hier raus. Sie schreit und drückt mit aller Kraft gegen die Seitenwände der Kiste. Das Holz gibt ein wenig nach, aber nicht genug. Weder schafft sie, die Bretter durchzubrechen, noch, die Kiste zu öffnen. Treten kann sie nicht, weil sie kniet, und daher muss sie sich damit begnügen, mit den Handflächen gegen die Wände zu schlagen, die viel zu nah sind, sodass sie nicht Schwung holen kann. Plötzlich scheint von der einen Seite kein Licht mehr herein. Neben der Kiste steht jemand.

»Lassen Sie mich raus!«, schreit sie. »Was soll das?«

Niemand antwortet. Aber sie spürt, dass da jemand ist. Sie

hört Atemzüge. Sie schreit erneut, aber die Stille bleibt undurchdringlich und bedrohlich. Die Haut brennt nun am ganzen Körper. Sie schlägt erneut mit aller Kraft gegen die Wände, aber wegen der Enge kann sie ihre Kraft nicht richtig einsetzen.

»Was wollen Sie von mir?«, schreit sie. Gleichzeitig füllen sich ihre Augen mit Tränen. »Lassen Sie mich raus, bitte, dann können wir reden. Ich muss doch Linus abholen!«

Sie blickt auf ihren Arm. Das Glas ihrer Armbanduhr ist zersplittert, und der Zeiger ist auf Punkt drei stehen geblieben. Matti muss inzwischen versucht haben, sie telefonisch zu erreichen. Vielleicht fragt er sich allmählich, wo sie steckt, vielleicht sucht er schon nach ihr und wird sie jeden Augenblick in dieser Kiste finden, vielleicht … ja, vielleicht holt sie Linus oft noch viel später vom Kindergarten ab.

Niemand sucht nach ihr.

Weil niemand sie vermisst.

Niemand weiß, dass sie entführt worden ist.

Entführt. Als ihr die Bedeutung des Wortes langsam bewusst wird, bekommt sie kaum noch Luft. Ein Klicken in der Nähe lässt sie zusammenzucken.

»Hallo?«, ruft sie.

Durch eine der unteren Ritzen an ihrer linken Seite wird ein spitzer Gegenstand aus silberfarbenem Metall in die Kiste gesteckt. Er sieht aus wie eine Schwertspitze. Langsam dringt die Klinge in die Kiste ein. Sie versucht, mit dem Oberschenkel auszuweichen, aber die Kiste ist zu eng. Die Schwertspitze berührt sie am Bein und drückt fest dagegen. Es tut weh, auch wenn das Schwert nicht ganz so scharf ist, wie es aussieht.

»Aua, was machen Sie da?«, schreit sie. »Hören Sie auf!«

Die Schwertspitze drückt auf ihren Oberschenkel, bis sie die Haut durchdringt und ein Tropfen Blut zum Vorschein kommt. Eine prüfende Bewegung. Als ob die Person da draußen sich langsam herantasten würde. Tuva schreit noch einmal, kann aber ihr eigenes Wort kaum verstehen. Dann lässt der Druck plötzlich nach, und das Schwert wird etwa einen Zentimeter zurückgezogen.

Ein Motor beginnt zu brummen. Die Klinge vibriert und kommt wieder auf ihr Bein zu. Diesmal hält sie nicht an, als sie die Haut berührt. Tuva schreit auf, als sich die Schwertspitze in ihren Oberschenkelmuskel bohrt. Während die Klinge immer tiefer in das Gewebe eindringt, schreit sie so laut, dass sie den Motor übertönt. Der Schmerz ist ungeheuerlich. Vor ihren Augen explodieren Farben, ihre Nervenenden stehen in Flammen. Die Welt löst sich auf, es gibt nur noch Schmerz. Das Schwert hat den Oberschenkelknochen erreicht, und das Vibrieren der Klinge versetzt ihr gesamtes Skelett in Schwingung. Tuva muss sich übergeben, das Erbrochene landet auf ihren Beinen und dem blutigen Schwert. Schließlich ist die Klinge am Knochen vorbeigeglitten und durchtrennt den Muskel dahinter. Der Anblick der Spitze, die auf der anderen Seite herausdringt, ist geradezu obszön. Aus der neuen Wunde sprudelt sofort das Blut. Es läuft über ihre Beine und sammelt sich in einer Lache unter ihr. Und das Schwert steht nicht still. Es bohrt sich weiter durch ihren Oberschenkel, in Richtung des anderen Beins. Sie kann sich noch immer nicht bewegen.

»Aufhören, bitte, aufhören«, jammert sie schluchzend. »Ich muss Linus abholen. Ich bin spät dran. Ich bin allein.«

Als das Schwert das zweite Bein durchbohrt, weiß Tuva zwar, was sie erwartet, aber auf einen solchen Schmerz kann man sich nicht vorbereiten. Sie brüllt aus Leibeskräften und hofft nur noch, bald das Bewusstsein oder gleich den Verstand zu verlieren, ganz egal, Hauptsache, nichts mehr spüren. Es vergehen einige Sekunden. Eine halbe Ewigkeit. Sie kann nichts mehr sehen. Die Klinge hat beide Beine durchbohrt und ragt nun mit der Spitze auf der anderen Seite aus der Kiste heraus. Endlich hört das Schwert auf zu vibrieren.

Aber der Motor verstummt nicht.

Tuva spürt einen Stich hinten an der Schulter, und der Teil von ihr, der noch denken kann, stirbt. Sie spürt körperlich, wie ein Teil ihres Gehirns kollabiert. Denn natürlich sind auch in ihrem Rücken Schlitze in der Kiste. Sie versucht, sich noch weiter nach vorn zu beugen, um dem Schwert an ihrer Schulter auszuweichen, aber das steigert nur den Schmerz in ihren Oberschenkeln. Und Tuva ist nicht mehr da. Sie ist im Kreißsaal und kämpft um das Leben ihres Sohnes, sie ist in dem Café, wo sie nur durch einen glücklichen Zufall den Job bekommen hat, sie knutscht mit Daniel, und sie ist mit Martin zusammen, der ihr gerade sagt, dass er sie liebt. Sie hört, wie an ihrem Rücken Knorpel und Muskelgewebe durchtrennt werden, und denkt daran, dass Linus immer Papa zu Matti sagt.

Dann blickt sie an sich runter und sieht, wie sich die Haut unterhalb ihres Schlüsselbeins wölbt, bevor sie aufreißt und das Schwert vorn an ihrem Körper herauskommt. Es ist wie bei einem Zaubertrick. Sie ist die Assistentin des Zauberers, und gleich kriegt sie Applaus. Das hat sie im Fernsehen gesehen. Während das Schwert sich auf den Schlitz an der gegenüberliegenden Kistenwand zubewegt, färbt sich das Unterhemd auf ihrer Brust rot. Der Eisengeruch ist überwältigend.

Sie sieht Linus' blaue Augen vor sich.

Verlässt du mich auch noch, Mama?

Als sie etwas sagen will, dringt nur ein Piepsen aus ihrer Kehle.

»Bitte! Ich bin spät dran.«

Draußen tut sich etwas. Einer der Schlitze vor ihrem Gesicht wird dunkel. Ein drittes Schwert. Es ist nur zehn Zentimeter von Tuvas Kopf entfernt. Die beiden Schwerter, die sie bereits durchbohrt haben, fixieren ihren Körper.

»Nicht noch mehr«, flüstert sie.

Das Schwert bewegt sich nur langsam vorwärts, aber die Entfernung ist zu gering. Sie sieht die Spitze kurz aufblitzen, dann ist sie zu nah an ihren Augen, sie kann sie nicht genau erkennen.

Es tut mir leid, Linus. Mama hat dich lieb.

Sie zuckt zusammen, als die Spitze die weiche Haut zwischen dem inneren Augenwinkel und der Nasenwurzel berührt, sich hineinbohrt und ihr Auge punktiert. Eine Flüssigkeit läuft ihr über die Wange, und Tuva ist auf der rechten Seite blind. Aber weh tut es nicht. Wenigstens tut es nicht mehr weh.

Wieso riecht es verbrannt?

Das ist Tuvas letzter Gedanke.

Dann schneidet ihr das Schwert ins Hirn.

März

Vincent knallte mit aller Kraft die flache Hand auf den Tisch. Das Theaterpublikum schnappte hörbar nach Luft. Er zog die Stirn in Falten und sah das Publikum vielsagend an, als er die Hand hob. Darunter lag eine geplatzte weiße Papiertüte. Nervöses Lachen durchzog den Saal, während er die Reste vom Tisch fegte.

»Unter der fünften Tüte auch nicht«, sagte er.

Bis auf einen schmalen Lichtkegel lag die Bühne im Dunkeln. Der einzelne Scheinwerfer war auf ihn, den Tisch und die Frau daneben gerichtet. Die Beleuchtung verstärkte die Dramatik der letzten Nummer. Es herrschte absolute Stille. Nicht einmal Musik lief. So wirkte das Ganze noch beklemmender. Auf dem Tisch hatten anfangs fünf nummerierte Papiertüten gestanden. Zwei davon hatte er bereits platt gehauen.

»Noch *drei.*« Er sah die Frau an. »Schauen Sie die *drei* Tüten nicht an, Magdalena, denn sonst kann ich Ihre Augenbewegungen verfolgen. Denken Sie nur an den großen Nagel. Sie sind die Einzige, die weiß, unter welcher Tüte er ist. Das Publikum hat nicht gesehen, wo Sie ihn versteckt haben, und ich habe es auch nicht gesehen. *Drei.* Erinnern Sie sich, wie spitz sich der Nagel angefühlt hat. Denken Sie an nichts anderes.«

Die Frau schwitzte. Die Scheinwerfer waren heiß, aber vor allem war sie genauso nervös wie das Publikum. Vermutlich noch nervöser. Vincent musterte sie.

»Da Sie nicht reagiert haben, als ich *drei* sagte, und das, obwohl ich es dreimal gesagt habe«, sagte er mit nachdenklicher Miene, »ist er wahrscheinlich nicht da.«

Bevor das Publikum wusste, wie ihm geschah, schlug er fest auf Tüte Nummer drei. Der ganze Saal schrie vor Schmerz.

Zwei Tüten waren noch übrig. Seine Chancen, sich ordentlich wehzutun, standen fifty-fifty. Er wusste selbst nicht, wieso er diese Nummer immer noch im Repertoire hatte. Alle, die sie aufführten, verletzten sich früher oder später. Nach einer gewissen Zeit war es einfach unvermeidlich. Das Publikum durfte jedoch nicht merken, dass er wirklich Angst hatte. Der Trick bestand zum Großteil darin, den Eindruck zu erwecken, er hätte alles unter Kontrolle.

»Nummer zwei und Nummer vier sind noch übrig«, sagte er zu der Frau. »Stellen Sie sich den Nagel vor. In seiner gesamten, zwanzig Zentimeter langen Pracht.«

Sie schloss die Augen und nickte unglücklich.

»Erinnern Sie sich daran, wie Sie den Nagel aufrecht hingestellt haben. Unter eine dieser beiden Papiertüten. Und zwar unter der, auf die ich besser *nicht* schlagen sollte. Nicht wahr?«

»Ich bin mir aber nicht sicher, ob ich es richtig in Erinnerung habe«, jammerte die Frau.

Er zog eine Augenbraue hoch. Die Stimmung im Theatersaal war aufgeladen. Zwei Tüten. Er hielt die Hand über die eine. Dann bewegte er sie zur anderen hinüber. Eine der Tüten würde die Show mit tobendem Applaus beenden. Die andere mit einem durchbohrten Körperteil und einem Krankenwagen.

»Öffnen Sie die Augen«, sagte er.

Die Frau machte widerwillig die Augen auf und sah blinzelnd auf die Tüten. Er warf ihr einen Blick zu. Dann hob er die Hand, um auf eine der beiden Tüten zu schlagen, nahm aber, während er die Handfläche senkte, ihre vor Entsetzen geweiteten Augen wahr. Ohne das Tempo aus der Bewegung zu nehmen, änderte er die Richtung und knallte seine Hand stattdessen auf die andere Tüte. Die Frau schrie laut auf, als er auf den Tisch schlug. Mit gesenktem Kopf wartete er einige Sekunden. Dann fegte er triumphierend die zerfetzte Tüte vom Tisch und hob die letzte noch dastehende an. Der Nagel ragte wie ein aufgerichteter Spieß in die Höhe und blitzte tödlich im kalten Licht. Das Publikum brüllte und sprang zur Musik, die in diesem Moment einsetzte, von den Sitzen. Er signierte den Nagel mit einem wasserfesten Filzstift, legte ihn in die letzte

Papiertüte und überreichte ihn der sichtlich erleichterten Frau, die von einem Assistenten von der Bühne geführt wurde.

Vincent stellte sich ganz vorn an den Bühnenrand und breitete die Arme aus. Auch er brauchte seine Erleichterung nicht vorzutäuschen.

Der Applaus war ohrenbetäubend. Die Vorstellung im Theater Gävle war vorbei. Er machte eine formvollendete Verbeugung und blickte anschließend ins Parkett. Die Scheinwerfer, die während des Beifallssturms hin und her geschwenkt wurden, blendeten ihn so stark, dass er sein Publikum nicht erkennen konnte, aber das ließ er sich nicht anmerken. Der Trick bestand darin, einfach starr geradeaus zu gucken und so zu tun, als würde man jemandem in die Augen schauen. Er lachte in die Dunkelheit, in der jetzt 415 Personen stehend Vincent Walder, dem Meistermentalisten, applaudierten.

»Schön, dass Sie alle da waren«, rief er in den stürmischen Beifall.

Der Applaus und die Pfiffe wurden noch lauter. Das Theater war voll besetzt. Es war ein guter Abend gewesen. Ein sehr guter sogar. Sie war nicht da gewesen. Sie, die immer eine kleine Gefahr darstellte. Wie groß seine Erleichterung an den Abenden war, an denen sie nicht kam, gestand er sogar sich selbst nicht ein.

Er widerstand der Versuchung, die Hände schützend vors Gesicht zu halten, um das applaudierende Publikum trotz der blendenden Scheinwerfer zu sehen. Für diesen Moment hatte er hart gearbeitet. Dies war seine Belohnung. Pures Adrenalin war das Einzige, was ihn noch aufrecht hielt. 415 Sitze. Einundvierzig plus fünf ergab sechsundvierzig. Sein Alter. Jedenfalls noch ein paar Wochen.

Hör auf.

Heute war es richtig knapp gewesen. Der verdammte Nagel. Noch dazu die Schlussnummer nach einer zweistündigen Show. Schweiß lief ihm den Rücken runter, und sein Gehirn schien zu schmelzen.

Das Geheimnis bestand, wie gesagt, nicht darin, das Verhalten der Zuschauer vorherzusagen oder den Anschein zu wecken, er könnte ihre Gedanken lesen. Die Illusion bestand in der Leichtigkeit, die er vortäuschte, obwohl sein Gehirn auf Hochtouren arbeitete. Das Plakat im Foyer pries ihn als »The Master Mentalist« an. Er wünschte, er hätte sich nicht zu dieser Bezeichnung überreden lassen. Es klang so … niveaulos. Vulgär. Andererseits ein Deckmantel, hinter dem man sich gut verstecken konnte. Es klang, als wäre er ein fiktiver Charakter, und nicht jemand, der sich am allerliebsten in seiner Garderobe auf den Fußboden gelegt und zehn Minuten lang nur auf seine Atmung konzentriert hätte. Nach der Vorstellung musste er sich wirklich zusammenreißen, dass seine Gedanken nicht mit ihm durchgingen. Heute brauchte er dafür noch länger als sonst.

Kontrolle. Neun Buchstaben. Genau so viele, wie es auf den oberen Rängen Sitzreihen gab.

Hör auf.

Vincent sah hinauf zur oberen Loge, wo er im ersten Akt vier Personen dazu gebracht hatte, den eigenen Namen zu vergessen. Jede Reihe hatte dreiundzwanzig Sitze. Das machte zweihundertsieben Sitze.

Vom oberen Rang pfiff jemand auf zwei Fingern.

Tief Luft holen und den Gedanken nicht zu Ende denken.

207 Plätze. Am zwanzigsten Siebten fand die letzte Show dieser Tournee statt. Dreiundzwanzig Sitze pro Reihe, insgesamt neun Reihen, also drei plus zwei plus neun, das ergab vierzehn, und genau so viele Vorstellungen hatte er noch vor sich.

Hör auf, hör auf, hör auf.

Er biss sich auf die Zunge.

Vincent verbeugte sich zum letzten Mal. Dann ging er von der Bühne ab. Vor dem Samtvorhang, hinter dem der Aufenthaltsraum lag, blieb er stehen und zählte im Kopf. Eins. Wenn er bis zur Zehn kam, ohne dass der Beifall nachließ, würde er für ein letztes Dankeschön ans Publikum auf die Bühne rennen. Aus dem dunklen Nebenraum näherte sich ein Schatten. Eine Frau um die dreißig. Drei. Ihm wurde eiskalt. Sie war doch gekommen. Vier. Diesmal hatte sie nicht gewartet, bis die Vorstellung vorbei war. Fünf. Wie schaffte sie es nur immer wieder bis zur Bühne? Während seiner Auftritte durfte sich dort niemand aufhalten. Derjenige, der sie durchgelassen hatte, würde Ärger kriegen. Er hatte doch alle aufgefordert, nach dieser Frau Ausschau zu halten. Und zwar nicht, um ihr den Weg zu zeigen, sondern um sie ihm gefälligst vom Leib zu halten. Sechs. Wenigstens würde er nun erfahren, wie sie aussah. Dunkler Pferdeschwanz. Rollkragenpullover. Schwarze Jacke. Sieben. Augen, die sich für einen Moment weiteten, bevor sie etwas sagte. Er hatte keine Ahnung, wie gefährlich sie wirklich war. Acht. Er legte den Zeigefinger an die Lippen, damit sie still war, und zeigte mit dem Daumen in Richtung Bühne. Er war noch nicht fertig. Vielleicht hatte die Bühne ja einen zweiten Ausgang, durch den er nach dem Schlussapplaus entwischen konnte. Neun. Jetzt nicht an die Frau denken. Tief Luft holen und lächeln. Zehn. Er rannte wieder ins Scheinwerferlicht.

»Danke, danke, Sie sind einfach zu freundlich!«, rief er. »Ich kann ja verstehen, dass Sie lieber sitzen bleiben würden, aber ich fürchte, die Wirklichkeit erwartet Sie schon sehnsüchtig. Es ist Zeit, sich wieder hineinzustürzen. Und falls Ihnen irgendetwas, das an diesem Abend passiert ist, heute Nacht den Schlaf rauben sollte, dann vergessen Sie nicht: Wahrscheinlich war alles nur ein Scherz.«

Er machte eine Pause.

»Nehme ich an.«

Das Publikum lachte laut. Die Anspannung löste sich. Er konnte sich ein Grinsen nicht verkneifen. Es funktionierte jedes Mal. Obwohl er es überhaupt nicht eilig hatte, der Frau zu begegnen, rannte Vincent von der Bühne, bevor sich die Zuschauer zum Gehen wandten. Es machte keinen guten Eindruck, wenn der Künstler noch dastand, während die Leute den Saal verließen. Und wenn sie, so wie heute, ihre Winterjacken von der Garderobe holen mussten, dann standen sie in dem naiven Versuch, den unvermeidlichen Schlangen zuvorzukommen, noch ein bisschen früher auf. Die Frau erwartete ihn im Nebenraum hinter dem Samtvorhang.

»Sie ist hier«, sprach er leise ins Mikrofon. »Der Wachschutz soll sofort kommen.«

Er war nicht sicher, ob es funktionieren würde, aber wenn er Glück hatte, hörten ihn die Tontechniker noch, obwohl der Ton im Saal schon abgeschaltet war. Die meisten Fans, die sich ihm näherten, waren nett, aber während der Vorstellung wollte er nicht überrascht werden. Vor allem nicht von einer Frau, die bekannt dafür war, gleich nach seinem Auftritt die Bühne zu stürmen. Sie konnte doch nicht ganz richtig im Kopf sein. Andererseits war er ihr zum Glück noch nicht persönlich begegnet. Bis jetzt.

Es fiel ihm schwer, klar zu denken. Nach der Show dauerte es immer ein bisschen, bis sich sein Gehirn auf normale Betriebstemperatur abgekühlt hatte. Im Moment war er nicht in der Lage, die Situation nüchtern zu analysieren. Bevor der Wachmann nicht da war, blieb ihm jedoch nichts anderes übrig, als freundlich zu sein. Und Abstand zu halten.

Um Zeit zu gewinnen, zeigte er auf die wenigen Stufen zum Warteraum hinter der Bühne. Sie ging voraus. Die kleine Treppe hatte genau sieben Stufen. Oje. Vincent ging die letzte Stufe zweimal runter, um auf eine gerade Zahl zu kommen. Die Frau schien es nicht zu bemerken.

Vincent und die Frau gelangten in einen Raum, der wie ein gewöhnliches Wohnzimmer eingerichtet war. Wo blieb denn bloß der Wachschutz? Auf dem Tisch standen vier ungeöffnete Flaschen Mineralwasser der Marke Loka. Vincent zog das Jackett aus und warf es auf eins der Sofas. Er drehte eine Flasche um, damit alle Etiketten in dieselbe Richtung zeigten. Die Frau behielt ihre Jacke an. Er wischte sich das Gesicht mit einem Feuchttuch ab, um die Theaterschminke zu entfernen. Die Frau rümpfte fast unmerklich die Nase. Gut. Alles, was dazu führte, dass sie lieber das Weite suchte, war für ihn von Vorteil. Hoffentlich roch er auch nach Schweiß.

»Ich möchte nicht unhöflich sein«, sagte er, »aber eigentlich hat hier niemand Zutritt.«

Er öffnete eine Flasche Mineralwasser und schenkte sich ein Glas ein. Argwöhnisch betrachtete er die Kohlensäurebläschen.

»Sie können das nicht so weitermachen«, sagte er schließlich. »Der Bühnenbereich ist nur dem Team vorbehalten, und …«

Die Frau unterbrach ihn, indem sie sich vorstellte.

»Mina«, sagte sie. »Mina Dabiri. Ich bin von der Polizei.«

Dann richtete sie schnell wieder die Flasche aus, die er versehentlich ein Stück verdreht hatte, als er sich eine nahm, und sorgte auf diese Weise dafür, dass alle Etiketten in genau dieselbe Richtung zeigten, bevor sie ihm die Hand gab. Vincent verstummte und erwiderte den Händedruck. Dem Meistermentalisten fehlten plötzlich die Worte.

Mina betrachtete den Mann, der ihr an dem kleinen dunkelbraunen Tisch gegenübersaß. Vincent Walder. Sie hatte auf ihn gewartet, während er sich umzog. Auf der Bühne hatte er einen eleganten, aber schlichten dunkelblauen Anzug mit schwarzem Hemd getragen. Nun war er in weißem T-Shirt und schwarzer Jeans um einiges lässiger gekleidet. Obwohl in Gävle noch tiefster Winter herrschte, es war schließlich erst März, hatte sich Vincent keine Jacke übergezogen.

Zu ihrem eigenen Erstaunen stellte sie fest, dass sie sein Äußeres attraktiv fand. Das passierte ihr selten. Allerdings kam ihr eher das Wort schick in den Sinn. Selbst in Jeans und T-Shirt strahlte er eine gepflegte, etwas altmodische Eleganz aus, die jedoch im Anzug noch deutlicher zu sehen war.

Mina hätte lieber ungestört mit ihm gesprochen, aber Vincent brauchte dringend etwas zu essen. Planänderungen waren nie gut, aber in diesem Fall musste sie ihm die Entscheidung überlassen. Schließlich war sie zu ihm gekommen. Und deshalb blieb ihr nun nichts anderes übrig, als eine heikle polizeiliche Angelegenheit in Harrys Krug zu besprechen, einem der wenigen Lokale in Gävle, die nach zweiundzwanzig Uhr noch geöffnet waren.

Vincent wirkte nach der Vorstellung erschöpfter, als sie gedacht hatte. Hoffentlich war er wieder fit, wenn er etwas gegessen hatte. Die Kneipengäste, die sich am Tresen in südschwedischem Dialekt unterhielten, lenkten sie schon genug ab. Vermutlich besuchten sie eine Konferenz in einem der umliegenden Hotels. Mit ihren Namensschildern, die sie an Schlüsselbändern um den Hals hängen hatten, sahen sie wie etwas zu groß geratene Schulkinder aus.

Die Luft war so von Bier und erwartungsvollen Pheromonen geschwängert, dass sie am liebsten einen Mundschutz aufgesetzt hätte, sie schob diesen Gedanken jedoch beiseite und konzentrierte sich wieder auf Vincent. Da es im Polizeiregister keine Informationen über ihn gab, hatte sie sich anders behelfen müssen. Dank Wikipedia und Google wusste sie jetzt, dass er in einem Monat siebenundvierzig wurde, den Namen Walder angenommen hatte und seine Berufsbezeichnung »Mentalist« war.

Seine Homepage informierte darüber, dass ein Mentalist jemand war, der Psychologie, Suggestionen und geheime Tricks anwendete, um beispielsweise die Illusion zu erzeugen, er besitze mediale Fähigkeiten oder könne Gedanken lesen. Aus den Interviews, die sie recherchiert hatte, ging hervor, dass er sich auch mit herkömmlicher Zauberkunst auskannte. Sie hatte ihn zwar aufgesucht, weil sie sich seine Menschenkenntnis zunutze machen wollte, aber angesichts des Zustands, in dem sie die Leiche gefunden hatten, waren grundlegende Kenntnisse der Zauberkunst auch nicht zu verachten. Was er früher gemacht hatte oder wo er geboren war, hatte sie nicht ermitteln können. Laut Wikipedia war Vincent schon seit fünfzehn Jahren als Mentalist tätig, war aber einer breiten Öffentlichkeit erst seit Kurzem dank einer Fernsehserie auf TV4 bekannt.

In einer Folge hatte er vor versteckten Kameras ein psychologisches Experiment durchgeführt. Vincent hatte einen zufällig ausgewählten und nichts ahnenden Mann über längere Zeit unmerklich mit Suggestionen und hypnotischen Befehlen bombardiert. Am Ende hatte der arme Mann eines Nachts »VINCENT WALDER« an eine Mauer in einem Industriegebiet gesprüht. Hundertmal. Stunden hatte er dafür gebraucht.

Die Mitarbeiter des Sicherheitsdienstes vor Ort waren nicht informiert worden. Als sie den Mann fragten, was er da treibe, wusste er gar nicht, wovon sie redeten. Er hatte keine Ahnung, was er in den vergangenen Stunden gemacht hatte, und besah sich ehrlich erstaunt die Farbflecke auf seinen Händen und seiner Kleidung.

Mina hatte die Sendung nicht gesehen, erinnerte sich aber noch, dass alle darüber gesprochen hatten. Das Ganze hatte enorme Wellen geschlagen. Viele fanden die Täuschung unmoralisch. Vincent erklärte, er habe über Fanatismus aufklären wollen, indem er demonstrierte, dass man selbst die absurdesten Ideen in unserem Unterbewusstsein verankern konnte. Das Verhalten von Menschen ließ sich steuern. Die Idee mit der Wand war offenbar eine Hommage an einen Monty-Python-Film, und seinen eigenen Namen hatte er gewählt, weil ihm angeblich nichts Unverfänglicheres eingefallen war. Und außerdem, sagte er, signiere jeder Künstler seine Werke. Dieses Zitat wurde eine Weile auf Instagram verbreitet und verschwand schließlich wieder in der Versenkung.

Eine Sekunde bevor der Kellner einen Hamburger vor Vincent stellte, drangen die Gerüche von Frittierfett und gegrilltem Fleisch in Minas Nase. Neben dem Teller standen Schälchen mit Mayonnaise und Ketchups. Mina zuckte zusammen. Auf dem Weg von der Küche waren die Schälchen für jeden zugänglich gewesen. Unfassbar unhygienisch. Instinktiv nahm sie ein neues Fläschchen Desinfektionsgel aus der Handtasche und rieb sich gründlich die Hände ein.

»Nach der Show brauche ich Kohlehydrate«, sagte der Mentalist entschuldigend. »Sonst kann ich nicht klar denken.«

Er tunkte ein paar Pommes frites in die Mayonnaise und steckte sie sich in den Mund. Mina beobachtete ihn genau. Sollte er die Fritten ein zweites Mal eintunken, würde sie ihn von der Liste der Menschen, mit denen sie näher zu tun haben wollte, streichen müssen. Doch er stippte sie nur einmal ein. Grund zur Hoffnung.

»Und bitte entschuldigen Sie mein Benehmen vorhin«, sagte er. »Ich habe Sie verwechselt. Wir hatten Probleme mit einer etwas … übermotivierten … Bewunderin. Ich wollte nicht unfreundlich sein.«

Sie winkte ab. Der Kellner brachte Vincent ein Bier und ihr eine Cola Zero. Sie nahm einen Wegwerftrinkhalm aus der Tasche, entfernte die Papierhülle und stellte ihn ins Glas. Vincent zog eine Augenbraue hoch, sagte aber nichts.

Als der Kellner außer Hörweite war, begann sie zu reden.

»Sie sind mir empfohlen worden«, sagte sie leise. »Wenn ich es richtig verstanden habe, kennen Sie sich hervorragend mit der menschlichen Psyche und auch mit Zauberei aus. Und wir brauchen jemanden, der auf beiden Gebieten Experte ist.«

Er nickte und trank einen Schluck Bier.

»Als ich jünger war, habe ich viel gezaubert«, sagte er. »Aber mit zwanzig ist mir klar geworden, dass Kartentricks beim anderen Geschlecht nicht gut ankommen. Deshalb habe ich damit aufgehört.«

»Wurde es davon besser?«

»Entscheiden Sie selbst. Einen Monat später lernte ich meine erste Frau kennen. Seitdem ist Zaubern nur noch ein Hobby von mir. Wieso interessiert sich die Polizei dafür?«

Bevor sie die Frage beantwortet hatte, sah Vincent auf die Uhr.

»Oh, ich bitte vielmals um Verzeihung«, sagte er, »apropos Frau. Es ist ja schon Viertel vor. Ich muss zu Hause anrufen. Um diese Zeit telefonieren wir immer. Es dauert nur ein paar Minuten.«

Sie wurde allmählich ungeduldig, weil sie endlich zur Sache kommen wollte. Hatte sie nicht schon lange genug auf ihn gewartet? Ihre Kollegen warfen ihr immer wieder vor, zu viel Druck auf die Leute auszuüben. Wenn sie freundlich behandelt werden wolle, müsse sie umgänglicher werden. Sie selbst bezweifelte das. Sie arbeitete jetzt seit zehn Jahren bei der Polizei, hatte aber noch nie erlebt, dass die Lösung eines Falls von ihrer Nettigkeit abhing. Andererseits hatten sie natürlich recht.

»Kein Problem.« Diskret veränderte sie ihre Sitzhaltung auf dem harten Stuhl.

Sie blickte in ihr Colaglas und blendete Vincents Stimme aus, während er mit seiner Frau sprach. Erinnerte sich stattdessen an die Kiste, die sie vor einer knappen Woche gefunden hatten. Diesen seltsamen Kasten, der so wirkte, als müsste er eigentlich mit glitzernden Zeichen verziert sein und wäre in einem obskuren Zaubershop in Las Vegas gekauft worden. Sie stellte sich vor, wie eine Assistentin in einem eng anliegenden Paillettenanzug – selbstverständlich eine Frau, denn die wurden bei derartigen Vorführungen immer erniedrigt – in eine solche Kiste stieg, und wie ein Zauberer, selbstverständlich ein Mann, längliche Schwerter in die Öffnungen der Kiste steckte, während das Publikum »aaah« und »oooh« machte. Sie hatte sich im Internet kundig gemacht. Der Schwerterkasten oder das Schwerterkabinett hieß die frauenfeindliche Großillusion, im Englischen The Sword Box. Ursprünglich hatte man keinen Kasten, sondern ein Körbchen verwendet. Mit einem Kind darin. Widerlich. Trotzdem war der Trick ein Klassiker. Kinder und Frauen. Immer die gleichen Opfer.

Doch sie saß nicht in Harrys Krug in Gävle und wartete auf Vincent Walder, weil ihre Kollegen ein dilettantisch gezimmertes Zauberrequisit gefunden hatten. Sie war wegen der Leiche hier, die sie *in* dem Kasten gefunden hatten. Eine Leiche, die sie noch immer nicht identifiziert hatten. Und weil sie in einer Sackgasse steckten. Sie waren allen Anhaltspunkten mit den üblichen Methoden nachgegangen, aber zu keinen Ergebnissen gekommen. Am Ende hatten sie und ihre Chefin Julia beschlossen, es mit ungewöhnlichen Methoden zu versuchen.

Mina saugte einen großen Schluck Cola ein und blickte auf die Konferenzbesucher am Tresen. Hauptsache, sie musste diese Bilder nicht mehr vor sich sehen. Sie wollte wirklich nicht noch einmal an sie erinnert werden. Doch sie waren da, klar und deutlich wie beim ersten Mal. Ihr ging selten etwas an die Nieren, aber das hier war wirklich speziell. Auf beiden Seiten des Kastens schauten die Griffe mehrerer Schwerter heraus. Dazwischen, im Innern des Kastens, hing eine junge Frau an den Klingen. Die Perversion einer Marionette. Mina kniff die Augen zusammen. Zu spät. Immer zu spät.

Wer die Frau war, hatten sie noch nicht ermittelt, und einen Verdächtigen gab es auch noch nicht. Die Kiste hatten sie samt Leiche an Milda Hjort vom Rechtsmedizinischen Institut geschickt, aber Mina glaubte nicht, dass sie das der Lösung des Falls näherbringen würde. Jedenfalls keinen großen Schritt. Bei dieser Tat war die Vorgehensweise entscheidend, da war sie sich ganz sicher.

Mina merkte plötzlich, dass Vincent sie ansah. Offenbar hatte er das Telefonat mit seiner Frau beendet. Mina räusperte sich und versuchte, die Bilder in ihrem Kopf zu verscheuchen.

»Entschuldigen Sie bitte«, sagte er. »Ab jetzt bin ich ganz für Sie da. Wie ich höre, sind Sie nicht von hier. Ich nehme an, Sie arbeiten in Stockholm. Und trotzdem sind Sie hier in Gävle. An einem späten Donnerstagabend. Um sich mit einem Mentalisten über Zauberei und die menschliche Psyche zu unterhalten. Irgendjemand hat Ihnen den Tipp gegeben, mich zu kontaktieren, haben Sie gesagt. Das macht mich neugierig.«

Vincent beugte sich interessiert vor. Sie beschloss, ihn noch ein bisschen warten zu lassen. Er musste Feuer und Flamme sein.

»Ich habe Sie beim Signieren beobachtet.« Sie setzte ihr freundlichstes Lächeln auf. »Offenbar signieren Künstler noch immer ihre Werke.«

Er wirkte einen Moment verwirrt und begann dann zu lachen.

»Mit dem Nagel, meinen Sie? Ich weiß, es ist ein totales Klischee, aber was soll ich machen? Seit dieser Fernsehsendung erwarten es die Zuschauer von mir. Und ich will sie nicht enttäuschen. Sie haben schließlich Geld und Zeit in den Abend investiert.«

Vincents Schultern senkten sich, er entspannte sich zusehends. Falls er bisher abweisend gewirkt hatte, wurde er nun offener. Vorläufig jedenfalls.

»Sie haben recht«, sagte sie. »Ich wäre nicht hier, wenn ich kein wichtiges Anliegen hätte. Wir arbeiten an einem Fall, den ich nicht verstehe. Bislang ist es uns gelungen, ihn vor den Medien geheim zu halten, aber es ist vermutlich nur eine Frage der Zeit, bis Sie etwas darüber in der Zeitung lesen.«

Er schnitt ein Stück vom Hamburger ab. Sie war unsagbar froh, dass er ihn mit Messer und Gabel aß. Hätte er den fettigen Burger in die Hand genommen, wäre sie aufgestanden und gegangen.

»Verzeihung«, Vincent schwenkte die Gabel mit dem Fleischstück hin und her, »aber was hat das mit mir zu tun?«

Wortlos zog Mina einen beigen Umschlag aus einem Ordner und nahm die Fotos heraus. Sie wählte ein Bild aus, auf dem nicht der zerfleischte Körper, sondern nur die Kiste zu sehen war, in der er gefunden worden war. Und die Schwerter. Die anderen Fotos brauchte er sich wirklich nicht anzuschauen. Sie steckte sie mit einer Büroklammer zusammen und legte sie unter das Bild von der Kiste.

»Wissen Sie, was das ist?«

Vincent ließ die Gabel vor dem offenen Mund verharren.

»Das ist ein *sword casket*«, sagte er. »Auch *sword box* oder Schwerterkasten genannt. Aber wieso … ich verstehe nicht …«

Das Stück Fleisch verschwand in seinem Mund.

»Ich auch nicht«, sagte sie, »oder, besser gesagt, ich verstehe den Täter nicht, aber Sie vielleicht, da Sie … Nun, sich mit solchen Dingen auskennen. Und daher bitte ich Sie um Ihre Hilfe. Lassen Sie es mich so ausdrücken: Der Kasten war nicht leer, als wir ihn fanden. Es hat eine Weile gedauert, die Frau von den Schwertern abzulösen.«

Vincent hörte auf zu kauen und wurde blass.

»Mit dem Opfer sind wir auch noch nicht weiter«, fuhr Mina fort. »Ich glaube, wir werden die Person, die das gemacht hat, nur finden, wenn wir wissen, wie sie tickt. Ich wünschte, ich könnte behaupten, dass zerstückelte Leichen eine Seltenheit sind, aber das sind sie leider nicht. Zumindest kommen sie nicht so selten vor, wie man es sich wünschen würde. Aber in einem Schwerterkasten? Das ist neu. Wer kommt überhaupt auf so eine Idee? Und *warum?* An dieser Stelle kommen Sie ins Spiel. Ich habe Ihre Show gesehen. Sie können sich in Leute hineinversetzen. Und zwar erstaunlich gut. Helfen Sie mir, herauszufinden, wer das getan hat.«

Vincent lehnte sich stirnrunzelnd zurück.

»Für so was müssten Sie doch Kriminalpsychologen haben«, sagte er. »Was für Fähigkeiten sollte ich denn außerdem noch haben? Das Profiling von Verbrechern kommt in meinem Beruf nicht vor.«

Er tunkte ein paar Pommes frites in die Mayonnaise, bevor er sie sich in den Mund steckte.

»Wie gesagt, Sie kennen sich sowohl mit der Psyche als auch mit Zauberei aus. Davon hat unser Kriminalpsychologe keine Ahnung. Und außerdem …«

Sie sah sich um, bevor sie mit leiser Stimme weitersprach.

»Außerdem hat er zuletzt das Täterprofil eines ›Griechen mittleren Alters aus gehobener Gesellschaftsschicht‹ erstellt.

Die Täterin erwies sich als junge schwedische Arbeiterin in einem Warenlager.«

Vincent konnte sich gerade noch seine Serviette vor den Mund halten, bevor er die Pommes frites rausprustete.

»Klingt trotzdem nach einem heiklen Auftrag«, sagte er. »Soweit ich weiß, wird zivile Einmischung bei der Polizei nicht gerne gesehen. Und ich bin nicht als Profiler ausgebildet. Ich habe einiges über Menschen gelernt, aber meine Schlussfolgerungen basieren nur auf den Grundlagen der Psychologie, eigenen Beobachtungen und statistischer Wahrscheinlichkeit.«

»Glauben Sie etwa, Kriminalpsychologen gehen anders vor?«

»Ich bin aber Entertainer. Wenn mir auf der Bühne ein Fehler unterläuft, kommt niemand zu Schaden.«

»Außer Ihnen selbst«, sagte sie. »Sie haben genügend Vertrauen in Ihre Fähigkeiten, dass Sie das Risiko eingehen, sich einen dicken Nagel in die Hand zu bohren.«

Er lächelte müde.

»Das sollte ich eigentlich lassen«, sagte er. »Aber von mir aus. Wobei ich wirklich nicht ganz verstehe, wie ich Ihnen helfen kann, und warum Sie ausgerechnet zu mir kommen.«

»Wir …« Mina zögerte. »Unsere Abteilung hat innerhalb der Polizeistruktur einen etwas ungewöhnlichen Status. Oder besser gesagt, wir arbeiten unabhängig von den gängigen Strukturen.«

»Wieso?«

»Tja, Julia, unsere Chefin, ist die Tochter des Polizeichefs und …«

»Genießt bestimmte Privilegien?« Vincent zog eine Augenbraue hoch.

Sie ärgerte sich über seine Frage und merkte sofort, dass ihm ihre Irritation nicht entging.

»Ganz und gar nicht! Julia ist äußerst kompetent und besitzt eine natürliche Autorität. Es würde mich nicht wundern, wenn sie eines Tages auch Polizeichefin werden würde. Sie ist aber genauso frustriert wie wir alle von den trägen und starren Organisationsstrukturen. Und diese eher … unabhängige Gruppe ins Leben zu rufen, in der sie selbst aktiv mitarbeitet, ist ihr nicht gelungen, *weil,* sondern *obwohl* sie die Tochter des Polizeichefs ist.«

»Und in dieser Gruppe sind nur die Besten vereint?«

»Na ja«, brummte Mina. »Das wäre übertrieben. Wählerisch durften wir nicht sein.«

»Also eine Spezialgruppe ohne spezielle Kompetenz?«, fragte Vincent verwundert.

Mina konnte seine Skepsis nachvollziehen und überlegte, wie sie es ihm erklären sollte.

»Alle Gruppenmitglieder haben bestimmte Fähigkeiten, aber Menschen sind eben Menschen, und eine Polizeieinheit kann völlig verschiedene Gründe haben, Mitarbeiter zeitweise an andere Einheiten zu entsenden.«

»Und wieso sind Sie versetzt worden?« In Vincents Mundwinkeln regte sich ein Lächeln.

»Ich muss zugeben, das weiß ich nicht. Aber meine Stärken sind mir bewusst. Ich bin stur, durchsetzungsstark und kann unkonventionell denken.«

»Aber?« Vincent nahm sich noch ein paar Pommes frites.

»Die Abteilung, in der ich vorher gearbeitet habe, kam nicht gut mit mir zurecht. Keine Ahnung, warum. Ich hatte kein Problem mit den Leuten. Ich habe kein Problem mit Gruppen. Gruppen haben ein Problem mit mir.«

Sie räusperte sich.

»Jedenfalls hat meine Chefin erlaubt, dass wir einen externen Berater hinzuziehen. Das Honorar ist bescheiden, aber dafür können Sie etwas bewirken.«

»Anstatt nur auf der Bühne zu stehen, meinen Sie?« Er schob ihr den Stapel Fotos zu. »Sie müssen die Realität mit *The Master Mentalist* verwechselt haben. Tut mir leid, dass Sie den weiten Weg umsonst gemacht haben. Aber offenbar haben Sie eins nicht begriffen: Ich bin Entertainer. Der Meistermentalist ist ein fiktiver Charakter, mehr nicht. Was ich auf der Bühne mache, hat … nichts mit dem Leben zu tun. Es ist nicht real. Es hat vielleicht den Anschein, als würde ich über spezielle oder gar einzigartige Fähigkeiten verfügen, aber in Wahrheit kann das jeder lernen. Ihnen geht es um psychologische Täterprofile. Noch dazu von Mördern. Von Mördern habe ich keine Ahnung. Wie gesagt, auf diesem Gebiet gibt es Experten. Und die können – wie haben Sie sich ausgedrückt? – etwas bewirken.«

Er wich ihrem Blick aus. Diese Antwort hatte sie nicht erwartet. Sie hatte damit gerechnet, dass er Zeitmangel oder wichtigere Verpflichtungen anführen würde. Sie hatte sich darauf eingestellt, seinem Ego schmeicheln zu müssen. Aber auf Lügen war sie nicht gefasst gewesen.

»Verstehe.« Sie stand auf.

Zeit für einen Strategiewechsel.

»Ich habe mich geirrt. Auf der Bühne erscheinen Sie sehr überzeugend. Entschuldigen Sie bitte. Einen Versuch war es wert. Ich zahle an der Theke, und wir reden nicht mehr darüber. Ich muss mich nur an diesen Typen aus Schonen vorbeizwängen.«

»Helsingborg.« Müde stocherte er in den Resten seines Hamburgers. »Sie sind aus Helsingborg und nehmen an einer Konferenz über Stromversorgung teil. Das erkennt man am Logo auf ihren Namensschildern. An Ihrer Stelle würde ich jetzt nicht stören. Die große Frau mit dem Rücken zu uns ist gerade mit einem Mann ins Gespräch gekommen und muss sich zum ersten Mal an diesem Abend nicht kleiner machen, damit er sie nicht stehen lässt. Schade, dass er verheiratet ist. Wie kommen Männer nur auf die Idee, sie würden wie Singles aussehen, nur weil sie ihren Ehering abgenommen haben? Den Ehemann sieht man ihnen trotzdem schon von Weitem an. Wie auch immer. Die beiden wollen wahrscheinlich nicht gestört werden, und sie scheint es dringend nötig zu haben.«

Mina bemühte sich, ein Grinsen zu unterdrücken. Vincent schien gar nicht zu merken, was er eben gesagt hatte.

»Und bezahlt habe ich schon«, schloss er.

»Wie viele Treppenstufen sind es von der Bühne bis zum Aufenthaltsraum im Theater Gävle?«, fragte sie schnell.

Vincent sah verblüfft auf.

»Acht«, sagte er. »Warum fragen Sie?«

»Es sind sieben. Jedenfalls wenn man nicht einmal auf der Stelle tritt, um auf eine gerade Zahl zu kommen.«

Vincent stand der Mund offen. Jetzt hatte sie ihn. Er war es vermutlich nicht gewohnt, dass andere seine Eigenheiten bemerkten. Sie setzte sich wieder und grinste nun unverhohlen.

»Wie gesagt.« Sie schob die Fotos wieder zu ihm zurück. »Fällt Ihnen was ein?«

»Okay«, sagte Vincent. »Sie haben gewonnen. Diesmal.«

Das oberste Bild war zur Seite gerutscht, und ein Teil des Fotos darunter war zu sehen. Bevor sie danach greifen konnte, hatte Vincent das untere Bild aus dem Stapel gezogen.

»Ach du Scheiße.« Er verzog das Gesicht.

»Ja. Das trifft es.«

Vincent kniff die Augen zusammen, als wollte er sich allmählich an das Ungeheuerliche gewöhnen.

»Was ist das da?« Er zeigte auf einen Gegenstand in einem Klarsichtbeutel neben der Leiche.

»Die Armbanduhr des Opfers. Als das Zifferblatt zerstört wurde, standen die Zeiger auf drei Uhr. Anscheinend ist das auch der Todeszeitpunkt.«

»Nein, nicht die Uhr. *Das* da.«

Er zeigte auf die Linien, die der Frau unterhalb der Eintrittsstelle des Schwerts in den Oberschenkel geritzt worden waren. Zwei relativ lange Linien wurden von drei kürzeren verbunden. Mina erinnerte die Ritzung an eine Leiter.

»Schnittverletzungen«, sagte sie. »Mit einem Messer oder Ähnlichem zugefügt. Wahrscheinlich, um das Opfer zu quälen. Als Vorgeschmack.«

»Die Ritzungen wurden mit großer Sorgfalt ausgeführt«, sagte er. »Ganz im Gegensatz dazu, wie brutal der Körper ansonsten durchbohrt wurde. Ich glaube nicht, dass das Folter war. Meiner Ansicht nach ist diese Leiter ein Symbol.«

»Wofür?«

»Tja, Leitern kommen in mehreren Religionen vor. In der Bibel gibt es die Jakobsleiter, die in den Himmel führt. Freud war der Meinung, die Leiter hätte etwas mit dem Geschlechtsakt zu tun. Fragen Sie mich nicht, wieso. Aber das hier ist simpler, vermute ich.«

Er drehte das Foto um neunzig Grad und tippte noch einmal auf die Leiter, die nun nicht mehr stand, sondern lag.

Mina begriff, dass sie keine Leiter mehr vor sich hatte.

Sie betrachtete die römische Ziffer für die Zahl Drei.

Beide schwiegen lange. Die lauten Schoninger an der Theke übertönten ihre Gedanken.

»Eigentlich will ich Sie das nicht fragen, aber …«, sagte Vincent nach einer Weile.

Mina nickte.

»Ich weiß, was Sie denken«, sagte sie. »Wenn das hier Nummer drei ist, wo sind dann eins und zwei?«

MORGENS HATTE VINCENT schon immer Schwierigkeiten gehabt, sich zu orientieren. In diesen Sekunden zwischen Schlaf und Wachsein, in denen er nur die Bettlaken auf der Haut spürte, ihn ein Sonnenstrahl blendete und sich noch ein fader Nachgeschmack der Schlaftablette im Mund bemerkbar machte. Kein Zimmer, kein Haus und weder ein Platz im Universum noch ein Gefühl für die Zeit. Ein wenige Sekunden anhaltendes Vakuum aus reiner Existenz. Ein Segen.

Dann machte sich die Wirklichkeit bemerkbar. Klirrendes Geschirr. Ein Vogel, der auf Marias selbst gebauter Futterstelle saß und trotz der Kälte tapfer zwitscherte. Sein Sohn Aston, dessen Stimme ständig zwischen Begeisterung und Zorn schwankte.

Vincent setzte sich auf und schlug die Bettdecke zur Seite. Er stellte beide Füße auf den Boden. Den linken zuerst. Er zog die Hose und das Hemd vom Vorabend noch einmal an, weil er es später sowieso in den Wäschekorb werfen würde. Den obersten Hemdknopf beachtete er nicht und knöpfte nur die anderen sechs zu. So musste es sein. Wieso zum Teufel hatten alle Hemden sieben Knöpfe? Die Designer mussten Psychopathen sein.

Als er in die Küche kam, saßen alle schon am Tisch. Außer Rebecka.

»Richte deiner pubertierenden Tochter bitte aus, dass wir jetzt frühstücken«, sagte Maria, ohne ihn anzusehen.

Vincent versuchte, sich an eine Zeit zu erinnern, in der nicht jeder Satz, der zwischen ihnen fiel, von unausgesprochenen Botschaften durchzogen war. Es gelang ihm nicht. Das Leben, der Alltag, die Streitereien und das Misstrauen hatten langsam, aber sicher alles, was mal zwischen ihnen gewesen war, ausgehöhlt. Wann es angefangen hatte, ließ sich nicht mehr genau sagen.

Maria schälte einen Apfel und schnitt ihn für Aston, der energisch in seinem Joghurt rührte, in kleine Stücke. Der grüne Tee in ihrer Tasse war vermutlich längst kalt. Benjamin pellte träge die beiden gekochten Eier auf seinem Teller, legte die Schale umständlich auf einen Extrateller und tat so, als wäre er noch nicht ganz wach. Vincent klopfte an Rebeckas Zimmertür.

»Rebecka? Frühstück!«

Er wusste schon vorher, wie sie reagieren würde.

»Ich habe keinen Hunger!«

»Du musst was essen. Komm jetzt!«

Ohne die Antwort abzuwarten, ging er zurück in die Küche. Als er sich an den Tisch setzte, hörte er hinter sich, wie die Tür aufging. Und wieder zugeknallt wurde. Benjamin warf Rebecka einen verärgerten Blick zu, sagte aber nichts.

»Mamaaa!«, schrie Aston plötzlich. »Die Apfelstücke sind viel zu groß!«

Aston schob Maria sein Schälchen so schwungvoll zu, dass ein bisschen Joghurt auf den Tisch schwappte.

»Das glaube ich nicht, Schätzchen, die Stücke sind genauso groß wie immer. Schau doch mal.«

Mit den Fingerspitzen pickte Maria ein Stückchen Apfel aus dem Joghurt. Sie wirkte genervt, aber Aston lachte laut.

»Mama! Joghurt kann man nicht mit den Fingern essen!«, rief er. »Das dauert hundert Jahre!«

»Sie sind wirklich ziemlich groß.« Vincent griff nach dem Schälchen, nahm ein Obstmesser aus der Schublade und zerteilte die klebrigen Apfelstücke. Er warf seiner Frau einen verstohlenen Blick zu. Sie sah immer noch gereizt aus und leckte sich die Finger ab. Er überlegte hin und her, ob er etwas sagen sollte. Bei Maria wusste man nie, ob sie gerade erreichbar war. Ob sie auf Senden eingestellt war oder auf Empfang. Manchmal schätzte er sie richtig ein. Manchmal nicht.

»Man muss Prioritäten setzen«, sagte er schließlich zu ihr. »Dein Tee wird kalt.«

Sie warf ihm einen vernichtenden Blick zu. Offenbar hatte er sich getäuscht.

»Mama soll den Apfel schneiden.« Aston schlug mit der flachen Hand auf den Tisch. »Ihre Stücke sind viel schöner.«

»Du bist alt genug, um deinen Apfel selbst zu schneiden«, sagte er zu Aston. »Dann kannst du es auch genau so machen, wie du es haben willst. Und wenn wir die Stücke schneiden, werden sie so, wie wir sie haben wollen.«

»Für das Frühstück seid aber ihr zuständig«, sagte Aston.

»Was bist du nur für ein Kleinkind.« Rebecka rümpfte die Nase über ihren kleinen Bruder.

Mit demonstrativ vor der Brust verschränkten Armen setzte sie sich an den Küchentisch.

»Selber!«, schrie Aston mit hochrotem Kopf. »Du bist ein Kleinkind!«

»Ich bin fünfzehn, und du bist erst acht, also bin ich fast doppelt so alt wie du. Du bist das Kleinkind.«

»Nein!«

Aston wollte aufspringen, aber Maria legte ihm die Hand auf die Schulter.

»Rebecka ist tatsächlich älter als du«, sagte sie. »Aber das heißt nur, dass sie sich ihre Äpfel selbst klein schneiden muss. Sie muss sogar alles selbst machen. Und du nicht.«

Aston grinste übers ganze Gesicht, und Maria zwinkerte ihm zu. Vincent wusste, dass Aston seine Mutter anhimmelte und nichts mehr liebte als das Gefühl, sich mit ihr gegen die großen Geschwister zu verschwören.

»Wer isst schon Äpfel zum Frühstück«, sagte Rebecka. »Das ist ja auch völlig gestört.«

Vincent konzentrierte sich auf den Apfel. Neunzehn Stücke, aus denen achtunddreißig wurden, wenn er sie halbierte. So wurde aus ungerade gerade. Innere Ruhe breitete sich in ihm aus. Die Symbolkraft dieser Handlung gefiel ihm. Gleichförmigkeit ließ sich herstellen. Es gab Hoffnung. Er liebte seine Familie, aber mit dem Chaos, das sie erzeugte, konnte er nicht gut umgehen. Er mochte Ordnung. Struktur. Gerade Zahlen.

»Hier, du Rabauke.«

Vincent schob das Schälchen wieder zu Aston hinüber, der kurz zu überlegen schien, ob es nicht doch noch etwas an den Apfelstückchen auszusetzen gab. Anscheinend war er aber so verunsichert, weil er nicht wusste, was das Wort Rabauke bedeutete, dass er mit einem trotzigen Blick in Richtung seines Vaters zu essen anfing.

»Iss wenigstens ein Brot«, flehte Maria Rebecka an. »Oder ein bisschen Joghurt. Irgendwas.«

»Bei Mama brauche ich nicht zu frühstücken«, sagte Rebecka, die noch immer mit verschränkten Armen dasaß. »Sie isst vor zwölf auch nichts. Intervallfasten nennt man das. Es ist gesünder, wenn die Verdauung mal Pause machen kann. Unsere Körper sind nicht dafür gemacht, ständig Nahrung aufzunehmen. Wir essen viel zu oft. In der Steinzeit hat man viel seltener gegessen, manchmal tagelang gar nichts.«

»Du plapperst nur nach, was deine Mutter sagt. Und außerdem leben wir nicht mehr in der Steinzeit. Sag das deiner Tochter, Vincent.«

»Aber sie hat recht.« Vincent schenkte sich Kaffee ein. »Auf moderne Ernährungsgewohnheiten ist unser Organismus nicht eingestellt, und neuesten Studien zufolge …«

Maria stand ruckartig auf und räumte ihren Teller mit dem halb aufgegessenen Roggenbrot mit Avocado vom Tisch. Wie immer hatte sie ein Topping aus Biokokos darübergestreut, das im Kilo so viel wie Gold kostete, aber angeblich eine entzündungshemmende Wirkung hatte, die Maria für die Quelle ewiger Jugend hielt.

»Mein Gott, könntest du mich nicht einmal unterstützen? Natürlich muss Rebecka was essen. Sie ist ein Teenager in der Wachstumsphase, ihr Körper entwickelt sich rasant, und wenn Mädchen in diesem Alter nicht ordentlich essen, bleibt manchmal sogar ihre Menstruation …«

»Igitt«, fiel Benjamin ihr ins Wort. »Müsst ihr jetzt über Menstruation sprechen? Ich *esse.*«

»Benjamin, du bist neunzehn«, sagte Vincent. »Da darf man nicht mehr so überempfindlich auf Körperflüssigkeiten reagieren.«

Benjamin starrte seinen Vater an. Dann stand er mit dem zweiten Ei in der Hand auf und verschwand kopfschüttelnd in seinem Zimmer.

»Papa, du hast echt Asperger«, stellte Rebecka trocken fest.

»Das sagt man nicht, Rebecka«, ermahnte sie Vincent. »Ich glaube, es heißt jetzt ASS.«

Maria ignorierte den Wortwechsel und setzte ihre eigene Tirade fort.

»Ich will auch nicht ständig hören, was deine Mutter für Vorlieben hat«, sagte sie. »Hier in diesem Haus und in dieser Familie haben wir unsere eigenen Gewohnheiten und Regeln. Was ihr bei Ulrika macht, ist für uns überhaupt nicht relevant.«

»Alles klar, Tante Maria.«

Rebecka stand auf und nahm sich eine Scheibe Brot aus dem Brotkorb. Sie hielt sie Maria triumphierend vors Gesicht, ging damit in ihr Zimmer und knallte die Tür hinter sich zu.

»Fertig! Danke fürs Frühstück, Mama! Ich gehe die Hunde füttern.«

Aston sprang auf und rannte zum Aquarium im Wohnzimmer.

»Hundefische, Aston!«, rief Vincent ihm hinterher. »Es sind Amerikanische Hundefische.«

»Das weiß ich auch«, antwortete Aston und bestreute die Wasseroberfläche mit Fischfutter. »Wuff, wuff.«

Dann kam er wieder in die Küche, holte sein iPad und verschwand damit in seinem Zimmer.

»Fünf Minuten, Aston«, rief Vincent. »Dann müssen wir los.«

Maria lehnte sich an den Kühlschrank und verschränkte die Arme, als würde sie unbewusst Rebecka imitieren.

»Sie sagt nur Tante Maria zu mir, um mich zu ärgern.«

Vincent sah seine Frau verständnislos an.

»Aber du *bist* doch ihre Tante«, sagte er. »Ihre Mutter ist deine Schwester. Wieso nimmst du es ihr übel, wenn sie dich darauf hinweist? Es stimmt doch.«

Er konnte nicht nachvollziehen, dass sie ihre Energie damit verschwendete, objektive Fakten zu hinterfragen. Er nahm sich eine Scheibe Roggenbrot und bestrich sie sorgfältig mit Butter.

»Darum geht es nicht«, fuhr Maria fort. »Willst du ernsthaft behaupten, du könntest das nicht nachvollziehen? Mein Gott, ich bin wirklich mit einem Roboter verheiratet. Sie sagt so was nur, um mich auf die Palme zu bringen.«

Er runzelte die Stirn. Er gab sich ja Mühe, es zu verstehen. Aber Marias Reaktion war unlogisch. Tatsachen waren Tatsachen. Wie man diese emotional bewertete, stand auf einem anderen Blatt. Aber die Tatsache an sich ließ sich nun mal nicht leugnen.

»Wen hast du eigentlich vorgestern Abend zum Essen eingeladen?«, fragte sie in einer anderen Tonlage. »Ulrika?«

Vincent blickte verwundert auf. Er hatte gerade von seinem Brot abgebissen und musste erst kauen, bevor er runterschlucken und antworten konnte. Zehnmal kauen. Beinahe wären es elf Male geworden, aber er merkte es gerade noch rechtzeitig.

»Wieso sollte ich mit meiner Ex-Frau essen gehen?«, fragte er.

»Ich habe die Abbuchung im Online-Banking gesehen. Und dann habe ich nach der Quittung gesucht, sie war in deinem Portemonnaie. Du hast in Gävle jemanden zum Essen eingeladen. Hat sie auch in deinem Hotelzimmer übernachtet? Habt ihr gefickt?«

Marias Stimme überschlug sich. Vincent verfluchte sich insgeheim. Er hätte sich denken können, dass genau das passieren würde. Marias grundlose Eifersucht konnte aus heiterem Himmel zuschlagen – und tat es in letzter Zeit immer öfter. Die Eifersuchtsdramen waren jedoch nur einer von vielen Faktoren, die ihre sogenannte Ehe allmählich kaputt machten.

»Ich war mit einer Kriminalpolizistin essen, die nach der Vorstellung auf mich zugekommen ist«, sagte er. »Sie wollte einen Mordfall mit mir besprechen.«

»Dass ich nicht lache!« Maria lachte gekünstelt, schrill. »Eine Kriminalpolizistin? Für wie blöd hältst du mich? Fällt dir nichts Besseres ein? Und ausgerechnet mit dir will sie einen Mord besprechen? Wozu sollte das gut sein?«

»Es hat etwas mit …«

Maria hob abwehrend die Hand.

»Beichte mir später, was wirklich passiert ist. Jetzt musst du Aston erst mal zur Schule bringen.«

»Aber …«

Er sprach nicht weiter, weil Maria bereits auf dem Weg zu Astons Zimmertür war.

»Aston!«, rief sie. »Beeil dich! Schluss mit dem iPad! Ihr fahrt in fünf Sekunden los.«

Sie ging zum Schlafzimmer.

Vincent betrachtete sein Brot. Diese Kriminalpolizistin. Mina. Sie ging ihm nicht mehr aus dem Kopf. Ein Teil von ihm hoffte, sie würde sich noch mal melden. Rund um die abgebissenen Stellen hatten seine Frontzähne die Butter zu kleinen Wällen zusammengeschoben. Er strich die Butter mit dem Buttermesser glatt und biss genau ein Sechstel des Brotes ab. Sechs Teile waren gut. Andererseits waren jetzt noch fünf übrig. Nicht so gut.

Mina durchschaute ihn auf geradezu gespenstische Weise. Ihn, der immer in die Rolle des *Weltgewandten Künstlers* geschlüpft war, die ihn nicht nur vor Journalisten schützte. Die meisten Leute gaben sich damit zufrieden. Weil die Maske genau ihren Erwartungen entsprach, stellten sie diese nicht infrage. Mina jedoch hatte gesehen, dass er Treppenstufen zählte. Hatte die Flaschen in der Garderobe wieder richtig herum gedreht. Und ihn dazu gebracht, die Leute am Tresen zu analysieren.

Sie wusste jetzt schon mehr über ihn als Maria und Ulrika, und mit denen hatte er jahrelang zusammengelebt.

Während er das Brot aufaß, zählte er mit. Teil drei und eins aß er besonders schnell.

Mina musste eine extrem gute Polizistin sein. Doch er war nicht nur von ihrer Beobachtungsgabe beeindruckt, obwohl es natürlich ebenso schmeichelhaft wie beunruhigend war, dass sie so mühelos die Eigenheiten bemerkte, die er gut zu verbergen glaubte. Er hatte sich auch in sie hineinversetzen können. Obwohl er damit, wenn man Maria fragte, wirklich nicht punktete. Menschen auf der Bühne zu durchschauen und zu manipulieren, war das eine. Dort hatte er alles unter Kontrolle. Aber im wirklichen Leben waren ihm andere Menschen ein Rätsel. Manchmal hatte er das Gefühl, dass er an dem Tag gefehlt hatte, als in der Schule soziale Kompetenz unterrichtet worden war. Um seine Ahnungslosigkeit zu kaschieren, spielte er meistens den *Weltgewandten Künstler,* der mit anderen Menschen umgehen konnte.

»Aston!«, rief er.

Leicht verwirrt kam sein Sohn mit dem iPad in der Hand aus seinem Zimmer. Vermutlich hatte er schon vergessen, dass er zur Schule musste.

»Wir fahren jetzt. Zieh dir die Jacke und die Schuhe an.«

Während sich Vincent einen grauen Wollpullover mit Kapuze über den Kopf zog, umarmte Aston seine Mutter, die mit dem Schulranzen angerannt kam und ihm einen Kuss gab.

Mina hingegen war Vincent kein Rätsel gewesen. Zumindest nicht im selben Maß wie andere Menschen. Er hatte gesehen, welche Rituale sie ausführte. Wie sie sich das Haar immer mit der rechten Hand aus dem Gesicht strich. Wie sie es tunlichst vermied, Oberflächen zu berühren. Und er hatte den Zauberwürfel in ihrer Jackentasche gesehen. Es war nicht irgendeiner, sondern ein Speedcube. Ein besonders leichtgängiges Modell, das man ölen konnte.

Und daher, ja, wäre es wirklich interessant gewesen, sie wiederzusehen. Andererseits hoffte er, dass sie sich *nicht* melden würde. Übermäßige Lust, in etwas mit hineingezogen zu werden, das ihm garantiert Albträume bereiten würde, hatte er nicht. Seine Welt stand ohnehin auf wackeligen Füßen. Da brauchten dort nicht auch noch zerstückelte Leichen herumzuliegen.

DER DUSCHSTRAHL WAR WIE IMMER SO HEISS, dass ihre aufgeweichte Haut sich fast ablöste. Minas glühender Körper wurde flammend rot, aber nur so fühlte sie sich wirklich sauber. Alle Mikroorganismen, von denen sie sonst besudelt war, wurden abgetötet, und sie verwandelte sich in eine unbefleckte weiße Leinwand. Es war wundervoll.

Unter der Dusche fühlte sie sich stark. An ihren freien Tagen konnte sie stundenlang dort stehen, auch wenn ihre Haut am Ende wie eine knallrote, verschrumpelte Rosine aussah.

Heute fehlte ihr jedoch die innere Ruhe, um länger als zehn Minuten zu duschen.

Vincent Walder. Mina wusste noch immer nicht, ob *sie* seine Fähigkeiten wirklich benötigte. Ob er besser als der hauseigene Kriminalpsychologe war. Normalerweise hatte sie für Experimente nichts übrig, und sie war sich nicht sicher, ob sie nur Zeit und Geld verschwenden und sich eventuell vor dem Rest der Gruppe blamieren würde. Doch nun war es zu spät, um es sich anders zu überlegen. Ob er ihnen nützte, würde sich zeigen. Zudem war Vincent eine harte Nuss. Ihr war klar, dass der Vincent, den sie bisher kennengelernt hatte, nur die halbe Wahrheit war. Hinter der Fassade steckte mehr. In einem Punkt war sie sich jedoch ganz sicher: Auf seine herablassende Art konnte sie verzichten. Der Trinkhalm war ihm aufgefallen. Die Frage war nur, was ihm noch aufgefallen war. Andererseits hatte er eigentlich gar nichts gesagt, und daher konnte sie nicht wissen, was er wirklich dachte. Aber wenn er, genau wie alle anderen, Mitleid mit ihr bekam oder sein Mitgefühl sogar zum Ausdruck brachte, wollte sie seine Hilfe nicht. Dann sollte Julia jemand anderen suchen.

Mina drehte das Wasser ab, stieg vorsichtig aus der Wanne und trocknete sich mit einem frischen Handtuch sorgfältig ab. Das Handtuch, das sie bei neunzig Grad mit Wasch- und Bleichmittel gewaschen hatte, roch genauso sauber wie ihre Haut. Sie wusste, dass das Gefühl von Reinheit nicht andauern würde. Wenn sie in der Wohnung blieb, konnte es bis zu vierundzwanzig Stunden anhalten, aber sobald sie nach draußen ging, hüllte die Außenwelt sie in ihren schmutzigen Schleier.

Sie zog die Sachen an, die sie vor dem Duschen bereitgelegt hatte. Slip, weißer Sport-BH, weißes T-Shirt, Jeans und schwarze Socken. Der Slip war neu, den getragenen hatte sie bereits weggeworfen. Unterhosen zu waschen war sinnlos, kein Bleichmittel der Welt konnte ihr ein frisches Gefühl vermitteln, wenn sie eine schon einmal benutzte Unterhose trug.

Zum Glück hatte sie einen Laden gefunden, wo es einfache Baumwollslips in Großpackungen zu zehn Kronen das Stück gab, eine nicht nur erschwingliche, sondern schlicht und einfach notwendige Ausgabe.

Da sie früh wach geworden war, hatte sie noch eine Stunde Zeit, bis sie zur Arbeit musste. Ihr Magen knurrte. Sie zog eine Küchenschublade auf und betrachtete die Schachtel Einweghandschuhe. Sie wusste, sie brauchte sie nicht. Niemand bekam eine tödliche Krankheit, weil er ein Tetrapack Joghurt in die Hand nahm. Das *wusste* sie. Doch allein bei dem Gedanken, ohne einen Schutz zwischen sich und den Lebensmitteln die Kühlschranktür zu öffnen, drehte sich ihr der Magen um.

Seufzend nahm Mina ein Paar Handschuhe aus der Packung und zog sie an. Dabei achtete sie sorgfältig darauf, dass das dünne Material keine Risse bekam. Die Kollegen in der Dienststelle lachten über das, was sie für ihre Macken hielten, aber wenn sie um die Weihnachtszeit alle mit Brechdurchfall im Bett lagen und sie als Einzige gesund blieb, verging ihnen das Lachen.

Sie machte den Kühlschrank auf, verschaffte sich schnell einen Überblick über das Angebot und entschied sich für den Vanillequark. Sie vergewisserte sich, dass der Verschluss noch intakt war, und öffnete ihn vorsichtig. Sie nahm einen Teelöffel aus der Besteckschublade, wusch ihn unter fließendem Wasser ab und tropfte ein bisschen von dem Handdesinfektionsmittel am Spülbecken darauf. Jeden Millimeter des Löffels rieb sie gründlich damit ein und stellte sich dabei vor, wie das Desinfektionsmittel alles abtötete. Bakterien. Viren. Eklige Partikel, die in ihren Körper eindringen konnten.

Das musst du nicht. Er ist sauber. Du hast ihn gerade abgewaschen.

Vermutlich. Aber woher sollte sie wissen, ob wirklich alle Bakterien weg waren, wenn sie den Löffel nicht desinfiziert hatte? Sie würde ihn sich schließlich in den Mund stecken. Bei dem Gedanken griff sie erneut zum Desinfektionsmittel.

Stell die Flasche weg. Jetzt wirst du obsessiv. Der Löffel. Ist. Sauber. Lass die Flasche los.

Aber es ging nicht. Die Tränen kamen ihr in dem Moment, als sie noch einen Tropfen aus dem Pumpspender drückte. Sie wollte nicht. Sie musste. Wieder rieb sie den Löffel wie besessen mit dem Gel ein.

Dann saß sie am Tisch und starrte die Plastikverpackung des Quarks an. Sie versuchte, nicht an all die Menschen zu denken, die die Verpackung und den Inhalt angefasst hatten, sie versuchte, nicht an die Milliarden von Keimen an den Händen dieser Menschen zu denken, und sie versuchte, sich zu sagen, dass die Molkerei genauso auf Hygiene achtete wie sie. Auch wenn sie daran ihre Zweifel hatte. Aber irgendetwas musste sie ja essen. Es reichte jetzt.

Sie führte den Löffel mit dem Quark zum Mund und verzog angewidert das Gesicht. Nach kurzer Zeit war der Geschmack des Gels verflogen, und sie schmeckte den Quark. Als sie ihn aufgegessen hatte, war sie stolz auf sich. Jede Mahlzeit, jede Nahrungsaufnahme war ein Triumph. Sie warf die Packung und die Einweghandschuhe in den Müll, kochte Kaffee. Das war aus irgendeinem Grund leichter. Trotzdem desinfizierte sie den Kaffeebecher, bevor sie ihn benutzte.

In einer halben Stunde musste sie los. Da hatte sie noch Zeit, ein bisschen zu putzen. Das war keine Obsession, sondern gesunder Menschenverstand. Sie hatte seit gestern nicht sauber gemacht. Unter der Spüle stand ein Eimer mit Putzmitteln. Es war alles da. Spiritus, Schmierseife, Soda, Allzweckreiniger, Fettlöser, Spülmittel, noch mehr Desinfektionsmittel, WC-Reiniger, Stahlwolle, Putzlappen, Mikrofasertücher, Bürsten, Schwämme … Einfache Schwammtücher und Spülbürsten warf sie selbstverständlich nach einmaliger Benutzung weg. Doch auch diese Artikel kaufte sie mittlerweile zu Großmarktpreisen. In dem Raum, der ursprünglich ihr Arbeitszimmer gewesen war, lagerte sie die Kartons.

Nach dem Saubermachen merkte sie, dass sie geschwitzt

hatte. Sie schnupperte an ihrer Achselhöhle und wünschte, sie hätte es nicht getan. In zehn Minuten musste sie gehen. Julia hatte sie gebeten, Vincent so schnell wie möglich dem Rest der Gruppe vorzustellen. Sie gab ihm noch einen Tag Zeit, aber dann musste er sich entscheiden. Hoffentlich würde er ihr helfen. Ihnen. Trotz seiner Kauzigkeit hatte der Mentalist ihre Neugier geweckt. Sie sah auf die Uhr. Wenn sie sich beeilte, konnte sie schnell noch mal duschen. Und frische Sachen anziehen.

»Und ich soll einfach eins aussuchen?« Steffo Törnqvist zeigte auf die Gegenstände vor ihm.

Vincent nickte und kniff kurz die Augen zusammen. Die Scheinwerfer im Studio des Frühstücksfernsehens von TV4 blendeten ihn. Eigentlich hätte er sich mittlerweile an sie gewöhnt haben müssen, denn er war ja nicht zum ersten Mal hier, aber irgendwie schienen sie ihm stets direkt ins Gesicht.

Er lehnte sich auf dem Sofa zurück und gab sich entspannt, doch in seinem Kopf spukten noch immer die Bilder herum, die ihm diese Polizistin namens Mina in der vergangenen Woche gezeigt hatte. Seitdem hatten sie keinen Kontakt gehabt. Vielleicht hatte sie ihn bereits abgeschrieben. Er hatte schließlich alles getan, um ihr klarzumachen, wie ungeeignet er für diese Aufgabe war. Die Verantwortung war zu groß für ihn. Gleichzeitig fragte er sich die ganze Zeit, mit welcher Methode sie wohl den Würfel wieder hinbekam.

Konzentration, Vincent.

Er durfte nicht wegdriften, sondern musste präsent sein. Die Sendung wurde live ausgestrahlt.

»Sie dürfen nur nicht lange nachdenken«, sagte er, »Hauptsache, es fühlt sich gut an.«

Steffo betrachtete die Gegenstände auf dem Tisch. Dort lag der Autoschlüssel von Jenny Strömstedt, der anderen Moderatorin, ein süßes Brötchen vom Frühstücksbüfett für die Gäste, Steffos Handy und ein abgenutztes Lederportemonnaie mit dem berühmten Porträt von Che Guevara auf der Vorderseite. Vincent hatte es selbst dazugelegt.

»Ich nehme das hier.« Steffo griff nach dem Portemonnaie. »Das fühlt sich … Ich bekomme irgendwie gute Laune davon.«

»Gut, das Portemonnaie«, sagte Vincent. »Würden Sie sagen, es war Ihre freie Entscheidung?«

»Absolut.« Steffo lachte. »Ich hätte jeden Gegenstand nehmen können.«

»Dieses Zimtbrötchen zum Beispiel sieht furchtbar lecker aus.« Jenny zwinkerte in die Kamera.

»Jeden Gegenstand, klar.« Grinsend deutete Vincent auf einen Zettel, den er Steffo vor dem Experiment gegeben hatte. Steffo faltete das Blatt Papier auseinander. Er runzelte die Stirn und räusperte sich. Als er versehentlich ans Mikro stieß, war ein schepperndes Knistern zu hören.

»Lies vor«, sagte Jenny.

Aber Steffo reichte ihr den Zettel. Jenny las die Botschaft mit ihrer angenehmen Moderatorinnenstimme vor.

»Meine Handlungen werden immer von zwei Dingen bestimmt: meinen persönlichen Vorlieben beziehungsweise Wertmaßstäben und dem Einfluss von außen. Beides zusammengenommen ergibt, dass ich mich mit neunzigprozentiger Sicherheit für das Portemonnaie entscheiden werde, auch wenn ich selbst nicht weiß, warum.«

Jenny warf einen verstohlenen Blick zu Steffo hinüber, der sich überhaupt nicht mehr wohl in seiner Haut zu fühlen schien. Vincent trank einen Schluck Wasser. Jenny drehte sich zur Kamera um, hinter der ein Kameramann verblüfft den Kopf schüttelte.

»Hallo, liebe Zuschauerinnen und Zuschauer, wenn Sie gerade erst eingeschaltet haben: Wir haben heute mal wieder Vincent Walder zu Gast, der uns etwas über unsere Gehirne beibringt oder, besser gesagt, sie durcheinanderbringt.«

Vincent sah sich auf einem Monitor neben der Kamera. Darunter wurde in leuchtend roten Ziffern die verbleibende Zeit angezeigt. 04:14. Noch vier Minuten, um zu erklären, wie er das gemacht hatte. 414. Der vierte, der erste und der vierte Buchstabe des Alphabets ergaben das englische Wort DAD. Papa. Er als Vater hätte Aston vielleicht nicht zu der Livesendung mitnehmen sollen, aber der Achtjährige schien mit den Sandwiches und dem Orangensaft im Aufenthaltsraum glücklich zu sein. Hoffentlich schafften sie es pünktlich zur Schule.

»Aber … werden unsere Handlungen denn von etwas gesteuert, das uns nicht bewusst ist?«, fragte Steffo. »Wie kann es sein, dass ich meine eigenen Vorlieben und Wertmaßstäbe nicht kenne?«

Steffo klang fast empört. Vincent war für den Bruchteil einer Sekunde völlig verwirrt, bevor er sich wieder fing.

»Ihnen sind möglicherweise nicht alle Ihre Vorlieben und Wertmaßstäbe bekannt«, erklärte er. »Es können zum Beispiel traumatische Ereignisse in der Kindheit einer Person vorgefallen sein, die im Erwachsenenalter automatisch ein gewisses Verhalten zur Folge haben. Die Person weiß nicht, dass sie einem Muster folgt, aber wenn man die Umstände kennt, ist ihr Verhalten eigentlich vorhersagbar.«

»Ist es wirklich so einfach?«, warf Jenny ein. »Wenn ich mal mit dem Fahrrad stürze, hasse ich doch nicht mein Leben lang Fahrräder.«

»Das wollen wir hoffen«, gluckste Steffo, »wenn man bedenkt, wie oft du dich hier im Studio an den Möbeln stößt. Einmal hättest du das Studio ja beinahe abgefackelt.«

Jenny warf ihm einen eisigen Blick zu. Steffo spielte auf die Sendung an, in der sie beim Versuch, Käseflips zu machen, einen Topf mit Frittierfett in Brand gesteckt hatte. Das Video hatte sich im Netz im wahrsten Sinne des Wortes wie ein Lauffeuer verbreitet.

»Aber wenn dich jemand mit einem blauen Audi anfährt, reagierst du noch lange Zeit beim Anblick von blauen Autos gestresst«, sagte Vincent. »Das muss keine heftige Reaktion sein, sondern kann einfach bedeuten, dass intensive Emotionen hochkommen.«

Noch eine Minute.

Er musste sich beeilen.

Konzentration.

»Wie damals, als ich bei *Let's Dance* mitgemacht habe«, sagte Steffo. »Mann, hat das einen Spaß gemacht. Das waren intensive Gefühle! Vor allem beim letzten Auftritt. Ich weiß es noch, als wäre es gestern gewesen.«

»Nicht schon wieder.« Jenny verdrehte die Augen.

Vincent merkte, dass er Steffo da hatte, wo er ihn hinhaben wollte.

»Wir nähern uns dem Kern der Sache«, sagte er. »Starke positive Gefühle, die mit Einzelheiten Ihrer Erinnerung an das Erlebnis verknüpft sind. Diese Details wecken angenehme Gefühle und haben daher eine anziehende Wirkung auf uns. Wissen Sie noch, was Sie bei dem Tanz anhatten?«

»Klar, ein weißes T-Shirt und …«

Steffo riss die Augen auf.

»Sie machen Witze.«

»Wieso?«, fragte Jenny. »Was ist los?«

Die Anzeige unter dem Monitor stand auf 00:10. In zehn Sekunden kam Werbung. Vincent klopfte sich innerlich auf die Schulter. Perfektes Timing.

»Ein weißes T-Shirt mit Che Guevara drauf.« Steffo hielt das Portemonnaie ins Bild.

»Ist es wirklich so einfach?«, fragte Jenny verblüfft.

Vincent grinste.

»Manchmal.«

Eine Sekunde, nachdem er direkt in die Kamera geguckt hatte, kam die Werbung.

»Danke für die Einladung.« Lächelnd legte er Steffo eine Hand auf die Schulter. »Das Portemonnaie können Sie behalten.«

Die beiden Moderatoren lachten, während er das Studio verließ. Hoffentlich hatte Aston den übrigen Gästen wenigstens ein halbes Sandwich übrig gelassen. Auf dem Weg zum Aufenthaltsraum zog er sein Handy aus der Tasche, um den Ton wieder einzuschalten. Drei entgangene Anrufe. Alle von Mina.

SIE GING DIE SCHMALE TREPPE runter und kam in einen kurzen Flur. An der einen Wand standen kleine Schminktische mit Spiegeln darüber. Vom schmalen Korridor aus erreichte man einen größeren Raum, in dem zwei Sofas um einen Tisch voller Obst- und Süßigkeitenschälchen standen. Hinter den Glastüren eines Kühlschranks befanden sich jede Menge Mineralwasserflaschen.

»Haben Sie nicht neulich gesagt, der Backstagebereich wäre für Besucher tabu?«, fragte sie.

»Ja, wenn ich sie nicht kenne«, sagte Vincent. »Bei der Ordnungsmacht ist das was anderes.«

Mina sah sich um.

»Gemütlich hier«, sagte sie. »Ich habe mir Künstlergarderoben viel schäbiger vorgestellt und dachte, die Wände sind dort bekritzelt und es riecht nach Bier.«

Sie hatte sogar überlegt, ein Treffen in der Garderobe des *Rival,* wo Vincents Auftritt in Stockholm stattfand, abzulehnen, und hatte sicherheitshalber Einweghandschuhe und eine Sitzunterlage dabei.

»Solche Garderoben gibt es auch«, sagte er. »Aber ich dachte, die hier würde Ihnen besser gefallen. Die im *Rival* gehört zu den edelsten in der Stadt. Und da wir uns mehr oder weniger *unter* der Bühne befinden, kann uns auch niemand hören.«

Er hatte recht. Die Garderobe sah nicht nur frisch renoviert, sondern auch gründlich geputzt aus. Mit einem Seufzer der Erleichterung ließ sie sich auf dem Sofa nieder. Die Federung verriet, dass vor ihr noch nicht viele hier gesessen hatten. Und mit Sicherheit hatten hier noch keine Groupies mit dem Drummer rumgemacht. Auf die Sitzunterlage konnte sie verzichten.

»Gut, dass Sie sich Zeit genommen haben«, sagte sie. »Haben Sie sich schon entschieden? Ich würde Sie dem Rest der Gruppe gerne so schnell wie möglich vorstellen, am liebsten gleich morgen. Sie könnten uns vielleicht etwas über die Ritzungen erzählen, in denen Sie eine Nummerierung erkannt haben.«

Vincent sah sie verwundert an.

»Aber das müssten Sie doch selbst gemerkt haben?«

»Wir haben … nach anderen Dingen Ausschau gehalten. Uns ging es vor allem um die Identifizierung des Opfers, weil wir hoffen, auf diese Weise an den Täter heranzukommen. Aber wie ich Ihnen schon in Gävle erzählt habe, kommen wir damit überhaupt nicht weiter. Dass das Opfer mit einer Art von … Symbol markiert wurde, grenzt für uns an Science-Fiction.«

Vincent seufzte. Seine Stirn war plötzlich umwölkt. Als ob er sich verschließen würde.

»Ich habe Ihnen ja schon gesagt, dass ich vermutlich nicht geeignet bin«, murmelte er. »Science-Fiction. Hm. Da haben Sie sicher recht. Aber mich brauchen Sie dafür nicht.«

»Was Süßes?«

Er schob ihr eins der Schälchen rüber. Ihr fiel auf, dass alle Bonbons einzeln eingepackt waren. Selbst wenn die unhygienischen Hände anderer Menschen in den Schälchen gewühlt hatten, waren sie also geschützt. Sie fragte sich, ob Vincent extra um eingepackte Snacks gebeten hatte. Ob er sie bereits so genau beobachtet hatte. Und ihre Macken einschätzen konnte. Wenn er war wie die meisten anderen, musste sie in wenigen Minuten mit der ersten Stichelei rechnen. Die Leute schienen es sich nicht verkneifen zu können. Hoffentlich war er anders. Gleichzeitig erfüllte es sie mit großem Unbehagen, wenn ein Fremder in ihr las wie in einem offenen Buch.

Ganz unten im Schälchen lag ein *Dumlekola*. Das mochte sie am liebsten. Aber um an das Toffee heranzukommen, hätte sie alle anderen Bonbons berühren müssen, die möglicherweise schon von anderen angefasst worden waren. Sehnsüchtig betrachtete sie das *Dumlekola*. Dann schüttelte sie den Kopf.

»Ich glaube, was diese Ritzungen angeht, liegen Sie richtig«, sagte sie. »Deswegen möchte ich, dass Sie mit den anderen sprechen. Weil ich glaube, dass Sie recht haben. Vielleicht hätten wir die Ziffern selber sehen sollen. Haben wir aber nicht. Wir brauchen Sie.«

Schweigend sah er sie an. Über ihnen hörte sie das Gemurmel des Publikums, das allmählich den Saal füllte. In zwanzig Minuten würde sich der Vorhang heben. Dann würde Vincent in seiner Eigenschaft als *The Master Mentalist* achthundert Menschen bezaubern und schockieren. Mit Fingerspitzengefühl würde er ihre Gedanken und ihr Verhalten manipulieren und den Eindruck erwecken, er habe alles unter Kontrolle. Es war schwer vorstellbar, dass der Mann vor ihr dieselbe Person war. Hier auf diesem Sofa wirkte er beinahe nervös.

»Ich will gerne versuchen, Ihnen zu helfen«, sagte er schließlich. »Aber ich kann nicht gut im Team arbeiten. Nur, damit Sie Bescheid wissen.«

Wer konnte das schon? Ein Team war nur eine zufällig zusammengewürfelte Gruppe von Menschen, die glaubten, einen zu kennen, weil sie mit einem zusammenarbeiteten. Mina hatte nie verstanden, warum die Leute sich unbedingt erzählen mussten, was sie am Wochenende unternahmen oder wie viel Kinder sie hatten. Als ob das von Interesse wäre.

»Teamsitzung ist morgen früh um neun in der Polizeidirektion.« Sie stand auf. »Ich hole Sie am Haupteingang ab. Und nun überlasse ich Sie Ihrem Publikum. Die Leute klingen so ungeduldig.«

Vincent warf einen amüsierten Blick in Richtung Zimmerdecke. Der Meistermentalist war zurück.

»Die werde ich schon zur Räson bringen«, sagte er. »Apropos. Hier.«

Er ging zum Kühlschrank, holte etwas, das darauf lag, und drückte es ihr in die Hand. Eine Tüte Dumlekolor. Ungeöffnet.

»Wir sehen uns morgen«, sagte er.

Die Polizeidirektion in der Polhemsgata auf Kungsholm war dank der auffälligen Beschilderung nicht zu übersehen. Die Luft war feuchtkalt und der Himmel so grau, als drohe Niederschlag. Nasser Schnee, der sich in Regen verwandelte, bevor er den Boden erreichte. Den März schätzte Vincent nicht besonders. Während er sich die Arme um den Leib schlug, um sich warm zu halten, beobachtete er die Leute, die in beiden Richtungen durch den Haupteingang strömten. Jedes Mal, wenn Mina nicht dabei war, war er enttäuscht. Das nervöse Flattern in seinem Magen ließ nicht nach. Er wusste nicht, ob er in der Polizeigruppe wirklich willkommen war. Das Risiko, ausgeschlossen zu werden, bevor er überhaupt aufgenommen worden war, steigerte seine Nervosität immer mehr.

Schließlich kam Mina durch die Glastür. Heute in einem roten Rollkragenpullover. Ihm entging nicht, wie gut ihr die Farbe stand. Sie verlieh ihr auf diskrete Weise eine dramatische Aura. Natürlich war ihm klar, dass diese Wirkung zum Großteil auf dem automatischen Adrenalinausstoß beruhte, den Menschen seit Hunderttausenden von Jahren beim Anblick der Farbe Rot erleben. Weil Blut rot war. Und zornige Gesichter. Wer mehr Adrenalin im Körper hatte, konnte schneller fliehen.

»Ich habe mich schon gefragt, wo Sie bleiben«, sagte sie. »Warum stehen Sie draußen? Wollen Sie abhauen?«

»Möglich.«

Sie warf ihm einen belustigten Blick zu, und er verspürte

daraufhin sowohl eine kräftige Ausschüttung des Stresshormons Cortisol als auch eine Zunahme der Wohlfühlsubstanz Dopamin. Der gleichzeitige Anstieg des Serotoninausstoßes machte sein Gehirn hellwach und ließ seinen Testosteronspiegel um vierzig Prozent ansteigen. Wenn dieser Hormoncocktail in zwei Menschen sprudelt, sagt man, stimmt zwischen ihnen die Chemie. Die Leute ahnen gar nicht, wie recht sie damit haben. Kein Wissenschaftler weiß, warum es passiert, aber alle sind sich einig, dass es so ist. Er überlegte, ob sie das Gleiche fühlte. Denn in Wahrheit war Flucht nie infrage gekommen. Dafür war Mina eine viel zu interessante Person.

»Sie haben doch schon tausendmal vor Unbekannten gestanden und geredet«, sagte sie. »Das hier ist genau das Gleiche. Kommen Sie.«

Während Mina ihn durch die Korridore führte, sah Vincent sich neugierig um. So ähnlich hatte er sich die Polizeidirektion vorgestellt. Eine typische Behörde. Kleine Büros mit Aktenstapeln auf den Schreibtischen und ein Großraumbüro mit Trennwänden zwischen den Arbeitsplätzen und Kaffeebechern, auf denen »Polizei« stand.

Vor einer großen Glastür mit einem Vorhang blieb sie stehen.

»Bereit für die Höhle des Löwen?«

Es war nichts anderes als ein Auftritt. Kein Grund, sich zu fürchten. Seine Nervosität schob er auf Minas Pullover. Und die Stresshormone.

Plötzlich merkte Vincent, dass sie auch nervös war. Er nahm an, dass es daran lag, dass sie sich noch nicht hundertprozentig sicher war, welche Rolle er spielen oder was er zur Lösung des Falls beitragen würde, und sie daher nicht genau wusste, wie sie ihn dem Team vorstellen sollte. Diese Sorge war durchaus berechtigt. Aber sie mussten ja nicht beide aufgeregt sein. Er überlegte, wie er sie beruhigen konnte.

»Sie haben recht. Eigentlich ist es egal, vor was für einer

Gruppe man spricht«, sagte er. »Im Grunde geht es nur um Gruppendynamik. Bestehende Gruppen reagieren immer auf neue Mitglieder. Freud hat sich intensiv mit Gruppen beschäftigt. Er hat den Begriff der Gruppenseele eingeführt, das ist eine Art kollektives Bewusstsein einer Gruppe. Seiner Theorie nach verhalten sich Menschen in der Gruppe anders, als sie sich als einzelne Individuen verhalten würden.«

Mina starrte ihn an.

»Und warum erzählen Sie mir das?«, fragte sie.

»In meinen Shows bediene ich mich auch der Gruppenpsychologie«, sagte er. »Ein großes Publikum reagiert anders, als wenn ich vor einer einzigen Person auftrete, und diesen Faktor kann ich nutzen, um meine Zuschauer dahin zu bringen, wo ich sie haben will. Dabei nutze ich vor allem Kurt Lewins Feldtheorie. Sie geht von drei entscheidenden Variablen aus. Als Energie bezeichnet er den Auslöser, der eine Handlung motiviert. Spannung ist der Unterschied zwischen dem Ist-Zustand einer Person und ihrem Ziel, und dann gibt es natürlich das physische oder psychische Bedürfnis, das diese innere Spannung erzeugt.«

Mina sah ihn immer noch an und schüttelte den Kopf, aber nervös wirkte sie nicht mehr. Die Aufmerksamkeit auf etwas anderes zu lenken, war der einfachste Kartentrick in seiner Werkzeugkiste. Meistens funktionierte er. Noch dazu in beiden Richtungen, wie er feststellte. Auch seine eigene Nervosität hatte sich gelegt. Nicht vollständig, aber ausreichend.

»Welche Ämter haben die Gruppenmitglieder?«

»Das spielt keine Rolle«, sagte Mina. »Polizeiliche Strukturen sind kompliziert, und es würde ewig dauern, sie Ihnen zu erklären. Der Sinn dieser Gruppe besteht ja gerade darin, Hierarchien aufzubrechen. Julia ist die Chefin, mehr brauchen Sie nicht zu wissen.«

Sie öffnete die Tür. Drei Augenpaare wandten sich ihnen zu, als sie eintraten. Eigentlich hätten es vier sein müssen, aber eine der Personen im Raum schlief.

»Hallo, alle miteinander. Das hier ist Vincent Walder. Julia hat euch ja schon erzählt, dass Vincent uns bei bestimmten Aspekten der Ermittlungen beraten wird.«

Kompaktes Schweigen. Der Schlafende schnarchte leise. Vincent ging im Kopf die möglichen Erklärungen für dieses seltsame Verhalten durch. Vermutlich litt der Mann entweder an Narkolepsie oder war gerade Vater geworden. Letzteres war statistisch gesehen deutlich wahrscheinlicher. Ein Milchfleck auf seiner Schulter bestätigte die Vermutung.

»Hallo«, sagte Vincent vorsichtig.

Aus dem Augenwinkel bemerkte er, wie Mina unruhig von einem Bein aufs andere trat. Er selbst war jetzt vollkommen entspannt. Im Arbeitsmodus sozusagen. Das hier war sein Metier. Nun musste er nur noch den Schlüssel zu jeder Person am Tisch und in der Dynamik der Gruppe den eigenen Platz finden. Und dann würde alles wie am Schnürchen laufen.

»Wie Mina schon gesagt hat, heiße ich Vincent. Ich bin Mentalist. Das bedeutet, dass ich es zu meinem Beruf gemacht habe, zu erforschen, wie man die menschliche Psyche manipulieren und das Verhalten von Menschen steuern kann. Was natürlich nur klappt, wenn man relativ genau weiß, wie die Leute ticken. Ich bin jedoch kein Psychologe oder Therapeut, sondern nutze meine Fähigkeiten vor allem als Entertainer.«

Ein etwas zu braun gebrannter Mann mit blondierten Strähnchen rümpfte die Nase. Er sah auf eine Weise gut aus, die eine gewisse Verzweiflung über das Älterwerden verriet. In Kombination mit einer viel zu hohen Meinung von sich selbst. Das Hemd, an dem ein Knopf zu viel offen stand, unterstrich das nur. Ein roter Ausschlag auf den sichtbaren Teilen seiner Brust verriet einen noch nicht lange zurückliegenden Besuch im Waxing-Studio. Vincent nahm an, dass der Mann keine besonderen Schwierigkeiten hatte, sich sein aufgeblasenes Selbstbild von Frauen bestätigen zu lassen. Er strahlte die Selbstsicherheit eines Menschen aus, der um das, was er wollte, nicht zu bitten brauchte. Sein gut entwickelter *pectoralis major* war sicherlich hilfreich. Der große Brustmuskel. Irgendwie war es lustig, dass sich beide Geschlechter von großem Brustumfang beim jeweils anderen Geschlecht angezogen fühlten. Allerdings aus ganz verschiedenen Gründen. Bei Frauen bedeuteten große Brüste, dass sie die Nachkommenschaft gut ernähren konnten. Kräftig entwickelte Brustmuskeln bei Männern hingegen versprachen Stärke und Schutz vor Feinden. Falls es sich nicht nur um Biertitten handelte.

»Verzeihung.« Mina riss ihn aus seinen Gedanken. »Ich habe Ihnen ja noch gar nicht die anderen vorgestellt.«

Sie begann mit dem Mann mit dem ausgeprägten Selbstbewusstsein.

»Das ist Ruben Höök. Und daneben sitzt Christer Bengtsson, unser grand old man.«

»So alt bin ich nun auch wieder nicht«, murrte Christer.

Vincent verkniff sich ein Grinsen. Für Christer war das Glas offenbar halb leer. Er wusste zwar nicht, durch welche Enttäuschungen die Grundeinstellung dieses Mannes zustande gekommen war, nahm aber an, dass sie sich zu einer selbst erfüllenden Prophezeiung ausgewachsen hatte. Kein Ring am Finger. Wahrscheinlich lebte er allein. Ein beachtlicher Taillenumfang und ein leichtes Schnaufen deuteten auf viel Junkfood und wenig Bewegung hin. Mit anderen Worten, auch keine Haustiere zu Hause, die Gassi geführt werden mussten. Druckerschwärze an den Fingern. Er las also immer noch gedruckte Zeitungen. Vincent hätte gewettet, dass Christer auch noch ein Bakelittelefon mit Wählscheibe und hoffnungslos verknotetem Kabel besaß.

»Könnte mal jemand Peder wecken?«

Mina sagte es ohne vorwurfsvollen Unterton. Peder war offensichtlich ein beliebter Kollege und demzufolge mit hoher Wahrscheinlichkeit ein sympathischer Mensch. Ansonsten hätten die anderen nicht toleriert, dass er während der Sitzung schlief, und wenn er noch so viele Kinder zu versorgen gehabt hätte.

»Peder! Aufwachen!«

Ruben schüttelte Peder, der sich verschlafen aufsetzte.

»Was? Wer?«

»Hier.« Mina stellte ihm einen Energydrink hin und erntete einen dankbaren Blick.

»Und das hier ist Peder Jensen.« Mina konnte sich ein Grinsen nicht verkneifen.

»Ich bin übrigens kein Däne, auch wenn mein Name so klingt«, sagte Peder mit erstaunlich munterer Stimme. »Mein Vater ist Däne, aber ich bin in Bromma aufgewachsen.«

Peder Jensen wirkte freundlich und offen, und bestätigte so Vincents Beurteilung. Aber vor allem schien er müde zu sein.

»Peder und seine Frau haben vor drei Monaten Drillinge bekommen«, sagte Julia.

Vincent stieß einen Pfiff aus. Drillinge. Kein Wunder, dass der Kerl im Dienst schlief.

»Und dann gibt es noch mich«, sagte die Frau am Kopfende des Tisches. »Julia Hammersten. Ich bin als Ermittlungsleiterin für diese bunte Truppe verantwortlich, betreibe aber auch aktive Ermittlungsarbeit. So wie wir alle. Auf Titel legen wir hier keinen Wert.«

Julia deutete auf ihre Kollegen.

»Wir kommen alle aus verschiedenen Polizeieinheiten, und diese Gruppe ist ein Experiment mit offenem Ausgang, das will ich gar nicht verhehlen. Wie Mina Ihnen vielleicht schon erzählt hat, ist mein Vater der Chef der Stockholmer Polizei. Er hat die Gründung dieser Gruppe genehmigt, um dem dringenden Bedarf nach mehr Flexibilität zwischen den Einheiten gerecht zu werden. Und daher steht eine Menge auf dem Spiel, wenn wir keine guten Ergebnisse abliefern. Die Privilegien, die diese Gruppe momentan hat, kann sie schnell wieder verlieren. Ich würde sogar sagen, dass sich das Experiment dem Ende nähert, wenn wir mit den Ermittlungen nicht bald weiterkommen.«

Sie hatte zuletzt ratlos geklungen, hielt den Blick gesenkt.

Ihre beherrschte Körpersprache deutete auf hohe Mauern rings um ihr Innerstes hin. Zudem strahlte sie Trauer aus. Irgendetwas belastete sie und beschäftigte sie offenbar fast ständig. Er war überzeugt, dass es sich um eine private Angelegenheit handelte, die nichts mit dem Gruppenexperiment zu tun hatte. Die meisten Menschen vergaßen die obere Hälfte ihres Gesichts, wenn sie versuchten, ihre Mimik zu kontrollieren. Daher konnte man die wirklichen Gefühle am ehesten an der Stirn, der Augenbrauenpartie und sogar den Lidern ablesen. Julia jedoch hatte ihr gesamtes Gesicht unter Kontrolle, und es fiel ihm schwer, mehr als den vagen Eindruck zu gewinnen, dass Julia Menschen nicht gerne nah an sich heranließ.

Es war still geworden, die anderen warteten darauf, dass er etwas sagte. Er räusperte sich.

»Und an dieser Stelle komme ich ins Spiel, nehme ich an«, sagte er. »Mir ist mittlerweile klar geworden, dass meine Fähigkeiten bei der Lösung dieses Falls von Nutzen sein können. Anfangs war ich mir da unsicher, aber gemeinsam haben Mina und ich bereits gewisse … Beobachtungen gemacht.«

Er warf Mina einen Blick zu, sie nickte.

»Bevor wir weiterarbeiten, sollten wir uns kurz die Beine vertreten, würde ich vorschlagen«, sagte Julia. »Damit wir alle einen klaren Kopf haben. Und Peder, du trinkst am besten noch ein Red Bull.«

Mit keckerndem Lachen stand Christer auf. Ruben boxte auf dem Gang bereits mit seinem Schatten, was ziemlich albern aussah, und Peder schnappte sich artig eine weitere Dose Red Bull, die beim Öffnen laut zischte. Kurt Lewins Feldtheorie passte überraschend gut. Vincents Wunsch nach Minas Aufmerksamkeit erzeugte in ihm eine Spannung, die ihn zum Handeln motivierte. In Wirklichkeit wollte er von ihr gemocht werden.

Alle hatten sich die Beine vertreten und saßen wieder auf ihren Plätzen. Ruben trommelte ungeduldig mit den Fingern auf dem Tisch. Er war nicht sonderlich beeindruckt von Julias Entscheidung. Ein externer Berater ohne vernünftige Berufsbezeichnung. Lächerlich. Und jetzt sollte dieser *Mentalist* auch noch gemeinsam mit Mina eine Art Präsentation machen. Als ob er einer von ihnen wäre.

Die Leitung hatte recht. Da sie so tief gesunken waren, dass sie irgendwelche Zaubertricks anwendeten, war es wahrscheinlich am besten, das Experiment abzubrechen. So war es eben, wenn Frauen etwas zu sagen hatten. Was wohl als Nächstes kommen würde? Würden Julia und Mina ein Medium anschleppen? Irgendeine Wahrsagerin wie diese Saida Andersson aus Älvsby, die ihnen die Karten legte und anschließend verriet, wer der Mörder war? Lächerlich.

»Ich habe Sie im Fernsehen gesehen«, sagte Peder fröhlich zu Vincent. »Was Sie da gemacht haben, fand ich sehr beeindruckend.«

»Ich kenne Sie auch«, sagte Christer um einiges reservierter. »Nehmen Sie es mir nicht übel, aber sind Sie nicht Zauberer? Und haben wir nicht einen Kriminalpsychologen im Haus?«

»Mentalist«, korrigierte ihn Vincent. »Und was diesen Psychologen angeht – war da nicht was mit griechischen Männern?«

Julia hustete, und Peder lachte laut.

»Ja, oh, mein Gott, da war Jan wirklich auf dem Holzweg …« Er schüttelte den Kopf.

»Ich möchte betonen, dass ich kein Zauberer bin«, fiel Vincent ihm ins Wort, »auch wenn ich durchaus mit Illusionen arbeite. Da ich mich in meiner Jugend mit herkömmlicher Zauberei beschäftigt habe, habe ich natürlich immer noch gewisse Fähigkeiten auf diesem Gebiet, beherrsche aber heutzutage höchstens noch ein paar Kartentricks. Mich interessiert, was in den Köpfen der Leute vor sich geht.«

»Vincent kennt sich nicht nur mit menschlichem Verhalten

aus.« Mina sah ihre Kollegen an. »Er kann auch gut Muster erkennen.«

Sie verschränkte die Arme vor der Brust und schien bereit zu sein, diesen Vincent und seine Fähigkeiten wehrhaft zu verteidigen. Aus irgendeinem Grund ärgerte das Ruben. Mina provozierte ihn in vielerlei Hinsicht. Es musste etwas mit der Lässigkeit zu tun haben, mit der sie seinen Charme, dem alle anderen Frauen erlagen, ignorierte. So etwas war ihm noch nie passiert. Frauen um den Finger zu wickeln, war seine Superkraft. Normalerweise liebten ihn die Frauen ganz unabhängig von ihrem Alter, ihrem Aussehen, ihren politischen Ansichten oder ihrer Kultur. Es gab keine einzige Frau in Rubens Leben, die ihm nicht zu Füßen lag. Außer Mina. Nicht dass er ihr unsympathisch gewesen wäre. Er war ihr nur egal. Was in seiner Welt noch einen Tick schlimmer war.

Am Anfang hatte er versucht, sie zu verführen. Hatte mit allen Tricks gearbeitet, die er auf Lager hatte. Nicht, weil er sich auch nur im Geringsten zu ihr hingezogen gefühlt hätte, sie war überhaupt nicht sein Typ, sondern um herauszufinden, ob es ihm gelingen würde. Der Jagdtrieb war immer seine stärkste Motivation gewesen. Der Sex selbst war dann meistens ziemlich uninteressant, und er nahm das nächste Opfer ins Visier. Wenn er die Wahl hatte, ging er am liebsten mit üppigen Blondinen ins Bett. Und wenn er seine Beute am Haken hatte, brachte er die Sache auch zu Ende. Das war Ehrensache. Er verstand die Angler nicht, die einen Fisch nur fingen, um ihn wieder ins Meer zu werfen. Das war schließlich nicht der natürliche Sinn und Zweck der Jagd.

Doch Mina war bisher gegen all seine Tricks immun gewesen.

Heute ärgerte er sich ganz besonders über sie. Im Moment stand sie vorne am Whiteboard, schrieb Notizen darauf und befestigte mit Magneten Fotos daran. Sie trug eine dunkelblaue Jeans, einen roten Rollkragenpullover, durch den sich jeder Saum ihres BHs abzeichnete, hatte ihr Haar zu einem

Pferdeschwanz zusammengebunden, aus dem keine einzige Strähne heraushing, und war wie immer völlig ungeschminkt. Das einzig Unperfekte an Mina waren ihre rauen roten Hände. Das lag sicher daran, dass sie sich ständig mit Handdesinfektionsgel einrieb. Ruben fragte sich, was sich hinter der makellosen Fassade verbarg. Er war ein Meister darin, sich die Unterwäsche von Frauen vorzustellen. Meistens sah er auf den ersten Blick, was für ein Typ eine Frau war. Bevorzugte sie elfenbeinfarbene Seidensets von *La Perla?* Knallrote Spitzendessous von Victoria's Secret oder aufreizende schwarze Stringtangas oder sogar diese Fummel mit Öffnung im Schritt, die man beim Versandhandel für Sextoys bestellen musste?

Er seufzte. Mina trug vermutlich praktische Baumwollhöschen.

»Als ich Vincent das Material zeigte, sind ihm bestimmte Dinge aufgefallen«, sagte sie. »Dinge, die wir übersehen hatten.«

Mina verstummte und drehte sich zu Vincent um, der einen Schritt vorgetreten war.

»Den Fotos nach zu urteilen«, sagte Vincent, »würde ich sagen, dass die Ritzungen dem Opfer bei Weitem nicht so zufällig zugefügt wurden, wie man meinen könnte. Ich glaube, dass es sich um eine römische Ziffer handelt. Genauer gesagt, um die Zahl Drei.«

»Eine Zahl?«, fragte Christer erstaunt.

Ruben schnaubte. Mina sah ihn an.

»Ruben? Möchtest du was sagen?«

Eiskalter Ton und hochgezogene Augenbrauen. Ihre verdammte Arroganz. Ruben tat, als würde er sie nicht verstehen.

»Wozu?«

Seine Stimme klang etwas aggressiver als beabsichtigt. Julia warf ihm einen vorwurfsvollen Blick zu. Peder beugte sich interessiert vor. Christer brummte etwas Unverständliches und kratzte sich an der Kopfhaut, die durch sein spärliches graues Haar schimmerte.

»Zu Vincents Behauptung, dass die Ritzungen dem Opfer nicht nur bewusst zugefügt wurden, sondern vielleicht sogar eine Ziffer darstellen.«

Seufzend öffnete er die Arme. Völliger Blödsinn natürlich.

»Scheint mir weit hergeholt«, sagte er. »Wenn man Hufe trappeln hört, tippt man auf Pferde und nicht auf Zebras. Wir hatten es schon öfter mit Tätern zu tun, die auf den Geschmack gekommen sind und ein bisschen mehr als nötig mit dem Messer herumgespielt haben. Das ist nichts Neues.«

Vincent beugte sich nach vorn und legte die Fingerkuppen aneinander. Ruben fragte sich, ob es überhaupt möglich war, noch selbstherrlicher auszusehen. Sein ganzer Körper juckte vor Wut. Ging Mina dem Kerl wirklich auf den Leim? Frauen.

»Da ist es ja«, sagte Mina. »Alles andere wurde mit höchster Präzision durchgeführt. Jemand hat sich die Mühe gemacht, eine Kopie von einem Gegenstand anzufertigen, den ein Magier verwenden könnte. Und hat das Ganze wie eine klassische Illusion inszeniert – bis auf das Happy End. Da ist Zeit investiert worden. Planung. Geduld. Klingt das für euch nach einer Person, die plötzlich auf den Geschmack kommt und noch ein bisschen mit dem Messer herumspielt?«

Ruben zuckte mit den Schultern.

»Na ja, so nun vielleicht auch wieder nicht …«

»Ich finde nicht, dass die Ritzungen achtlos wirken.« Julia stand auf und kam nach vorn ans Whiteboard.

La Perla in Weiß, dachte Ruben. In diesem Fall musste er allerdings nicht raten. Wie Julias Unterwäsche samt Inhalt aussah, wusste er seit dieser Weihnachtsfeier auf der Schärenkreuzfahrt vor fünf Jahren. Sie war voll wie ein Eimer gewesen und hatte ihn in seiner Kabine gefickt wie ein Tier. Damals kannte sie Torkel, diesen Langweiler, noch nicht, mit dem sie mittlerweile verheiratet war. Mit ihm kam bestimmt nur die Missionarsstellung infrage. Auf der Schärenkreuzfahrt hatte sie ihre Tage gehabt, und daher hatte es in seiner Kabine am nächsten Morgen wie auf dem Schlachthof ausgesehen. Sie selbst hatte sich bereits davongestohlen. Solche Dinge passierten eben auf Betriebsfeiern. Dass Julia seine Chefin war, hätte zum Problem werden können, aber der Vorfall kam nie wieder zur Sprache. Und Torkel war definitiv keine Konkurrenz. Nicht, dass Ruben auch nur die geringste Lust auf Julia gehabt hätte, aber trotzdem. Es war immer ein beruhigendes Gefühl zu wissen, dass man bei einer Frau gut ankam.

Mina trat einen Schritt zur Seite, um Julia Platz zu machen. Julia stieß versehentlich gegen Minas Ellbogen, und Ruben sah, dass Mina zusammenzuckte, als ob sie einen Stromstoß bekommen hätte.

»Die Ritzungen sind vollkommen symmetrisch«, sagte Julia. »Die Form sieht definitiv nicht nach Zufall aus. Eine Ziffer hingegen muss es nicht unbedingt sein. Es gibt schließlich keinen Kontext.«

Julia wandte sich an Peder und Christer. Peder war offenbar wieder müde geworden und kurz davor, einzunicken.

»Was wissen wir über den Fundort der Leiche?«, fragte Julia.

Schweigen. Ruben warf einen Kugelschreiber nach Peder, der erschrocken zusammenzuckte.

»Was?« Peder sah sich verschlafen um.

»Der Ort, an dem die Leiche gefunden wurde«, wiederholte Mina Julias Frage. »Was wissen wir darüber? Was sagen die Techniker?«

Peder schüttelte sich wie ein nasser Hund und nahm ein Blatt von dem Papierstapel vor ihm auf dem Tisch.

»Sie wurde vor dem Eingang des Vergnügungsparks *Gröna Lund* gefunden. Das ist jedoch höchstwahrscheinlich nicht der ursprüngliche Tatort. Dafür haben wir dort zu wenig Blut gefunden. Der Kasten ist nach dort transportiert und aufgestellt worden.«

»Zeugen?«, fragte Vincent.

»In der direkten Umgebung wohnt niemand. Aber wir haben

die Leute befragt, die im Abba-Museum und im Restaurant nebenan arbeiten. Niemand hat etwas gesehen oder gehört.«

»Und Sie wissen nicht, wer das Opfer ist.«

Christer schüttelte mit finsterer Miene den Kopf. Möglicherweise hatte sein Gesichtsausdruck gar nichts zu bedeuten. Christer war grundsätzlich negativ eingestellt.

»Noch nicht«, sagte er. »Wir sind noch dabei, die Vermisstenmeldungen durchzugehen, aber bislang stimmte keine weibliche Person in der Altersgruppe mit unserem Opfer überein. Andererseits ist sie vielleicht gar nicht vermisst gemeldet worden, und dann haben wir ein Problem, weil wir nach der berühmten Nadel im Heuhaufen suchen. Blonde Frauen um die dreißig gibt es wie Sand am Meer.«

»Ich schlage vor, wir suchen trotzdem weiter«, sagte Julia mit unverhohlener Ironie. »Nur weil sie kein Namensschild um den Hals hängen hat, müssen wir ja nicht gleich die Hoffnung aufgeben.«

Christer zuckte ratlos, aber doch zustimmend mit den Schultern, und Julia drehte sich zur Gruppe um. Sie ging auf Mina zu, und Ruben stellte fest, dass Mina schnell einen Schritt zurückwich, damit Julia sie nicht noch einmal streifte. Er fragte sich, wie es eigentlich war, wenn Mina mit jemandem ins Bett ging. Oder nahm sie ihre Bedürfnisse einfach selbst in die Hand? Mithilfe eines kleinen batteriebetriebenen Geräts? Oder verlangte sie von den Kerlen, sich vorher mit Natronlauge zu waschen? Vielleicht mussten sie auch in einen dieser raschelnden Krankenhausoveralls schlüpfen und nur ihren Schwanz aus einer Öffnung an der Vorderseite rausholen … Ruben kicherte laut vor sich hin und fing sich einen strengen Blick von Julia ein. Schnell machte er ein ernstes Gesicht, wurde aber das Bild von Mina nicht los, die es von einem Mann im Plastikoverall besorgt bekam. Aus irgendeinem Grund hatte der Mann Vincents Gesicht.

»Christer, du versuchst weiter, die Identität der Frau zu ermitteln, Peder, du nimmst das gesamte Material der Techniker unter die Lupe, das kleinste Detail könnte wichtig sein, das weißt du ja selbst.« Julia sah Vincent an. »Peders Analysen sind hervorragend. Er kann Listen, für die wir anderen Wochen brauchen würden, im Bruchteil der Zeit durchgehen, ohne etwas zu übersehen.«

Peder wurde rot, schien sich aber über das Kompliment zu freuen. Julia fuhr fort: »Ruben …«

Er unterbrach sie.

»Ich übernehme den Kasten«, sagte er.

»Genau. Schau, was du über den Hersteller, das Material und den Bauplan rausfindest. Ganz egal, was, Hauptsache, wir entdecken endlich Hinweise auf denjenigen, der ihn gebaut oder gekauft hat. Und untersuche bitte auch, woher die Schwerter stammen. Und hör auf, mich anzustarren.«

Ruben ließ seinen Blick nach oben wandern und grinste schelmisch, als er Julia in die Augen sah.

»Mina, du sprichst mit dem Rechtsmediziner und fragst ihn, was er uns über die Schnittverletzungen und anderes sagen kann. Ich habe bereits einen Forensiker beauftragt, die Schäden am Uhrglas zu untersuchen. Und Vincent, Sie könnten vielleicht versuchen, ein Täterprofil zu erstellen.«

»Versuchen ist genau der richtige Ausdruck. Wie schon gesagt, ich bin nicht als Profiler ausgebildet, sondern habe andere Kenntnisse, die es mir ermöglichen, einigermaßen zutreffende Beobachtungen zu machen.«

»Danke, einen Versuch ist es auf jeden Fall wert.«

Sie wollte tatsächlich diesen Mentalisten engagieren. Und ihm Zugang zu noch geheimerem Ermittlungsmaterial verschaffen. Das brachte das Fass zum Überlaufen. Ruben konnte nicht mehr an sich halten.

»Jetzt reicht es«, sagte er. »Der Typ ist Entertainer. Ein Spaßvogel. Wir sind *Polizisten*. Ihr könnt ihn doch nicht ernst nehmen.«

Die anderen sahen Ruben schweigend an. Die Luft im Raum war plötzlich zum Schneiden.

»Da die Presse noch keinen Wind von dem Fall hat, haben wir einen winzigen Vorsprung«, sagte Julia verbissen. »Und den müssen wir nutzen. Auf jede erdenkliche Weise.«

Ruben breitete die Arme aus. Er gab es auf. Das kam eben dabei heraus, wenn Frauen Führungspositionen hatten.

»Ich gehe gleich in die Forensik.« Er stand auf. »Muss mir nur noch schnell eine Kristallkugel aus der Asservatenkammer holen.«

Peder, Christer und Ruben verließen den Raum, und auch Vincent musste gehen. Julia und Mina blieben zurück. Sie standen am Whiteboard. Mina fühlte sich schon beschmutzt, wenn sie die Fotos ansah, und wünschte, sie hätte ihr Handdesinfektionsgel nicht auf dem Schreibtisch vergessen.

»Wie ist es deiner Ansicht nach gelaufen?«, fragte Julia.

»Ich weiß nicht.« Mina betrachtete die Bilder. »Begeistert war die Gruppe nicht gerade.«

Sie rieb sich die Unterarme, um die äußere Schicht aus abgestorbenen Hautzellen zu entfernen, die sich dort um diese Tageszeit abgelagert hatten.

»Glaubst du denn, er kann ein Täterprofil erstellen?«, fragte Julia. »Er selbst klang ja nicht so überzeugt.«

Mina zuckte mit den Schultern.

»Ich glaube, dass er Dinge kann, von denen wir noch gar nichts ahnen. Und es ist ja auch nicht so, als ob wir jemand anders hätten, wenn wir nicht noch mehr griechischen Männern nachjagen wollen. Ich würde gerne mit Vincent zusammenarbeiten und ihm wenigstens eine Chance geben. Wir müssen uns an jeden Strohhalm klammern, und das ist er für uns.«

»Wenn wir ihn wirklich in die Gruppe integrieren wollen, musst du wirklich von ihm überzeugt sein«, sagte Julia. »Denn wie dir sicher aufgefallen ist, haben wir es mit einer Reihe von Skeptikern zu tun. Nun, Peder gehört vielleicht nicht dazu. Aber Ruben und Christer haben starke Vorbehalte gegen ihn.«

Julia ließ sie allein zurück. Mina seufzte tief. Die Teamsitzung war eine Katastrophe gewesen, da gab es nichts zu beschönigen. Vincent hatte zwar den Auftrag bekommen, ein Täterprofil zu erstellen, aber sie glaubte nicht, dass die anderen viel auf seine Analyse geben würden. Mina hingegen würde ihn nicht so leicht davonkommen lassen. Sie konnte ihm keine Vorwürfe machen, weil er während der Besprechung so zurückhaltend gewesen war. Er hatte ja selbst gesagt, alles hinge mit der Gruppendynamik zusammen. Man musste versuchen, sich zu integrieren. Schade, es hatte nicht funktioniert. Ruben, dieser Idiot. Aber apropos Vorurteile, sie hatte schon nach ihrem Gespräch im Rival gewusst, dass sie mit Vincent zusammenarbeiten wollte. Allerdings musste sie das wohl ohne diesen konservativen Haufen bei der Polizei machen.

Ihr Blick blieb an den Fotos am Whiteboard hängen. Die blutige Leiche, die von den Schwertern aufgespießt worden war. Nur im weißen Höschen und einem Unterhemd. Sie wollte nicht hinsehen. Aber sie musste es. Ein Schwert hatte sich ins Auge der Frau gebohrt und war am Hinterkopf herausgekommen. *Eine klassische Illusion.* Nur gestörte Menschen konnten etwas für Zauberkunststücke übrig haben.

Kvibille 1982

Jane kratzte sich den Lehm mit einem Stein von den Schuhen. Sie hasste das alles. *Hasste* es. Es war nicht ihre Entscheidung gewesen, aufs Land zu ziehen. Aber sie musste darunter leiden.

»Komm jetzt, Jane!«, rief ihr kleiner Bruder. »Wir dürfen erst Torte essen, wenn du da bist.«

Mama stand schon auf der Rasenfläche, wie immer in einem ihrer selbst geschneiderten Kleider. Irgendwann würde sich Mama hoffentlich mal eins kaufen. Wenigstens hatte sie heute ihr schönstes an, das mit dem Leopardenmuster. Wie sie sich den Stoff beschafft hatte, war Jane ein Rätsel, aber in dieser Hinsicht hatte Mama schon immer geradezu übernatürliche Fähigkeiten besessen. In dem Kleid sah sie fast schon elegant aus, obwohl es selbst genäht war. Wenn nur die nackten Füße nicht gewesen wären. Zur Feier ihres Geburtstags trug Mama außerdem einen Blumenkranz. Jane seufzte und tat so, als hätte sie ihren Bruder nicht gehört.

Sie würde bald sechzehn werden und hatte ihr halbes Leben auf dem Hof verbracht. Sie und Mama waren die Ersten gewesen. Im Sommer 1974 hatte ihre Mutter ihren Job in Stockholm gekündigt. Sie waren aus der Wohnung in der Stadt und von Janes Freundinnen weggezogen, weil ihre Hippiemutter mit ihren Freunden auf einem Hof in der Nähe von Kvibille eine Kommune gründen wollte. Dieses halländische Dorf war so klein, dass niemand je davon gehört hätte, wenn die Käsefabrik nicht gewesen wäre.

Jane wohnte nicht einmal in Kvibille. Sie wohnte *außerhalb*. Dort, wo man sich nie schick anziehen konnte, weil es überall matschig war.

Sie betrachtete ihre Schuhe. Die weißen Sohlen waren nicht zu retten. Schon wieder. Sie hasste das alles.

Jane ging zum Haus, zog die Schuhe aus und steckte die Füße genervt in ein Paar Gummistiefel. Dass Mama unbedingt hierbleiben wollte, hieß nicht, dass sie es auch tun musste. Sie ging wieder in den Garten zu Mama und ihrem kleinen Bruder.

»Wann ziehen wir endlich um, Mama?«, fragte sie, genau wie immer, während sie sich auf die Wolldecke setzte.

»Hallo«, sagte Mama.

»Erik konnte doch auch hier wegziehen«, brummte Jane. »Warum wir nicht?«

Erik war der Einzige von Mamas Bekannten gewesen, der tatsächlich aufgetaucht war. Er hatte aber nur ein halbes Jahr durchgehalten. Als Mama schwanger war, fand er die Natur auf einmal nicht mehr so toll. Und machte sich aus dem Staub.

Über Umwege erfuhren sie, dass er in einer Bank arbeitete und sich nur ein paar Monate freigenommen hatte. Einmal hörten sie, er arbeite als Vertreter für einen Sportartikelhersteller. Was davon stimmte, wussten sie nicht. Mama kannte noch nicht mal seine Adresse.

»Weißt du«, sagte Mama. »Auf dem Land ist es nicht leicht, Arbeit zu finden. Hier brauchen wir wenigstens nicht viel Miete zu zahlen. Und außerdem wohnst du jetzt schon genauso lange hier wie in Stockholm. Wahrscheinlich erinnerst du dich gar nicht mehr an das Stadtleben, sondern hast dir eine Fantasiewelt ausgemalt. So schön war es dort nicht. Hier haben wir es viel besser, das schwöre ich dir. Aber lass uns jetzt nicht mehr davon reden. Wenn dein Bruder für uns gezaubert hat, essen wir Torte.«

Mama sah müde aus. Es war einer dieser Tage. Streit anzufangen, hätte keinen Sinn gehabt. Man hielt sie besser bei Laune.

»Zum Geburtstag«, kündigte ihr kleiner Bruder die Zaubervorstellung an.

Er trug den Mantel, den Jane ihm zu seinem letzten Geburtstag genäht hatte. Er war schon fast zu klein.

»Ich habe auch ein Geschenk für dich.« Jane hielt ihrer Mutter ein Päckchen hin. »Aber du darfst es nur aufmachen, wenn du die Karte lesen kannst.«

An dem Päckchen hing ein Blatt Papier, auf das sie Linien gezeichnet hatte. Einige gestrichelt, andere durchgezogen. An einigen Stellen waren auch Buchstaben zu erkennen, die teilweise von den Linien durchschnitten wurden. Mama drehte das Blatt hin und her.

»Wie soll ich denn das …?«, murmelte sie.

Jane seufzte. Es war ärgerlich, wenn die Leute es nicht einmal versuchten.

»Denk an Origami.«

Mama sah sie fragend an.

»Mein Gott. Dann eben an Papierflieger.«

»Du meinst, ich soll das Blatt falten?« Mama lachte. »Cool!«

Sie schob die Zunge in den Mundwinkel, während sie sich an die Arbeit machte. Ein Zweig unter der Wolldecke pikte Jane in den Oberschenkel. Sie versuchte, sich bequemer hinzusetzen, aber es ging nicht. Dieser Hof und sie würden niemals Freunde werden.

»Fertig«, sagte Mama betrübt. »Aber ich glaube nicht, dass ich es richtig gemacht habe.«

Sie hatte das Papier zu etwas wie einem Ball zusammengeknüllt. Ein G stand auf der Oberseite. Jane, ihr kleiner Bruder und Mama fingen lauthals an zu lachen.

»Das kann ja eine Katze besser.« Der kleine Bruder zupfte demonstrativ am Kleid mit dem Leopardenmuster.

Jane lachte noch lauter.

»Sie hat doch gesagt, wie einen Papierflieger«, sagte er. »Die gestrichelten Linien faltet man nach innen, die durchgezogenen nach außen.«

Mama strich das Papier glatt und begann von vorne. Das Ergebnis war ein perfektes Sechseck mit einer deutlichen Botschaft auf der Oberseite.

»Herzlichen Glückwunsch zum Geburtstag«, las Mama vor. »Dem letzten in Kvibille.«

»Die Hoffnung stirbt zuletzt«, sagte Jane achselzuckend, als ihre Mutter ihr die Zunge rausstreckte.

»Okay, Schwester«, sagte ihr kleiner Bruder. »Jetzt bin ich dran.«

Er zog ein Kartenspiel aus der Tasche und schwenkte es effektvoll, als ob es ein lebendiges Wesen wäre.

»Heute ist der achte Juli, und es ist jetzt genau drei Uhr nachmittags. Prägt euch diesen Tag ein!«, sagte er in dramatischem Ton. »Denn ihr werdet noch euren Enkelkindern davon erzählen.«

»Weißt du überhaupt, wie man Enkelkinder kriegt?« Jane verdrehte die Augen, musste aber trotzdem grinsen.

»Nimm dieses Kartenspiel«, fuhr er fort, als ob er sie nicht gehört hätte, »misch die Karten und zieh eine. Schau sie dir an, aber sag uns nicht, welche es ist.«

Ihr kleiner Bruder besaß die beneidenswerte Fähigkeit, immer gute Laune zu haben. Manchmal wirkte er geradezu manisch. Aber er hatte mit seinen sieben Jahren auch sein ganzes Leben auf dem Hof verbracht und kannte nichts anderes. Er war zufrieden, wenn er im Tischlerschuppen werkeln und seine Zaubertricks üben konnte. Langsam wurde er richtig geschickt im Zaubern. Dass sie sich im Grunde immer erklären konnte, wie er etwas gemacht hatte, war nicht seine Schuld. Logische Schlüsse zu ziehen, war ihr schon als Kind leichtgefallen. Wenn ein Trick zu Ende war, ging sie ihn Schritt für Schritt rückwärts durch und begriff meistens, wie er funktioniert hatte. Trotzdem tat sie natürlich so, als ob sie überrascht wäre.

Sie nahm das Kartenspiel in die Hand, mischte die Karten, zog eine heraus, sah sie sich an und steckte sie wieder in den Stapel. Kreuz-Acht. Sie kam gar nicht umhin, zu bemerken, dass die Karte an der elften oder zwölften Stelle im Stapel landete.

»Soll ich sie mir auch merken?«, fragte sie grinsend.

Ein böser Blick war die Antwort. Zauberei war für ihren Bruder eine ernste Angelegenheit.

»Jetzt bist du dran, Mama.« Er nahm Jane das Kartenspiel aus der Hand und gab es seiner Mutter. »Mischen und eine Karte ziehen. Egal, welche.«

Mit konzentrierter Miene tat Mama, was er gesagt hatte.

»Du hättest jede Karte ziehen können, oder?«, fragte er ernst.

»Ja«, antwortete Mama ebenso ernst und zog eine Augenbraue hoch.

Jane konnte sich das Lachen nicht verkneifen.

»So.« Er drehte sich zu ihr um. »Wäre das Fräulein nun so freundlich, mir zu sagen, welche Karte sie sich gemerkt hat?«

»Das Fräulein werde ich dir heimzahlen«, sagte sie. »Aber gut, ich habe eine Kreuz-Acht gezogen.«

»Und was hält die gnädige Frau in der Hand?«

Er signalisierte seiner Mutter mit einer theatralischen Geste, dass sie ihre Karte zeigen sollte. Es war eine Kreuz-Acht.

»Unglaublich!« Jane musste lachen.

»Jane!«, sagte Mama.

Ihr kleiner Bruder hatte sie reingelegt. Ein ungewohntes, aber tolles Gefühl. Sie hätte vielleicht darauf kommen können, wie er es angestellt hatte, aber dazu hatte sie keine Lust. Nicht heute. Er verbeugte sich, und sie und Mama applaudierten begeistert. Wie immer.

Es war alles so, wie es sein sollte.

Aber es ginge nicht mehr lange so weiter, das wusste sie. In diesem Sommer würde alles anders werden. Sie musste Mama sagen, dass sie nach den Ferien nicht mehr da wäre. Dass sich ihr Leben veränderte. Bald würde sie ihr alles erzählen. Bald.

VINCENT KNIETE SICH HIN und band seinen rechten Schuh noch einmal zu. Die Schlaufen waren größer gewesen als am linken. Normalerweise war er nicht so schlampig, aber er war unkonzentrierter, als ihm lieb war. Er stand auf und nahm seine Jacke vom Kleiderbügel.

»Soll ich wirklich allein hingehen?«, fragte Maria aus der Küche.

Vor ihr lag ein aufgeschlagenes Buch über Forschungsmethoden. Maria studierte Sozialpädagogik, beklagte sich aber ständig über das Pensum. »Meine Güte, ich dachte, es würde um *Menschen* gehen«, maulte sie, sobald es um die theoretischen Grundlagen ging. Doch diesmal bezog sie sich auf etwas anderes. Vincents Bauchschmerzen wurden stärker.

»Du weißt seit Monaten von Vaters Siebzigstem. Dafür, dass du angeblich Meistermentalist bist, lässt deine Planung ganz schön zu wünschen übrig. Ruf Umberto an und sag ihm, die Agentur soll die Show absagen. Wird schon kein Problem sein, ist ja sowieso noch einen Monat bis dahin.«

Er drehte sich zu seiner am Küchentisch sitzenden Frau um. Maria hielt den Teebecher so fest umklammert, dass ihre Knöchel weiß hervortraten. Vincent war schon fast zur Tür raus gewesen und wollte sich die Schuhe nicht noch mal ausziehen. Die Schleifen waren endlich symmetrisch. Er starrte den Schriftzug auf ihrem Becher an. *Glitzerfotze,* stand darauf. Im Moment war Maria allerdings nicht von Glitzer, sondern eher von einer Gewitterwolke umgeben. Und die kam genau auf ihn zu.

»Du weißt, dass ich nicht die Termine mache.« Vielleicht war es ja einer dieser Tage, an denen sich Maria mit einer einfachen Erklärung zufriedengab und das Gewitter ohne Blitzeinschlag vorüberzog.

Dass sie den *Glitzerfotzen*-Becher noch krampfhafter umklammerte, ließ ihn hoffen.

»Soll das heißen ...«, sie machte eine eisige Kunstpause, »... dein Agent hat nicht berücksichtigt, dass mein Vater an diesem Tag seinen Siebzigsten feiert, was übrigens seit einem halben Jahr feststeht, wenn du es ihm gesagt hättest, als im Herbst die Tourdaten festgelegt wurden?«

Vincent spürte den harten Türrahmen im Rücken, während er nachdachte. Das Ganze entbehrte nicht einer gewissen Komik. Mit kleinen rhetorischen Finten hob er sonst jede Argumentation aus dem Angeln. Mit links. Doch Maria, deren analytische Fähigkeiten nun wirklich begrenzt waren, trieb ihn immer wieder in die Enge. Bei ihr funktionierte keiner seiner üblichen Tricks. Und bei Ulrika hatten sie das auch nicht getan. Vielleicht lag es in der Familie. Und außerdem hatte sie recht. Ihm waren zwar jetzt die Hände gebunden, aber er hätte das Problem durchaus verhindern können.

»Willst du nichts sagen?«

Aus der Gewitterwolke schlugen Blitze. Er hatte zu lange geschwiegen.

»Möglicherweise habe ich es versäumt, den Termin zu blocken«, sagte er. »Aber nun ist es eben, wie es ist.«

Sein Tonfall war viel zu sorglos, das merkte er selbst. Unverzeihlich. Seufzend bückte er sich und schnürte seine Schuhe wieder auf.

»Es ist, wie es ist?«, empörte sich seine Frau. »Wie kannst du nur so ein Klotz sein?«

Marias Stimme überschlug sich, sie war offenbar den Tränen nahe. Ein Blitzeinschlag wäre ihm lieber gewesen. Ihre Tränen machten ihn wehrlos. Er kam in die Küche und setzte sich zu ihr an den Tisch. Die Maserung des Holzes erinnerte ihn an Fingerabdrücke. Gedankenverloren fuhr er die Muster mit dem Zeigefinger nach.

Vincent überlegte, ob er nach Marias Hand greifen sollte, die mit dem blitzenden Ehering vor ihm lag, doch als er seine Hand gerade auf ihre legen wollte, zog sie sie weg und legte beide Hände in den Schoß. Er wich ihrem Blick aus, weil er wusste, dass er tränenfeuchte Augen und eine zitternde Unterlippe sehen würde.

»Ich wollte nicht grob sein«, sagte er mit gesenktem Blick.

»Aber auch wenn es blöd von mir war, der Agentur nichts von dem Termin zu sagen, lässt sich jetzt nichts mehr daran ändern. Natürlich hätte ich Leifs Siebzigsten schon im Herbst blocken müssen, aber jetzt müssen wir damit leben.«

Maria schluchzte. Sie trank einen großen Schluck von ihrem grünen Tee und verzog angewidert das Gesicht. Vincent hatte nie verstanden, warum sie immer noch dieses Zeug literweise trank, obwohl es ihr gar nicht schmeckte. Doch der gesundheitliche Nutzen von grünem Tee war eins ihrer Steckenpferde. Eine Zeit lang hatte sie versucht, auch ihn und die Kinder zu zwingen, das ekelhaft schmeckende Gebräu zu trinken, aber da dieses Experiment beinahe in völlige Anarchie ausgeartet wäre, hatte sie es nach ein paar Tagen aufgegeben.

Er stand auf und nahm eine Tasse aus dem Schrank über der Spüle. Das Pendant zu der von Maria, nur dass Schimmerschwanz darauf stand. Er schüttelte den Kopf. Die Alliteration und der weiche Klang mit dem scharfen Z am Ende gefielen ihm, aber das Layout störte ihn. Wieso waren die Buchstaben nicht auf einer Höhe platziert worden?

Die Bedeutung des Wortes war mehr als zweifelhaft, und vor allem die Teenager in der Familie waren nicht begeistert von Marias Humor, aber wenn sie Einwände erhoben, bekamen sie immer nur ausführlich erklärt, dass Sexualität nichts Peinliches war, und alle lernen müssten, mit den entsprechenden Bezeichnungen entspannter umzugehen. Was natürlich absurd war, wenn man sich vor Augen führte, wie unentspannt Maria in dieser Hinsicht war. Sie konnte mittlerweile nur noch Sex haben, wenn das Licht aus und die Vorhänge zugezogen waren und keiner von ihnen etwas sagte. Da das nicht immer so gewesen war, nahm er an, es hatte mit ihm zu tun. Dass sie jedoch wagen würde, laut auszusprechen, was auf dem Becher stand, glaubte er auch nicht.

Prinzipiell war das Bemühen um Offenheit natürlich richtig. Und er verlangte auch nicht von seiner Frau, dass sie ihren eigenen Ansprüchen immer gerecht wurde. Es ärgerte ihn aber, dass sie genau das von sich selbst annahm. Früher war das anders gewesen. Maria war anders gewesen. Kurz sah er eine schwitzende und wilde Maria vor seinem geistigen Auge.

Als er sich wieder an den Tisch mit der ausgeprägten Maserung setzte, musste er an Mina denken. Ob die Polizei wohl Fingerabdrücke auf dem Schwertkasten gefunden hatte? Vermutlich nicht. Bei ihrem nächsten Treffen würde er sie nach der kriminaltechnischen Vorgehensweise fragen.

»Und was sollen wir deiner Ansicht nach jetzt machen?«, fragte Maria. »Wegen Vaters Fest?«

Er stand noch einmal auf, schenkte sich Kaffee ein und setzte sich wieder. Sah verstohlen auf ihr Gesicht. Er hatte gehofft, Marias Adrenalinspiegel wäre ein wenig niedriger, bevor sie weitersprachen, aber sie hatte immer noch einen hochroten Kopf und Tränen in den Augenwinkeln.

»Ich wüsste nicht, was Umberto da machen soll. Für die Show sind bereits siebenhundert Eintrittskarten verkauft worden. Ich kann sie weder absagen noch verschieben. Du musst selbst entscheiden, ob du trotzdem zu der Feier gehst oder nicht.«

Er trank einen Schluck Kaffee, der angebrannt schmeckte.

»Ob ich hingehe oder nicht?« Maria kippte eine halbe Tasse grünen Tee in sich hinein. »Wie meinst du das? Wieso sollte ich nicht zum Siebzigsten meines Vaters gehen?«

Wieder überschlug sich ihre Stimme. Er wusste nicht, was er darauf erwidern sollte. Jedes Mal manövrierten sie sich in diese Sackgasse. Dabei war es doch logisch. Er konnte nicht zu der Feier gehen. Maria würde mit den Kindern allein hingehen müssen. Konnte sie den Besuch der Feier nicht vielleicht als Zeit für sich verbuchen? Außerdem liebte Aston seinen Großvater. Sie könnte ja auch zu Hause bleiben. Andererseits war ihm klar, dass Maria ihn durchschaut hatte.

»Du weißt doch, wie es ist, wenn ich mitkomme«, sagte er, um ihr zuvorzukommen.

Er wackelte mit den Zehen. Bei diesem Thema juckten immer seine Füße. Für ihn war die Sache erledigt, und wenn alle anderen weiter darauf herumreiten mussten, ging ihn das eigentlich nichts an. Trotzdem rieb man es ihm bei jeder Familienfeier unter die Nase.

»Ich will nicht, dass alle denken, wir hätten Probleme«, sagte Maria.

Genau das war der Punkt, um den sich diese Diskussion drehte. Für Maria war es wichtig, die Fassade aufrechtzuerhalten. Vor allem vor ihrer Verwandtschaft. Für die war es nämlich ein Skandal ohnegleichen gewesen, als er seine ehemalige Frau wegen ihrer acht Jahre jüngeren Schwester verließ. Dass die Leute es damals nicht gut aufgenommen hatten, war vollkommen verständlich. Dass dieser Groll seit Jahren anhielt, hingegen nicht. Die Verwandtschaft hatte zehn Jahre Zeit gehabt, sich damit abzufinden. Es war irrational, sich nach einem Jahrzehnt immer noch aufzuregen. Und dabei ging sie das Ganze doch gar nichts an. Ein solches Verhalten war unlogisch und unbegründet, und daher hatte er Schwierigkeiten damit. Und genau deshalb hatte er seinem Agenten den Termin nicht genannt. Manchmal war der logischste Schritt, unlogischen und komplizierten Situationen einfach aus dem Weg zu gehen.

»Für Ulrika wäre es doch ein gefundenes Fressen, wenn wir Probleme hätten«, sagte Maria. »Darauf hofft sie doch von Anfang an. Dass du mich verlässt, am besten wegen einer anderen. Oder wieder zurück zu ihr willst. Sie hat doch sogar gesagt …«

Er hatte es schon so oft gehört. Immer wieder wurde es durchgekaut.

»Na und?«, fiel er ihr ins Wort. »Sie hat nur so viel Macht über dich, wie du zulässt.«

»Und über dich hat sie keine Macht oder was? Ihr telefoniert doch mehrmals im Monat.«

»Maria, deine Schwester und ich haben Kinder zusammen. Aber wir zwei leben zusammen.«

»Wir haben auch ein Kind zusammen«, sagte sie.

»Ja, wobei ich mich manchmal frage, ob Aston weiß, dass er einen Vater hat«, sagte er. »Ich glaube, wenn er könnte, würde er dich am liebsten heiraten.«

Marias Mundwinkel wurde von einem winzigen Lächeln umspielt, das aber schnell wieder der missmutigen Miene wich. Sie öffnete den Mund, um noch etwas zu sagen.

Er hielt es nicht mehr aus, ihr zuzuhören, und starrte stattdessen auf seinen Kaffeebecher. Schimmerschwanz war ein Wort mit fünfzehn Buchstaben. Acht davon Konsonanten und drei Vokale. Fünfzehn acht drei. Er zog unauffällig sein Smartphone aus der Hosentasche und schlug unter dem Tisch bei Wikipedia das Jahr 1583 nach. Im Juni dieses Jahres war der Kanzler Axel Oxenstierna geboren. Sieh mal an. Und Axel war der zweite Vorname von Benjamin, seinem Sohn. Er – der Becher – der Schimmerschwanz – 1583 – Axel Oxenstierna – Benjamin – er. Hier schloss sich der Kreis. Vincent merkte zu spät, dass Maria Benjamin gerade erwähnt hatte.

»Und sag deinen großen Kindern, dass sie während der Feier auf keinen Fall Tante zu mir sagen sollen. Ulrika liebt es, wenn sie das tun.«

Die Tränen waren getrocknet, und sie wirkte nun eher wütend als traurig. Damit konnte er in vielerlei Hinsicht besser umgehen.

»Ich werde mit ihnen reden, versprochen.«

Vincent steckte das Handy ein und stand auf.

»Apropos mich verlassen. Wann wirst du mir eigentlich von dieser Polizistin erzählen?«, fragte Maria.

Er setzte sich wieder. Ihr Tonfall verriet, dass sie mit dieser Frage bewusst gewartet hatte, bis seine Abwehr geschwächt war.

»Was meinst du damit?«, fragte er.

»Ich weiß, dass ihr euch im Rival getroffen habt«, sagte sie.

»Ja, das habe ich dir doch gesagt«, warf er ein.

»Unterbrich mich nicht«, zischte sie.

Ihre Wut hatte den Themenwechsel unbeschadet überstanden.

»Selbst wenn du hier bist, bist du mit deinen Gedanken ganz woanders. Was geht dir durch den Kopf? Vincent? Überlegst du, wo ihr das nächste Mal fickt? Wie schön es beim letzten Mal war? Oder haben die Sofas im Rival nicht die richtige Höhe, um sie von hinten zu nehmen? Wahrscheinlich muss ich mich bedanken, dass du sie nicht mit nach Hause gebracht hast. Bisher.«

Er bedeckte das Gesicht mit den Händen, um sich zu beruhigen. Anfangs hatte ihn Marias Eifersucht in Rage gebracht. Diese Eifersucht war nicht von Anfang an da gewesen, aber sie hatte sich im selben Maß entwickelt, wie sich die Beziehung zwischen ihnen verschlechtert hatte. Allmählich hatte er gelernt, sich im Zaum zu halten, aber er reagierte immer noch heftig. Dagegen war er machtlos. Der Vorwurf, er würde sie hintergehen, berührte ihn zutiefst. Dabei wusste er natürlich, dass ihre Eifersucht weniger mit ihm als mit ihr zu tun hatte. Es ging, wie immer, um sie.

»Liebling«, sagte er, während er bewusst gleichmäßig atmete, um den drohenden Adrenalinausstoß zu unterdrücken. »Wenn du das wirklich glaubst, ist es schön, dass du mit lauter Fünfundzwanzigjährigen studierst, da hast du eine tolle Auswahl. Mina habe ich zuletzt im Polizeipräsidium getroffen. Ich soll ihr helfen. Ihrer Gruppe innerhalb der Polizei. Wenn du dich jedes Mal so verhältst, kann ich das aber nicht.«

Maria sah ihn schluchzend an.

»Gib mir eine Telefonnummer von dieser Gruppe«, sagte sie.

»Meine Gü… Okay. Eine Telefonnummer. Natürlich. Aber jetzt muss ich wirklich los. Tut mir leid, dass ich das mit dem Siebzigsten verbockt habe. Ich werde es irgendwie wiedergutmachen.«

Er stand auf und tätschelte ihr unbeholfen die Wange. Sie ließ es zu. Vincent ging in den Flur, schlüpfte in seine Schuhe und kniete sich hin, um sie noch einmal zuzubinden. Er hatte recht gehabt. Natürlich bekam er die Schleifen nicht so perfekt hin wie beim ersten Mal. Aber es musste reichen. Er verließ das Haus und schaffte es, den schneebedeckten Garten zu durchqueren, bevor er auf dem Gehweg vor dem Haus doch stehen bleiben und die Schleifen erneut binden musste. Es gab schließlich Grenzen.

MINA SASS IN EINEM TAXI, das sie zur Rechtsmedizin draußen in Solna bringen sollte. Sie kam nicht direkt vom Präsidium, sondern hatte ein anderes, etwas privateres Treffen hinter sich. Keiner ihrer Kollegen wusste, dass sie einmal in der Woche und bei Bedarf auch öfter zu einem Meeting der Anonymen Alkoholiker ging. Es bestand kein Grund, bei der Arbeit davon zu erzählen, vor allem, da sie keine Alkoholikerin war. Bei ihr hatte es sich um etwas anderes gehandelt. Jedenfalls eine Zeit lang. Allerdings lange Zeit, und sie hatte einen hohen

Preis dafür gezahlt und tat es noch immer jeden Tag. Aber das ging niemanden etwas an.

Das Meeting fand, nicht weit vom Präsidium entfernt, auf Kungsholm statt, und deswegen ging sie auch lieber zu den Anonymen Alkoholikern als … zu den anderen, deren Treffen eine längere Fahrtzeit erfordert hätten. Die Ideologie war im Prinzip gleich. Und wenn sie unterwegs Kollegen traf, konnte sie immer sagen, sie käme gerade von der Arbeit.

Als sie aus dem Taxi stieg, zog sie den Mantel enger um sich. Es war kalt. Im Grunde mussten die Kollegen gar nichts über sie wissen, und sie konnte nur schwer nachvollziehen, warum manche Leute so großzügig mit Informationen aus ihrem Privatleben um sich warfen. Die anderen hatten es nach einigen erfolglosen Annäherungsversuchen schließlich aufgegeben, ihr Fragen zu stellen, die nichts mit der Arbeit zu tun hatten.

In der Rechtsmedizin zog sie einen Kittel und einen Mundschutz über und klopfte vorsichtig an die Tür des Obduktionssaals.

Milda Hjort rief: »Herein«, schaute aber nicht in ihre Richtung, weil sie Mina ja erwartete und sich ganz auf die Leiche konzentrierte. Mina stellte sich neben sie. Fasziniert betrachtete sie die Kiste, die neben der Leiche auf dem sterilen Metalltisch stand.

Der Kasten selbst war alles andere als steril. Blut, Haare, Hirnmasse und diverse andere menschliche Überreste klebten an dem hellen Holz. Ein Mann um die fünfzig, vermutlich ein Kriminaltechniker, untersuchte die Kiste und hielt alle Beobachtungen schriftlich fest, während Mina mit der Leiche beschäftigt war. Die Rechtsmedizin war nur die erste Anlaufstelle für die Kiste, und Mina wusste, dass sie nur hier war, weil es nicht leicht gewesen war, sie von der Leiche abzulösen, ohne Spuren zu vernichten. Eigentlich hätte sie direkt ins NFZ überführt werden müssen, das Nationale Forensische Zentrum in Linköping. Als ob er Minas Gedanken gelesen hätte, nickte der Mann und trat einen Schritt vom Tisch zurück.

»Fertig. Ich werde jetzt veranlassen, dass die Kiste abgeholt und nach Linköping geschickt wird.«

»Danke«, sagte Milda, ohne aufzublicken.

Der Mann ließ die beiden Frauen mit Mildas Assistenten Loke allein, einem extrem verklemmten jungen Mann, der in all den Jahren noch nie ein Wort mit Mina gewechselt hatte.

»Was für eine Sauerei«, sagte Milda. »Es war nicht einfach, sie aus der Kiste zu kriegen. Die Leiche war in der Haltung erstarrt, in der sie darin hing. Wisst ihr, wer die Frau ist?«

»Noch nicht. Aber wir arbeiten daran. Schlimmstenfalls müssen wir die Öffentlichkeit befragen, aber den Wirbel schiebe ich lieber noch ein bisschen vor mir her.«

»Kann ich verstehen.«

Milda wandte sich der Kiste zu. Mina ging langsam drum herum und besah sie sich von allen Seiten.

»Hast du so was schon mal gesehen?«, fragte sie.

»Ich habe schon einiges gesehen«, sagte Milda. »Aber das hier ist neu für mich. Dein Kollege Ruben war auch schon hier.«

»Was hat denn der Techniker zu dem Kasten gesagt?«

»Nicht viel. Ein Quader aus Sperrholz. Genagelt und geleimt. Einige seltsame Details in der Konstruktion weisen angeblich darauf hin, dass die Kiste ursprünglich anders aussehen sollte, aber ich bin daraus nicht schlau geworden. Die Schlitze an den Seiten sind an die Breite und Dicke des Schwerts angepasst. Und dann wären da natürlich noch die Mordinstrumente selbst.«

Milda deutete mit einer Kopfbewegung auf einen anderen Tisch, auf dem mehrere durchsichtige Kunststoffbehälter mit je einem Schwert darin aufgereiht waren. Mina betrachtete sie fasziniert. Die Schwerter sahen alle gleich aus. Sie waren vollständig aus Metall, hatten lange Klingen und hinter dem Griff eine Schutzvorrichtung, die verhinderte, dass der Benutzer mit der Hand abrutschte und sich schnitt. An den Schwertern klebten Blut und verschiedenste Überreste des Opfers. Mina zog ihr Handy aus der Tasche und machte Fotos. Sowohl vom Schwert im Ganzen als auch von Details, die durch die Kunststoffhülle zu erkennen waren. Dann ging sie wieder zur Kiste hinüber und fotografierte auch die von allen Seiten.

»Muss man viel Kraft anwenden, um einen menschlichen Körper mit einem Schwert zu durchbohren?«

Milda nickte.

»Die Schwerter sind zwar unglaublich scharf, aber um sie so durch den Körper zu stoßen, dass sie wirklich genau bei der Öffnung auf der anderen Seite der Kiste wieder herauskommen … Tja, das erfordert sowohl Kraft als auch Präzision.«

»Ist dir irgendetwas besonders aufgefallen? Abgesehen vom Offensichtlichen. Irgendein Detail an der Kiste oder den Schwertern?«

»Mein Gebiet sind Leichen«, sagte Milda. »Nach der Kiste musst du die Kriminaltechniker noch mal fragen, wenn das NFZ sie untersucht hat. Aber wenn du ganz vorsichtig bist, kannst du sie selbst genauer in Augenschein nehmen.«

Mina nickte und sah sich um. Das Ambiente war so steril, dass ihr ein wohliger Schauer über den Rücken lief. Abgesehen von der Kiste gab es hier keinen überflüssigen Krempel, keinen Schmutz, keine Bakterien. Der beißende Geruch von Desinfektionsmittel tat ihr gut. Hier hätte sie wohnen können. Die ständige Angst in ihrem Brustkorb legte sich, und stattdessen breitete sich eine entspannte Wärme in ihrem Körper aus. Fühlten sich normale Menschen so, wenn sie unbekümmert durch die dreckige Welt da draußen spazierten?

Sie sah sich die Fotos an, die sie gerade von dem Schwert gemacht hatte. So ließen sie sich leichter studieren als in den Behältern. Sie zoomte eine Einzelheit heran.

»Woher kommen diese Abdrücke?«, fragte sie.

»Pardon?«

»Die Abdrücke«, wiederholte sie. »An den Griffen.«

Milda beugte sich über die Behälter und betrachtete die Griffe aus der Nähe. Die Leiche auf dem Obduktionstisch hatte Mina bislang bewusst ignoriert, aus dem Augenwinkel sah sie Loke jedoch die ganze Zeit daran arbeiten.

»Du hast recht«, sagte sie. »Sieht aus, als wären sie irgendwo befestigt. Keine Ahnung, woran.«

»Hast du eine Vermutung?«

»Nein, das habe ich doch schon gesagt. Mein Gebiet sind tote Menschen und keine toten Gegenstände. Du musst auf den Bericht aus Linköping warten.«

Mina machte einige letzte Fotos von der Kiste.

»Rufst du mich an, wenn dir was Hilfreiches aufgefallen ist?«, fragte sie.

»Natürlich.«

»Wie lange bleibt die Kiste noch hier?«

»Ein paar Stunden. Sie suchen noch jemanden, der sie nach Linköping fährt.«

Mina nickte.

Milda war gut. Widerwillig gestand sich Mina ein, dass auch Ruben, der den Auftrag hatte, Informationen über die Kiste einzuholen, seine Arbeit gut machte. Außerdem hatte Ruben ein nahezu fotografisches Gedächtnis, das ihnen schon oft wertvolle Dienste geleistet hatte. Der Grund, warum man ihn der Gruppe zugeordnet hatte, war nicht Inkompetenz, sondern MeToo. Doch sowohl ihm als auch Milda fehlte der Bezug. Für sie war die Kiste nur eine Mordwaffe. Vincent hingegen würde ihnen von ihrer Bedeutung in der Zauberkunst erzählen können. Obwohl er bei der Teamsitzung dabei gewesen war, hatten sie ihn nicht danach gefragt. Dabei erhoffte Mina sich von Vincents Expertenwissen viel mehr als von Rubens Ermittlungen. Ruben konnte sagen, was er wollte, aber sie musste Vincent die Kiste zeigen. Bevor sie ins NFZ gebracht wurde.

Mit einem tiefen Seufzer öffnete sie die Tür. Ein Teil von ihr wäre am liebsten in dieser herrlich sterilen Umgebung geblieben, anstatt sich hinaus in den Schmutz zu begeben. Sie wusste jedoch, dass ihr nichts anderes übrig blieb.

Bei 437 Kronen blieb der Taxameter stehen.

»Entschuldigen Sie bitte.« Vincent beugte sich vor. »Könnten Sie noch ein paar Meter weiterfahren?«

»Aber ich stehe doch schon direkt vor dem Eingang«, sagte der Taxifahrer mürrisch.

»Ja, und das ist auch gut so. Vielen Dank. Trotzdem würde ich Sie bitten, noch ein paar Meter zu fahren.«

Der Mann, der laut Namensschild an der Windschutzscheibe Yusef hieß, rollte kopfschüttelnd weiter. Als der Taxameter auf 444 Kronen sprang, rief Vincent: »Stopp!« Yusef zuckte mit den Schultern und blieb stehen.

»Der Kunde ist König. Jetzt zufrieden?«

»So ist es perfekt.« Vincent bezahlte.

Beim Aussteigen musste er einen großen Schritt über die Lache aus Schneematsch machen, in der das Taxi gehalten hatte.

Hinter der Glastür der Rechtsmedizin erkannte er Mina. Sie begrüßte ihn mit einem Nicken. Kein Händedruck. Wahrscheinlich hatte sie ihre Feuchttücher nicht dabei.

»Danke, dass Sie so schnell kommen konnten«, sagte sie.

»Ist doch klar«, antwortete er ehrlich.

»Wo ist der Kasten?« Er sah sich um. Hier war er noch nie gewesen. »Sollte Ruben ihn sich nicht ansehen?«

»Hat er schon. Und die Kiste steht momentan bei Milda, unserer Rechtsmedizinerin. Unsere Techniker hier vor Ort haben eine vorläufige Untersuchung durchgeführt, bevor die Kiste samt Schwertern zur gründlichen Analyse nach Linköping geschickt wird. Bis dahin bleibt uns aber noch ein bisschen Zeit. Ich will, dass Sie die Kiste sehen, weil Sie sie bestimmt aus einem anderen Blickwinkel beurteilen. Vielleicht hilft sie Ihnen auch bei der Erstellung des Täterprofils, um das Julia Sie gebeten hat.«

»Ich war mir nicht sicher, ob sie es ernst meint«, sagte er.

Während sie zu Fuß mehrere Stockwerke nach oben gingen, beobachtete Vincent Mina verstohlen von der Seite. Verstümmelte Leichen hin oder her, sie war die interessanteste Person, die ihm seit Langem begegnet war.

»Hier«, sagte sie.

Sie gelangten in einen Korridor. Mina ging voran, und er folgte wie hypnotisiert ihrem wippenden Pferdeschwanz. In einer Umkleide streiften sie Schutzkleidung über, und dann öffnete sie die Tür zu einem großen sterilen Raum mit Obduktionstischen aus Metall. Es sah hier genauso leer und sauber aus wie im Fernsehen. Ganz hinten stand die Kiste.

Vincent blieb abrupt stehen. Einen solchen Kasten hatte er schon lange nicht mehr gesehen. In der Realität wirkte er vollkommen anders als auf Minas Fotos und rief Erinnerungen wach, die er längst vergessen geglaubt hatte. Obwohl er es eigentlich besser hätte wissen müssen. Wem, wenn nicht ihm, war bewusst, wie gut das Gehirn Informationen aufbewahrte. In Gehirnwindungen ging nichts verloren. Vielmehr wartete alles nur darauf, wieder zum Vorschein zu kommen, wenn man am wenigsten damit rechnete.

»Auf dem Foto sah der Kasten viel kleiner aus«, sagte er nachdenklich. »Aber das ist Teil der Illusion. Die Kiste soll kleiner aussehen, als sie in Wirklichkeit ist, damit es unmöglich erscheint, dass die Assistentin den Schwertern ausweicht. Was in diesem Fall natürlich keine Rolle gespielt hat.«

Er ging vor dem länglichen Metalltisch, auf dem die Kiste stand, in die Hocke.

»Darf ich sie anfassen? Oder zerstöre ich dann Beweise.«

»Kommt darauf an, ob es Ihnen recht ist, wenn wir bei der Analyse Ihre Fingerabdrücke darauf finden.«

»Guter Punkt.« Er trat einen Schritt zurück. »Da hat jedenfalls jemand recherchiert. Der Schwertkasten gehört zu den frühsten Bühnenillusionen. Colonel Stodare ist 1865 in der Londoner Egypt Hall damit aufgetreten und hat ein Jahr später die Funktionsweise publik gemacht. Bei ihm war es allerdings ein Korb. Die Holzkiste kam später. Aber so oder so, wie schrecklich, in so was hineinkriechen zu müssen.«

»Haben Sie Platzangst?«

»Das kann man wohl sagen. Habe ich von meiner Mutter geerbt. Allein bei dem Gedanken bekomme ich Albträume.«

Er steckte den Kopf in die Kiste, sah sich die Öffnungen für die Schwerter aus der Nähe an und achtete dabei sorgsam darauf, hinter dem Mundschutz ruhig zu atmen. Die Öffnungen waren an völlig falschen Stellen. Zumindest wenn man wollte, dass die Assistentin überlebte.

»Manchmal wird am Ende eine leere Kiste präsentiert«, sagte er. »Und dann taucht die Assistentin irgendwo im Publikum auf. Ich persönlich habe das nie verstanden.«

Er hatte befürchtet, dass es in der Kiste schlecht riechen würde. Nach Körperflüssigkeiten. Blut, Schweiß oder vielleicht Urin. Aber das Innere war geruchlos. Trotz der großen Blutflecke, die ins Holz gesickert waren.

»Das verstehe ich nicht. Macht es den Trick nicht noch besser?«, fragte Mina.

»Denken Sie mal nach. Es soll vorgetäuscht werden, dass die Assistentin von Schwertern durchbohrt wird, aber überlebt. Wenn der Kasten jedoch anschließend leer ist, wird der erste Effekt zunichtegemacht. Dann war sie ja nie in der Kiste. Die Schwerter waren also unnötig. Bei dieser Kiste hier wäre es allerdings ausgeschlossen.« Er zeigte auf die Rückwand, in der normalerweise eine Klappe versteckt war. »Hier kommt man nicht raus.«

Er stand auf und streckte die Beine.

»Muss man das denn wirklich genau durchdenken?«, fragte Mina. »Es ist doch nur Zauberei.«

»Ganz genau. Wenn man es nicht durchdenkt, ist es *nur* Zauberei. Nett anzusehen, aber man versteht nicht ganz, was es soll. Und die Schwerter?«

»Da drüben.« Mina zeigte auf die durchsichtigen Kunststoffbehälter auf dem anderen Tisch. »Sie sind da drin, damit das Blut trocknen kann. Außerdem wäre es ja blöd, wenn sich jemand daran verletzt. Im NFZ werden alle Fingerabdrücke und DNA-Spuren gesichert. Es kann aber eine Weile dauern, bis wir die Laborergebnisse bekommen.«

»NFZ?«, fragte Vincent.

»Das Nationale Forensische Zentrum. Es liegt in Linköping«, erklärte Mina.

»Für das Täterprofil geben die nicht viel her, glaube ich.« Er hob einen der zylinderförmigen Behälter an und sah sich das Schwert darin genau an. »Das ist ein Condor Grosse Messer. Ich dachte erst, es könnte ein Falchion sein, weil die Klingen sich ähneln, aber im Gegensatz zum Falchion haben die Schwerter von Condor eine raue Oberflächenstruktur am Griff. Schauen Sie mal.«

Er hielt ihr den Zylinder hin. Mina beugte sich vor und nickte. Dann sah sie ihn an. »Darf man überhaupt fragen, woher Sie das wissen? Illusionen sind das eine, in der Welt sind Sie ja zu Hause, aber das hier?«

Er lachte.

»In meiner Jugend hatte ich eine LARP-Phase.«

»LARP?«

»Liverollenspiele. Wir haben uns hin und wieder getroffen und mittelalterliche Kämpfe nachgespielt.«

»Oh. Viel Sex können Sie nicht gehabt haben.«

Er lachte über die unerwartete Bemerkung. Sein Lachen hallte schrill von den nackten Wänden wider.

»Immerhin mehr als diejenigen, die nur Schaumgummischwerter hatten. Und außerdem, welche Frau weiß denn nicht den tapferen Ritter zu schätzen?«

»Stimmt, Ihre Tapferkeit sehe ich regelrecht vor mir«, sagte Mina, und er wurde rot. »Aber was soll's. Das ist also ein …«

»Ein sogenanntes Großes Messer von Condor. Es wiegt etwa zwei Kilo. Die Klinge ist aus Blattstahl, genauer gesagt 1075 Kohlenstoffstahl, wird in Ecuador hergestellt. Der Griff ist aus Echtem Hickory und Walnuss.«

»Okay, nun sind Sie gerade vom Liverollenspiel zu einer lebenden Wikipedia übergegangen, also lassen wir das lieber. Warum glauben Sie, dass uns die Schwerter wenig nützen?«

Vincent wog bedächtig den Zylinder in der Hand. Dann legte er ihn wieder zu den anderen Schwertern in ihren Behältern.

»Das ist kein seltenes Schwert. Die gibt es massenhaft zu kaufen. Nicht nur neu, sondern auch gebraucht. Daher kann man von der Waffe schwer auf einen Käufer oder Verkäufer schließen. Wer etwas so Kompliziertes macht, stolpert nicht über ein Schwert.«

»Super. Wie lange haben Sie darauf gewartet, diese Redewendung zu benutzen?«

»Anscheinend etwas zu lange.«

»Und die Kiste? Was sagen Sie dazu? Muss man ein Fachmann sein, um so was zu bauen?«

Wieder hockte er sich vor die Kiste und steckte den Kopf hinein.

»Der Kasten gibt mehr Hinweise, würde ich sagen. Wer wüsste schon, was das ist?«

»Glauben Sie, es ist ein Eigenbau? Oder kann man so was bestellen?«

Mit knackenden Knien stand auf.

»Beides wäre möglich«, sagte er. »Wenn man die Kiste bei einer Zimmerei bestellt, müsste sie allerdings trotzdem auf die Person darin zugeschnitten sein. Falls man selbst einen Schwertkasten bauen möchte, finden sich Bauanleitungen. Man muss nur wissen, wo.«

»So eine Anleitung würde ich gerne mal sehen«, sagte sie.

»Also, wer auch immer den Kasten gebaut hat, muss eine Vorlage gehabt haben, und das bedeutet, dass er oder sie Kontakt zu jemandem aus der Branche hatte. Wenn Sie möchten, würde ich mal die Hersteller kontaktieren, die ich kenne. Viele sind es nicht. Ich habe gleich noch einen Termin mit meinem Agenten, aber anschließend könnte ich mich darum kümmern.«

»Gerne.« Mina nickte so heftig, dass ihr Pferdeschwanz wippte. »Jede Hilfe ist willkommen.«

Die beiden gingen in Richtung Tür.

»Ich hoffe, der Besuch hier hat Ihnen tatsächlich Anhaltspunkte für das Täterprofil geliefert«, sagte sie.

Er blieb stehen und wandte sich ihr zu.

»So eine Konstruktion braucht Zeit«, sagte er. »Die Tat ist also eiskalt geplant worden. Andererseits erscheint mir die Vorgehensweise sehr brutal, da müssen Emotionen im Spiel gewesen sein. Ich sehe einen Konflikt bei der Ausführung, der mich verwirrt. Mehr möchte ich noch nicht sagen, weil ich den Täter nicht falsch beurteilen will. Lassen Sie mich das Ganze erst mal verdauen. Sind Sie mit den Ritzungen schon weitergekommen? Der Ziffer auf der Leiche?«

»Nein, noch nicht. Ich habe die Rechtsmedizinerin aber gebeten, in ihren Akten nachzuschauen, ob sie so was schon mal gehabt hat. Allerdings wissen wir ja gar nicht, ob es eine Ziffer ist. Es ist nur eine Hypothese. Ihre Hypothese, um genau zu sein.«

»Es ist bestimmt gut, das zu überprüfen. Ich habe noch mal nachgedacht und glaube immer noch, dass es sich um eine Ziffer handelt. Auch wenn Julia anderer Meinung ist. Vielleicht brauchen Sie gar kein psychologisches Täterprofil, sondern nur diese Ziffer, um Ihren Mörder zu finden.«

Die Tür wurde aufgerissen, und sie mussten schnell einen Schritt zurücktreten, um sie nicht ins Gesicht zu bekommen. Ruben stand davor und machte ein finsteres Gesicht, als er Vincent und Mina erblickte.

»Was macht der denn hier?«, fragte er barsch und warf Vincent einen genervten Blick zu.

»Er ist auf Anordnung von Julia hier. Ich tue nur, was man mir sagt.« Mina zuckte so ungerührt wie möglich mit den Schultern. »Und wo hast du gesteckt?«

»Die haben hier ein paar charmante Rechtsmedizinerinnen, mit denen ich gerne Kaffee trinke.« Ruben rauschte an ihnen vorbei.

Als Vincent und Mina draußen im Flur waren, sah er sie von der Seite an.

»Wieso habe ich da eine gewisse Spannung gespürt?«, fragte er.

»Lassen Sie es mich mal so sagen«, sagte sie. »Julia hat Sie zwar gebeten, ein Täterprofil zu erstellen, aber um Unmut im Team zu vermeiden, muss das außerhalb der regulären Ermittlungsarbeit stattfinden. Sie hat mich damit beauftragt, mich *um Sie zu kümmern,* und ja, das war ein wörtliches Zitat. Es sieht so aus, als müssten wir Jan Bergsvik, unseren hausinternen Kriminalpsychologen, auch mit ins Boot holen.«

Mina verzog das Gesicht, bevor sie fortfuhr.

»Julia hat mir genehmigt, Sie zu engagieren, aber sie ist nur halb überzeugt. Und die anderen ... Wenn's nach denen ginge, wären Sie nicht in der Gruppe. Vincent, ich möchte wirklich, dass Sie mir helfen, aber ich fürchte, die anderen werden nicht auf uns hören. Am allerwenigsten Ruben. Sie und ich werden diesen Fall alleine lösen müssen.«

»Ich könnte vielleicht versuchen, die anderen mit meiner gewinnenden Persönlichkeit zu überzeugen.«

»Klar, das hat ja schon beim ersten Mal so wunderbar geklappt.«

Vincent nahm es nicht persönlich. Soziales Verhalten war ihm nicht in die Wiege gelegt worden. Er hatte es sich bewusst aneignen müssen und war deshalb so gut darin, Menschen auf der Bühne zu manipulieren. Er hatte lange darüber nachgedacht, wie man das macht. Und trotzdem gelang es ihm eigentlich nur während seiner Shows. Seine streitlustige Familie konnte davon ein Lied singen.

In gewisser Hinsicht war es wohltuend, dass Mina das verstand. Es war einfacher so.

»Wie kommen Sie denn mit dem Profil voran?«, fragte sie.

»Noch ist meine Analyse nicht abgeschlossen, es gibt noch zu viele Varianten. Ich bin verblüfft, dass sowohl Organisation als auch Desorganisation zu erkennen ist. Bei ein und derselben Person. Das ist ungewöhnlich. Nicht ausgeschlossen, aber ungewöhnlich.«

Mina runzelte die Stirn.

»Verzeihung«, sagte er. »Ich werde es Ihnen noch genauer erklären. Wenn ich meine Gedanken ein wenig sortiert habe. Danke, dass Sie mir den Kasten gezeigt haben. Das war sehr hilfreich. Apropos Analyse, Sie wissen schon, dass Ruben mit Ihnen schlafen möchte, oder? Seine Körpersprache, als er sich Ihnen zuwandte, und die geweiteten Pupillen …«

Mina unterbrach ihn.

»Mein Gott, Vincent. Dafür braucht man kein Mentalist zu sein. Ruben will mit allen schlafen.«

»Und bei einem Mittelalter-LARP hätte er das auch machen können. Falls er nicht einer von den Schaumgummitypen gewesen wäre. Ist er ein Schaumgummityp?«

Minas Lachen schallte durch den Korridor. Es war ein gutes Geräusch, eins, das seine Stimmung hob. Vincent brauchte nicht einmal die einzelnen Lacher zu zählen.

NAHEZU UNMÖGLICH. Er wusste es. Christer Bengtsson saß seufzend vor seinem Computer. Es war eine langwierige und monotone Arbeit, die Vermisstenkartei durchzugehen. Die Leute wären überrascht, wenn sie wüssten, wie viele Personen in Schweden jedes Jahr verschwinden. Die meisten davon allerdings vermutlich freiwillig.

Sie hatten das Alter des Opfers auf zwanzig bis dreißig geschätzt, aber es war schon bei lebenden Personen nicht leicht, das Alter zu schätzen. Bei Toten war es noch schwerer. Christer betrachtete das Foto, das ihm die Rechtsmedizinerin gegeben hatte, damit er es mit den Bildern in der Kartei vergleichen konnte. Blondes schulterlanges Haar, blaue Augen. Sie war wahrscheinlich eine durchschnittlich hübsche Frau gewesen, als sie noch lebte. Er wandte sich wieder dem Bildschirm zu und klickte die nächste an. Die äußeren Kennzeichen trafen auf einige zu, blonde Frauen mit blauen Augen gab es ja in Schweden wie Sand am Meer. Doch keine von ihnen hatte wirklich Ähnlichkeit mit dem Foto auf dem Schreibtisch.

Er hatte immer Beziehungen mit dunkelhaarigen Frauen gehabt. Viele waren es nicht gewesen. Bestimmt gab es da irgendeinen freudianischen Bezug zum pechschwarzen Haar seiner Mutter. Er lebte jedoch immer noch allein. Keine Frau hatte bei ihm bleiben wollen. Was ihn allerdings auch nicht gewundert hatte. Bei jeder Beziehung hatte er von Anfang an gewusst, dass sie früher oder später enden würde. Es hatte nie wirklich gepasst. Liebe war nicht von Dauer. Nichts war von Dauer. Nur das Wetter. Und auch das Klima würde keinen Bestand haben, wenn man dieser Greta Thunberg Glauben schenken durfte.

Er wandte sich wieder dem Monitor zu. Griff nach seinem Becher und trank einen Schluck Kaffee, den er sofort wieder in den Becher spuckte. Pfui Teufel, kalter Kaffee. Ein Gesicht nach dem anderen zog an ihm vorüber. Sie sahen alle jung und hoffnungsvoll aus, doch auch ihnen würde das Leben über kurz oder lang die Hoffnung austreiben. Christer war seiner Mutter dankbar, weil sie ihm von vornherein beigebracht hatte, dass das Leben nichts als Enttäuschung und Trostlosigkeit zu bieten hatte. Wenn die Menschen das begriffen hätten, wäre das Leben viel einfacher für sie. All diese Ausgebrannten und Deprimierten überall litten doch nur an ihren übertriebenen Erwartungen und den unausweichlichen Enttäuschungen, die zwangsläufig darauf folgten.

Auf dem Bildschirm zogen die Gesichter an ihm vorüber. Er griff, ohne nachzudenken, zur Kaffeetasse, trank einen Schluck und fluchte erneut, als er merkte, dass der Kaffee immer noch kalt war. Er spuckte den Kaffee wieder aus und starrte düster in die Tasse. Das Leben. Pfui Teufel. Das Leben.

VINCENT LEGTE DIE KEKSE ordentlich auf den Teller. Zwei Reihen mit je vier Keksen. Er war in seiner Agentur, *ShowLife Productions* am Strandväg, und versuchte, die Bilder loszuwerden, die er seit dem Besuch in der Rechtsmedizin im Kopf hatte. Von dem Kasten mit den unheimlichen Öffnungen. Und Mina, die danebenstand. Mina mit ihrem Pferdeschwanz.

Konzentration. Zu Beginn seiner Zusammenarbeit mit *ShowLife* waren edlere Süßigkeiten serviert worden, Pistazienbiscotti und dunkle Schokolade, doch je besser sie sich kannten, desto weniger hatte sein Agent das Bedürfnis, ihn zu beeindrucken. Zumindest mit solchen Äußerlichkeiten. Die Tatsache, dass auf dem Teller wieder von Tosse gebackene Kekse lagen, verhieß nichts Gutes. Nicht, dass Tosses Kekse nicht geschmeckt hätten, aber ganz offensichtlich hatte Umberto etwas auf dem Herzen.

Umberto lebte schon seit fünfzehn Jahren in Schweden, aber sein italienischer Akzent war immer noch markant. Vincent hatte den Verdacht, dass Umberto ihn bewusst pflegte, weil er zu Recht vermutete, dass er ihm eine mondäne Aura verlieh. Er wünschte nur, Umberto hätte Ballerinakekse gekauft, anstatt selbst gebackene mitzubringen, die zwar besser schmeckten, aber unterschiedlich groß waren. Mit der Maschine hergestellte Kekse waren alle gleich, keiner stach heraus. Und leichter aufreihen ließen sie sich auch.

»Hat sie dich wieder heimgesucht?«

Vincent schüttelte den Kopf. »Nein, schon seit zwei Vorstellungen nicht mehr. Aber wahrscheinlich ist es nur eine Frage der Zeit.«

»Was habe ich gesagt? Wir sollten einen Wachschutz engagieren.«

»Nein, nein, das wäre eine unnötige Ausgabe. Die Bühnen regeln das schon. Keine Sorge.«

»Das hat John Lennon vielleicht auch gesagt, bevor er auf Mark Chapman traf«, brummte Umberto.

»Lassen wir das.« Vincent winkte ab und nahm sich einen Keks. Weiße Schokolade und Walnuss. Obwohl er asymmetrisch war, schmeckte er wirklich gut.

»Vincent, es gab Beschwerden.« Mit angestrengter Miene strich sich Umberto über den sorgfältig gestutzten Bart. »Du bist letzte Woche im *Konzert & Kongress* in Linköping und im *Slagthuset* in Malmö aufgetreten.«

»Ja, vor 1196 beziehungsweise 900 Leuten.« Vincent nickte. »Beide Häuser waren ausverkauft. Standing ovations. Hat sich jemand über die Shows beschwert?«

Umberto seufzte.

»Nein, nicht über die Show. Aber du kannst dich nach deinem Auftritt nicht einfach in der Garderobe auf den Boden legen. Die Reinigungskräfte hätten beinahe einen Herzinfarkt bekommen. Nach beiden Shows.«

Vincent nahm sich noch einen Keks. Damit die Reihen wieder gleich lang waren.

Umberto griff in eine Papiertüte, um Kekse nachzulegen. Vincent versuchte, ihn mit aufgerissenen Augen davon abzuhalten. Er brachte ja alles durcheinander!

»Wie lange arbeiten wir schon zusammen, Umberto?«, fragte er. »Zehn Jahre? Diese Shows sind anstrengend. Es ist nicht so leicht, wie es aussieht. Mein Gehirn muss sich danach erholen. Und das geht am besten, indem ich mich einfach hinlege. Das weißt du doch.«

»Aber eine ganze Stunde? Und in Karlstad haben die Techniker eine Krise gekriegt, weil du ihre Kabel nach Farben sortiert hast.«

»Okay«, sagte Vincent. »Sag ihnen, es tut mir leid. Es kommt nicht wieder vor. In Karlstad war die Nagelnummer etwas heikel. Ich hätte mir einen beinahe durch die Hand gejagt. Da brauchte ich hinterher Ablenkung.«

Umberto kniff widerwillig die Augen zusammen und schüttelte den Kopf. Dann schaute er aus dem Fenster. Vincent folgte seinem Blick. Ostern war zwar erst in einer Woche, aber auf dem Wasser in der Nybrovik glitzerte die Sonne wie im Sommer.

»Ich wünschte, du würdest solche Nummern gar nicht machen«, sagte Umberto, ohne Vincent anzusehen. »Was ist mit der Tournee, wenn du dich verletzt? Was würde Maria sagen?«

»Sie wäre begeistert«, sagte er. »Denn dann könnte ich sie zu dieser Feier begleiten.«

»Feier«, murmelte Umberto, der nicht richtig zugehört hatte.

Stattdessen beobachtete er zwei junge Frauen, die in kurzen gelben Kleidern auf der gegenüberliegenden Straßenseite standen und aufs Wasser zeigten. Vermutlich Touristinnen, die den Stockholmer Frühling überschätzt hatten.

»Weißt du was, ich bin anderer Meinung. Und ich werde mich auch durchsetzen. Für deinen nächsten Auftritt organisiere ich einen Wachmann.«

»Das kommt mir so albern vor«, sagte Vincent. »Ich bin doch kein Benjamin Ingrosso. Oder gar ein John Lennon. Aber ich weiß schon, wann Widerspruch zwecklos ist. Also von mir aus. Danke.«

Umberto drehte sich wieder zu Vincent um.

»Signierst du die Nägel eigentlich immer noch?«, fragte er.

»Nägel, mitgebrachte Fotos, die T-Shirts der Leute …« Vincent fuhr sich übers Gesicht. »Wenn du wüsstest, was ich alles signieren soll.«

»Künstler signieren immer ihre Werke.« Umberto lachte. »Das hast du dir selbst zuzuschreiben.«

»Jaja. Aber wo wir gerade über die Show reden. Könntest du den Theatern bitte sagen, dass sie mir kein Mineralwasser mehr mit Kohlensäure hinstellen sollen?«

»Sie wollen dir doch nur das Gefühl geben, willkommen zu sein.« Umberto schaute wieder aus dem Fenster. »Du hast bewusst auf einen Reader für die Garderobe verzichtet. Wenn dir die Theater Obst oder Süßigkeiten hinstellen, tun sie das von sich aus. Darüber haben wir bereits gesprochen.«

»Ja, aber sie müssten doch wissen, dass man vor einem Auftritt nichts mit Kohlensäure trinken kann. Ich arbeite mit einer Zwerchfellstütze, damit man meine Stimme besser hört. Wenn ich Kohlensäure im Magen habe, muss ich aufstoßen. Leitungswasser ist besser.«

Die Frauen auf der anderen Straßenseite gingen weiter, und Umberto sah Vincent müde an.

»Vincent. Es ist nur eine nette Geste. Lass sie. Du kannst das Mineralwasser doch nach der Show trinken.«

»Aber so viel schaffe ich doch gar nicht …«

Umberto hob die Hand und drückte den Daumen gegen Zeige- und Mittelfinger.

»Ich kann nicht glauben, dass wir überhaupt darüber reden. Schluss jetzt. Basta! Manchmal bist du wie ein Kind. Trink Wasser. Oder lass es bleiben. Das juckt niemanden, okay?«

Vincent zuckte mit den Schultern. Er fand es nur so unnötig, dass die Bühnen Geld zum Fenster rauswarfen. Außerdem musste er noch mehr Etiketten ausrichten, wenn mehr Flaschen da waren.

»Erinnerst du dich noch an den Zauberer, den ihr mal vertreten habt?«, fragte er. »Der mit den Kisten. Er hatte eine durchgesägte Dame im Programm, *Zigzag Lady,* und eine Nummer namens *Water torture cell,* alles sehr oldschool. Weißt du, was er mit seinen Requisiten gemacht hat?«

Umberto nahm sich einen Keks und dachte nach.

»Tom Presto, meinst du? Ja, das war eine aufwendige Produktion. Acht Tänzer, drei Laster Material, Riesenego. Viel zu teuer. Wieso fragst du?«

»Ich habe nur überlegt, ob die Sachen noch irgendwo sind. Falls man ihm zum Beispiel einen Schwertkasten abkaufen möchte.«

Umberto steckte sich den restlichen Keks in den Mund, rieb sich die Krümel aus dem Bart und schüttelte den Kopf.

»Als die Show floppte, haben wir den Krempel verkauft«, sagte er. »An einen französischen Sammler. Der hat das alles in einer

Lagerhalle in Nizza stehen, glaube ich. Außer diesem Wasser-Dings, das du erwähnt hast. Das wollte der Sammler nicht mit der Kneifzange anfassen. Ich weiß nicht, ob du Tom Prestos Show mal gesehen hast, aber er war ziemlich risikofreudig.«

»Ich dachte, er wäre ein Kontrollfreak gewesen.«

»Das auch. So hat es mir jedenfalls dieser Sammler erklärt, ich selbst habe keine Ahnung von Zauberei. Aber ein Riesenaquarium wie das, in das Tom gesteckt und eingeschlossen wurde …«

»*Water torture cell* hat Houdini es genannt«, warf Vincent ein, aber Umberto brachte ihn mit einer ungeduldigen Handbewegung zum Schweigen.

»… hat offenbar an der Außenseite einen unauffälligen Hebel. Einen Panikhebel. Falls der Trick schiefgeht und der Zauberer nicht rauskommt, braucht die Assistentin nur drauf zu drücken, um innerhalb von Sekunden das Wasser abzulassen. Sodass der Zauberer nicht ertrinkt.«

»Sicher ist sicher.«

»Nur leider gab es bei Tom Presto keinen Panikhebel. Das hätte er wohl zu feige gefunden. Ein so gefährliches Requisit wollte der Franzose jedenfalls nicht in seiner Sammlung haben. ›C'est trop extrême‹, sagte er. Keine Ahnung, wo das Aquarium jetzt rumsteht, aber sag Bescheid, wenn ich mich mal umhören soll.«

Plötzlich schlug sich Umberto an die Stirn.

»Apropos rumstehen«, sagte er. »Du hast ein Weihnachtsgeschenk bekommen. Warte kurz.«

Bevor Vincent etwas sagen konnte, war Umberto aus dem Zimmer verschwunden. Eine halbe Minute später kam er mit einem Päckchen zurück.

»Weihnachten ist doch schon Monate her«, sagte Vincent. »Wir haben bald Ostern, falls dir das nicht aufgefallen ist.«

»Ich weiß. Das Ding muss in der Woche vor Weihnachten hier angekommen sein und liegt seitdem hier rum. Ich habe es, ehrlich gesagt, völlig vergessen.«

Umberto überreichte ihm das Geschenk. Es war ein dickes Buch, das kunstvoll mit roter Schnur umwickelt war. Am Geschenkband hing eine Karte.

Für Vincent, stand darauf. *Ist vielleicht nicht ganz dein Thema, aber es könnte interessanter für dich sein, als du denkst. Von einem Fan.* Altmodische, verschnörkelte Handschrift. Schön. Definitiv weiblich. Er hatte das vage Gefühl, die Schrift zu kennen, konnte sie aber nicht zuordnen. Vielleicht war es aber auch Einbildung.

Auf dem Cover der fast tausendseitigen Schwarte mit dem Titel *Mammals in Mexico* bleckte ein Leopard die Zähne.

»Danke«, sagte Vincent. »Genau das wollte ich heute mit mir rumschleppen.«

Umberto lachte.

»Es sind deine verrückten Fans«, sagte er. »Nicht meine. Was machen wir denn jetzt mit deiner Tournee. Die Reinigungskräfte im Land können doch nicht reihenweise Herzinfarkte kriegen.«

»Mach dir keine Sorgen«, sagte Vincent. »Von nun an werde ich mich tadellos verhalten. Versprochen. Halt mir die Reinigungskräfte einfach jeden Abend für eine Stunde vom Leib.«

Umberto gab ihm lachend die Hand.

»Deal, mio amico.«

»Deal.« Vincent schlug ein.

Dann stand er auf, klemmte sich das schwere Buch unter den Arm und schnappte sich im Hinausgehen die Kekstüte.

MINA SASS MIT DEM BÜROTELEFON am Ohr am Schreibtisch. Zum Glück hatte sie den Hörer gründlich desinfiziert, bevor sie drangegangen war. Während des Zuhörens machte sie sich auf der Rückseite einer Rechnung, die zufällig vor ihr gelegen hatte, fieberhaft Notizen. Hin und wieder stellte sie kurze Fragen. Eine halbe Minute später warf sie einen Blick auf die Uhr und lief dann schnell in die Kantine.

Ruben saß mit dem Rücken zu ihr und aß mit gutem Appetit Köttbullar und Salat. Kohlehydrate ließ er weg, seit sich ein Bauchansatz bemerkbar gemacht hatte. Während des Mittagessens verbreitete er sich gerne darüber.

»Du warst vor anderthalb Monaten für einen Selbstmord zuständig«, sagte sie zu seinem Rücken. »13. Januar. Agnes Ceci. Einundzwanzig Jahre alt.«

Ruben ließ seine Gabel kurz vor dem Mund verharren.

»Äh, ja. Da klingelt was. Wieso?«

Stirnrunzelnd nahm er zur Kenntnis, dass sie sich gegenüber von ihm setzte. Er verdrehte die Augen und hörte auf zu essen. Sie versuchte, nicht an den Schmutz auf der Sitzfläche zu denken. All die Keime, die sich jetzt auf ihrer Hose tummelten. Während der Arbeit musste sie sich zusammenreißen, aber das kostete sie so viel Energie, dass sie abends oft vor Müdigkeit zusammenklappte. Sie konnte es sich nicht verkneifen, unauffällig die Ärmel über die Handgelenke zu ziehen, sodass ihre Haut wenigstens nicht die Tischplatte berührte, als sie sich vorbeugte und Ruben starr anblickte.

»Erzähl.«

»Tjaaa … Da gibt es eigentlich nicht viel zu erzählen. Ich war mit Lindgren, das ist einer von den Jungen, als Erster am Tatort und habe auf den ersten Blick gesehen, dass es Selbstmord war.«

»Wodurch?«

Wieder seufzte Ruben. Sehnsüchtig betrachtete er seine Fleischbällchen, die langsam kalt wurden, während sich auf der Soße eine feste Haut bildete. Mina ignorierte seinen Hunger. Das Zeug war wahrscheinlich sowieso nicht gut für ihn, da ihr die Hygienemaßnahmen in der Kantinenküche mehr als zweifelhaft erschienen. Im Grunde tat sie ihm einen Gefallen.

»Ein Schuss in den Mund. Die Waffe lag direkt daneben. Ihre Fingerabdrücke darauf. Sie hatte keine Jacke an, obwohl es Winter war. Es deutete alles darauf hin, dass sie nicht im Vollbesitz ihrer geistigen Kräfte war.«

»Hat sie einen Abschiedsbrief hinterlassen?«

»Nein. Aber sie hatte eine lange Krankengeschichte mit wiederkehrenden Depressionen und Krankschreibungen hinter sich. Sie war mehrmals in der St. Göranklinik, und von den Leuten, mit denen wir gesprochen haben, wirkte niemand besonders überrascht. Nicht einmal ihr Mitbewohner.«

»Er wurde also nicht verdächtigt?«

»Der Mitbewohner? Anfangs vielleicht schon, weil es ja keinen Abschiedsbrief gab. Leute, die zu so dramatischen Handlungen neigen, wie sich zu erschießen, schreiben ja normalerweise auch Briefe. Außerdem hatte dieser junge Mann, mit dem sie befreundet gewesen war, die Polizei gerufen, und da läuten ja immer die Alarmglocken. Wir haben ihn ein wenig in die Mangel genommen, aber eigentlich war schon klar, dass es Selbstmord gewesen sein musste. Da es auf einer Parkbank passiert ist, war es wahrscheinlich ein spontaner Entschluss. Warum willst du das alles wissen?«

»Hast du Fotos? Von der Obduktion? Und dem Tatort?«

»Tatort? Wie gesagt, es war ein Suizid.«

Mina überhörte den Satz. Sie würde es ihm erklären. Aber jetzt musste sie erst mal die Fotos sehen.

»Komm mit.« Mit einem tiefen Seufzer stand Ruben auf.

Sie bemerkte, dass er sein Tablett nicht wegräumte, und überlegte kurz, ihn zu fragen, ob seine Mutter hier arbeitete, beschloss aber, sich die Bemerkung zu verkneifen, weil sie bei Männern meist nicht gut ankam und Ruben noch etwas empfindlicher als der Durchschnitt war. Außerdem war sie auf seine Hilfe angewiesen. Sie folgte ihm zum Fahrstuhl. Was sie soeben gehört hatte, war schon ziemlich hilfreich, aber Bilder würden ihr noch mehr nützen. Wenn sie nicht alles täuschte, war alles ganz anders.

»WAS IST DENN SO DRINGEND?«

Mit einem Mantel über dem Arm kam Julia herein.

»Ich wollte mich eigentlich gerade verabschieden, als Mina anrief. Sie hat aber nicht gesagt, worum es geht.«

»Mir auch nicht«, brummte Christer, der in der einen Hand eine Zimtschnecke und in der anderen einen Becher Kaffee hielt.

»Hast du noch mehr Zimtschnecken mitgebracht?«, fragte Ruben hoffnungsvoll.

Mina ignorierte die beiden und hängte mit ernster Miene alles, was sie in ihrer Mappe gehabt hatte, zu der bestehenden Sammlung ans Whiteboard.

»Wo ist Peder?«, fragte sie trocken, nachdem sie sich umgedreht hatte. »Ich möchte alle dabeihaben.«

Ruben zuckte mit den Schultern. Er nahm sich einen Apfel aus der Obstschale und biss krachend hinein. Mina konnte nicht hinschauen. Die Äpfel lagen schon seit Tagen in der Schale. Vor ihrem geistigen Auge sah sie Bazillen darauf herumkrabbeln und jetzt in Rubens Mund verschwinden. An Rubens Mund mochte sie auch nicht denken. Oder an irgendeinen anderen. Wahrscheinlich waren alle Münder Bakterienherde unvorstellbaren Ausmaßes. Sie schluckte einen Anflug von Übelkeit runter. Sie musste wenigstens so tun, als ob sie normal wäre.

»Er ist nicht ans Telefon gegangen.« Ruben biss noch einmal kräftig ab.

»Hast du an seinem Arbeitsplatz nachgesehen?«, fragte sie, ohne ihre Gereiztheit verbergen zu können.

Ruben zuckte mit den Schultern.

Mina legte den leeren Hefter weg. Sie verließ den Besprechungsraum und fand Peder in tiefen Schlaf versunken an seinem Schreibtisch. Er hatte den Kopf hinten angelehnt und schnarchte leise. Irgendein Spaßvogel hatte ihm einen Oberlippenbart aufgemalt.

»Peder!«

Sie schüttelte ihn fest. Er zuckte zusammen und sah sich verschlafen um.

»Komm, wir haben eine Teamsitzung«, sagte sie und ging, ohne auf ihn zu warten, zurück in den Besprechungsraum, hörte aber seine schlurfenden Schritte hinter sich. Als sie wieder zur Gruppe kam, sah sie, dass die anderen hoch konzentriert die Bilder studierten, die sie ans Whiteboard gepinnt hatte. Sie wusste, dass sie ohne ihre Hilfe nicht sehen würden, was sie gesehen hatte. Sie selbst hatte es auch nur dem Anruf von Rechtsmedizinerin Milda zu verdanken, dass sie es bemerkt hatte. Und natürlich dem Hinweis von Vincent. Sie wusste, dass die Gruppe ihm immer noch skeptisch gegenüberstand. Doch hoffentlich nicht mehr lange. Er hatte ihnen jetzt schon unschätzbare Dienste geleistet.

Peder kam herein und ließ sich müde auf einen Stuhl sinken. Er rieb sich die Augen, schien dabei aber vor allem seine Tränensäcke hin- und herzuschieben. Die Kollegen grinsten über seinen Schnurrbart, klärten ihnen aber nicht über dessen Existenz auf.

Mina drehte sich zu ihnen um. Sie sah einen nach dem anderen an. Sie war sich ganz sicher. Jetzt musste sie nur noch die anderen überzeugen. Sie holte tief Luft und zeigte auf das Whiteboard.

»Ich glaube, Vincent hatte recht. Wir haben es mit einem Serienmörder zu tun.«

Schweigen. Sie hatten ihre Zweifel. Aber damit hatte sie gerechnet.

»Wir ihr wisst, bin ich mir fast hundertprozentig sicher, dass unserem Opfer die Ziffer Drei eingeritzt worden ist«, fuhr sie fort. »Und daher lag es nahe, zu überlegen, ob zuvor schon andere Leichen nummeriert wurden. Als ich heute bei Milda in der Rechtsmedizin war, um mit ihr über die Obduktion der Leiche in dem Schwertkasten zu sprechen, habe ich sie gefragt, ob wir möglicherweise Ziffern an anderen Leichen übersehen haben könnten. Spontan fiel ihr da nichts ein, aber eben rief sie an und erzählte mir von Agnes. Agnes Ceci.«

Mina zeigte auf die Fotos, die sie vor wenigen Minuten ans Whiteboard gehängt hatte. Auf einem Bild war eine junge Frau mit roten Haaren zu sehen, die zusammengesunken auf einer Parkbank saß. Die Blutlache rings um ihre Füße sah wie ein Schatten aus. Obwohl es Winter war, trug sie keine Jacke. Rechts von ihr lag eine Pistole, als wäre sie ihr aus der Hand gefallen.

»Das Foto ist im Berzelii Park aufgenommen worden, direkt vor dem Chinatheater«, sagte sie.

»Nach einem Musical sieht es nicht aus«, brummte Christer.

Die anderen Kollegen warfen ihm einen erstaunten Blick zu, aber er zuckte nur mit den Schultern.

Mina zeigte auf ein weiteres Bild, auf dem die sterile Oberfläche eines Obduktionstischs zu sehen war. Die Frau, die auf der Bank vor dem Theater gesessen hatte, lag nun nackt da. Auf ihrem rechten Oberschenkel waren deutlich drei Linien zu erkennen. Zwei davon berührten sich an den Endpunkten und schienen ein V zu bilden. Alle drei Linien waren oben und unten mit horizontalen Strichen verbunden.

Das römische Zeichen für vier.

»Eine römische Ziffer. Genau wie Vincent gesagt hat«, erläuterte sie. »Ihr wolltet es nicht glauben. Aber ganz offensichtlich haben wir da etwas übersehen.«

Ihre Kollegen beugten sich interessiert vor, schienen aber noch immer nicht ganz überzeugt zu sein. Rubens hochgezogene Augenbrauen brachten seine Skepsis zum Ausdruck. Peder machte die Augen auf und zu und versuchte, sich zu konzentrieren.

»Die Verletzungen wurden zwar bei der Obduktion bemerkt und im Protokoll auch festgehalten, aber aufgrund von Agnes' Krankengeschichte als selbstverletzendes Verhalten eingestuft. Also Wunden, die sie sich selbst zugefügt hatte.«

»Was ich immer noch für eine glaubhafte Erklärung halte«, sagte Ruben skeptisch und lehnte sich wieder zurück.

Er schlug die Beine übereinander und wiegte sich hin und her.

»Klar. Das könnte natürlich sein. Es wäre an sich nicht ungewöhnlich«, sagte Mina ruhig. »Durchaus möglich, dass es doch kein Serienmörder war. Wenn das hier nicht wäre.«

Sie zeigte auf ein drittes Bild. Und dann auf noch eins am anderen Ende des Whiteboards, wo die Bilder ihres ersten Opfers hingen. Anstatt etwas dazu zu sagen, ließ sie die Fotos für sich sprechen. Julia stand auf. Kam nach vorn. Studierte aufmerksam die Bilder.

»Kaputte Uhren.«

Mina nickte.

»Ja. Genau. Beide Opfer hatten Uhren bei sich, die genau zur vollen Stunde zerschlagen worden und stehen geblieben sind. Beim ersten Opfer ist die Uhr um drei, also um fünfzehn Uhr stehen geblieben. Bei Agnes war es um vierzehn Uhr. Ein zufälliges Zusammentreffen lasse ich mir ja gefallen, aber nicht zwei.«

Schweigen breitete sich aus. Alle schienen das, was Mina ihnen gezeigt hatte, verdauen zu müssen.

»Glaubst du, es war dieselbe Person?«, fragte Ruben.

Widerstrebend schien er sich Vincents Theorie zu öffnen.

»Glaubst du etwa, es war *nicht* dieselbe?«, konterte Mina.

Ruben schien etwas sagen zu wollen, klappte den Mund aber wieder zu. Julia sah mit ernstem Gesicht zum Whiteboard.

»Wir müssen alles noch mal von Anfang an durchgehen«, sagte sie. »Jede noch so kleine Einzelheit. Macht euch auf eine lange Sitzung gefasst. Ruft, falls nötig, zu Hause an und sagt, dass es spät wird. Mina, gute Arbeit.«

Alle nickten. Dann räusperte sich Peder.

»Wenn ein Opfer mit einer Drei markiert wurde«, sagte er mit müder Stimme, »und eins mit einer Vier, ist dieser Serienmörder dann nicht schon seit einer ganzen Weile aktiv?«

»Genau das frage ich mich auch«, sagte Mina.

Sie griff nach ihrem Hefter. Irgendetwas irritierte sie dabei. Da war etwas, das ihr hätte auffallen müssen, ihr aber jedes Mal entglitt, wenn sie versuchte, es zu fassen zu bekommen. Sie schüttelte den Kopf. Es würde wieder hochkommen. Früher oder später.

Sie zog eine Packung Feuchttücher aus der Tasche, riss zwei, drei aus der Packung und reichte sie Peder.

»Hier. Du hast was am Mund.«

MÜHSAM ÖFFNETE VINCENT DIE AUGEN. Er hatte die halbe Nacht im Internet nach Informationen über Herstellung und Verkauf sowohl des Kastens als auch der Schwerter gesucht, die den durchbohrt hatten. Es war ein nahezu unüberschaubares Gebiet. Das Angebot war sehr viel größer, als man als Außenstehender hätte meinen können. Die Hoffnung, die Mina in ihn setzte, stresste ihn zusätzlich. Auch deshalb hatte er kaum geschlafen.

Nun hatte ihn nach viel zu wenigen Stunden Schlaf ein Geräusch geweckt. Zuordnen konnte er es nicht. Es kam von weit weg. Dissonant. Gesang. Aber in verschiedenen Tonarten. So falsch, dass er wünschte, er wäre amusisch. Es ärgerte ihn, dass der Begriff fast ausschließlich für mangelnde künstlerische Begabung verwendet wurde, denn Amusie war tatsächlich eine krankhafte Störung der Tonwahrnehmung. Das Gegenteil davon war ein absolutes Gehör. Die Fähigkeit, die genaue Höhe eines Tons ohne Referenzton zu erfassen und anzugeben. Eine Variante davon war das relative Gehör, also die Fähigkeit, die Intervalle zwischen mehreren Tönen zu erfassen. Wer nur ein relatives Gehör hatte, konnte aber im Gegensatz zu Menschen mit absolutem Gehör keine einzelnen Töne ohne Bezugston erkennen. Im Moment war er jedenfalls unsagbar froh, dass sein eigenes Gehör relativ unterentwickelt war.

»... hoooch soll er leeeben ...«

zehnjährigen und einem kleinen Jungen. Sie trug Verantwortung für ihn, auch wenn sie sich das nicht ausgesucht hatte. Zumindest noch eine Woche.

»Ich habe versucht, Mama dreieckige Toasts zu machen, aber sie sind kaputtgegangen«, sagte ihr kleiner Bruder unglücklich.

»Macht nichts. Komm jetzt. Mama muss sich ein bisschen ausruhen. Du weißt doch, dass sie manchmal so müde ist.«

»Ich will sie nicht aufwecken.« Er kratzte das letzte bisschen Dickmilch aus dem tiefen Teller.

Dann stellte er ihn zum restlichen Abwasch auf der Spüle und kam zu Jane.

Mama bewegte sich nicht.

»Lernst du einen neuen Kartentrick?«, fragte sie, als sie ihn an die Hand nahm und aus der Küche zog.

»Ja, aber ich bin noch nicht fertig.«

»Ruf doch mal die *Drei Mädels* an, vielleicht haben sie Lust, mit dir zu spielen.«

Ihr Bruder stöhnte auf.

»Sie heißen übrigens Mia, Sickan und Lotta«, sagte er. »So wie du es sagst, klingt es nach einer Krimiserie für Omas. Außerdem sind sie heute nicht zu Hause.«

»Ich bin heute auch allein zu Hause«, sagte sie. »Aber das bin ich natürlich immer. Du hast hier wenigstens Freunde. Ich vermisse meine drei Ts in der Stadt.«

Sie merkte, dass er nicht auf das Thema ansprang.

»Theater, Tivoli und Transport«, fuhr sie fort. »Meine drei besten Freunde in der Stadt. Und nichts davon gibt es hier.«

»Nicht schon wieder«, stöhnte er. »Du versuchst doch nur, wie eine Erwachsene zu reden. Dabei warst du ungefähr so alt wie ich, als du mit Mama hierhergezogen bist. Wie oft warst du denn da schon im Theater gewesen? Und wenn du dich nach Transportfahrzeugen sehnst, musst du nur mal zur Molkerei gehen, da stehen immer Sattelschlepper. Drei Ts, dass ich nicht lache. Das hast du aus einem Buch.«

»Kann sein«, sagte sie. »Aber ich vermisse das alles trotzdem.«

Sie zog einen Gegenstand aus Plastik aus der Hosentasche.

»Wenn wir zwei den Tag allein verbringen müssen, Brüderchen, habe ich eine kleine Herausforderung für dich.«

Seine Augen leuchteten. Er liebte diese Herausforderungen.

Sie reichte ihm das kleine Plastikquadrat. In einem Rahmen steckten fünfzehn weitere Quadrate, die nummeriert waren. Dort, wo das sechzehnte hätte sein müssen, war eine Lücke. So konnte man die anderen Teile verschieben und die Reihenfolge der Ziffern ändern.

»Babykram«, sagte ihr kleiner Bruder enttäuscht, als er das Zahlenpuzzle sah. »Das kann ich mittlerweile blitzschnell.«

»Ich habe dir noch nicht gesagt, worin die Aufgabe besteht«, sagte sie. »Du sollst alle Zahlen in die richtige Reihenfolge bringen, nur nicht die beiden letzten, vierzehn und fünfzehn. Die sollen den Platz tauschen.«

Ihr kleiner Bruder nahm ihr das Puzzle aus der Hand und studierte es.

»Easy«, sagte er und rannte in sein Zimmer.

Mit einem Anflug von schlechtem Gewissen sah sie ihm hinterher. Es war ein bisschen fies von ihr gewesen. Aber sie musste in Ruhe mit Mama reden. In einer Stunde würde sie ihn aus seinem Zimmer holen. Die Treppe hatte laut geknarrt, als er nach oben gerannt war, aber jetzt war es egal, ob Mama aufwachte. Es war sogar gut.

Jane ging zurück in die Küche. Mama hatte sich aufgesetzt, bedeckte das Gesicht aber noch mit den Händen. Ihr fettiges Haar hing strähnig herunter, und der Bademantel stand offen. Jane wurde von genauso viel Mitleid wie Verachtung erfüllt. Ihre Mutter war nicht schuld daran, dass ihre Gefühle permanent Achterbahn fuhren. Jane wusste, dass es genetische Risikofaktoren gab, für die man nichts konnte.

Von Barbro, der Schulschwester, hatte sie sich unter dem Vorwand, ein Referat über das Thema zu halten, ein Buch über

Psychiatrie ausgeliehen. Darin hatte auch etwas über medikamentöse Behandlung gestanden. Mit Lithium. Doch Mama nahm keine Tabletten. Sie wusste nicht mal, dass sie krank war. Und auf diese Weise nahm sie Jane in Geiselhaft, wenn auch nicht mit Absicht. Jane musste immer in Alarmbereitschaft sein. Entweder um ihren Bruder zu schützen. Oder um sich um ihre Mutter zu kümmern. Als ob sie kein eigenes Leben gehabt hätte.

Aber sie wollte sich eins aufbauen.

Jane setzte sich an den Küchentisch und vermied sorgsam die Marmeladeflecken.

»Möchtest du was frühstücken, Mama?«

Sie mussten wirklich miteinander reden. Aber sie wusste bereits, dass es auch heute nicht dazu kommen würde.

Vor der Rezeption des Präsidiums drängte sich eine Schulklasse. Die Jugendlichen schienen schon auf dem Gymnasium zu sein. Mina nahm an, dass sie einen Studientag hatten, denn an die dreißig Siebzehnjährige kamen nicht nur, weil ihnen kalt war, ins Foyer. Da versammelten sie sich schon lieber eine Straße weiter bei 7-Eleven, was ihr nur recht war, auch wenn es dem Besitzer des kleinen Ladens sicher nicht gefiel. Aber heute waren sie nun mal hier, ausgerechnet. Sie hätten ihr nicht ungelegener kommen können. Ein Lehrer verteilte Namensschilder für Besucher* innen und versuchte vergeblich, die jungen Leute dazu zu bringen, sie sich auf Brusthöhe anzuheften.

»Komm her, Bulle, was willst du?«, rief ein Junge, der offenbar als der Coolste in der Klasse galt. Die anderen lachten zustimmend.

Sie wusste nicht, wie Vincent reagieren würde, wenn man ihn zwang, sich einen Weg durch diese Wolke aus Teenagerhormonen zu bahnen. Sie war sich nicht sicher, ob es ihm gefallen würde, in diesem Setting erkannt zu werden. Sie konnte ihn aber auch nicht durch einen Seiteneingang reinlassen. Und an dieser pubertären Menschenmenge vorbeihelfen konnte sie ihm auch nicht, weil sie sich schon beschmutzt fühlte, wenn sie die Jugendlichen nur ansah. Angefasst hätte sie sie nicht einmal mit Handschuhen.

Sie bildete sich ein, den Teenagerschweiß bis hinter die Absperrung zu riechen, und hatte das Gefühl, er habe sich wie eine klebrige Hülle auf sie gelegt. Vincent musste es allein schaffen. Dem Ansehen der Polizei würde ein wenig Glamour schon nicht schaden. Auch wenn ihn nur ein siebenundvierzig Jahre alter Gedankenleser ausstrahlte.

Vincent riss die Augen auf, als er die Schülerflut erblickte. Dann senkte er den Kopf und zwängte sich durch die Menge.

»Ey, Vincent!«, rief jemand.

Mina war beeindruckt. Sie war sich nicht sicher gewesen, ob sie Leute, die nicht auf Tiktok waren, überhaupt noch erkennen würden.

»Shit, Vincent, arbeitest du jetzt bei der Gedankenpolizei?«, rief der coole Junge. »Dann habe ich keine Chance.«

Vincent blieb stehen und fing den Blick des Jungen auf.

»Stimmt genau.« Er grinste. »Deine Mutter habe ich mir schon heute Vormittag geschnappt.«

Dem coolen Jungen fiel die Kinnlade runter. Dann begann er laut zu lachen und gab Vincent einen lässigen Faustcheck. Mina grinste in sich hinein. Das Sozialverhalten der Privatperson Vincent Walder war, gelinde gesagt, suboptimal, aber in seiner Rolle als Meistermentalist hatte er in dieser Hinsicht ganz offensichtlich keine Probleme.

Schließlich hatte er sich durch die Horde gezwängt und war an der Absperrung angekommen. Er winkte ihr, und sie machte ihm auf.

Die Schulklasse schien er bereits vergessen zu haben. Der Lehrer versuchte erneut und laut und wieder vergeblich, die Aufmerksamkeit der Schülerinnen und Schüler zu gewinnen.

»Die Polizeianwärter*innen werden auch immer jünger«, sagte Vincent.

»Sie würden sich wundern«, sagte sie. »Der krasse Typ, mit dem Sie eben gesprochen haben, wird sich bei der Polizei bewerben, sobald er mit der Schule fertig ist.«

Vincent nickte grinsend, als sie zu den Aufzügen gingen.

»Wieso wollten Sie sich im Präsidium mit mir treffen?«, fragte er. »Ich dachte, hier wäre meine Anwesenheit nicht erwünscht.«

»Ich kann doch Mittag essen, mit wem ich will«, sagte sie. »Und außerdem ist der Rest der Gruppe nicht da. Nach unserem Besuch im *Fab Fika* haben wir eine Fahndung nach David Bargabriel rausgegeben, den Ruben übrigens nur noch Gargamel nennt. Der junge Mann war nicht zu Hause, seit er aus dem Café verschwunden ist, und daher haben wir Ruben mit einem Schlosser hingeschickt.«

Vor den Fahrstühlen warteten bereits drei Personen. Mina steuerte geradewegs das Treppenhaus an. Nie im Leben hätte sie sich mit so vielen anderen in die verseuchte Zelle gequetscht, es gab Grenzen.

»Bargabriel bedeutet übrigens Gabriels Sohn«, sagte Vincent, der kurz stehen geblieben war und sich jetzt beeilen musste, um mit ihr Schritt zu halten. »Ruben bedeutet im Prinzip einfach Sohn. Das können Sie ihm ausrichten. Wo gehen wir eigentlich hin?«

»Ich muss nur mein Portemonnaie aus dem Büro holen. Dann könnten wir vielleicht zusammen Mittag essen.«

Sie redete weiter, während sie mit großen Schritten die Treppe hochstieg.

»Ruben ist sich sicher, dass Daniel unser Täter und das Ganze eine tragische Dreiecksgeschichte ist. Oder, wie er selbst es so virtuos formuliert hat: ›Das war's dann wohl mit dem Serienmörder, den römischen Uhren und dem ganzen Quatsch, Daniel hat sie eben beide gefickt.‹ Anschließend ließ er sich nicht die Gelegenheit entgehen, darauf hinzuweisen, dass man nach so vielen Berufsjahren eben wisse, welche Lösung die richtige ist.«

»Von wie vielen Berufsjahren sprechen wir denn?« Vincent war ein wenig außer Atem, aber er stieg ja auch nicht jeden Tag die Treppen im Präsidium hoch.

»Auf der Polizeihochschule war er im Jahrgang über mir.«

Vincents Lachen schallte durchs ganze Treppenhaus.

»Mit anderen Worten, ich war komplett auf dem Holzweg. Was sagen denn die anderen? Und müssen Sie unbedingt zwei Stufen auf einmal nehmen?«

»Verzeihung. Brauchen Sie einen Gehstock?«

»Vergessen Sie nicht, dass Sie von meinem Gehirn fasziniert sind«, sagte er. »Nicht von meinem athletischen Körperbau. Wie viele Stockwerke sind es noch?«

»Noch zwei. Opa sollte sich ein bisschen ausruhen.«

Vincent blieb stehen und lehnte sich an die Wand.

Mina kam ein paar Stufen runter und stellte sich neben ihn.

»Die anderen sind auch nicht hundertprozentig überzeugt«, sagte sie. »Wir sehen viele Dinge, die uns merkwürdig vorkommen, aber am Ende sind sie nicht mehr als das, merkwürdig. Es muss nicht alles etwas zu bedeuten haben.«

»Das sehe ich anders. Bei dem Countdown bin ich mir mittlerweile sogar ziemlich sicher. Daniel kann uns womöglich weiterhelfen. Aber der Mörder scheint er mir nicht zu sein. Diese Sache ist noch lange nicht vorbei.«

Vincent setzte sich auf die Treppe, und sie setzte sich neben ihn.

»Schade, dass es in dem Café keine Überwachungskamera gibt. Offenbar ist sie doch dort zuletzt gesehen worden. Jedenfalls haben sich auch keine Zeugen gemeldet, die sie woanders gesehen hätten. Ich hätte jedenfalls gerne gewusst, wer an dem Tag ihres Verschwindens noch dort gewesen ist.«

»Das Café hatte vielleicht keine Kamera, aber …« Vincent runzelte die Stirn, während er angestrengt nachdachte. »Erinnern Sie sich noch an die Umgebung des Cafés? An irgendwelche Einzelheiten vielleicht?«

Er richtete seinen Blick auf etwas, das nicht da war. Seine Augen bewegten sich hin und her, als würde er sich umsehen, sprach dabei aber weiter.

»Ein 7-Eleven, der Ausgang an der Ecke des Gebäudes. Ein von einer Bank umgebener Baum. Ein überfüllter Fahrradständer. Zwei Restaurants. Ein Imbiss. Fünf Personen, die Schlange stehen. Und auf der anderen Straßenseite … ja, genau. Direkt gegenüber war eine Bankfiliale. Bin mir fast sicher, dass es eine von Nordea war. Die haben normalerweise hohe Sicherheitsvorkehrungen. Wenn wir Glück haben …«

»Sie sind ein Genie!« Mina strahlte. »Julia soll Christer damit beauftragen, sich die Filme von Nordea zu besorgen. Er hat ein Auge für so was.«

»Christer?«, fragte Vincent verwundert.

Mina grinste.

»Ich habe ja schon mal versucht, es in Worte zu fassen. Mir ist klar, dass unsere Gruppe nicht die Aura einer erstklassigen Spezialeinheit verströmt«, sagte sie, »aber jeder hat seine Stärken. Christer hat eine gespenstische Fähigkeit, Muster zu erkennen, die sonst niemand sieht.«

»Kommt mir bekannt vor«, brummte Vincent.

»Daher habe ich die Hoffnung, dass Christer vielleicht etwas Ungewöhnliches auffällt«, fuhr sie fort. »Eine Person, die etwas zu oft dort ist. Die über einen längeren Zeitpunkt regelmäßig kommt und dann plötzlich gar nicht mehr. Ich weiß auch nicht. Aber genau solche Dinge kann Christer gut. Da, wo die meisten nur einen Tintenfleck sehen, erkennt er den Schmetterling.«

Vincent nickte.

»Noch zwei Stockwerke, sagten Sie?« Plötzlich sprang er auf. »Sie können einpacken.«

Er raste die Stufen rauf und verschwand hinter dem nächsten Treppenabsatz. Sie hörte, wie er in hohem Tempo immer zwei Stufen auf einmal nahm. An seiner Kondition war nichts auszusetzen. Er hatte sie absichtlich dazu gebracht, sich hinzusetzen. Und sie war bereitwillig darauf eingegangen.

»Vincent?«

Keine Antwort. Er war schon zu weit oben. Mina steckte die Hände in die Jackentasche, und in der einen fand sie einen rechteckigen Gegenstand. Ihr Portemonnaie. Sie hatte völlig vergessen, dass sie es mitgenommen hatte. Sie warf einen Blick nach oben, dann grinste sie in sich hinein. Sie würde eben warten müssen, bis Vincent wieder runterkam.

Das Reihenhäuschen in Upplands Väsby erinnerte Christer an das Haus seiner Mutter. Alles war so aufgeräumt, überall stand Deko, die Vorhänge waren gebügelt und die Oberflächen blitzsauber. Im Wohnzimmer tickte eine Uhr. Zwei durchgesessene Sessel und ein Sofa, auf dem noch niemand Platz genommen zu haben schien. Zu fein, um es zu benutzen. Seine Mutter hatte ein grünes mit lila Blumen besessen. An sonnigen Tagen hatte sie es mit einem Bettlaken abgedeckt, damit der Stoff nicht ausblich.

»Wollen Sie einen Kaffee?«

Märta, die Großmutter des Opfers, sah ihn flehentlich an. Er hatte nicht die geringste Lust auf Kaffee. Davon wurde er viel zu wach. Er mochte diese Klarheit im Kopf nicht und zog es vor, sich mit einem behaglichen Nebel zu umgeben. Andererseits wusste er, dass Kaffee manchmal zur Arbeit dazugehörte. Für die Angehörigen hatte es etwas Wohltuendes, im vertrauten Geschirr frisch gebrühten Kaffee zu servieren. So fiel ihnen das Reden leichter. Und er konnte ja wenigstens mal an seiner Tasse nippen. Wenn er Glück hatte, gab es dazu etwas Süßes.

»Gerne.« Er sah sich in der Küche um.

Gunnar saß schon am Tisch. Den Kopf gesenkt. Er schien

mit seinen Gedanken woanders zu sein. Auch das hatte Christer schon oft erlebt. In der ersten Phase, wenn die Angehörigen die Nachricht noch gar nicht richtig verdaut hatten, entzogen sie sich oft der Realität. Die Wirklichkeit würde noch früh genug zu ihnen durchdringen.

Die Küche war gemütlich. Dieses Wort beschrieb es am besten. Die Vorhänge waren mit kleinen Preiselbeeren bedruckt. Die Wachsdecke hatte das gleiche Muster. Auf der Fensterbank standen lila Begonien. Auf dem Tisch ein Osterstrauß aus Weidenzweigen. An der Wand hing eine gerahmte Tuschezeichnung von einem Vogel. Ein Falke, tippte Christer.

»Majestätisch.«

Er zeigte auf das Bild. Das Schweigen im Raum war beklemmend, aber er wollte den beiden keine Fragen stellen, bevor Märta den Kaffee gebracht und sich auch hingesetzt hatte.

»Ein Wanderfalke«, sagte Gunnar dumpf und blickte zu dem Bild auf. »Das Wahrzeichen der Provinz Halland. Die Falcon Brauerei, Sie wissen schon. Er ist eins der schnellsten Tiere der Welt und legt, wenn er sich hinabstürzt, bis zu 320 Kilometer in der Stunde zurück. Ein großartiger Jäger. Sieht eine Taube aus acht Kilometern Entfernung.«

»Ornithologie scheint Ihr Steckenpferd zu sein«, sagte Christer ohne Begeisterung.

Tiere interessierten ihn generell nicht besonders. Eigentlich mochte er sie auch nicht. Sie liefen sowieso immer weg oder starben einfach. Als Kind hatte er von seinem Onkel ein Kätzchen geschenkt bekommen. Er hatte dieses Kätzchen geliebt. Doch eines Tages, als er von der Schule nach Hause kam, war es verschwunden. Seine Mutter sagte, er habe wahrscheinlich vergessen, die Tür zuzumachen, und dann sei die Katze abgehauen. Er weinte wochenlang. Ein paar Jahre später schenkte ihm einer von ihren Typen ein Kaninchen. Und seltsamerweise passierte mit dem das Gleiche. Seitdem achtete er immer darauf, die Tür fest zuzumachen. Und hängte sein Herz an niemanden. Weder Mensch noch Tier.

»Ja, in meiner Freizeit betreibe ich Ornithologie fast professionell«, sagte Gunnar mit einem Funken mehr Energie. »Seit vielen Jahren. Ich habe schon 432 schwedische Vogelarten gesehen und bin Bertil Svensson aus Schonen dicht auf den Fersen. Er hat 459 Arten gesehen.«

»Wie viele gibt es denn?«, fragte Christer verblüfft.

Er konnte beim besten Willen nicht verstehen, was Spaß daran machte, mit einem Fernglas durch Wald und Feld zu stapfen.

»507«, sagte Gunnar trocken.

Christer fiel nichts mehr zu dem Thema ein. Zum Glück kam Märta mit dem Kaffee. Und einem Teller Haferplätzchen. Sie setzte sich neben ihren Mann.

»Ich muss Ihnen ein paar Fragen zu Tuva stellen«, sagte er so behutsam, wie er konnte. »Über ihr Leben. Aber zunächst möchte ich wissen, warum Sie die Vermisstenanzeige aufgegeben haben und nicht Tuvas Eltern.«

Märta sah Gunnar mit schmerzverzerrtem Gesicht an.

»Tuvas Eltern, also unsere Tochter Malin und ihr Mann Carl, zogen in ein kleines Haus in Frankreich, als Tuva sechzehn war. Angeblich, um ihren Lebensabend zu genießen.« Märta rümpfte die Nase. »Dabei waren sie selber noch nicht trocken hinter den Ohren. Seitdem sind sie nicht wieder hier gewesen. Tuva war ganz allein. Und Linus' Vater hat sich aus dem Staub gemacht, als Linus zur Welt kam. Mit ihrer Familie hat Tuva weiß Gott kein Glück gehabt. Aber sie hatte Linus. Den wunderbaren Linus. Und sie hatte uns. Man tut, was man kann.«

Märte pulte an einem Weidenkätzchen, während Christer nickte und sich schweigend Notizen machte.

»Erzählen Sie mir doch bitte noch mehr über den Vater von Linus. Und die Kontaktdaten von Tuvas Eltern hätte ich auch gern. Aber zunächst einmal möchte ich wissen, warum es so lange gedauert hat, bis Sie die Vermisstenanzeige aufgegeben haben. Hatte es etwas mit einer Reise zu tun?«

Gunnar sah Märta mit neuer Energie in den Augen an.

»Tuva ist Umweltaktivistin«, sagte er.

»Heißt das, sie macht Sitzstreiks auf Straßenkreuzungen?«, fragte Christer.

Er konnte nicht verbergen, wie kalt ihn das Thema ließ.

»Greenpeace«, sagte Märta mit einer gewissen Schärfe.

»Ach du Scheiße. Auch noch oldschool.« Christer zog verwundert die Augenbrauen hoch. »Ich wusste gar nicht, dass das noch jemand macht. So richtig mit Walfang verhindern und so Zeug?«

»Ja, genau so Zeug. Tuva ist dort sehr aktiv. Das hat sie wohl von uns.«

Märta klopfte Gunnar begütigend auf den Arm.

»In den Siebzigern waren wir dort selbst aktiv. Als wir noch nicht zu alt dafür waren.«

Christer versuchte, sich auszumalen, wie das alte Ehepaar eine norwegische Bohrinsel in der stürmischen Nordsee besetzte. Fünfzig Jahre, bevor ihnen Weidenkätzchen und Wanderfalken wichtiger geworden waren. Zu seinem Erstaunen konnte er es sich ganz gut vorstellen. Gunnar und Märta wirkten zwar inzwischen gebrechlich, aber in ihnen brannte eindeutig noch Feuer. Nicht dass derartige Formen von Aktivismus irgendeine Bedeutung gehabt hätten. Sie würden ja sowieso alle sterben. Die Polkappen würden schmelzen, die Ozonschicht immer dünner werden. Ausgehend von irgendeinem komischen Marktplatz in China würde sich ein tödliches Virus auf der ganzen Welt ausbreiten. Daran ließ sich nichts ändern.

»Tuva wollte zu einer Aktion«, sagte Gunnar. »Sie ist dann immer zwei, drei Wochen weg, und wir haben manchmal keinen Kontakt zu ihr, weil diese Aktionen mitunter geheim sind. Oder weit draußen auf dem Meer. Deshalb haben wir sie zunächst nicht vermisst.«

»Und wie war das bei Linus?«

»Linus ist daran gewöhnt. Er hat hier bei uns ein eigenes Zimmer. Und Tuva ist ansonsten eine ungeheuer liebevolle Mutter. Für die Umwelt engagiert sie sich auch, damit Linus mal eine Zukunft hat. Und daher dachten wir eben, wir hätten uns im Tag geirrt, als der Kindergarten anrief und mitteilte, sie habe Linus nicht abgeholt. Wir nahmen an, wir wären dran gewesen. Dass etwas nicht stimmte, ist uns erst aufgefallen, als das Schiff ohne sie zurückkam und wir erfuhren, dass sie nie an Bord gewesen war.«

Märta konnte nicht weitersprechen, und sie umklammerte noch fester Gunnars Hand.

»Wissen Sie, ob Tuva Feinde hatte?«, fragte Christer so vorsichtig wie möglich. »Außerdem muss ich Sie fragen, ob sie mal etwas über Daniel Bargabriel gesagt hat.«

Wieder sahen Märta und Gunnar sich an. Dann setzte Gunnar sich aufrecht hin. Der Wanderfalke aus Halland war jetzt direkt über seinem Kopf. Es sah aus, als ob der große Vogel auf seinem Kopf gelandet wäre.

»Tuva hatte kein Glück mit Männern«, sagte er mit zitternder Stimme. »Wir kannten Daniel, aber sie wollte nicht über ihn sprechen. Sie sagte mehrfach, er würde ihr wehtun.«

Märta drückte seine Hand noch fester.

»Wie weh hat er ihr getan?«, fragte sie.

Christer biss von einem Haferkeks ab, um nichts sagen zu müssen.

Daniel zog die Jalousie herunter. Und wieder hoch. Er konnte sich nicht entscheiden. Was war besser? Vor Blicken geschützt zu sein oder die Polizei schon von Weitem zu sehen. Aufzupassen war sicher das Beste. Er öffnete die Jalousie zur Hälfte und blickte auf den Parkplatz vor dem Fenster raus. Die Wohnung in Märsta gehörte eigentlich Josef, aber er durfte sie vorerst haben. Josef brauchte sie nicht, und Daniel traute sich nicht zu sich nach Hause. Womöglich beobachtete die Polizei seinen Hauseingang am Hornstull. Von Josefs Einzimmerwohnung konnten sie unmöglich etwas wissen.

Die Wohnung war, gelinde gesagt, spartanisch eingerichtet. Es gab nicht einmal ein Bett, sondern nur eine Matratze auf dem Boden. Nicht, dass Bequemlichkeit im Moment von Bedeutung gewesen wäre. Daniel fragte sich ohnehin, ob er je wieder ein Auge zutun würde.

Seit er aus der Dreizimmerwohnung ausgezogen war, die er sich mit Agnes geteilt hatte, war er immer bei Freunden untergekommen. Bei Evelyn hatte er oft übernachtet. Die Ermittler, die den Mord an Agnes untersuchten, hatten ihn nicht einmal aufgefordert, ihnen seine neue Adresse zu nennen. Natürlich behielten sie ihn im Auge, davon war auszugehen. Eigentlich hatte er gehört, die Polizei in Schweden wäre anders als die zu Hause in Syrien. Trotzdem hatte die Polizei hier, diese *schwedische* Polizei, ihm beinahe einen Mord angehängt.

Zuerst hatten die Ermittler ihm nicht geglaubt, dass er nichts mit Agnes' Tod zu tun hatte. Er hatte sich von seiner charmantesten und unschuldigsten Seite gezeigt, aber sie waren nicht von der Überzeugung abzubringen gewesen, er wäre an der Tat beteiligt gewesen. Mindestens einer von ihnen hatte geglaubt, er hätte den tödlichen Schuss abgefeuert. Am Ende war ihnen jedoch nichts anderes übrig geblieben, als ihn laufen zu lassen, weil sie keine Beweise in der Hand hatten. Und Agnes war ja tatsächlich depressiv gewesen.

Er hatte sich geschworen, der Polizei für den Rest seines Lebens nach Möglichkeit aus dem Weg zu gehen. Egal, wo. Diesen Leuten konnte man nicht trauen. Und trotzdem war er unvorsichtig gewesen. So verdammt unvorsichtig.

Nur gut einen Monat, nachdem Agnes aufgefunden worden war, war Tuva verschwunden. Er hätte derjenige sein sollen, der ihretwegen die Polizei verständigte, und nicht ihre Großeltern. Dann hätten sie ihn vielleicht nicht verdächtigt. Jetzt war es zu spät. Und falls die beiden Polizisten, die zu ihm ins Café gekommen waren, nicht schon wussten, wer er war, würde es nicht lange dauern, bis sie den Zusammenhang erkannt hatten. Die gut aussehende Polizistin schien überhaupt nichts zu begreifen, aber dieser Mann, den er schon mal gesehen hatte, aber nicht einordnen konnte, hatte ein Gesicht gemacht, als ob er ihn auf Anhieb erkannt hätte.

Er fragte sich, ob er Evelyn anrufen sollte. Um ihr zu erklären, was passiert war. Sie musste sich ja fragen, wo er blieb. Und er hatte Bauchschmerzen vor Sehnsucht nach ihr. Nichts hätte er jetzt lieber getan, als in ihrer Küche zu sitzen und Wein mit ihr zu trinken, ihr beim Rauchen zuzuschauen und über alles und nichts mit ihr zu reden. Oder Dinge mit ihr zu tun, die noch mehr Spaß machten als reden. Er sah sie vor sich und wusste genau, wie sie guckte, wenn sie ihm Rauch in den Mund blies, bevor sie ihn küsste.

Doch es wäre keine so glorreiche Idee gewesen, sie da auch noch mit hineinzuziehen. Er musste allein zurechtkommen. Kurzzeitig hatte er überlegt, Samir anzurufen. Samir war es noch schlimmer ergangen als ihm, ihn hatten sie richtig drangekriegt. Für etwas, das er angeblich nicht getan hatte. Daniel wusste nicht, welche Version wahr war, aber vielleicht hatte Samir Tipps für ihn.

Andererseits würde ein Anruf bei Samir keinen guten Eindruck machen, falls die Polizei sein Handy überprüfte. Ihm blieb nichts anderes übrig, als das Problem selber zu lösen.

Daniel tastete nach der Visitenkarte in seiner Tasche. Wenn die Polizei ihn suchte, und er nahm an, dass sie das tat, sah es gar nicht gut aus, wenn er weiterhin untertauchte. Bisher konnte er seine Flucht damit begründen, dass er Angst bekommen hatte. Aber ein Unschuldiger würde nicht allzu lange warten, bis er die Polizei kontaktierte. Tuva war ja seine Kollegin, natürlich musste er sich Sorgen um sie machen. Und natürlich musste er der Polizei seine Hilfe anbieten. Vielleicht entging er dem Gefängnis ja noch am ehesten, wenn er ihnen zuvorkam und sich freiwillig stellte.

In Syrien entging man einer Verhaftung nur, indem man die Beine in die Hand nahm und hoffte, dass die Polizisten nicht auf Motorrädern unterwegs waren. Aber in Schweden ging man vielleicht lieber von sich aus zur Polizei. So, wie es ein Unschuldiger machen würde.

Er zog die Jalousie hoch.

Zog sie wieder runter.

Befühlte die Visitenkarte.

Vielleicht.

Die Schülerinnen und Schüler strömten auf den Schulhof. Mina wusste genau, wo sie stehen musste, um nicht gesehen zu werden. Die Kinder waren so einheitlich gekleidet, als ob sie Schuluniform tragen würden. Wenige hoben sich von der Masse ab. Dafür fielen sie umso mehr auf. Da es der erste Tag nach den Osterferien war, schrien und lachten alle noch lauter als sonst.

Sie fügte sich perfekt ein, aber Mina entdeckte sie trotzdem mühelos in der Menge. Eigentlich waren sie alle keine Kinder mehr. Halb Kind, halb Erwachsene, irgendwas dazwischen. Das dunkle Haar zum Pferdeschwanz zusammengebunden. Jeans. Dünne olivgrüne Armeejacke und weiße Turnschuhe. Ein dunkelblauer Rucksack von Fjällräven. Sie war schön. Unfassbar schön.

Mina zuckte zusammen, als das Mädchen sich umdrehte. Mina wusste, dass sie hier auf dem Bahnsteig des U-Bahnhofs Blåsuts, von dem aus sie das Drottning Blanka Gymnasium beobachtete, nicht zu sehen war. Doch sie bildete sich absichtlich ein, sie würden sich ansehen. Sich wirklich sehen. Das Mädchen schien sich suchend umzuschauen, dann wendete sie den Blick wieder ab.

Mina hatte nur wenige Minuten mit ihr, dann war das Mädchen weg. Im Gebäude verschwunden und auf dem Weg zu einem Klassenraum. Zum Unterricht in Schwedisch, Spanisch, Mathe oder Wirtschaft. Oder was auch immer.

Von hinten näherte sich die U-Bahn. Mina drehte sich in

dem Moment um, als sie in den Bahnhof einfuhr. Beim Einsteigen sahen die Menschen müde zu Boden. Vermieden es, sich gegenseitig anzusehen. Mina ging in Richtung Ausgang. Ihr Auto stand in der Nähe. Nie im Leben hätte sie es gewagt, U-Bahn zu fahren. Die Bakterienwolken, die die Menschen in den Waggons umgaben, waren so dicht, dass man sie beinahe mit bloßem Auge erkennen konnte.

Die U-Bahn fuhr ab und ließ sie allein auf dem Bahnsteig zurück. Mit enormer Willenskraft hielt sie sich davon ab, kehrtzumachen und noch einmal zum Schulgebäude rüberzuschauen. Sie musste nicht auf die geschlossene Tür sehen, um sich die unüberbrückbare Mauer zwischen ihnen ins Gedächtnis zu rufen. Die Sehnsucht fühlte sie im ganzen Körper.

Ein Kiosk hatte die Titelseiten der Abendzeitungen ausgehängt. Offenbar verkauften sie ihre Blätter immer noch mit dem tragischen Verschwinden von Robert. Neue Erkenntnisse, versprachen die Schlagzeilen. Sie schnaubte durch die Nase. Das waren eher neue Höhen des Zynismus. Aber sie wunderte nichts mehr. Sie mochte nur nicht in die Augen des fröhlichen Jungen auf den Titelseiten sehen. Die Welt konnte absolut widerwärtig sein.

In der Jackentasche klingelte ihr Handy. Zuerst wollte sie den Anruf ignorieren, aber dann ging sie nach einem letzten Blick zur Schule hinüber doch dran. Eine kurze, aber erfreuliche Mitteilung. Morgen würde die Leiche von Agnes Ceci exhumiert werden.

Zerstreut nahm Vincent die laminierten Anweisungen im Flugzeugsitz vor ihm zur Hand. Der Flieger nach Sundsvoll war eine ATR-72–500, in der laut Infobogen 72 Passagiere Platz hatten. Beim Einsteigen hatte Vincent 30 Passagiere gezählt, aus mathematischer Sicht musste also die Mehrheit zwei Plätze für sich allein haben. Doch natürlich hatte sich jemand neben ihn gesetzt. Jemand, der noch dazu so laute Musik über Kopfhörer hörte, dass ihm die mechanischen Beats durch Mark und Bein gingen.

»*All that she wants*«, sang der Mann mit.

Vincent mochte keine kleinen Flugzeuge. Man kam sich vor wie in einem überdimensionierten Sarg. Er konzentrierte sich auf seine Atmung. Um die Klaustrophobie in Schach zu halten, musste man dem rationalen Teil des Gehirns eine Aufgabe geben. Am besten eine schwierige. Mithilfe dieses Tricks verhinderte man, dass der Hippocampus, der Teil des Gehirns, der die Gefühle steuerte, überhaupt genug Energie hatte, einen in Panik zu versetzen. Er blickte erneut auf den Infobogen.

72 Sitze plus 30 Passagiere ergab 102. Die Eins stand für A, die Zwei für B, und die Null musste eben für den Buchstaben O stehen. AOB. Ace of Base. Die Band, die im Jahr 1992 den Hit »All that she wants« herausgebracht hatte. Enttäuscht sah er aus dem Fenster. Manchmal war es zu einfach. Aber wenigstens hielt sich seine Klaustrophobie in Grenzen.

In Sundsvall war er mit Sains Bergander verabredet, Schwedens bestem Entwickler von Illusionen und Zauberrequisiten. Er hatte die Fotos dabei, die Mina ihm besorgt hatte. Vermutlich war sie nicht befugt gewesen, ihm die Bilder zukommen zu lassen, da er ein Außenstehender war, aber wenn ihnen jemand helfen konnte, den Schwertkasten zu verstehen, dann war es Sains. Vincent kannte ihn seit gut zehn Jahren. Was Sains über diese Art von Illusion nicht wusste, brauchte man auch nicht zu wissen.

Eine Stunde später betrat er die Ankunftshalle des Flughafens Midlanda und schaute sich um. Vier Personen standen da und warteten auf andere Flugreisende. Einer davon war ein schlicht gekleideter Mann mittleren Alters. Falls ihn überhaupt jemand bemerkte, würde der vielleicht annehmen, dass dieser Mann bei der Kommunalverwaltung arbeitete. Vincent wusste, dass Sains genau diesen Eindruck bewusst erzeugte. Er ging zu ihm und gab ihm die Hand.

»Hallo, alter Freund, schön, dich zu sehen«, sagte er.

Sains umschloss Vincents Hand mit beiden Händen. Sein herausragendster Zaubertrick bestand darin, sich selbst unsichtbar gemacht zu haben. Außerhalb seiner Familie wussten nur wenige von seiner Existenz, geschweige denn, was er beruflich machte. Sundsvall war eine kleine Stadt, und Sains Bergander war mehr als froh, nicht aufzufallen.

Sie stiegen in seinen Subaru Outback ein, und Sains fuhr vom Parkplatz.

»Worüber wolltest du reden?«, fragte Sains. »Du klangst so geheimnisvoll am Telefon.«

»Das, was ich dir zeigen werde, darf ich dir eigentlich nicht zeigen«, sagte Vincent. »Vielleicht darf ich nicht mal darüber reden. Aber ich weiß, dass Geheimnisse eine unwiderstehliche Wirkung auf dich ausüben. Und außerdem haben wir uns schon viel zu lange nicht gesehen.«

»Da hast du recht. Und ich habe nichts gegen Besuch, es kommen ja heutzutage viel zu selten Leute vorbei.«

Sains parkte vor einem Gebäude, das er als Werkstatt nutzte.

»Willkommen im Herzen der Magie«, sagte er, bevor er die Tür aufschloss.

Vincent kam in einen Raum, der wie die Werkstatt des Weihnachtsmanns aussah, aber gleichzeitig an den Werkunterricht in der Schule erinnerte. An den Wänden waren Maschinen aufgereiht, deren Funktion er nur erahnen konnte. Die einzigen Geräte, die er identifizieren konnte, waren zwei Kreissägen und ein 3-D-Drucker im Industrieformat. An die Maschinen waren dicke Rohre angeschlossen, die vermutlich Staub und Sägespäne aufsaugten, was jedoch nicht verhinderte, dass der Raum gerammelt voll war mit Holzstückchen, Scharnieren, Farbe und Klumpen von flachen Magneten zwischen fertigen Kisten und Gestellen, deren Sinn und Zweck nicht erkennbar war. Vor einer Holzscheibe, die an einem von der Decke hängenden Seil befestigt war, blieb Vincent stehen. Die Scheibe hing waagerecht auf Kopfhöhe und war an beiden Seiten mit obszön dicken Bolzen versehen worden.

»Was ist das?«, fragte er.

»Ein persönliches Projekt von mir«, sagte Sains stolz. »Bestellungen nehme ich nicht entgegen, nur damit du Bescheid weißt.«

Er stellte sich vor die Scheibe und streckte die Hände auf Höhe der Bolzen seitlich vom Kopf hoch.

»Das ist eine Kreuzigung«, sagte er. »Die Bolzen gehen direkt durch die Hände. Es sieht ungeheuer realistisch aus. Aus jeder Wunde rinnen zweihundert Milliliter Blut. Ich habe sogar eine Mönchskutte für den Henker genäht. Todschick. Willst du mal sehen?«

Vincent schüttelte den Kopf. Er fragte sich, wie Mina reagiert hätte. Illusion hin oder her, er hatte momentan schon genug mit Blut und Verstümmelung zu tun. Er zog die Klarsichthülle mit den ausgedruckten Fotos aus der Tasche, schob mehrere Zangen zur Seite und breitete die Bilder auf einer Arbeitsplatte aus.

»Was sagst du dazu?«, fragte er.

Sains beugte sich über die Bilder.

»Das ist ein Schwertkasten«, sagte er. »Oder eine *Sword Box*, kommt drauf an, wen du fragst. Aber dafür brauchst du mich wahrscheinlich nicht.«

Vincent schüttelte den Kopf.

»Hast du so einen Kasten schon mal gesehen?«, fragte er.

»Nein, ganz genau so einen nicht. Wer hat ihn gebaut?«

»Ich habe gehofft, das könntest du mir sagen. Hat jemand vielleicht Einzelteile dafür bei dir bestellt, oder kennst du einen anderen Hersteller, der kürzlich einen Schwertkasten verkauft hat? Oder vielleicht eine Bauanleitung?«

Sains tippte naserümpfend auf die Bilder.

»Glaubst du, ich hätte so schlampige Arbeit zugelassen? Schäm dich, Vincent. Du weißt, dass ich immer nur erstklassige Produkte abliefere. Und von den anderen Herstellern, die ich persönlich kenne, würde auch niemand eine so schlampig zusammengezimmerte Kiste aus der Hand geben.«

»Es ist also eine Heimwerkerarbeit?«

»Ganz so einfach ist es nicht. Diese Konstruktionspläne sind komplizierter, als man denkt.«

»Wie meinst du das?«

Sains ging zum Bücherregal. Nachdem er eine Weile suchend davorgestanden hatte, kam er mit zwei Büchern mit Spiralbindung zurück.

»Das hier ist Paul Osbornes *Illusion Systems* von 1981.« Er legte das Buch vor Vincent hin. »Vermutlich die beste Quelle, wenn man nach modernen Bauanleitungen für Illusionen sucht. Schau mal rein. Könntest du so was bauen?«

Vincent schlug eins der Bücher auf und blätterte darin. »Na ja, ich könnte es zumindest versuchen.«

»Und es würde nichts stimmen. Es sind Zauberer, die diese Anleitungen kaufen, aber um so was zu bauen, sollte man besser Möbeltischler sein. Du brauchst nicht nur geeignete Maschinen, du musst auch Ahnung vom Material haben. Sonst wird die Illusion zu schwer. Oder dir splittert beim Schrauben die Sperrholzplatte. Du kannst alles Mögliche falsch machen. Und außerdem sind in die klassischen Anleitungen absichtlich Fehler eingebaut worden.«

Vincent zog die Augenbrauen hoch.

»Wieso verkauft jemand fehlerhafte Bauanleitungen?«, fragte er.

»Weil man sich dann zum Urheber einer Illusion erklären und gleichzeitig verhindern kann, dass sie jemand nachahmt. Zwischen Zauberern, die sich gegenseitig Ideen streitig machen, werden langlebige Fehden ausgetragen. Um sich ein Patent zu sichern, muss man publizieren. Man will aber nicht, dass andere die eigene Erfindung kopieren. Jeder Zauberer will einzigartig sein. Also baut man in die Publikation kleine Fehler ein.«

»Und was passiert, wenn man sich an die falschen Bauanleitungen hält?«

»Es klappt einfach nicht. Eine Falltür öffnet sich nicht. Wände schließen nicht bündig ab. Was weiß ich. Ich will damit sagen, dass man in der Lage sein muss, eine Bauanleitung zu adaptieren, wenn man selbst eine Illusion herstellen will, die auch funktioniert. Das hat natürlich den positiven Effekt, dass jeder ihr seinen eigenen Stempel aufdrückt.«

Die Falltür öffnet sich nicht. In Vincents Hinterkopf regte sich eine Erinnerung, die er schnell beiseiteschob. Er trommelte frustriert mit den Fingern auf den Fotos herum.

»Okay, dann ist dieser Kasten also nicht von einem Profi hergestellt worden«, sagte er. »Kannst du mir noch was darüber sagen? Schau bitte noch mal hin.«

Sains hielt sich die Bilder direkt vors Gesicht.

»Hm. Ist das ein altes Foto? Das Modell ist es nämlich. Alt, meine ich. Die Konstruktion hat sich seitdem ziemlich verändert, diese hier wurde in den Sechzigern verwendet, aber …«

Stirnrunzelnd nahm Sains eins der Fotos in die Hand. Dann ließ er es fallen und schlug sich mit der Hand vor den Mund.

»Wer hat diesen Kasten gebaut, Vincent?«, murmelte er.

»Das frage ich dich.«

»Aber er ist doch wohl nicht benutzt worden?«

Sains lehnte sich an die Arbeitsplatte. Er war grün im Gesicht geworden.

»Was ist denn?«, fragte Vincent besorgt.

»Speziell für Schwertkästen beziehungsweise *Sword Boxes* gibt es ganz gute Anleitungen.« Er blätterte in einem Buch, bis er das Gesuchte gefunden hatte. »Außerdem sind sie relativ leicht zu bauen. Schau mal.«

Er zeigte auf eine Zeichnung im Buch.

»Die Assistentin des Zauberers sitzt auf eine genau vorgeschriebene Weise im Schwertkasten. Die Löcher scheinen zufällig verteilt zu sein, sind aber in Wirklichkeit so platziert, dass die Schwerter Platz für die Frau im Kasten lassen – solange sie sich nicht rührt. Einige haben die Methode buchstäblich auf die Spitze getrieben. Ein Zauberkünstler aus Deutschland zum Beispiel hat seiner Assistentin vor einigen Jahren während einer Vorführung sieben Rippen und den Kiefer gebrochen. Kann man sich auf Youtube ansehen. Aber *ein bisschen* Platz bleibt für die Assistentin im Kasten immer. Doch hier, Vincent ...«

Sains nahm eins der Bilder in die Hand und wies Vincent auf das Offensichtliche hin.

»In diesem Kasten ist kein Platz. Wenn da jemand dringesessen hat, ist er von den Schwertern durchbohrt worden. Es ist unmöglich, ihnen auszuweichen. Und trotzdem ... trotzdem kann ich erkennen, dass der Konstrukteur von einer korrekten, wenn auch ziemlich alten Bauanleitung ausgegangen ist. Er hat nur ... die Illusion weggelassen.«

Sains starrte ihn an.

»Was ist das hier, Vincent?«

»Genau das, mein Freund, muss ich herausfinden.«

Sich Filme aus einer Überwachungskamera anzusehen, war ungefähr so langweilig, wie Wandfarbe beim Trocknen zuzuschauen. Christer fielen die Augen zu. Es dämmerte allmählich, und das Präsidium leerte sich. Ganz leer war es nie, weil irgendjemand immer Bereitschaft hatte, aber abends und nachts war man um einiges spärlicher besetzt. Die Leute zog es zu ihren Familien. Christer hatte zwar keine, aber er wollte trotzdem bald nach Hause. Er war die Einsamkeit gewohnt. Und hatte sie akzeptiert.

Die Überwachungsfilme der letzten drei Tage vor Tuvas Verschwinden im Winter hatte er ausgehändigt bekommen. Was an sich schon bemerkenswert war, da diese Art von Material eigentlich nur für vierundzwanzig Stunden gespeichert werden durfte, also schon längst gelöscht sein musste, worauf ihn die Bank auch geflissentlich aufmerksam gemacht hatte. Als er jedoch erklärte, wofür er die Filme benötigte, entdeckten sie zu ihrer größten – natürlich gespielten – Verwunderung, dass es irgendein IT-Techniker offenbar versäumt hatte, das Material zu löschen, und es zufällig noch auf dem Server lag. Ihm war egal, wie sie sich rechtfertigten. Hauptsache, er hatte die Filme.

Inzwischen hatte seine Begeisterung deutlich nachgelassen. Das Material war, gelinde gesagt, monoton. Die Kamera war auf den Eingang der Bank gerichtet, das Café auf der gegenüberliegenden Straßenseite war jedoch auch zu erkennen. Blöderweise war die Tür nicht im Bild, aber er sah den Gehweg, die Fahrbahn und sogar das Café von innen, sofern die spiegelnde Scheibe es erlaubte. Die meisten Passanten waren nicht allein. Es gingen lachende Paare vorüber. Zwei ältere Männer, die sich zu streiten schienen. Ein großer Hund mit seinem Herrchen. Eine ältere Frau mit einem kleinen Kind, vermutlich ihrem Enkelkind.

Zwei Frauen kamen mit je einem Chihuahua anspaziert. Er hatte nie verstanden, wieso plötzlich diese winzigen Köter in Mode waren. Für ihn waren es Ratten an der Schnur.

Christer blinzelte mehrmals und trank noch ein paar Schlucke Kaffee. Er verzog angewidert das Gesicht. Kalt. Natürlich war der Kaffee kalt. Heißen Kaffee servierte ihm das Leben selten.

Auf dem Bildschirm ging jetzt ein Mann, den er hinter der Glasscheibe Kaffee hatte trinken sehen, am Café vorbei. Offenbar hatte er es soeben verlassen. Christer beugte sich vor. Irgendetwas an dem Mann kam ihm bekannt vor. Viel konnte man auf den grobkörnigen Bildern nicht erkennen, und definitiv keine Gesichtszüge. Anscheinend hatte ihn das leichte Humpeln des Mannes an etwas erinnert, aber er kam beim besten Willen nicht darauf, an was. Der Gang des Mannes war ihm vertraut, aber je mehr er seine Gehirnwindungen nach weiteren Informationen durchforstete, desto weniger gaben sie her.

Manchmal wurde er nervös, wenn ihm Dinge nicht sofort

einfielen oder er nach Worten suchte, die er eigentlich wusste. Seine Mutter war am Ende ihres Lebens total dement gewesen, und ihre lange Reise in die völlige Dunkelheit hatte fast ein Jahrzehnt gedauert. Christer wollte dieses Schicksal nicht auch erleiden. Am meisten Angst hatte er, dass ihm dann irgendein Kaugummi kauender Zwanzigjähriger den Hintern abwischen und die Windel wechseln würde. Daher hatte er zur Sicherheit eine Patrone in der Schachtel liegen, in der seine Mutter ihren wertvollen Schmuck aufbewahrt hatte. Dort lag die Patrone. Und wartete auf den Tag, an dem er sie brauchen würde. Denn sie versprach einen schnellen Tod. In Würde.

Er spulte zurück und sah sich den leicht humpelnden Mann noch einmal an. Nein. Sein Gedächtnis weigerte sich, auch nur das kleinste bisschen Information preiszugeben. Seufzend schloss Christer die Datei, stand auf und nahm seine Jacke. Für heute Abend reichte es.

Mina hatte noch Zeit für ein Meeting, bevor sie zur Arbeit musste. Sie war zwar oft schon früh dort, aber nachdem sie das Mädchen gesehen hatte, ertrug sie es nicht, sich sofort wieder in die brutale Wirklichkeit an ihrem Arbeitsplatz zu stürzen. Sie brauchte vorher eine Zwischenlandung. Und zwar eine sanfte. Sie hatte überlegt, Vincent anzurufen, aber das Mädchen war ein weiteres Geheimnis, das nicht leicht zu erklären war. Da brachte sie es lieber mit einem weiteren Geheimnis zum Schweigen.

Als sie ankam, saßen alle anderen schon. Sie schlich sich auf Zehenspitzen zu einem freien Platz. Es standen immer zu viele Stühle da. Niemand sollte das Gefühl haben, nicht mehr reinzupassen oder nicht willkommen zu sein. Viel zu viele von ihnen waren hier, weil für sie kein Platz gewesen und sie nicht willkommen gewesen waren. Sie nickte dem Kerl aus Schonen und der Tante mit dem lila Halstuch zu.

Das Delfinmädchen hatte die Ärmel hochgekrempelt, der Arm war mit Plastikfolie umhüllt, und darunter waren die Worte *Living on the edge* zu erkennen. Die Haut drum herum war feuerrot. Mina hatte unwillkürlich die Mörderbakterien vor Augen, die jetzt unter der Haut ihr Unwesen trieben, sich ins Fleisch fraßen, bis zum Knochen vordrangen und alles Organische zerstörten. Sie rieb mit den Händen über die Hose und kniff sich fest, aber unauffällig in den Oberschenkel, um auf andere Gedanken zu kommen. Das Delfinmädchen winkte ihr lächelnd zu. Mina versuchte, zurückzulächeln, aber es fühlte sich verkrampft und unnatürlich an.

Der Mann mit dem Hund saß ihr mit seinem Bosse direkt gegenüber. Wobei sie ihn rein theoretisch jetzt nicht mehr den Mann mit dem Hund, sondern den Mann mit Bosse hätte nennen sollen. Neben ihm saß eine Frau im Rollstuhl. Mina nahm an, dass sie die erwähnte Lebensgefährtin war.

Bosse stellte die Ohren auf, als er Mina erblickte, und bevor sein Herrchen nach der Leine greifen konnte, war er losgerannt und mit den Vorderpfoten auf ihren Schoß gesprungen, um wie verrückt zu versuchen, ihr das Gesicht abzulecken. In blankem Entsetzen sprang Mina auf und klopfte fieberhaft ihre Hose ab. Zwar war es heute wenigstens trocken draußen gewesen, aber sie würde sie trotzdem wegwerfen müssen. Und nun waren ihre Hände auch beschmutzt. Der Mann mit dem Hund eilte herbei und zerrte an der Leine.

»Entschuldige bitte, ich dachte, ich hätte ihn am Stuhl festgebunden.«

»Du brauchst dich nicht zu entschuldigen«, sagte Mina steif. »Es liegt an mir, ich habe … ein bisschen Angst vor Hunden.«

»Dafür habe ich vollstes Verständnis, mein Hund ist ja auch groß. Aber ich schwöre dir, dass er unheimlich lieb ist. Er hat offenbar einen Narren an dir gefressen. Wenn man es mal positiv sehen möchte.«

»Ich werde mich bemühen«, sagte sie und zwang sich zu einem gequälten Lächeln. »Es positiv zu sehen.«

Sie setzte sich wieder. Bosse wurde zurück an seinen Platz geführt. Allmählich normalisierte sich ihr Puls. Alle sahen sie an. Sie senkte den Blick. Am liebsten wäre sie unsichtbar gewesen. Sie wollte nicht gesehen werden und keinen Raum einnehmen. Nicht hier. Sie wollte zuhören, beobachten, lernen. Bis jetzt hatte sie noch kein einziges Mal etwas gesagt, und dabei kam sie schon seit drei Jahren hierher.

Die Frau im Rollstuhl warf ihr ein mitfühlendes Lächeln zu. Mina tat, als hätte sie es nicht bemerkt. Bosse hatte es sich unter dem Stuhl seines Herrchens bequem gemacht und den großen Kopf auf die Pfoten gelegt. In dieser Haltung sah er Mina mit feucht glänzenden braunen Augen an. Traurig, abgewiesen und enttäuscht.

In der Pause hielt Mina etwas Abstand zu den anderen. Die meisten standen oder saßen in Grüppchen zusammen, tranken Kaffee, aßen Gebäck und unterhielten sich. Mina zog ihr Handy aus der Tasche. Keine neuen Nachrichten. Sie öffnete *Candy Crush*, zwanzigstes Level. Unendlich viel Zeit hatte sie in das Spiel gesteckt, um dieses Niveau zu erreichen, aber es war einfach die perfekte Entspannungsmethode. Wenn sie auf das quietschbunte Süßigkeiten-Puzzle starrte, kam ihr Gehirn vollständig zur Ruhe. Das Spiel hatte einen Anfang, aber kein Ende.

»Ich möchte mich ebenfalls für Bosse entschuldigen.«

Mina zuckte zusammen, als sie auf ihrer linken Seite eine Stimme hörte.

»Er war schon erwachsen, als er zu uns kam. In seiner ehemaligen Familie konnte er nicht bleiben. Leider haben wir es nicht geschafft, ihn so gut zu erziehen, wie wir gerne gewollt hätten.«

Die Frau im Rollstuhl sah sie entschuldigend an. Mina stieß einen unhörbaren Seufzer aus und steckte das Handy wieder ein. Um den Small Talk schien kein Weg herumzuführen, sosehr sie sich auch bemühte. Die Leute konnten einfach keine Signale deuten. Manchmal träumte sie von einer Welt, in der die Menschen gelernt hatten, sich gründlich die Hände zu waschen, jeder Einmalhandschuhe und Mundschutz trug, und große Schilder daran erinnerten, man solle bitte Abstand halten.

»Es war wirklich nicht so schlimm«, sagte sie abwehrend.

Sie hoffte, dass die Frau mit ihrem Rollstuhl kehrtmachen und davonrollen würde, aber die Frau blieb seelenruhig sitzen. Sah Mina mit mildem Lächeln an. Der Mann mit dem Hund kam mit zwei Kaffeebechern in den Händen dazu. Den einen reichte er der Frau im Rollstuhl. Mina warf er einen entschuldigenden Blick zu.

»Tut mir leid, dass ich dir nicht auch einen Becher mitgebracht habe, aber normalerweise trinkst du ja keinen …«

»Nein, nein, schon gut.«

Bosse saß brav bei Fuß, sah sie aber an, als könnte er sich jeden Augenblick auf sie stürzen und ihr das Gesicht ablecken. Vorsichtig zog sie sich zurück.

»Keine Angst, ich habe ihn an der Leine«, sagte der Mann und setzte sich Mina gegenüber.

Sie musste den Impuls unterdrücken, aufzustehen und zu gehen. Wollte nicht noch mehr über diese Leute wissen. Wollte sich nicht anhören müssen, wie sie hießen. Wo sie wohnten. Was sie beruflich machten oder gemacht hatten. Wollte. Nichts. Hören. Sie waren gefährlich nah dran, in ihre Privatsphäre einzudringen. Sie waren Fremde. Sie wollte nicht mit Fremden reden. Außer für die Arbeit. Aber wenn sie nicht arbeitete, fand sie es unnötig, mit Leuten zu reden, die sie nicht kannte. Um ehrlich zu sein, fand sie es auch nicht nötig, mit denen zu reden, die sie kannte. Viele waren es ohnehin nicht. Und da sie sich nie meldete, wurden es immer weniger.

»Kenneth hat erzählt, du bist Polizistin«, sagte die Frau.

»Ja«, sagte Mina.

Shit. Namen. Seit er sich im Meeting zu Wort gemeldet hatte, wusste sie, dass er so hieß, aber eigentlich waren ihr Namen zu persönlich, zu intim. Und über ihren Beruf wollte sie mit

Fremden auch nicht reden. Dass Kenneth – Mist, jetzt hatte sie seinen Namen im Kopf – und die anderen ein Telefonat mit Julia mitbekommen hatten, war ärgerlich. Es war nicht wieder vorgekommen. Und würde nie wieder vorkommen. Undurchlässige Brandschutztüren zwischen den verschiedenen Bereichen ihres Lebens. Sonst war sie völlig überfordert.

Mina sah sich um. Musste es nicht langsam weitergehen? An sich brauchte sie nicht zu bleiben. Die Meetings waren ja freiwillig. Sie konnte jederzeit gehen. Aber schließlich wurde das Schweigen unerträglich, und sie konnte es sich nicht länger verkneifen, auf den Rollstuhl zu zeigen.

»Warum sitzt du im Rollstuhl?«, fragte sie.

»Skoliose«, antwortete die Frau sachlich.

»Ja, ach genau … Kenneth hat es mal erwähnt.«

Wieder wurde es still. Mina wand sich vor Unbehagen. Bosse schien noch näher gekommen zu sein. Er schien sich unauffällig anzuschleichen. Sie rückte mit dem Stuhl ein Stück zurück. Weit genug, dass die Schmutzteilchen und Parasiten in seinem Fell nicht auf sie übersprangen. Das Schweigen hatte sich über sie gelegt wie eine nasse Wolldecke. Wieder überlegte Mina, einfach zu gehen. Oder sich zumindest woanders hinzusetzen. Vielleicht konnte sie sich unter dem Vorwand zurückziehen, sie wolle sich noch die neue Tätowierung des Delfinmädchens ansehen. Andererseits wollte sie deren Arm möglichst auch nicht zu nahe kommen.

Als ihr Telefon surrte, zog sie es dankbar aus der Tasche. Sie las die Nachricht, überlegte kurz und schrieb schnell zurück. Als sie aufblickte, merkte sie, dass Kenneth und seine Frau sie neugierig ansahen. Sie stand auf und nahm ihre Jacke.

»Tut mir leid, die Arbeit ruft. Nett, dich näher kennenzulernen.«

Sie nickte der Frau im Rollstuhl zu. Bosse schaute enttäuscht hinter ihr her. Auf dem Weg zum Ausgang kam sie an den Toiletten vorbei, widerstand aber bewusst der Versuchung, sich die Hände zu waschen. Sie würde nur noch mehr Bakterien mitnehmen, als ohnehin schon an ihr klebten. Im Auto hatte sie Feuchttücher. Und Desinfektionsmittel. Das musste reichen.

CHRISTER SEUFZTE. Wieder hatte er stundenlang auf das Filmmaterial aus der Überwachungskamera von Nordea gestarrt. Er hatte jetzt fast alles gesehen, drei komplette Tage, die kurz nach dem Zeitpunkt endeten, an dem Tuva das Café verlassen hatte und, wie sie jetzt wussten, in den Tod gegangen war. Die Kamera hatte jedoch weder einen bedrohlich schwarzen Lieferwagen, in den sie möglicherweise gezerrt worden war, noch einen maskierten Mörder aufgezeichnet, der zu Fuß angerannt kam. Nichts. Kein Muster. Keine Auffälligkeiten.

Er hatte nichts Nützliches entdeckt. Der humpelnde Mann war ihm zwar immer noch nicht ganz aus dem Kopf gegangen, aber ihm blieb nicht viel anderes übrig, als die Sache auf sich beruhen zu lassen. Wenn einem etwas beim besten Willen nicht einfiel, war nichts zu machen. Er konnte schließlich nicht zaubern. Wenn Zauberkünste vonnöten gewesen wären, hätten sie Vincent doch in die Gruppe aufnehmen müssen.

Christer schloss die Datei und seufzte erneut. Seine nächste Aufgabe war auch nicht verlockender. Als Agnes nach ihrem vermeintlichen Selbstmord tot aufgefunden worden war, hatte er Jesper Ceci angerufen. Den Vater. Charlotte Ceci, die Mutter, war verstorben, als Agnes klein war. Sobald sie alt genug gewesen war, um allein zurechtzukommen, war Jesper nach Arvika gezogen und hatte eine neue Familie gegründet.

Christer hatte am meisten Erfahrung mit Angehörigen und musste daher immer die Gespräche mit ihnen übernehmen. Seinen Kollegen schien nicht klar zu sein, dass ihm diese Gespräche genauso unangenehm waren wie ihnen. Vermutlich stellte er sich auch noch ungeschickter an als sie. Er bewahrte zwar die Ruhe, aber Trost zu spenden, war wirklich nicht seine Stärke.

An das Gespräch mit Agnes' Vater erinnerte er sich gut. Da er nicht von Anfang an bei der Mordkommission gewesen war, hatte er im Laufe seines Berufslebens die verschiedensten Arten von Gesprächen geführt. Manche Leute brachen schon zusammen, wenn er sagte, dass er von der Polizei war. Auch wenn er nur anrief, weil eine vermisst gemeldete Katze tot aufgefunden worden war. Dass der Tod ein so schwerer Schlag für die Besitzer war, wunderte ihn noch immer. Sie hätten eigentlich wissen müssen, dass Tiere über kurz oder lang verschwanden. Andere wurden wütend und beschimpften ihn am Telefon. Warfen ihm vor, seine Arbeit nicht ordentlich zu machen. Wie diese Fünfzigjährige, deren Michael-Kors-Handtasche zwar in tadellosem Zustand, aber ohne das Smartphone darin wieder aufgetaucht war. Am Ende hatte er selbst die Fassung verloren und sie gefragt, mit welchem Handy sie denn dann telefoniere. Die Leute tickten doch alle nicht richtig.

Wenn er schwerwiegendere Nachrichten überbracht hatte, standen sie natürlich manchmal wirklich unter Schock. Solche Situationen waren viel schwieriger, und dann brauchten sie tatsächlich menschlichen Beistand vor Ort. Christer fühlte sich oft ohnmächtig am anderen Ende der Leitung. Das Problem war, dass man im Voraus nie wusste, ob eine solche Lage eintreten würde, und daher konnte man sich auch schlecht darauf einstellen.

Jesper Ceci hatte allerdings zu einer anderen Kategorie gehört. Er hatte fast … höflich gewirkt. Was logischerweise auch ein Ausdruck des Schocks gewesen sein konnte. Dass Angehörige sich emotional distanzierten, um die traurige Nachricht überhaupt verkraften zu können, war nichts Ungewöhnliches. Doch in Jespers Fall vermutete er andere Gründe. Christer hatte in Arvika eine neue Frau und einen fünfjährigen Sohn. Mit seiner Tochter in Stockholm hatte er extrem wenig Kontakt gehabt, seit er von dort weggezogen war. Am Telefon hatte er über Agnes wie über eine entfernte Verwandte gesprochen. Jemand, den er vor Jahren mal auf einer Abendeinladung kennengelernt hatte. Christer war es kalt den Rücken runtergelaufen.

Und nun musste er Jesper erneut anrufen. Musste ihn daran erinnern, dass er mal eine Tochter gehabt hatte und diese Tochter sich vielleicht doch nicht das Leben genommen hatte. Christer würde eine Menge Fragen stellen, die Jesper widerwillig und lustlos beantworten würde. Ekelhaft. Trotzdem war es besser, es hinter sich zu bringen, damit er endlich Feierabend machen konnte. Morgen war ein neuer Tag. Wobei es fraglich war, ob der so viel besser sein würde.

Er stand vom Schreibtisch auf und öffnete seine Tür. Manche Kollegen zogen sich für belastende Anrufe in ihre Büros zurück, aber Christer machte es andersherum. Der Anblick des Flurs und die Geräusche der anderen stellten eine wohltuende Verbindung zur restlichen Wirklichkeit dar. Nicht, dass die besonders glorreich gewesen wäre, aber immerhin. Sie war besser als sein enges Büro. Und wenigstens geräumiger.

Dank der neuen Datenschutzgesetze waren alle Informationen über die Angehörigen von Agnes gelöscht worden, sobald man ein Verbrechen ausgeschlossen hatte. Die Polizei durfte persönliche Daten nur speichern, wenn dadurch womöglich Verbrechen verhindert wurden. Bei einem Selbstmord traf das nicht zu. Bis jetzt. Wenn man Christer danach gefragt hätte, was niemand tat, aber wenn, dann hätte er erklärt, dass er diese Gesetze zum Kotzen fand. Es hatte doch noch nie geschadet, sich ein paar Notizen über die Leute zu machen. Er konnte nicht nachvollziehen, warum plötzlich alles so geheim war. Wenn jemand die ersten vier Ziffern seiner Personennummer haben wollte, hätte er sie ihm gegeben. Wieso auch nicht. Zum Glück konnte er die Telefonnummer von Jespers Arbeitsstelle googeln.

Abgesehen von der Nummer fand er bei seiner Internetrecherche auch einen relativ neuen Artikel auf der Hompepage der *Arvika Nyheter*. Jesper engagierte sich in der Partei Schwedens Zukunft, die stark von der norwegischen Fortschrittspartei beeinflusst, aber noch weiter rechts war. Sie hatte an Popularität gewonnen, nachdem sie unter anderem proklamiert hatte, Menschen, die keine Steuern zahlten, dürften auch keine Sozialleistungen beziehen. Das Thema bezeichneten sie unverhohlen als »Immigrationsfrage«.

Christer betrachtete das Foto von Jesper, der sein schon etwas dünnes Haar straff zurückgekämmt hatte. In einem blauen Jackett mit rotem Halstuch grinste ihm Agnes' Vater kalt vom Bildschirm entgegen. Er sah aus, als wollte er segeln gehen. Jesper arbeitete in der Kommunalverwaltung von Arvika, und in dem Artikel ging es um Verbesserungen vor Ort, die man im nächsten Jahr anstrebte. Christer konnte sich gut vorstellen, dass Jesper gerne Armbinden verteilt hätte, wenn es erlaubt gewesen wäre.

Er mochte nicht weiterlesen. Stattdessen rief er bei der Zentrale der Kommunalverwaltung von Arvika an und wurde nach dem dritten Versuch schließlich richtig verbunden. Jesper meldete sich nach dem ersten Klingeln.

»Hör endlich auf damit«, zischte er Christer ins Ohr. »Ich habe doch gesagt, du sollst hier nicht anrufen. Es macht keinen guten Eindruck.«

»Äh, hallo, hier ist Christer Bengtsson von der Polizei Stockholm.«

»Oh, entschuldigen Sie«, sagte Jesper in einer vollkommen anderen Tonlage. »Ich bitte vielmals um Verzeihung. Ich dachte, meine Frau wäre dran.«

»Nein, wie gesagt, Christer Bengtsson am Apparat. Wir haben schon einmal miteinander gesprochen …«

»Ich erinnere mich«, fiel Jesper ihm ins Wort. »Das war schließlich kein Anruf, den man sofort vergisst.«

Christer wunderte sich einen Moment, dass Jesper keinen värmländischen Dialekt sprach. Dabei hatte er doch schon einmal mit ihm telefoniert und hatte doch auch gerade in dem Artikel gelesen, dass Jesper in der halländischen Stadt Halmstad geboren war. Seltsam. Manchmal hatte er wirklich ein schlechtes Gedächtnis.

Dass Jesper jedoch den Anruf nicht sofort wieder verdrängt hatte, nahm er ihm nicht ab.

»Entschuldigen Sie, dass ich noch einmal anrufe«, sagte er. »Aber wir haben neue Erkenntnisse bezüglich des Selbstmords von Agnes. Wir sind uns nicht mehr sicher, ob es einer war. Die Ermittlungen sind wieder aufgenommen worden.«

Diesmal war Jesper sprachlos.

»Was wollen Sie damit sagen?«, fragte er mit sehr viel dünnerer Stimme.

»Wir nehmen an, dass Ihre Tochter umgebracht wurde«, sagte Christer. »Ich muss Sie fragen, ob Sie etwas über Agnes' Freunde oder eventuelle Feinde wissen. Ob sie vielleicht bei jemandem Schulden hatte oder in kriminelle Machenschaften verstrickt gewesen sein könnte …«

»Wie können Sie es wagen, zu behaupten, meine Tochter wäre kriminell gewesen?«, schrie Jesper ihm so laut entgegen, dass Christer minutenlang ein Pfeifen im Ohr hörte. »Noch eine haltlose Behauptung, und ich zeige Sie und die gesamte Stockholmer Polizei wegen Verleumdung an! Skandal! Wissen Sie, dass sie in einem Park gefunden wurde? Vor einem beschissenen Theater? Wie in einem Theaterstück! Ich habe keine Sekunde an diese Selbstmordtheorie geglaubt.«

Jespers Stimme klang, als würde er sich künstlich aufregen. Christer schlug sich vor Wut den Hörer an die Stirn. Er hatte Jesper an seinem Arbeitsplatz angerufen. Natürlich war damit zu rechnen, dass die anderen Mitarbeiter das Gespräch mitbekamen. Eine Tochter, die die Grenzen von Recht und Ordnung nicht respektierte, warf schließlich ein schlechtes Licht auf einen Politiker der Partei *Schwedens Zukunft*. Christer hörte heraus, dass Jespers Empörung nicht echt war. Das Gebrüll war nur für die Kollegen bestimmt.

»Ich wollte Ihnen nicht zu nahe treten«, sagte Christer geduldig. »Ich weiß ja, dass Sie aufgrund der Entfernung wenig von Agnes' Leben in Stockholm mitbekommen und sie auch schon lange nicht mehr gesehen haben. Ihre Karriere in Arvika muss Sie sehr in Anspruch genommen haben. Herzlichen Glückwunsch übrigens zu Ihrer neuen Familie. Agnes war schließlich eine erwachsene Frau und hatte ihr eigenes Leben.«

»Passen Sie bloß auf, was Sie für Unterstellungen machen«, sagte Jesper eiskalt.

Der weiche halländische Dialekt stand in scharfem Kontrast zum eisigen Ton. Christers Unterbewusstsein meldete sich. Irgendetwas erregte seine Aufmerksamkeit. Da war ein Muster, das er hätte erkennen müssen, doch jedes Mal, wenn er kurz davor war, es zu fassen zu bekommen, entglitt es ihm. Er antwortete sachlich.

»Ich unterstelle gar nichts. Hauptsächlich wollte ich Sie darüber informieren, dass die Ermittlungen wieder aufgenommen worden sind.«

Jesper schwieg eine Weile. Es klang, als würde er ein paar Schritte gehen, vielleicht in ein anderes Zimmer.

»Dieser … Terrorist«, sagte Jesper nach einer Weile leise. »An Ihrer Stelle würde ich bei dem anfangen.«

Plötzlich kam der ganze Kaffee, den Christer im Laufe des Tages getrunken hatte, auf einmal in seiner Blase an.

»Von wem sprechen wir?«, fragte er interessiert.

»Der Typ, mit dem sie zusammengewohnt hat. Aus dem Iran oder Syrien oder was weiß ich. Der schnorrt sich so durch. Nicht mal eine eigene Wohnung hätte er gehabt, wenn Agnes sich nicht erbarmt hätte. Der war unheimlich scharf drauf, die Wohnung für sich zu haben.«

»Wieso halten Sie ihn für einen Terroristen?«

Christer suchte fieberhaft nach einem Kugelschreiber.

»Ich meine nicht ihn persönlich. Aber diese Art von Leuten. Die tun doch alles, um sich einen Vorteil zu verschaffen. Diese verdammten Teppichhändler. Meine Tochter umbringen.«

»Ich hatte den Eindruck, sie wären gute Freunde gewesen.«

Christer hatte einen Stift gefunden, war sich aber nicht sicher, ob das Gespräch es verdiente, festgehalten zu werden.

»Mit so einem soll Agnes befreundet gewesen sein?«, fragte

Jesper. »Niemals. Wegen genau dieser naiven Einstellung steht unser Land jetzt mit diesem Schlamassel da. Wir sind doch schutzlos dem Chaos ausgeliefert. Ich dachte, wenn irgendjemand das begreifen muss, dann die Polizei. Aber Sie haben das echte Schweden eben noch nie erlebt, das hört man. Und Sie schämen sich noch nicht mal dafür. Sagen Sie Bescheid, wenn Sie ihn haben.«

Jesper legte auf. Seufzend betrachtete Christer das Foto aus den *Arvika Nyheter*. Normalerweise hätte er Vätern nicht geraten, sich am achtzehnten Geburtstag der Töchter sich für immer von ihnen zu verabschieden, aber in Jespers Fall war es vielleicht der größte Gefallen, den er seiner Tochter je getan hatte. So war ihr wenigstens ein paar Jahre erspart geblieben, seine Stimme zu hören.

Und dann war sie gestorben.

Daniel Bargabriel war in diesem Zusammenhang bereits vernommen worden. Sie hatten ihn laufen lassen, weil er zu dem Zeitpunkt nicht verdächtig gewirkt hatte. Jetzt sah es etwas anders aus. Mina hatte ihm erzählt, dass Daniel Bargabriel aus dem Café geflohen und seitdem verschwunden war. Kein gutes Zeichen. Im Gegenteil. Und Tuvas Großeltern hatten gesagt, Tuva hätte erzählt, Daniel habe ihr wehgetan. Verfluchte Scheiße.

Er rieb sich die Augen. Es war ein langer Tag gewesen. Und kein besonders erfreulicher. Er wollte das schreckliche Schicksal von Agnes und Tuva nicht kleinreden, aber andererseits mussten alle Menschen früher oder später sterben. Man wusste nie, wer als Nächstes an der Reihe war. So war es eben. Manchmal stellte sich Christer eine schwarze Gestalt mit Sense vor, die plötzlich in der Tür stand. Nicht, dass er unbedingt schon sterben wollte. Er war sich sogar ziemlich sicher, dass er es nicht wollte. Aber ein bisschen Abwechslung wäre mal ganz nett gewesen. Der Tod. Das Leben. Scheiße.

Seufzend klickte er den Überwachungsfilm wieder an. Er hatte nicht vor zu arbeiten. Aber wenn der Film lief, sah es zumindest so aus, als ob er arbeiten würde. Er legte sich die gefalteten Hände auf den Bauch, lehnte sich zurück und machte die Augen zu. Christer wollte nicht, dass es Daniel gewesen war, denn das wäre Wasser auf Jespers Mühle gewesen. Im Moment deutete jedoch alles darauf hin. Christer seufzte. Auch Rassisten hatten manchmal recht.

IN SREBRENICA WAR ER TISCHLER GEWESEN. Hatte mit eigenen Händen etwas gebaut. Den Beruf hatte er von seinem Vater und seinem Großvater geerbt, und es schien, als hätten sich all ihre Fähigkeiten bei ihm noch verfeinert. Er brauchte sich ein Stück Holz nur anzusehen, um zu wissen, was darin steckte, was es werden wollte und *sollte*. Er hatte so viele schöne Dinge geformt. Nie etwas aus der Hand gegeben, das noch nicht genau die Form angenommen hatte, für die es bestimmt war.

Nun baute er nichts mehr. Der Krieg hatte ihm die Lust genommen, Dinge zu bauen. Der Tod hatte ihm den Blick für das Schöne versperrt. Wo früher Freude gewohnt hatte, war nun nur noch eine schwarze Masse aus allen Leiden des Krieges. Sie alle lebten in ihm. Der Schmerz floss durch seine Gliedmaßen und ließ ihn schon allein beim Gedanken, etwas zu bauen, die Fäuste ballen.

Doch dafür hatte ihm der Krieg ein neues Talent hinterlassen. Er konnte jetzt graben. Die Toten vergraben. Es waren so viele gewesen, er zählte schon nicht mehr mit. Nun grub er Löcher für Särge. Für Menschen, die einzeln begraben wurden. In kirchlichem Rahmen.

Damals.

Damals hatten sich Berge von Menschen angehäuft. Vor allem Männer. Und Jungen. Tiefe Gräber für Massen von Menschen, die wie Tiere hineingeworfen wurden. Fleisch, das auf Fleisch klatschte. Leichen, die nach ein paar lumpigen Wertsachen durchsucht wurden. Die meisten hatten nichts. Sie waren arm. Und unbedeutend.

Manchmal fragte er sich, ob Mladić in seiner Zelle den dumpfen Aufprall der Körper hörte. Vermutlich nicht. Das Geräusch von achttausend bosnischen Muslimen, die in Massengräber geworfen wurden, hätte von den Zellenwänden widerhallen müssen, doch wahrscheinlich saß er dort drin gemütlich und warm, hatte genug zu essen und einen Fernseher. Um achttausend Menschen umzubringen, musste man ein ganz besonderes Monster sein.

»Tag, mein Name ist Ove. Das Gerät habe ich dabei, aber du musst mir sagen, was ich tun muss.«

Nikola schüttelte die ausgestreckte Hand. Der Mann war um die fünfzig. Eher klein und mit tätowierter Glatze. *Oves Mini* stand auf dem kleinen Bagger. Misstrauisch betrachtete Nikola den Mann. In Serbien hätte er wegen der Tätowierungen wie ein Krimineller gewirkt. Und zwar einer, der mindestens eine zehnjährige Gefängnisstrafe abgesessen hatte. Er war sich nicht sicher, was diese Tattoos hierzulande zu bedeuten hatten, beschloss aber, diesem Mann nicht eine Sekunde den Rücken zuzuwenden.

»Fangen Sie schon mal an, die oberste Schicht abzutragen«, sagte Nikola. »Ganz vorsichtig. Wenn wir uns dem Sarg nähern, übernehmen Emil und ich. Normalerweise liegen die Dinger drei Meter tief, deshalb sollten Sie sicherheitshalber nur anderthalb Meter Erde ausheben.«

Der Mann mit dem tätowierten Schädel nickte und ging zum Bagger rüber. Nikola sah ihm argwöhnisch hinterher.

Eine Frau und ein Mann kamen auf ihn zu, dicht gefolgt von noch einer Frau und einem Mann. Die beiden hinteren Personen trugen Schutzkleidung.

»Mina Dabiri, Polizei«, sagte die erste Frau und gab ihm die Hand. »Und das ist Vincent Walder.«

»Ich bin derjenige, der Ove engagiert hat«, sagte der Mann neben der Polizistin. »Er ist ein guter Mann. Und mein Nachbar. Jedenfalls wohnt er im nächstgelegenen Haus. Ich nehme an, er hat dann wieder Sie angerufen?«

»Ist er kriminell?«, fragte Nikola.

Wozu sollte er um den heißen Brei rumreden? Man wusste doch wissen, woran man war. Der Mann starrte ihn an.

»Kriminell? Das kann ich mir beim besten Willen nicht vorstellen. Was veranlasst Sie denn zu der …?«

Nikola nickte.

»Gut«, sagte er. »Er macht einen tüchtigen Eindruck.«

»Unsere Techniker sind auch da«, fuhr Mina fort und deutete auf die beiden hinteren Personen. »Sie werden die Arbeit übernehmen, sobald der Sarg freigelegt ist.«

Wieder nickte Nikola. Er war ohnehin nicht gesprächig, und außerdem war er zum Arbeiten hier. Die Schweden redeten oft viel zu viel. Sie schienen die Stille nicht zu ertragen. Er selbst liebte sie.

Nikola und Emil traten ein paar Schritte zurück, um dem Bagger nicht im Weg zu stehen. Sie brauchten kein Wort zu wechseln. Sie waren Brüder. Zwar keine Blutsbrüder, aber seit sie in Srebrenica zusammen Gräber ausgehoben hatten, waren sie unzertrennlich. Beide hatten sie alles verloren. Ihre Familien lagen irgendwo in den anonymen Massengräbern. Waren nie gefunden worden. Nie identifiziert.

Sie waren gemeinsam nach Schweden gekommen und teilten sich eine kleine Wohnung in Rinkeby. Nikola kochte. Emil wusch ab. Sie existierten. Zu behaupten, dass sie lebten, wäre eine Übertreibung gewesen.

Der Mann mit dem tätowierten Schädel ging geschickt mit dem Bagger um und trug sorgsam die oberste Erdschicht ab. Nikola schielte hinüber zu dem Mann, der mit der Polizistin gekommen war und nun aufmerksam die Baggerarbeiten verfolgte. Aus irgendeinem Grund erinnerte er Nikola an seinen leiblichen Bruder. Nermin war der Intelligentere von ihnen gewesen. Was Nikola mit den Händen zustande gebracht hatte, war ihm mit dem Kopf gelungen.

Vor dem Krieg war sein Bruder an der Universität Mathematikdozent gewesen. Nikola vermisste ihn. Er konnte nicht verstehen, wieso er verschont geblieben war, während von Nermin nun seit Jahrzehnten nur noch die Knochen übrig waren.

»Was haben Sie den Technikern über mich gesagt?«, fragte der Mann die Frau.

Nikolas Anwesenheit hatte er offensichtlich vergessen.

»Nichts«, sagte sie. »Die genaue Zusammensetzung von Julias Gruppe ist ihnen wahrscheinlich nicht bekannt. Daher sind Sie heute einer aus dem Team. Einfach mitspielen.«

Nikola schüttelte den Kopf. Alle hatten Geheimnisse, sogar hier. Zu viele Geheimnisse waren nicht gut. Wenn man einander nicht vertraute, konnte alles zusammenbrechen. Der Bagger fuhr ein Stück zurück und blieb stehen. Die Tür der Fahrerkabine ging auf.

»Ist das so okay? Oder soll ich tiefer graben?«

Nikola griff zum Spaten und trat ans Grab. Emil folgte ihm. Beide schauten hinein. Nikola schätzte die Tiefe per Augenmaß und sah Emil an. Der nickte.

»Jetzt übernehmen wir«, sagte er.

Sie stiegen in die Grube runter und setzten die Spaten an. In seiner Brust fühlte er die schmerzliche Erinnerung an andere Erde, einen anderen Tod. Lange her.

Und doch noch gegenwärtig.

Immer.

Zuerst hörte er das Telefonklingeln nicht. Nicht, bis Maria ihm auf den Fuß trat.

»Gehst du jetzt endlich dran?«

Er war in ein Buch über Verhaltensmuster und altersbedingte Lebenskrisen vertieft gewesen. Der Autor beschrieb, welche Ansichten, Einstellungen und Verhaltensweisen in den jeweiligen Lebensphasen vorherrschten. Menschen waren nicht so verschieden, wie sie glaubten. Ursprünglich hatte er das Buch gekauft, um seine eigene Familie besser zu verstehen. Er wollte nicht den Fehler machen, einem Neunjährigen, einer Fünfzehnjährigen, einem Neunzehnjährigen und einer Vierzigjährigen zu unterstellen, sie würden auf dieselbe Art und Weise denken. Mittlerweile hatte er jedoch den Verdacht, dass die Untersuchungen, auf denen die Erkenntnisse des Buches basierten, seine Familie nicht mit einbezogen hatten.

Diesmal las er das Buch, um den Mörder zu verstehen. Aus dessen bekannten Taten konnten sie möglicherweise Rückschlüsse auf sein Alter, das Geschlecht und den familiären Hintergrund ziehen. Das wäre immerhin etwas gewesen. Schwierigkeiten bereitete ihm jedoch, dass die Taten des Mörders so widersprüchlich waren.

»Vincent?«, wiederholte Maria mit ärgerlichem Unterton. »Dein Handy klingelt! Oder traust du dich etwa nicht, ans Telefon zu gehen, wenn ich dabei bin?«

Er schlug das Buch zu und warf einen Blick auf sein Handy, das auf dem Wohnzimmertisch lag. Minas Name blinkte auf dem Display. Er nahm den Anruf schnell entgegen, während Maria demonstrativ den Fernseher lauter stellte.

»Viel Spaß mit deiner Geliebten«, sagte sie. »Hauptsache, du weckst Aston nicht auf. Er hatte einen harten Tag in der Schule.«

Er ging ins Arbeitszimmer. Das war immer noch besser, als gegen *Let's Dance* auf *TV Play* anzuschreien.

»Hallo Mina.« Er zog die Tür zu.

»Christer hat mit Tuvas Großeltern gesprochen, ich habe gerade den Bericht gelesen.«

»Und, mit dem Auto alles in Ordnung?«

Zum Glück war es kein Videoanruf, denn sonst hätte sie ihm mit Sicherheit angesehen, wie stolz er auf seine Schlagfertigkeit war.

»Sehr witzig. Ich wünschte, ich könnte auf deinem Niveau kommunizieren.«

»Ich bin ja schon still.«

Er setzte sich an den Schreibtisch und drehte langsam den Stuhl. Minas Stimme klang, als würde sie ins Headset sprechen. Klar. Sie hätte sich natürlich niemals ein Telefon ans Ohr gehalten, das zuvor auf einem Tisch gelegen oder in einer Jackentasche gesteckt hatte. Die Frage war, wie lange die Kopfhörer hielten, denn die reinigte sie selbstverständlich auch. Wenn er ihr jemals etwas zu Weihnachten schenken sollte, dann ein Paar zusätzliche Airpods.

»Christer hat auch schon mit Jesper gesprochen, dem Vater von Agnes«, fuhr Mina fort. »Raten Sie mal, wen alle drei erwähnt haben?«

»Daniel Bargabriel.«

Es war ein Schuss ins Blaue gewesen.

»Bravo, Mentalist. Das sind natürlich alles nur Indizien. Märta und Gunnar sagten, Tuva habe es nicht gewagt, über ihn zu sprechen, weil sie Angst hatte, dass er ihr wehtun würde. Jesper hat behauptet, Daniel hätte es auf Agnes' Wohnung abgesehen. Das sagt er zwar aus rassistischen Gründen, aber …«

»Aber Daniel wird einen Grund gehabt haben, aus dem Café zu fliehen.«

Mina wurde still. Im Hintergrund hörte er Stimmen. Sie wurden lauter und wieder leiser. Sie war natürlich auf der Arbeit und rief ihn heimlich an. Er wartete, bis sie weitersprechen konnte. Er hörte ihr gerne zu.

»Was sagt Ihr Profil dazu?«, fragte sie, als die Stimmen im Hintergrund weg waren. »Hat Ruben recht? Könnte Daniel es gewesen sein?«

Er rief sich ins Gedächtnis, was er während ihres kurzen Besuchs im Café *Fab Fika* beobachtet hatte. Nebenan erzählte Tony Irving gerade irgendetwas über Slowfox. Maria musste den Ton noch lauter gestellt haben, weil er noch nicht zurückgekommen war. Wenn er wieder ins Wohnzimmer kam, würde sie ihm vermutlich den Hals umdrehen. Und einen Hörschaden würde er ebenfalls davontragen, aber mit dem Problem konnte er sich später befassen.

»Als wir mit Daniel sprachen, wirkte er nervös. Ihm war anzumerken, dass er etwas zu verbergen hatte«, sagte er schließlich. »Aber das ist alles. Möglicherweise könnte er gewalttätig werden, wenn er unter noch höherem Druck steht. Aber als wir bei ihm waren, konnte ich keine Anzeichen für unterdrückte Wut erkennen. Sonst wäre er sarkastisch oder zynisch gewesen, hätte zwischen den Sätzen hörbar geseufzt, und sein *orbicularis oculi* wäre nicht aktiv gewesen …«

»Orbiwas?«, fiel Mina ihm ins Wort.

»Seine Augen haben nicht mitgelächelt. Und dass wir ihn unter Stress gesetzt haben, hätte irgendeine Form von Tick in den Händen oder im Gesicht auslösen müssen. Nichts davon ist passiert. Andererseits ist es gefährlich, eine einzige Begegnung zu verallgemeinern. Wenn Daniel uns gegenüber nicht aggressiv war, muss das nicht bedeuten, dass er in anderen Situationen auch friedlich bleibt. Aber wie ich schon gesagt habe, der Mörder hat zwei Seiten. Eine impulsive und gewalttätige, ja, aber auch eine, die besonnen plant. Ob Daniel beide Seiten hat, bleibt abzuwarten.«

Mina fluchte.

»Klingt, als hätte es oberste Priorität, Daniel aufs Präsidium zu holen«, sagte sie. »Entweder hat er den Mord begangen. Oder er ist unschuldig und muss vor den Anhängern von *Schwedens Zukunft* geschützt werden. Der Vater von Agnes ist nicht nur ein hohes Tier in der Partei, sondern auch furchtbar wütend. Da er eine Person des öffentlichen Lebens ist, wird er selbst nichts unternehmen, das ein schlechtes Licht auf ihn werfen könnte, aber es wäre ein Leichtes für ihn, jemand anderes aufzufordern, das ›Richtige zu tun‹, Daniels Namen und Foto auf dem Facebook-Account der Partei zu veröffentlichen. Das ist schon öfter vorgekommen.«

Vincent drehte noch eine Runde mit seinem Stuhl.

»Schwedens Zukunft, diese Weihnachtsmänner«, stöhnte er. »Müssen wir uns mit denen auch herumschlagen?«

»Weihnachtsmänner?«, sagte Mina. »Die Weihnachtsfeste

in Ihrer Kindheit müssen sehr speziell gewesen sein. Wie dem auch sei, vielen Dank. Wir sehen uns.«

Sie legte auf.

Er blieb noch eine Weile mit dem Telefon in der Hand sitzen und sammelte Kraft, um wieder zu Maria rüberzugehen. Wenigstens schien *Let's Dance* fast zu Ende zu sein, denn durch die Wand hörte er, dass der Moderator den Abend zusammenfasste. Vincent starrte auf sein Handydisplay und versuchte, es noch einmal dazu zu bringen, Minas Namen aufleuchten zu lassen. Doch der Bildschirm blieb schwarz. Er holte tief Luft, öffnete die Tür und ging zurück ins Wohnzimmer.

»Ich sitze hier und muss alles mit anhören«, ereiferte sich Maria. »Während ihr im Zimmer nebenan Telefonsex habt. So widerlich! Dass du dich nicht schämst!«

Er sah seine Frau an. Hunderte von bissigen Antworten schwirrten ihm durch den Kopf, allesamt ebenso zutreffend wie toxisch für ihre Beziehung. Am Ende sagte er gar nichts.

DANIEL WAR SO LANGE WIE MÖGLICH in der Wohnung in Märsta geblieben, aber nun ging es nicht mehr. Er musste etwas zu essen einkaufen. Und Klopapier. Und einfach mal eine Weile draußen sein. Er betrachtete sich im Badezimmerspiegel. Da sein kümmerlicher Bartwuchs nur lächerliche Haarinseln hervorbrachte, rasierte er sich regelmäßig. Ein sexy Dreitagebart à la Zac Efron würde seinen Wangen nie vergönnt sein. Auf dem Kopf wuchs das Haar dafür umso üppiger. Seine normalerweise so sorgfältig drapierte, aber scheinbar unfrisierte Mähne klebte wie eine fettige Mütze am Kopf. Seit einer Woche hatte er sich nicht die Haare gewaschen, die Farbe war rausgewachsen, der Ansatz dunkelbraun. Mit anderen Worten, er sah schrecklich aus.

Zum Glück war Evelyn nicht da, denn die hätte gesagt, er

sähe aus wie ein Obdachloser mit Krebs. Sie hatte ein Talent, in jeder Situation die Worte zu finden, die am meisten wehtaten. Er vermisste sie mehr denn je, doch wenn er ihr so unter die Augen getreten wäre, hätte sie wahrscheinlich sofort Schluss gemacht. Er wäre nicht überrascht gewesen, wenn er auch schlecht gerochen hätte.

Die Frage war, ob sie Bescheid wussten. Ob die Polizei seinen Aufenthaltsort kannte. Er war furchtbar unvorsichtig gewesen. Und über Tuva hatte er nicht die Wahrheit sagen können. Er hatte zwar nicht direkt gelogen, aber er hatte natürlich auch nicht alles erzählt. Was auf ihn selbst zurückfallen konnte. Zweimal war es jetzt schon knapp gewesen. Noch mehr Fehler konnte er sich nicht erlauben.

Wieder schaute Daniel in den Spiegel. Erst einmal musste er statt diesem T-Shirt und der Unterhose, in der er seit Tagen herumlief, etwas anderes anziehen, und dann musste er hier raus. Bevor das Ganze völlig aus dem Ruder lief. Er war jedoch fest davon überzeugt, dass sich die Polizei auf ihn stürzen würde, sobald er die Wohnung verließ. Sie würden auf ihn eindreschen. Oder irgendjemand würde ihn erkennen und 114 14 anrufen. Sein Gesicht prangte mit Sicherheit auf Fahndungsplakaten an jedem Laternenpfahl zwischen der Wohnung und dem nächsten ICA-Supermarkt. Und zwar nicht ohne Grund.

»Reiß dich zusammen«, sagte er laut zu sich. »Die müssen sich noch mit ganz anderen Leuten als dir befassen.«

Doch die Tatsache war nicht zu leugnen. Egal, ob er es sich nun selbst zuzuschreiben hatte oder nicht, er hatte Angst, vor die Tür zu gehen. Und er würde nur noch mehr Angst bekommen, je länger er wartete. Er sah zum dritten Mal sein Spiegelbild an. Strich über die unregelmäßigen Bartstoppeln. Betrachtete sein fleckiges T-Shirt. Er hätte Samir anrufen können. Der wäre sicher vorbeigekommen und hätte was zu essen und was zum Anziehen vorbeigebracht. Aber Samir hätte auch massenhaft Probleme angeschleppt. Er wäre begeistert gewesen, einen Ort zu haben, von dem aus er seine kleinen Tütchen verkaufen konnte. Und Josef, dem die Wohnung gehörte, hätte das überhaupt nicht gefallen. Nein, Samir kam noch immer nicht infrage. Daniel hatte nicht mit Evelyn gesprochen, seit er geflohen war, aber verlieren wollte er sie auf keinen Fall.

Evelyn war das Wichtigste.

Er durfte nicht länger der Gejagte sein, sondern musste selbst zum Angriff übergehen. Wenn er das Monster loswerden wollte, musste er es töten. Und Kontakt zur Polizei aufnehmen, bevor sie ihn fanden. Nur auf diese Weise behielt er die Lage unter Kontrolle. Und dann musste er so überzeugend auftreten, dass sie ihn für lange Zeit links liegen ließen. Am besten für immer. Er griff nach der Visitenkarte, die er an den Spiegel geklemmt hatte, holte sein Handy und wählte die Nummer.

Am anderen Ende meldete sich jemand, aber er konnte die Stimme nicht richtig verstehen. Seine Nervosität bezwang alles.

»Hallo«, sagte er. »Sie sind neulich bei meiner Arbeitsstelle vorbeigekommen. Wegen Tuva. Tuva Bengtsson.«

Kvibille 1982

Er breitete die Zeichnung auf dem Boden aus. Den Stall hatte er gründlich gefegt, damit sie nicht schmutzig wurde. Er hatte Tage gebraucht, um alles auszumessen und noch einmal von vorne anzufangen. Aber nun war die Zeichnung endlich fertig. Er legte sich auf den Boden und sah sie sich ganz genau an, um sicherzugehen, dass er keine Fehler gemacht hatte. Es stand schon lange kein Vieh mehr im Stall, aber der Holzfußboden roch immer noch nach Kuh und Mist. Jane fand den Geruch extrem widerlich und setzte nie einen Fuß in den Stall. Aber er fühlte sich hier geborgen.

Dieser Ort gehörte nur ihm. Hier hatte er vermutlich mehr Zeit verbracht und an seinen Bauplänen gearbeitet als im richtigen Haus.

Nach einem kurzen Klopfen wurde die Tür geöffnet. Mit der Hand auf der Klinke stand Jane im Türrahmen.

»Kann ich reinkommen?«, fragte sie.

»Ja, aber du bist doch nicht gerne hier …« Er setzte sich auf.

»Ich weiß, aber mir ist klar geworden, dass es nur Duftmoleküle sind. Ich übe jetzt, sie anders zu deuten. Hab gelesen, das geht. Außerdem wollte ich dich fragen, ob du das Zahlenpuzzle geschafft hast. Das hatte ich ganz vergessen.«

Er zog das Plastikquadrat mit den Zahlenplättchen aus der hinteren Hosentasche und ging zu seiner Schwester. Tagelang hatte er sich damit abgemüht.

»Ich verstehe das nicht.« Er gab ihr das Puzzle zurück. »Es scheint, als würde es … gar nicht gehen.«

»Bingo«, sagte sie. »Es ist unlösbar.«

Er runzelte die Stirn. Wie konnte es sein, dass eine bestimmte Anordnung der Ziffern möglich und eine andere nicht möglich war? Das war doch absurd.

»Schau mal«, sagte sie. »Alle Ziffern sollten an ihrem Platz sein, nur nicht die Vierzehn und die Fünfzehn, die sollten vertauscht werden. Fangen wir mit einer der anderen Ziffern an. Was ist die kleinste Anzahl von Zügen, wenn alle wieder auf ihrem ursprünglichen Platz landen sollen?«

»Zwei. Zuerst schiebe ich ein Plättchen in irgendeine Richtung und dann wieder zurück.«

»Gut. Eine gerade Anzahl von Zügen also. Das bedeutet, dass du immer eine gerade Anzahl von Zügen machen musst, damit ein Plättchen an seinen Ursprungsort zurückkehrt. Guck mich nicht so an, das ist mathematische Logik. Aber wie viel Züge muss man nun machen, damit die Vierzehn dort landet, wo jetzt die Fünfzehn ist?«

»Einen«, sagte er. »Aha. Eine ungerade Anzahl von Zügen.«

»Du hast es erfasst. Gut gemacht, obwohl du noch so klein bist. Damit die Vierzehn und die Fünfzehn den Platz tauschen, wird immer eine ungerade Anzahl von Zügen nötig sein. Aber damit die anderen an ihren Plätzen bleiben, braucht man eine gerade Anzahl. Und gerade und ungerade gleichzeitig geht nicht. Also ist die Aufgabe unlösbar.«

Er schüttelte den Kopf. Er verstand nicht alles, was sie sagte. Aber es klang einleuchtend.

»Ich mag gerade Zahlen«, sagte er. »Gibt es nicht einen Club für Leute wie dich?«

»Für besonders schlaue, meinst du?«

»Nee, für nervige große Schwestern.« Dann fügte er langsam hinzu: »Weißt du denn, dass diese Moleküle, an die du deine Nase gewöhnst, Kackamoleküle sind?«

Jane wurde grün im Gesicht.

»Igitt!«, schrie sie. »Du bist so widerlich!«

Fluchtartig rannte sie aus dem Stall, während er sich vor Lachen bog. Als er sah, dass sie sich in den Ärmel schnäuzte, um die unsichtbaren Partikel aus der Nase rauszubekommen, musste er noch mehr lachen.

Dann wandte er sich wieder der Zeichnung zu und wischte ein paar Strohhalme weg, die darauf gelandet waren. Es war nicht seine erste Zeichnung. An den Wänden waren Konstruktionen in verschiedensten Größen aufgereiht, die er alle selbst gebaut hatte. Seine Zaubertricks. Einige funktionierten, andere nicht. Allan, der Besitzer der Holzhandlung, kannte seine Interessen und war tief beeindruckt von den Kenntnissen, die er mittlerweile erworben hatte, und hatte immer eine Sperrholzplatte, ein paar Bretter oder ein Stück Stoff für ihn übrig. Oder notfalls eine alte Cornflakes-Packung.

Doch diese Zeichnung hier war etwas anderes. Die Konstruktionen, die an den Wänden lehnten, hatte er selbst entwickelt, nachdem er Zauberer im Fernsehen gesehen hatte. Anschließend hatte er versucht, rauszufinden, wie die Illusionen funktioniert hatten. Ob er richtig geraten hatte, konnte er nicht wissen. Doch der Bauplan auf dem Fußboden war *echt*.

Mit Mamas Hilfe hatte er sich in der Bibliothek in Kvibille Bücher über Bühnenillusionen bestellt. Nach über einem Monat waren sie endlich angekommen. Die meisten waren bebilderte Biografien über Zauberer, die in glitzernden Kostümen auf den Showbühnen von Las Vegas auftraten. Er hatte gehofft, dass in den Büchern stehen würde, wie sie ihre Illusionen aufbauten. Aber offenbar war niemand bereit, seine Baupläne preiszugeben. Bis er ein Buch mit dem todlangweiligen Titel *Hobby-Serie 12: Bau deinen eigenen Zaubertrick!* entdeckte. Beinahe hätte er es gar nicht bestellt. Doch es stellte sich heraus, dass das Buch größtenteils aus Bauanleitungen für berühmte Illusionen bestand. Er konnte kaum fassen, dass es ein solches Buch gab. Ein Buch voller Geheimnisse.

Es war schlecht gemacht, und die Anleitungen waren nicht eigens für den Druck hergestellt, sondern nur abfotografiert worden. Vermutlich waren es amerikanische Anleitungen, denn der Verfasser hatte die Maße selbst umgerechnet und die Zentimeterangaben neben die Zollmaße an den Rand geschrieben. Doch das spielte keine Rolle. Das Buch erklärte, wie seine Lieblingsillusion funktionierte: *Metamorphosis* oder *The Substitution Trunk.*

Bei den meisten anderen Illusionen, die er gesehen hatte, steckte der Zauberer seine Assistentin in eine Kiste und machte dann etwas mit dieser Kiste. Zersägte sie, zündete sie an oder durchbohrte sie mit Schwertern. Dann stieg die Assistentin aus der Kiste und hatte sich in der Zwischenzeit umgezogen. Er hatte das immer etwas merkwürdig gefunden. Zaubertricks, bei denen es darum geht, dass man jemandem wehtut. Während diese Person sich umzieht. Vermutlich irgendein Erwachsenending.

Metamorphosis unterschied sich von allen anderen Illusionen darin, dass Zauberer und Assistentin den gleichen Prozess durchliefen. Beide waren Zauberer. Beide waren Assistenten. Der Zauberer *wurde* zum Assistenten.

Er selbst konnte mit jemandem den Platz tauschen. Jemand anders werden. Das war eine bessere Geschichte.

Er schielte zu dem Bild in dem aufgeschlagenen Buch neben

der Zeichnung auf dem Fußboden. Zwei Personen nahmen lächelnd den Applaus entgegen. Er brauchte eine Assistentin. Jane konnte er vergessen, doch nachdem er die Maße noch einmal umgerechnet hatte, passte Mama in die Kiste. Sie würde überrascht sein. Und unheimlich stolz auf ihn. Endlich würde sie selbst zaubern dürfen. Sicherheitshalber überprüfte er die Maße noch einmal.

Dies würde sein allerbester Trick werden.

»Ist es gestern spät geworden?«

Vincent erkundigte sich in möglichst unverfänglichem Ton nach der Geburtstagsfeier. Noch klammerte er sich an die Hoffnung, damit durchzukommen. Nicht, dass seine Chancen gut gestanden hätten. Wenn es funktionierte, würde er sofort zum Kiosk gehen und sich zum ersten Mal im Leben ein Rubbellos kaufen.

Die Wahrscheinlichkeit, eine Million Schwedische Kronen zu gewinnen, war eins zu 250 000, aber die Chance, zumindest einen kleinen Betrag zu gewinnen, stand eins zu fünf. Beim Lotto betrug die Wahrscheinlichkeit, sechs Richtige und somit die Chance auf einen Millionengewinn zu haben, eins zu 490 860. Und eins zu fünfzig, dass man irgendetwas gewann. Rubbellose waren also besser. Auf der anderen Seite hatte man beim Bingolotto eine Chance von eins zu ungefähr 166 000, entweder bei der Superchance oder der Farbenfünf mitzuspielen, und die Wahrscheinlichkeit, überhaupt etwas zu gewinnen, bestand schon bei einem von 7,7 Losen, und daher sollte er vielleicht …

»Vincent! Hörst du mir überhaupt zu?«, zischte Maria mit hochrotem Gesicht.

Blinzelnd kehrte er in die Wirklichkeit zurück. Wenn Maria ihre Familie getroffen hatte, war sie immer so wütend wie eine Wespe im Spätsommer. Randvoll mit dem Gift, das ihr die Geschwister und ihre Eltern beharrlich in die Ohren träufelten.

Trotzdem war er ein wenig enttäuscht, dass er sich auch heute kein Rubbellos kaufen würde. Im Gegenteil. Eins-a-Konfliktmanagement stand auf seinem Programm. Er stand auf, füllte den Becher mit der Aufschrift *Schimmerschwanz* mit Kaffee und setzte sich zu ihr. Die Sonne schien durchs Fenster, als würde sie schon mal für den Sommer üben.

»Alle haben sich gewundert, dass du nicht mitgekommen bist«, sagte Maria. »Ich habe gesagt, du hättest am Abend eine Vorstellung, aber Mama und Papa waren trotzdem beleidigt.«

»Wie schade«, sagte er und merkte im selben Moment an Marias Körpersprache, dass dies die völlig falsche Antwort gewesen war.

Er konnte ein Publikum aus achthundert Zuschauern lesen, spürte jede Regung und auch den kleinsten Stimmungswechsel und dirigierte die Menge wie ein Orchester, aber mit dem lebenden Minenfeld, mit dem er verheiratet war, konnte er aus irgendeinem Grund nicht kommunizieren. Vor allem dann nicht, wenn die Minen von ihren Eltern scharf gestellt worden waren. Und von Ulrika.

»Schade?«

Marias Stimme überschlug sich. Sie trank aus ihrem Lieblingsbecher, dem mit der Aufschrift *Glitzerfotze,* und ihm ging wieder durch den Kopf, wie schlecht das Attribut passte. Es gab viele Worte, die seine Frau treffender beschrieben hätten. Um genau zu sein, fast alle anderen.

»Ich meinte natürlich nicht …«

Er klopfte mit dem Fuß einen Rhythmus auf den Fußboden, zwang sich dann aber, damit aufzuhören. Seine Nervosität brachte sie erst recht auf die Palme. Manchmal fragte er sich, was sie eigentlich in ihm gesehen hatte. Warum sie sich in ihn verliebt hatte. Er war der völlig falsche Typ für sie. Und wenn man es von der anderen Seite betrachtete, war sie vielleicht auch nicht der richtige Typ für ihn. Es kam ja immer darauf an, wer sich wen ausgesucht hatte. Und wer von ihnen etwas in

Gang gesetzt hatte, das als ein nicht wiedergutzumachender Verrat an der Sippe galt.

Er war der Meinung, sie hätte den ersten Schritt gemacht. Sie behauptete, er wäre es gewesen. Vielleicht lag die Wahrheit in der Mitte. Maria hatte sich immer an Ulrika gemessen, was nicht ganz einfach gewesen war, da Ulrika die ärgerliche Angewohnheit hatte, alles perfekt zu machen. Und Maria war die kleine Schwester, die nichts richtig hinbekam. Andererseits hatte er sich vielleicht gerade wegen Ulrikas Makellosigkeit zu Maria hingezogen gefühlt. Ständig zu versuchen, Ulrikas Ansprüchen gerecht zu werden, war ermüdend. Maria war anspruchslos. Sie lebte einfach. Im Jetzt und Hier. Sie war offen. Und direkt. Das hatte er damals zumindest geglaubt. Natürlich hatte sich herausgestellt, dass der Anschein, den Maria vermittelte, überhaupt nicht ihrem tatsächlichen Charakter entsprach. Doch als ihm das auffiel, war es bereits zu spät. Da war der Betrug schon bekannt, und sie standen gemeinsam auf dem Schlachtfeld. Umgeben von der Verwüstung, die sie selbst angerichtet hatten. Und wenn er ganz ehrlich war, hatte er ihre Erwartungen wahrscheinlich auch nicht erfüllt.

Aber Maria war definitiv diejenige gewesen, die die verbotene Grenze überschritten hatte. Davon ließ er sich nicht abbringen. Auch wenn Maria ihm nicht zustimmte.

Die Schwingungen hatten sich über Monate aufgebaut. Blicke. Bewegungen. Körper, die sich im Vorbeigehen zufällig berührten. Sie waren im Sommerhaus von Marias und Ulrikas Eltern gewesen. Die anderen waren zum Baden gefahren. Vincent war unter dem Vorwand, er müsse arbeiten, zu Hause geblieben. Womit Maria sich entschuldigt hatte, wusste er nicht. Aber dort in der abgenutzten alten Landhausküche hatten sie zum ersten Mal miteinander geschlafen. Maria war auf ihn zugekommen. Hatte die Arme um ihn gelegt, ihn geküsst und dann umstandslos die Hand in seine Shorts gesteckt und sein hartes Geschlecht umfasst. Er hatte sie hochgehoben und ins

Gästezimmer getragen, wo Ulrika und er immer übernachteten, wenn sie zu Besuch waren. Und dann war er in ihr gewesen.

Sie hatten beide gewusst, dass sie in dem Moment einen Weg eingeschlagen hatten, der nur in eine Richtung führte. Und zum Entsetzen der Familie hielten sie an diesem Entschluss auch eisern fest. Eine Woche später hatte er die Scheidung von Ulrika eingereicht.

In jenem ersten Jahr hatten sie gevögelt wie die Irren. Meistens war die Initiative von Maria ausgegangen. Es schien, als wollte sie seinen Körper erobern und einnehmen wie eine Festung, auf der vorher ihre Schwester die Oberbefehlshaberin gewesen war. Und er hatte nichts dagegen gehabt. Er schlief gerne mit Maria. Bei Ulrika hatte er immer Leistungsdruck verspürt. Mit Maria war es … ursprünglicher.

Doch was immer es gewesen war, es war schnell verebbt. In den letzten Jahren war es höchstens einmal im Monat dazu gekommen. Er konnte sich kaum erinnern, wann Maria ihn zuletzt berührt hatte. Und wenn sie ihn mal an sich heranließ, war sie ungewohnt prüde und bestand darauf, dass die Nachttischlampe ausgeschaltet war. Dass sie einst darauf bestanden hatte, ihm in die Augen zu sehen, wenn er in ihr war, erschien ihm wie eine abwegige Fantasie.

»Hallo?! Mein Gott, wo bist du bloß mit deinen Gedanken. Du könntest doch wenigstens so tun, als würdest du dich für das interessieren, was ich sage!«, fauchte sie.

Er verstand selbst nicht, wieso es ihm so schwerfiel, ihr zuzuhören. Vielleicht lag es daran, dass er oft schon vorher wusste, was sie sagen würde, und ihre Sätze manchmal leise mitsprechen konnte.

»Ich habe gerade gesagt, dass du meine Eltern anrufen und dich bei ihnen entschuldigen musst«, sagte sie. »Ein Siebzigster ist kein gewöhnlicher Geburtstag. Wann wirst du endlich akzeptieren, dass die Familie Priorität haben sollte. Ich kann mir vorstellen, wie schön es für dich ist, immer nur hereinzuschneien, wenn dir danach ist, aber wir anderen hier in der Basisstation haben diesen Luxus nicht.«

»Ich schneie nicht nur herein, wenn mir danach ist«, sagte er müde. »Ich habe einen Beruf, der mir viele Termine am Abend und an den Wochenenden abverlangt. Das ist nun mal meine Arbeit.«

»Und diese neue Sache da, aus der du so ein Geheimnis machst? Mit dieser Polizistin? Ist das etwa auch Arbeit?«

Er wusste, dass es keine Rolle spielte, was er sagte. Maria führte kein Gespräch mit ihm, sondern monologisierte nur. Wie so oft. Aber er hatte es satt, nur den aufmerksamen Zuhörer abzugeben, mit der einzigen Aufgabe, ab und zu bestätigende Laute von sich zu geben. Diesmal nicht.

»Was glaubst du eigentlich?«, fuhr er fort. »Dass ich es jeden Abend krachen lasse und mir die Nächte mit Frauen und Drogen um die Ohren schlage, nur weil ich bei meiner Arbeit im Scheinwerferlicht stehe? Weißt du was? Du hast vollkommen recht. Genau so sieht mein Leben aus. Wie viele Fernseher habe ich schon aus dem Fenster geworfen, nachdem ich Kokain von straffen Modelbäuchen geschnupft hatte. Vor allem in Vara und in Kalmar, weißt du, es sind die kleinen Städte, in denen es richtig abgeht. Bingo Rimér hat seine Kontakte vom Modelshooting mit mir geteilt, und jetzt kann ich mich vor sexhungrigen Zweiundzwanzigjährigen kaum retten.«

Maria starrte ihn an.

»Mach dich nicht lächerlich.«

»Als du dich für mich entschieden hast, wusstest du, was mein Beruf mit sich bringt«, sagte er. »Mein Beruf ist anstrengend, ich bin viel unterwegs und, ja, ich bin eine öffentliche Person. Aber zu behaupten, meine Familie hätte keine Priorität für mich! Wenn ich nicht gerade auf Tournee bin, verbringe ich mehr Zeit mit meiner Familie als die meisten anderen Menschen. Wer von uns beiden bringt Aston denn an vier von fünf Tagen zur Schule und holt ihn auch wieder ab? Wer hat Rebecka und Benjamin zwei Stunden früher als alle anderen Kinder abgeholt? Ich bin doch *hier*, Maria. Wann hast du zuletzt an Benjamins ferngesteuertem Auto herumgeschraubt? Oder mit Benjamin Figuren bemalt? Ein richtiges Gespräch mit Rebecka geführt? Mit deinem Teebecher auf dem Sofa zu sitzen und dich durch Facebook zu scrollen, bedeutet doch nicht, Zeit mit deiner Familie zu verbringen. Nur weil du dich unter demselben Dach befindest, bist du noch lange nicht wirklich anwesend. Und wer, denkst du, bezahlt wohl deine handgetöpferten Becher mit den angeblich witzigen Aufschriften?«

Er holte Luft. So weit hatte er eigentlich nicht gehen wollen, aber andererseits … Es war schließlich alles wahr.

Maria stand mit ihrem *Glitzerfotze*-Becher auf.

»Ich will, dass wir eine Paartherapie machen«, sagte sie. »Außerdem hast du gar keine Ahnung, wie viel Zeit ich mit Aston verbringe. Hast du dich mal gefragt, warum er die Hausaufgaben nicht mit dir machen möchte?«

Zur Abwechslung hatte sie es geschafft, ihn zu überraschen.

»Ein Paartherapie«, sagte er nachdenklich. »An was für eine Art Therapie hast du denn gedacht?«

Er bewegte sich auf ganz dünnem Eis, aber er konnte sich einfach nichts Sinnloseres vorstellen, als Geld und Zeit zu investieren, um bei jemandem herumzusitzen, der von der menschlichen Psyche vermutlich viel weniger verstand als er. Genauso gut hätte ein Gehirnchirurg vor der nächsten Operation einen Gynäkologen um Rat fragen können. Völliger Schwachsinn. Er wusste jedoch auch, dass es wahrscheinlich keine gute Idee gewesen wäre, das Maria genau jetzt zu erklären.

»Das kannst du entscheiden.« Schnaubend ging Maria in den Flur. »Ich komme zu spät zum Yoga.«

Vincent wartete, bis sie weg war. Dann zog er sein Handy, das seit drei Minuten vibrierte, aus der Hosentasche. Zwei entgangene Anrufe von Mina. Und eine SMS.

Können Sie sofort ins Präsidium kommen? Daniel kommt gleich. Ich will Sie bei der Vernehmung dabeihaben.

Sie brachten ihn in einen kleinen Raum im Präsidium. Er nahm an, dass hier üblicherweise Vernehmungen durchgeführt wurden, denn es sah genauso aus wie im Fernsehen. Ein Tisch mit zwei Stühlen. An den Wänden standen auch ein paar Stühle. Ansonsten war der Raum leer. Nur war der Tisch im Unterschied zu den Filmen, die er gesehen hatte, aus hellem Holz und hatte keine Vorrichtungen, um Handschellen zu befestigen. In Syrien war Daniel nie in einem Vernehmungszimmer gewesen, aber er nahm an, dass sie dort nicht mit Möbeln von IKEA eingerichtet waren.

Die Tür ging auf, und die gut aussehende Polizistin, die bei ihm im Café gewesen war, kam herein. Mina. Sie hatte denselben Mann wie beim letzten Mal im Schlepptau.

»Bitte entschuldigen Sie, dass Sie auf uns warten mussten«, sagte sie. »Wir waren beide nicht im Haus, als Sie kamen.«

Der Mann nickte ihm zu und setzte sich auf einen der Stühle an der Wand. Wie hieß er noch mal? Ville oder so. Er war ihm von Anfang an bekannt vorgekommen, aber jetzt war das Gefühl noch intensiver. Wo hatte Daniel ihn bloß schon mal gesehen?

»Sie kennen mich möglicherweise aus dem Fernsehen«, sagte der Mann, wie um Daniels unausgesprochene Frage zu beantworten. »Und ich heiße Vincent.«

Offenbar las er in ihm wie in einem offenen Buch. Vielleicht war diese Vernehmung doch keine so gute Idee gewesen.

»Vincent Walder unterstützt uns bei den Ermittlungen«, sagte Mina. »Er ist kein Polizist, aber er kann … andere Dinge.«

Daniel fragte sich, ob Mina bewusst war, dass sie lächelte, während sie über Vincent sprach.

»Heute hört er nur zu«, fuhr sie fort. »Ich weiß nicht, ob Sie sich noch an meinen Namen erinnern, ich heiße Mina Dabiri.«

Sie gab ihm die Hand. Ihre Haut fühlte sich trocken und spröde an. Sie roch nach Desinfektionsmittel.

»Doch, das stand ja auf Ihrer Visitenkarte«, sagte er.

»Sie wollten mit uns sprechen.«

Mina setzte sich ihm gegenüber und klappte einen Laptop auf.

»Möchten Sie nicht Ihre Jacke ausziehen?«

Er hatte sich sorgfältig zurechtgelegt, was und vor allem wie er es sagen wollte. Wenn er zu gut vorbereitet wirkte, machte er einen unehrlichen Eindruck. Aber wenn er zu nervös wirkte, würden sie ihn für schuldig halten. Das Kunststück war, den Mittelweg zu finden. Pausen zu machen, aber nicht zu viele. Manchmal mitten im Wort innezuhalten, als ob er nicht weiterwüsste. Zu fahrig durfte er allerdings auch nicht sein. Deshalb hatte er alles gründlich einstudiert. Doch dieser Vincent sah ihn an, als hätte er einen Röntgenblick. Er wagte es nicht, seine vorbereitete Rede zu halten. Er musste sich etwas anderes einfallen lassen.

»Es tut mir leid, dass ich aus dem Café weggerannt bin«, sagte er. »Ich hatte Panik bekommen. Und die Jacke ist dünn, es ist ja warm draußen. Ich behalte sie lieber an.«

»Wieso hatten Sie Panik bekommen?«, fragte Mina. »Ist etwas passiert, das wir wissen sollten?«

»Wer würde nicht in Panik geraten, wenn plötzlich die Polizei vor ihm steht.« Er überlegte, sich an einem Lächeln zu versuchen, ließ es aber nach einem Blick in Vincents Richtung bleiben.

»Als ich das letzte Mal mit Ihnen zu tun hatte, wollten Sie mir einen Mord anhängen«, sagte er. »Sie wissen, dass ich mit Agnes Ceci zusammengewohnt habe. Deswegen habe ich so ... heftig reagiert ... als Sie kamen.«

»Und jetzt?« Mina sah ihm in die Augen. »Was wollen wir Ihnen jetzt anhängen?«

Sie war schlau. Überließ ihm das Reden. Daniel zuckte mit den Schultern und hoffte, dass die Bewegung natürlich gewirkt hatte. Er steckte die Hände in die Jackentaschen. Die Jacke schützte ihn. Mit ihr war er hoffentlich nicht ganz so leicht zu durchschauen. Er hatte das Gefühl, sich selbst mit Vincents Augen zu betrachten. Alles, was er machte, konnte verdächtig wirken. Und alles, was er nicht machte, ebenso. Er wurde nervös, und er musste mehrmals zwinkern. Verdammte Scheiße und Pisse auch. Blinzeln war mit Sicherheit kein gutes Zeichen.

»Ich nehme an, Tuva ist immer noch verschwunden«, sagte er. »Sonst hätten Sie ja kein Interesse mehr daran gehabt, mit mir zu sprechen. Aber um die Wahrheit zu sagen, weiß ich gar nichts. Ich kannte sie kaum. Agnes und Tuva kannten sich.«

Mina erstarrte, und auch Vincent schien nicht unberührt zu bleiben.

»Sie kannten sich?«, fragte Mina. »Das ist uns neu. Das haben weder die Personen erwähnt, die wir im Zusammenhang mit Agnes' Tod befragt haben, noch die Großeltern von Tuva. Wir wussten, dass Sie ein Bindeglied waren, aber dass es eine direkte Verbindung zwischen den beiden gab? Sind Sie sich da sicher?«

Er wand sich auf seinem Stuhl. Er hatte angenommen, sie wüssten es. Wenn dieser Vincent doch nur aufgehört hätte, ihn anzustarren.

»Was heißt schon kennen«, sagte er. »Vielleicht ist es das falsche Wort. Sie wussten eben, wer die andere war. Agnes hat im Café gearbeitet, bevor Tuva dort anfing. Und so habe ich den Job bekommen. Agnes hat mir Tuvas Telefonnummer gegeben. Aber den Rest habe ich alleine erledigt.«

»Und beide kannten Sie.« Mina tippte etwas in den Computer ein.

Dann sah sie ihn über den Bildschirm hinweg an.

»Zuerst stirbt Ihre Mitbewohnerin«, sagte sie. »Durch einen Schuss ins Gesicht. Und einen guten Monat später … verschwindet … Ihre Kollegin. Ihnen ist hoffentlich klar, was für ein Licht das auf Sie wirft. Wenn Sie uns etwas zu sagen haben, tun Sie es jetzt. Damit es nicht noch schlimmer wird.«

Daniel hatte plötzlich einen trockenen Mund. Jetzt kam es

darauf an. Wenn er jetzt einen Fehler machte, war es aus. Dann würden sie ihn schlachten.

»Mir ist klar, wie das auf Sie wirkt«, fuhr er fort. »Stockholm ist nicht groß. Wie schon gesagt, ich habe nur mit Tuva zusammengearbeitet, weil Agnes meine Mitbewohnerin war.«

»Und inwiefern entlastet Sie das?«

Sie durchbohrte ihn geradezu mit ihrem Blick.

»Sie sehen das Ganze aus der falschen Perspektive!«, sagte er mit wachsender Verzweiflung. »Ich bin nicht der gemeinsame Nenner von Agnes und Tuva, der gemeinsame Nenner war Agnes. Hätte jemand anders mit Agnes zusammengewohnt, dann hätte auch jemand anders mit Tuva zusammengearbeitet. Dass ausgerechnet ich hier sitze, ist purer Zufall. Ich habe nichts damit zu tun. Verstehen Sie das doch!«

»Warum haben Tuvas Großeltern dann ausgesagt, sie hätte nicht über Sie reden wollen, weil sie Angst gehabt habe, Sie könnten ihr wehtun? Und warum sind Sie in den Augen von Agnes' Vater verdächtig?«

Darauf war er nicht vorbereitet gewesen. Er schluckte. Es wäre ihm lieber gewesen, wenn er es nicht hätte erzählen müssen. Evelyn würde durchdrehen, wenn sie es erfuhr. Aber er hatte keine andere Wahl.

»Agnes' Vater ist Rassist, falls Sie es noch nicht wussten. Er ist allen Menschen gegenüber misstrauisch, die nicht aus den tiefen schwedischen Wäldern stammen. Was Tuva angeht … Tuva wollte nicht über mich sprechen, weil wir was miteinander hatten.«

»Und was genau?«

»Wir waren zusammen.« Er rutschte auf dem Stuhl hin und her. »Eine Zeit lang. Aber mit Evelyn war ich auch zusammen. Tuva wusste, dass ich Evelyn ihretwegen nicht verlassen hätte. Das hat sie mit wehtun gemeint. Gefühlsmäßig. Nicht körperlich. Ich könnte niemals …«

»Daniel«, sagte Vincent, der bis jetzt geschwiegen hatte. »Erklären Sie mir, was ein *Double Lift* ist.«

»Ein *Double* … was? Ist das eine Art … oh, nein, nein, nein, eine Dreiecksbeziehung hatte ich mit Tuva und Evelyn nie, das hätte nicht funktioniert.«

Vincent sah ihn auf eine Weise an, die er nicht deuten konnte. Daniel hätte für sein Leben gerne einen Scherz gemacht, merkte aber, dass es besser war zu schweigen.

»Wir spielen ein kleines Spiel«, sagte Vincent. »Versuchen Sie, zu antworten, ohne vorher nachzudenken. Was fällt Ihnen als Erstes ein, wenn ich sage … Illusionen?«

»Äh, Harry Potter?«

»Muster?«, fuhr Vincent fort.

»Hemd.«

»Gewalt?«

»Aua.«

»Geil?«

Daniel wurde rot und senkte den Blick.

»Evelyn«, sagte er.

Dann sah er in Vincents erstaunte Augen.

»Entschuldigen Sie, meinten Sie Keil?«

Vincent grinste gequält. Dann nickte er Mina zu. Was immer sich zwischen den beiden abgespielt hatte, war offensichtlich vorbei. Minas Gesichtszüge wurden ein wenig weicher, und sie lehnte sich zurück.

»Sie sind also nur ein Opfer der Umstände«, sagte sie. »Nun gut. Nehmen wir das mal an. Es ist nicht ausgeschlossen, dass Sie einfach zum falschen Zeitpunkt am falschen Ort waren. Möchten Sie der Vernehmung im Zusammenhang mit dem Tod von Agnes etwas hinzufügen? Irgendeine Idee, wer sie ums Leben gebracht haben könnte?«

»Gebracht?« Daniel wirkte verwirrt.

»Ermordet«, erläuterte Mina.

Er schüttelte den Kopf.

»Und kennen Sie jemanden, der ein Interesse daran gehabt haben könnte, Tuva zu schaden? Hat ihr im Café mal jemand gedroht? Gab es Leute, die regelmäßig kamen und mit ihr sprachen?«

Er atmete aus und zwang sich, gleichmäßig zu atmen. Vielleicht würde er ja doch noch mal davonkommen. Aber in seinen Adern rauschte immer noch das Adrenalin.

»Es kommen ständig Leute herein, die Drogen genommen haben oder sonst irgendwie seltsam sind«, sagte er. »Und es sind auch Stammgäste darunter. Aber die meisten Gäste, die regelmäßig bei uns sind, nutzen das Café als Büro oder Wohnzimmer.«

»Wie meinen Sie das?«, fragte Mina.

»Medienleute haben immer ihre Laptops und iPhone-Kopfhörer dabei. Ein Stammkunde saß immer da und sah sich in einem Ordner Baupläne an. Ein paar junge Mädchen haben Pullover gestrickt. Abends kommen die mit den Brettspielen. Aber mir fällt niemand ein, der sich Tuva gegenüber merkwürdig verhalten hätte, weder von den normalen noch von den … etwas seltsamen Leuten.«

»Überlegen Sie bitte noch mal genauer.« Mina nickte nachdenklich. »Vielleicht fällt Ihnen doch etwas ein. Und versuchen Sie, sich zu erinnern, ob vielleicht einer von den etwas … originelleren Kunden plötzlich nicht mehr kam. Denken Sie ruhig auch noch mal an Agnes.«

Sie drehte das Laptop in seine Richtung.

»Tragen Sie bitte hier ein, wo wir Sie erreichen können.« Sie zeigte auf das Formular auf dem Bildschirm. »Abgesehen von Ihrem Arbeitsplatz. Wir brauchen eine Adresse und eine Telefonnummer. Falls wir noch mehr Fragen an Sie haben. Und wir werden Ihre Angaben überprüfen, bevor Sie gehen.«

Er brauchte ein paar Sekunden, um zu begreifen, was das bedeutete.

»Dann sind wir also fertig?«, fragte er, während er schnell das Formular ausfüllte.

Er verspürte plötzlich große Erleichterung und beinahe so was wie Heiterkeit. Sie hatten nichts gegen ihn in der Hand und hätten ihn, selbst wenn sie gewollt hätten, nicht festhalten können. Die schwedische Polizei war vielleicht doch ganz in Ordnung.

»Fast.« Mina wandte sich an Vincent, der immer noch an der Wand saß. »Was meinen Sie, Vincent? Möchten Sie noch etwas hinzufügen?«

Vincent kratzte sich am Hals.

»Tun Sie mir einen Gefallen, Daniel«, sagte er. »Nennen Sie fünf Gegenstände aus Ihrer Wohnung, aber denken Sie sich einen davon aus.«

»Wie bitte?« Auf einmal merkte Daniel, wie dringend er pinkeln musste. »Aber ich … Na gut. Jalousien, Wasserkocher, Badezimmerspiegel, Ventilator und Schreibtisch. Wieso?«

»Reine Neugier«, sagte Vincent.

Mina musste husten.

»Okay, wir sind fertig.« Sie stand auf. »Sie können gehen. Danke, dass Sie gekommen sind. Ich melde mich, wenn was ist.«

Sie gaben sich die Hand, und er sah Vincent an.

»Wenn Sie mich brauchen, finden Sie mich bei Evelyn, meiner Freundin«, sagte er. »Ich habe Ihnen ihre Nummer auch aufgeschrieben. Ich werde ihr einiges erklären müssen.«

»DAS WAR INTERESSANT«, sagte Vincent.

Die Vernehmung von Daniel hatte ihn in erstaunlich gute Stimmung versetzt. Der Vorgang unterschied sich zwar nicht übermäßig von dem, was er schon tausend Mal auf der Bühne mit Menschen gemacht hatte. Doch das Gefühl, dass es wirklich um etwas ging, war berauschend.

»Können wir nicht den Fahrstuhl nehmen? Es sind ziemlich viele Stockwerke.«

Er zeigte auf die stählerne Fahrstuhltür und spürte, wie ihm Minas Abneigung massiv entgegenschlug. Er selbst hasste es ja auch, in einem Fahrstuhl eingesperrt zu sein. Es war wie in einem beweglichen Grab. Aber er unternahm wenigstens etwas gegen seine Klaustrophobie, damit sich sein Spielraum nicht immer mehr verengte. Ob Mina ab und zu übte, wusste er nicht. Aber er gönnte ihr einen großen Spielraum.

»Wieso durfte ich eigentlich bei der Vernehmung dabei sein?«, fragte er, um sie abzulenken, bevor ihre Angst vor der Bakterienkiste, wie sie den Fahrstuhl nannte, überhandnahm.

»Ich habe Julia erzählt, was Sie am Telefon über Daniel gesagt haben.« Sie sah ihn an. »Zuerst war sie ein wenig überrascht, dass wir noch Kontakt haben, weil sie noch nichts von dem Täterprofil gehört hat, um das sie Sie gebeten hat. Aber sie war sehr interessiert an Ihrer Analyse und hat Ihre Anwesenheit daher genehmigt.«

An den Ziffern auf der Anzeige hinter Mina war zu erkennen, dass der Fahrstuhl das richtige Stockwerk erreicht hatte. Man durfte sie nicht unter Druck setzen, sondern musste sie immer wieder sanft in die richtige Richtung schubsen, sodass sie sich Stück für Stück ihr Leben zurückeroberte. Bisher war alles gut gegangen. Jedenfalls bewegte sie sich nicht auf die Treppe zu.

»Danke«, sagte er, als die Fahrstuhltür aufging. »Das Täterprofil kommt, wenn sie es noch haben will. Aber ich dachte, dieser Jan hätte bereits alle notwendigen Informationen geliefert.«

Er deutete mit fragendem Gesichtsausdruck auf die offene Fahrstuhltür. Mina zögerte. Dann zuckte sie mit gespielter Lässigkeit mit den Schultern.

»Na gut«, sagte sie. »Damit Sie nicht wieder ins falsche Stockwerk hochrennen müssen. Und Jan wird uns sicher mit Unmengen von Informationen versorgt haben, die vermutlich größtenteils falsch sind.«

Er ging als Erster hinein und hielt ihr mit dem Arm die Tür auf. Widerwillig und mit schweren Beinen trat Mina ein. Angewidert sah sie sich um und stellte sich genau in die Mitte, um keinesfalls die Wände zu berühren.

»Kann ich Ihnen eine Frage zu der Vernehmung stellen?«, fragte Mina. »Was sollte das mit diesen Testfragen am Ende?«

»Ich wollte nur überprüfen, wie sich sein Verhalten verändert, wenn er lügt. Er besitzt keinen Ventilator.«

Vincent drückte auf die Taste, auf der »EG« stand, und die Tür ging zu. Der Fahrstuhl bewegte sich langsam nach unten, und er richtete seine Gedanken auf das Gespräch, um sich das beklemmende Gefühl vom Leib zu halten.

»Wäre es denn dann nicht besser, diese Fragen am Anfang zu stellen?«, fragte sie. »Dann hätte man gemerkt, ob er im Laufe des Interviews lügt.«

»Das kann ich auch im Nachhinein beurteilen. Ich habe ihn die ganze Zeit genau beobachtet. Hätte ich die Fragen am Anfang gestellt, hätte er möglicherweise Verdacht geschöpft und sein eigenes Verhalten stärker kontrolliert. Dann wäre es viel schwieriger gewesen, seine spontanen Verhaltensmuster zu beobachten.«

Mina schien ihm nicht mehr zuzuhören. Ihre Hände waren so verkrampft, dass die Knöchel weiß hervortraten. Sie starrte auf einen Fettfleck auf dem Spiegel. Eine Person, die viel Haarwachs benutzte, musste dort den Kopf angelehnt haben.

»Ich …«, begann er.

Mit einem Ruck blieb plötzlich der Fahrstuhl stehen. Doch die Tür öffnete sich nicht. Sie befanden sich zwischen zwei Stockwerken. Probehalber drückte er den Knopf, mit dem sich die Tür öffnen ließ. Nichts passierte. Er drückte wieder und wieder und wieder. Aber vergebens.

»Er muss stecken geblieben sein«, sagte Mina.

Vincent drückte fieberhaft auf den Knopf. Vielleicht nur ein Wackelkontakt. So musste es sein. Er versuchte, ruhig zu atmen, aber das war schwierig, der Stillstand hatte ihn vollkommen überrascht. Er durfte jetzt nicht hyperventilieren, sondern musste dafür sorgen, dass sein Gehirn mit ausreichend Sauerstoff versorgt wurde. Er sah sich nach einer Ablenkung um, konnte aber keine entdecken. Er war eingesperrt.

»Ich glaube, das bringt nichts«, sagte sie.

Er hörte die Stimme, nahm ihre Anwesenheit jedoch kaum

wahr. *Die Tür ging nicht auf.* Sie waren in einem Kasten aus Metall eingesperrt und kamen nicht raus.

Langsam kamen die Wände näher.

Sein Hals wurde trocken und die Luft zu dick zum Atmen. Er ging rückwärts in Richtung Tür, während sich sein Gesichtsfeld auf einen schmalen Streifen verengte. Drum herum war alles schwarz. Die Wände kamen immer noch näher. Er sah förmlich vor sich, wie der Sauerstoff aus dem Fahrstuhl gesaugt wurde.

Luft.

Es gab keine Luft.

Er sah Sterne und andere psychedelische Muster. Mina war nur noch ein Punkt am Ende des Tunnels. Ihre Stimme klang, als käme sie von weit her, aber er konnte sich nicht auf sie konzentrieren. Nicht, solange die Wände über ihm einzustürzen drohten.

»Vincent. Hören Sie mir zu.«

Die Berührung stabilisierte ihn ein wenig.

»Sie haben eine Panikattacke.«

Ganz, ganz langsam drangen die Worte durch das Chaos in seinem Gehirn.

»Was Sie fühlen, ist grauenhaft, aber es ist nicht real«, sagte die Stimme. »Ihr Körper schüttet Hormone, Adrenalin und Cortisol aus, und die verursachen diese Empfindungen.«

Er versuchte, ruhig einzuatmen. Es ging nicht. Er legte seine Hände auf die Hände, die auf seinen Schultern lagen. Atmete noch einmal ein. Schon besser.

»Sie sterben nicht«, sagte Mina. »Sie sind nicht in Gefahr. Das sind rein chemische Vorgänge. Was immer sich gerade in Ihrem Kopf abspielt, ist nicht die Wirklichkeit.«

Er konnte noch immer nicht antworten und konzentrierte sich nur auf die Hände unter seinen eigenen Handflächen. Ihre warme Haut. Ihm war bewusst, dass es sie Kraft kostete, ihre Hände nicht wegzuziehen. Sie hatte bestimmt nicht damit gerechnet, dass er sie berühren würde. Aber sie ließ ihre Hände liegen.

»Wir werden hier bald rauskommen, ich habe den Notruf gedrückt«, sagte sie. »Dieser Fahrstuhl bleibt hin und wieder stecken, das ist einer der Gründe, weshalb ich die Treppe vorziehe. Aber es dauert nie lange. Also atmen Sie jetzt mit mir zusammen. Tief einatmen, ganz ruhig. Wir atmen zusammen, Vincent … Atmen.«

Sie stand hinter ihm, und er lehnte sich ein wenig bei ihr an und tat, was sie sagte. Die Wärme ihres Körpers durchströmte ihn wie eine sanfte Welle und beruhigte ihn. Die Wände waren noch da und immer noch viel zu nah, aber sie bewegten sich nicht mehr auf ihn zu. Mina hatte sie zum Stillstand gebracht. Und gab ihm ein Gefühl von Sicherheit. Dieses Gefühl hatte ihm schon lange niemand mehr gegeben. Sehr, sehr lange.

Plötzlich erzitterte der Fahrstuhl, und die Tür öffnete sich. Vincent füllte seine Lunge mit Luft, *frischer* Luft, die er mehr als dringend brauchte. Mina stand jetzt neben ihm. Er drehte sich zu ihr um.

»Verzeihen Sie. Das war … unwürdig.«

Mina zuckte mit den Schultern.

»Vielleicht könnten wir beim nächsten Mal doch die Treppe nehmen. Und Sie führen Ihre verhaltenstherapeutischen Maßnahmen an einem anderen Ort als in diesem unzuverlässigen Polizeifahrstuhl aus. Einverstanden?«

Vincent holte tief Luft. Dann lächelte er.

»Sie haben mich durchschaut. Einverstanden. Abgemacht.«

VINCENT SAH SEINE TOCHTER AN. Wie üblich hatte sie ihr Frühstück nicht angerührt. Er verstand nicht, was sie eigentlich am Leben erhielt. Er selbst war morgens immer hungrig wie ein Wolf, und sowohl Benjamin als auch Aston hatten diese Eigenschaft von ihm geerbt. Ulrika, die Mutter von Rebecka, war zwar keine ganz unkomplizierte Esserin, und hin und wieder fragte er sich, ob sie ihrer Tochter damit eine Essstörung antrainiert hatte, aber zu Ulrikas Verteidigung musste gesagt werden, dass ihr Essen wichtig war. Nur durfte man ihrer Ansicht nach eben nur bestimmte Lebensmittel und nur zu bestimmten Zeiten essen. *Fitness und Figur,* hatte ihr Mantra gelautet. Ein Mantra, das Rebecka in ihrer Kindheit vermutlich etwas zu oft zu hören bekommen hatte.

Seine Tochter hatte ihr Handy neben sich liegen. Ständig blinkten neue Nachrichten auf Whatsapp und Snapchat auf. Rebeckas Freundeskreis hatte offenbar das Bedürfnis, in permanentem Kontakt zu stehen. Sogar beim Frühstück. Vincent seufzte. Er würde es nie verstehen. Warum man sich absichtlich die Möglichkeit versagte, einen eigenen Gedanken zu entwickeln. Warum man seine Meinung immer nur auf das gründete, was andere zehn Sekunden vorher gedacht hatten. Aber in ihrem Alter wäre er sicher genauso gewesen. Oder nein, eigentlich nicht. Er wusste genau, dass er anders gewesen war. Aber es waren auch andere Zeiten. Und die Umstände auch andere.

»Aston, im Bad liegen saubere Sachen für dich«, rief Maria ihrem Sohn zu. »Sag Bescheid, wenn du bei den Socken Hilfe brauchst.«

»Ich bin neun, Mama.« Aston kam aus dem Badezimmer. »Ich kann mich selber anziehen.«

Er trug eine hellgraue Jogginghose und ein T-Shirt, auf dem vorne eine Katze auf einer Vespa war. Maria hatte es ihm geschenkt, und seitdem liebte er es heiß und innig.

»Du bist aber noch barfuß«, stellte Maria fest.

Beschämt reichte er ihr die Socken und hielt ihr einen Fuß hin. Soweit Vincent sich erinnern konnte, hatte Aston ihn nie um Hilfe gebeten. Nachdem sie ihm die Socken angezogen hatte, gab sie ihm zwei Scheiben Weißbrot und die Butter, damit er sich Brote schmieren konnte. Das mit den Apfelschnitzen hatten sie vor ein paar Wochen aufgegeben.

»Apropos anziehen, ist der nicht etwas zu warm?« Maria zog Rebecka am Ärmel. »Es ist Ende April, und du trägst immer noch einen langärmligen Pullover.«

Rebecka zog ihren Arm weg.

»Lass mich!« Sie stand auf. »Ich kann anziehen, was ich will.«

Sie schnappte sich ihr Handy und stapfte wütend in ihr Zimmer.

»Ich habe auch was Langärmliges an.« Benjamin blickte von seiner Joghurtschale auf. »Darf ich das etwa auch nicht?«

Maria wurde rot.

Vincent wusste genau, was in ihr vorging. Benjamin war in Gruppen immer unsicher gewesen. Dass er seinen Körper lieber versteckte, wenn andere in Badesachen rumrannten, war also nicht verwunderlich. Er war das personifizierte Klischee des blassen Teenagers, der von Kopf bis Fuß in Schwarz gekleidet unter einem Baum saß – oder noch besser in seinem verdunkelten Zimmer – und ein Buch las, während die anderen draußen Beachvolleyball spielten. Rebecka hingegen bewegte sich in sozialen Beziehungen wie ein Fisch im Wasser und gab in ihrer Clique oft den Ton an.

»Vielleicht hat es einen Grund, dass sie ihre Arme nicht zeigen will«, murmelte Benjamin und quetschte seine Müslischale zwischen die Weingläser vom Vorabend. »Ihr solltet sie vielleicht mal fragen.«

Vincent schenkte sich seinen Kaffeebecher noch einmal voll und ging zu Rebeckas geschlossener Zimmertür.

»Doch nicht jetzt«, schnaubte Benjamin auf dem Weg ins Bad. »Versucht es doch mal mit Feingefühl.«

Vincent klopfte an die Tür und trat ein. Seine Tochter saß auf dem Bett und starrte auf ihren Handybildschirm.

»Rebecka? Ich wollte dich fragen, ob du mir helfen kannst«, sagte er.

»Ich werde nichts essen, falls du das meinst«, sagte sie, ohne aufzublicken.

Er schüttelte den Kopf und setzte sich zu ihr aufs Bett. Rebecka drehte ihr Handy blitzschnell um, legte es sich auf den Schoß und sah ihn mit hochgezogenen Augenbrauen an.

»Du weißt doch, dass ich die Polizei bei einem Fall unterstütze. Gestern haben wir einen Hauptverdächtigen vernommen. Ich brauche deine Hilfe bei der Deutung.«

»Meine? Du bist doch der Wenn-sie-nach-links-gucken-lügen-sie-Experte.«

»Erstens ist das ein Mythos. Es gibt keine Augenbewegungen, die automatisch Lüge bedeuten. Aber ich habe tatsächlich gewisse Beobachtungen gemacht. Von dir möchte ich, dass du genau hinhörst.«

Er zog sein Handy aus der Tasche.

»Du hast ein sehr viel größeres Netzwerk als ich«, fuhr er fort und suchte nach der Audiodatei. »Und du bist in einem Alter, in dem man perfekt darauf trainiert ist, winzige Verschiebungen in der Kommunikation zu erkennen. Das liegt daran, dass jeder Lapsus in eurem Alter dazu führen kann, dass man für den Rest des Jahres ausgeschlossen wird.«

Rebecka starrte ihn an.

»Von welchem Planeten stammst du eigentlich?«

Er sah seine Tochter an. Über die er einmal alles gewusst hatte. Nun wusste er nicht mal, welche Eissorte sie am liebsten mochte. Oder ob sie überhaupt noch gern Eis aß. Aber er konnte erkennen, was ihr so deutlich ins Gesicht geschrieben stand.

»Ich weiß, dass es nicht leicht ist«, sagte er. »Wenn du auch nur die geringste Ähnlichkeit mit mir hast, passt du in der Schule permanent auf, niemandem auf die Füße zu treten, weil die Reaktionen von anderen nämlich vorhersehbar sind. Du brauchst nichts dazu zu sagen, ich weiß auch so, dass du ein soziales Genie bist. Ich kann mich gut erinnern, wie es mir mit Freunden ergangen ist. Hoffentlich sind deine etwas besser. Und andererseits würde es mich nicht wundern, wenn sie auch nicht besonders toll wären.«

Rebecka schwieg lange. Schlimmstenfalls war er ihr zu nahe getreten und würde jeden Augenblick rausgeworfen werden.

»Okay, diese Vernehmung.« Sie deutete auf sein Handy. »Darfst du mir die überhaupt vorspielen?«

Er nahm an, dass sie ihm verziehen hatte.

»Vermutlich nicht. Ich war ja erstaunt, überhaupt dabei sein zu dürfen. Aber hör sie dir doch einfach mal an. Es dauert nur zehn Minuten. Und dann sag mir, was du von ihm hältst.«

Vincent drückte auf Play und spielte Rebecka die gesamte Vernehmung vor. Anschließend löschte er die Aufnahme.

»Das ist mit Sicherheit strafbar. Aber ich muss es wissen. Was denkst du?«

Rebecka blickte zu Boden. Sie wirkte konzentriert.

»Er klingt, als ob er Angst hätte«, sagte sie. »Er war nervös. Aber ich weiß zumindest, wie sich meine Freunde anhören, wenn sie lügen oder etwas abstreiten, wofür sie richtig Ärger bekommen können. So klang er nicht. Er verschweigt vielleicht etwas, aber das, was er gesagt hat, stimmte wahrscheinlich.«

»Das glaube ich auch.« Vincent nickte. Dann stupste er Rebecka in die Seite. »Dabei hat er die ganze Zeit nach links geguckt.«

Er überlegte, ob er den Arm um sie legen sollte, ließ es aber bleiben. Sie hätten sich beide nicht wohl dabei gefühlt. Und außerdem gab es andere Arten, seinen Kindern zu zeigen, dass man sie liebte. Zur Belohnung erntete er ein Lächeln.

»Mensch, Papa«, sagte Rebecka. »Diese Polizistin, die die Vernehmung durchgeführt hat. Ist das die Frau, mit der du zusammenarbeitest? Ist sie das?«

»Du meinst Mina.«

»Whatever. Du weißt, dass sie Interesse an dir hat, oder? Das hat man so krass gemerkt. Von dir hat sie immer nur mit zuckersüßer Stimme gesprochen.«

Vincents Wangen glühten. Er errötete wie ein Schuljunge.

»Da ist nichts zwischen uns«, sagte er schnell.

»Das ist mir klar. Du würdest ja noch nicht mal merken, dass jemand mit dir flirtet, wenn er es auf ein Schild schreibt und es dir vor die Nase hält. Aber in diesem Fall ist es sooo offensichtlich. Keine Angst, ich sage Tante Maria nichts.«

»Es gibt nichts zu sagen.«

»Nee, klar. Ich muss jetzt zur Schule.«

Rebecka ließ ihn allein auf dem Bett zurück. Er blieb sitzen und wartete, bis ihm die Röte aus dem Gesicht gewichen war.

Draussen war es immer noch hell. Im Winter konnte man leichter ins Fenster schauen, da sah man die ganze Küche und das Wohnzimmer. Außerdem war es an dunklen Abenden leichter, selbst unsichtbar zu bleiben. Jetzt musste sie viel vorsichtiger sein.

Nicht, dass sie gewusst hätte, ob sie überhaupt erkannt worden wäre. So viele Jahre waren vergangen. Mina war nicht mehr dieselbe. Es war eine andere Zeit. Ein anderes Leben.

Endlich war das Mädchen, auf das sie so geduldig gewartet hatte, hinter dem Fenster zu sehen. Das dunkle Haar fiel ihr ins Gesicht, als sie sich über den Küchentisch beugte. Eine Lampe beleuchtete sie von hinten, und Mina konnte sie ganz deutlich erkennen, obwohl sich die Wohnung im dritten Stock befand. Das Mädchen trug den grauen Kapuzenpulli, in dem Mina sie schon oft gesehen hatte. Es musste ihr Lieblingskleidungsstück sein. Mina sah sie zerstreut auf einem Kordelende der Kapuze herumkauen, aber um den Gesichtsausdruck zu erkennen, war sie doch zu weit weg.

Mina zuckte zusammen, als direkt neben ihr ein Hund bellte. Der Hund war ein zorniger kleiner Chihuahua, der von einer Frau in einem teuer aussehenden Mantel und Gucci-Slippern an der Leine geführt wurde.

»Sie stehen im Weg!«, zischte die Frau und zwängte sich barsch an ihr vorbei.

Mina verkniff sich eine Erwiderung. In Östermalm hatte sie nichts anderes erwartet. Der Hund kläffte sie weiter an, während sein Frauchen an der Leine zerrte.

»Komm jetzt, Chloe!«

Schließlich gehorchte der Hund widerwillig, ließ es sich aber nicht nehmen, Mina, die auf dem Gehweg der Linnégata stehen blieb, noch ein paar böse Blicke zuzuwerfen.

Sie sah wieder hinauf zur Wohnung. Das Mädchen war verschwunden, und wie immer fühlte Mina einen Stich. Sehnsucht. Schuld. Trauer. Sie wusste es selbst nicht genau. Vermutlich eine Mischung aus allem und noch mehr. Sie hatte diese Gefühle nie analysiert und hatte auch nicht vor, es je zu tun. Die Büchse der Pandora sollte besser nicht geöffnet werden.

Sie fragte sich, wie es in der Wohnung wohl aussah, vor allem im Zimmer des Mädchens. Natürlich war sie nie dort gewesen. Aber sie erinnerte sich an eine andere Wohnung. Ein anderes Zimmer. Viel kleiner. Eine Zweizimmerwohnung im zweiten Stock im Stadtteil Vasastan. Im Erdgeschoss war ein griechisches Restaurant gewesen. Das beste in der ganzen Stadt. Aber sie hatte sich nie wieder überwinden können, es zu besuchen. Erinnerungen konnten so wehtun. Sie konnten körperliche Schmerzen verursachen.

Plötzlich tauchte das Mädchen wieder auf, diesmal am Wohnzimmerfenster. Sie gestikulierte. Ging auf und ab. Es sah nach Streit aus, aber genau konnte Mina es nicht erkennen. Vincent hätte die Körpersprache des Mädchens mit Sicherheit besser interpretieren können. Mina ertappte sich dabei, dass sie auf Zehenspitzen stand. Als ob das etwas genützt hätte, wenn man in den dritten Stock hinaufsah. Trotzdem reckte sie sich.

Nach einer Weile sah sie den grauen Kapuzenpulli nicht mehr. Mina senkte die Fersen und ging langsam zurück zum Auto.

Obwohl es bis zur Walpurgisnacht noch ein paar Tage hin waren, schien sich das Wetter auf Sommer eingestellt zu haben. Da er einen längeren Spaziergang machen würde, hatte Vincent nichts gegen die unerwartete Wärme einzuwenden.

Er hatte überlegt, wo er das Telefongespräch führen sollte, ohne allzu viel Neugier zu wecken. Das Einfachste wäre gewesen, sie von zu Hause aus anzurufen, aber er hatte keine Lust, sich gegenüber Maria jedes Mal zu rechtfertigen, wenn er mit Mina telefonierte.

Anfangs hatte er kurz in Erwägung gezogen, sich ins Auto zu setzen, aber er musste sich bewegen, um richtig nachdenken zu können. Und er brauchte Eindrücke von außen. Viele Eindrücke. Sein Gehirn brauchte so viel Sauerstoff und Serotonin wie möglich. Letztendlich war ein Spaziergang nach Södermalm daraus geworden. Die Leute konnten ihn zwar hören, aber keiner von ihnen würde mehr als einige Wortfetzen aufschnappen.

Er steckte sich das Headset in die Ohren und aktivierte das Noise Cancelling, um den Verkehrslärm der Götgata auf Höhe von Skanstull auszublenden. Dann rief er die Polizeizentrale an und ließ sich mit Mina verbinden. Nach zweimaligem Klingeln ging sie ans Telefon. Mit etwas anderem hatte er auch nicht gerechnet. So war sie eben. Pflichtbewusst.

»Ich habe viel über das psychologische Profil des Täters nachgedacht«, sagte er. »Vor allem seit der Vernehmung von Daniel. Haben Sie Zeit?«

Neben ihm an der Ampel stand ein etwa sechzigjähriger Mann mit Pferdeschwanz und Spitzbart. Der Mann riss für einen Moment die Augen auf, als er Vincent Walder erkannte, dann hatte er sich wieder im Griff. Vincent erlebte solche Reaktionen ständig. Irgendjemand erkannte ihn aus dem Fernsehen oder von der Bühne wieder, wollte es sich aber nicht anmerken lassen.

»Ich stehe vollständig zu Ihrer Verfügung«, sagte Mina.

Wieder wurde er rot.

»Moment, ich schalte nur schnell die Aufnahmefunktion ein, wenn Sie nichts dagegen haben«, sagte sie und tippte etwas in den Computer ein. »So wie ich Sie kenne, werde ich es gar nicht schaffen, mir alles aufzuschreiben.«

»Okay. Hören Sie zu«, sagte er. »Wie Sie wissen, habe ich mich die ganze Zeit gewundert, dass der Mörder sowohl nüchtern planen als auch sehr aggressiv werden kann. Daher dachte ich, Sie würden eine Person mit narzisstischer Persönlichkeitsstörung suchen. Diese Menschen halten sich für etwas Besseres und messen anderen schlicht und einfach keinen Wert bei. Ihre Mitmenschen sind für sie nur Werkzeuge, mit denen sie umspringen können, wie sie wollen.«

Die Ampel am Fußgängerüberweg sprang auf Grün. Der Mann mit dem Pferdeschwanz ging an Vincent vorbei und hatte sich offenbar entschlossen, sich eine kleine Blöße zu geben und Vincent seinen nach oben gestreckten Daumen zu zeigen. Als sich ihre Blicke trafen, lächelte Vincent und formte mit den Lippen ein stummes Danke. Loben war so einfach. Daumen hoch, mehr war nicht nötig. Trotzdem fiel es den Leuten so schwer. Er nahm sich vor, auch besser darin zu werden.

»Eine solche narzisstische Störung könnte den ausgefeilten Plan erklären«, fuhr er fort. »Die Konstruktion der Illusionen, die Entführungen, die Nummerierung der Leichen, die Platzierung der beschädigten Uhren und die Fundorte. Ein Narzisst hätte mit alldem überhaupt kein Problem, weil er keine vollwertigen Menschen getötet hätte – davon gibt es in der Welt des Narzissten nämlich nur einen, und das ist, wie gesagt, er selbst.«

Vincent setzte sich seine Sonnenbrille auf, als er in die Sonne auf der anderen Straßenseite trat, und musste einer Frau mittleren Alters ausweichen, die auf einem motorisierten Skateboard auf ihn zuraste.

Menschen. Man konnte sagen, was man wollte, aber ohne sie wäre alles ganz schön langweilig gewesen. Er ging auf der Götgata weiter in Richtung Medborgarplatsen.

»Reicht das als Erklärung wirklich aus?«

»Wir müssen uns wahrscheinlich auch einen pathologischen Mangel an Empathie dazu denken«, sagte er. »Möglicherweise verursacht von einem physiologischen Hirndefekt wie zum Beispiel einer verkümmerten Amygdala oder einer beeinträchtigten Verbindung zwischen Cortex und Hippocampus. Mit solchen Voraussetzungen ist es viel leichter, Gewalttaten zu begehen. Außerdem könnte es sein, dass sich der Mörder seine eigene Wirklichkeit geschaffen hat. Shoko Asahara, der mit Sarin-Gas einen Anschlag auf die Tokyoter U-Bahn verübt und auf diese Weise ein gutes Dutzend Menschen umgebracht hat, war der Meinung, er hätte sie auf diese Weise von ihren Sünden befreit und der Erleuchtung nähergebracht. Seinem eigenen Weltbild zufolge hat er diese Menschen also nicht ermordet, sondern ihnen einen Dienst erwiesen. Und das ist natürlich viel einfacher, als zu töten.«

Mina schwieg lange Zeit.

»Das klingt ziemlich extrem«, sagte sie schließlich.

Er war an der U-Bahn-Station Medborgarplatsen angekommen und überlegte, ob er zum Danvikstull oder weiter in Richtung Slussen gehen sollte. Vielleicht hatte er Zeit, in einen der Plattenläden am Mosebacke zu gehen. Maria würde einen schweren Seufzer von sich geben, wenn er noch mehr Vinyl anschleppte, aber er brauchte ein Gegengewicht zu den kommerziellen Radiosendern, die zu Hause ständig dudelten. Außerdem hatte sie kürzlich einen Pay-TV-Kanal abonniert, auf dem ausschließlich *Real Housewives of New Jersey* und ähnliche Serien liefen, weil sie sich so etwas gerne ansah. Seine Entscheidung war gefallen: Slussen.

»Sie haben vollkommen recht«, sagte er. »Es ist ungewöhnlich. Gut beobachtet. Wie immer. Sie sind klug.«

Er meinte es so, wie er es sagte, sonst hätte er es nicht gesagt. Doch das Kompliment erzielte tatsächlich den erwünschten Effekt. Durchs Telefon hörte er Mina lächeln. Der Mann hingegen, der mit zwei Sechsjährigen im Schlepptau neben ihm herging, lächelte nicht. Das eine Kind wirkte bedrückt, das andere weinte. Vincent merkte, dass sie ihm die ganze Zeit zugehört hatten.

»Ich will nicht mit der U-Bahn nach Hause fahren, Papa«, protestierte das weinende Kind. »Da gibt es Masaringas.«

Der Mann sah ihn an, als ob er Vincent am liebsten geohrfeigt hätte. Der beschleunigte seinen Schritt.

»Eine solche Persönlichkeit erklärt noch immer nicht die gefühlsmäßige Komponente, die es da meiner Ansicht nach auch gibt«, sagte er etwas leiser, während er sich vergewisserte, dass nicht noch weitere Kinder in der Nähe waren. »In einem Film hätte der Mörder eine gespaltene Persönlichkeit gehabt. Aber in der Realität kommt das extrem selten vor. Wie auch immer, irgendwo da bin ich im Moment.«

»Okay, das ist ... ganz schön viel«, sagte Mina. »Glauben Sie denn, dass dieses Persönlichkeitsprofil auf Daniel zutrifft?«

Er blieb ruckartig stehen und stieß beinahe mit einem Paar zusammen, das gerade aus einer Buchhandlung kam. Er sah die beiden entschuldigend an und erntete ein Lächeln.

»Nein, nein, ganz und gar nicht«, sagte er. »Sie haben ja selbst mit ihm gesprochen. Daniel wies keinerlei Merkmale einer solchen Persönlichkeit auf. Weder im Café noch auf dem Präsidium. Ein derartiger Narzissmus schimmert immer durch und macht sich zum Beispiel in der Perspektive bemerkbar, aus der gesprochen wird. Daniel hat viel öfter das Wort *wir* als *ich* verwendet. Natürlich ist er von sich selbst eingenommen, aber meine Güte, der Junge ist zwanzig. Wer ist in dem Alter nicht egozentrisch?«

Er hatte den ersten Plattenladen fast erreicht. Ein Teil seines Gehirns fragte sich, ob in seiner Sammlung zu Hause noch etwas fehlte, kam aber zu dem Schluss, dass dem nicht so war. Daher würde er wohl einen Spontankauf tätigen müssen. Das machte ohnehin mehr Spaß.

»Sie haben einen pathologischen Mangel an Empathie erwähnt«, sagte Mina. »So wie bei Psychopathen. Die sind unheimlich gut darin, Empathie zu faken, oder?«

»Wenn man weiß, dass es notwendig ist, kann man Mitgefühl auch simulieren«, sagte er und nickte dabei, ohne sich bewusst zu machen, dass man es am anderen Ende nicht mitbekam. »Daniel hat sich wahrscheinlich gut überlegt, was er sagte und wie er sich uns gegenüber verhalten musste, aber die Vergrößerung der Pupillen, die ich an ihm festgestellt habe, als er über seine Freundin sprach, kann man nicht absichtlich steuern. Und außerdem traue ich ihm auf der Grundlage meiner bisherigen Beobachtungen nicht zu, sich über das nächste Abendessen hinaus langfristig Pläne zu machen.«

»Sie sind also anderer Meinung als Ruben. Sie glauben nicht, dass Daniel der Mörder ist?«

»Täterprofile von Mördern zu erstellen, ist nicht mein Spezialgebiet, das wissen Sie ja. Und die Gruppe weiß das auch. Ich kann mich täuschen. Aber meiner Ansicht nach ist Daniel wahrscheinlich nicht der Mörder.«

Er legte die Hand auf die Türklinke des Ladens und blieb auf der Vortreppe stehen.

»Irgendetwas belastet Daniel«, sagte er. »Er ist extrem kontrolliert, und der Kontakt mit der Polizei ist ihm unangenehm. Ich würde gerne wissen, warum.«

»Wissen Sie was? Das möchte ich auch. Und vielen Dank für das Täterprofil. Ich werde es Julia so schnell wie möglich zukommen lassen.«

Er warf einen Blick auf die Schallplatten im Schaufenster.

»Mina?«, fragte er. »Was für Musik hören Sie gerne?«

»Äh … Musik? Warum fragen Sie?«

»Ach, nur so. Ich habe einfach laut gedacht. Bis bald.«

Er legte auf und betrat den Laden. Zum Glück hatte Rebecka ihn nicht gehört. Sie hätte sich kaputtgelacht.

Er träumte von einem alten Freund. Das kam hin und wieder vor. Dass er von Lasse träumte. Warum, wusste er nicht. Lasse war ein Mensch in seinem Leben gewesen, der immer mal wieder aufgetaucht und dann verschwunden war.

Vor langer Zeit. Auch andere waren gekommen und gegangen, aber von denen träumte er nicht. Er träumte nicht einmal von seiner Mutter. Aber das lag vielleicht daran, dass sie ihm immer noch so nah war. Im Haus waren immer noch all ihre Sachen. Von den Fotos an den Wänden sah sie zu ihm hinunter. In seinen Träumen war kein Platz für sie.

Im Traum wollte Lasse gerade etwas zu ihm sagen, als eine andere Stimme ihn zusammenschrecken ließ. Er setzte sich kerzengerade auf dem Stuhl auf und sah sich verschlafen um.

»Was?«

Ruben stand mit verschränkten Armen vor ihm und grinste breit.

»Hast du ein Schläfchen gehalten?«

»Nein, nein, nein … Ich … habe nur kurz die Augen zugemacht. Sie brennen so, weil ich mir hier seit Stunden diesen Überwachungsfilm ansehe.«

»Schlaf du nur, Peder schläft ja auch die ganze Zeit …«

Ruben grinste immer noch, aber dann machte er ein ernstes Gesicht.

»Hast du Julia schon berichtet, wer das Café besucht hat?«

Ruben zeigte auf den Bildschirm, und Christer blickte verwirrt zwischen dem Video und Ruben hin und her.

»Was? Wer?«

Ruben beugte sich vor, griff nach der Maus und spulte ein Stück zurück. Dann drückte er auf Play.

»Da.«

Er zeigte auf den Mann mit dem hinkenden Gang, und Christer fasste sich unwillkürlich an den Kopf. Er hatte doch gewusst, dass dieser Mann ihn an irgendetwas erinnerte.

»Du brauchst kein schlechtes Gewissen zu haben.« Ruben klopfte ihm auf die Schulter. »Ich vergesse nie ein Gesicht. Ist er oft dort gewesen?«

»Täglich. Jeden Tag für ein paar Stunden.«

Die Gedanken rasten ihm durch den Kopf wie panische Ratten durch ein Labyrinth. Sie drehten sich im Kreis und suchten nach der Lösung, die es irgendwo geben musste. Und plötzlich blieb die Ratte stehen. Endlich hatte sein Gehirn gefunden, wonach es gesucht hatte. Er wusste, wer das war. Kreidebleich im Gesicht, sah er Ruben an.

»Verfluchte Scheiße.«

Mai

Vedran reibt die Handflächen aneinander, um die Kälte nicht mehr zu spüren. Seine Handschuhe liegen im Auto. Wie unbedacht von ihm. Er weiß doch, dass es morgens immer kalt ist, auch im Mai. Gerade haben es die ersten Sonnenstrahlen über das gefaltete Dach des Gartengroßhandels in Årsta, südlich von Stockholm, geschafft. Die Digitalanzeige seiner Armbanduhr zeigt 04:45 an. Genau um diese Uhrzeit soll laut dem Schwedischen Meteorologischen Institut die Sonne aufgehen. Ein guter Start in den Tag.

Der Großmarkt öffnet erst um fünf, aber Tante Jodranka hat ihm schon von klein auf beigebracht, wie wichtig es ist, pünktlich zu sein. Und wenn man, so wie Vedran, mit Blumen arbeitet, ist es entscheidend, früh dran zu sein. Vedran joggt auf der Stelle, um seinen Kreislauf in Gang zu bringen. Trotz der sommerlichen Wärme, die für den Tag angekündigt worden ist, herrscht morgens noch eisige Kälte. Zum Glück hat er dicke Wollsocken an. Sein Blumenladen in Haning hat zwar nicht viel Konkurrenz, aber seine Kunden sollen auch zufrieden sein. Mehr als zufrieden. Sie sollen wiederkommen. Und deswegen steht er schon vor der Tür des Großmarkts und scharrt mit den Füßen. Er will die beste Auswahl haben.

Seit fast vierzig Jahren arbeitet er mit Blumen. Als er anfing, waren die meisten, die hier im Gartengroßhandel Årsta arbeiten, noch nicht geboren. In Belgrad hat er sogar Crvena zvezda, die nationale Fußballmannschaft, mit Sträußen für Sieger beliefert. Das war natürlich vor den Krawallen im Maksimir gewesen. Eine Schande. Doch als es passierte, wohnte er schon nicht mehr dort. Er hatte Monica kennengelernt, und die Liebe war grenzenlos gewesen. Zu ihr nach Schweden zu ziehen, war selbstverständlich gewesen.

Er ist immer noch der Einzige hier. Vedran schüttelt den

Kopf. Er hat seit vierzig Jahren nicht ausgeschlafen. Das können die Faulpelze machen. Er geht das Risiko ein, sich ein paar Schritte vom Eingang zu entfernen, um nicht vollständig auszukühlen. Die anderen Frühaufsteher kennen ihn und wissen, dass er als Erster dran ist.

Der Parkplatz seitlich vom Gebäude ist nicht ganz leer. In der Mitte steht ein schwarzer Schrank. Der steht dort schon seit einigen Tagen und ist an dem Tag angeliefert worden, als der Parkplatz wegen Bauarbeiten abgesperrt wurde. Ein Rohr sollte verlegt werden. Vedran wundert sich jeden Morgen über diesen Schrank. Aber heute ist der Parkplatz wieder benutzbar. Anscheinend sind die Bauarbeiten abgeschlossen.

Vedran überquert die asphaltierte Fläche und geht zu dem Schrank. An den Seiten glitzert Feuchtigkeit in der Sonne. Er runzelt die Stirn. Es ist ihm ein Rätsel, wieso jemand den Schrank hier stehen gelassen hat. Aber wahrscheinlich war das einer dieser Millennials, der den Schrank abtransportieren sollte und ihn stattdessen einfach auf dem erstbesten Parkplatz abgestellt hat. Er selbst hätte nie Aushilfen unter dreißig beschäftigt. Arbeitsscheue Rotzlöffel mit angewachsenem Smartphone. Für schöne Blumen hatten die gar keinen Blick.

Er geht einmal um den Schrank herum. Er ist fast genauso groß wie er und ungefähr so breit. Wahrscheinlich ein kleiner Kleiderschrank. Er ist schlampig aus grobem Sperrholz zusammengezimmert und ebenso schlampig lackiert. Die Kanten sind mit einem Metallrahmen umschlossen. Vorsichtig, damit er sich keinen Splitter einreißt, streicht er mit der flachen Hand über das Holz. Es sieht fast so aus, als wäre derjenige, der diesen Schrank gebaut hat, wütend gewesen. Das Holz scheint eher abgebrochen als gesägt worden zu sein. Einige Nägel sind nur halb eingeschlagen und krumm. Peinlich. Offenbar legt niemand mehr Wert auf ordentliches Handwerk. Schweden ist in vielerlei Hinsicht ein gutes Land, aber es lässt viel zu viel Pfusch zu. In Serbien wäre man mit so einem Schrank niemals durchgekommen.

Die Vorderseite besteht aus drei Türen. Was er für einen großen Schrank hielt, sind in Wirklichkeit drei aufeinandergestapelte Kästen, die von einem Metallrahmen zusammengehalten werden. Jeder Kasten hat eine eigene Klappe. Der mittlere Kasten scheint sich auf einer Art Schiene seitlich herausschieben zu lassen, aber als Vedran dagegen drückt, bewegt sich der Kasten keinen Millimeter.

Vielleicht sollte der Schrank gar nicht irgendwohin geliefert werden, vielleicht ist er hier entsorgt worden. Irgendein Idiot hat ihn einfach hier auf dem Parkplatz abgestellt. Vermutlich jemand, dem die schlampige Konstruktion peinlich war. Aber hier kann er natürlich nicht stehen bleiben. Hier ist er im Weg. Er schaut auf seine Uhr. 04:50. Er hat noch Zeit, den Schrank zumindest an den Rand des Parkplatzes zu schleppen. Ein wenig körperliche Arbeit tut ihm nur gut.

Andererseits wäre es dumm, sich den Rücken zu verrenken. Wenn der Schrank voll ist, lässt er es bleiben. Engagement ist gut, aber es gibt Grenzen. Vedran schiebt die Fingerkuppen unter die mittlere Klappe und zieht. Die Klappe gibt ein schmatzendes Geräusch von sich, rührt sich aber nicht vom Fleck. Er weiß genau, was so klingt. Der Idiot, der den Schrank lackiert hat, hat die Klappen zugemacht, bevor die Farbe getrocknet war. Millennials, wie gesagt.

Drüben vor dem Eingang des Großhandels haben sich mittlerweile einige Leute versammelt. Der Großmarkt öffnet bald. Aber von einer lumpigen Holzklappe wird er sich nicht zum Narren halten lassen. Vedran zieht daran, bis sich die Farbe löst. Als die Klappe plötzlich aufgeht, schlägt ihm Geruch von Eisen und Verwesung entgegen. Er hält sich die Hand vor den Mund und weicht automatisch einen Schritt zurück.

Was in dem Schrankfach liegt, ist nicht sofort zu erkennen. Das Tier ist zerstückelt worden, damit es hineinpasst, aber die Einzelteile liegen wild durcheinander. Das größte Fleischstück könnte von einem Schwein stammen. Jedenfalls von einem Tier ohne Fell. Bei den beiden kleineren Teilen könnte es sich um die Beine handeln. Aber das sind nur Vermutungen. Er arbeitet mit Blumen. Von zerstückelten Tieren versteht er nichts. Eine Sache ist ihm jedoch klar. Die Klappe ist nicht mit Farbe verklebt, sondern mit Blut. Das klebrige rote Zeug ist überall. Fast so, als wäre es mit einem Pinsel verteilt worden. Wer macht so was? Außerdem wird im Großmarkt kein Fleisch verkauft, soweit er weiß. Nur Fisch und Gemüse. Und seine Blumen.

Er muss zurück, der Markt öffnet bald. Trotzdem geht er einen Schritt auf den Schrank zu. Immer noch hält er sich die Nase zu. Neben dem Kadaver liegt ein Gegenstand in der Blutlache. Vedran hat ihn zuerst nicht gesehen, aber offenbar hat jemand aus unerfindlichen Gründen seine Armbanduhr in der Kiste liegen lassen. Er schaut sich das große Fleischstück genauer an. Irgendetwas stimmt damit nicht. So glatte Haut haben Schweine nicht. Ihm wird übel, aber er braucht Gewissheit. Handschuhe wären jetzt gut. Angewidert ruckelt er an der oberen Klappe, bis sie sich mit dem gleichen ekelhaften Schmatzen öffnet.

Er muss es wissen.

Im oberen Kasten ist genauso viel Blut, vielleicht noch mehr, aber Vedran nimmt kaum Notiz davon. Das Einzige, was er sieht, starrt ihm entgegen. Ein kastanienbraunes und höchst menschliches Paar Augen.

»Hilf mir, Jodranka«, flüstert er, während er zurücktaumelt.

Ihm ist so übel, dass er nicht mehr klar denken kann.

Das Haar des Jungen ist strähnig von dem Blut verklebt, das ihm auch übers Gesicht und den nackten Oberkörper gelaufen ist. Auf Höhe der Brustwarzen ist der Oberkörper durchtrennt worden. So passt er genau in die Kiste. Vedran begreift, dass in der mittleren Kiste der restliche Oberkörper und die Arme sind. Ganz unten gibt es noch einen Kasten.

Entsetzen packt ihn.

Ohne den Blick von den vorwurfsvollen Augen abwenden zu können, die ihn unverwandt anstarren, rennt Vedran immer schneller rückwärts. Die Augen fragen: warum? Dann fällt der Bann von ihm ab. Vedran dreht sich um und rennt so schnell, wie er noch nie gerannt ist, auf den Gartengroßhandel zu. Kurz vor dem Eingang fängt er an zu schreien.

Die Klingel schrillte viermal. Nur eine Person klingelte so aggressiv. Vincent öffnete die Tür, und tatsächlich stand Ulrika davor. Seine Ex-Frau. Marias Schwester. Als ob das Leben nicht schon kompliziert genug gewesen wäre. Aber sie mussten reden.

»Komm rein.« Er hielt ihr die Tür auf.

»Was willst du besprechen?«, fragte Ulrika, noch bevor sie die Sonnenbrille abgenommen hatte.

Wie immer kam sie sofort zur Sache. Sparte sich die Formalitäten. Für Ulrika zählten Ergebnisse. Als wollte sie diese Einstellung noch unterstreichen, trug sie wie immer ihre Trainingssachen. In ihrer Kanzlei hingen teure Kostüme im Schrank, aber jetzt trug sie ein rosa Tanktop und Shorts, zusammen mit einer Art Gürteltasche voller kleiner Wasserflaschen. Er brauchte keinen Blick auf die Schuhe zu werfen, um zu wissen, dass es sich wahrscheinlich um Sneaker von Philipp Plein handelte. Alles sah neu und teuer aus. Sie hatte sich kein bisschen verändert.

»Kaffee?«, fragte er.

Ulrika löste das Gummiband von ihrem Pferdeschwanz und ließ sich die blonde Mähne über die Schultern fallen.

»Du weißt, dass ich keinen Kaffee trinke.«

»Ich wollte nur mal schauen, ob sich *irgendetwas* geändert hat.«

Ulrika ignorierte die Bemerkung und ging in die Küche. Er sah, dass sechs Wasserflaschen in den Gürtel passten. Eine fehlte. Mit Sicherheit hatte sie die seinetwegen rausgenommen. Mit ungeraden Zahlen konnte man ihn aus dem Gleichgewicht bringen. Es würde ihm schwerfallen, an etwas anderes zu denken als an die fehlende Flasche. Natürlich war das ein paranoider Gedanke, das war ihm vollkommen bewusst. Andererseits hatte er noch nie jemanden kennengelernt, der andere so schamlos und geschickt manipulierte wie Ulrika. Und sie wusste genau, welche Knöpfe sie bei ihm drücken musste.

»Wo ist meine Schwester?« Sie ging zur Spüle und ließ sich ein Glas mit Leitungswasser volllaufen.

Vincent wartete, bis sie es ausgetrunken hatte.

»Maria ist nicht zu Hause«, sagte er dann. »Ich dachte, es wäre besser, wenn wir uns unter vier Augen unterhalten.«

Sie stellte das Glas ab und sah ihn prüfend an.

Wenn sie sich so gegenüberstanden, vergaß man leicht, wie vergiftet ihr Verhältnis einst gewesen war. Doch im Abstand von einem ganzen Jahrzehnt nahm sich das Ganze nicht mehr so dramatisch aus.

Man hätte leicht auf den Gedanken kommen können, es wäre alles ihre Schuld gewesen, weil sie so unerfüllbar hohe Ansprüche an die schulischen Leistungen der Kinder, den eigenen wirtschaftlichen Erfolg und das blitzblanke und permanent präsentable Haus gestellt hatte und nie zufrieden gewesen war. Doch in Wahrheit hatten sie einander einfach nicht gutgetan. Er war nicht der Mann, den sie brauchte. Und umgekehrt.

Als er sich für Maria entschied, war alles abrupt zu Ende gewesen. Und er war der Böse. Dabei hatten er und Ulrika eigentlich schon jahrelang in einer vergifteten Beziehung gelebt. Das wussten sie beide.

»Es geht um deine Tochter«, sagte er. »Unsere Tochter. Ich glaube, sie hat ein Problem mit selbstverletzendem Verhalten. Aber mit mir will sie nicht darüber reden. Ich würde gern mit ihr in die KJA gehen.«

Ulrika sah ihn stirnrunzelnd an.

»Die kinder- und jugendpsychiatrische Ambulanz«, erklärte er.

»Kommt nicht infrage«, schnaubte sie und verschränkte die

Arme vor der Brust. »Willst du unsere Tochter etwa brandmarken?«

Er hätte wissen müssen, dass sie es so auffassen würde. Bei ihr ging es immer darum, was für einen Eindruck man auf andere machte. Was im Innern eines Menschen vor sich ging, hatte seine Ex-Frau nie interessiert. Das einzig Wichtige war die Außenwirkung. Und sie war unheimlich gut darin, sich von ihrer besten Seite zu zeigen. Er fragte sich schon lange, ob sie nicht leicht psychopathische Züge hatte. In ihrem Beruf als Rechtsanwältin war das vielleicht sogar eine nützliche Eigenschaft, und es hatte ihr mit Sicherheit geholfen, Karriere zu machen. Aber für ihre Aufgaben als Mutter war es weniger gut.

»Es geht nicht darum, sie abzustempeln«, sagte er. »Sie braucht Hilfe. Du und ich reichen da nicht mehr aus. Es gibt auf diesem Gebiet Profis.«

»KJA«, wiederholte Ulrika befremdet. »Ist dir klar, wie das aussehen würde? Es würden doch alle mitkriegen!«

»Ja, es wäre natürlich furchtbar, wenn ans Licht käme, dass deine Tochter nicht perfekt ist.« Er lehnte sich an den Küchentisch. »Man wird dich vermutlich des Landes verweisen.«

Ulrikas Rastlosigkeit machte es ihm unmöglich, sich zu entspannen und hinzusetzen. Sie wischte seine Bemerkung achtlos mit einer Handbewegung weg. Frisch lackierte Nägel, stellte er fest. French Manicure. Rot oder andere Schockfarben trug sie nie. Und sie lackierte sich die Nägel auch nie schwarz, wie Rebecka es am liebsten tat.

»Lassen wir das«, sagte sie. »Du hast mich doch wohl nicht nur herbestellt, um mit mir über Rebecka zu reden.«

Sie hob beide Hände und band ihr Haar wieder zu einem Pferdeschwanz zusammen.

»Ach, komm«, sagte sie, als er sie verständnislos ansah. »Ich hätte doch jederzeit herkommen können, aber du wolltest mich unbedingt sehen, wenn die Kinder nicht zu Hause sind. Und wenn Maria nicht zu Hause ist. Isst sie zum Frühstück eigentlich immer noch Scones mit Marmelade? Und ab und zu ein Brot mit Avocado, um sich vorzugaukeln, sie würde sich gesund ernähren?«

Während sie mit beiden Händen an ihrem Haar herumzupfte, zeichneten sich unter dem Top deutlich ihre Brüste ab. Vincent begriff, dass das Absicht war, und verfluchte sich selbst, weil er trotzdem hinsah.

»Meine Schwester«, fügte sie hinzu, als sie seine Verwirrung bemerkte. »Deine Frau.«

Ulrika verzog einen Mundwinkel zu einem mikroskopisch kleinen Lächeln, was ihr einen unerträglich selbstzufriedenen Gesichtsausdruck verlieh.

»Maria legt ja nicht gerade viel Wert auf ihr Aussehen.« Sie kam einen Schritt auf ihn zu. »Ich verstehe nicht, was du dir dabei gedacht hast.«

»Wir haben uns ineinander verliebt.« Er versuchte zurückzuweichen. »Und wir zwei waren schon lange nicht mehr verliebt.«

»Kann sein. Aber wir hatten andere Dinge, die das bei Weitem aufgewogen haben, Vincent.«

Sie war ihm viel zu nah.

»Mein Gott, das ist zehn Jahre her, Ulrika. Wie oft wollen wir das denn noch wiederkäuen?«

Ulrika überhörte seine Frage, die ohnehin rhetorisch war.

»Kommst du eine Runde mit zu mir?«, fragte sie.

Ihr Atem roch leicht süßlich, als hätte sie einen Energydrink getrunken.

»Wir könnten den Nachmittag doch bei mir beenden. Falls du noch kannst, meine ich.«

Er bewegte sich über ein Minenfeld. Was er auch gesagt hätte, wäre falsch gewesen. Daher schwieg er. Plötzlich legte ihm Ulrika die Hand auf die Hose.

»Oder bist du vielleicht schon zu alt?«, fuhr sie fort. »Vielleicht möchtest du lieber hierbleiben und mit deiner Frau Marmeladenbrote essen.«

Sie massierte sein Geschlecht durch den Hosenstoff, und er

spürte, wie er gegen seinen Willen eine Erektion bekam. Er hätte einen Schritt zur Seite treten müssen. Aber seine Füße waren wie festgenagelt. Sie nahm seine Hand und legte sie sich auf die Innenseite ihres Oberschenkels, direkt unterhalb der Kante ihrer kurzen Sporthose. Als seine Finger ihre warme Haut berührten, begriff er schlagartig, was hier gerade passierte, wich taumelnd einen Schritt zurück und stieß gegen den Tisch.

»Hab ich's mir doch gedacht.« Schnaubend verließ Ulrika die Küche. »Zu alt.«

MINA SASS AUF DER BETTKANTE. Das Laken war frisch, sie hatte es gerade aus der Plastikverpackung genommen. Es hatte fünf Minuten gedauert, es faltenfrei auf dem Bett auszubreiten. Sie drehte die kleine Schachtel auf ihrem Schoß um. *Satisfyer Pro 2* stand auf der Vorderseite. Daneben war eine selbstbewusste junge Frau, die eine Fahne mit der Aufschrift *The Next Sexual Revolution* schwenkte. Darunter stand etwas von *Air Pulse Technology*.

Eine leise Stimme in ihrem Inneren flüsterte ihr die ganze Zeit ein, die Idee sei ein Beweis ihres menschlichen Scheiterns. Dass es nicht gesund sei, eine andere Person durch einen batteriebetriebenen Gegenstand zu ersetzen. Eine andere Stimme sagte, das wiederum sei ein Vorurteil. Die Zeiten hätten sich geändert. Die Frau konnte über ihre eigene Sexualität bestimmen, das wusste Mina, und das war auch kein Grund, sich zu schämen. Sie brauchte keinen Mann. Die junge Frau auf der Verpackung zeigte das ganz deutlich. Das war wirklich revolutionär.

Sie riss die Verpackung auf. Ein goldfarbener Gegenstand steckte darin, der an eine besonders griffige Türklinke aus Kunststoff erinnerte. Und ein USB-Ladekabel. Dass dieser Kunststoff mit ihr in Berührung kam, bevor sie ihn einer gründlichen Reinigung unterzogen hatte, war ausgeschlossen. Sie griff nach der Flasche Desinfektionsgel, die sie immer auf dem Nachttisch stehen hatte, und bemühte sich dabei, das Laken möglichst wenig zu zerknittern. Nachdem sie den weichen Teil des *Satisfyer Pro 2* desinfiziert hatte, strich sie mit dem Daumen darüber. Vielleicht war das Ding ein wenig zu trocken, aber sie war zum Glück nicht unvorbereitet. Das Massageöl hatte sie gleich mitbestellt. Sorgfältig ölte sie das Gummi ein. Ein Tropfen musste reichen. Wenn es zu schmierig wurde, konnte sie es gleich vergessen.

Es war nicht so, dass sie es nicht schaffte, das Interesse von Männern zu wecken. Das Problem war, sie wollte keinen auf sich haben. Allein die Vorstellung, sich mit einem verschwitzten und stinkenden Männerkörper herumzuquälen – vom Organ selbst ganz zu schweigen … Sie schüttelte sich und schob den Gedanken beiseite, bevor er zu konkret wurde.

War es okay, keinen Geschlechtsverkehr zu wollen? Jedenfalls nicht so, wie sie ihn bisher erlebt hatte? Erneut sah sie die Frau auf der Verpackung an und suchte in ihrem Blick nach einer Antwort. Doch die Frau war vollauf damit beschäftigt, ihre Fahne zu schwenken. Und Mina begriff, dass die Frau recht hatte. Ein steriler und hübsch anzusehender Türgriff war allemal vorzuziehen.

Das Einzige, was sie vermisste, war, jemandem in die Augen zu sehen. Die Leute verstanden sie falsch. Sie dachten, Mina wollte keine Nähe. Nur, weil sie es nicht mochte, von ihren bakterienverseuchten Händen angefasst zu werden. Aber Augenkontakt war viel intimer als jede körperliche Berührung. In der Fantasie konnte sie in die Augen sehen, wem sie wollte.

Sie schaltete den Ton ihres Handys ab und legte es auf den Nachttisch. Dann zog sie Hose und Slip aus, legte sich aufs Bett und suchte die Starttaste des goldenen Türgriffs.

Air Pulse Technology. Ja, ja. Eine halbe Stunde gab sie dem Ding, sonst kam sie zu spät zur Arbeit.

Immerhin war es das erste Date.

»Ich wusste nicht, ob du noch da wärst.«

»Solange die Ermittlungen andauern, darf ich weiterarbeiten«, sagte Milda. »Gott sei Dank. Ich fühle mich schon schlecht genug, weil ich diesen Fehler gemacht habe, und wenn ich jetzt noch zu Hause sitzen und grübeln müsste …«

Sie schüttelte den Kopf.

Mina nickte nur. Es stand ihr weder zu, die Rechtsmedizinerin zu verurteilen, noch, sie von ihrer Schuld freizusprechen. Dafür gab es polizeiliche Ermittlungen und Gerichte. Menschen machten Fehler. Menschen waren nicht perfekt. Das war im Übrigen einer der Hauptgründe, warum Mina es vorzog, allein zu leben. Das und die Tatsache, dass fast alle anderen ihre körperliche Hygiene vernachlässigten.

Da Julia mehrfach versucht hatte, sie zu erreichen, überlegte sie, ob sie sie sofort anrufen sollte, beschloss aber, zunächst mit Milda zu sprechen. Das Handy steckte sie in die Tasche.

»Ich habe die Suche nach ihm in den Medien verfolgt«, sagte Milda.

Sie schloss Roberts Augen und zog die Handschuhe aus.

»Genau wie der Rest des Landes.« Mina kam näher.

Es war merkwürdig, sein Gesicht zu sehen, nachdem es einen Monat lang auf allen Titelseiten abgebildet gewesen war.

»In Schweden verschwinden jedes Jahr Tausende von Menschen. Robert war einer davon. Aber er hatte etwas an sich, das alle ganz besonders interessiert hat. Von den Medien gar nicht zu reden.«

»Wehrlosigkeit.« Mina beugte sich über Roberts Gesicht.

Mit geschlossenen Augen sah er aus, als ob er schlafen würde. Sein Gesicht verriet nichts von der Brutalität, der sein restlicher Körper ausgesetzt gewesen war.

»Wenn wir jemanden als ohnmächtig wahrnehmen, berührt uns das immer besonders stark«, fuhr sie fort. »Robert war zweiundzwanzig Jahre alt, aber geistig war er ein Kind.«

»Die Verzweiflung seiner Eltern hat mir das Herz zerrissen.« Milda sortierte die Instrumente, die sie verwendet hatte.

Die Rechtsmedizinerin hatte ein frisches Paar Einweghandschuhe übergestreift. Mina deutete mit fragender Miene auf die Schachtel, und Milda hielt sie ihr auch hin. Als Mina das dünne Latex auf der Haut spürte, bekam sie vor Wohlgefühl eine Gänsehaut. Wenn es nach ihr gegangen wäre, hätte sie immer Handschuhe getragen, aber etwas so Idiotisches wie die gängige Konvention hielt sie davon ab. Wäre sie in Japan geboren, hätte sie ohne Probleme mit Mundschutz und Handschuhen herumlaufen können, aber in Schweden galt das als seltsam. Sie selbst hielt es für das einzig Vernünftige. Aber an ihrem Arbeitsplatz wäre es niemals akzeptiert worden. Sie hörte Rubens und Christers Kommentare jetzt schon.

»Sind die Eltern schon benachrichtigt?«, fragte Milda, als sie Mina die Schachtel abnahm und sie wieder auf die Arbeitsplatte stellte. Hier war alles fein säuberlich geordnet. In ihrem sterilen Königreich sorgte Milda für eiserne Disziplin.

»Ja.«

Minas Antwort fiel so kurz aus, weil ihr dieser Teil ihres Berufs die größten Schwierigkeiten bereitete. Zu jedem Opfer gehörten trauernde Angehörige. Und es war Teil von Minas Arbeit, ihnen die Nachricht zu übermitteln.

»Ist das …« Mina zeigte auf einen von zwei Gegenständen, die neben der Leiche auf dem Tisch lagen.

»Ja. Er hatte sie in der Hosentasche. Seine Kleidung war im untersten Kasten.«

Der Gegenstand, auf den Mina gezeigt hatte, war eine Schleuder. Eine dicke Holzgabel mit einem Gummiband dazwischen. Die Boulevardzeitungen hatten ausführlich berichtet, dass Robert oft mit einer Schleuder gesehen worden sei, sie gerne Fremden gezeigt und ein wenig damit angegeben habe, wie gut er damit schießen konnte. Anscheinend war er in der Lage gewesen, eine Postkarte aus zehn Metern Entfernung zu treffen.

Mina riss sich vom Anblick der Zwille los. Dass sie ein so persönlicher Gegenstand gewesen war, ging ihr unter die

Haut, und so nah wollte sie nichts und niemanden an sich heranlassen. Sie war gut darin, sich nicht nur Menschen, sondern auch deren Schicksale vom Leib zu halten. Aber irgendetwas an Robert Berger durchdrang ihren Panzer. Auch jetzt, wo sein Körper in seine Einzelteile zerlegt war, wirkte sein Gesicht friedlich, ja, freundlich. Es war sogar die Andeutung eines Lächelns darauf zu erkennen.

Auf allen Fotos in den Zeitungen hatte er gestrahlt wie ein Honigkuchenpferd, und seine Augen hatten vor Lebensfreude geleuchtet. Laut einem Artikel im *Aftonbladet* hatten seine Eltern ihn Bobban genannt. Sie hasste es, zu wissen, welchen Spitznamen ein Opfer gehabt hatte. Es war ihr zu intim.

Sie zwang sich, sich nur auf das zu konzentrieren, was Milda sagte. Auf die polizeiliche Routine. Am besten war es, den Fokus immer auf die Arbeit zu richten. Vorschriften. Abläufe. Vorgehensweisen. Aseptisch. Clean.

»Er ist, wie du siehst, in drei Teile zerstückelt worden«, sagte Milda. »Aber wenn man die Arme und Beine dazuzählt, sind es natürlich noch mehr Teile. Die Schnittflächen sind glatt und sauber, die verwendete Klinge muss äußerst scharf gewesen sein.«

»Hat er noch gelebt, als er zerteilt wurde?«

»Ja.« Milda zeigte auf die Stellen, an denen der Körper durchtrennt worden war. »Er hat ziemlich stark geblutet. Sein Herz schlug noch, als ihm die Schnitte zugefügt wurden. Und dann haben wir natürlich noch das hier. Den Grund, weshalb ich dich angerufen habe.«

Sie strich Robert das Haar aus der Stirn. Darauf war eindeutig eine römische Zwei zu erkennen, in die Haut eingeritzt, die sich an den Wundrändern aufgebogen hatte.

»Die Uhr lag lose in einer der Kisten.« Milda zeigte auf den zweiten Gegenstand neben der Leiche. »Wie du siehst, ist sie auf vierzehn Uhr stehen geblieben. Die Batterie ist rausgenommen, aber das Uhrglas trotzdem zerbrochen worden.«

Mina schnappte nach Luft.

Die Uhr. Die Ziffer auf seiner Stirn. Vincent hatte die ganze Zeit recht gehabt. Es war ein Countdown. Ruben würde der Schlag treffen.

»Und was meinst du, primärer oder sekundärer Tatort?«

»Die Frage können dir die Techniker, die den Fundort untersucht haben, besser beantworten, aber wenn du dich erst mal mit einer reinen Vermutung zufriedengibst, würde ich auf einen sekundären tippen.«

»Warum?«, bohrte Mina nach.

»Es sieht nicht so aus, als hätte die Kiste in dem Blut gestanden, das Robert verloren haben muss. Dafür ist sie von unten zu sauber. Sie ist also wahrscheinlich erst später an den Ort verfrachtet worden, wo man sie gefunden hat.«

Mina holte tief Luft.

»Toxikologie?«, fragte sie, und hoffte, dass Milda sie dafür nicht hassen würde.

»Das sehen wir uns im Zusammenhang mit der Obduktion an. Da er nur noch so wenig Blut im Körper hat, wird wahrscheinlich die Galle betroffen sein. Aber glaub mir, den Fehler mache ich nie wieder. Und ich habe das Labor schon angewiesen, die Proben vorzuziehen. Sowohl die von Robert als auch die von Agnes.«

»Darf man das denn?«

»Nein. Aber die sind mir noch was schuldig. Und außerdem ist es ja das Mindeste, was ich als Wiedergutmachung tun kann.«

»Von was für einer Wartezeit müssen wir also ausgehen?«

Mina konnte den Blick nicht von Roberts friedlichem Gesicht losreißen.

»Es wird höchstens ein paar Tage dauern, vielleicht geht es sogar noch schneller. Aber ich kann nichts versprechen. Und ich muss auch erst noch die Obduktion von Robert durchführen. Ich habe ihn gerade erst reinbekommen. Willst du zugucken?«

Milda zog frische Handschuhe an und begann, ihre Gerätschaften vorzubereiten. Auch eine Waage stand schon bereit, und Mina wusste, dass damit die Organe gewogen wurden. Vom Herzen bis zum Gehirn und sogar der Mageninhalt, alles wurde auf die Waage gelegt. Sie hatte schon einige Obduktionen miterlebt.

»Nein danke«, sagte sie. »Auf das Vergnügen verzichte ich heute mal. Aber dafür würde ich mir sehr gerne die Kiste anschauen.«

»Na klar, die steht draußen auf dem Flur und wartet darauf, ins NFZ verschickt zu werden.«

Sie musste umgehend Julia erreichen. Und Vincent.

Milda nickte, ohne sie anzusehen, und wählte eins der fein säuberlich aufgereihten Instrumente aus. Mina ließ sie in Ruhe weiterarbeiten und ging zur Tür. Als sie sich noch einmal umdrehte, sah sie, wie Milda Robert sanft über die Wange strich. Es war eine zärtliche Berührung, aber auch eine traurige.

Sie arbeitete lieber allein und war erleichtert, als Mina ging. Im Hintergrund lief fröhliche Tanzmusik, gerade leise genug, um die Notizen, die sie aufs Diktiergerät sprach, nicht zu übertönen. Milda wusste, dass Rechtsmediziner, die während der Obduktionen eine bestimmte Art von Musik hörten, ein popkulturelles Klischee waren. Meistens hörten sie Opern. Doch alle Klischees hatten einen wahren Kern. Bei der Arbeit Musik zu hören, beruhigte Milda und half ihr, sich zu konzentrieren. In gewisser Weise kam es ihr den Menschen auf dem Tisch gegenüber auch respektvoller vor. Außerdem hatte sie eine Vorliebe für fröhliche Melodien, Schlager oder Tanzmusik, weil sie der belastenden Anwesenheit des Todes etwas entgegensetzten. Und diejenigen, die später ihre Aufnahmen anhören und abtippen mussten, hatten sich längst daran gewöhnt, dass sie oft aus vollem Halse mitsang.

Im Moment lief »Eloise« von Arvingarna. Beiträge zum Eurovision Songcontest hatten einen besonderen Platz in ihrem Herzen, und sie hatte keinen einzigen Grand Prix verpasst, seit sie alt genug war, so spät am Abend noch fernzusehen.

»Muss mich erst mal finden und alleine sein …«, sang sie mit Hingabe und betastete die Wundränder der Schnitte.

Sauber. Gerade. Es musste ein scharfer Gegenstand verwendet worden sein. Mit einem stumpfen Messer brachte man solche Schnitte nicht zustande. Trotzdem ließ sich an den Kanten einiges erkennen. Sie kratzte ein wenig Knochensubstanz ab und trug es hinüber zu der Arbeitsfläche aus rostfreiem Stahl. Dort tauchte sie das Knochenmaterial in eine vorbereitete Lösung aus Wasser, Spülmittel und Alconox. Falls DNA-Spuren erhalten geblieben waren, war diese Lösung am besten geeignet, sie nicht zu beschädigen. Das Thermometer zeigte an, dass die Flüssigkeit eine Temperatur von 55 Grad hatte. Perfekt. Sie musste zuerst die Weichteile entfernen.

»Hielt mich für klug, als ich mich von dir trennte.«

Sie ging zurück zu Robert. Immer wieder schob sie die Gedanken beiseite, die natürlich nahelagen, wenn sie einen so jungen Mann auf dem Tisch hatte. In wenigen Jahren könnte Conrad hier liegen. Wenn sie nichts änderte. Wenn es ihr nicht gelang, etwas zu verändern. Sanft strich sie Robert über die Wange. Sie musste sich auf ihn konzentrieren. Das war ihre Pflicht und Schuldigkeit.

»Und jetzt sehn ich mich nach dir und steh vor deiner Tür.«

Milda schämte sich immer noch, dass ihr bei der Toxikologie von Agnes dieser Fehler passiert war. Sie durfte keine Fehler machen. Das war nicht nur ein Verrat an den Angehörigen, sondern auch an den Opfern. Sie war ihnen etwas schuldig. Musste untadelige Arbeit leisten, Dinge richtig einschätzen, alle erforderlichen Schritte durchführen und durfte vor allem nichts übersehen. Als Mutter war sie darin vielleicht nicht besonders gut, aber bei der Arbeit hatte sie keinen Grund, Fehler zu machen. Sie verdrängte das Bild, dass Conrad vor ihr auf dem Tisch lag, und arbeitete weiter.

»Und wenn ich jetzt klingle, machst du mir dann auf?«

Die beschwingten Textzeilen hallten von den kahlen Wänden wider. Sie hatte keine tolle Stimme, aber ihrem Publikum war das egal. Und die Akustik war gar nicht so schlecht.

»Dann komm jetzt raus zu mir.«

Milda gestattete sich, einen Moment innezuhalten. Sie musste die Untersuchungen zwar in einer bestimmten Reihenfolge durchführen, aber eine Leiche, die aus mehreren Teilen bestand, erschwerte den Ablauf. Die meisten Leichen, die sie auf den Tisch bekam, waren in einigermaßen gutem Zustand. Zerstückelung kam nicht oft vor.

»Eloise! Wir sind doch nicht nur Freunde!«

Während sie nach der Schere griff, sang sie laut den Refrain mit. Meistens hatte sie einen Assistenten dabei, aber diese Obduktion hatte sie allein machen wollen. Abgesehen von ihren mündlichen Bemerkungen wurde die gesamte Obduktion jedoch auch auf Video aufgenommen.

»Zeig mir, was du fühlst. Und dann lassen wir uns treiben.«

Ihr leidenschaftlicher Gesang vermischte sich mit der Stimme von Casper Janebrink und dem knirschenden Geräusch, als die scharfe Schere die Knorpel an Roberts Brustkorb durchtrennte.

Vorsichtig entfernte sie das Brustbein und legte den mittleren Teil seines Körpers frei, indem sie die Rippen auseinanderbog. Einige ihrer Kollegen zogen es vor, die Rippen zu zersägen, aber sie hatte keine Lust, sich an der scharfen Kante einer durchtrennten Rippe zu schneiden. Roberts Leiche enthielt schon genug zerstückelte Knochen.

»Eloise!«

In seinem Körper befand sich kaum noch Blut, und das wenige noch vorhandene war geronnen. Die geringe Menge deutete darauf hin, dass sie recht gehabt hatte. Robert war vermutlich bei lebendigem Leib in Stücke geschnitten worden. Die Welt war offenbar voller Monster.

Der Körper hatte wegen des fehlenden Blutes eine hellgraue

Farbe angenommen und hatte daher auch keine markanten Leichenflecken, was es schwieriger machte, den Zeitpunkt des Todes zu bestimmen. Augenflüssigkeit zu entnehmen, hätte keinen Sinn gehabt. Der Kaliumgehalt stieg zwar nach dem Eintritt des Todes einige Stunden lang an und konnte somit einen Hinweis geben, aber Robert war schon seit Tagen tot.

»Auch der Wind kann sich drehen. Für mich bist du die Einzige.«

Sie griff in Roberts offene Brust. Sie beurteilte den Zustand seiner Eingeweide mit bloßem Auge und machte einige Fotos davon. Besser zu viel dokumentieren als zu wenig. Bis auf das leicht vergrößerte Herz, das bei Menschen mit Downsyndrom leider häufig vorkam, sah alles normal aus.

»Diese Liebe, Liebe, Liebe endet nie.«

Sie stampfte den Takt mit dem Fuß. Das machte es ihr komischerweise leichter, die Hand ruhig zu halten, während sie behutsam die Organe freilegte. Jedes Organ musste entnommen, gemessen und gewogen werden. Erst, wenn sie mit der gesamten Obduktion fertig war, würde sie die Organe wieder zurücklegen und den Körper so gut, wie sie konnte, zusammennähen, damit er einem Bestattungsinstitut übergeben werden konnte.

»Es ist nicht leicht, Fehler einzugestehen.«

Herz, Niere, Leber und Lungen wurden gewogen. Mit etwas Glück konnte sie aus Roberts letzter Mahlzeit Rückschlüsse auf den Ort ziehen, an dem er die letzten Stunden seines Lebens verbracht hatte.

»Ich sehn mich so nach dir und steh vor deiner Tür.«

Aus irgendeinem Grund ging das Lied noch einmal von vorne los, aber das störte sie nicht. Sie liebte »Eloise«. Und sie war so verknallt in Casper Janebrink gewesen, als der Song herauskam. Ihr wurde immer noch ein bisschen warm, wenn sie den Sänger im Fernsehen sah. Außerdem schien der Mann überhaupt nicht zu altern. Vielleicht hatte er ein Porträt von Dorian Gray im Keller. Wenn sie gewusst hätte, wo man eins bekam, hätte sie es sich auch gerne gekauft. Vielleicht bei Amazon oder eBay?

Den Inhalt des Magens schüttete sie in eine Metallschale. Der Geruch war scharf und unangenehm, aber das machte ihr schon lange nichts mehr aus. Sie gehörte nicht zu den Rechtsmedizinern, die sich Menthol unter die Nase schmierten, um sich vor den Gerüchen zu schützen, die von Toten ausgingen. Auf diese Weise konnten einem wichtige Dinge entgehen. Eine Arsenvergiftung zum Beispiel erkannte man an einem leichten Mandelgeruch beim Öffnen des Magens.

»Wenn ich jetzt klingle, machst du mir dann auf? Oder willst du, dass ich wieder geh?«

Vorsichtig stocherte sie im Mageninhalt herum. Es würde alles zur chemischen Analyse nach Linkping geschickt werden. Sie wusste, dass sie dort nicht besonders scharf auf Mageninhalte waren, aber darauf konnte sie keine Rücksicht nehmen. Allerdings verschaffte sie sich immer zuerst einen eigenen Eindruck, bevor sie die Kriminaltechniker an das Material heranließ. Milda zog die Augenbrauen zusammen.

»Komm doch bitte raus zu mir.«

Leise sang sie den Text mit, während sie mit einer Pinzette einen dunklen Klumpen aus der Masse fischte.

»Wir sind doch nicht nur Freunde. Also zeig mir, was du fühlst …«

Dann verstummte sie.

Roberts Magen war voller Haare.

In diesem Fall hasste er es, dass er recht hatte. Er wollte nicht recht haben. Wenn er sich geirrt hätte, wäre Robert noch am Leben gewesen. Es kam ihm fast so vor, als hätte er Roberts Ermordung erzwungen, indem er auf dem Countdown beharrte. Die Schlussfolgerung war falsch, das wusste er. Dahinter steckte nur der Spotlighteffekt, der sich hier von seiner hässlichsten Seite zeigte. Er war nicht die Ursache für die Taten anderer Menschen, aber er konnte nicht verhindern, dass sein Gehirn so denken wollte und es auch unbeirrbar tat. Gegen ein Programm, das seit Tausenden von Jahren lief, war er machtlos. Es war da, weil es den Menschen manchmal half zu überleben. Aber heute schämte sich Vincent dafür.

Er ging mit Mina die Treppe hinauf.

»Was ist es diesmal für ein Kasten?«, fragte er, als sie im richtigen Stockwerk stehen blieb und die Tür öffnen wollte.

»Das sehen Sie sich lieber selbst an.«

Die Nachricht, dass Robert Berger aufgefunden worden war, hatte ihn ungeheuer deprimiert. Auf der beruflichen Ebene war er fasziniert von der Chromosomenveränderung, die als Trisomie 21 bezeichnet wurde. Dass ein einziges Chromosom ausreichte, um einen völlig anderen Persönlichkeitstyp zu erschaffen. Er hatte nicht übermäßig viel Erfahrung mit Menschen mit Downsyndrom, aber diejenigen, die er persönlich kennengelernt hatte, besaßen alle ganz bestimmte Charakterzüge. Da die kognitiven Fähigkeiten eingeschränkt waren, hatte die Amygdala einen größeren Einfluss und machte diese Menschen emotionaler als andere. Aber auch ehrlicher. Alle Gefühle waren groß. Und alle Gefühle waren wichtig. Das hatte etwas Schönes und Unverdorbenes an sich. Er wusste, dass das eine unzulässige Romantisierung war, aber er empfand es so.

Vincents eigene Einschränkungen gingen eher in die andere Richtung. Ihm fiel es schwer, seine Gefühle überhaupt auszudrücken. Aber eins wusste er: Mit einem so offenen und herzlichen Menschen wie Robert ging man fürsorglich um, und man ließ sich von ihm inspirieren, aber man brachte ihn nicht um. Wer dazu imstande war, musste verloren sein.

»Hier.« Mina blieb vor einer Art Schrank stehen, der so groß wie er war.

Er sah sofort, worum es sich handelte.

»Ach du Scheiße.« Er wandte sich ab.

Die Klappen waren zum Glück geschlossen, aber er konnte sich ohne Probleme vorstellen, was darin gewesen war. Drei Fächer. Drei Klingen. Ein Schrank. Drei, zwei, eins. Robert war selbst ein Countdown gewesen.

»Die Klingen, die darin steckten, liegen hier drüben«, sagte Mina.

»Geben Sie mir einen Moment, um mich von dem Schreck zu erholen«, sagte er. »Das ist auf jeden Fall eine *Zigzag Lady*, so viel steht fest.«

Er holte tief Luft und zog sein Handy aus der Tasche.

»Das muss ich Sains Bergander zeigen. Ich nehme an, ich darf keine Fotos machen?«

Mina zuckte mit den Schultern.

»Fotografieren Sie so viel, wie Sie wollen. Sie gehören ab sofort zum Ermittlungsteam, lässt Julia ausrichten. Mit besten Grüßen.«

»Ach, tatsächlich? Und was sagt Ruben dazu?«

»Ich glaube, ich habe ihn noch nie so bockig erlebt.«

Er öffnete die Kamera-App und machte Fotos. Das Grauenerregende auf einem Bildschirm zu betrachten, war einfacher. Da konnte man sich auf einzelne Details konzentrieren, anstatt das Ganze wahrzunehmen. Er versuchte, alles draufzubekommen, was Sains sehen musste. Es gab nur ein Problem. Er würde auch das Innere des Kastens fotografieren müssen.

VINCENT ÖFFNETE DEN ROSA KUNSTSTOFFORDNER und breitete sicher zum zehnten Mal den Inhalt aus. Er hatte die ganze Nacht überlegt, wie er die Gruppe am besten überzeugen konnte, und was da jetzt vor ihm auf dem Schreibtisch lag, war das Ergebnis.

Beim letzten Mal war es nicht besonders gut gelaufen. Aber da hatte er auch noch nicht begriffen, dass er echte Überzeugungskraft einsetzen musste. Nun wusste er, dass Konzentration nicht die größte Stärke einiger Gruppenmitglieder war, und daher hatte er sich auf farbenfrohe und leicht zu erfassende Bilder beschränkt, die trotzdem Neugier weckten. Was die Rhetorik anging, wollte er zunächst auf den alten Trick von Mark Anton zurückgreifen und das Bild, das sich die anderen von ihm gemacht hatten, zunächst bestätigen, um es später dann als den Hebel zu nutzen, mit dem sie sich umstimmen ließen. Er musste auch daran denken, dass seine Ausgangslage diesmal anders war. Er hatte recht behalten. Und sie wussten das.

Er steckte die Bilder wieder in den Hefter. Er hatte sie mit ein paar Familienfotos ergänzen müssen, damit es genau zehn waren. Hauptsache, er holte nicht die falschen raus. Es dämpfte womöglich die Stimmung, wenn er Bilder von seinem Urlaub in Las Vegas zeigte, wo ihm die ganze Zeit kotzübel gewesen war und Aston es sich trotzdem nicht hatte nehmen lassen, ihn zu fotografieren.

Las Vegas. Das L war der zwölfte Buchstabe des Alphabets, V der zweiundzwanzigste. 1222. 12:22 Uhr galt in manchen Ausrichtungen der christlichen Numerologie als Dreispiegelstunde. Er wurde durch diese Uhrzeit daran erinnert, dass er das Mittagessen vergessen hatte.

Er sah auf die Uhr. Jetzt blieb keine Zeit mehr. Wenn er nicht zu spät kommen wollte, musste er jetzt los.

Zehn Bilder im Hefter ergaben 1 + 0 = 1. Ein Bild war am wichtigsten. Aber das musste er in ihren Köpfen erzeugen.

Julia erwartete ihn an der Rezeption des Präsidiums.

»Hallo Vincent.« Lächelnd ließ sie ihn durch die Schranke.

Er folgte ihr ins zweite Obergeschoss und in einen Besprechungsraum, der genauso aussah wie der vorige. Falls es nicht sogar derselbe war. Die anderen waren schon da. Peder. Christer. Ruben. Und Mina. Anscheinend hatten sie auf ihn gewartet. Ruben wich seinem Blick aus.

»Es tut mir leid, ich bin etwas spät dran«, sagte Vincent. »Ich habe bis zur letzten Minute an meiner Präsentation gefeilt.«

Julia saß neben einem Mann, den er noch nie gesehen hatte. Brillengestell aus Edelstahl, dünnes Haar an den Schläfen, eine bis oben zugeknöpfte Weste in Moosgrün und eine ernste Miene. Falls es einen Archetyp des männlichen Psychologen gab, dann erfüllte dieser Mann alle Kriterien. Das musste der Profiler sein, den Mina erwähnt hatte. Jan.

»Es gibt eine Planänderung, Vincent«, sagte Julia ernst. »Darf ich Du sagen? Wir duzen uns hier alle.«

Vincent nickte und warf Mina einen Blick zu.

»Jetzt sind erst mal Christer und Jan dran«, fuhr Julia fort. »Unser Fall hat nämlich eine neue Wendung genommen. Christer?«

Julia nickte Christer aufmunternd an. Vincent sah, dass er schwer schlucken musste, bevor er zu sprechen anfing.

»Tja, ich habe mir jetzt die Videos angesehen. Aus der Überwachungskamera der Bank gegenüber vom Café.«

Christer verstummte. Julia nickte ihm nachdrücklich zu. Er gab einen seiner typischen Seufzer von sich und sprach weiter.

»Wie gesagt. Ich habe mir alles angeguckt. Und da sind eine Menge Leute rein- und rausspaziert. Männer, Frauen, Jungs, Mädchen, Hunde, Kleinkinder und sogar ein Typ mit einem Iltis. Aber zunächst habe ich nichts Auffälliges entdeckt, obwohl ich wirklich aufmerksam, konzentriert und gründlich …«

»Komm zum Punkt«, sagte Julia ungeduldig.

Wieder seufzte Christer tief und machte ein zutiefst unglückliches Gesicht.

»Und ja, es war tatsächlich jemand dabei, der mir bekannt vorkam. Man konnte die Gesichter der Leute ja nicht genau erkennen, aber da war einer, der humpelte, und den hatte ich irgendwo schon mal gesehen, dachte ich …«

»Und dann bin ich gekommen, und habe die Nuss geknackt.« Zufrieden verschränkte Ruben die Hände im Nacken.

»Jaja, Ruben, ich weiß. Sprich weiter, Christer.«

Julia warf Ruben einen wütenden Blick zu.

»Tja, ich konnte den Mann nicht zuordnen, aber Ruben hat ihn erkannt.«

Ruben beugte sich vor. Nun riss ihm offenbar der Geduldsfaden.

»Es war Jonas Rask.«

»Wie bitte? Jonas Rask. Ist der wieder draußen?«

Peder setzte sich kerzengerade auf.

»Wer ist Jonas Rask?« Vincent sah Mina an.

»Ein Vergewaltiger und Mörder«, antwortete Ruben. »Hat zwanzig Jahre minus einen Monat in der Skogome-Anstalt gesessen. Ist im September letzten Jahres freigekommen, weil er als geheilt galt.«

Ruben deutete mit den Zeigefingern Gänsefüßchen an.

Vincent nickte.

»Ach ja, genau, in Skogome arbeiten sie nach der BUZ-Methode.«

Peder machte ein Gesicht, als ob Vincent Chinesisch gesprochen hätte.

»BUZ?« Vincent blickte in die Runde. »Möchte es jemand erklären? Nein? BUZ steht für Beziehung und Zusammenleben und ist ein freiwilliges Programm für Männer, die Sexualdelikte begangen haben. Die Methode beinhaltet sowohl Gruppentherapie als auch Einzelsitzungen bei Psychotherapeuten. Sie wird nicht nur in Skogome, sondern in vier weiteren Haftanstalten angewendet, und es hat sich tatsächlich herausgestellt, dass die Teilnehmer ein nachweislich geringeres Rückfallrisiko haben. Der Unterschied ist zwar nicht groß, das Risiko sinkt bei ihnen von zehn auf acht Prozent, aber andererseits ist die Datengrundlage auch nicht umfangreich genug, um …«

Der Mann in der Wollweste unterbrach ihn.

»Guten Tag. Verzeihung. Mein Name ist Jan Bergsvik.« Der Mann gab ihm die Hand. »Aber wir befinden uns mitten in meinem Spezialgebiet. Ich bin Psychologe und berate die Polizei schon lange. Meistens erstelle ich Täterbeschreibungen. Die Gruppenleitung hat mich gebeten, zur heutigen Sitzung zu kommen. Offenbar brauchen Sie einen Profiler. Wenn ich es richtig verstanden habe, sind Sie mit Ihren Ermittlungen in diesem Punkt seit einiger Zeit nicht weitergekommen.«

Vincent warf Mina einen fragenden Blick zu, dann schüttelte er die Hand des Mannes, die sich anfühlte wie ein toter Fisch. Es war der typische Händedruck von Leuten, die sich für etwas vornehmer hielten. Die gaben sich nicht einmal die Mühe, einen ordentlich zu begrüßen.

»An dem Fall Jonas Rask habe ich zufällig mitgearbeitet«, fuhr Jan fort. »Es wundert mich, dass du noch nicht davon gehört hast. In den Neunzigern weckte der Fall eine enorme mediale Aufmerksamkeit. Jonas war in einer großen Spedition als Lastwagenfahrer angestellt. Er fuhr durch ganz Schweden und bis nach Norwegen.«

In Vincents Gedächtnis schwebte etwas an die Oberfläche.

»War das der Mann, der junge Anhalterinnen entführt und vergewaltigt hat? Und zwei davon auch umgebracht?«

»Tess Bergström und Nina Richter«, murmelte Christer.

»Er hat sie vergewaltigt, erwürgt und dann erneut vergewaltigt«, sagte Jan. »Die Leichen ließ er in Müllsäcken am Straßenrand liegen. Zerstückelt. Zerteilt hat er sie im Lastwagen. Das Blut ist nie jemandem aufgefallen. Er war ein guter Fahrer.«

»Der Fall ist also ein Kinderspiel«, sagte Ruben aufgeregt. »Jonas fucking Rask hängt in dem Café ab, in dem Tuva arbeitet. Und Agnes hat er dort auch entdeckt. Ist doch klar, dass er es war.«

»Lasst uns keine voreiligen Schlüsse ziehen«, sagte Julia in warnendem Ton.

Vincent meldete sich zaghaft zu Wort.

»Der Modus Operandi von Jonas Rask scheint mir, wie soll ich sagen, ganz und gar nicht zu unserem Täter zu passen.«

Der Mann mit der Wollweste gab ein glucksendes Lachen

von sich und wackelte nachsichtig mit dem Kopf, als ob Vincent ein Kind gewesen wäre, das unfreiwillig etwas Komisches gesagt hatte.

»Entschuldige. Wer warst du noch mal?«

»Wir haben Vincent als Berater ins Team geholt«, sagte Julia. »Auf Probe.«

Offenbar wollte sie Jan Bergsvik nicht vor den Kopf stoßen, indem sie näher auf Vincents Aufgabe einging.

»Dann erkläre ich dem jungen Mann wohl besser mal, wie Menschen und insbesondere Mörder so ticken.« Jan sah Vincent über den Rand seiner Brille hinweg an. »Die Vorgehensweise von Tätern entwickelt sich im Laufe der Zeit, aber ihr grundlegender Antrieb bleibt immer gleich. Jonas Rask ist ein Gewaltverbrecher erster Güte. Ihr habt drei bestialische Morde auf dem Tisch. Frauen im selben Alter wie diejenigen, an denen sich Rask schon früher vergangen hat. Geschändete Leichen. Und außerdem gibt es eine Verbindung zu Jonas Rask. Die Wahrscheinlichkeit, dass er nichts damit zu tun hat, ist minimal.«

»Du bist natürlich der Experte«, sagte Vincent. »Mir geht nur durch den Kopf, dass Robert keine Frau und keins der Opfer vergewaltigt worden ist, was mir Rasks Markenzeichen gewesen zu sein scheint. Außerdem ist nur Robert zerstückelt worden. Was sagst du dazu?«

Jan schwieg einen Augenblick. Mit einer Hand strich er unbewusst über die Knopfleiste seiner Weste. Er war verunsichert und versuchte, sich selbst zu beruhigen. Vincents Frage hatte offenbar eine Stressreaktion ausgelöst, und nun kämpfte er mit einem erhöhten Cortisolspiegel.

»Ganz offensichtlich handelt Rask nicht mehr aus sexuellem Antrieb«, sagte er. »Wer weiß, was die Gefängniszeit mit ihm gemacht hat? Aber das erklärt, warum er jetzt auch junge Männer tötet.«

»Würdest du behaupten, dass Rask früher hauptsächlich aus sexuellem Antrieb gehandelt hat?«, fragte Vincent.

»Auf jeden Fall«, erwiderte Jan zufrieden. »Auch Gewalt hat eine sexuelle Funktion. Das Töten hingegen war zweitrangig. Es diente in erster Linie dazu, die Opfer daran zu hindern, ihn zu verraten, aber genossen hat er es höchstwahrscheinlich auch.«

»Und nun ist seine Sexualität also deiner Ansicht nach erloschen, und sein neuer Antrieb besteht plötzlich darin, möglichst komplizierte Gewalttaten zu begehen? Ich bin sehr gespannt auf deine Beschreibung des psychologischen Profils eines solchen Menschen. Vor allem, nachdem du erst gesagt hast, ihn würden immer noch dieselben Dinge wie früher antreiben. Ich bin zwar kein Spezialist auf diesem Gebiet, aber für mich passt das irgendwie nicht zusammen.«

Vincent sah Jan so unschuldig wie möglich an. Der Psychologe blickte mit flatternden Lidern von einem zum anderen. Mina hatte sich hinter einem Collegeblock verschanzt.

»Wie ich sehe, findet meine Expertise hier keinen Anklang.« Jan schürzte die Lippen. »Dann wünsche ich euch viel Erfolg bei den Ermittlungen. Die Leitung wird noch von mir hören.«

Jan strich sich erneut über die Knopfleiste und stand auf.

»Und vielleicht solltet ihr euren Beratern mal ein bisschen Benehmen beibringen«, sagte er, bevor er aus dem Raum verschwand.

Es wurde mucksmäuschenstill. Im Augenwinkel sah Vincent, dass Mina sich das Lachen kaum verkneifen konnte.

»Schäm dich, Vincent«, sagte sie, als der Psychologe außer Hörweite war. »Vergiss nicht, dass du hier nur geduldet wirst.«

»Also ich bin auf Vincents Seite.« Ruben verschränkte die Arme vor der Brust.

Vincent starrte ihn an. Seit wann hielt Ruben zu ihm? Das war ja ganz was Neues.

»Vincent hat nie behauptet, dass Rask es nicht war«, sagte Ruben. »Er hat nur die Frage gestellt, was Rask jetzt antreibt. Das würde ich auch gerne wissen. Denn dann ist es ja viel leichter, ihn zu schnappen.«

»In einem Punkt habt ihr recht«, sagte Vincent. »Eine einfache Wahrscheinlichkeitsrechnung ergibt, dass Rask durchaus involviert sein könnte. Mir ist nur nicht klar, aus welchem Grund er die Morde begangen haben sollte.«

»Wir sollten Jonas Rask so schnell wie möglich vernehmen.« Julia nickte. »Es wird bereits nach ihm gefahndet. Wollen wir Jonas Rask also für eine Weile Jonas Rask sein lassen und hören, was Vincent zu sagen hat?«

Neugierig betrachtete sie den rosafarbenen Hefter in seiner Hand.

Vincent wandte sich Julia zu. Es war immer am besten, die Person anzusprechen, an deren Einstellung sich der Rest der Gruppe orientierte. Er bemerkte, dass Ruben zunächst in die gleiche Richtung sah wie er, seinen Blick aber dann instinktiv bis zu ihrem Po runterwandern ließ. An sich überraschte ihn das nicht, denn Mina hatte ihm längst erzählt, dass Ruben mit allen Frauen ins Bett wollte. Aber ob das der richtige Moment …? Nein, nun musste er sich wirklich konzentrieren.

»Kann ich …?« Er zeigte auf das Whiteboard.

»It's all yours.« Julia machte eine einladende Geste.

Er klappte den Hefter auf, nahm ein paar Fotos heraus und befestigte sie mithilfe der Magneten, die unten auf der Leiste bereitlagen. Es war kein Zufall, dass er es genauso machte, wie er es bei Mina beobachtet hatte. Mina hatte Bilder gezeigt, und so war es ihr gelungen, dass ihr Vorgehen in den Köpfen ihrer Kollegen mit seriöser Ermittlungsarbeit assoziiert wurde. Vincent verhielt sich nun genauso, weil er hoffte, die Polizisten würden ihn dann unbewusst ebenfalls für seriös halten. Wenn er wollte, dass sie sich auf seinen Vorschlag einließen, musste er so glaubwürdig wie möglich wirken. Das hier war seine letzte Chance, ihnen das Bild vor Augen zu führen, das er im Kopf hatte. Peders verschlafener Blick ruhte allerdings auf dem rosa Hefter.

»Wie Zuckerwatte«, murmelte er.

Peder leckte den Zucker ab, der an seinem Finger klebte, und nahm sich noch eine Zimtschnecke.

Christer schob ihm den Teller rüber.

»Ich glaube, dein Gehirn ist kollabiert«, sagte Christer leise. »Lass mir eine halbe Schnecke übrig.«

»Die gehört meinem Sohn.« Vincent tippte auf den Hefter. »Ich selber hätte eine andere … wie auch immer.«

Er räusperte sich und fing an.

»Ich möchte euch zwei Dinge zeigen. Erst einmal diese Fotos hier. Könnt ihr erkennen, was das ist?«

Auf den Bildern waren lächelnde Männer in glitzernden Paillettenkostümen zu sehen. Einige von ihnen standen vor Kulissen, die ägyptische Tempel oder andere »exotische« Orte darstellten, andere posierten auf Bühnen voller Rauchschwaden und Laserstrahlen. Neben manchen stand eine schwarze Kiste und neben allen mindestens eine leicht bekleidete Frau.

»Ihre Kollegen«, sagte Ruben. »Und weiter?«

Endlich hatte er seinen Blick von Julias Po losgerissen.

»Richtig. Schaut noch mal genauer hin«, sagte Vincent.

Ruben kniff die Augen zusammen, und Peder beugte sich vor.

»Was zum Teufel«, rief Ruben kurz darauf.

»Das ist doch …«, sagte Peder.

»Genau«, sagte Vincent. »Das sind verschiedene Vorführungen von *Bullet Catch, Sword Casket* oder *Zigzag Lady*. Drei der berühmtesten Bühnenillusionen. Und auf diese Weise sind …«

»… Agnes, Tuva und Robert zu Tode gekommen«, vervollständigte Julia seinen Satz.

Sie kam nach vorne und betrachtete die Fotos auf dem Whiteboard aus der Nähe.

»Tuvas Schwertkasten war ganz offensichtlich die Variation eines Zaubertricks«, sagte Vincent. »Das habt ihr von Anfang an gewusst. Der Mord an Agnes war es wahrscheinlich auch. Möglicherweise auch nicht. Aber mit dem Fund von Roberts Leiche ist auch der letzte Zweifel ausgeräumt. Euer Täter kennt sich mit klassischer Bühnenzauberei aus und kann sogar selbst

Illusionen bauen. Das müsste die Anzahl der möglichen Verdächtigen eigentlich um 99,9 Prozent reduzieren.«

»Wir sind also auf der Suche nach einem mordenden Zauberer?« Julia schüttelte den Kopf. »Weiß einer von euch, ob Daniel oder Rask irgendwelche Kartentricks können?«

»Wie gesagt, das war erst die eine Sache, die ich euch zeigen wollte«, sagte Vincent. »Ich glaube nicht, dass sie euch wirklich überrascht hat. Aber jetzt kommt die andere.«

Er zog einen schwarzen Folienschreiber aus der Tasche und schrieb die Namen von Agnes, Tuva und Robert auf das Whiteboard. Unter Agnes' Namen schrieb er eine 14, unter den von Tuva 15 und unter Robert wieder eine 14.

»Das ist jeweils die Zeit, die die Uhren mit den zerbrochenen Gläsern anzeigten«, sagte Ruben. »Vermutlich sind die Morde genau dann geschehen. Mehr brauchen wir nicht zu wissen, um den Mörder zu fassen zu kriegen. Das habe ich doch die ganze Zeit gesagt.«

»Ach, wirklich?«, fragte Peder. »Ich dachte, deiner Meinung nach hätte Daniel eine Dreiecksbeziehung mit Agnes und Tuva gehabt.«

Ruben überhörte die Bemerkung. Nachdenklich sah er sich die Männer in den paillettenbesetzten Anzügen an.

»Mann, sehen die schwul aus«, sagte er.

Peder und Christer stand vor Verblüffung der Mund offen. Julia lachte kurz auf.

»Meine Güte, Ruben, in welchem Jahrhundert lebst du eigentlich?«, fragte sie. »Oder bist du schon hundert? Du solltest dich schämen.«

Vincent verlagerte sein Gewicht von einem Fuß auf den anderen. Die Aufmerksamkeit der anderen war ihm entglitten. Dabei kam jetzt das Wichtigste. Dies war der Grund, warum er sich immer weigerte, Vorträge vor Schülern zu halten. Wobei sich die meistens noch etwas besser konzentrieren konnten als die Polizisten hier.

»Ruben, wir wollten wissen, was du zu den Uhren zu sagen

hast und nicht zu den Pailletten.« Peder gähnte hinter vorgehaltener Hand.

»Ich finde sie schick«, sagte Christer.

Die Zimtschnecken waren alle aufgegessen, aber auf dem Teller lagen noch ein paar Krümelchen Hagelzucker, die Peder mit seiner angeleckten Fingerkuppe aufstippte. Seit Vincent ihn das letzte Mal gesehen hatte, schien er keine Minute geschlafen zu haben.

»Seht euch doch mal die Uhrzeiten an«, sagte Ruben zufrieden. »Eigentlich ist es immer um die gleiche Zeit passiert. Zweimal könnte Zufall sein, aber nicht dreimal. Entweder der Mörder hat immer den gleichen Tagesablauf, oder seine Opfer. Oder, was noch wahrscheinlicher ist, sie haben alle einen festen Tagesablauf. Und nachdem wir nun drei Uhrzeiten haben, müssen wir uns nur noch anschauen, wo sich unsere drei Opfer nachmittags um drei befunden haben, und schon haben wir den Täter.«

Ruben verschränkte zufrieden die Arme hinter dem Kopf, als hätte er den Fall soeben eigenhändig gelöst.

»Ruben hat da tatsächlich die offensichtlichste Schlussfolgerung gezogen, gute Arbeit. Das ging wirklich schnell«, begann Vincent.

Ruben streckte sich und wirkte, falls das überhaupt möglich war, noch zufriedener.

»Und sie ist höchstwahrscheinlich vollkommen falsch.«

Schlagartig fiel Ruben das selbstzufriedene Grinsen aus dem Gesicht. Vielleicht war es gemein gewesen. Aber Vincent hatte es sich nicht verkneifen können. Ruben war schließlich der Hauptgrund gewesen, warum man ihn beim letzten Mal rausgeworfen hatte. Er selbst hatte nichts anderes getan, als Ruben einen Spaten in die Hand zu drücken und ihm zu zeigen, wo er graben musste. Sein Grab hatte er sich selbst geschaufelt, und dann war er auch noch reingesprungen.

»Okay, Mr Mental-Besserwisser.« Ruben sah ihn wütend an. »Dann mach doch einen besseren Vorschlag. Aber der muss schon sehr viel besser sein.«

Vincent antwortete nicht. Stattdessen zog er einen roten Stift aus der Tasche und schrieb das jeweilige Datum unter die Namen von Agnes und Tuva. »13. Januar« unter den Namen von Agnes und »20. Februar« unter Tuvas. Roberts Namen versah er mit zwei Fragezeichen. Dann wischte er die mit schwarzer Farbe geschriebenen Uhrzeiten weg und schrieb sie mit Rot noch einmal hin.

»Der Mörder will, dass wir wissen, wann die Morde passiert sind«, sagte er. »Daher die Uhren. Er will uns aber nicht nur mitteilen, um welche Uhrzeit sie passiert sind, sondern auch an welchem Tag. Die Leichen wurden an Orten platziert, wo sie mit Sicherheit umgehend entdeckt wurden. Der Mörder ist ein großes Risiko eingegangen, als er sie dorthin verfrachtet hat, und hätte leicht auffallen können. Es muss ihm also wichtig gewesen sein, dass die Leichen gefunden wurden, bevor starke Verwesung einsetzte und der Todeszeitpunkt sich nicht mehr eindeutig feststellen ließ.«

»Moment mal«, sagte Christer. »Der Mörder will uns also mitteilen, wann genau er zuschlägt. Aber warum? Will er geschnappt werden?«

»Genau das ist die Frage«, sagte Vincent. »Es gibt kein offensichtliches Muster, das erkennen lässt, wann er wieder zuschlägt. Die Morde sind in unterschiedlichen Abständen geschehen, und wie ihr seht, ist die Uhrzeit auch nicht identisch. Daher glaube ich, dass es um etwas anderes geht.«

»Ich habe überprüft, ob an diesen Tagen oder zur jeweiligen Uhrzeit historische Ereignisse stattgefunden haben«, sagte Mina. »Aber ich habe nichts gefunden. Es könnte natürlich im Leben des Mörders etwas vorgefallen sein, aber wieso sollte er sich die Mühe machen, uns das mitzuteilen, wenn wir ohnehin nichts davon wissen können?«

»Da stimme ich Mina zu«, sagte Vincent, »und deshalb liegt die Lösung meiner Meinung nach woanders.«

Er schwieg einen Moment, um sich die Aufmerksamkeit aller zu sichern. Mina hatte recht gehabt. Letztendlich war es nichts anderes als ein Vortrag oder eine Lesung. Und er war jetzt in seinem Element.

»Ich glaube, sowohl die Daten als auch die Uhrzeiten sind Teile einer Nachricht«, sagte er.

»Teile? Du meinst, sie müssen zusammengesetzt werden?«, sagte Peder nachdenklich. »Wie Puzzleteile?«

Vincent nickte.

»Eine Nachricht? Aber an wen denn?«, fragte Julia.

»An uns. An euch. Wir können sie nur noch nicht verstehen, weil sie noch nicht vollständig ist. Die Morde bilden einen Countdown, nicht wahr? Die Leichen sind mit römischen Ziffern markiert worden. Mord vier, drei und zwei sind schon geschehen. Mindestens ein Mord wird noch passieren, bevor wir die ganze Nachricht erhalten haben.«

»Mindestens einer?«, fragte Christer entsetzt.

»Mord Nummer eins. Was bei der Null passiert, wissen wir nicht, aber …« Vincent machte eine Pause. Er sah ihnen der Reihe nach in die Augen. Er näherte sich dem Höhepunkt.

»Ihr braucht nicht bis zum nächsten Mord zu warten«, sagte er. »Ihr braucht nicht mal zu wissen, was die Nachricht bedeutet. Denn der Mörder hat einen Fehler gemacht.«

Er spürte, dass alle im Raum den Atem anhielten. Sogar Ruben hörte gebannt zu. Peders Hand verharrte reglos vor seinem Gesicht. Er hatte die aufgestippten Krümel, die nun leise auf den Tisch fielen, längst vergessen.

»Sein letztes Opfer, Robert, hat er an einem Ort platziert, der mehrere Tage lang abgesperrt war. Daher hatte die Leiche dort schon zu lange gelegen, als sie aufgefunden wurde, und man konnte deshalb den Zeitpunkt des Todes nicht mehr exakt bestimmen. Ihr wisst nicht einmal, in welchem Monat es passiert ist. Robert ist am fünften Mai aufgefunden worden, und daher muss er spätestens am vierten Mai getötet worden sein. Der Mord könnte aber auch schon ein paar Tage zurückliegen, und dann sind wir im April. Falls der Mörder uns, wie Peder gesagt hat, mit Puzzleteilen versorgen will, die wir zusammensetzen müssen, dann ist ihm das diesmal nicht gelungen. Das Datum fehlt. Und ich glaube, weil er so viel Arbeit da reingesteckt hat, ist er ganz verrückt danach, es nachzureichen.«

Julia riss die Augen auf, als ihr plötzlich klar wurde, was er meinte. Sie war nicht dumm. Fast so eine kluge Frau wie Mina.

»Wir machen eine Pressekonferenz«, sagte sie. »Um ihn rauszulocken. Wir müssen nur vorher die Eltern informieren. Ein radikaler Schritt ist jetzt notwendig. Ich will euch nicht zu sehr mit der Politik hier im Haus belasten, aber unsere Zeit neigt sich dem Ende zu, so viel kann ich verraten. In der obersten Etage verliert man allmählich die Geduld mit uns. Wenn wir nicht bald einen entscheidenden Schritt vorankommen, sitzen wir alle wieder auf unseren alten Posten, und diese Gruppe hier ist Geschichte. Ich glaube, eine Pressekonferenz könnte den Mörder aus der Reserve locken. Und außerdem versorgt uns die Bevölkerung, ein übrigens nicht zu unterschätzender Detektiv, anschließend mit Unmengen von Informationen, und das ist genau das, was wir brauchen.«

»Da wird aber auch wieder viel Mist dabei sein«, brummte Christer. »Mindestens so viel Falschinformationen wie nützliche Hinweise.«

»Ihr solltet unbedingt an die Öffentlichkeit gehen.« Vincent nickte, ohne Christers Einwand Beachtung zu schenken.

Wobei Christer in der Sache natürlich recht hatte. Die Allgemeinheit um Hinweise zu bitten, war ein zweischneidiges Schwert, aber angesichts des stumpfen Küchenmessers, mit dem sie – jedenfalls im übertragenen Sinne – im Moment operierten, fiel die Wahl leicht.

»Bittet um Hinweise zu einem schwarzen Kasten auf dem Parkplatz des Großmarkts in Årsta. Fragt vor allem, wann er dort abgestellt worden sein könnte. Gebt zu, dass ihr nichts Genaues wisst. Vielleicht wäre es sogar eine gute Idee, öffentlich zu machen, dass ihr einen Serienmörder jagt. So wie im Fernsehen. Wenn mein psychologisches Täterprofil zutrifft, fühlt sich der Mörder dadurch geschmeichelt. Ein Narzisst möchte gerne hören, dass er der Beste ist, weil ihn das in seiner Weltsicht bestätigt. So erhöhen wir die Chance, dass er sich meldet und uns das fehlende Puzzleteil liefert. Ich glaube, er wird gar nicht anders können.«

Peder sah ihn verständnislos an.

»Aber auch wenn wir das dritte Puzzleteil haben, ist die Nachricht doch noch immer nicht komplett.« Wieder gähnte er hinter vorgehaltener Hand. »Es müssen doch insgesamt vier Teile sein. Wie wollen wir ihn denn finden, bevor er ein viertes Mal gemordet hat?«

»Wir nennen der Öffentlichkeit eine Telefonnummer, unter der Hinweise gegeben werden können, und hoffen, dass der Mörder anruft und sich verrät«, sagte Julia. »Vincent kann sich seine Stimme anhören. Vielleicht kann er daran etwas erkennen. Und mit Rasks Stimme könnten wir sie auch vergleichen. Vielleicht lässt sich aus den Hintergrundgeräuschen auf seinen Aufenthaltsort schließen. Wenn wir Glück haben, können wir den Anruf sogar zurückverfolgen. Falls er von einem Handy aus telefoniert, finden wir ihn möglicherweise per GPS. Kommt, wir beginnen sofort mit den Vorbereitungen.«

Mina nickte Vincent zu, er reagierte mit einem Lächeln. Er hatte seine Sache gut gemacht. Julia kam zu ihm und umschloss seine Hand mit beiden Händen.

»Deine Hilfe ist unbezahlbar«, sagte sie. »Die Informationen über Jonas Rask sollten wir auf der Pressekonferenz noch nicht bekannt geben. Und dass du bei uns mitarbeitest, würde ich auch gerne noch eine Weile geheim halten. Wenn jemand fragt, dann kenne ich Vincent Walder nur aus dem Fernsehen. Okay?«

Er nickte. Mehr Beifall war von diesem Publikum nicht zu erwarten.

»Eins noch.« Julia drehte sich wieder zu den anderen um.

Peder war schon halb aufgestanden und schien nun unsicher zu sein, ob er sich wieder hinsetzen sollte.

»Setz dich«, sagte Julia mit einem Seufzer. »Falls einer von euch die Akte Robert Berger noch nicht gelesen hat, sollte er es sofort tun. Wir werden den Fall noch einmal neu aufrollen. Roberts Eltern und das Personal aus dem Wohnheim sind schon mehrfach befragt worden, aber noch nicht von uns. Und nicht, seitdem er … aufgefunden worden ist. Wir müssen jetzt andere Fragen stellen. Christer und ich werden schon übermorgen mit den Eltern sprechen. Und nach der Pressekonferenz fahren wir so schnell wie möglich zum Wohnheim. Jetzt geht's an die Arbeit, habt ihr gehört?«

Christer nickte, sagte aber nichts. Die anderen standen auf. Julia wandte sich wieder Vincent zu und drückte ihm ein Plastikkärtchen in die Hand.

»Damit kommst du unten durch die Schranke. Du bist jetzt einer von uns.«

JULIA HOLTE TIEF LUFT, bevor sie auf den Klingelknopf drückte. Das Treppenhaus war schön. Hohe Decken. Auf dem Fußboden Fliesen in schwarz-weißem Schachbrettmuster. Stuck an den Wänden. Im Rücken spürte sie Christers düstere Anwesenheit. Während der gesamten Fahrt nach Vasastan hatte er gefragt, warum sie ausgerechnet ihn mitnehmen musste. Wie ein Kind. Am liebsten hätte Julia geantwortet: Darum! Aber sie riss sich zusammen. Sie war die Chefin, und das brachte gewisse Verpflichtungen mit sich. Bevor die Tür aufging, warf sie schnell noch einen Blick auf ihr Handy. Die Fahndung nach Jonas Rask war rausgegangen, zu all seinen früheren Adressen waren Kollegen unterwegs, und sie rechnete jeden Augenblick mit der Nachricht, dass man ihn gefunden hatte. Wenn sie Rask bald hatten, konnten sie sich die Pressekonferenz eventuell sparen.

Hinter der Tür waren Schritte zu hören. Dann machte ihnen eine elegant gekleidete Frau auf.

»Kommen Sie rein«, sagte sie leise und trat einen Schritt zur Seite. Sie waren bereits erwartet worden.

Im Flur konnte Julia es sich nicht verkneifen, anerkennend die Wohnung zu bestaunen. Genauso hätte sie auch gerne gewohnt. Sie und Torkel hatten sich jedoch darauf geeinigt, dass ein Reihenhaus mit Garten das Beste war, wenn sie eine Familie gründen wollten. In diesem Gründerzeitflur kamen ihr Zweifel an dieser Entscheidung. Vor allem, da sie jetzt schon seit fünf Jahren in dem Reihenhaus in Enebyberg wohnten, ohne dass jemand dazugekommen wäre, der in dem Gärtchen auf der Rückseite spielen konnte.

»Darf ich Ihnen einen Kaffee anbieten?«

Die Stimme von Roberts Mutter klang sachlich und verriet keine Gefühle, aber die rot geränderten Augen sprachen eine andere Sprache. In der Küche stand ein grauhaariger Mann in Jeans und weißem Hemd, auch er wirkte elegant, aber ein paar Jahre älter als die Frau. Trotz der dunklen Ringe unter den Augen waren sie ein schönes Paar.

»Gerne«, sagte Julia, und Christer nickte.

»Thomas.«

Der Mann gab ihnen die Hand.

»Entschuldigung. Jessica«, sagte die Frau, die sich an einer höchst professionell wirkenden Kaffeemaschine zu schaffen machte, die bereits zischte. »Man vergisst ja die grundlegendsten Dinge. Alles, was sonst so selbstverständlich ist. Wie Höflichkeit zum Beispiel. Den normalen Tagesablauf. All diese Banalitäten, die einem vorher so wichtig erschienen …«

Thomas ließ sich schwerfällig auf einen Stuhl am großen Holztisch vor dem Fenster sacken und forderte sie wortlos auf, es ihm nachzutun.

Er wirkte leicht verwirrt. Als träumte er. Oder könnte nicht richtig zwischen oben und unten unterscheiden. Zwischen innen und außen. Julia kannte diesen Gesichtsausdruck, weil sie im Laufe der Jahre mit vielen Angehörigen gesprochen hatte.

»Danke«, sagte Christer, als Jessica ihm eine Tasse reichte.

Den Milchschaum hatte sie mit einem Eichenblatt aus Kakao bestäubt. Christer sah sie fragend an. Das war etwas anderes als der uralte Filterkaffee, der ihnen bei solchen Besuchen normalerweise serviert wurde.

»Wir haben unten im Erdgeschoss ein Delikatessengeschäft«, sagte Jessica, während sie für Julia auch einen Kaffee zubereitete. »Sie haben es sicherlich gesehen.«

Julia nickte. Sie war sogar vor dem Schaufenster stehen geblieben. Hatte alles mit den Augen verschlungen. Im Fenster hingen große luftgetrocknete Schinken. Pata negra. Prosciutto. Bresaola. Auf einem majestätischen Laib Parmesan thronten die verschiedensten Ziegenkäse, Bries und Blauschimmelkäse. Sie kannte nur einen Bruchteil davon mit Namen, aber ihr lief schon beim Anblick das Wasser im Mund zusammen.

»Es liegt in der Familie«, sagte Thomas und schüttelte den Kopf, als Jessica ihn fragend ansah, nachdem sie Julia ihre Tasse gegeben hatte.

Julia hatte ein Herz im Milchschaum.

»Thomas' Familie handelt seit drei Generationen mit Käse«, erklärte Jessica und setzte sich zu ihnen an den Tisch.

Weder sie noch Thomas tranken Kaffee. Ihren eingefallenen Wangen nach zu urteilen, hatten sie seit Tagen gar nichts getrunken oder gegessen.

»Bei uns ist alles Käse, aber wenigstens von der feinsten Sorte, habe ich früher immer gesagt«, seufzte Jessica.

Keiner von ihnen lachte. Der Scherz hing eine Weile in der Luft, bevor er verpuffte. In diesem Haus wurde nicht mehr gelacht.

»Nehmen Sie doch von den Cantuccini.« Thomas schob ihnen die Schale rüber.

Julia liebte das italienische Mandelgebäck, aber es war schwer, ein ernsthaftes Gespräch zu führen, während man es aß, und daher verzichtete sie. Christer hingegen nahm sich gleich drei Stück und biss krachend hinein. Als sie ihn verärgert ansah, verriet sein fragender Blick, dass er keine Ahnung hatte, was sie meinte.

»Ist es wahr?«, fragte Thomas mit zitternder Stimme, ohne von der Tischplatte aufzublicken. Das Holz legte Zeugnis von glücklicheren Zeiten ab. Rotweingläser hatten Ringe hinterlassen, und die gelben Flecken mochten von indischen Currys mit Kurkuma stammen. Hier hatten Abendessen stattgefunden. Mit der Familie. Und Freunden. Hier war mal gelacht worden.

»Was meinen Sie?«, fragte Julia, obwohl sie genau wusste, worauf er hinauswollte.

Sie wappnete sich. Zwang sich, nicht an den Jungen mit dem strahlenden Gesicht zu denken, der einen in den vergangenen Wochen in jedem Laden, jeder Tankstelle und jedem Zeitungskiosk angelächelt hatte.

»Dass er nicht mehr … ganz war … als er gefunden wurde.«

Julia versuchte, an die Blumen zu denken, die in ihrem Garten aufgeblüht waren. An das immer noch leere Bettchen, das Torkel selbst gebaut hatte. An die Spritzen, die sich in den weichen Teil ihres Bauchs bohrten. An die Depression, die sich umgehend einstellte, wenn die Hormonbehandlung ihren Östrogenspiegel senkte.

Christer knabberte immer noch an seinem Gebäck, und auf einem der großen Bäume im Hinterhof krächzte eine Krähe. Sie zwang sich, seine Frage zu beantworten.

»Das stimmt.« Sie sah, wie Jessica in sich zusammensank.

»Und jetzt wollen Sie es also in der ganzen Welt herumerzählen.«

»Wenn Sie uns die Erlaubnis geben, ja. Aber wir respektieren natürlich Ihre …«

»Tun Sie, was Sie tun müssen, um die kranke Person, die das getan hat, dingfest zu machen«, sagte Jessica mit eisiger Stimme.

Vor Schreck über die plötzliche Veränderung, die mit Jessica vor sich gegangen war, zuckte Julia regelrecht zusammen.

»Erzählen Sie uns von Robert«, sagte sie nach einer Weile.

Jessicas Züge hellten sich auf. Sie warf ihrem Mann einen Blick zu. Ein Lächeln blitzte zwischen ihnen auf. Schöne Erinnerungen an glückliche Zeiten.

»Wir haben jung geheiratet, aber es dauerte einige Jahre, bis Robert kam. Ich war fünfundzwanzig. Unser kleines Wunder.«

Sie streckte die Hand nach ihrem Mann aus, und er drückte sie so fest, dass Julia Angst bekam, er könnte Jessica wehtun. Dann ergriff er das Wort.

»Bobban war die netteste, freundlichste und liebevollste Person, die je auf dieser Erde gelebt hat. Eine Seele von Mensch.«

Seine Stimme brach. Als er sich wieder im Griff hatte, sprach er weiter.

»Dieser Junge hat uns jeden Tag so viel Freude geschenkt, aber … Aber als er älter wurde, konnten wir nicht mehr so gut für ihn sorgen. Wir konnten ihn schließlich nicht rund um die Uhr beaufsichtigen, obwohl er das gebraucht hätte. Mehrmals ging er einfach weg, manchmal mitten in der Nacht. Tja, Sie wissen ja sicher, dass wir unseren Bobban, also Robert, schon mehrmals vermisst gemeldet hatten und deswegen anfangs gar nicht übermäßig besorgt waren. Jedenfalls nicht mehr als sonst. Aber dann … nach einigen Tagen …«

Als Christer sich noch eine Handvoll Cantuccini nahm, trat ihm Julia gegen das Schienbein. Roberts Eltern schienen es nicht zu bemerken.

»Waren Sie zufrieden mit seinem Wohnheim?«

Die Frage hatte Christer gestellt. Julia sah ihn verwundert an. Bislang hatte sie den Eindruck gehabt, er hätte sich mehr für das Gebäck als für das Gespräch interessiert.

»Sehr zufrieden«, sagte Jessica. »Er ist dort fünf … nein, warten Sie, sieben Jahre lang gewesen. Wie schnell die Zeit vergeht! Das Personal dort ist wunderbar. Wir besuchen ihn dort jeden Tag, und am Wochenende kommt er immer nach Hause. Er ist dort geborgen und wird geliebt …«

Sie schluchzte laut, und Thomas drückte wieder ihre Hand. Das zierliche Silberkettchen an ihrem Handgelenk klimperte jedes Mal, wenn sie die Hand bewegte, und Julia sah, dass in das Namensschild »Robert« eingraviert war. Jessica bemerkte ihren Blick. Sie ließ Thomas' Hand los und zeigte Julia das Armband.

»Das habe ich letztes Jahr von Robert zum Muttertag bekommen. Er hat sein ganzes Taschengeld dafür aufgespart und ist dann mit Thomas zusammen zu einem Juwelier gegangen, um es zu kaufen.«

»Sehr hübsch«, sagte Julia.

Der Gedanke kam ihr, ohne dass sie etwas dagegen machen konnte. Sie fragte sich, ob sie jemals ein Geschenk zum Muttertag bekommen würde. Aber im Vergleich war ihre Sorge natürlich unbedeutend. Schnell wischte sie den Gedanken beiseite.

»Kennen Sie jemanden, der etwas gegen Robert hatte?«

»Nein, nein, nein, da gab es niemanden.« Thomas schüttelte heftig den Kopf. »Jeder liebte unseren Bobban. Und er liebte auch jeden. Ich habe noch nie einen Menschen getroffen, den er nicht bezaubert hat.«

»Erinnerst du dich noch an die alte Dame, deren Fenster er mit seiner Zwille zerschossen hat?« Jessica musste lachen. »Am Ende hat sie ihn zu Saft und Zimtschnecken eingeladen.«

»Ja, ich weiß.«

Thomas nickte lächelnd. Dann hob er den Kopf und sah Julia in die Augen.

»Es gibt Tausende solcher Geschichten über Robert. Er war unser Sonnenschein. Unsere Freude. Ja, er ist mit einer Behinderung zur Welt gekommen, oder sagen wir lieber, die Welt beharrt irrtümlich darauf, es als Behinderung zu bezeichnen. Glauben Sie mir. Die Welt wäre ein sehr viel besserer Ort, wenn alle Menschen wie Robert wären. Er war perfekt.«

Im Augenwinkel sah Julia ein gerahmtes Foto von Robert auf der Anrichte stehen. Es war das gleiche Bild, das auf den Titelseiten gewesen war. Sie fragte sich, wie sie selbst reagieren würde, wenn sie ein Kind mit Downsyndrom bekäme. Sie war jetzt zweiundvierzig. Es war nicht unwahrscheinlich. Und die Wahrscheinlichkeit wurde von Jahr zu Jahr größer. Was Torkel wohl dazu sagen würde …

»Wir müssen auch mit dem Personal in Roberts Wohnheim sprechen. Möchten Sie uns noch etwas sagen?«, sagte Christer und warf ihr einen verwunderten Blick zu, weil sie so plötzlich verstummt war.

»Er war naiv«, sagte Thomas. »Er wäre unbekümmert mit jedem mitgegangen, und zwar überallhin.«

Thomas zögerte, bevor er weitersprach.

»Haben Sie schon jemanden in Verdacht?«

Julia nickte.

»Einen Gewaltverbrecher und Wiederholungstäter. Wir fahnden aktuell nach ihm.«

»Sie … Sie müssen uns versprechen, ihn zu finden«, sagte er leise. »Wie sollen wir … wie sollen wir sonst weiterleben?«

Julia stand auf. Sie war unsicher, was sie sagen sollte. Eigentlich hätte sie es wissen müssen. Diese flehentliche Bitte hatte sie so oft gehört. Es war die Bitte um einen Abschluss. Eine Bitte um Erlösung. Um eine Strafe, die alles wieder in Ordnung brachte. Doch sie wollte nichts versprechen, was sie ohnehin nicht halten konnte. Als sie ihre Kaffeetasse ins Spülbecken gestellt und den Mund geöffnet hatte, um etwas darauf zu erwidern, kam Christer ihr zuvor.

»Das können wir Ihnen leider nicht versprechen«, sagte er. »Aber wir versprechen Ihnen, unser Bestes zu geben. Klingt, als wäre er ein wunderbarer Junge gewesen. Freuen Sie sich über die schönen Momente, die Sie mit ihm hatten. Ihre schönen Erinnerungen. Und lassen Sie sich die von niemandem nehmen.«

Julia staunte nicht schlecht. Für Christer war das Leben doch immer eine einzige Mühsal und der Tod eine Befreiung. Sie nahm sich vor, draußen diskret zu überprüfen, ob er eine Fahne hatte.

Als sie gingen, blieben Thomas und Jessica am Küchentisch sitzen. Sie hielten sich noch immer an den Händen.

Kvibille 1982

Jane fand ihre Mutter dort, wo der Rasen endete und in den Wald überging. Sie saß im Schatten der Bäume und zupfte Unkraut. Jane hätte sie gerne gefragt, was es bringen sollte, den Löwenzahn da auszurupfen, wo ohnehin Wald war, wusste aber, dass das Gespräch zu nichts geführt hätte.

»Na, wie läuft's?« Sie ging neben ihrer Mutter in die Hocke.

Ihre Mutter hatte den Löwenzahn aus einem schnurgeraden Streifen Erde gezupft.

»Ich kann nicht gerade behaupten, dass es einen Unterschied machen würde.«

Sie streckte sich, ihr Rücken knackte laut.

»Autsch. Aber es ist schön, etwas zu tun zu haben. Hast du deinen Bruder gesehen?«

»Der ist mit diesen drei Mädchen aus seiner Klasse davongeradelt.« Jane riss die Blätter eines Löwenzahns ab. »Wahrscheinlich haben sie es sich irgendwo gemütlich gemacht und knutschen.«

»Jane!«, rief ihre Mutter entsetzt aus. »Sie sind sieben Jahre alt. Und außerdem heißen ›diese drei Mädchen‹ Malla, Sickan und Lotta. Sei froh, dass dein Bruder Freunde hat.«

»Überrascht würde es schon eher treffen.«

Jane sah sich ein Löwenzahnblatt genauer an und biss dann vorsichtig hinein.

»Weißt du, dass man den essen kann?«, fragte sie ihre Mutter. »Den Löwenzahn, meine ich. Falls du ihn stehen lassen möchtest.«

»Wieso sollte ich Löwenzahn essen.« Die Mutter wischte sich mit dem Handrücken den Schweiß von der Stirn und hinterließ dabei ein bisschen Erde über der einen Augenbraue.

Jane zuckte mit den Schultern.

»Sie enthalten jede Menge Eisen, Kalium und Magnesium.«

»Und woher weißt du das alles? Von dir kann man ja nicht gerade behaupten, dass du dich im Wald am wohlsten fühlst.«

»Ich würde mich an deiner Stelle eher fragen, warum du so was nicht weißt. Weißt du wenigstens, dass Löwenzahn auf Französisch *piss-en-lit* heißt, was so viel wie ins-Bett-pinkeln bedeutet, weil er eine so stark entwässernde Wirkung hat?«

»Aha, eine stark entwässernde Wirkung«, äffte ihre Mutter sie mit wichtigtuerischer Stimme nach. »Manchmal frage ich mich, wessen Tochter du eigentlich bist. Du bist zu schlau für diesen Ort.«

Und da war er. Der Moment, auf den sie gewartet hatte. Ihre Mutter rammte einen Unkrautstecher in die Erde und riss am nächsten Löwenzahn. Jane holte tief Luft. Jetzt musste sie etwas sagen.

»Apropos dieser Ort und ich«, sagte sie. »Erinnerst du dich noch, dass ich in acht Tagen wegfahre.«

»Ich weiß.«

Ihre Mutter zog den Löwenzahn mit der Wurzel heraus.

»Du willst Ylva in Dalarna besuchen. Wir haben darüber gesprochen. Ylvas Mutter macht einen netten Eindruck, und ich mache mir überhaupt keine Sorgen. Du wirst zwei Wochen weg sein.«

»Es ist nicht nur das«, sagte Jane.

Sag es jetzt, sag es jetzt, sag es jetzt.

»Wenn ich wiederkomme, dann nur, um zu packen.« Sie hielt den Atem an.

Mama hielt mitten in der Bewegung inne und blickte auf.

Jane musste weitersprechen und alles sagen, bevor sie der Mut verließ.

»Ich ziehe weg«, sagte sie. »Ich kann nicht länger auf diesem Hof leben. Ich will andere Dinge tun. In der Stadt wohnen. Neue Freunde finden. Studieren. Ich … ich halte es hier nicht länger aus. Ich werde verrückt hier.«

Ihre Mutter sah sie wortlos an. Jane kniff mehrmals die Augen zusammen, um nicht zu weinen. Sie würde nicht weinen. Nein. Denn dann würde sie es nicht schaffen wegzufahren. Dann hätte ihre Mutter gewonnen. Sie sah nach oben in den leuchtend blauen Himmel. Er war so leer. Keine Wolke, kein Flugzeug. Sie brauchte keine Leere, sie brauchte genau das Gegenteil. Und das würde sie auf diesem Hof niemals bekommen.

»Mach dir keine Sorgen«, sagte sie. »Ich bin fast sechzehn. Ich komme zurecht. Ich habe mir schon eine Wohnung organisiert.«

»Um dich mache ich mir keine Sorgen«, sagte ihre Mutter leise. »Sondern um mich. Du warst immer die Stärkere von uns beiden. Die Schlaue. Du weißt so Sachen, dass man zum Beispiel von Löwenzahn pinkeln muss, und wie man was ausrechnet, und, und … Ich schaffe es kaum, was zu essen auf den Tisch zu bringen. Ohne dich … und nur mit deinem Bruder und seiner speziellen Art … komme ich nicht zurecht.«

Mama hatte den Blick wieder gesenkt.

»Wenn du gehst, bringe ich mich um«, sagte sie.

Aus Janes Lungen entwich die Luft. Als ob ihr jemand auf den Brustkorb geschlagen hätte. Sie hatte erwartet, dass ihre Mutter wütend werden oder es ihr einfach verbieten würde. Sie hatte mit Tränen gerechnet, dass die Mutter in eine Depression verfiel, irgendwas. Aber nicht hiermit. Plötzlich überkam sie rasender Zorn.

»Schäm dich«, sagte sie. »Und du willst meine Mutter sein? Das ist Erpressung. Ich kann nicht dein Leben für dich führen. Ich brauche mein eigenes. Und du bist ja nicht allein. Mein Bruder ist nicht so zartbesaitet, wie du denkst. Und wenn du es wirklich nicht alleine schaffst, ist es vielleicht an der Zeit, dir jemanden zu suchen, der es hier mit dir aushält. Denn ich will das nicht.«

Jane stand auf und blickte ihre Mutter an, die immer noch ins Gras und auf den schnurgeraden Streifen unkrautfreier

Erde starrte. Sie sah so klein aus. So rückgratlos. Es war richtig gewesen, ihr alles zu sagen. Jane musste hier weg. Sonst würde sie vor die Hunde gehen. Genau wie ihre Mutter.

Peder wartete besorgt vor der Gästetoilette, hinter der verschlossenen Tür schien sich seine Frau in Todesqualen zu befinden.

»Was ist mit dir, Liebling?«, rief er und hielt das Ohr an das weiß lasierte Holz.

Er hörte ein leises Ächzen. Etwa eine Minute später schloss Anette die Tür auf. Sie war leichenblass.

»Zurück!« Sie fuchtelte mit den Armen, um ihn auf Abstand zu halten. »Ich habe Magen-Darm. Du und die Drillinge, ihr dürft nicht in meine Nähe kommen.«

Ihr langes Haar hing strähnig runter, und der Geruch war so scheußlich, dass er die Tür schnell wieder zumachte.

»Kein Problem, Liebling«, sagte er. »Wir wickeln dich nur schnell in Plastikfolie ein, da brauchen die Drillinge beim Trinken eben etwas mehr Biss.«

Anette verdrehte die Augen und holte ein Fläschchen Desinfektionsmittel aus der Toilette. Er hielt die Luft an. Gott, warum konnte diese Tür nicht geschlossen bleiben? Sie desinfizierte beide Griffe.

»Ich meine es ernst«, sagte sie. »Betreten verboten! Dieses Klo gehört mir allein. Falls du dich nicht insgeheim danach sehnst, dir mal wieder so richtig die Seele aus dem Leben zu kotzen und zu kacken.«

Peder wich mit gespieltem Entsetzen im Blick zurück.

»Körperflüssigkeiten? Gibt es so was in unserer Familie? Ich dachte, die Drillinge wären steril.«

Er zog sie an sich und strich ihr über das fettige Haar. Anette war zu müde, um sich dagegen zu wehren.

»Ich würde vorschlagen, dass du dich hier verbarrikadierst.«

Sanft schob er sie ins Schlafzimmer. »Ich hole dir dein iPad. Komm nicht raus, bevor du nicht entweder gesund bist oder Netflix leer geglotzt hast, was vermutlich eher eintreten wird. Die Drillinge und ich ziehen ins Wohnzimmer um. Wir bauen uns ein Matratzenlager. Falls sie dich vermissen, kann ich ja sagen, du hättest uns verlassen.«

Anette grinste müde.

»Dafür darfst du dir irgendwann mal ein bisschen Dankbarkeitssex wünschen.« Sie warf einen sehnsüchtigen Blick auf das Bett. »So in ein, zwei Jahren.«

»Da muss ich noch mal in den Kalender gucken«, sagte Peder und holte ihr ein paar zusätzliche Kissen. »Aber jetzt rufe ich erst mal im Präsidium an und nehme ein paar Kinderkrankentage.«

Er zog sein Handy aus der Hosentasche, und Anette ließ sich vorsichtig auf der Bettkante nieder. Sie sah wirklich nicht fit aus. Vielleicht sollte er Mina bitten, ihm gleich ein paar Liter Desinfektionsgel vorbeizubringen. So krank wie seine Frau wollte er ums Verrecken nicht werden.

»Du«, sagte sie. »Ich werde natürlich versuchen, die drei zu stillen, sooft es geht, aber wie macht ihr es denn ansonsten mit dem Essen?«

Peder biss sich auf die Zunge. Er sollte wirklich besser seine Klappe halten. Sie würde ihm nicht verzeihen. Aber bei dieser Vorlage konnte er nicht widerstehen.

»Wir könnten uns fetttriefende Burger holen.« Er zog jedes Wort in die Länge. »Mit viel Soße. Oder Blutsuppe. Mit ganz vielen Klümpchen drin.«

Anette starrte ihn an. Dann raste sie aus dem Schlafzimmer und stürzte wieder in die Gästetoilette.

»Das war Peder.« Mit dem Telefon noch in der Hand, sah Julia die anderen im Besprechungsraum an. »Er wird hier vorerst keine Anrufe entgegennehmen. Anette ist krank, und Peder nimmt ein paar Kinderkrankentage.«

Ruben wunderte sich nicht. Ganz und gar nicht, um ehrlich zu sein. Man hatte sich ja an fünf Fingern ausrechnen können, dass Peder das nicht endlos durchhalten würde. »Anette krank.« Alles klar. Es war wohl eher Peder, der mal eine Pause brauchte. Wahrscheinlich saß er schon im *Riche* am Stureplan und lunchte ausgiebig. Dort würden massenhaft Frauen rumsitzen, die aus irgendeinem Grund nach dem Mittagessen nicht zurück ins Büro mussten, sondern schon um zwei Cava schlürften. Und genau dieser Frauentyp wurde extrem davon angemacht, dass Peder Polizist war. Ruben hatte da so seine Erfahrungen. Uniformen kamen am besten an, machten sich aber natürlich in Restaurants nicht so gut. Kripo in Zivil lief auch ganz gut, aber der heißeste Scheiß waren Handschellen, die unter einem Jackett hervorlugten. Das machte sie willenlos. Ob man einen Ring am Finger hatte oder nicht, spielte dann schon lange keine Rolle mehr. Er gönnte es Peder natürlich. Anette war im Bett vermutlich momentan keine Granate. Und so würde es vielleicht auch noch lange bleiben.

»Muss er die Drillinge jetzt allein versorgen?« Christer schüttelte den Kopf. »Armer Kerl. Er wird ein Schatten seiner selbst sein, wenn er wiederkommt. Allerdings, das war er ja schon die ganze Zeit. Ein Schatten seines eigenen Schattens.«

Christer lehnte sich zurück, bis der Stuhl bedrohlich knackte, und seufzte tief.

»Vielleicht sollte jemand hinfahren und ihm helfen«, brummte er.

Falls Christer was für Säuglinge übrighatte, konnte er das alleine machen. Ruben würde sich ganz bestimmt nicht mit Windeln rumschlagen.

»Wie auch immer, wir sind jetzt jedenfalls einer zu wenig«, fuhr Julia fort.

Sie trug einen Blazer und eine sehr weite Hose. Er nahm an, dass sie darin mehr wie eine Chefin aussah. Ihm gefiel sie besser im Rock. Oder in engen Jeans. Aber man konnte nicht alles haben.

»Ruben, du machst deine Schicht mit Vincent zusammen«, sagte Julia.

»Mit dem Zauberer?« Er schnaubte. »Ein absolutes Traumpaar.«

»Wenn du ihn Zauberer nennst, geht er gleich wieder«, sagte Mina.

»Wirklich?«, fragte Ruben hoffnungsvoll. »Das muss ich mir merken.«

Mina würdigte ihn keines Blickes. Unfassbar, was das für eine harte Nuss war.

»Na dann.« Julia sammelte ihre Unterlagen ein. »Da Jonas Rask noch immer nicht aufgetaucht ist, findet in zwei Stunden die Pressekonferenz statt. Ich werde weder Vincents Mitarbeit noch die Fahndung nach Jonas Rask erwähnen. Wir haben schließlich keine Beweise, sondern nur Indizien gegen ihn in der Hand. Ich wäre euch dankbar, wenn ihr das ebenfalls für euch behalten und auch niemandem im Vertrauen erzählen würdet. Die Konferenz wird live auf all unseren Social-Media-Kanälen und natürlich allen Nachrichtenkanälen gesendet, die wir auf die Schnelle benachrichtigen konnten. Und anschließend hängen wir uns so lange wie nötig ans Telefon. Ruben und Vincent übernehmen die erste Schicht.«

Er öffnete den Mund, aber Julia hob den Zeigefinger und brachte ihn so zum Schweigen.

»Ein absolutes Traumpaar, ganz richtig«, sagte sie. »Und ich habe sie verkuppelt. Vincent ist jetzt einer von uns.«

Sie standen vor der Mauer auf dem höchsten Punkt der Fjällgata. Von hier aus konnte man ganz Gamla Stan, Skeppsholmen und sogar Teile des Djurgården sehen. Die Aussicht war fantastisch. Wenn man die Stadt von oben sah, konnte man den Dreck, die Abgase und all die ungewaschenen Menschen beinahe vergessen. Aus der Entfernung leuchtete sie. Man hatte sogar Gröna Lund im Blick, wo Tuva aufgefunden worden war. Mina versuchte jedoch, das auszublenden, und nur den Vergnügungspark zu betrachten.

Der Vorschlag, einen Spaziergang zu machen und dabei in Ruhe – ohne die anderen – den Fall zu besprechen, war von Vincent gekommen. Sie waren schon eine Stunde gelaufen und hatten alles, was sie bisher wussten oder zu wissen glaubten, ausführlich analysiert.

»Hast du Pläne für den Sommer?«, fragte Vincent plötzlich, ohne den Blick von der wundervollen Aussicht abzuwenden.

Mina starrte ihn an.

»Pläne? Du weißt doch selbst, dass wir mitten in einem Fall stecken.«

»Ja, ich dachte nur, es ist ja bald Juni und …«

Er räusperte sich und verstummte dann, als ob er nicht weiterwüsste.

»Vincent? Sollte das etwa Small Talk sein?«

Mina unterdrückte ein Grinsen.

»Kann sein. Wir reden immer so viel über die Ermittlungen.«

»Wie schön, dass du dich bemühst, nicht ganz aus der Übung zu kommen.«

Sie kehrte der Aussicht den Rücken und lehnte sich entspannt an die Mauer, allerdings nicht ohne vorher eine eigens mitgebrachte Einkaufstüte von Coop zwischen sich und den Steinen zu platzieren. Die Sonne wärmte bereits. Ihre neue Sonnenbrille kam Mina jetzt sehr gelegen.

Sie meinte, dass jemand vorbeiging, den sie kannte, aber in dem Moment, als sie genauer hinschauen wollte, wandte die Person sich ab und ging in die andere Richtung.

»Apropos Ermittlungen«, sagte sie. »Ich glaube, du solltest nicht zu der Pressekonferenz gehen. Falls dich irgendein Reporter erkennt und anfängt, Fragen nach deiner Funktion im Team zu stellen, könnte das von der Botschaft ablenken, die wir vermitteln wollen. Julia möchte auf keinen Fall durchsickern lassen, dass du uns berätst.«

»Ich bin nur so neugierig, wie so eine Pressekonferenz eigentlich abläuft«, sagte er.

Sie schloss hinter den dunklen Brillengläsern die Augen.

»Wir geben bestimmte Ermittlungsdetails bekannt und behalten andere für uns. Dinge, die nur der Mörder wissen kann. Auf diese Weise können wir falsche Geständnisse von echten unterscheiden. Du glaubst gar nicht, wie oft Leute bei der Polizei anrufen und alles Mögliche zugeben wollen. Zum Beispiel haben schon mehr als sechzig Personen den Mord an Olof Palme gestanden.«

Sie nahm die Brille ab und ließ sich die Sonne ins Gesicht scheinen. Sie mochte Kälte, weil sie sich so sauber anfühlte. Doch Wärme fühlte sich … lebendig an. Man durfte nur nicht ins Schwitzen kommen. Aber so wie jetzt, mit der kühlen Brise, war die Temperatur genau richtig.

Sie gingen weiter.

»Wenn das so ist«, sagte Vincent, »stellt ihr euch am besten ganz dumm, wenn es um die sogenannten ›Puzzleteile‹ geht, um mal Peder zu zitieren. Die Daten und Uhrzeiten müssen einfach einen Code ergeben, aber ihr braucht ja nicht zu verraten, dass ihr das begriffen habt.«

»Stimmt.«

Mina schwieg einen Augenblick. Dann sah sie Vincent von der Seite an.

»Und Rask? Was denkst du über ihn?«

»War das nicht offensichtlich?« Vincent stupste einen Schotterstein mit dem Fuß an. »Mich überzeugt das einfach nicht. Rask handelt aus sexuellem Antrieb, aber bei unseren Mordopfern kann ich beim besten Willen kein sexuelles Motiv erkennen.«

»Das muss aber nicht heißen, dass es keins gibt. Beim Sex geht es ja nicht nur um die explizit sexuellen Handlungen. Viele Männer, die ich in meinem Berufsleben kennengelernt habe, waren von Gewalt, Macht, Dominanz, Schmerz oder Angst erregt.«

»Unsere Gattung sollte sich für das, was sie der Welt antut, schämen.«

»Frauen können auch viel Böses anrichten. Da habe ich ebenfalls einiges gesehen. Aber Männer begehen Gewalttaten in einem völlig anderen Ausmaß. Ich will damit nur sagen, dass wir nicht mit hundertprozentiger Sicherheit wissen können, ob hinter diesen Morden nicht doch ein sexuelles Motiv steckt.«

Vincent nickte.

»Du hast vollkommen recht. Ich schließe nichts aus. Das können wir uns gar nicht erlauben. Aber Jonas Rasks Vorgehensweise kommt mir auch nicht ... elaboriert genug vor, könnte man vielleicht sagen. Daher bezweifle ich aus mehreren Gründen, ob es wirklich sinnvoll ist, so viel Energie in die Suche nach ihm zu investieren.«

Mina antwortete nicht. Das Gespräch über Sex hatte sie auf Gedanken gebracht, die sie irgendwie wieder aus dem Kopf bekommen musste. Dominanz. Macht. Mit diesen Aspekten von Sex hatte sie viel zu persönliche Erfahrungen gemacht. Aber das kam nicht mehr infrage. Nie wieder. Verglichen damit, war ihr *Satisfyer Pro 2* der perfekte Liebhaber.

Eine Weile gingen sie schweigend weiter. Die Stille war erstaunlich angenehm. Dann hob Vincent die Hand, um ihr etwas zu zeigen, und blinzelte in die Sonne.

»Schau mal, da drüben haben Maria und ich geheiratet.«

Sie sah in die Richtung und versuchte zu erkennen, was Vincent meinte.

»Im Gröna Lund?«

»Nein. Siehst du die kleine Insel daneben? Kastellholmen. Allerdings wollte ihre Familie partout nicht kommen.«

Sie musste lachen.

»Wenn man bedenkt, was für eine Achterbahnfahrt der Gefühle unsere Ehe bisher war, wäre der Gröna Lund allerdings passender gewesen.«

Sie sah ein längliches rotes Gebäude auf einer Insel unterhalb von ihr. Das musste er gemeint haben. Es sah hübsch aus. Aber er hatte natürlich recht, Gröna Lund wäre lustiger gewesen.

»Weißt du, Vincent, mit dem Small Talk ist es so.« Sie rückte ein Stück näher an ihn heran. »Ganz normale Gespräche sind auch okay.«

»Nicht mit allen Menschen.«

Sie lächelte und blickte wieder über die ganze Stadt. Irgendwo da unten saß ein Mörder und wartete auf die nächste Gelegenheit. Sie und Vincent hatten keine andere Wahl. Sie mussten ihm zuvorkommen.

Er lehnte sich an die Wand und schlug erst die Beine übereinander und verschränkte dann die Arme vor der Brust. Er hatte Mina versprochen, im Hintergrund zu bleiben.

»Gefräßige Meute«, sagte Ruben, der direkt neben ihm an der Rückwand des Saals stand.

»Sie tun nur ihre Arbeit«, sagte Vincent sachlich.

Ruben schien ihn als Mitglied der Gruppe akzeptiert zu haben, jedenfalls vorerst.

»Du hast leicht reden. Uns erschweren sie die Arbeit. Und ich glaube auch nicht, dass dieses Bürgertelefon etwas bringt.«

»Das kann ich nachvollziehen, aber die dritte Macht, die die Medien darstellen, brauchen wir als Gegengewicht zu Regierung und Parlament. Ohne sie könnte sich ein übermächtiger Polizeistaat herausbilden, der …«

»Jaja, aber nun ist Schweden ja keine Bananenrepublik.« Ruben warf Vincent einen genervten Blick zu.

»Nein, das wäre auch verwunderlich«, erwiderte Vincent, ohne den Blick vom Podium abzuwenden. »Der Begriff Bananenrepublik bezog sich ursprünglich auf Honduras, das wirtschaftlich vom Bananenexport abhing, auf den die amerikanische *United Fruit Company* dann großen politischen Einfluss ausübte. Der Begriff entwickelte sich zu einem Synonym für Länder Südamerikas, die von wenigen Exportprodukten abhängen, eine korrupte Regierung haben oder in denen sogar eine Militärjunta an der Macht ist und die von ausländischen Staaten oder Unternehmen gegängelt werden. Daher …«

Vincent blickte zur Seite, aber Ruben stand nicht mehr neben ihm. Er zuckte mit den Schultern. Manche Menschen hatten kein Interesse an Allgemeinbildung.

Im großen Versammlungssaal des Präsidiums wurde das Gemurmel lauter. Allmählich rückte die angekündigte Anfangszeit näher, und das Medienaufgebot war enorm. Vincent sah die Logos der großen Boulevardzeitungen und die übrigen Flaggschiffe der Branche, die Nachrichtenagentur TT, einige Vertreter der lokalen Presse und diverse Leute aus den neuen Medien, deren Namen er nicht kannte. Mikrofone, Videokameras, Aufnahmegeräte, Handys und auch gute alte Notizblöcke.

Julia kam herein und setzte sich ans Mikrofon. Hinter ihr hingen großflächige Plakate mit dem Logo der Polizei. Er sah sie zum ersten Mal in Uniform. Sie stand ihr gut. Ihre nüchterne Ausstrahlung passte gut zu der strengen Kleidung, und ihr hellblondes Haar hob sich hübsch vom dunkelblauen Uniformstoff ab. In ihrer Körpersprache lag immer eine leichte Traurigkeit. Als hätte sie ihrer Persönlichkeit einen Trauerrand verliehen.

Als sie sich räusperte, verstummte das Gemurmel im Saal. Plötzlich bemerkte er Mina, die auch vorne, aber ein Stück hinter Julia stand. Er wunderte sich, dass sie ihm nicht eher aufgefallen war, da er sie sonst immer als Erste wahrnahm, aber sie konnte einfach sehr gut stillhalten.

»Ich begrüße Sie alle zur heutigen Pressekonferenz. Es geht um die Morde, die, wie wir mittlerweile glauben, alle von ein und demselben Täter verübt wurden«, begann Julia. »Ich bitte Sie, sich an die geltenden Regeln zu halten, erst zu sprechen, wenn Sie an der Reihe sind, und mich ausreden zu lassen.«

Niemand erwiderte etwas darauf. Nach einem Blick auf den Stapel Papier vor ihr auf dem Tisch sprach sie weiter.

»Wir haben Grund zu der Annahme, dass die Morde an Tuva Bengtsson, Agnes Ceci und Robert Berger vom selben Täter verübt wurden.«

Das Gemurmel im Saal wurde lauter, und Julia wirkte verärgert. Erst als wieder Ruhe eingekehrt war, fuhr sie fort.

»Wir brauchen die Hilfe der Bevölkerung, um den Täter zu finden. Zum gegenwärtigen Zeitpunkt verfolgen wir eine Reihe von Spuren, auf die wir nicht näher eingehen können. Daher sind wir für alle Informationen offen, die mit den Morden zusammenhängen könnten. Vor allem brauchen wir Ihre Unterstützung in der Frage, ob es irgendeine Verbindung zwischen den Mordopfern gegeben hat. Außerdem haben wir berechtigten Grund zu der Annahme, dass der Täter erneut zuschlagen wird.«

Aus dem Gemurmel entwickelte sich ein regelrechtes Stimmengewirr. Kameras blitzten, Reporter riefen Fragen durch den Saal und schwenkten die Arme. Im Augenwinkel sah Vincent Minas verärgertes Gesicht. Die verbissene Miene stand ihr gut.

»Ruhe!«, brüllte Julia. Widerwillig dämpften die Journalisten ihre Stimmen, damit sie weitersprechen konnte. »Zum jetzigen Zeitpunkt können wir sagen, dass die Morde wie absichtlich fehlgeschlagene Zauber-Illusionen inszeniert wurden. Es sieht nicht so aus, als wären sie dort verübt worden, wo die Opfer aufgefunden wurden, sondern als seien diese von den ursprünglichen Tatorten dorthin verbracht worden. Wir nehmen an, dass dafür ein Fahrzeug mit größerer Ladefläche verwendet worden ist. Möglicherweise eine Art Kastenwagen, aber bis auf Weiteres ist das pure Spekulation. Da die Taten äußerst brutal waren, vermuten wir, die Opfer könnten im Zuge des Verbrechens betäubt worden sein. Außerdem brauchen wir Ihre Hilfe bei der Feststellung vom Tatzeitpunkt des Mords an Robert Berger, also dem dritten Mord. Robert wurde am fünften Mai auf den Parkplatz des Großmarkts in Årsta aufgefunden. Leider konnten wir die Tatzeit nicht ermitteln, da sich die Leiche bereits einige Tage auf dem Parkplatz befunden hatte, bevor sie entdeckt wurde. Wir bitten Sie also auch um Informationen zu diesem Punkt, falls jemand von Ihnen etwas gesehen hat. Wir haben ein Bürgertelefon eingerichtet. Die Nummer sehen Sie hier unten.«

Sie seufzte tief. Ließ ihren Blick über die Köpfe der vielen Reporter und Fotografen schweifen und nickte einem Mann um die vierzig zu, der ein Mikrofon mit dem Logo vom *Expressen* in der Hand hielt.

»Warum genau glauben Sie, dass weitere Morde geplant werden? Und haben wir es mit anderen Worten mit einem Serienmörder zu tun? Ist er bereits bekannt?«

Julia beantwortete die Frage nicht sofort, sondern nahm sich Zeit, ihre Antwort sorgfältig zu formulieren.

Äußerlich wirkte sie vollkommen ruhig, aber Vincent konnte die kleinen Anzeichen von Stress mühelos erkennen. Sie hatte ihren Schwerpunkt auf den vorderen Fuß verlagert, als wollte sie jeden Moment wegrennen. Sie hatte fast vollständig aufgehört zu blinzeln, aber dafür hatte sie nun ein leichtes Zucken im Augenwinkel. Ihre gefalteten Hände lagen scheinbar entspannt auf dem Tisch, aber er sah genau, dass sie die Daumen unauffällig aneinanderrieb, um ihren Cortisolspiegel zu senken.

»Das ist einer der Punkte, auf die ich nicht näher eingehen kann«, sagte sie. »Wir halten es aber durchaus für möglich.«

Weitere Hände wurden nach oben gestreckt.

Julia nickte der jungen Reporterin von TT zu.

»Was für Zaubertricks sind denn da verwendet worden? Bei

dem Fund im Gröna Lund war doch von einer Art Kasten die Rede.«

»Darauf kann ich leider auch nicht näher eingehen.«

Die Reporterin von TT stellte noch eine Frage.

»Glauben Sie, dass die Person eine Verbindung zur Zauberkunst hat?«

»Haben Sie schon das Alibi von Joe Labero überprüft?«, rief jemand und erntete vereinzelte Lacher.

»Oder von Brynolf & Ljung?«, fügte ein weiterer Scherzbold hinzu.

Die Falte zwischen Julias Augenbrauen wurde tiefer. Mina sah wütend aus. Wieder fiel Vincent auf, wie schön sie war. Er musste sich eingestehen, dass er kaum den Blick von ihr abwenden konnte.

»Zu eventuellen Verdächtigen können wir uns momentan nicht äußern«, sagte Julia. »Aber wir haben ein Täterprofil in Auftrag gegeben. Allerdings glaube ich nicht, dass es auf prominente schwedische Magier wie Joe Labero oder die Herren Brynolf und Ljung passen wird.«

Der derbe Journalistenhumor schien nicht ihrem Geschmack zu entsprechen.

»Vielleicht suchen wir ja nach einem schwedischen Houdini … dem Houdinimörder!«, rief ein junger Reporter von der *Göteborgs-Posten* übermütig. Gedämpftes Lachen ertönte.

Vincent beobachtete jedoch, dass die meisten Journalisten sich ernsthaft Notizen machten. Da die dritte Macht im Staat offenbar nicht davon abzubringen war, dass Serienmörder knackige Labels brauchten, würde der Name mit Sicherheit hängen bleiben.

Julia lächelte immer noch, allerdings mit zusehends erstarrter Miene.

Vincent verstand sie. Sie war gezwungen, sich mit den Journalisten gut zu stellen. So geschmacklos ihr deren Witze auch erscheinen mochten, war sie doch darauf angewiesen, die Sympathien im Saal zu gewinnen, denn das war die einzige

Möglichkeit, die Story unter Kontrolle zu behalten. Sonst schrieben diese Leute, was sie wollten.

»Ich beantworte jetzt keine weiteren Fragen mehr. Wir brauchen die Hilfe der Bevölkerung, und die Nummer des Bürgertelefons, das man anrufen kann, steht dort. Sie finden sie auch auf der Homepage der Polizei, unserem Instagram-Account und natürlich auf Facebook.«

Erneutes Stimmengewirr, erhobene Hände. Fragen, die einfach in den Raum gebrüllt wurden. Doch Julia hatte den Journalisten bereits den Rücken gekehrt und sich Mina zugewandt. Die beiden verschwanden durch eine Tür auf der rechten Seite, und Vincent reckte sich, um Mina so lange wie möglich hinterherschauen zu können. Als sie nicht mehr zu sehen war, verließ er diskret den Raum, denn anderenfalls wäre es nur eine Frage der Zeit gewesen, wann er erkannt worden wäre. Und mit *solchen* Fragen sollte Julia nicht auch noch bombardiert werden. Außerdem musste er sich beeilen, weil gleich die erste Schicht von Ruben und ihm am Bürgertelefon begann.

»Wie funktioniert das?« Vincent versuchte zu begreifen, was auf dem Computerbildschirm vor sich ging.

Der Raum, in dem er und Ruben sich befanden, war mit technischer Ausrüstung vollgestopft, deren Funktion er nur erraten konnte. Auf dem Monitor direkt vor ihnen hingegen schien eine herkömmliche Excel-Tabelle zu sehen zu sein.

»Nehmen wir die Anrufe damit auf?«, fragte er, um zu überspielen, was für einen geradezu kindischen Spaß er an der ganzen Situation hatte.

Es wäre natürlich noch stimmungsvoller gewesen, wenn eine Wand wie im Fernsehen mit dunklen Bildschirmen voller geheimnisvoller, grünlich schimmernder Zahlenreihen und Aufnahmen aus Überwachungsdrohnen bestückt gewesen wäre, aber man konnte nicht alles haben.

»Also, das ist unsere Zentrale«, sagte Ruben. »Alle Anrufe, die auf der Nummer des Bürgertelefons eingehen, werden aufgenommen, aber wir zwei hören live mit. Falls mehrere Leute gleichzeitig anrufen, geht das natürlich nicht, aber normalerweise hält sich der Ansturm in Grenzen. Wenn wir etwas hören, das verdächtig klingt, oder zum Beispiel das Gefühl haben, Rask könnte am Telefon sein, dann markieren wir den Anruf. So. Das ist fürs Erste alles.«

Ruben klickte auf eine Zeile im Dokument, die sich daraufhin rot färbte. Eine Telefonzentrale. Mit den Herausforderungen, vor denen Jason Bourne stand, hatte seine Aufgabe hier wenig zu tun. Vincent konnte seine Enttäuschung kaum verbergen.

»Und die Nachverfolgung?«, fragte er.

»Da sind wir juristisch leider gefickt.« Ruben ging zur Kaffeemaschine hinüber und schenkte sich selbst einen großen Becher und Vincent keinen ein, aber bei dem säuerlichen Geruch verzichtete er gerne. Der Kaffee in dieser Kanne hatte mit Sicherheit keine glückliche Kindheit gehabt.

»Das muss erst per Gerichtsbeschluss genehmigt werden«, fuhr Ruben fort, während er ein wenig verschütteten Kaffee aufwischte. »Die Genehmigung bekommen wir aber nur, wenn wir angeben, um wessen Aufenthaltsort es geht. Und das wissen wir ja nicht. Um das herauszufinden, sind wir beide hier. Wir können natürlich, sobald uns ein Anrufer verdächtig erscheint, die Staatsanwaltschaft anrufen und um eine einstweilige Anordnung bitten, damit wir das Gespräch sofort aufnehmen können, aber ich bezweifle, dass wir das schaffen, bevor der Anrufer aufgelegt hat. Rein technisch gesehen, können wir die Anrufe innerhalb von Sekunden zurückverfolgen, aber wir dürfen es nicht.«

»Warum sind wir dann hier?«, fragte Vincent.

Ruben setzte sich neben ihn.

»Scheiße, ist der heiß.« Er blies auf seinen Kaffee. »Weil wir später ellenlange Anruflisten von den Mobilfunkanbietern anfordern können. Dazu brauchen wir übrigens auch erst eine gerichtliche Genehmigung. Die Listen zu bekommen, dauert mehrere Wochen, aber wir können aus ihnen Rückschlüsse auf die Identität der Anrufer ziehen. Sofern wir die Listen bekommen, bevor sie gelöscht worden sind, was nach zwei Monaten passiert. Habe ich schon gesagt, dass wir gefickt sind?«

»Du hast gesagt, die Listen kämen von den Mobilfunkanbietern«, antwortete Vincent. »Wenn ihr diese Informationen habt, könnt ihr also auch sehen, an welchen Orten die Handys sich befunden haben, indem ihr überprüft, mit welchen Mobilfunkmasten sie verbunden waren.«

»Wir nennen sie Basisstationen, aber im Prinzip hast du recht, Gedankenleser. Wir kommen extrem nah an sie ran. Aber diese Listen sind ein Albtraum, und deshalb soll sich die Analyseabteilung damit befassen. Und Peder bekommt auch eine Kopie, an der er sich die Zähne ausbeißen kann.«

Verbindungsnachweise. Wenn er an die rankam, konnte er sie Benjamin geben. Der würde es lieben. Doch vermutlich war die Analyseabteilung noch unempfänglicher gegenüber seinem Charme als Ruben. Peder konnte er schon eher überreden. Oder heimlich eine Kopie anfertigen, während der ein Nickerchen machte. Aber wie auch immer. Mit dem Problem würde er sich zu gegebener Zeit befassen.

»Dann sind wir also hier, um zu notieren, bei welchen Anrufen sich eine Rückverfolgung lohnen könnte«, stellte er fest. »Wenn ihr denn die Verbindungsnachweise habt.«

»Hurra, er hat's kapiert. Jepp, wir sollen einfach zuhören. Wobei du vielleicht auch ihre Gedanken lesen kannst, wenn du schon mal hier bist. Darauf setzt jedenfalls Julia, ist mein Eindruck.«

Ruben gab ein trockenes Lachen von sich. Vincent wusste, dass er es nicht ernst gemeint hatte, aber er wollte sich trotzdem dazu äußern. Ruben musste begreifen, dass sie in einem Boot saßen.

»Gedanken lesen kann ich vielleicht nicht«, sagte Vincent.

»Aber man kann trotzdem eine Menge beobachten, wenn man Menschen genau zuhört. Psychopathen kann man zum Beispiel am leichtesten anhand ihrer Wortwahl identifizieren. Sie sind geschickt darin, Gefühle in ihrer Mimik und der Körpersprache zu simulieren, vergessen dabei aber die gesprochene Sprache. Sie betonen neutrale Wörter genauso wie emotional aufgeladene. Und sie können einem im selben Atemzug, in dem sie ein schweres Verbrechen erwähnen, erzählen, was sie zum Frühstück gegessen haben. Außerdem sprechen sie meistens von sich und verwenden mit Vorliebe Vergangenheitsformen, um sich innerlich zu distanzieren. Aber ganz abgesehen von Psychopathologien können wir natürlich auch hören, ob …«

Ruben brachte ihn zum Schweigen, indem er die Hand hob. »Das wird schon klappen.« Er sah auf die Uhr. »Die Pressekonferenz müsste jetzt auf allen Kanälen veröffentlicht worden sein. Und eine Kurzversion ist soeben mit der Telefonnummer auf unsere eigene Homepage gestellt worden. Jetzt brauchen wir nur noch zu warten.«

»Wie lange?«

»So lange wie nötig.«

Die ersten zehn Anrufe waren eine Mischung aus offenkundigen Versuchen, Aufmerksamkeit zu erlangen, und ernst gemeinten Hilfsangeboten von Menschen, die leider nichts zu sagen hatten. Keiner der genannten Hinweise lohnte, dass man ihm nachging. Nachdem er sich das Geschwafel längere Zeit angehört hatte, gab Vincent sich schließlich geschlagen und nahm sich auch einen Becher Kaffee.

Drei Becher später konnte er mit Sicherheit sagen, dass diese Abhöraktion das am wenigsten Spannende war, was er je erlebt hatte. Ruben hatte kaum mehr als die paar Worte am Anfang mit ihm gewechselt, und seitdem saßen sie schweigend da und warteten auf die Anrufe. Schließlich streckte sich Ruben laut ächzend.

»Ich verschwinde mal kurz«, sagte er. »Das bringt ja nichts.«

»Du verschwindest? Wohin denn?«

Ruben zuckte mit den Schultern.

»Mal sehen, vielleicht gehe ich Padel-Tennis spielen. Um diese Zeit sind vor allem Fünfundzwanzigjährige in der Halle. Du weißt schon, junge Mädchen in engen Yogaleggings. Hauptsache, ich muss nicht länger hier rumsitzen.«

Ruben stand auf und nahm seine Jacke.

»Du schaffst das auch«, sagte er. »In einer guten Stunde bin ich wieder da. Ruf mich an, wenn was Interessantes auftaucht.«

Vincent war zu baff, um etwas darauf zu erwidern. Nachdem Ruben ihn allein mit dieser ganzen hochempfindlichen Ausrüstung zurückgelassen hatte, war er immer noch sprachlos. Das konnte doch gar nicht erlaubt sein. Er musste Mina anrufen und sie bitten zu kommen. Sie war ohnehin eine viel nettere Gesellschaft.

Er wollte gerade sein Handy aus der Tasche ziehen, um ihr eine Textnachricht zu schicken, als auf dem Monitor das Symbol, das einen Anruf auf der Telefonleitung anzeigte, von Rot auf Grün sprang. Nachdem die automatische Ansage der Polizei beendet war, ertönte eine Stimme.

»Ich bin außerordentlich enttäuscht von Ihrer Inkompetenz.« Der Mann klang verärgert. »Das ist pure Schlamperei.«

Wieder so ein Schwachkopf, der sich nur beschweren wollte. Bei der Hälfte der Anrufe war es darum gegangen, dass die Polizei angeblich ihre Arbeit nicht ordentlich machte. Vincent suchte Minas Nummer heraus.

»Robert ist am dritten Mai gestorben«, sagte die Stimme. »Das ist doch völlig klar. Dritter Mai.«

Vincents Daumen verharrte über dem Display. Was hatte der Mann da gerade gesagt? Die wenigsten Anrufer hatten konkrete Hinweise gegeben, und kein Einziger hatte ein genaues Datum genannt. Vincent beugte sich vor und stellte den Lautsprecher neben dem Bildschirm lauter.

»Das niedrige Niveau Ihrer Arbeitsweise deprimiert mich«, fuhr der Mann fort, der nun noch erboster wirkte.

Obwohl er so verärgert war, sprach er jede Silbe klar und deutlich aus. Als ob Korrektheit von größter Bedeutung gewesen wäre. Zudem verriet seine Wortwahl, dass er seine Zuhörer verachtete und sich für überlegen hielt. Eine narzisstische Persönlichkeitsstörung war durchaus möglich. Mehrere Anrufer hatten sich für den Täter ausgegeben, aber die hatte Vincent alle sofort durchschaut. Diesmal war es anders. In seinem Kopf leuchteten alle Warnlichter rot, auch wenn er noch nicht differenzieren konnte, auf welche Signale sein Unterbewusstsein reagiert hatte. Er war sich hundertprozentig sicher. Die Person am anderen Ende war der Mörder. Der Mann, nach dem sie suchten, war so nahe, dass er ihn atmen hörte. Er hatte jedoch keine Ahnung, ob es Rask war.

»Der Mongo hat sich vielleicht ein wenig Zeit gelassen«, sagte der Mann plötzlich in einem anderen Tonfall. »Aber Sie *wissen,* wann er gestorben ist. Oder ist Ihnen wirklich nicht klar, was die kaputten Uhrgläser bedeuten?«

Vincent hatte Hunderte von Fragen an den Mann am Telefon. Was der Countdown sollte. Für wen er gedacht war. Wieso er ausgerechnet Illusionen nutzte. Aber ihm blieb nichts anderes übrig, als zuzuhören.

»Sie müssen Ihre Arbeit wirklich besser machen.« Dann legte der Mann auf.

Vincent starrte auf den Bildschirm.

Ganz vorsichtig bewegte er den Cursor über die Excel-Tabelle und markierte den Anruf rot. Dann wurde ihm klar, dass Ruben keine Handynummer hinterlassen hatte.

»DAS DATUM IST ALSO WIRKLICH SO WICHTIG, wie ich dachte«, sagte Vincent nachdenklich.

Mina und Vincent saßen im Besprechungsraum vor dem Whiteboard, das mit dem gesamten Ermittlungsmaterial bepflastert war.

»Ja«, sagte sie und rieb sich die Hände gründlich mit Desinfektionsgel ein. »Da legt jemand großen Wert darauf, dass wir alle Uhrzeiten und Daten genau erfassen.«

Ihre rissige Haut war von dem vielen Desinfektionsmittel so ausgetrocknet, dass sie quasi raschelte. Aber dieses Opfer musste sie bringen. Fragend hielt sie Vincent die Flasche hin. Er wollte das Angebot zunächst ablehnen, zuckte dann aber mit den Schultern und ließ sich auch ein paar Kleckse in die geöffneten Hände geben.

»Ich verstehe nur nicht, wie Robert da reinpasst«, fuhr er fort, während er sich die Hände einrieb.

Ein scharfer Geruch breitete sich im Besprechungsraum aus. Sie fand ihn himmlisch.

»Nein, ich auch nicht. Zwischen Tuva und Agnes gibt es eine naheliegende Verbindung, aber zu Robert konnten wir einfach keine entdecken, obwohl wir seine Familie gründlich befragt haben. Da gibt es einfach gar nichts. Julia hat mit dem Personal des Wohnheims telefoniert, und dabei ist auch nichts rausgekommen. Sie und Christer wollen noch mal hinfahren und sicherheitshalber mit den Leuten persönlich sprechen, aber im Grunde hast du recht. Robert passt einfach nicht ins Muster.«

»Hm …«

Vincent machte eine halbe Drehung mit seinem Bürostuhl und wandte sich dem Whiteboard zu.

»Das verstehe ich einfach nicht an diesem Fall«, sagte er. »Er weist so viele Widersprüche auf. Sogar ich weiß, dass Serienmörder sich auf eine bestimmte Kategorie von Mordopfern beschränken. Man braucht kein Polizist zu sein, um das zu wissen, Google reicht da vollkommen aus. Tuva und Agnes haben viele Gemeinsamkeiten. Zwei junge Frauen. Aber Robert. Robert hat mit ihnen nichts zu tun. Es ist wie bei diesen Logiktests, in denen man Figurenreihen fortsetzen oder erkennen muss, welches Element nicht dazu passt. In diesem Fall ist das eindeutig Robert. Außerdem hatte er einen extrem kleinen Bekanntenkreis. Abgesehen von seiner Familie und den Bewohnern und Mitarbeitern des Wohnheims hatte er keine sozialen Kontakte. Ganz im Gegensatz zu Tuva, die schon allein durch ihren Job jeden Tag eine Menge Leute traf.«

»Apropos. Wir haben einen Hinweis auf den möglichen Aufenthaltsort von Jonas Rask bekommen. Eine seiner Ex-Frauen hat gehört, er würde irgendwo in der Umgebung von Stockholm in einem Wohnwagen hausen. Wo genau, wissen wir noch nicht. Es gibt natürlich Campingplätze, aber er könnte sich ja auch in die Einsamkeit zurückgezogen haben. Trotzdem habe ich das Gefühl, dass wir ihm näherkommen. Wir haben ihn bald. Dann kannst du ihn selber fragen.«

»Die statistische Wahrscheinlichkeit deutet darauf hin, dass er etwas damit zu tun hat.« Vincent sah sie an. »Aber ich weiß nicht. Ich werde das Gefühl nicht los, dass Jan Bergsvik, euer Kriminalpsychologe, auf dem Holzweg ist. Es stimmt einfach nicht.«

Seine strahlend blauen Augen schienen geradewegs durch sie hindurchzuschauen. Sie senkte den Blick.

»Die Leute machen seltsame Sachen, die man gar nicht verstehen kann«, sagte sie. »Aber Polizeiarbeit ist oft ganz simpel. Meistens ist die einfachste Lösung die richtige. Ist es wirklich Zufall, dass ein Mann, der zwei junge Mädchen ermordet und noch mehr vergewaltigt hat, in dem Café aufgetaucht ist, in dem Tuva gearbeitet hat?«

»Aber keines unserer Opfer ist vergewaltigt worden«, wandte Vincent ein.

»Wer weiß. Rask hat zwanzig Jahre im Gefängnis gesessen. Vielleicht hat er gar keine Libido mehr. Vielleicht waren der

Tötungsakt und die Verstümmelung ein psychologischer Ersatz für ihn?«

Vincent warf ihr einen überraschten Blick zu.

»Ich bin auch nicht dumm.« Sie zwinkerte ihm zu.

»Hm«, machte er, aber sie merkte, dass er ihrer Hypothese nicht zustimmte. »Du klingst genau wie Jan.«

Sie trat ihm vors Schienbein.

»Vielleicht hat ja Jonas Rask wegen des Datums angerufen«, sagte sie, merkte aber selbst, dass sie mit jedem Wort tiefer im Sumpf der Unwahrscheinlichkeit versank.

»Doch, klar, das wäre natürlich möglich. Was macht ihr denn nun mit diesem Anruf?«

Über dem Obstteller kreiste eine Fruchtfliege, und Mina musste vor Übelkeit ein saures Aufstoßen runterschlucken, bevor sie Vincents Frage beantworten konnte. Sie holte ihr Desinfektionsgel hervor und spritzte sich einen großen Klecks in die Handfläche. Kurz überlegte sie, ob sie mit dem Strahl die Fliege getroffen hätte, aber die Chance war wohl verschwindend gering. Vincent warf ihr einen kurzen Blick zu. Dann stand er auf und verschwand mitsamt dem Obstteller aus dem Raum. Dann kam er mit leeren Händen zurück und setzte sich, als ob nichts gewesen wäre. Mina spürte, dass ihr die Tränen kamen. Sie schluckte fieberhaft und räusperte sich.

»Wann musst du los?«

Vincent sah auf die Uhr.

»Mein Flug nach Malmö geht in zwei Stunden. Also bald.«

Sie wollte ihn noch nicht gehen lassen. Seit der Pressekonferenz hatten sie noch kaum miteinander geredet. Doch wie sollte sie es ihm sagen? Egal, wie sie es formuliert hätte, sie hätte mehr verraten, als ihr lieb war. Also zeigte sie keine Regung.

»Dann arbeiten wir am besten weiter.«

»Darf ich bald reinkommen? Ich sterbe vor Neugier!«, rief Mama lachend.

Obwohl sie hinter der Tür stand, war ihre Stimme so deutlich zu hören, als ob sie im Stall wäre.

»Gleich. Warte noch kurz.«

Er strich sein Hemd glatt und runzelte die Stirn. Hoffentlich war das Ganze auch wirklich eine gute Idee. Mama war so traurig gewesen, als Jane abfuhr. Sie hatte seitdem kaum mit ihm geredet. Eigentlich sprach sie nur beim Frühstück, wenn sie ihm seine dreieckigen Toastbrote machte und erklärte, wie wichtig es war, dass sie immer genau gleich groß waren. Ansonsten war sie nur mit ihren Unkrautstreifen beschäftigt. Sie hatte sogar einen Plan am Kühlschrank befestigt. Es war zwar nur eine Skizze, die sie mit schwarzem Filzer auf eine Seite aus dem Telefonbuch gekritzelt hatte, aber immerhin.

Malla, Sickan und Lotta hatten die Zeichnung höchst merkwürdig gefunden. Ihre Eltern machten so etwas offenbar nicht. Aber er verstand, warum es so wichtig war, sich einen sorgfältigen Plan zu machen. Und er hoffte wirklich, dass er selbst alles bedacht hatte. Mama brauchte dringend Aufmunterung. Wenn das hier nicht half, wusste er auch nicht weiter.

Er räusperte sich noch einmal, dann öffnete er die Tür. Mit erwartungsvoll leuchtenden Augen trat Mama in seine magische Werkstatt ein. Als sie sah, was er gebaut hatte, blieb sie abrupt stehen.

»Aber, aber … das ist ja vollkommen … Oh, mein Gott!«

Es war der größte Kasten, den er je gebaut hatte. Er reichte ihr fast bis zur Taille. Und er stand auf Rollen, damit man ihn von allen Seiten anschauen konnte.

Er löste die Bremse und drehte mit einer dramatischen Handbewegung den Kasten. Die dunkelblaue Farbe war noch feucht.

Mama schlug sich vor Bewunderung die Hände vor den Mund. Er atmete auf. Im Grunde hätte er sich gar keine Sorgen zu machen brauchen. Und außerdem hatte er ja noch eine Überraschung für sie. Die vierte Seite des Kastens war unlackiert. Stattdessen hatte er mit Klebeband einen Zettel drangehängt. *»Für Les Vargas reserviert«*, stand darauf.

»Ich muss in meinem früheren Leben eine Heilige gewesen sein.« Mama wischte sich mit den flachen Händen über die Augen. »Ich weiß gar nicht, womit ich dich verdient habe.«

»Wie funktioniert er denn nun?«, fragte sie, als sie fertig war. »Erzählst du es mir?«

Auch diesmal hatte sie Sterne gemalt.

»Das muss ich ja wohl, wenn du mir helfen willst.« Er öffnete den Kasten. »Oder hast du es dir anders überlegt?«

»Nein, nein, ich möchte nichts lieber. Unglaublich, dass *ich* mal zaubern darf!«

Von den Dämpfen, die der trocknende Lack ausdünstete, war ihm ganz schwindlig. Vielleicht hätten sie die Tür nicht schließen sollen. Aber das hier war ihr Geheimnis. Das durfte niemand anders sehen. Nicht, dass sie oft Besuch bekommen hätten, aber trotzdem.

»Zuerst kriechst du in den Kasten«, sagte er. »Eigentlich bräuchtest du auch Handschellen und müsstest in einem Jutesack stecken, aber ich habe keinen Sack. Und Handschellen auch nicht.«

»Gott sei Dank.« Mama lachte.

»Dann verschließe ich den Kasten mit einem Vorhängeschloss und stelle mich obendrauf. Währenddessen steigst du leise durch die Geheimtür auf der Rückseite aus und versteckst dich hinter dem Kasten.«

»Ich habe gar keine Geheimtür gesehen.«

Plötzlich klang Mamas Stimme nervös.

»Das ist der Trick.« Er grinste. »Das Muster macht sie unsichtbar.«

Er zeigte ihr die Tür, die sich hinter den auf den Kasten aufgemalten Quadraten verbarg.

»Ich habe Stoff über diesen Hula-Hoop-Reifen gehängt«,

fuhr er fort. »Ich stehe oben auf dem Kasten und halte mir den Reifen so über den Kopf, dass mich der Stoff vollständig verdeckt. Du kriechst durch einen Schlitz auf der Rückseite hinein, stellst dich neben mich und übernimmst den Reifen. Ich schleiche mich hinten aus unserem kleinen Stoffzelt und krabbele durch die Geheimtür in den Kasten. Dann lässt du den Reifen fallen. Du stehst oben auf dem Kasten, und ich liege drin. Es sieht so aus, als ob wir auf magische Weise den Platz getauscht hätten. Ich bin Mama. Und du bist sieben Jahre alt.«

Mama strich über die Geheimtür.

»Das hast du toll gebaut«, sagte sie.

»Ich hatte eine richtige Bauanleitung. Aber wir müssen viel üben. Bei diesem Trick kommt es auf Schnelligkeit an. Jane wird ihren Augen nicht trauen.«

Ein Schatten überzog Mamas Gesicht. Er biss sich auf die Lippe. Jane hätte er nicht erwähnen sollen. Dummer kleiner Bruder. Mama war immer noch traurig, weil seine Schwester nach Dalarna zu einer Freundin gefahren war. Auch wenn ihre Abreise schon zwei Tage her war. Zwei Tage waren eine Ewigkeit. Er wünschte, er hätte Mama auf andere Gedanken bringen können. Wieso konzentrierte sie sich denn nicht einfach darauf, diesen Zaubertrick mit ihm zu üben?

»Besonders geräumig sieht der Kasten nicht aus«, sagte sie, als hätte sie seine Gedanken gelesen. »Bist du sicher, dass ich da reinpasse?«

»Das ist Teil der Illusion. Er ist größer, als er aussieht.«

Er zeigte ihr die Bauanleitung und buchstabierte im Kopf Janes Namen. J-A-N-E, vier Buchstaben. Vierzehn Tage lang war sie verreist. Vier plus vierzehn ergab achtzehn. Achtzehnmal mussten sie den Trick proben. Dann kam Jane nach Hause, und Mama wurde wieder froh.

»Du bist höchstens eine halbe Minute in der Kiste«, sagte er. »Dann krabbelst du raus, und wir tauschen die Plätze.«

»Eine halbe Minute, sagst du?«

»Höchstens.«

Vincent sitzt auf dem Sofa in seiner Garderobe. Die Stimme des Anrufers geht ihm nicht mehr aus dem Kopf.

Die Vorstellung hatte im Konzertsaal von »Malmö Live« stattgefunden.

In Konzertsälen sind große Shows immer eine Herausforderung. Die hintersten Reihen können oft nicht besetzt werden, weil man dort zu weit von der Bühne entfernt ist. Er will, dass alle Zuschauer ihn gut sehen können – und umgekehrt. Doch trotz der gesperrten hinteren Reihen ist er an diesem Abend vor sechshundert Leuten aufgetreten. Für Ende Mai ist das eine beachtliche Zahl, denn in den Sommermonaten sitzen die Leute am liebsten bis spät in die Nacht draußen.

Nicht sechshundert, korrigiert er sich selbst. Fünfhundertsechsundachtzig. Er merkt, dass sein Gehirn sofort loslegen will, und hindert es nicht daran, sondern richtet in der Zwischenzeit die ungeöffneten Mineralwasserflaschen auf dem Couchtisch gleich aus. Alle Etiketten müssen in dieselbe Richtung zeigen. Er ist versucht, Umberto ein Foto mit der Bildunterschrift *#leitungswasser* zu schicken, lässt es aber bleiben.

Fünfhundertsechsundachtzig.

5+8+6 ist 19, 1+9 ist 10, 1+0 ist 1.

»5 8 6« heißt auch ein Titel auf dem zweiten Album von *New Order*. Das ist dieses seltsame Stück, in das sie Teile von *Blue Monday* eingebaut haben, dem einzigen akzeptablen Song, den *New Order* je gemacht hat. Und monday, also Montag, ist der erste Tag der Woche. Wieder eine 1.

Laut Numerologie steht die 1 für Kreativität und Schaffensprozesse. Er selbst empfindet es genauso. Außerdem gilt die 1 als maskuline Zahl. Er vermutet, das liegt an der Phallusform, was wiederum beweist, dass die Numerologie von Männern erfunden sein muss. In Wirklichkeit hätte die schlaff herunterhängende 9 zu den meisten Männern viel besser gepasst.

Und die ergibt in Kombination mit der 1 natürlich 19, die Summe von 5+8+6.

Fünfhundertsechsundachtzig.

Die 1 stand jedoch auch für Einsamkeit und das einzelne Individuum. Das momentan allein auf einem abgenutzten schwarzen Sofa in Malmö sitzt. Er vermisst Mina.

Mina?

Nicht Maria?

Natürlich vermisst er auch seine Kinder. Seine Familie. Doch ja, er vermisst auch diese seltsame Polizistin. Sogar sehr. Er hat sie noch nicht einmal gefragt, ob sie den Zauberwürfel wieder hinbekommen hat. Und er selbst rätselt an den Brocken herum, die ihnen der Mörder am Telefon hingeworfen hat.

Sie wissen, wann er gestorben ist. Oder ist Ihnen wirklich nicht klar, was die kaputten Uhrgläser bedeuten?

Die Uhren zeigen den Todeszeitpunkt an, das liegt auf der Hand. Aber er wird den Gedanken nicht los, dass der Mörder noch etwas anderes meint.

Drei Uhren. Drei Opfer. Zwei Frauen. Ein Mann.

3321.

Er muss lachen. Wenn ihn nicht alles täuscht, ist das die Bankleitzahl von Nordea. Die hatte der Mörder vermutlich nicht im Sinn.

Doch zumindest hat er, vom Tonfall und der Wortwahl ausgehend, eine Analyse der Person vornehmen können. Er hat Julia versprochen, der Gruppe seine Erkenntnisse vorzutragen, sobald er wieder in Stockholm ist. Einmal werden sie ihm hoffentlich noch zuhören.

Er steht auf, geht zum Waschbecken hinüber und lässt das Wasser laufen, bis es eiskalt ist. Spritzt es sich ins Gesicht. Für heute reicht es mit abschweifenden Gedanken. Er hatte sogar während der Vorstellung Schwierigkeiten, sich zu konzentrieren. Eine Frau aus dem Publikum hatte ihn Dumbledore genannt und damit zahlreiche Lacher geerntet, aber es hatte ihn auch an die Vernehmung von Daniel erinnert, dessen spontane Assoziation zur Zauberei Harry Potter gewesen war. Verglichen mit Rask, ist Daniel unwahrscheinlich als Mörder, aber er hat im Laufe der Vernehmung irgendetwas gesagt, das Vincent zwar in dem Moment nicht bewusst registriert hat, das aber seitdem in ihm arbeitet wie ein winziges Steinchen im Schuh.

Er trocknet sich das Gesicht ab und betrachtet sich im Spiegel. Er versucht, durch die Augen hindurch und ins Innere seines Kopfes zu schauen. Irgendwo da drinnen ist die Information. Und sie ist wichtig. Er muss herausfinden, was es ist. Und sie werden wohl noch einmal mit Daniel Bargabriel sprechen müssen.

Daniel steht vor Evelyns Haustür und blickt an der Fassade rauf. Es ist spät, und die Straße ist dunkel, aber in ihrem Küchenfenster im ersten Stock brennt noch Licht. Die gelbe Jugendstilfassade mit dem einen erleuchteten Fenster sieht wie ein Postkartenmotiv aus. Er hat sich lächerlich gemacht. Das weiß er. Aber andererseits ist es nicht verwunderlich, dass er der Polizei aus dem Weg geht. Er weiß doch, wie das ist. Wenn man nicht genauso weiß, wie sie arbeitet, ist das Risiko, verhaftet zu werden, sehr viel größer. Da musste man nur mal Samir fragen. Ob man wirklich was getan hatte oder nicht, spielte gar keine Rolle.

Er steht zu dicht vor dem Haus, um oben hinter dem Fenster etwas erkennen zu können, aber er weiß, dass sie hinter der Scheibe sitzt und auf ihn wartet. Er war schon viel zu lange weg. Er hat gehofft, die Polizei würde irgendwann das Interesse an ihm verlieren. Aber dieser Vincent, der merkt alles. Vermutlich wird Daniel mehr denn je verdächtigt. Nur weil er keinen Ärger wollte. Er braucht Evelyns Hilfe, bevor die Sache völlig aus dem Ruder läuft. Er hat sich nichts zuschulden kommen lassen. Außer Angst zu haben. Das kann ihm niemand vorwerfen. Wie gesagt, da brauchte man nur Samir zu fragen.

Aber er will nicht nur Evelyns Hilfe. Er will *sie*. Sehnt sich nach ihr. Ihre gemeinsamen Abende beginnen in der Küche, wo sie über alles Mögliche reden, meistens bei einem Bier oder einem Glas Wein. Evelyn raucht immer am offenen Fenster. Sonst raucht sie nie, aber nach ein oder zwei Gläsern Wein hängt sie sich gerne mit einer Kippe raus. In ihrem gestreiften Oberteil, dessen Ausschnitt so groß ist, dass er ihr über eine nackte Schulter rutschen kann.

Sie sagt immer, dann fühle sie sich, als würde sie in Paris oder Rom leben und nicht in dem zwanghaft korrekten Stockholm. Vor allem im Frühling. Dann will sie überall sein, nur nicht in dieser Stadt.

Er hat das nie ganz verstanden, er findet Stockholm im Frühling schön. Auf der anderen Seite ist er auch noch nie in Paris oder Rom gewesen. Danach hat sie immer diesen verschwommenen Blick und schiebt ihn ins Schlafzimmer. Manchmal fangen sie in der Küche schon an. Sie schmeckt nach Rauch und Wein und Frühling und Sehnsucht. Der Ablauf ist vorhersagbar, aber das gefällt ihm. Es fühlt sich richtig an. Romantisch.

Der Abend ist warm. Sie könnten genauso gut in Paris sein. Und warum auch nicht. Mit dem Café hatte er es sich ohnehin verdorben, weil er einfach weggerannt war, also konnten sie auch ganz von hier verschwinden. Wenn er all seine Konten leer räumt, müsste sein Geld zumindest für ein Wochenende reichen. Für sie beide. Das hätte er schon lange machen sollen. Sie wird überglücklich sein.

Aber zuerst muss er ihr ein paar Dinge erklären. Warum er abgehauen ist. Warum er nicht auf ihre Textnachrichten geantwortet hat. Dass Tuva verschwunden ist. Hoffentlich kann sie ihm verzeihen, dass er sich nicht gemeldet hat, hoffentlich versteht sie, dass er Angst bekommen hat, als die Polizei vor ihm stand. Hoffentlich hat sie nicht aufgehört, ihn zu lieben.

Er braucht viel Hoffnung.

Sie wird die Stirn runzeln. Vielleicht sogar die Lippen zusammenkneifen. Aber er wird ihren Mundwinkel küssen, oh, wie hat er sich danach gesehnt, ihr Gesicht in den Händen zu halten. Er holt tief Luft und will gerade den Code in die Tastatur am Klingelschild eingeben, als er hinter sich eine Stimme hört. »Daniel?«

Hinter ihm steht ein fremder Mann um die dreißig. Dunkles Haar, blauer Anzug.

»Du bist doch Daniel, oder?«, fragt der Mann noch einmal. »Du hast doch mit Agnes zusammengewohnt.«

Er antwortet nicht. An Agnes will er jetzt auf jeden Fall nicht denken.

»Sebastian.« Lächelnd kommt der Mann auf ihn zu und will ihm die Hand geben. »Ich bin ein Freund von Agnes. Oder war es, besser gesagt. Bevor, tja, du weißt schon. Ich glaube, wir sind uns mal auf einer Party begegnet.«

»Kann sein«, antwortet er skeptisch.

Er ist sich sicher, dass sie sich noch nie gesehen haben.

»Wohnst du jetzt hier?« Der Mann sieht am Haus hoch.

»Nein, meine Freundin wohnt hier.«

Der Mann, der anscheinend Sebastian heißt, lacht auf. Laut.

»Das ging aber schnell! Agnes ist doch erst seit, Moment, vier oder fünf Monaten tot? Hinter welchem Fenster wohnt denn deine neue Freundin?«

»Sie ist nicht neu. Und Agnes und ich waren nicht zusammen. Ich hatte nur ein Zimmer bei ihr.«

»Alles klar.« Sebastian zwinkert ihm zu.

Daniel runzelt die Stirn. Die Situation gefällt ihm nicht. Er braucht sich vor diesem Mann nicht zu rechtfertigen. Aber er hat es satt, Dinge vorgeworfen zu bekommen. Kann der Typ nicht endlich verschwinden? Evelyn ist da oben in der Küche. Sie hat ihm bestimmt schon ein Glas Wein eingeschenkt. Sich eine Zigarette angezündet. Angefangen, von Paris zu träumen. Vielleicht hat sie das gestreifte Oberteil an, in dem sie so verdammt gut aussieht. Für ihn. Und er steht immer noch hier unten.

»Tut mir leid, aber ich bin spät dran.« Er wendet sich wieder dem Klingelschild zu.

Sebastian legt ihm die Arme über die Schultern und zieht ihn von der Tür weg.

»War wahrscheinlich am besten so, das mit Agnes«, sagt Sebastian ruhig.

Daniel erstarrt.

Auf dem Sofa in der Garderobe lehnt Vincent sich zurück und schließt die Augen. Er denkt an die Vernehmung von Daniel und lässt sich noch einmal durch den Kopf gehen, was Daniel gesagt hat. Jedenfalls hat er keine Ahnung von Zauberei gehabt, das steht fest. Er hat gedacht, ein *double lift*, bei dem man von einem Kartenstapel zwei Karten abhebt, hätte etwas mit Gruppensex zu tun. Vincent konnte sich das Lachen kaum verkneifen.

Außerdem hat Daniel befürchtet, sie würden ihm womöglich nicht glauben, als er sein Verhältnis zu Agnes und Tuva beschrieb. Und klar, dass Daniel rein zufällig beide gekannt hatte, war aus einem bestimmten Blickwinkel so unwahrscheinlich, dass man leicht auf die Idee kommen konnte, es stecke etwas anderes dahinter. Doch statistisch gesehen, war es bei so einem Fall viel unwahrscheinlicher, dass solche Zufälle *nicht* vorkamen. Jede mögliche Variante wird irgendwann eintreffen. Genau das verstehen die Leute nicht, wenn sie darauf beharren, es müsse etwas »zu bedeuten haben«, wenn sie einen alten Bekannten in dem Moment auf der Straße treffen, in dem sie zum ersten Mal seit Jahren an ihn gedacht haben.

Vincent seufzt. Setzt man die Anzahl der Personen, die ein Mensch im Laufe seines Lebens trifft, mit der Anzahl der Gedanken, die ihm täglich durch den Kopf gehen, in Beziehung, ist es im Prinzip ausgeschlossen, dass die beiden Variablen sich nicht irgendwann überschneiden. Das gilt vielleicht nicht für alle Menschen, aber für viele. Es ist nicht »unglaublich«, sondern vielmehr höchstwahrscheinlich.

Und Daniels Körpersprache hatte nicht signalisiert, dass er womöglich über Agnes und Tuva die Unwahrheit gesagt hatte. Vincent öffnet die Augen. Auf diese Weise wird ihm das, wonach er sucht, nicht wieder einfallen. Er muss die Erinnerungen anzapfen, die sein Gehirn unbewusst abgespeichert hat. Dinge, von denen er gar nicht weiß, dass er sich an sie erinnert. Es gibt nur eine Art, heranzukommen. Er muss sich selbst hypnotisieren.

Er steht auf und schließt Umberto zuliebe die Tür ab, damit die Reinigungskräfte keinen Schreck bekommen. Dann legt er sich auf den Boden und starrt an die Decke. Normalerweise nutzt er die Selbsthypnose nur zum Einschlafen, wenn Maria wieder so lange mit ihrer grellen Nachttischlampe liest, aber diesmal darf er nicht einschlafen, vielmehr muss er mit einem Trampolinsprung in sein Unterbewusstsein springen. Vincent sieht sich um und nimmt die äußeren Eindrücke in sich auf.

»Stuhl, rot, Metallbeine«, murmelt er. »Vorhänge, geblümt, scheußlich. Arbeitsplatte, blau, MDF. Die Heizung rauscht, draußen höre ich Autos, und der Kühlschrank brummt. Der Teppich unter mir ist weich, der Boden hart, die Temperatur zu warm.«

Dann schließt er die Augen.

Der Mann, der Sebastian heißt, lacht erneut. Sein Lachen ist freundlich, aber die Arme, die Daniel umschließen, sagen etwas anderes.

»Agnes war ja auch nicht gerade ein Bollwerk zum Schutz der weißen Kernfamilie«, sagt Sebastian. »Da hast du uns einen Gefallen getan. Ist ja besser, wenn man solchen Abschaum wie sie los ist. Was glaubst du, worauf sie so abgefahren ist? War es der große syrische Schwanz?«

Sebastian fasst ihm zwischen die Beine. Daniel versucht, sich ihm zu entwinden, aber Sebastian hält seine Schultern fest umklammert. Daniels Hals ist staubtrocken, er könnte gar nichts darauf erwidern. Selbst wenn er wollte. Das hier passiert nicht. Es darf nicht passieren.

»Auf denselben Schwanz, mit dem du jetzt noch eine schwedische Frau beschmutzt«, fährt Sebastian fort. »Ich glaube es nicht. Daniel. Oder wie auch immer man deinen Namen in deiner beschissenen Sprache ausspricht.«

Sebastian schubst ihn vom Hauseingang weg. Weg von Evelyn. Entfernt ihn von Sicherheit, von Licht. Er verliert beinahe das Gleichgewicht, kommt aber wieder auf die Beine. Wenn er fällt, ist er verloren. Ein paar Meter über ihm leuchtet einladend Evelyns Fenster. Er versucht, es mit der Kraft seiner Gedanken zu öffnen. *Guck raus. Damit du mich siehst.*

Auf der anderen Straßenseite treten plötzlich vier Männer in schwarzen Bomberjacken aus dem Schatten. Auf ihren rechten Ärmeln prangen wie weiße Blitze die Buchstaben S und Z. *Schwedens Zukunft.*

Hat er bis jetzt noch keine Angst gehabt, bekommt er sie jetzt. Er kennt die Typen. *Schwedens Zukunft* gibt sich als Partei aus, aber in Wirklichkeit sind das Rowdys mit Abzeichen. Josef hat ihm erzählt, was sie mit seinem Cousin gemacht haben. Ein Schlag auf den Hinterkopf, und sein Cousin trug nun für den Rest seines Lebens einen Stomabeutel. Er war fünfzehn Jahre alt. Und der hirnlose Rassist war allein gewesen. Das hier waren fünf.

Abgesehen von den Männern ist die Straße verwaist. Aber er kann trotzdem um Hilfe rufen. Vielleicht hört ihn Evelyn durch das geschlossene Fenster.

»Evelyn!«, brüllt er. »Ruf die Polizei!«

Daniel heult auf, als er einen Schlag auf die Nase bekommt. Sein Gesicht verwandelt sich in puren Schmerz. Vor seinen Augen schwimmen Muster in verrückten Farben herum, und seine Augen füllen sich mit Tränen. Er sieht nichts und hört nichts. Hat nur ein Tuten im Ohr. Und Schmerzen. Als ob ihn jemand mit dem Hammer geschlagen hätte. Atmen geht nicht.

Das Blut aus der gebrochenen Nase läuft ihm in den Mund und den Hals runter.

Er schwankt. Ist schwerelos. *Nicht fallen. Egal, was passiert.* Daniel kneift die Augen zusammen und sieht die Männer vor sich stehen. Zwei von ihnen halten Eisenrohre in den Händen.

»Wir haben gehört, die Polizei hat dich laufen lassen.« Sebastian wischt ihm mit einem Taschentuch das Blut ab. »Aber mach dir keine Sorgen. Wir räumen hinter ihnen auf.«

Vincent ist in seinen Erinnerungen versunken. Er befindet sich wieder im Vernehmungsraum, aber sein Gehirn sortiert und filtert nicht mehr nach Priorität. Jetzt ist alles gleich wichtig. Er wird von Farben, Worten und Bewegungen überflutet. Es ist ein Tsunami aus Eindrücken, und er droht darin zu ertrinken. Er muss sortieren. Und das finden, was aus der Masse herausragt.

Daniels Worte.

Er muss sich auf Daniels Worte konzentrieren. Vor allem die Passagen, die ihm bisher unwichtig erschienen sind.

»Agnes und Tuva kannten sich.«

Nein, das war es nicht.

»Agnes' Vater ist Rassist.«

Nein, auch daran erinnert er sich noch. Er muss die Lücken finden. Die blinden Flecken in seinem Gedächtnis.

»Es kommen ständig Leute herein, die irgendwie seltsam sind … Und es sind auch Stammgäste darunter.«

Irgendwo da. An dieser Stelle hat Daniel etwas gesagt.

»… die meisten Gäste, die regelmäßig bei uns sind, nutzen das Café als Büro … Medienleute haben immer ihre Laptops.«

Er ist jetzt ganz nah dran.

»Ein Stammkunde saß immer da und sah sich in einem Ordner Baupläne an.«

Das war es. Baupläne passen nicht in Ordner. Dafür sind sie eigentlich zu groß. Aber Vincent hat erst kürzlich Bauanleitungen in einem Ordner gesehen. Bei Sains Bergander.

Er öffnet die Augen, pfeift darauf, sich selbst sanft zurück in den vollständigen wachen Zustand zu holen, und spürt, wie sein Gehirn mit gewissen Anlaufschwierigkeiten wieder auf normalen Betrieb umschaltet.

Daniel hat einen Stammkunden beim Betrachten von Bauanleitungen gesehen.

Vincent könnte wetten, dass es Anleitungen für Illusionen waren. Wenn er so darüber nachdenkt, liegt es auf der Hand. In einem Punkt hatte Ruben recht: Der Mörder hat das Café regelmäßig besucht, um Tuva zu beobachten und sich ein genaues Bild von ihrem Tagesablauf zu machen, bevor er zuschlug.

Daniel weiß, wie der Mörder aussieht. Vielleicht weiß er sogar, wie er heißt. Vincent schnappt sich seine Jacke, in der das Handy steckt, und muss eine Weile suchen, bis er Minas Nummer gefunden hat. Er verflucht die Tatsache, dass er wegen seines eigentlichen Berufs jetzt so weit entfernt vom Zentrum des Geschehens ist. Sie müssen so schnell wie möglich mit Daniel sprechen.

Einer der Männer schwingt ein Eisenrohr in seine Richtung, und Daniel hält sich instinktiv die Arme vor den Kopf, um sich zu schützen. Ein Fehler. Der Schlag bricht ihm beide Unterarme. Schreiend beugt er sich vor.

Evelyn. Mittlerweile muss sie die Polizei gerufen haben. Sieht sie, was hier vor sich geht? Steht sie am Fenster und schaut zu, hat aber zu viel Angst, um das Fenster zu öffnen?

»Es reicht«, wimmert er. »Es reicht. Ich hab's kapiert.«

Der nächste Schlag trifft ihn in die Seite und bricht ihm eine Rippe. Vermutlich mehrere. Er kann nicht mehr schreien, und das Atmen tut weh. Er nimmt an, dass die gesplitterten Knochen sich in seine Lunge gebohrt haben.

Er will vor den Männern zurückweichen, aber er ist nicht in der Lage zu rennen. Die Männer scheinen sich lustig zu machen. Dann kommen die Schläge in kürzeren Abständen, aber in seinem Kopf geht alles durcheinander, sodass er die einzelnen Schmerzsignale nicht mehr auseinanderhalten kann. Er hat nur noch das Gefühl zu brennen.

Sie müssen bald aufhören.

Er und Evelyn wollen doch nach Paris.

Kurze Pause. Vielleicht sind sie jetzt zufrieden. Haben ihre Botschaft überbracht.

»Eins, zwei, drei!«

Zwei der Männer zählen, dann knallen beide Rohre auf seine Kniescheiben. Er fällt vornüber und will schreien, bringt aber nur ein Ächzen zustande. Er landet auf seinen gebrochenen Armen und schlägt mit der Stirn auf dem Asphalt auf. Stromstöße schießen ihm ins Gehirn, und er sieht weiße Blitze.

Evelyn legt ihm die Hand mit der Zigarette in den Nacken und bläst ihm Rauch in den Mund, bevor sie ihn küsst.

Er brennt, aber die Männer hören nicht auf. Er hört ihre schweren Stiefel auf seinen Körper prallen, aber er spürt den Schmerz nicht mehr. Es ist einfach zu viel, er legt ihn beiseite, für später.

Über ihm Evelyns helles Fenster. So nah. Er will rufen, kann aber nur noch leise zischen. Wenn sie doch nur rausschauen würde. Rauch doch endlich diese Zigarette. Aber er weiß, dass sie damit auf ihn wartet.

Ihr Oberteil rutscht zur Seite und entblößt die eine Schulter. Eine Schulter, die mehr verheißt.

Ich bin hier. Schau her. Ruf die Polizei.

Paris, Evelyn, Paris.

Ein besonders harter Stiefel trifft ihn am Bauch, und er krümmt sich zusammen. Die Tritte drücken die gebrochenen Rippen tiefer in die Lungenflügel. Magensaft wird durch die Speiseröhre in den Mund hinaufgepresst und rinnt ihm aus dem Mundwinkel.

»Kotzt du etwa auf meinen Schuh, du Widerling«, sagt der Mann und versetzt ihm einen Tritt gegen die Kniescheibe.

Die zerschmetterten Knochen verschieben sich, und er ist

kurz davor, das Bewusstsein zu verlieren. Flackerndes Dunkel beherrscht jetzt sein Blickfeld. Sauerstoffmangel, denkt er plötzlich.

Warum kommt die Polizei nicht?

Auf einmal hören die Schläge auf. Etwas verändert sich. Er weiß, was das bedeutet, weiß, was jetzt kommt.

»Du bist dran, Sebastian«, sagt einer der Männer. »Bring die Sache zu Ende.«

Er schließt die Augen.

Konzentriert sich auf Evelyn.

Lässig hält sie eine Bierflasche in der Hand.

Er denkt nur daran, wie sie den Kopf schief legt, wenn sie ihn anlächelt.

Wie sie aussieht, wenn sie nackt zusammen aufwachen.

Wie sie riecht, wenn sie ihn küsst.

Nach Rauch und Wein.

Wie Paris.

Diese hirnlosen Rassisten werden sie ihm niemals wegnehmen.

Er hält sich am Bild von Evelyn fest, und Sebastian springt hoch und landet mit beiden Füßen auf sein-em Kopf.

Juni

»Kommen Sie rein!«

Ein Mann Mitte dreißig mit Hipsterbrille und -bart machte ihnen die Glastür auf. Christer sah sich um. Hier sah es ja richtig schick aus. Hell, sauber und ordentlich. Ganz anders als in den psychiatrischen Notaufnahmen, in die er beruflich hin und wieder kam. Die waren oft schäbig, und von den nackten Wänden hallten Angst und einsames Geschrei wider. Doch wie Julia ihm im Auto genau erklärt hatte, war das hier ja auch keine Psychiatrie, sondern eine Wohnstätte für Menschen mit Behinderungen.

Was er natürlich selber wusste. Er nahm sie nur hin und wieder so gerne auf den Arm und beobachtete, wie sie die Nase mit den vielen kleinen Sommersprossen krauszog. Sie war eine gute Chefin. Auch wenn ihr das wahrscheinlich nicht bewusst war, und er es sich nicht anmerken ließ, mochte er sie sehr. Obwohl sie manchmal einen Stock im Arsch hatte.

Der Hipstermann brachte sie in ein kleines Büro. Der Schreibtisch war aufgeräumt, und im Bücherregal standen die Bücher in Reih und Glied. Fachliteratur. Auf der Fensterbank hinter dem Schreibtisch befand sich neben einer prächtigen Zimmerpflanze eine Regenbogenflagge und ein Foto vom Hipstermann mit einem zweiten Hipstermann im Arm. Klar. Christer hatte Antennen für Homosexuelle und hatte es sich gleich gedacht, als Hampus Norlén die Tür aufmachte.

Er selbst konnte nicht nachvollziehen, was an zwei Penissen in einem Bett so toll sein sollte. Das entbehrte doch jeglicher Logik. Was ergab mehr Sinn? Zwei Schrauben oder eine Schraube und eine Mutter. Das erklärte sich doch von selbst. Doch er nahm an, dass jeder nach seiner Fasson selig werden musste. Solange sie ihre Dildos nicht Familien mit kleinen

Kindern ins Gesicht hielten, die sich den bunten Umzug am Christopher Street Day anschauten. So wie Lasse damals.

Lasse.

Mein Gott, wie lang war das jetzt her? Es musste an die vierzig Jahre sein. In seiner Jugend war Lasse sein allerbester Freund gewesen. In ihren Zwanzigern hatten sie sogar mal eine Zeit lang zusammen gewohnt. Ein paar Jahre lang hatten sie alles miteinander geteilt, und daher war niemand so erstaunt wie Christer, als sich herausstellte, dass Lasse vom anderen Ufer war. Er erinnerte sich, dass sie sich vorher oft umarmt hatten. Es war eine enge Freundschaft gewesen, und Lasse war ein gemütlicher Typ. Aber es hatte ja nichts zu bedeuten gehabt. Als er Bescheid wusste, wurde es schwierig. Und am Ende verloren sie sich aus den Augen.

»Mein Beileid.« Julia setzte sich auf einen der beiden Stühle, die Hampus vor seinen Schreibtisch gerückt hatte.

Christer nahm auf dem anderen Platz. Hampus nickte und setzte sich ebenfalls.

»Wir haben die Hoffnung bis zum Schluss nicht aufgegeben«, sagte er stockend. »Wie sagt man, die Hoffnung stirbt zuletzt. Auch wenn wir natürlich das Schlimmste befürchtet haben. Aber wenn das, was ich so gehört habe, zutrifft, dann hat die Realität unsere Befürchtungen bei Weitem …«

Hampus konnte nicht weitersprechen. Er drehte sich zur Seite und wischte sich über die Augen.

»Zu unseren Ermittlungen können wir uns leider nicht äußern«, sagte Julia sanft.

Es wurde still im Raum. In einer Ecke brummte eine Fliege und stieß immer wieder ebenso verzweifelt wie ahnungslos gegen die Scheibe, die zwischen ihr und der Freiheit war.

»Wie lange hat Robert schon hier gewohnt?«

Christer beugte sich vor. Der Stuhl war extrem unbequem, und ihm taten der Hintern und der Rücken weh.

»Er hat schon mit fünfzehn hin und wieder hier gewohnt, wenn seine Eltern Entlastung brauchten.«

»Wir haben seine Eltern kennengelernt«, sagte Julia. »Sie haben sehr anerkennend von Ihnen gesprochen.«

Hampus nickte. »Ja, die Zusammenarbeit war gut. Und Bobban ist ein feiner Kerl. War, meine ich. Ruhig, nie aggressiv. Wir haben hier auch Bewohner, die nicht mehr zu Hause leben können, weil sie gewalttätig sind. Bei Bobban war das nicht so. Aber er ist oft abgehauen und durfte nie allein gelassen werden. Daher ließ sich die Berufstätigkeit der Eltern auf die Dauer nicht mit seiner Betreuung vereinbaren. Und da kamen wir ins Spiel. Im Grunde haben wir uns die Verantwortung mit den Eltern geteilt. Wie beim Wechselmodell, könnte man sagen.«

Hampus grinste durch seinen Vollbart. Christer kratzte sich am Kinn. Er war glatt rasiert. Wie immer. Seine Mutter hatte ihm von klein auf beigebracht, dass niemand einem Mann mit Bart vertraut. Und außerdem musste es darunter doch schrecklich warm sein im Sommer. Und auch jucken. Ganz zu schweigen von den Essensresten, die darin hängen blieben. Christer wandte sich irritiert von dem Vollbart ab und sah zu der Fliege in der Ecke. Mann, machte das Viech einen Krach.

»Können Sie uns etwas über Robert erzählen? Bobban?« Julia schien überhaupt keine Notiz von der Fliege zu nehmen.

»Tja, Bobban … mit dem konnte man Spaß haben.«

Hampus strahlte übers ganze Gesicht.

»Er war unheimlich witzig«, sagte er. »Wir haben uns immer alte Folgen von *Jackass* zusammen angeguckt, das gefiel ihm. Und er aß für sein Leben gern. Wir mussten ihn da ein bisschen bremsen, sonst hätte er zweihundert Kilo gewogen. Aber ich habe noch nie jemanden gesehen, der es so genossen hat, sich mit Essen vollzustopfen.«

»Apropos«, sagte Christer. »Seine Eltern erwähnten, er hätte dazu geneigt, sich auch andere Dinge in den Mund zu stecken.«

Sein Blick wanderte unwillkürlich zu dem Foto von Hampus und seinem Freund. Nicht, dass Hampus jetzt auf falsche

Gedanken kam … Er wollte nicht den Eindruck erwecken, Vorurteile zu haben.

»Ja, das war merkwürdig. Wir hatten immer ein bisschen Angst, dass er an irgendwas erstickt. Er hat sich wirklich alles in den Mund gesteckt. Pflanzen. Erde. Blähton. Sand. Alles.«

Das ganze Gerede über Dinge, die man sich in den Mund stecken kann, machte es immer schlimmer. Bevor Christer etwas dagegen machen konnte, hatte er ein Bild vor seinem geistigen Auge. Hampus mit dem Penis des anderen Mannes im Mund. Er schüttelte sich.

»Und wie war das mit dem Weglaufen?«, fragte Julia.

Sie sah so kühl und gelassen aus, obwohl es im Raum heiß und stickig war. Christer selbst klebte das Hemd klitschnass am Rücken. Die Fliege sirrte jetzt noch lauter.

»Ja, das war ja das große Problem«, sagte Hampus. »Bobban liebte es, auf eigene Faust loszuziehen. Eigentlich hatte ihn immer einer von uns im Auge, aber manchmal hat er uns ausgetrickst. Irgendwie hat er es immer wieder geschafft, uns zu entwischen. Und die Schleuder hatte er ständig dabei. Sie können sich nicht vorstellen, wie geschickt er damit umging. Er hat die anderen Bewohner oft mit Vorführungen beeindruckt. Er war in der Lage, einen losen Kronkorken von einer Flasche zu schießen, ohne dass die Flasche umfiel. Völlig verrückt.«

Hampus schüttelte den Kopf. Dann drehte er sich um, machte eine blitzschnelle Handbewegung und hatte die Fliege erschlagen.

»Verzeihen Sie, aber ich habe es nicht mehr ausgehalten«, sagte er.

Christer nickte dankbar.

»Wie ist er diesmal entwischt?«, fragte er. »Und wie lange hat es gedauert, bis Sie gemerkt haben, dass er verschwunden war?«

»Das haben wir sofort gemerkt. Es war vormittags gegen zehn, und ich sollte ihn im Auge behalten, aber eine Bewohnerin war auf der Treppe ausgerutscht, und da bin ich ihr zu Hilfe geeilt. Es war alles halb so schlimm, und ich war nach fünf Minuten wieder an meinem Platz, aber da war Bobban schon weg. Zuerst habe ich mir keine großen Sorgen gemacht. Er verschwindet ja des Öfteren, und wir finden ihn immer wieder. Aber … Aber diesmal nicht. Gegen Abend haben wir seine Eltern angerufen. Und sofort beschlossen, eine Vermisstenanzeige aufzugeben. Zum Glück haben sie die Sache von Anfang an ernst genommen.«

»War an dem Vormittag irgendetwas anders als sonst? Haben Sie hier in der Umgebung jemanden gesehen, der nicht hierhergehörte? Ist Ihnen was aufgefallen?«

Hampus dachte gründlich nach. Dann schüttelte er langsam den Kopf und öffnete die Arme.

»Nein … Nein, es war alles wie immer. Ganz normal. Es kamen natürlich ein paar Fußgänger und Autos hier vorbei, aber das ist ja immer so. Mir ist nichts und niemand aufgefallen.«

»Wäre Bobban mit einer fremden Person mitgegangen?«, fragte Julia, die endlich auch ein paar winzige Schweißperlen auf der Oberlippe hatte.

Christer war froh über dieses Anzeichen dafür, dass sie letztlich auch nur ein Mensch und kein Roboter mit eingebauter Klimaanlage war.

»Ja, von Herzen gern. Bobban liebte jeden. Er fand alle Menschen wunderbar. Und andersherum war es genauso, alle liebten ihn. Es war gar nicht möglich, ihn nicht zu lieben.«

Wieder blieben ihm die Worte im Hals stecken. Hampus senkte den Blick und rieb sich krampfhaft die Finger.

Julia stand auf.

»Ich glaube, das reicht vorerst. Aber wir werden wahrscheinlich noch mal wiederkommen und weitere Fragen stellen müssen.«

»Melden Sie sich einfach.« Hampus stand auf und gab beiden die Hand.

Christer zögerte. Er sah vor sich, was Hampus' Hände sonst

so umfassten. Hinter geschlossenen Türen. Doch dann griff er nach der Hand. Ansteckend war es schließlich nicht. Obwohl sich seine Hand weich und geschmeidig anfühlte, hatte Hampus einen erstaunlich festen Händedruck. Christer ließ seine Hand absichtlich lange in der von Hampus ruhen, um zu beweisen, dass es ihm nichts ausmachte.

Der Raum war nur halb voll. Bei so schönem Wetter hatten die Leute keine Lust, tagsüber in einem Saal zu sitzen und ihre Sünden zu bekennen. Oder ihre Laster. Wie man es nun nennen wollte. Sie war selbst kurz davor gewesen, sich zu drücken. Aber meistens brauchte sie es in genau diesen Momenten, wenn sie das Gefühl hatte, eigentlich nicht mehr hingehen zu müssen, am dringendsten. Und deshalb war sie dann gegangen.

Mina sah sich um. Das Delfinmädchen saß auf seinem Stammplatz. Die Plastikfolie war verschwunden, und man konnte auf ihrem Arm jetzt deutlich den Wolf und den Schriftzug darüber erkennen: *Living on the edge*. Auch *carpe diem* war ihr offenbar so bedeutungsvoll erschienen, dass es ihren gesamten Unterarm bedeckte. Sehr originell. Mina hätte sie vielleicht umtaufen und von nun an das Delfin- und Wolfmädchen nennen sollen. Oder einfach das Plattitüdengirl.

Kenneth und seine Frau im Rollstuhl waren auch da. Klar. Und ihr Hund. Basse? Bosse? Ach ja, Bosse. Das Tier lag neben dem Rollstuhl und beobachtete sie interessiert, setzte sich aber sofort auf, als Mina seinen Blick erwiderte. Schnell drehte sie sich weg. Sie hoffte nur, dass das andere Ende der Hundeleine diesmal wirklich irgendwo befestigt war, damit das Tier nicht wieder auf sie zugerannt kam. Was alles in seinem Fell herumkrabbelte, mochte sie sich nicht einmal vorstellen.

Obwohl es erst Anfang Juni war, herrschte drückende Hitze, und es sah nicht so aus, als würden die verfrühten Hochsommertemperaturen vorerst nicht fallen. Schweißtropfen liefen ihr in den Hosenbund.

Mina unterdrückte den Impuls aufzuspringen, nach Hause zu fahren und unter die Dusche zu gehen. Ihr ganzer Körper kribbelte vor Unbehagen, denn mit dem Schweiß schien aller Schmutz von innen nach außen zu dringen und an ihr zu kleben. Im Sommer duschte sie doppelt so oft wie im Winter. Wenn es richtig heiß war, hätte sie am liebsten stündlich geduscht, aber dann hätte sie natürlich sonst nicht viel geschafft.

Kenneth winkte ihr zaghaft. Seine Frau nickte ihr zu. Mina hatte keine Ahnung, wie sie hieß. Vielleicht hätte sie sie fragen sollen. Aber sie wollte ja möglichst vermeiden, die Leute, die hier zusammenkamen, persönlich kennenzulernen. Hund Bosse war ihr eigentlich schon zu viel.

Die Frau im Rollstuhl sah müde aus. Blass. Auch ihr lief der Schweiß übers Gesicht. Sie kniff die Augen zusammen und wischte sich die salzigen Tropfen hin und wieder mit dem Handrücken von der Stirn.

Die Stimmen wirkten einschläfernd. Eine Person nach der anderen teilte sich mit. Kehrte ihr Inneres nach außen. Fortschritte. Rückschläge. Tragödien. Niederlagen. Einige standen am Beginn ihrer Reise, andere waren schon lange unterwegs. Einige hatten den strahlenden Blick der Neuerweckten. Sie waren noch nicht auf das erste Hindernis gestoßen und wussten noch nicht, dass der Weg nach vorn nicht so gerade war, wie er am Anfang ausgesehen hatte.

Sie beneidete diese Leute. Sie selbst konnte sich eher mit der müden Entschlossenheit der Veteranen identifizieren. Die war realistischer. Baute auf den Erfahrungen von Menschen auf, die schon mal gescheitert waren. Und sich wieder aufgerappelt hatten. Wieder gescheitert waren. Und so weiter. Diese Menschen sahen, wie kurvenreich der Weg war, der vor ihnen lag, aber sie hatten sich damit abgefunden.

Nina nickte unwillkürlich mit dem Kopf, und sie machte die Augen auf, die sie geschlossen hatte, ohne es zu merken. In der

Hitze war sie weggedöst. Sie sah sich um, aber es schien niemand bemerkt zu haben, dass sie kurz eingeschlafen war.

Dann schreckte sie zusammen. Mit Kenneths Frau war etwas nicht in Ordnung. Ihre Haut wirkte aufgedunsen und weiß, und sie atmete stoßweise. Auch Kenneth war aufgefallen, dass mit ihr etwas nicht stimmte. Er redete leise auf sie ein, aber sie schüttelte heftig den Kopf.

Mina zögerte. Dann ging sie zu den beiden hinüber und hockte sich vor die Frau. Bosse stand hocherfreut auf und zerrte an der Leine. Mina wich instinktiv zurück.

»Wie geht es dir?«, fragte sie und warf Kenneth einen Blick zu.

»Sie will nicht, dass ich einen Krankenwagen rufe.« Er klang panisch.

Seine Frau rang mühsam nach Luft und schien nicht sprechen zu können, schüttelte aber erneut den Kopf. Mina zog ihr Handy aus der Tasche.

»Das spielt keine Rolle. Sie muss ins Krankenhaus. Sofort. Ich rufe den Notarzt.«

Kenneth wirkte erleichtert, aber seine Frau schüttelte nachdrücklich den Kopf. Mina ignorierte sie. Bosse hechelte mit heraushängender Zunge vor Hitze, aber da ihm nicht klar war, wie schlecht es seinem Frauchen ging, konzentrierte er sich voll und ganz auf Mina. Das Telefongespräch dauerte nicht lange. Sie erklärte, dass sie Polizistin sei, nannte die Adresse und beschrieb kurz die Situation. Auch dass die betreffende Frau im Rollstuhl saß, erwähnte sie.

Die anderen in der Gruppe hatten jetzt auch gemerkt, dass da etwas nicht in Ordnung war. Das Delfinmädchen öffnete fragend die Hände und sah Mina besorgt an.

Mina legte auf. »Ein Rettungswagen ist unterwegs.«

»Danke«, sagte Kenneth. »Sie hat das sonst nie, sie war immer …«

Seine Stimme wurde undeutlich, und er schien nur noch vor sich hinzumurmeln. Mina war kurz davor, ihm eine tröstende Hand auf die Schulter zu legen, ließ es aber bleiben. Er sah genauso verschwitzt aus, wie sie sich fühlte. Kenneths Frau rang panisch nach Luft. Sogar Bosse hatte mittlerweile begriffen, dass etwas nicht stimmte. Er legte seinem Frauchen den Kopf auf den Schoß und winselte. Kraftlos tätschelte sie seinen Kopf und kämpfte weiter mit ihrer Atmung.

Mina sprach beruhigend mit ihr, während sie auf eine Sirene wartete. Nach wenigen Minuten hörte sie eine und lief raus, um den Notarzt in Empfang zu nehmen. Dann ging alles ganz schnell. Zwei Rettungssanitäter rasten mit Trage und Ausrüstung rein, und alle im Saal standen auf. Fassungslos standen sie wie angewurzelt da und beobachteten das Geschehen. Während die Sanitäter seine Frau vorsichtig auf die Trage hievten, ließ Kenneth die ganze Zeit ihre Hand nicht los. Mina ging mit ihnen nach draußen und sah mit an, wie die Trage schnell und effizient eingeladen und im Krankenwagen befestigt wurde. Kenneth sprang mit hinein, ohne die Hand seiner Frau loszulassen. Kurz bevor sich die Türen schlossen, rief er Mina.

»Bosse! Bitte tu uns einen Gefallen und kümmere dich um Bosse!«

Mina starrte dem Krankenwagen hinterher, der mit heulenden Sirenen davonraste. Im Saal bellte freudig Bosse.

Der ohrenbetäubende Schrei aus dem Arbeitszimmer jagte Rebecka einen derartigen Schreck ein, dass sie ihr Wasserglas fallen ließ. Vincent versuchte noch, es aufzufangen, aber das Glas landete auf dem gekachelten Boden und zersprang in tausend Teile, die in einer großen Pfütze schwammen. Er war gerade erst aus Malmö zurückgekommen, und zu Hause war alles wie immer.

»Vincent!« Maria kam schreiend aus dem Arbeitszimmer gestürmt. Sie war puterrot im Gesicht. »Du wolltest das Mistding doch entsorgen.«

Aston, der auf dem Wohnzimmerfußboden mit Lego baute, fing an zu weinen, als er hörte, dass seine Mutter so wütend war.

»Mama ist nicht wütend.« Maria versuchte, sich zusammenzureißen. »Jedenfalls nicht auf dich, mein Liebling. Ich würde nur gerne deinen Vater erwürgen, weil er zulässt, dass deine Mutter einen Herzinfarkt bekommt. Ich dachte, da stünde ein Einbrecher.«

Vincent war eigentlich auf dem Sprung. Er hatte zum ersten Mal von sich aus ein Treffen der Gruppe einberufen und wollte sich auf keinen Fall verspäten. Hoffentlich hatten sie Daniel schon angerufen. Mina hatte am Abend zuvor ihr Handy nicht eingeschaltet gehabt und war vermutlich früh ins Bett gegangen. Er hatte ihr jedoch gesimst, dass sie unbedingt noch mal mit Daniel sprechen müssten und er gerne bei dem Gespräch heute dabei wäre. Falls es so schnell klappte, Daniel zu erreichen. An Sains Bergander hatte Vincent auch eine Textnachricht geschickt. Er hatte ihn gebeten, ihm Fotos seiner Bauanleitungen zu schicken, damit er sie Daniel zeigen konnte. Sie mussten wissen, was für eine Art von Bauplänen sich der Mann im Café angesehen hatte. Vielleicht erkannte Daniel ja Übereinstimmungen. Außerdem konnten sie ihm ein Bild von Jonas Rask vorlegen und ihn fragen, ob er dieser Gast gewesen war oder nicht. Der Gedanke euphorisierte ihn. »Vincent Walder, Privatdetektiv.«

Er wusste jedoch genau, was sich im Arbeitszimmer abgespielt hatte. Die Produktionsfirma hatte als Werbung für seine neueste Fernseh-Show eine Pappfigur in Lebensgröße drucken lassen. Und zwar eine originalgetreue Pappfigur von ihm, Vincent. Maria hatte sie von Anfang an nur das Mistding genannt, als er damit nach Hause kam. Persönlich fand er sie eigentlich ganz elegant. Er hatte Maria versprochen, die Pappfigur wegzuwerfen, es aber dann doch nicht übers Herz gebracht. Wer konnte schon von sich behaupten, eine lebensgroße Kopie von sich selbst zu besitzen? Um ehrlich zu sein, fand er das Ding ziemlich cool. Und im Übrigen, wie hätte er es denn zerstören können? Das war schließlich er selbst. Psychologisch betrachtet, war es extrem beängstigend, sich selbst wegzuwerfen. Vor nicht allzu langer Zeit hatte er eine unglaublich interessante Doktorarbeit über ichstrukturierende Psychotherapie gelesen. Der rote Faden war der Mythos von Narziss bei Ovid. Selbstliebe und Faszination für das eigene Ich waren in der menschlichen Psyche tief verankert. Auch Freud hatte natürlich eine Bezeichnung für die Faszination des Wiedererkennens gehabt – *Selbstverliebtheit*.

»Pass auf, du trittst in die Scherben«, sagte er, als Maria in besorgniserregend hoher Geschwindigkeit auf ihn zukam.

»Also, wie groß ist dein Ego eigentlich?«, fragte sie. »Wie kann man nur eine Kopie von sich im Arbeitszimmer haben. Was machst du überhaupt damit? Onaniert ihr zusammen, wenn ihr allein zu Hause seid?«

»Maria!«, rief Rebecka entsetzt. »Komm, Aston, wir bauen in deinem Zimmer weiter.«

»Ich bekomme Angst, wenn Mama so böse ist«, sagte er unglücklich.

Maria sah gequält aus. Vincent wusste, dass sie ihm auch dafür die Schuld geben würde. Auf Zehenspitzen umrundete Rebecka Pfütze und Scherben und ging ins Wohnzimmer. Dort nahm sie ihren kleinen Bruder demonstrativ an der Hand, schnappte sich im Gehen so viele Bauteile wie möglich und verschwand mit ihm in seinem Zimmer. Ohne ihren Vater und ihre Bonus-Mutter-Tante noch eines Blickes zu würdigen.

»Entschuldige bitte«, sagte Vincent. »Aber ich verstehe einfach nicht, warum du immer noch jedes Mal einen derartigen Schreck bekommst. Du weißt doch, dass das Ding da steht.«

Maria schürzte die Lippen.

»Und ich verstehe nicht, wieso du so fasziniert davon bist.«

»Selbstverliebtheit«, sagte Vincent.

Maria starrte ihn an.

»Wirf es weg.« Sie sah ihm in die Augen.

»Versprochen.« Er holte mehrere Lappen und einen Kehrbesen.

Offenbar würde er doch ein paar Minuten zu spät kommen.

Mina sah den Hund stirnrunzelnd an. Bosse schien schon lange nicht mehr gebadet zu haben. Und mit einem antibakteriellen Mittel war er garantiert auch nicht eingesprüht worden. Aber er sah glücklich aus. Sehr glücklich sogar. Während er mit dem Schwanz ein Solo auf den Asphalt trommelte, wirbelten massenhaft Schmutzpartikel auf und blieben in seinem Fell hängen.

Vincent hatte die ganze Gruppe zu einem Treffen gleich nach dem Mittagessen einberufen. Er wollte, dass sie noch einmal mit Daniel sprachen, weil der möglicherweise über wichtige Informationen verfügte. Am Morgen hatte sie auf ihrem Handy einen entgangenen Anruf und eine Textnachricht vorgefunden, ihn aber noch nicht erreicht. Daher musste sie nun schnell zurück zur Arbeit.

Sie sah den Hund noch einmal an.

Es ging einfach nicht.

Sie musste eine andere Lösung finden. Aber wie? Sie hatte mit Engelszungen auf die anderen eingeredet, hatte gebettelt, gefleht und sogar gedroht, aber niemand war zur guten Tat des Tages zu bewegen gewesen. Sie konnte ihn doch nicht einfach aussetzen. So schmutzig und verkeimt er auch war, Bosse war ein lebendes Wesen.

Wenigstens war das Präsidium vom AA-Saal zu Fuß zu erreichen. Sie mochte gar nicht daran denken, was passiert wäre, wenn sie das Auto hätte nehmen müssen. Hätte sie Plastikfolie ausgelegt? Den Hund aufs Dach geschnallt? Oder ihn mit Plastikfolie umwickelt? Wäre er in diesem Zustand ins Auto gesprungen, hätte sie es nie wieder benutzen können.

Sie musste Vincent anrufen, um ihm zu sagen, dass sie sich ein wenig verspäten würde. Sie griff zum Handy, aber noch bevor sie die Anruftaste gedrückt hatte, erschien auf dem Display eine Nachricht. Von Milda, der Rechtsmedizinerin. Neugierig klickte Mina sie an, während Bosse weiter auf den Boden trommelte. Das Ergebnis der toxikologischen Analyse war schon da. Normalerweise wartete man ewig. Mina nahm an, Milda hatte all ihre Kontakte spielen lassen, um ihr Versäumnis bei der Obduktion von Agnes wiedergutzumachen. Sie las die Nachricht und steckte danach das Handy wieder ein. Jetzt musste sie wirklich los.

Sie sah Bosse bohrend an. In der Tasche hatte sie eine ganz frische Flasche Desinfektionsgel. Wenn er sich nicht benahm, würde sie die über ihm auskippen.

Vincent wollte gerade das Präsidium betreten, als auf dem Gehweg ein großer Golden Retriever in vollem Galopp auf ihn zugerannt kam. Was ihn jedoch mitten in der Bewegung erstarren ließ, war das, was er hinter dem Hund erblickte. Der Hund zerrte nämlich Mina an seiner Leine hinter sich her.

»Tu was!«, schrie sie.

Er ging in die Hocke und wartete ab. Als der Hund bei ihm angekommen war, streckte er die Hand aus und ließ das Tier daran schnuppern. Falls es ihm das Gesicht abgeschleckt hätte, hätte sich Mina vermutlich in Zukunft nur noch durch eine Plexiglasscheibe mit ihm unterhalten. Der Hund kläffte vor Freude, als er hechelnd seine Schnauze an der Hand reiben durfte, leckte einen Finger nach dem anderen ab und schien sich damit zufriedenzugeben.

»Mit Hunden sprichst du also auch?« Mina war ein wenig außer Atem.

Er stand auf und nahm ihr die Flasche Desinfektionsgel aus der Hand, die sie aus der Tasche gezogen hatte.

»Nur mit starkem Akzent. Aber der da ist ja ziemlich leicht zu verstehen.«

Vor allem ihr zuliebe rieb er sich gründlich die Hände ein. Der Hund blickte selig zu ihm auf.

»Ein Hund also. Hast du mir was verheimlicht?«

»Er heißt Bosse, ich kümmere mich um ihn, und jetzt wechseln wir das Thema. Was ist mit Daniel?«

Mina warf ihm einen Blick zu, der keinen Zweifel daran ließ, sie hätte ihn umgebracht, wenn er die Existenz des Hundes an ihrer Seite noch mit einem Wort erwähnt hätte. Er nahm ihr die Leine aus der Hand, ohne Bosse anzusehen, der fröhlich bellte. Sie atmete sehr viel entspannter.

»Daniel hat während der Vernehmung etwas gesagt«, sagte er. »Ein Stammgast hat sich im Café immer Baupläne angesehen. In dem Moment habe ich es nicht begriffen, aber ich glaube, er könnte den Mörder gesehen haben. Vielleicht nicht nur einmal, sondern mehrmals. Der nächste Mord könnte morgen passieren. Oder im Hochsommer. Oder im Herbst. Im Prinzip auch in einer Viertelstunde. Ich weiß es nicht, weil ich den Code noch nicht geknackt habe. Wenn noch ein Mord geschieht, wird es meine Schuld sein, und ich weiß nicht, ob ich damit leben kann. Aber wenn wir Daniel finden, finden wir mit etwas Glück auch den Mörder. Bevor er wieder zuschlägt.«

Bosse kläffte, als wollte er applaudieren.

»Nein, Bosse! Lass den Papierkorb in Ruhe! Nein, Bosse, du kriegst keine Zimtschnecke! Hör auf! Platz! Oder, besser gesagt, geh weg! Du kommst hierher! Was soll denn das, du verdammtes Hundevieh! Hierher, habe ich gesagt!«

Mit mäßigem Erfolg versuchte Mina, Bosse ins Besprechungszimmer zu zerren. Vincent hatte es schon unten im Eingangsbereich aufgegeben und ihr die Leine wieder in die Hand gedrückt. Sie hatte den Verdacht, dass es ihm einfach mehr Spaß machte, ihr zuzuschauen.

Die Tür des Besprechungsraums ging auf, und Christer steckte verblüfft den Kopf heraus. Als er Bosse erblickte, machte er noch größere Augen.

Als der Hund den Polizisten erblickte, begann er, wie wild mit dem Schwanz zu wedeln. Genau wie Vincent ging Christer vor dem Hund in die Hocke. Was fanden Männer und Hunde nur aneinander? Sie selbst war eher ein Katzentyp. Nicht, dass ihr je ein Tier über die Schwelle gekommen wäre, aber hätte sie wählen müssen… Als wollte er ihre Gedanken unterstreichen, stürzte sich der goldgelbe Wirbelwind auf Christer, als hätte er soeben den besten Freund seines Lebens gefunden.

»Na, wer bist denn du?« Christer war wie verwandelt. »Du bist ja ein ganz Hübscher. Komm her, mein Guter. Ja. Ist das nicht schön, so hinterm Ohr gekrault zu werden? So …«

Der Hund leckte Christer das Gesicht ab, und der schien nichts dagegen zu haben. Mina beobachtete das Geschehen mit Grausen, während Vincent breit grinste. Schließlich stand Christer mühevoll und mit hörbar knackenden Knien wieder auf.

»Ich dachte, du hasst Tiere«, sagte sie verwundert.

»Wer hat das gesagt?« Christer lächelte. »Ist das ein neuer Kollege? Noch ein Vincent? Von der Haarfarbe würde es ja passen.«

Mina verdrehte die Augen und sah sich suchend um. Sie hielt immer noch die Hundeleine in der Hand. Im Flur stand ein Tisch, der schwer genug aussah, um Bosse an Ort und Stelle festzuhalten. Sie hob ein Tischbein und zog die Schlaufe der Leine darüber, damit der Hund nicht wegkonnte.

»Frag nicht«, sagte sie. »Ich muss mich eine Zeit lang um ihn kümmern.«

Vincent hielt ihr die Tür zum Besprechungsraum auf und ging hinter ihr rein.

»Kommst du, Christer?«, rief sie.

»Jaja, nun hetz mich doch nicht so.« Christer hatte sich erneut neben den Hund gehockt, um mit ihm zu schmusen.

Er fuhr ihm ein letztes Mal durch das goldene Fell und kam dann hinterher.

»Keine Ahnung, wer behauptet hat, ich würde keine Hunde mögen«, brummte er. »Sieht doch jeder, was das für ein feiner Kerl ist.«

Der Hund sah ebenso verdattert wie traurig aus, als Mina die Glastür schloss und ihn aussperrte. Verständnislos bewegte er den Kopf hin und her, und sein klägliches Winseln war bis in den Raum zu hören, aber Mina ignorierte es.

Drinnen warteten bereits Peder und Ruben. Julia war anscheinend noch nicht da. Peder und Ruben hatten die Aufregung auf dem Flur natürlich mitbekommen, und Mina warf ihnen vorsorglich einen finsteren Blick zu, vor allem Peder, der von einem Ohr zum anderen grinste und dem Hund fröhlich zuwinkte.

»Es ist ein Hund«, seufzte sie. »Er heißt Bosse. Ich bin ihn hoffentlich bald wieder los. So. Können wir jetzt anfangen?«

»Wir warten auf Julia«, sagte Ruben.

Mina setzte sich demonstrativ mit dem Rücken zu Bosse, zog eine Packung antiseptische Feuchttücher heraus und wischte sich damit gründlich die Hände ab. Bei der Vorstellung, dass sich Bosse hinter ihr höchstwahrscheinlich buchstäblich die Nase an der Glasscheibe platt drückte und dort feuchte Flecken hinterließ, erschauerte sie.

Während sie einige Minuten schweigend abwarteten, winkten Christer und Peder durch die Scheibe.

»Geht es Anette wieder besser? Ich meine, da du offenbar zu Hause abkömmlich bist?« Ruben zwinkerte Peder zu.

»Äh, ja.« Peder sah ihn verständnislos an.

»Ich glaube, Ruben hatte den Verdacht, du wärest auf ein Abenteuer aus gewesen und hättest Anette nur als Vorwand benutzt«, sagte Christer.

»Das habe ich nicht gesagt!«, schnaubte Ruben.

»Stimmt, aber wir kennen dich so gut, dass wir deine Gedanken lesen können«, seufzte Christer.

Peder steckte eine Hand in die Tasche neben seinem Stuhl und holte einen Energydrink heraus. Die Dose gab beim Öffnen ein leises Zischen von sich.

»Das hier ist das einzige Abenteuer, das ich mir momentan gönne.« Er prostete Ruben zu.

Julia kam herein.

»Da draußen ist ein Hund«, begann sie, verstummte aber, als sie Minas Gesicht sah. »Okay. Wollen wir anfangen? Christer und ich waren am Vormittag in Roberts Wohnheim, aber dort hat sich nichts Neues ergeben. Da Vincent dieses Treffen einberufen hat, übergebe ich das Wort an ihn.«

Vincent räusperte sich.

»Wir ihr wisst, haben wir nach der Pressekonferenz einen Anruf bekommen, in dem der dritte Mai als Morddatum genannt wurde. Ich halte die Angabe für glaubwürdig. Ich habe schon mal erklärt, dass wir es mit jemandem zu tun haben, dessen Persönlichkeit zwei Seiten hat. Zugespitzt ausgedrückt, eine Art Dr. Jekyll und Mr Hyde. Wenn ich richtigliege, hat in diesem Fall Mr Hyde angerufen. Der Mann war äußerst empört und hatte dieses typische Betroffenentimbre in der Stimme, das sehr schwer zu faken ist, wenn man keine Schauspielausbildung hat. Außerdem passt die Selbstüberschätzung, die ein solcher Anruf erfordert, zu dem Leichtsinn, den der Mörder an den Tag gelegt hat. Ich bin daher überzeugt, dass der Mörder angerufen hat.«

Bosse stupste jaulend mit dem Kopf gegen die Scheibe. Mina ignorierte ihn und forderte Vincent mit einem Nicken auf weiterzusprechen.

»War es Rask?«, fragte Peder.

»Die Tonaufnahmen, die wir von Rask haben, sind zu alt, um das eindeutig festzustellen«, sagte Julia. »Stimmen verändern sich im Laufe der Zeit.«

»Die Wortwahl deutet nicht darauf hin«, sagte Vincent. »Ich habe mir einige der alten Vernehmungen angehört, und da hat Rask sich ganz anders ausgedrückt. Andererseits wirkten die Worte am Telefon einstudiert, und möglicherweise hatte er sie sich vorher zurechtgelegt. Einen Text ablesen kann natürlich jeder, auch Rask, aber die Betonung passte nicht zu ihm.«

Bosse stieß so fest gegen die Glastür, dass sie schepperte, und sein anfangs leises Jaulen erinnerte nun eher an einen Wolf, der den Vollmond anheult.

»Das kann doch wohl nicht wahr sein!«, brüllte Mina verärgert und drehte sich um.

»Meine Güte, er möchte doch nur dabei sein«, sagte Christer ruhig und stand auf.

»Wehe, du lässt ihn rein.«

Christer tat, als hätte er sie nicht gehört, und öffnete die Glastür. Bosse riss sich samt Leine vom Tischbein los und sauste wie eine Kanonenkugel in den Besprechungsraum, drehte sofort eine Runde um den Tisch und begrüßte alle, indem er jeden Einzelnen beschnupperte und abschleckte. Schließlich ließ er sich zwischen Peder und Christer nieder. Mina wischte sich erneut die Hände ab, obwohl sie als Einzige den Hund nicht berührt hatte.

»Mann, ist das ein Theater«, brummte sie.

»Zurück zu dem Anruf«, sagte Julia. »Haben sich denn daraus weitere Anhaltspunkte ergeben?«

Vincent dachte nach.

»Nein«, sagte er. »Doch, einer. Es ist deutlich zu erkennen, dass es ihm darum geht, verstanden zu werden. Ihr wisst ja, dass ich das Datum die ganze Zeit als Teil einer Botschaft betrachtet habe. Nun besteht daran kein Zweifel mehr. Ihm ist unheimlich wichtig, uns die vollständige Botschaft zukommen zu lassen und begreiflich zu machen. Allerdings habe ich keine Ahnung, warum ihm das so wichtig ist.«

Mina ließ nachdenklich auf sich wirken, was Vincent gerade gesagt hatte. Das meiste davon hatte er ihr zwar schon erzählt, aber es hier in diesem Rahmen und gemeinsam mit dem Rest der Gruppe zu hören, war etwas anderes. Wenn sie und

Vincent sich unter vier Augen unterhielten, empfand sie seine Theorien als möglich, aber spekulativ, während sie hier im Besprechungsraum plötzlich ganz real klangen. Sie sah den anderen an, dass sie mittlerweile vollkommen überzeugt von Vincent Walder waren.

»Anscheinend brauchen wir das Bürgertelefon nicht mehr«, sagte Julia. »Wir haben bekommen, was wir wollten. Alle anderen Anrufe waren irrelevant. Ruben? Peder? Habt ihr was hinzuzufügen? Ließ sich der Anruf zurückverfolgen? Habt ihr die Stimme analysiert? Was hat die Durchsicht der Verbindungsnachweise ergeben? Haben die Techniker Hintergrundgeräusche identifiziert?«

»Wir arbeiten daran, aber es gibt noch keine konkreten Ergebnisse. Momentan warten wir auf die Ergebnisse vom Mobilfunkanbieter und eine technische Stimmenanalyse für den Abgleich mit Rask. Und die Hintergrundgeräusche werden auch gerade analysiert.«

Ruben klang, wie immer, als ob die Frage ein Vorwurf gewesen wäre.

»Dann bin ich wohl jetzt dran.« Mina nickte Ruben zu. »Als ich auf dem Weg hierher war, hat Milda mich angerufen. Sie hat die toxikologischen Laborergebnisse bekommen. Nicht nur von Agnes, sondern auch von Tuva und Robert.«

Sie machte eine Pause, um die Spannung zu steigern.

»Ketamin«, sagte sie.

»Ketamin?«, fragte Ruben verwundert.

»Ketamin ist ein Betäubungsmittel, das bei Operationen verwendet wird«, erklärte Mina. »Es gibt den Wirkstoff als Pulver, Tablette oder Ampulle. So kann man ihn auch widerspenstigen Patienten leicht verabreichen.«

Christer kraulte Bosse gedankenverloren am Bauch. Der lag mit dämlichem Grinsen und fächerförmig ausgebreiteten Ohren neben ihm auf dem Rücken.

»Außerdem ist Ketamin eine sogenannte dissoziative Droge, genau wie Lachgas oder PCP«, fügte Vincent hinzu. »Von

Konsumenten wird es *Vitamin K*, nur *K* oder auch *Special K* genannt. Genau wie die Cornflakes-Marke. Es wird, wie Mina schon sagte, für Narkosen eingesetzt, kann aber auch Halluzinationen, Delirium, erhöhten Puls und Sehstörungen auslösen. Ketamin wird sowohl bei Menschen als auch bei Tieren verwendet.«

Vincent schwieg. Alle starrten ihn an.

»Muss ich mir Sorgen machen, weil du so gut informiert bist?«, flüsterte Mina ihm zu.

»Die Kurzversion wäre also, dass damit jemand betäubt worden ist«, sagte Ruben.

»Konsumenten nennen es, ins K-Hole oder Ketamin-Loch fallen«, sagte Vincent.

»Wie gesagt, wir haben drei Opfer mit Ketamin im Körper.« Mina räusperte sich. »Vermutlich wurde es ihnen verabreicht, um sie zu gefügiger zu machen. Oder auch, um das albtraumhafte Erlebnis zu intensivieren. Möglicherweise war es eine Mischung aus beidem.«

»Wie verbreitet ist dieser Wirkstoff?«, fragte Julia.

»Auf dem Spaziergang, äh … auf dem Weg hierher habe ich einen Kollegen aus dem Drogendezernat angerufen.« Mina ignorierte Vincents amüsierten Blick.

Ein Spaziergang war es wirklich nicht gewesen. Bosse hatte sie vielmehr zum Präsidium geschleift. Es fehlte nur noch der Schlitten. Vincent malte sich vermutlich gerade das Telefonat aus, bei dem der Kollege am anderen Ende eine Menge Beschimpfungen abbekommen haben musste, die eigentlich Bosse galten.

»Es ist im Umlauf«, sagte sie. »Ketamin, meine ich. Es ist zwar nicht die am meisten verbreitete Droge, aber man bekommt es. Manche Ärzte verschreiben es als Antidepressivum, allerdings ist das eher selten. In der Veterinärmedizin wird es vor operativen Eingriffen eingesetzt. Bei Katzen, Hunden, Pferden, Nagetieren, Affen, Mardern, Raubvögeln und Papageien.«

»Und das hat dir alles der Kollege vom Drogendezernat erzählt?«, fragte Ruben. »Die haben wohl nichts zu tun.«

Mina seufzte.

»Nein, das habe ich gegoogelt.«

»Auf dem Spaziergang?«, fragte Vincent mit Unschuldsmiene.

»Ja. Auf dem Spaziergang. Mein Gott. Muss ich denn alles erklären? Ihr seid ja wie Erstklässler.«

»Die Kinder! Ich nehme die Kinder! Ich bin dran!«, schrie Peder auf, der jäh aus einem Nickerchen erwacht war, und stieß die halb volle Dose um. Vor ihm auf dem Tisch bildete sich eine klebrige Lache.

»Ich glaube, in Peders Organismus kommt Ketamin ganz natürlich vor«, sagte Ruben. »Wer zum Teufel schläft ein, während er einen Energydrink trinkt.«

»Ich gebe es auf.« Seufzend setzte Mina sich wieder hin.

Bosse stand auf und wollte auf sie zulaufen, aber Christer griff rechtzeitig nach der Leine und hielt ihn fest. Was ein Glück für ihn war, denn sie befanden sich im zweiten Stock, und Mina hätte dem Tier liebend gerne seine erste und letzte Fluglektion erteilt.

»Eine Sache noch«, sagte Vincent. »Daniel hat während der Vernehmung etwas erzählt. Ein Stammgast in dem Café, wo er arbeitet, hätte immer Baupläne studiert. Ich habe zunächst nicht verstanden, was das bedeutet. Aber jetzt glaube ich, er könnte den Mörder gesehen haben. Vielleicht nicht nur einmal. Daniel ist möglicherweise unser Schlüssel zur Identifizierung des Mörders. Falls er Rask gesehen hat, dürfte er kein Problem haben, ihn auf den alten Fotos wiederzuerkennen. Daher habe ich Julia vorgeschlagen, ihn umgehend einzubestellen. Der Fall könnte in Kürze gelöst sein.«

»Wir suchen seit heute Morgen nach ihm«, sagte Julia. »Aber vielleicht können wir ja noch mehr tun.«

Es wurde an die Tür geklopft, und dann steckte ein Mann den Kopf herein. Mina war sich nicht sicher, wie er hieß, wusste aber, dass er etwas mit dem Rettungsdienst zu tun hatte.

»Entschuldigung, aber Sie haben doch … oh, das ist aber ein schöner Hund!«

»Was wollen Sie?«, fragte Mina kühl.

»Ach ja, Sie haben doch nach einem Daniel Bargabriel gesucht.«

»Stimmt, wir sprechen gerade von ihm«, sagte Julia verwundert. »Wir müssen ihm so bald wie möglich ein paar Fragen stellen.«

»Das dürfte schwierig werden«, sagte der Mann. »Er ist zwar schon im Haus, aber in der Kühlung.«

»Kühlung?«, fragte Vincent verwirrt.

»Er ist tot«, sagte Mina leise und senkte den Blick.

Sogar Bosse merkte, dass etwas nicht stimmte, und winselte.

»Ich dachte nur, das interessiert Sie vielleicht.«

VINCENT WAR UNTER DEM VORWAND, anstelle des Filterkaffees im Besprechungsraum, den Ruben nur als Plörre bezeichnete, anständigen Kaffee zu kaufen, kurz nach draußen gegangen. In Wirklichkeit brauchte er frische Luft. Hinter der nächsten Ecke lehnte er sich an eine Mauer. Er holte tief Luft. Daniel konnte nicht tot sein. Er hatte Daniel doch gerade noch gesehen und mit ihm geredet. War bei seiner Vernehmung dabei gewesen.

Die Erkenntnis, dass das alles real war, überkam ihn mit voller Wucht. Was Tuva und Agnes zugestoßen war, war grauenhaft, aber sie waren für ihn nur Namen auf dem Papier gewesen. Bilder auf einem Computer. Robert kannte er aus der Zeitung. Aber keiner von ihnen war für ihn ein Mensch aus Fleisch und Blut gewesen. Mit den anderen drei Morden hatte er einigermaßen rational und sachlich umgehen können. Distanziert. Aber das hier war anders. Diesmal war es jemand, der ihm einen Kaffee angeboten hatte. Er atmete bewusst, bis sich das Adrenalin und das Cortisol in seinem Blutkreislauf wieder auf normalem Niveau eingependelt hatten. Dann ging er mit schweren Schritten zu dem Café, das Julia ihm empfohlen hatte. Und wo die Polizei Rabatt bekam.

Er kaufte Kaffee für die ganze Gruppe und im Hinblick auf Peders Zustand alle noch vorhandenen Zimtschnecken.

Als er zurück in den Besprechungsraum kam, war die Stimmung noch genauso gedrückt wie vorher. Bosse hatte die Schnauze zwischen die Vorderpfoten gelegt. Ohne den Kopf zu heben, blickte der Hund traurig zu Vincent hoch. Durften Hunde Zimtschnecken essen? Vielleicht wusste Christer das.

»Habe ich was verpasst?« Vincent stellte das Papptablett mit dem Kaffee auf den Tisch.

Dankbar nahm sich jeder einen Becher. Als er die duftenden Zimtschnecken aus der Tüte nahm, drang vom Boden ein sehnsüchtiges Kläffen zu ihm herauf.

»Du bekommst ein kleines Stück.« Christer brach von einer Schnecke ein Stückchen für Bosse ab und sprach dabei mit ihm wie mit einem Baby. »Aber Gebäck ist gar nicht gut für dich. Und deshalb darfst du nur ein winziges Stück essen. Sonst bekommst du Bauchaua, mein Guter, verstehst du das?«

»Denkt ihr denn nicht an eine Verbindung zwischen Daniels Tod und den anderen Morden?«, fragte Vincent.

»Es gibt einen Augenzeugenbericht.« Julia schüttelte den Kopf. »Wir haben ihn gerade bekommen. Personen mit Schwedens-Zukunft-Abzeichen sollen vom Tatort weggerannt sein.«

»Menschen werden öfter zu Unrecht angegriffen, als man denkt«, sagte Ruben. »Die Welt ist ungerecht. Wenn man nicht gerade von Rassisten attackiert wird, dann von den Frauen.«

»Wir werden der Sache natürlich nachgehen«, fuhr Julia in scharfem Ton und mit einem Kopfschütteln in Rubens Richtung fort, »aber wir sollten uns davon nicht zu viel versprechen. Wen oder was Daniel gesehen hat, werden wir wohl nie erfahren. Aber dafür können wir, solange wir Rask noch nicht gefunden haben, schon mal überlegen, welche Mordwaffe als

Nächstes verwendet wird. Und das heißt, welcher Zaubertrick. Nicht, dass uns das unter den gegebenen Umständen ermöglichen würde, die Tat zu verhindern, aber es ist vielleicht gut, zu wissen, was uns erwartet, wenn wir den Fall nicht bald lösen.«

»Was meinst du damit?« Peder setzte den halb leeren Energydrink an. Den Kaffee hatte er bereits ausgetrunken. Kaum war die Dose leer, zog er eine neue aus der Tasche.

»Willst du wirklich Kaffee und zwei von diesen …«, begann Mina, verstummte aber, als Peder ihr seine müden Augen zuwendete.

»Na ja«, sagte Julia, »in was für Kisten stecken Zauberer Leute denn noch so, um sie scheinbar zu töten? Gibt es da noch andere Varianten?«

Alle sahen Vincent an. Nachdenklich rieb er sich das Kinn. Verwundert nahm er die Bartstoppeln zur Kenntnis. Offenbar hatte er sich seit Tagen nicht rasiert. Das war sonst gar nicht seine Art. Offenbar stand er unter Stress. Zu Hause musste er sich sofort rasieren. Oder nein, wenn er es heute Abend tat, würde er es morgen früh nicht machen müssen, aber das war eigentlich sein gewohnter Zeitpunkt. Wann stand denn dann die nächste Rasur an? Sein ganzer Rhythmus würde durcheinanderkommen.

Daniel war tot.

Schon allein bei dem Gedanken bekam er Magenschmerzen. Er würde eben morgen früh dran denken müssen, sich zu rasieren.

Julia hatte eine gute Frage gestellt. Alle warteten gespannt auf seine Antwort. Sogar Bosse sah ihn mit großen Augen an. Aber vielleicht erhoffte der sich auch nur ein Stück Gebäck.

»Ich fürchte, es gibt da noch einige«, sagte er. »Illusionen, in denen Menschen zum Schein getötet oder zerstückelt werden, sind keine Seltenheit. Im Gegenteil. Momentan habe ich das Gefühl, es geht meistens nur darum. Der berühmte Klassiker ist natürlich *Sawing a lady in half*. Eine zersägte Frau. Horace Goldin und P. T. Selbit haben in den Zwanzigern einen Dauerzwist über die Urheberschaft geführt, aber eigentlich stammt die Illusion vermutlich schon aus dem frühen neunzehnten Jahrhundert. Anfangs wurde die Assistentin im Kasten in zwei Hälften zerteilt. Goldin hat dann den Kasten weggelassen und eine Kreissäge verwendet. Und jede Menge Theaterblut. Ziemlich geschmacklos, muss ich sagen. In einigen Versionen wurden zwei Assistentinnen zersägt, die dann mit vertauschten Unterkörpern wiederauftauchten. Und bei der *Janet Box* wird die Frau nicht halbiert, sondern in neun Teile zersägt, die anschließend auseinandergezogen werden. Ungefähr so wie das in Scheiben geschnittene Pferd von Damien Hirst, falls ihr das schon mal gesehen habt. Jedenfalls können wir wohl damit rechnen, irgendeine Variante der zersägten Frau zu sehen zu bekommen.«

»Und was gibt's noch?«, fragte Julia.

Bei der Beschreibung des in Scheiben geschnittenen Pferds war sie blass geworden.

»Äh, die *Origami Box* zum Beispiel. Da steigt die Assistentin in einen Kasten, der daraufhin auf eine Größe zusammengefaltet wird, in der kein Mensch mehr Platz fände.«

»Klingt nicht unbedingt, als würde dabei jemand zu Tode kommen.« Christer kraulte Bosse hinter dem Ohr.

Der Hund hatte den verschütteten Energydrink vom Boden aufgeleckt.

»Der Kasten wird so klein wie dein Kopf«, sagte Vincent. »Und anschließend wird die Frau natürlich mit Schwertern durchbohrt.«

»Bühnenillusionen scheinen also oft darauf hinauszulaufen, dass ein Mann eine Frau aufspießt«, sagte Julia. »Haben Zauberer wirklich so kleine Schwänze?«

Peder hustete in die Dose, aus der er soeben einen Schluck getrunken hatte, und Ruben lief rot an. Er öffnete den Mund, als wollte er zu einer Verteidigung des männlichen Geschlechts ansetzen, klappte ihn aber wieder zu, als er Julias ermahnenden Blick auffing.

»Vielleicht geht es auch darum, Macht über Leben und Tod zu demonstrieren«, sagte Vincent. »Wobei das letztendlich vielleicht dasselbe ist. Ich habe übrigens den *Crusher* vergessen. Der Kasten mit der Assistentin darin wird in einem Schraubstock platt gedrückt.«

»Reizend«, sagte Christer. »So langsam können wir es uns vorstellen. Und wir werden wohl nach vielen Kisten suchen müssen.«

»Na ja, so einfach ist es nun auch wieder nicht«, sagte Vincent. »Nicht bei jeder Illusion wird ein Kasten verwendet. Beim *Impaler* beispielsweise wird die liegende Assistentin auf einer Schwertspitze balanciert. Es sieht so aus, als würde sie über dem Schwert schweben. Bis sie herunterfällt und das Schwert ihren Körper durchbohrt.«

»Ich sterbe!«, rief Julia aus. »Das sollte vorhin nur ein Witz sein, aber jetzt wird die Phallussymbolik ja überdeutlich!«

»Dann wird es dich vielleicht überraschen, dass diese Illusion häufig vom Zauberer selbst durchgeführt wird«, sagte Vincent mit schiefem Grinsen. »Ich bin gespannt, welche Schlüsse du daraus ziehst.«

Mittlerweile schien die Wirkung des Energydrinks eingesetzt zu haben, denn Bosse schüttelte sich plötzlich und raste zu Minas Entsetzen und Peders Entzücken zweimal um den Tisch. Als er zum dritten Mal an Christer vorbeikam, packte dieser ihn am Fell.

»Sitz, Bosse«, sagte er mit Nachdruck.

Der Hund gehorchte sofort und sah dankbar zu Christer auf.

Vincent fragte sich, ob die anderen ihm überhaupt zugehört hatten. Er selbst hatte die Neuigkeit über Daniel noch immer nicht verdaut. Aber vermutlich war man abgehärtet, wenn man länger in diesem Beruf gearbeitet hatte.

»*Impaler*«, sagte Peder. »*Crusher. Zigzag Lady. Origami Box. Sword Box.* Auf Englisch klingen Zaubertricks viel cooler. Schwertkasten hat irgendwie gar keinen Schwung.«

»Warst du fertig mit den Illusionen, Vincent?«, fragte Julia.

»Noch nicht ganz.« Er räusperte sich. »Denn es gibt natürlich auch Illusionen, bei denen der Tod nur dann droht, wenn der Zauberer Fehler macht. Wie bei *Table of Death* zum Beispiel.«

Er warf einen Blick zu Peder hinüber, der auf geradezu kindische Weise vom Namen dieser Illusion belustigt zu sein schien.

»Der Zauberer ist an einen Tisch gefesselt und muss sich befreien, bevor eine Platte mit mehreren Schwertern auf ihn niedersaust. Oder er muss sich aus einer Zwangsjacke herauswinden, während er über etwas Gefährlichem hängt, am besten an einem brennenden Seil. Und dann gibt es natürlich noch den Lieblingstrick von Houdini, *The Water Torture Cell.* Da hängt der Ausbrecherkönig kopfüber und mit Handschellen in einem Wassertank, der von außen mit Vorhängeschlössern verriegelt ist.«

»Das gefällt mir schon viel besser.« Peder stellte die zweite leere Dose bedächtig auf die erste. »Menschen, die mit unüberwindlichen Hindernissen fertigwerden.«

Peder sprach jetzt sehr viel schneller. Die dreifache Koffeindosis war also nicht spurlos an ihm vorübergegangen.

»Ganz genau«, sagte Vincent. »Eine der Ursachen von Houdinis enormem Erfolg war die Weltwirtschaftskrise. Viele Leute wussten nicht, wie sie über die Runden kommen sollten. Und dann taucht ein kleiner jüdischer Mann auf und bezwingt nicht nur eine für ihn buchstäblich beklemmende Außenwelt, sondern er überwindet sie noch dazu jedes Mal. Ich glaube, die positive Botschaft, die Houdinis Tricks vermitteln, hat in den Zwanzigerjahren so manch einen vor dem psychischen Zusammenbruch gerettet.«

»Vincent, das war jetzt mehr Input, als ich erwartet hatte«, sagte Julia. »Das brauchen wir alles gar nicht zu wissen, und Zeit haben wir jetzt auch nicht dafür. Trotzdem vielen Dank. Wärst du so nett, uns die wichtigsten Informationen per Mail zu schicken? Am besten in Kurzform? Und hör dich mal in deinem Kontaktnetz um, ob es irgendetwas gibt, das man für fast alle Konstruktionen braucht. Ein bestimmtes Material, spezielle Scharniere, was weiß ich. Versuch bitte, den gemeinsamen Nenner so vieler Tricks wie möglich zu finden, und gib deine Erkenntnisse an Peder weiter, der sich wiederum bei Tischlereien, Requisitenhandlungen et cetera erkundigt, ob irgendjemand in letzter Zeit Materialien gekauft hat, die darauf hindeuten, dass er eine derartige Illusion baut. Mina, du findest heraus, ob sich *Schwedens Zukunft* zu der Tat bekennt, oder ob sie die Verantwortung von sich weisen. Im Übrigen hoffe ich inständig, dass die Presse langsam aufhört, vom Houdinimörder zu sprechen, aber wahrscheinlich ist das zu viel verlangt. Seriosität verkauft sich einfach nicht.«

Wieder wurde es still im Raum. Vincent nahm an, dass alle das Gleiche dachten. Julias Plan war aussichtslos. In seinem Hinterkopf regte sich eine Idee, aber sobald er versuchte, sie zu fassen zu bekommen, entwischte sie ihm. Es hatte irgendetwas mit dem zu tun, was Julia über das Bauen gesagt hatte …

»Ich weiß nicht, wie ihr das seht«, sagte sie. »Es ist nur ein Versuch. Wahrscheinlich wird nichts dabei rauskommen. Aber da wir Daniel nun nicht mehr fragen können und Jonas Rask bislang nicht gefunden haben, wüsste ich, ehrlich gesagt, nicht, was wir sonst machen sollen. Peder, du hast doch ein Talent, die Nadel im Heuhaufen zu finden.«

Bauen.

Vom Bauen hatte Sains Bergander auch gesprochen. Davon, dass man die Konstruktionspläne anpassen musste. Vincent begriff plötzlich, was das hieß. Seit er den Kasten fotografiert hatte, in dem Robert aufgefunden worden war, versuchte er, Sains zu erreichen, aber Sains ging nicht ans Telefon. Zudem hatte er schon gesagt, dass er nicht wisse, wer Tuvas Schwertkasten gebaut hatte. Doch Vincent hatte die falschen Fragen gestellt. Sains wusste mehr. Vincent zog sein Handy aus der Tasche und rief Sains an. Sofort sprang ein Anrufbeantworter an. Das Telefon von Sains war abgeschaltet. Verdammter Mist. Er musste so schnell wie möglich mit Sains sprechen.

Je näher sie der Wohnung kam, desto größer wurde die Panik. Allein die Tatsache, dass sie sich in einem Taxi befand, noch dazu mit einem Hund, machte Mina Angst. Sie atmete schnell und flach. Vincent saß neben ihr und sprach beruhigend auf sie ein. Bosse war hinten eingestiegen. Zum Glück war das Taxi ein Kombi.

»Einatmen und bis vier zählen.« Vincent atmete mit ihr zusammen. »Vier Sekunden Luft anhalten. Und nun vier Sekunden lang ausatmen. Und Luft anhalten.«

Nachdem sie das einige Male gemeinsam gemacht hatten, spürte sie, wie sich der Sauerstoffgehalt in ihrem Blut normalisierte und ihr das Denken, als der Adrenalinspiegel gesunken war, wieder leichter fiel.

Sie hatten inzwischen den Kreisverkehr am Gullmarsplan passiert und näherten sich ihrer keimfreien Wohnung. Sie war eine Oase für sie, ein Rückzugsort, an dem sie sich zumindest zeitweilig sauber fühlte. Und jetzt war damit Schluss. Ihr Zuhause würde unweigerlich von all den Partikeln, Bakterien, Mikroorganismen und anderen Scheußlichkeiten eingenommen werden, die auf Bosses haarigem Körper kreuchten und fleuchten.

»Wem gehört der Hund eigentlich?«, fragte Vincent. »Denn ich nehme doch mal an, dass es nicht deiner ist.«

Sie schüttelte energisch den Kopf.

»Eine … Freundin … musste ins Krankenhaus. Hals über Kopf. Deshalb muss ich mich jetzt um ihn kümmern.«

Sie schwieg eine Weile. Um Hilfe zu bitten, fiel ihr schwer. Nicht allein zurechtzukommen, war ein Zeichen von Schwäche. Sie war lieber eine unangreifbare Festung, die sich in jeder Hinsicht selbst versorgte. Um Hilfe zu bitten, bedeutete, jemanden an sich heranzulassen. Daher hatte sie keinen der Kollegen gefragt. Denn das hätte eine freundschaftliche Ebene vorausgesetzt, die es so nicht gab. Sie ging nie zu ihren Kollegen nach Hause. Sie erkundigte sich nicht nach ihrem Privatleben. Manchmal erzählten sie trotzdem davon, als würden sie gar nicht merken, dass sie nie nachfragte oder Kommentare dazu abgab und vor allem auch keine privaten Details von sich selbst preisgab. Sie wusste, wohin es führen konnte, wenn man sich öffnete. Aber nun hatte sie keine andere Wahl.

»Würdest du … würdest du Bosse nehmen?«, fragte sie. »Zum Dank könnte ich deinen Kindern einen Kuchen backen. Oder nein, kann ich nicht. Aber ich könnte einen kaufen.«

Nun schüttelte Vincent den Kopf.

»Das hätte ich gerne gemacht«, sagte er. »Bosse hätte den Wald vor meinem Haus geliebt. Aber Maria hat eine Tierfellallergie. Wenn man bedenkt, wie stark dieser Hund haart, wäre das keine gute Idee.«

Das war das Letzte, was Mina hören wollte. Sie brauchte sich nicht umzudrehen, um die Wolke aus Hundehaaren zu sehen, die von Bosse aufwirbelte. Und in seinem Fell lebte bestimmt massenhaft anderes Getier. Sie kniff die Augen fest zusammen und schüttelte sich.

»Kannst du denn sonst niemanden fragen?«

Sie drehte sich weg.

»Es ist nicht so, als hätte ich es so geplant«, sagte sie leise. »Ich habe mich nicht von einem Tag auf den anderen entschieden, einsam zu sein. Die Arbeit … Die Arbeit ist meine Familie.«

Mina verstummte. Sie begriff selbst nicht, woran es eigentlich lag, dass sie Vincent immer ein bisschen mehr als beabsichtigt erzählte.

Es hatte einmal eine Zeit gegeben, in der sie Freunde gehabt hatte. Sie hatte sogar eine Familie gehabt. Doch genau wie bei Dorothy in *Der Zauberer von Oz* hatten sich die Ereignisse des Lebens aneinandergereiht wie eine Perlenschnur, die sie erbarmungslos in die einzige mögliche Richtung führte. Nach und nach hatte sie alle von sich gestoßen. Ob bewusst oder unbewusst, wusste sie selbst nicht. Aber die Arbeit reichte ihr, mehr brauchte sie nicht.

Sie zuckte mit den Schultern und starrte auf den Boden des Taxis.

»Das Leben war eben einfach so. Wahrscheinlich habe ich nie das Gefühl gehabt, dass ich selbst einen Einfluss darauf habe …«

Vincent saß still neben ihr. Sie war froh, dass er nichts sagte.

Das Taxi näherte sich ihrem Haus, und ihr Puls stieg immer weiter in die Höhe.

Bosse bellte hinten auf der Ladefläche, und der Fahrer warf ihm im Rückspiegel einen missbilligenden Blick zu. Mina griff sich an die Brust. Sie steckte in einer Falle. Fühlte sich gefangen. Nicht einmal Nachnamen von Bosses Herrchen und Frauchen wusste sie, geschweige denn die Telefonnummer. Bei AA wurden nur die Vornamen benutzt, und manchmal nicht einmal die. Kenneth. Und seine Frau. Mehr hatte sie nicht. Insgeheim hatte sie gehofft, die beiden wären bereits bei ihr gewesen, um den Hund abzuholen. Kenneths Frau hätte sich rasch erholt und auf dem Heimweg gleich nach dem Hund verlangt. Doch von den beiden war kein Lebenszeichen gekommen. Dabei wäre es für die beiden viel einfacher gewesen. Sie wussten, dass sie bei der Polizei arbeitete und Mina hieß. Der Name war ungewöhnlich und kam bei der Stockholmer Polizei nur ein einziges Mal vor. Vielleicht saßen die beiden bei ihr vor der Tür? Doch als das Taxi um die Ecke bog, war vor ihrer Haustür niemand zu sehen.

Vielleicht wusste das Delfinmädchen, wie sie die beiden erreichen konnte, aber von ihr wusste Mina ja auch nur, dass sie Anna hieß.

Die Panik wuchs. Bosse sprang auf der Ladefläche bellend hin und her.

»Ich fahre mit dem Taxi weiter bis zu mir nach Hause«, sagte Vincent.

»Was bin ich Ihnen schuldig?« Sie atmete die laue, aber frische Abendluft ein, so tief es ging.

»Die Rechnung übernimmt *ShowLife Productions*. Umberto weiß zwar noch nichts von seinem Glück, aber was soll's.«

Der Taxifahrer stieg aus, öffnete die Kofferraumhaube und ließ Bosse raus. Der Hund sprang ausgelassen und fröhlich um Mina herum, die verzweifelt versuchte, seinen Berührungen auszuweichen. Mit säuerlicher Miene griff der Taxifahrer nach der Leine, die der Hund hinter sich herschleifte, und drückte sie Mina in die Hand. Nach kurzem Zögern griff sie danach.

Wie dumm von ihr.

Wie unfassbar dumm.

Aber jetzt musste sie die Zähne zusammenbeißen. Die Folgen tragen. Sie gab den Türcode ein, öffnete die Haustür und ging ins Treppenhaus und zu ihrer Wohnung hoch, während Vincent mit dem Taxi weiterfuhr. Langsam zog sie ihr Schlüsselbund aus der Tasche und steckte den Schlüssel zitternd ins Schloss. Als sie das Klicken hörte, hätte sie es sich noch anders überlegen können. Noch war Zeit, ihre Insel unberührt zu lassen. Doch ihr Stolz war ihr wichtiger als ihr heiliges Privatleben, und nun gab es kein Zurück mehr. Mina drückte die Klinke runter, schon steckte Bosse die Pfote in den Spalt, und bevor sie wusste, wie ihr geschah, hatte er sich durch die Öffnung gezwängt.

Es war wie eine Explosion. Innerhalb weniger Sekunden war er im Wohnzimmer, im Schlafzimmer, in der Küche und im Bad gewesen und hatte an allem geschnüffelt, sich an allen Oberflächen gerieben und überall Haare hinterlassen, die langsam zu Boden segelten. Mina starrte auf ein Haarbüschel, das am Sofa hängen geblieben war. Erst vorgestern hatte sie das Polster mit Klebeband bearbeitet, um möglichst auch die kleinsten Staubpartikel zu entfernen. Nun war Staub ihre geringste Sorge.

Sie machte die Tür hinter sich zu. Tränen stiegen ihr in die

Augen, und ihre Brust hob und senkte sich ruckartig vor Panik. Bosse schien zu spüren, dass irgendetwas nicht stimmte. Er kam zu ihr zurückgerannt, ließ sich direkt vor ihr auf dem Flurteppich nieder und legte die Ohren an. Mina ertrug die Vorstellung nicht, dass permanent Kleinzeugs auf ihm herumkrabbelte, von ihm herunterkrabbelte, übers Sofa krabbelte, über ihren Fußboden, ihre Tagesdecke, ihren Wohnzimmerteppich, ihren Küchentisch, ihre Badematte, ihre Dusche, ihren Kühlschrank, ihre Kaffeemaschine, ihre Kleidung, ihre …

Sie riss die Wohnungstür auf und stürzte raus. Bosse kam hinterher. Sie machte die Tür schnell wieder zu und setzte sich mit dem Rücken zur Tür. Die Leine hielt sie fest umklammert. Dann holte sie mit zitternden Händen das Handy hervor. Diesmal würde sie ihren Stolz komplett über Bord werfen müssen.

Mit dem Telefon in der Hand blieb Vincent mitten in der Küche stehen. Mit dem Anruf, den er gerade bekommen hatte, hatte er nicht gerechnet. Er ging ins Wohnzimmer und versuchte, seine Gedanken zu ordnen.

»Wieso machst du so ein Gesicht?«, fragte Maria vom Sofa. »Will Mina keinen Telefonsex mehr mit dir haben?«

Genüsslich futterte sie eine Tüte veganes Weingummi. Solange keine tierischen Produkte drin waren, war laut Maria nichts gegen Süßigkeiten einzuwenden. Nicht, dass sie selbst Veganerin gewesen wäre. Aber angeblich waren die Gummidinger dann gesünder.

»Nein, ich habe gerade mit Ulrika gesprochen«, sagte er. »Deiner Schwester.«

»Ich weiß, wer Ulrika ist.«

Maria steckte sich ein rotes und ein grünes Weingummi in den Mund. Sie war der Meinung, dass es immer am besten schmeckte, wenn man die Farben mischte.

»Sie will sich mit mir treffen«, sagte er. »Um über Rebecka

zu sprechen. Ich glaube … es klang jedenfalls so, als hätte sie mir wirklich zugehört. Ich will doch mit Rebecka zur KJA.«

Maria knüllte die Tüte mit aggressivem Rascheln zusammen, sagte aber nichts.

»Sie wirkte gar nicht so gereizt und dominant wie sonst immer«, fuhr er fort. »Im Gegenteil. Ich glaube, sie hat wirklich nachgedacht.«

»Es gefällt mir nicht, wenn du dich mit meiner Schwester triffst«, sagte Maria. »Du weißt, dass sie nicht über dich weg ist. Sie hat noch nicht mal ihren Nachnamen gewechselt.«

Er breitete frustriert die Arme aus. Ihm hätte klar sein müssen, was kommen würde.

»Den Namen trägt sie doch Rebecka und Benjamin zuliebe«, sagte er. »Das weißt du auch. Und hin und wieder *muss* ich sie sehen. Sie ist immerhin die Mutter von zweien meiner drei Kinder. In manchen Punkten müssen wir an einem Strang ziehen. Das sind wir Rebecka und Benjamin schuldig. Und außerdem braucht man für einen Termin bei der KJA eine schriftliche Einverständniserklärung von beiden Elternteilen.«

Maria öffnete die Tüte wieder und steckte sich noch drei Weingummis auf einmal in den Mund. Die Farben konnte er so schnell nicht sehen.

»Es gefällt mir trotzdem nicht«, sagte sie. »In meiner Eigenschaft als Mutter von einem deiner drei Kinder. Wann trefft ihr euch denn?«

»In einem Monat. Viel beschäftigte Anwältin, du weißt ja. Und wir haben uns in der Stadt verabredet. Auf neutralem Boden. Sie geht an dem Abend mit ein paar Freundinnen essen, und wir treffen uns vorher.«

»Aha. Na, dann viel Spaß. Weck mich nicht, wenn du nach Hause kommst.«

»Äh, wir sind um neunzehn Uhr verabredet.«

Maria zuckte mit den Schultern und tastete zwischen den Sofakissen nach der Fernbedienung. Das Gespräch war offenbar beendet.

Vincent seufzte. Wieder einmal blieb er nach einem Wortwechsel mit seiner Frau mit dem Gefühl zurück, irgendetwas falsch gemacht zu haben.

»Bist du glücklich?«, fragte er plötzlich.

Es war nicht geplant gewesen. Als er die Worte aus seinem eigenen Mund kommen hörte, war er selbst erstaunt. Nun war es zu spät, sie zurückzunehmen.

»Wie bitte?«, fragte Maria abwesend.

Sie drehte den Kopf in seine Richtung, wandte den Blick aber nicht vom Vorspann von *Hochzeit auf den ersten Blick* ab. Er wusste, dass sie SVT Play sah und jederzeit auf Pause hätte drücken können, hätte sie wirklich mit ihm sprechen wollen. Aber sie ließ es bleiben.

»Ach, nichts«, sagte er.

In Wahrheit wusste er auch gar nicht, wie er weitermachen sollte.

Peder war auf dem Heimweg gewesen, als Mina anrief. Er war sofort umgekehrt. Dass Mina um Hilfe bat, war eine Seltenheit. Und dass es sich dabei um eine private Angelegenheit handelte, war noch nie vorgekommen. Jedenfalls, soweit er sich erinnern konnte. Ähnlich wahrscheinlich wäre es gewesen, dass der Halleysche Komet schon nach fünfunddreißig Jahren wiederkam. Aber er mochte Mina. Und er hatte die Verzweiflung in ihrer Stimme gehört. Und daher hatte Peder einen U-Turn gemacht, so eilig er es eigentlich auch hatte, nach Hause zu kommen. Er war noch nie bei ihr zu Hause gewesen, aber mit dem Navi war ihre Adresse leicht zu finden.

»Hallo.«

Als er aus dem Auto stieg, winkte Mina müde. Sie stand vom Gehweg auf, faltete die Plastiktüte zusammen, auf der sie gesessen hatte, und ging mit der Leine in der Hand entschlossen auf ihn zu. Der Hund machte Freudensprünge, als er Peder sah, der von einem Ohr zum anderen grinste.

Golden Retriever lösten ein glückliches Flattern im Bauch bei ihm aus. Sie waren immer so unverblümt aus dem Häuschen. Wenn er als Tier wiedergeboren werden sollte und die Wahl hätte, würde er garantiert als Golden Retriever zurückkehren.

»Danke.« Mina überreichte ihm die Leine.

Peder nickte nur. Er wusste, dass er besser nicht viel Aufhebens von der Sache machte.

»Ruf mich an, wenn die Besitzer sich gemeldet haben«, sagte er und öffnete eine Autotür, damit Bosse auf die Rückbank springen konnte.

Er sah, dass sie den Hund mit Blicken durchbohrte und ihre Hände leicht zitterten. Was in ihr vorging, war leicht zu erraten, aber ihm waren Hundehaare völlig egal. Den Versuch, seinen und Anettes Volvo blitzsauber zu halten, hatte er schon vor Langem aufgegeben. Sie waren beide nicht besonders ordentlich, und seit der Ankunft der Drillinge war sowieso alles zu spät. Im Augenwinkel sah er Bosse den Sitz an der Stelle ablecken, auf die Molly vor zwei Tagen gespuckt hatte. Ihm war allerdings klar, dass er Mina damit besser nicht behelligte.

»Wenn sie anrufen, melde ich mich sofort«, sagte Mina.

»Übrigens«, sagte er und hielt beim Einsteigen inne, »jetzt hätte ich es beinahe vergessen. Ich bin bei Fak Fika am Hornstull vorbeigefahren. Ich dachte, dass die Kollegen von Daniel ja vielleicht auch eine verdächtige Person gesehen haben könnten. Aber keinem von ihnen ist ein Gast aufgefallen, der sich Baupläne ansah.«

»Klar.«

»Ich kann schon verstehen, warum. Mich hat das Personal auch erst nach fünf Minuten wahrgenommen. Die waren vollauf damit beschäftigt, sich zu unterhalten. Kunden sind dort anscheinend zweitrangig.«

Er schüttelte den Kopf.

»Die Jugend von heute und all das«, sagte er.

»Deine drei werden natürlich niemals so werden.« Mina lächelte.

»Nee, die bekommen nachher erst mal eine Benimmlektion erteilt. Wer Papa nicht innerhalb von drei Minuten einen Cappuccino serviert, kriegt den Hund auf den Hals gehetzt. Und auf dem Milchschaum verlange ich natürlich ein Porträt von Papa.«

Er stieg ein, und Mina winkte zum Abschied.

Im Rückspiegel sah er sie mit sehr viel geraderem Rücken als bei seiner Ankunft zur Haustür zurückgehen.

Anderthalb Stunden später war er zu Hause. Da er noch einmal umgekehrt war, geriet er nun mitten in den Feierabendverkehr und brauchte doppelt so lange wie sonst für den Heimweg. Bosse hatte auf der Rückbank wie ein Stein geschlafen, aber sobald Peder in die Einfahrt fuhr und den Motor abschaltete, setzte er sich auf und sah sich neugierig um.

Als die Tür aufging, sprang er aus dem Auto. Peder konnte gerade noch rechtzeitig nach der Leine greifen. Und irgendwo an dieser Stelle, direkt vor seinem Haus, begann Peder zu ahnen, dass diese Idee vielleicht nicht zu seinen besten gehörte. Das Gefühl wurde verstärkt, als ihm hinter der Haustür ein Wortschwall aus dem Badezimmer entgegenschlug.

»Also, ich halte das jetzt wirklich nicht mehr aus, ich kündige, die drei haben heute nicht eine Minute geschlafen, oder doch, eine Minute haben sie schon geschlafen, aber nicht gleichzeitig, und ich habe heute Nacht nicht geschlafen, und ich weiß, dass ich dich ruhig wecken darf, aber du hast so tief geschlafen, dass du nicht mitbekommen hättest, wenn ein Weltkrieg ausgebrochen wäre, und ich war ja sowieso wach und konnte nicht wieder einschlafen, und jetzt bin ich also seit zwanzig Stunden auf den Beinen, und Molly hat gerade Meja vollgekotzt, und kaum hatte ich die beiden umgezogen, hat Majken ihre Windel so vollgekackt, dass die braune Soße auf beiden Seiten rauslief, und deshalb muss ich ihr jetzt auch was

Frisches anziehen, und dann bin ich, verdammt noch mal, raus. Schluss, Ende, aus. So war das nicht vereinbart. Ich wollte mit einem Baby, ich wiederhole, mit *einem* verdammten Baby auf dem Arm Caffè Latte schlürfen und Chiapudding löffeln und dabei so umwerfend und süß aussehen wie die Promis auf dem *Mama*-Cover. Von diesem Kacka-und-Kotze-Kontest die ganze Zeit hat mir keiner was gesagt, und wenn heute noch irgendwas schiefgeht, springe ich von der Västerbro, hast du mich gehört, Peder, wenn hier heute noch eine klitzekleine Kleinigkeit passiert, springe ich.«

Bosse zerrte aufgeregt kläffend an der Leine, aber Peder nahm ihn schnell wieder mit raus und machte die Haustür leise hinter sich zu. Draußen simste er Anette, er hätte einen Notruf erhalten und müsste noch mal los. Dann suchte er eine Adresse heraus. Er überlegte kurz, ob er vorher anrufen sollte. Doch dann steckte er das Handy wieder ein.

Es war besser, ihn nicht vorzuwarnen.

DURCH BENJAMINS TÜR DRANG LEISE, aber seltsame Musik. Vincent hatte schon die Hand gehoben, um anzuklopfen, dann aber mitten in der Bewegung innegehalten. Er versuchte zu verstehen, was er da hörte, und musikalische Bezüge zu erkennen, die er nachher im Gespräch mit seinem Sohn erwähnen konnte. Er hatte keinerlei Ambition, ein sogenannter cooler Papa zu sein. Mit dieser Kategorie von Menschen hatte er ohnehin seine Schwierigkeiten, vor allem, wenn sie betonten, wie »lieb« oder »süß« sie waren. Vor allem im Umgang mit ihren eigenen Kindern. Aber es war einfacher, über ernste Dinge zu sprechen, wenn man vorher im Gespräch auf einen gemeinsamen Nenner gekommen war.

Außerdem waren die Interessen der Kinder und ihr Musikgeschmack eine Herausforderung für ihn. Ihnen war das wohl gar nicht bewusst, aber er verdankte ihnen Erlebnisse, die ihm sonst komplett entgangen wären. Und die beste Art, das Gehirn in Schuss zu halten, bestand darin, es regelmäßig unerwarteten Eindrücken auszusetzen. Es war ihm ein Rätsel, warum das nicht alle so machten. Die meisten Leute schienen sich jedoch damit zufriedenzugeben, ihr Leben lang die gleichen Dinge zu tun. Vincent würde das niemals begreifen.

Er hielt das Ohr an die Tür, war sich aber nicht sicher, was er von Benjamins Musikwahl an diesem Tag halten sollte. Es war nicht so, dass es nicht gut geklungen hätte, aber ihm fehlte der Kontext, um die Klänge einzuordnen. Am ehesten hörten sie sich nach Zirkusmusik an, wenn die Zirkuskapelle aus Axtmördern bestand. Ein Mörderzirkus also. Unwillkürlich hatte er Bilder von einem solchen Zirkus im Kopf, und er malte sich aus, wie es in der Manege roch und wie die Plakate aussehen mochten. Wie dieser Zirkus klang, wusste er ja bereits. Er klopfte sechsmal an die Tür, klopfte dreimal je zweimal kurz hintereinander, und wurde vom Holz unter seinen Knöcheln in die Wirklichkeit zurückgeholt. Da aus dem Zimmer keine Reaktion kam, öffnete Vincent die Tür und warf schnell einen Blick auf Benjamins Computer. Spotify spielte gerade eine Band namens *The Tiger Lilies*. Drei dämonisch bleich geschminkte Männer mit Melonen auf den Köpfen verzerrten ihre Gesichter zu merkwürdigen Fratzen. Ganz daneben hatte er also nicht gelegen.

Benjamin hatte es sich mit einem Laptop auf dem Bauch im Bett gemütlich gemacht. Er hatte Kopfhörer auf und hörte auf Youtube eine Vorlesung. Die Musik bemerkte er wahrscheinlich gar nicht. Erst als Vincent sich zu ihm auf die Bettkante setzte, bemerkte Benjamin, dass er da war. Benjamin drückte die Pausetaste und sah Vincent an, allerdings ohne die Kopfhörer abzunehmen.

»Was guckst du da?«, fragte Vincent.

»Superinteressant. Stell dir vor, du würdest zu einer Gruppe von Soldaten gehören, die vom Feind besiegt worden sind und lieber kollektiven Selbstmord begehen würden, als sich in Gefangenschaft zu begeben. Aus religiösen Gründen dürft ihr euch aber nicht das Leben nehmen.«

»Muss ich mir Sorgen um dich machen, Benjamin?« Vincent runzelte die Stirn. »Das klingt nach Fanatismus.«

»Ich bin kein Terrorist«, seufzte Benjamin. »Es geht um ein Matheproblem. Anscheinend ist es mal wirklich passiert, als jüdische Soldaten von den Römern gefangen genommen wurden. Stell dir vor, du wärst einer dieser Soldaten, und ihr setzt euch im Kreis auf den Boden. Du tötest den Mann links von dir. Der Nächste tötet denjenigen, der links von ihm sitzt. Und so weiter. Nach einer Runde sind alle tot. Außer einem, natürlich, der muss überleben. Aber nehmen wir an, du wolltest überleben. Und du weißt, wer mit dem Töten beginnt. Wie viele Plätze entfernt von ihm musst du sitzen, um derjenige zu sein, der übrig bleibt?«

»Hast du keine schwierigere Frage für mich?«, fragte Vincent. »Aber die Mathematik dahinter ist interessant. Sobald die Anzahl der Personen im Kreis eine Potenz von zwei ist, überlebt immer derjenige, der anfängt. Um zu überleben, braucht man also nur die Personen zu zählen und die Potenz von zwei abzuziehen. Nehmen wir zum Beispiel an, es wären neunzehn Personen. Dann zieht man sechzehn ab. Übrig bleiben in diesem Fall drei, die verdoppelt man, weil es immer nur jeden Zweiten trifft. Und dann zählt man noch die Startposition dazu, also eins. Ein plus drei plus drei. Das ergibt sieben. Von neunzehn Personen überlebt also die auf Position sieben.«

Benjamin zuckte mit den Schultern. Vincent hatte mit etwas mehr Begeisterung gerechnet, aber da Benjamin ein Teenager war, konnte er es wohl schon als Kompliment betrachten, dass Benjamin noch wach war.

»Apropos Leute, die sich gegenseitig umbringen«, sagte Benjamin. »Wie kommt ihr mit dem Houdinimörder voran?«

»Nenn ihn bitte nicht so.« Vincent streckte die Beine auf dem Bett aus und lehnte sich an die Wand. »Diese Morde haben wirklich nichts Magisches an sich. Und die Ermittlungsarbeit erst recht nicht. Als ich endlich einen konkreten Anhaltspunkt in der Hand hatte, gerieten wir vollends in die Sackgasse.«

»Was ist passiert?«

»Er war tot.«

Vincent sah, dass sein Sohn kreidebleich wurde. Benjamin klappte den Laptop zu und setzte sich neben ihn.

»Ich habe versucht, Sains wegen dieser Kisten noch mal zu erreichen«, sagte Vincent. »Aber momentan geht er weder ans Telefon, noch beantwortet er Mails. Ich weiß, dass er dazu neigt, sich zurückzuziehen, wenn er an einem großen Projekt arbeitet. Mir bleibt nichts anderes übrig, als abzuwarten. Wenn ich ihm zu sehr auf die Nerven gehe, hilft er mir gar nicht. Und die Kästen sind im Moment das Einzige, was ich habe. Wobei ich immer noch glaube, dass sich in den Daten und Uhrzeiten der Morde eine Botschaft verbirgt. Warum hätte der Mörder die kaputten Uhren hinterlassen sollen, wenn die Zeit nicht von Bedeutung gewesen wäre? Warum sollte er sich bei uns melden und das Risiko eingehen, dass der Anruf zurückverfolgt wird, nur um uns in Roberts Fall das richtige Datum zukommen zu lassen? Nein, da gibt es etwas, das wir die ganze Zeit übersehen.«

Benjamin ging zum PC-Tower und machte die Musik aus.

»Wann geschieht denn der nächste Mord? Wie viel Zeit bleibt euch, um das Rätsel zu knacken?«

»Ich weiß auch nicht mehr als du, aber hör bitte auf, dich über mich zu mokieren. Es ist nicht lustig, wenn der Mörder erneut zuschlägt, nur weil ich eine zu lange Leitung habe.«

Benjamin öffnete das Dokument, an dem sie vor einigen Monaten zu arbeiten begonnen hatten. Abgesehen von den grundlegenden Daten darin war es frustrierend leer. Benjamin dachte laut nach.

»Zunächst einmal wissen wir nicht, wie viele Ziffern jede Informationssequenz des Codes enthält. Ich meine, wir haben schließlich die Daten und die Uhrzeiten. Wir haben aber auch die nummerierten Leichen. Ist die Nummerierung Teil des Codes? Der Mord an Agnes geschah am dreizehnten Januar um vierzehn Uhr. Das ergibt 13–1–14. Oder auch 14–13–1. Außerdem war Agnes mit der Ziffer 4 markiert. Gehört die dazu? Lautet der Code 4–14–13–1? Oder kommt die Vier zuletzt? Siehst du, wie verwirrend das alles ist?«

Vincent sah auf den Monitor auf Benjamins Schreibtisch und schlug, ohne nachzudenken, die Bettdecke zur Seite, weil er auf etwas Hartem saß. Zu spät kam er auf die Idee, dass sein Sohn möglicherweise absichtlich etwas unter der Decke versteckt hatte. Es war ein Buch mit dem Titel *Applied Cryptography*. Er konnte sich ein Grinsen nicht verkneifen. Das hier war eindeutig Pornografie, allerdings von einer ganz speziellen Sorte.

»Der Mörder will, dass wir das Rätsel lösen«, fuhr Benjamin fort. »Daher macht er es uns nicht allzu schwer. Daten und Uhrzeiten gehören derselben Klasse von Informationen an. Kalenderdaten. Die Nummerierung ist was anderes. Ich bin immer noch überzeugt, dass es sich um einen Countdown handelt. Und was die Reihenfolge angeht, tja, sag mir doch mal, wann du geboren bist.«

»Ich bin am 11. November um 23:03 geboren … Ah. Jetzt kapiere ich!« Vincent zog die Augenbrauen hoch.

»Genau. Tag, Monat und dann die Uhrzeit. Da hast du deine Reihenfolge.«

»Ich habe den Verdacht«, sagte Vincent, »dass meine Kinder allmählich genauso schlau sind wie ich.«

»Schlauer.« Benjamin hüstelte ironisch.

Dann klickte er das Dokument weg, und der Bildschirm wurde schwarz.

Zu *Darth Vader's Theme* aus dem Soundtrack von *Star Wars* zogen Fotos von Agnes, Tuva und Robert über den Monitor. Stolz drehte er sich mit seinem Schreibtischstuhl um. Vincent wusste nicht, ob er seinen Sohn für die PowerPoint-Präsentation loben oder den Kopf schütteln sollte. Unter den Bildern traten in glitzernder Schrift die Morddaten hervor, und die Überschrift lautete *»Die Jagd nach dem Houdinimörder«*.

»Findest du Glitzer wirklich angemessen?«, fragte er.

»Wieso, es ist doch roter Glitzer? Aber jetzt halt mal die Klappe, Papa, und hör mir zu. Hier haben wir den Mord an Agnes, 13–1–14. Dann Tuva, 20–2–15. Und Robert, 3–5–14. Ich habe versucht, mit den Daten und Uhrzeiten mathematische Operationen durchzuführen. Ich habe sie addiert, nach Zahlenfolgen untersucht und so weiter. Es ist nichts dabei rausgekommen. Ob es sich um Chiffren handeln könnte, haben wir beide gleich zu Beginn ausprobiert, das können wir also auch streichen. Schließlich habe ich die Ziffern in ein anderes Format übersetzt, also in Licht-, Strahlen- oder Radiofrequenzen, aber das hat auch nichts gebracht. Ich nehme an, es liegt daran, dass die Botschaft noch nicht vollständig ist. Euch fehlt immer noch das vierte Puzzleteil, nämlich genau der Mord, den ihr gerade zu verhindern versucht.«

»Hm«, machte Vincent nachdenklich.

Er zeigte auf den Computer.

»Gib diese Zahlenkombinationen mal bei Google ein.«

Benjamin drehte sich zur Tastatur um und tippte.

»Lustig. Diese Ziffernsequenzen sind alle auch Postleitzahlen. Von Städten im Ausland.«

Vincent beugte sich interessiert vor.

»Postleitzahlen? Von welchen Städten?«

»Blainville, Washington und Mexico, New York. Das ist sicher nur Zufall.«

»Gib mal alle drei Städtenamen auf einmal in die Suchleiste ein«, sagte Vincent.

Sein Bauchgefühl, sein Instinkt oder was auch immer sich dahinter verbergen mochte, sagte ihm, dass sie auf der richtigen Spur waren. Benjamin gab *»Mexico Blainville Washington«* ein und drückte auf Suchen.

»So, dann wollen wir mal sehen«, sagte er. »Zuerst hätten wir da ein paar Reiseverbindungen zwischen allen drei Städten, aber da die autogeneriert sind, können wir sie überspringen. Dann kommen drei Bücher. *Gulf of Mexico Origin,* irgendwas mit *Mollusca* und *Mammals of Mexico*. Witzig. Beim Letzten enthält der Treffer sogar schon eine bestimmte Seitenangabe.«

»Den nehmen wir.« Vincent zeigte auf den dritten Treffer. »Der hebt sich von den anderen ab. Die Angabe ist zu spezifisch. Klick den mal an.«

Das Buch kam ihm bekannt vor. Allzu bekannt. Benjamin klickte die Links zu allen drei Büchern an und verglich sie.

»Du hast recht«, sagte er nach wenigen Sekunden. »Guck mal. Bei den anderen scheinen die Suchbegriffe über den ganzen Text verstreut zu sein, aber hier beim letzten kommen sie alle auf einer Seite vor. Seite 873.«

Benjamin klickte auf den Link zu Mammals of Mexico, und daraufhin präsentierte ihnen Google eine PDF-Datei der entsprechenden Buchseite, auf der alle drei Wörter gelb markiert waren. Vincent schenkte ihnen jedoch keine Beachtung. Er war gedanklich noch mit Säugetieren in Mexico beschäftigt. Der Titel kam ihm so unglaublich vertraut vor. Dann blieb sein Blick an der Seitenzahl hängen.

»Seite 873.« Vincent zeigte auf den Monitor. »Das ist ein Datum. Der achte Siebte. Achter Juli. Und da die anderen Morde um vierzehn und um fünfzehn Uhr passiert sind, liegt der Schluss nahe, dass die Drei sich auf drei Uhr nachmittags beziehen könnte. Fünfzehn Uhr. Das kann kein Zufall sein. Ich glaube nämlich auch, dass der Mörder es uns leicht machen will. Wir haben den Fehler gemacht, zu kompliziert zu denken. Um das letzte Datum zu finden, braucht es nicht mehr als eine simple Google-Suche.«

Zufrieden lehnte Vincent sich wieder zurück. Eigentlich hätte er Mina sofort anrufen sollen. Aber irgendetwas irritierte ihn noch immer. Das war noch nicht alles.

Der achte Juli.

Nein, etwas anderes.

Normalerweise hatte er keine Schwierigkeiten, Dinge aus seinem Gedächtnis hervorzulocken, aber dafür musste er sich das entsprechende Wissen bewusst eingeprägt haben. Der achte Juli war eine zu frühe Erinnerung. Zu lange her. Da war er noch klein gewesen. Tiere in Mexico …

Auf dem Bildschirm bleckte ein Leopard die Zähne. Er hatte dieses Buch schon mal gesehen.

Letzten Winter.

In Umbertos Büro.

Weil …

Weil es ihm jemand geschickt hatte.

Er sprang von Benjamins Bett auf und raste in sein Arbeitszimmer. »Und wann bekomme ich mein Honorar?«, rief Benjamin ihm hinterher. »Ich habe dir geholfen, die Lösung zu finden!«

Die Bücher, die er geschenkt bekommen hatte und vermutlich niemals lesen würde, aber auch nicht wegwerfen wollte, bewahrte Vincent in einem bestimmten Schrankfach auf. Bücher warf man eben einfach nicht weg. Er brauchte nicht lange zu suchen. *Mammals of Mexico* von Gerardo Ceballos war ein Ziegelstein von einem Buch, und auf dem Cover prangte ein Leopard.

Seine Handflächen waren so feucht, dass ihm die Schwarte beinahe hinfiel. In letzter Sekunde fing er das Buch auf und blätterte fieberhaft bis zur Seite 873. Als er sie aufschlug, blieb ihm fast die Luft weg. Sie war kreuz und quer mit roten Linien übermalt. Es sah aus, als hätte jemand das Buch mit Blut tränken wollen. Er blätterte vor und zurück, entdeckte aber keine weitere Seite, die bemalt war. Unter den Linien befanden sich etwas dickere rote Klumpen, aber es lag nicht daran, dass ihm der Atem stockte, sondern an den Buchstaben daneben. Den roten Buchstaben. In einer energischen Handschrift waren sie zwei-, dreimal nachgezogen worden. Er musste den Text mehrfach lesen.

Hallo Vincent.
Falls du gedacht hast, der achte Juli wäre das Datum eines weiteren Mordes, bin ich schwer enttäuscht von dir.
Kannst du dich wirklich nicht erinnern? Wenn du mich finden willst, musst du genauer hinschauen.

Die Luft drang noch immer nicht bis in seine Lungenbläschen vor. Das Ganze war zu groß, als dass er es gedanklich hätte erfassen können. Er musste es erst in kleinere Teile zerlegen, um nicht verrückt zu werden. Jemand hatte ihm ein Buch mit einer an ihn gerichteten Nachricht geschickt. Und zwar einen ganzen Monat vor dem ersten Mord. Zwei Monate bevor er Mina im Theater in Gävle zum ersten Mal getroffen hatte. Und lange bevor er ins Ermittlerteam geholt worden war.

Irgendwie hing alles mit ihm zusammen.

Es war die ganze Zeit um ihn gegangen.

Ohne dass er es begriffen hätte.

Und das machte ihm panische Angst.

Nachdenklich betrachtete Christer sein Bücherregal. Er überlegte, mit welchem Buch im Fach mit den Neuzugängen er anfangen sollte. Mit dem neuen Krimi von Anders de la Motte? Oder dem von GW Persson? Der Verkäufer bei Akademibokhandeln hatte ihm auch das Debüt dieses Schauspielers namens Alexander Karim aufgeschwatzt, aber nachdem er ein wenig darin geblättert hatte, war er skeptisch geworden. Zeitreisen interessierten ihn nicht die Bohne. Nee, er mochte traditionelle Kriminalromane lieber. Peter Robinson. Der beherrschte sein Handwerk. Und Håkan Nesser. Nun war zwar schon seit einer ganzen Weile kein Buch mehr über Van Veeteren erschienen, aber die alten konnten man immer wieder lesen, und das tat Christer auch in regelmäßigen Abständen.

Am liebsten mochte er Krimis mit männlichen Hauptfiguren. Frauen gingen ihm in diesem Genre wahnsinnig auf die Nerven. Und ja, nicht nur die Ermittlerinnen, sondern auch die Krimiautorinnen selbst. Ständig äußerten sie sich zu allem möglichen Kram, von dem sie keine Ahnung hatten. Nun hatte zwar GW, um ganz ehrlich zu sein, auch zu allem eine Meinung, aber sei's drum, er war eben GW. Und der Wein, der unter seinem Namen verkauft wurde, war gar nicht schlecht.

In Krimireihen tranken die männlichen Helden allerdings meistens keinen Wein, sondern Whisky. Christer hatte daher lange versucht, sich ebenfalls das Whiskytrinken anzugewöhnen. Monatelang hatte er jeden Abend ein Glas hinuntergewürgt, wobei er stetig mehr Eis hinzugefügt hatte, um das Zeug überhaupt über die Lippen zu bekommen. Am Ende waren im Glas hauptsächlich Eiswürfel und nur noch ein winziger Tropfen Whisky gewesen. Da hatte er es aufgegeben.

Doch im Grunde reizte ihn an den Unmengen von Krimis, die er in seiner Freizeit verschlang, nicht die Sauferei der Kommissare, sondern die Schwermut. Die Einsamkeit. Die Probleme, eine vernünftige Beziehung zustande zu bringen. Er erkannte sich in ihnen wieder und kam sich selbst vor wie ein Held in einer Krimireihe. Immer grüblerisch. Immer skeptisch. Immer gegen den Strom. Nun, wenn er ganz ehrlich war, arbeiteten die Typen in den Büchern etwas mehr als er. Mit Ausnahme vielleicht von Evert Bäckström. Aber Kurt Wallander, Van Veeteren, Martin Beck, Alan Banks und Mikael Blomkvist, Donnerwetter, die rackerten sich ganz schön ab. Genau wie der Whisky war das nicht ganz nach seinem Geschmack.

Sein größtes Idol war jedoch Harry Bosch, und mit dem hatte er einiges gemeinsam, das hatte er in all den Jahren, in denen er schon die Bücher von Michael Connelly las, immer wieder festgestellt. Bereits beim ersten Buch über Bosch hatte er das Gefühl gehabt, hier seinen Zwillingsbruder in der Krimiwelt entdeckt zu haben, sein Alter Ego in der Kriminalliteratur. Damals hatte er beinahe feuchte Augen bekommen. Es war, als hätte er einen verschollenen Bruder wiedergefunden. Natürlich gab es zwischen ihnen auch Unterschiede. Die Mutter von Harry Bosch war Prostituierte. Seine eigene war eine prüde alte Jungfer, die einige wenige, platonische Beziehungen gehabt hatte. Harrys Mutter wurde brutal ermordet. Seine war im Schlaf an einem Schlaganfall gestorben. Harry Bosch war Soldat in Vietnam gewesen. Christer hatte in Arboga Wehrdienst geleistet.

Aber trotzdem.

Gemeinsamkeiten gab es genügend, um sich mit ihm vergleichen zu können. Das Elternhaus, das er von seiner Mutter geerbt hatte. Es lag an einem Abhang mit Blick über den Skurusund. Und Harry hieß eigentlich Hieronymus und war nach einem niederländischen Maler benannt. Christer hieß mit zweitem Namen Engelbert. Nach Engelbert Humperdinck, den seine Mutter sehr bewundert hatte. Genau wie Christer war Harry Bosch Linkshänder, und sie waren sogar gleich groß. Und genau wie Harry Bosch liebte er Jazz. Um ehrlich zu sein, hatte er das Genre erst durch Bosch kennen- und lieben gelernt, was ihm um einiges leichter gefallen war als beim Whisky. Nun lief im Hintergrund Chet Bakers *»Time after Time«*. Harry und er, hach. Sie waren sich so unglaublich ähnlich, stellte Christer zufrieden fest und genoss die Aussicht aus dem Fenster.

In dem Moment klingelte es. Wer konnte es sein? Christer stand von seinem Ohrensessel auf.

Vor der Tür stand Peder mit Bosse an der Leine.

»Du bist es?«, fragte Christer verwundert. »Ich hätte gedacht, Mina bringt den Hund vorbei.«

»Wieso dachtest du, dass Mina dir den Hund bringt?« Peder machte ein erstauntes Gesicht. »Woher wusstest du …«

Christer antwortete nicht. Wie konnte Peder nur eine so dumme Frage stellen. Hatte denn irgendjemand geglaubt, Mina hätte es mit dem Hund in ihrer Wohnung ausgehalten? Unfassbar. Aber die geistige Beschränktheit hatte bekanntlich keine Grenzen. Christer machte einen Schritt zur Seite und winkte die beiden herein. Im Flur lehnte bereits ein großer Sack Hundefutter.

»Ich habe die beste Sorte Hundefutter, zwei Näpfe und ein Kissen für ihn besorgt.«

Er beugte sich runter und löste die Leine von Bosses Halsband. Der Hund sauste sofort ins Wohnzimmer und begann, alles zu beschnuppern.

»Aber woher wusstest du, dass …« Peder stand immer noch der Mund offen.

Christer zuckte mit den Schultern.

»Rein logisch betrachtet war ich doch der einzige Ausweg, aber wie immer werde ich zunächst einmal nicht in Betracht gezogen.«

Hinter ihm ging die Plattenspielernadel zum nächsten Stück über, und »*Who can I turn to*« von Georges Cable ertönte.

Kvibille 1982

Er betrachtete seine drei Freundinnen, die direkt vor ihm radelten. Auf dem steinigen Sandweg gelangten sie zu dem kleinen See, in dem sie immer badeten. Dort angekommen, würden Malla, Sickan und Lotta juchzend ins Wasser springen und ihn gnadenlos damit aufziehen, dass er lieber am Ufer blieb. Aber das machte ihm nichts aus. Er wusste, dass sie es nicht ernst meinten, wenn sie ihn neckten und mit Wasser bespritzten. Der dunkle See hingegen war bitterer Ernst. Unten in der Tiefe konnte es wer weiß was geben. Und wenn man es nicht sah, wie sollte man dann wissen, ob es einen nicht gleich runterzog?

Unter den Fahrradreifen knirschte der Sand. Ungefähr so hatte er sich in der letzten Zeit gefühlt. Als ob in der Tiefe etwas lauerte, das ihn runterzuziehen drohte. Ein dunkler Schatten in seinem Kopf. Er brauchte Malla, Sickan und Lotta. Seine

Freundinnen, die ganz normale Dinge taten. Und ihn wie einen normalen Menschen behandelten.

»Hör mal, du kleiner Yoda.« Lotta drehte sich zu ihm um. »Fahr doch mal ein bisschen schneller!«

Er hatte ein altes T-Shirt von Jane an. Ein grünes Männchen war darauf abgebildet, das uralt aussah. Er selbst hatte *Krieg der Sterne* gar nicht gesehen, obwohl in seiner Klasse über nichts anderes mehr geredet wurde, kannte aber die Figuren und wusste, dass Luke Skywalker oder Chewbacca sehr viel coolere Motive gewesen wären. Sogar dieser Böse namens Darth Vader wäre besser gewesen. Aber Jane hatte gesagt, Yoda sei der Schlaueste von allen.

»Wenigstens bin ich größer als du«, rief er zurück, aber die Mädchen waren bereits hinter der nächsten Ecke verschwunden.

Er trat in die Pedale, um sie wieder einzuholen. Der Umhang, den er gerade geholt hatte, als die Mädchen vorbeikamen, lag auf dem Gepäckträger. Yoda war was für Langweiler. Er war heute Chewbacca.

Nach dem Baden legten sie sich zum Trocknen auf ihre Handtücher. Er hatte sich bis auf die Unterhose ausgezogen, um auch baden zu gehen, es sich dann aber in letzter Sekunde doch anders überlegt. Was für niemanden eine Überraschung gewesen war. Die Sonne war warm, und er bekam allmählich Hunger. Nun bereute er, dass er nicht ein paar von Mamas dreieckigen Sandwiches mitgenommen hatte.

»Glaubst du, deine Mutter hat gemerkt, dass du abgehauen bist?«, fragte Lotta. »Wir haben ja versucht, ganz leise zu sein, aber vielleicht hat sie trotzdem was gehört.«

Oh, nein. Ihm wurde eiskalt. Er hätte nicht an die leckeren Sandwiches denken dürfen. Sonst hätten sie bestimmt nicht nachgefragt.

»War sie überhaupt zu Hause?«, fragte Malla. »Ich habe sie gar nicht gesehen.«

»Sie ruht sich aus«, sagte er. »Ihr wisst schon. Deshalb war es gut, dass wir keinen Krach gemacht haben.«

Das stimmte zumindest beinahe. Seine Freundinnen nickten. Sie wussten, dass seine Mutter ab und zu solche Tage hatte. Tage, an denen sie viel Ruhe brauchte und es für alle besser war, wenn sie sich zurückzog. Tage, an denen sie der dunkle Schatten war.

»Möchtest du heute bei uns essen?«, fragte Sickan. »Meine Mutter kocht immer viel zu viel.«

Er sah die Wassertropfen auf ihrem Bauch in der Sonne glitzern. Erleichtert stellte er fest, dass es zu viele waren, um sie zu zählen.

»Ich glaube nicht …«

»Deine Mutter wird gar nicht merken, dass du weg bist«, sagte Malla. »Das weißt du doch. Ich finde, wir sollten alle bei Sickan essen!«

Lotta gab einen Freudenschrei von sich, und Sickan begann, laut zu lachen.

»Mama wird sterben!«, schrie sie begeistert. »Wir fahren zu mir nach Hause, sobald wir trocken sind.«

Seine Abwesenheit würde bestraft werden, das war ihm klar. Sie würde Konsequenzen haben. Mama wartete auf ihn. Er hatte gesagt, er müsse nur etwas holen. Stattdessen war er mit seinen Freundinnen an den See gefahren. Doch in diesem Moment, auf der sonnigen Lichtung am See, war es ihm zum ersten Mal im Leben egal. Er lag hier mit den Mädchen im Gras, und die dunkle Tiefe im See war für einen Moment lang nicht ganz so dunkel.

Er schenkte sich noch ein bisschen von dem Balvenie Portwood ein. Es war jetzt schon sein drittes Glas. Dieser einundzwanzig Jahre alte Whisky, den er seit einiger Zeit bevorzugte, war eigentlich Perlen vor die Säue, denn an diesem Abend hätte er auch medizinischen Alkohol getrunken. Oder irgendetwas anderes, das die Nerven beruhigte. Eine leise Stimme in seinem Kopf wies ihn zwar darauf hin, dass der beruhigende Effekt von Alkohol, gemessen an der Paranoia, die er auslösen konnte, eher unbedeutend war, aber heute fehlte ihm die Kraft, vernünftig zu sein. Und um Gras zu rauchen, war er zu alt.

Mammals of Mexico lag vor ihm auf dem Schreibtisch im Arbeitszimmer. Vincent hatte das Buch zugeschlagen. Er hatte keine Lust, sich die Mitteilung noch einmal anzusehen. Als Maria ins Bett gegangen war, hatte er gesagt, er müsste noch ein wenig arbeiten. Rebecka und Benjamin waren noch nicht zu Hause. Was die vereinbarten Zeiten anging, nahmen sich seine beiden älteren Kinder offenbar gewisse Freiheiten heraus. Er hatte das Deckenlicht ausgemacht und nur die Schreibtischlampe angelassen.

Er schwang mit seinem Schreibtischstuhl vor und zurück und hin und her. Um ehrlich zu sein, wusste er nicht, was er jetzt zu tun hatte. Mina kontaktieren, nahm er an. Oder gleich die Polizei rufen. Aber was hätte er sagen sollen? Dass er eine Nachricht vom Mörder erhalten hatte, die man nur finden konnte, wenn man genauso seltsam tickte wie er? Er drehte sein Whiskyglas und beobachtete, wie sich die bernsteinfarbene Flüssigkeit langsam bewegte. Im Gegensatz zu Lagavulin trank er Balvenie ohne Eis. Aber der Reflex, das Glas zu drehen, um die Eiswürfel klimpern zu hören, war tief verankert.

Wie würde Ruben reagieren, wenn er ihm erzählte, dass aus der Nachricht hervorging, dass der Mörder oder jemand anders, dem die Daten der Morde im Voraus bekannt gewesen waren, auch schon gewusst hatte, dass Vincent sich an den Ermittlungen beteiligen würde, bevor er selbst eine Ahnung davon gehabt hatte? Ruben würde höchstwahrscheinlich glauben, in seinem Mentalistenhirn wären nun auch die letzten Sicherungen durchgebrannt. Ruben, tja. Das war ein Mann mit Dämonen. Er fragte sich, ob dem Casanova des Präsidiums sein eigenes Verhalten eigentlich bewusst war. Nach Vincents Erfahrung verbarg sich bei Alphamännchen dieses Kalibers eine große Verletzlichkeit unter der harten Schale. Nicht, dass es Vincents Aufgabe gewesen wäre, Ruben darauf hinzuweisen. Er hätte vermutlich ein blaues Auge davongetragen. Aber vielleicht war es an der Zeit, dass irgendjemand nicht nur mit Ruben redete, sondern ihm auch zuhörte.

Er trank einen Schluck Whisky und spürte der angenehmen Wärme im Hals nach. Er schloss die Augen. Versuchte, sich für einen Augenblick nur auf den Geschmack und den Geruch zu konzentrieren. Aber es ging nicht. Vor seinem geistigen Auge sah er die ganze Zeit die rote Schrift in diesem beschissenen Leopardenbuch. Er machte die Augen wieder auf.

Die Mitteilung warf natürlich eine interessante Frage auf. Wer konnte gewusst oder zumindest angenommen haben, dass er mit der Polizei zusammenarbeiten würde. Ihm fielen nur zwei Personen ein. Zum einen Julia, die Mina die Genehmigung erteilt hatte, ihn zu kontaktieren, und zum anderen Mina selbst.

Mina hatte es gewusst. Mina hatte seine Neugier geweckt. Wäre an jenem Abend in Gävle jemand anders zu ihm gekommen, dann wäre außer einem höflichen Gespräch und einem entschiedenen Nein nichts dabei herausgekommen. Aber Mina hatte nicht lockergelassen.

Er leerte sein Glas und schenkte sich noch mehr Whisky ein.

Es konnte nicht Mina gewesen sein.

Es durfte nicht Mina gewesen sein.

Der Gedanke war absurd. Er kannte sie. Wobei, eigentlich kannte er sie nicht. Aber er bildete sich ein, zu wissen, wie sie tickte. Verdammt, er spürte ihre Anwesenheit doch sogar, wenn sie nicht da war. Sie war ihm unter die Haut gegangen und war nun ein Teil von ihm.

Mina hatte ihm das Buch nicht geschickt.

Aber was, wenn doch?

Was, wenn Mina das Buch geschickt hatte?

Ihm wurde eiskalt, und er schob den unliebsamen Gedanken vorerst beiseite. Er war zu unangenehm, um länger bei ihm zu verweilen. Denn wenn er wahr war, brach alles andere zusammen.

Er würde dem Gedanken später nachgehen müssen. Wenn er jedoch mal annahm, dass Mina es nicht gewesen war, wer hätte es dann getan haben können? Er konnte sich kaum vorstellen, dass das Buch von Julia gekommen war. Und dann blieb … niemand anders übrig.

Er stand auf und ging in dem kleinen Zimmer auf und ab. Er musste für eine bessere Durchblutung seines Gehirns sorgen, damit er nachdenken konnte. Um sich auf den Fußboden zu legen, war er zu rastlos.

Im Geiste wanderte er zurück zu ihrer ersten Begegnung.

Dem Abend in Gävle.

Mina sitzt ihm gegenüber.

An der Bar die Konferenzteilnehmer aus Helsingborg.

Ihr Trinkhalm.

Sein Hamburger.

Jedenfalls hat meine Chefin erlaubt, dass wir einen externen Berater hinzuziehen.

Sie sind mir empfohlen worden.

Empfohlen. Aber nicht unbedingt von Julia. Und wenn es nicht Julia gewesen war, wer dann? Diese Frage musste er ihr als Erstes stellen. Sobald er den anderen von der Nachricht und dem Buch erzählte, würde er auch persönlich in den Fall mit hineingezogen werden, und zwar auf eine Art, mit der er nicht gerechnet hatte. Damit wartete er lieber so lange wie möglich. Andererseits wollte er die Ermittlungen nicht behin dern. Im Gegenteil. Er musste einen Mord verhindern.

Er verschloss die Flasche und brachte sie in die Küche. Zunächst einmal musste er herausfinden, mit wem Mina geredet hatte. Wer hatte ihr vorgeschlagen, ihn mit ins Boot zu holen?

Dann konnte er ihr von dem Buch erzählen.

Dem Buch, das ihm auf keinen Fall Mina geschickt haben durfte.

Juli

Milda wusste aus Erfahrung, dass sie für einen Besuch bei ihrem Großvater mütterlicherseits viel Zeit einplanen musste. Großvater Mykolas und ihre Mutter stammten aus Griechenland, während ihr Vater aus Litauen war. Milda war im Litauischen der Name einer heidnischen Göttin. Sie war, mit anderen Worten, eine richtige Promenadennmischung. Litauisch-griechischer Abstammung und in Schweden aufgewachsen. Eine unschlagbar merkwürdige Kombination.

Die Bedeutung ihres Namens entbehrte ebenfalls nicht einer gewissen Ironie. Mit Liebe war sie im Leben nicht gerade überschüttet worden, jedenfalls nicht, wenn man damit die Liebe von Männern meinte. Ihre Ehe war eher von den praktischen Dingen des Alltags bestimmt gewesen, und seitdem hatte sie kein einziges Date gehabt. Sie hatte sich zwar vor über einem Jahr an einem Abend, als sie zu Hause auf dem Sofa ein Gläschen zu viel getrunken hatte, ein Tinder-Profil eingerichtet, aber seitdem hatte sie die App kein einziges Mal geöffnet. Was sie über Tinder gehört hatte, klang nicht gerade ermutigend. Außerdem bestand die Gefahr, dass sie dort auf den Vater der Kinder traf.

»Großvater?«, rief sie ins Haus, erhielt aber keine Antwort.

Die Haustür war wie üblich nicht abgeschlossen, aber sie wusste aus langjähriger Erfahrung, dass es keinen Zweck hatte, ihm ins Gewissen zu reden. Sein Vertrauen in das Gute im Menschen war herzergreifend. Aber lebensgefährlich. Erst vor wenigen Wochen hatte sie einen älteren Herrn auf dem Obduktionstisch gehabt, der einem Raubüberfall in der eigenen Wohnung zum Opfer gefallen war. Zwei junge Männer hatten ihn gequält und erschlagen, um an die beachtliche Summe von fünfhundertsiebzig Kronen zu kommen.

Sie durchquerte Küche und Wohnzimmer, um zur Terrassentür zu gelangen. Vermutlich war er in seinem geliebten Gewächshaus.

Anstatt nach ihm zu rufen, blieb sie für ein paar Minuten auf der kleinen Holzterrasse stehen und beobachtete ihn heimlich. Stunden hatte sie als Kind hier verbracht. In dem Garten des roten Häuschens am Waldrand in Enskede. Das Gewächshaus hatte sie ihm zum sechzigsten Geburtstag geschenkt. Es war sein kleines Paradies.

Milda sah ihn hinter den Glaswänden hin- und hergehen. Er wässerte Töpfe und Kübel, befühlte mit geübten Fingern die Erde, knipste behutsam trockene Blätter ab und sprach mit den Pflanzen, die dank seiner Fürsorge prächtig gediehen. Sie wusste, was er dort alles anbaute. Tomaten, Chili, Paprika und Zucchini. Sogar Wassermelonen wuchsen bei ihm. Für Großvater Mykolas war nichts unmöglich.

Schließlich bemerkte er sie. Strahlend winkte er sie zu sich. Sie spürte, wie sich auch auf ihrem eigenen Gesicht ein Lächeln ausbreitete, und eilte den sanften Hügel hinauf.

»Hallo, Großvater!«

Sie umarmte ihn und atmete den Duft von sonnengereiften Tomaten, Erde und Liebe ein. Sie wusste, dass Liebe eigentlich keinen Geruch hatte, aber wenn sie einen gehabt hätte, hätte sie gerochen wie Großvater Mykolas.

»Schau mal!«, sagte er stolz. »Schau dir mal meine schönen Zucchiniblüten an! Ich werde ein paar davon pflücken und frittieren, weil du sie so gerne isst, und aus dem Rest werden wunderschöne Zucchini.«

Er ließ die Hand über sein kleines Königreich schweifen, und sie hörte ihm zu, während er von jeder einzelnen Pflanze und ihrem momentanen Stadium im Wachstumsprozess berichtete. Sie liebte es, ihm zuzuhören. Ihr älterer Bruder zählte schon die Tage, bis Großvater Mykolas das Zeitliche segnete und ihnen sein Haus in Enskede hinterließ. Zum baldigen Verkauf. Sie hingegen hatte einen Kloß im Hals, wenn sie nur daran dachte, dass Großvater nicht für immer da sein und in seinem Gewächshaus herumwerkeln würde. Sie und ihr Bruder waren sehr verschieden.

»Wie geht es Adi?«, fragte Großvater, als ob er ihre Gedanken gelesen hätte.

Adi bedeutete auf Litauisch Wolf. Der Name passte zu ihrem Bruder.

»Doch, es geht ihm ganz gut«, log sie.

Bei Adi war gar nichts gut. Nie. Er hatte immer irgendein Geschäft am Laufen, mit dem er reich werden wollte. Wirklich legal waren die Sachen nie. Man hätte annehmen können, dass ein Jahr Gefängnis wegen Versicherungsbetrugs ihn eines Besseren belehrt hätte, aber dem war leider nicht so. Adi war unbelehrbar. Und als ältester Sohn und Augenstern seiner Eltern war er zudem auch vollkommen überzeugt von seiner eigenen Großartigkeit.

»Und Vera und Conrad?«

Sie sah Großvater an den Augen an, dass es bei den Kindern keinen Sinn gehabt hätte, ihn anzulügen. Deshalb sagte sie gar nichts.

»Du weißt, dass Conrad jederzeit zu mir kommen und bei mir wohnen kann«, sagte er ernst. »Ein Tapetenwechsel könnte ihm guttun, vor allem während der Sommerferien. Und in diesem Haus hier gibt es keinen Tropfen Alkohol. Er darf hier so lange bleiben, wie er will. Wenn hier im Sommer alles richtig wächst, brauche ich sowieso Hilfe.«

»Danke, aber er ist in einer Entzugsklinik. Muss den ganzen Sommer dort bleiben. Danach vielleicht.«

Als sie Großvaters gekränkten Blick sah, biss sie sich auf die Lippe. Sie hatte ihren Sohn in einer anonymen Einrichtung untergebracht, anstatt sich zuerst an die Familie zu wenden. In Mykolas' Welt machte man so etwas nicht.

»Ich glaube, er wäre gerne hier.« Sie legte ihre Hand auf seine. »Er muss nur erst mal Kraft sammeln.«

Großvater lächelte wieder.

»Ja. Komm«, sagte er. »Ich setze Kaffee auf.«

Er ging vor ihr aus dem Gewächshaus und mit ein wenig Mühe die kleine Holztreppe zum Haus hinunter. Es tat ihr weh, zu sehen, wie wackelig er auf den Beinen war. Er war immer ein Mann mit viel Kraft gewesen, ständig in Bewegung und immer aktiv. Doch mit seinem Kopf war alles in Ordnung, sein Denken funktionierte immer noch messerscharf, und nach einem langen Berufsleben als Professor der Biologie war er genau der Gesprächspartner, den sie jetzt brauchte.

»So. Keine Frage, dass ich es liebe, von dir besucht zu werden, und du brauchst auch gar keinen Grund zu haben, aber ich sehe dir doch an, dass du was auf dem Herzen hast, mein Mädchen.«

Schuldbewusst betrachtete sie die Tasse frisch aufgebrühten Kaffees, die er vor sie hinstellte, und holte den Beutel hervor, den sie mitgebracht hatte. Sie nahm sich vor, ihn öfter zu besuchen. Das dachte sie jedes Mal, wenn sie ihn sah. Aber das Leben kam irgendwie immer dazwischen.

»Ich hatte kürzlich einen Jungen auf dem Tisch«, sagte sie. »Brutal ermordet. Und das hier habe ich in seinem Magen gefunden.«

Sie hielt ihm den Zip-Beutel hin. Mykolas nahm ihn ihr mit ernster Miene aus der Hand und setzte sich an den kleinen Küchentisch vor dem Fenster ihr gegenüber.

»Darf ich?«

Sie nickte.

Er öffnete den Beutel, roch zunächst am Inhalt und nahm ihn dann heraus. Ein Haarbüschel. Es war ein Teil des Haars, das sie in Roberts Magen vorgefunden hatte. Das meiste davon hatte sie bereits ordnungsgemäß beschriftet und ins Labor geschickt. Sie wusste jedoch, dass die Kollegen dort mit ihrer Arbeit bereits im Rückstand waren und die Wartezeiten quälend lang werden konnten. Höchstwahrscheinlich würde sie die Ergebnisse erst in einem Monat bekommen. Aber sowohl dieser Fall als auch der Junge lösten in ihr den Wunsch aus, die Antworten auf ihre Fragen ausnahmsweise einmal schneller zu bekommen, als die schwedische Forensik sie ihr geben konnte. Großvater brannte auf seine alten Tage vielleicht am meisten für sein Gewächshaus, aber sie hatte in ihrer Laufbahn keinen besseren Biologen kennengelernt. Und auch keinen besseren Zoologen, um genau zu sein.

»Ich glaube, ich weiß, was das ist. Aber um ganz sicherzugehen, muss ich es mir unter dem Mikroskop ansehen. Warte hier. Trink deinen Kaffee. Ich bin gleich wieder da.«

Als Großvater Mykolas aufstand, fiel ihr auf, dass er bei der Bewegung vor Schmerz das Gesicht verzerrte. Während Milda an ihrem Kaffee nippte, schaute sie aus dem Fenster. Sie liebte Enskede. Sie selbst war in Bagarmossen aufgewachsen, das war auch völlig in Ordnung, aber von dem altmodischen Charme Enskedes umgeben, fühlte sie sich immer besonders geborgen und gut aufgehoben. Vielleicht hatte es auch eigentlich gar nichts mit der Umgebung zu tun, sondern lag nur an der Tatsache, dass Großvater hier wohnte. Aber trotzdem. Die alten Rosenbüsche. Der Flieder, der seinen Duft im Frühsommer im ganzen Viertel verbreitete. Die Kinder, die auf der Straße spielten, wie Kinder es in früheren Zeiten getan hatten.

Draußen auf dem Gehweg spazierte ein ziemlich kleiner Mann vorbei, mit dem sie selbst hier in ihrer Kindheit gespielt hatte. Das glaubte sie jedenfalls. Aber ganz sicher war sie sich nicht. Als sie die Hand gehoben hatte, um ihm zuzuwinken, war er schon weitergegangen.

»Das habe ich mir doch gedacht!«

Mit zufriedener Miene kam Großvater wieder herunter und setzte sich an den Tisch. Und wieder hatte er dieses schmerzverzerrte Gesicht. Milda nahm sich fest vor, den sturen Alten demnächst zum Arzt zu schleifen.

»Genau wie ich erwartet hatte. Das ist das Fell eines Exemplars der Gattung Neovison. Vison kommt vom französischen Wort für das Tier.«

Er machte eine Kunstpause. Sie wusste, dass sie ihn jetzt besser nicht zur Eile antrieb. Das hier war sein großer Auftritt, und er genoss ihn in vollen Zügen. Sie würde ihm diesen Moment bestimmt nicht kaputt machen. Daher trank sie einen Schluck Kaffee und sah ihn erwartungsvoll an.

»Dieses Tier stammt ursprünglich aus Nordamerika und gehört zum Stamm der Wirbeltiere. Ein Säugetier selbstverständlich. Der Körper wird 30 bis 45 Zentimeter lang, wobei der Schwanz eine zusätzliche Länge von 13 bis 23 Zentimetern aufweisen kann. Das Männchen wiegt 1 bis 1,5 Kilo, während das Weibchen nur 0,75 Kilo wiegt. Tiere aus Züchtung können jedoch mehr Gewicht auf die Waage bringen als Wildtiere.«

Milda nickte. Sie ahnte bereits, um welches Tier es sich handelte, aber sie ließ ihren Großvater reden. Er war in seinem Element, und seine Augen leuchteten vor Glück.

»Früher wurde es in dieselbe Gruppe wie der Iltis eingeordnet, aber genetische Studien haben gezeigt, dass es sich von der Gattung Mustela stark unterscheidet. Dieses Fell hier, meine liebe Milda, stammt von einem Nerz!«

Triumphierend hielt er ihr das Haarbüschel vor die Nase. Sie nickte. Das hatte sie sich schon vor einer Weile gedacht.

»Kann man irgendwie eingrenzen, aus welcher Umgebung dieses Exemplar kommt? Ich meine, gibt es da vielleicht Unterarten, die nur in bestimmten Regionen von Schweden leben?«

»Nein, lieber nicht. Normalerweise reden wir hier von zwei verschiedenen Sorten. Dem wilden Nerz und dem gezüchteten, der auf Nerzfarmen gehalten wird. Die kontroversen Diskussionen über die Bedingungen dort kennst du sicher, aber vom Fell her unterscheiden sich Wild- und Zuchttiere nicht.«

»Um ehrlich zu sein, wusste ich gar nicht, dass es noch Nerzfarmen gibt.«

Milda stand auf und holte die Kaffeekanne, um ihnen beiden nachzuschenken.

»Doch, die gibt es noch. Ich weiß nicht, wie viele, und auch nicht, wo, aber das kann man im Internet bestimmt nachschlagen.«

Milda grinste in sich hinein. Großvater Mykolas machte keinen Hehl daraus, dass er kein großer Fan moderner Technik war, und weigerte sich, die entsprechende Terminologie korrekt anzuwenden.

»Wo findet man die Wildtiere? In was für einer Umgebung?«, fragte sie und setzte sich wieder hin.

Vor dem Fenster spielten nun einige Kinder Straßenhockey, und durch das Fenster, das einen Spalt offen stand, waren ihre fröhlichen Stimmen laut und deutlich zu hören.

»Der Nerz hält sich am liebsten in der Nähe von Wasser auf. Er mag Seen, Flussläufe oder Sumpfgebiete. Er ernährt sich von Fischen, Krebsen, Fröschen und anderen kleinen Tieren.«

Milda nickte und dachte dabei angestrengt nach. Was hatte das Fell von einem Nerz in Roberts Magen zu suchen? Und hatte es etwas zu bedeuten? Nun, das herauszufinden, war nicht ihr Job. Sie konnte nur weitergeben, was sie in Erfahrung gebracht hatte. Den Rest mussten die anderen machen. Sie lächelte ihren Großvater an.

»Danke. Das war eine große Hilfe. Und jetzt erzähl mal. Was für Experimente machst du da oben in deinem Gewächshaus gerade?«

Großvater Mykolas strahlte. Vorsichtig steckte er das Haarbüschel wieder in den Beutel, verschloss ihn sorgfältig und stütze die Ellbogen auf den Tisch.

»Tja! Dieses Jahr habe ich mir vorgenommen, ein bisschen mit Hybriden herumzuspielen, und da will ich jetzt erst mal ausprobieren, ob man nicht zwei verschiedene Karottensorten miteinander kreuzen kann, und zwar *London Torg* und *Early Nantes*. Das Ergebnis stelle ich mir ganz vorzüglich vor. Und auch von meinen Rosen würde ich gerne zwei kreuzen. Ich hatte da an *Rugelda* und *Dream Sequence* gedacht, wobei die zweite auch Astrid Lindgren genannt wird. *Rugelda* ist ja, wie du sicher weißt, eine Rugosa-Hybride, und *Dream Sequence* ist eine Floribundarosa. Daher denke ich …«

Milda betrachtete ihn, während er selig von seinen Hybriden erzählte. Wieder einmal ermahnte sie sich selbst, ihn öfter zu besuchen. Und ihn zu zwingen, ins Ärztezentrum in Dalen zu gehen. Notfalls mit Gewalt.

GESCHICKT TRUG VINCENT die zwei Teller Prinzessinnentorte zum Tisch hinüber, an dem Sains schon auf ihn wartete. Das eine Stück Torte kippte auf die Seite, als er es abstellte. Er überlegte, ob er es wieder aufrichten sollte, ließ es aber bleiben. Stattdessen ging er zur Kaffeemaschine in der Mitte des Raums.

»Möchtest du auch Milch?«, rief er nach hinten.

»Einfach schwarz, wie meine Seele«, antwortete Sains.

»Ja, ich kann mir vorstellen, dass man sich so fühlen muss, wenn man in seiner Freizeit Kreuzigungsszenen konstruiert.« Vincent kam mit zwei Tassen Kaffee zurück an den Tisch. »Danke, dass du dir Zeit genommen hast, mich zu treffen. Verzeih mir meine Penetranz.«

Er hatte Mina noch immer nicht angerufen. Er traute sich nicht. Und da Sains nun schon mal in der Stadt war, nutzte er die hochwillkommene Gelegenheit, sich auf etwas anderes als dieses Buch zu konzentrieren. Und er musste ja auch wirklich mit ihm sprechen.

»Das tue ich gerne«, sagte Sains. »Ich war schwer zu erreichen, das gebe ich zu. Ich musste einen großen Auftrag fertigstellen. Aber so musstest du wenigstens nicht schon wieder zu mir nach Sundsvall kommen. Ich bin in der Stadt, um meinem Bruder bei den Vorbereitungen für einen Fernsehauftritt behilflich zu sein. Die Flammen sind schwer zu dosieren.«

Vincent schüttelte den Kopf. Zauberer und ihre Illusionen.

Er und Sains saßen im Vete-Kattten, der großen Konditorei im Zentrum von Stockholm. Wie üblich war sie brechend voll mit Touristen, und es war so um einiges leichter, sich ungestört zu unterhalten. Zauberer wussten aus Erfahrungen, dass man Geheimnisse am besten dort versteckte, wo sie jeder sehen konnte.

Er starrte auf die Schichten des gekenterten Tortenstücks. Auf den Boden aus Rührteig. Die Vanillecreme. Die Himbeermarmelade. Sahne. Marzipan. Fünf Schichten. Verdammt. Aber oben war zum Glück noch Puderzucker drauf.

Puh. Mit dem Zucker waren es sechs Schichten.

Er hatte gerade einen Vortrag der Mathematikerin Eugenia Cheng gesehen, die anhand von Backen die Kategorientheorie erklärte. Sie hätte das Tortenstück sicher in ein mathematisches Theorem verwandelt. Und unter normalen Umständen hätte er das höchst amüsant gefunden. Nun fragte er sich stattdessen, wie eigentlich der Querschnitt von Robert ausgesehen hatte, der im *Zigzag-Lady-Kasten* in drei Teile geteilt worden war. Verschiedene Schichten aus Fettgewebe und Blut. Hatte er Ähnlichkeit mit einer Prinzessinnentorte gehabt? Hatte seine Haut wie Marzipan ausgesehen? Vincent schob die Torte weg.

»Ich hätte aber auch zu dir nach Hause kommen können«, sagte Sains. »Obwohl ich es hier natürlich sehr nett finde.«

»Nein, das Thema lässt sich zu Hause nicht gut besprechen«, sagte Vincent. »Hier ist es besser. Und ich weiß ja, wie eilig du es hast, also komme ich gleich zur Sache. Kannst du dich noch an die Illusion erinnern, die ich dir letztes Mal gezeigt habe? Den Schwertkasten?«

»Der so seltsam konstruiert war.« Sains nickte.

Sains nahm eine Gabel, steckte sie in sein Stück Torte und schob sich einen beachtlichen Bissen in den Mund. Schichten aus Fett und Blut. Vincent kniff die Augen zusammen. Sains wusste offensichtlich nichts von der Pressekonferenz, obwohl sie sein Berufsfeld betraf. Der Preis, den er dafür zahlte, ein genialer Erfinder zu sein, war eine manchmal etwas wacklige Verbindung zur Außenwelt.

»Eine Sache habe ich dir verschwiegen«, fuhr Vincent fort. »Der Kasten ist für einen Mord verwendet worden. Und es wird noch schlimmer. Man hat zwei weitere Opfer aufgefunden, die mit einer Art von Bühnenillusion ermordet worden sind.«

Sains verschluckte sich an der Torte und musste kräftig husten. Vincent holte ihm schnell ein Glas Wasser. Dankbar trank Sains es aus und tupfte sich mit seiner Serviette gründlich den Mund ab, als wollte er Zeit zum Nachdenken gewinnen.

»Was sagst du da?«, fragte er schließlich. »*Mord?* Ganz real? Und wer ist ›man‹?«

Vincent sah sich um, um sicherzugehen, dass Sains' Hustenanfall auch keine anhaltende Aufmerksamkeit auf sie gelenkt hatte, und holte die Fotos hervor.

»Ich unterstütze die Polizei bei den Ermittlungen«, sagte er. »Die Einzelheiten sind natürlich geheim, auch wenn wir uns mit dem Fall bereits an die Öffentlichkeit gewandt haben. Es scheint, als hätten wir es mit einem vollkommen Verrückten zu tun. Ich meine, sieh dir mal diese Bilder an.«

Er schob ihre Kaffeetassen und das Glas zur Seite, um Platz zu schaffen, und breitete die Fotos auf dem Tisch aus. Er hätte sie besser nicht auf DIN-A4 vergrößern sollen, weil sie so für die anderen Gäste im Café etwas zu deutlich sichtbar waren. Andererseits mussten die Details gut zu erkennen sein. Sains stellte beide Kuchenteller auf den leeren Nachbartisch. Auch ihm war offenbar der Appetit vergangen.

»Hier ist der Kasten mit den Schwertern.« Vincent tippte darauf. »Das hier sind die Schwerter selbst, ich weiß nicht, ob ich dir die schon mal gezeigt habe. Und hier, vier Fotos von den Klingen und dem Kasten einer …«

»*Zigzag Lady*«, vervollständigte Sains den Satz. »Ist nicht schwer zu erraten, was sich darin abgespielt hat. Widerlich.«

»Ich bekomme schon unter normalen Umständen Platzangst, wenn ich Menschen in diese Kästen kriechen sehe«, sagte Vincent. »Wie sich der Junge hier drin gefühlt haben muss, übersteigt meine Vorstellungskraft.«

Sains sah ihn mit seltsamem Gesichtsausdruck an.

»Ich glaube, die Enge war sein geringstes Problem, als er in die Kiste gesperrt wurde. Aber du hast von drei Illusionen gesprochen. Was kommt noch?«

»*Bullet Catch.*«

»Ach du Scheiße. Danke, dass du mir davon kein Foto mitgebracht hast.«

Sains betrachtete die Fotos aus allen Winkeln. Die Bilder hätten unschuldige Bühnenillusionen darstellen können, wenn die Kästen und die scharfen Klingen nicht allein kraft ihrer Existenz Böses ausgestrahlt hätten. Kein gesunder Mensch stellte so etwas her.

»Was soll ich dazu sagen?«, fragte Sains. »Mehr als bei deinem Besuch neulich kann ich dir nicht liefern.«

»Vielleicht nicht. Aber da habe ich mich vor allem auf die Frage versteift, ob jemand bei dir oder einem deiner Kollegen einen solchen Kasten oder den Bauplan dazu bestellt haben könnte. Mir war nicht klar, dass die Lösung vielleicht im eigentlichen Herstellungsprozess zu finden sein könnte. Da wir zu dem Zeitpunkt erst einen Kasten hatten, konntest du dazu nur sagen, dass er schlampig zusammengezimmert war. Jetzt haben wir zwei. Du hast mir erklärt, dass nur sehr wenige Menschen solche Illusionen bauen können, weil man dafür nicht nur enorme handwerkliche Fähigkeiten braucht, sondern auch viel von Zauberei verstehen muss.«

»Ja, es gibt nicht viele, die auf beiden Gebieten Experten sind.« Sains nickte nachdenklich.

»Vielleicht irre ich mich«, sagte Vincent, »aber ich könnte mir vorstellen, dass jeder, der etwas herstellt, seinen eigenen Stil hat und dem jeweiligen Produkt seinen persönlichen Stempel aufdrückt. Auch wenn sich jemand an eine Anleitung hält, macht er ›sein eigen Ding‹. Habe ich recht?«

»Ja, das stimmt.« Wieder nickte Sains. »Wir nennen es Signatur.«

»Okay. Wir haben bereits festgestellt, dass diese Kästen nicht von einem Profi hergestellt worden sind. Sie haben also vielleicht keine offizielle Signatur beziehungsweise ein Logo, aber möglicherweise lässt sich doch so etwas wie eine persönliche Handschrift entdecken. Die beiden Illusionen auf den Fotos sind von derselben Person gebaut worden. Kannst du Gemeinsamkeiten entdecken? Vielleicht ein Detail, das nur dir auffällt, aber uns einen Hinweis auf die Person gibt, nach der wir suchen müssen? Du hast doch selbst gesagt, dass so etwas hier nicht viele können. Wer hat diesen Kästen seine Signatur aufgedrückt?«

An ihrem Tisch kam eine fünfköpfige Gruppe vorbei. Der Sprache, in der sie sich unterhielten, nach zu urteilen, waren sie Niederländer. Alle trugen T-Shirts mit dem gleichen Aufdruck. Laut dem Slogan waren sie in ganz Europa unterwegs. Sicher hatten sie die Oberteile selbst bedruckt. Vincent hielt schnell die Hand über die Fotos, war aber nicht schnell genug. Eine junge Frau hatte die Bilder gesehen und blieb stehen.

»Oh, my god«, sagte sie in perfektem Englisch. »Are you guys building magic tricks? Awesome!«

»Thank you.« Sains lächelte. »Not many would have recognized it.«

Was machte er da? Die Frau sollte doch weitergehen und nicht in ein Gespräch verwickelt werden. Vincent hätte sich nicht gewundert, wenn Sains ihr auch noch ein Stück Torte angeboten hätte. Es fehlte nicht mehr viel, und der Rest der Gruppe mit den identischen T-Shirts würde bei ihnen mit am Tisch sitzen.

»Well, magic is for nerds«, sagte die Frau. »Got to go.«

Während sie den anderen hinterherrannte, warf sie noch einen Blick über die Schulter und rief Sains zu: »Us nerds need to stick together!«

Vincent verschränkte die Arme vor der Brust und wartete, bis die Niederländerin draußen war.

»Bist du fertig?«, fragte er.

»Ich bitte um Verzeihung. Aber man bekommt so selten Zuspruch von Menschen unter fünfundfünfzig. Isst du deine Torte eigentlich noch?«

Vincent schüttelte den Kopf, während Sains in Windeseile sowohl sein eigenes als auch Vincents Stück verspeiste.

»Jedenfalls«, sagte er mit vollem Mund, »hast du in einem Punkt recht. Wenn diese beiden Kästen von jemandem gebaut worden wären, den ich kenne, würde ich das sehen. Aber das sehe ich nicht.«

Sains kaute bedächtig.

»Vincent, du hast eins noch nicht in Betracht gezogen.« Er schluckte. »Es gibt zwar nicht viele, die sich sowohl mit der Zauberkunst als auch mit dem Handwerk gut auskennen, und zwar so wenige, dass wir uns untereinander eigentlich kennen …«

Vincent begriff, worauf Sains hinauswollte. Er hätte sich ohrfeigen können. Wie hatte er nur so blöd sein können?

»… aber es könnte sich natürlich um zwei Personen handeln«, beendete er Sains' Satz. »Um einen Zauberer, der was von den Illusionen versteht. Und einen Handwerker, der sie bauen kann.«

Vincent bedeckte das Gesicht mit den Händen. Für eine Weile wollte er mit der Außenwelt nichts zu tun haben.

»Es sind zwei«, murmelte er in seine Handflächen. »Ich habe viel zu beschränkt gedacht. Es gibt keinen einsamen Mörder. Es sind zwei Personen, die zusammenarbeiten. Was auch erklärt, warum ich in den Morden den Ausdruck von zwei verschiedenen Persönlichkeiten entdeckt habe. Eine rational vorausschauende und eine emotional gewalttätige Persönlichkeit. Ich habe die ganze Zeit versucht, diese beiden Elemente zu einem stimmigen Bild des Mörders zusammenzusetzen, aber es ist mir nicht gelungen. Kein Wunder. Es gab nie nur einen.«

Er ließ die Hände in den Schoß fallen und sah Sains an, der immer noch auf die Fotos starrte.

»Vincent«, sagte Sains langsam. »Eine Einzelperson kann sich verrückt verhalten. Sie kann irrationale Irrsinnstaten begehen, die für alle anderen Menschen unbegreiflich sind, einem kranken Hirn aber vollkommen angemessen erscheinen.

Aber zwei? Zwei Personen müssen sich absprechen. Müssen die Aufgaben untereinander verteilen …«

Sains schob die Fotos mit spitzen Fingern zusammen, als wären sie kontaminiert, und steckte sie vorsichtig wieder in den Hefter.

»Ihr jagt nicht einen Wahnsinnigen«, sagte er. »Ihr jagt zwei Monster.«

»*Folie à deux*«, sagte Vincent langsam. »Eine gemeinsame psychotische Störung oder auch Wahnsinn zu zweit. Und ich finde die beiden Verrückten nicht.«

Er sah aus dem Fenster und betrachtete die normale Welt, die in der Sommersonne Eis aß und nicht über bestialische Morde und rätselhafte Codes nachdenken musste.

»Weil ich nicht schlau genug war. Der nächste Mord ist meine Schuld. Zweimal Wahnsinn und einmal Dummheit. *Folie à trois*.«

Sie sog das Nasenspray so tief wie möglich ein. Dann wappnete sie sich für den nächsten Schritt. Ihr graute jedes Mal vor dem Moment, in dem sie mithilfe von purer Willenskraft die Nadel durch ihre eigene Haut bohren musste. Julia hatte den Rat bekommen, das Ziel zu visualisieren. Und sie versuchte es immer wieder. Sie machte die Augen zu. Und stellte sich ein quietschlebendiges Baby vor. Ob Junge oder Mädchen, spielte keine Rolle. Flaumiges Babyhaar. Dicke Oberschenkel. Ein gurgelndes Lachen, das weit unten im Hals begann. Sie gab sich ihrer eigenen Sehnsucht hin.

Aber es nützte nichts. Sie hatte immer noch genauso viel Angst vor Spritzen.

Zu Hause konnte Torkel ihr helfen, aber tagsüber konnte er schließlich nicht seine Arbeit stehen und liegen lassen, um zu ihr ins Präsidium zu kommen und ihr die Spritze zu setzen. Die Krankenschwester sagte jedes Mal mit ernstem Gesicht, er würde genauso leiden, aber Julia fragte sich immer wieder, was das heißen sollte. Die Spitze drang schließlich durch ihre

Haut. Aber andererseits war das nur eins von tausend absurden Dingen, die dieser Prozess mit sich brachte, in dem sie sich seit einem Jahr befanden.

Sie nahm noch einmal Anlauf. Drückte in der Taille eine kleine Speckfalte zusammen, suchte nach der geeignetsten Stelle und bemühte sich, die Nadel stillzuhalten, obwohl ihre Hand wie verrückt zittern wollte.

Ein Klopfen ließ sie zusammenzucken, und beinahe hätte sie versehentlich zugestochen. Vorsichtig legte sie sowohl die Hormonspritze als auch das Nasenspray auf den Schreibtisch, stellte das gerahmte Hochzeitsfoto von ihr und Torkel davor, zog ihre Bluse runter, steckte sie in den Hosenbund und ging zur Zimmertür.

»Hallo. Störe ich?«

Milda stand vor ihr. Julia ging im Geiste ihre Möglichkeiten durch. Sie brauchte diese Spritze bald. Aber Milda redete immer so viel. Andererseits konnte sie sie nicht einfach wegschicken. Und außerdem hatte sie vielleicht etwas Wichtiges zu sagen.

»Du störst überhaupt nicht.« Julia trat einen Schritt zur Seite.

Rasch warf sie einen Blick auf ihren aufgeräumten Schreibtisch. Zu ihrer Erleichterung blitzte die Spritze nicht hinter dem Bilderrahmen hervor.

»Setz dich.«

Julia zeigte auf den Besucherstuhl, als hätte es eine Alternative gegeben.

Sie merkte selbst, wie professionell ihre Stimme klang. Sachlich. Völlig frei von Babysehnsucht, zerplatzten Träumen und den Erinnerungen an Föten, die aus ihrem Schoß direkt in eine Metallschale glitten. Lebensunfähig, lautete das Wort, das dafür verwendet worden war.

Julia bemerkte Mildas prüfenden Blick und begriff, dass sie für einen Augenblick die Kontrolle über ihren Gesichtsausdruck verloren haben musste. Als sie sich auf ihren Bürostuhl gesetzt hatte, war der Moment vorüber. Sie hatte alles im Griff.

»Was hast du für uns?« Neugierig sah sie Milda an.

Mildas Funktion war faszinierend. Julia war immer in erster Linie darum bemüht, Menschen am Leben zu erhalten. Auch bei Mordfällen betrachtete sie dies als ihre wichtigste Aufgabe. Die Jagd nach dem Täter diente hauptsächlich dazu, weitere Opfer zu vermeiden. Milda hingegen beschäftigte sich intensiv mit den Verstorbenen. Sie verbrachte mehr Zeit mit Toten als mit lebenden Personen. Julia bezweifelte, dass sie selbst zu dieser Arbeit, die Milda zu ihrer Lebensaufgabe gemacht hatte, in der Lage gewesen wäre. Aber sie hatte enormen Respekt vor Milda. Ihre Tätigkeit war notwendig. Die Toten konnten sprechen. Das hatte sie im Laufe der Jahre immer wieder erlebt. Die Rechtsmedizin fügte den Ermittlungen jedes Mal entscheidende Puzzleteile hinzu.

»Es geht um den Mord an Robert Berger. Und letztlich auch um die Morde an Tuva Bengtsson und Agnes Ceci. Aber Robert ist der Schlüssel zu einem wichtigen Puzzleteil. Glaube ich. Oder hoffe ich jedenfalls.«

Milda wand sich unbehaglich auf ihrem Stuhl.

»Ich bin ganz Ohr.« Julia lehnte sich interessiert über den Schreibtisch.

Dabei stieß sie versehentlich das Hochzeitsfoto um, stellte den Rahmen aber schnell wieder auf.

Milda räusperte sich.

»Wie du weißt, hatte Robert die Neigung, sich Dinge in den Mund zu stecken«, sagte sie. »Er aß ständig Dinge, die eigentlich nicht zum Verzehr geeignet sind. An sich kommt das häufiger vor, als man denkt. Und als ich ihn öffnete, fand ich in Roberts Magen einen Klumpen Haare.«

»Igitt.« Julia verzog das Gesicht.

Sie stellte sich vor, wie sich die Haare in seinem Mund angefühlt haben mussten, und spürte, wie sich ihr Magen umdrehte.

»Ja, aber für uns vielleicht ein Glücksfall. Es ist nicht meine Aufgabe, Schlüsse daraus zu ziehen, ich lege nur die Fakten dar. Aber es könnte sein, dass der Mörder irgendeine Verbindung zu einer … Nerzfarm hat.«

Julia starrte sie an.

»Nerzfarm? So was gibt es noch?«

»Ja, das hätte ich auch nicht gedacht. Aber es gibt tatsächlich noch einige davon hier in Schweden, auch wenn Tierrechtsorganisationen sich für deren Schließung einsetzen.«

Julia war stumm.

»Meine Vermutung basiert auf zwei Dingen.« Milda setzte sich etwas aufrechter hin, bevor sie fortfuhr: »Erstens haben wir bei allen drei Opfern Ketamin im Organismus gefunden. Und zweitens hatte Robert Nerzfell im Magen. Das könnte auch von einem Wildtier stammen, aber das glaube ich nicht. Ketamin wird nämlich unter anderem zum Einschläfern von Nerzen verwendet. Ich würde fast wetten, dass Robert auf einer Nerzfarm umgebracht wurde. Und in dem Fall ist es den anderen vermutlich genauso ergangen.«

Julia lehnte sich zurück, um zu verdauen, was Milda da gerade gesagt hatte. Die verschiedenen Bestandteile wirbelten ihr durch den Kopf und versuchten, sich zu einem logischen Ganzen zu verbinden. Doch noch war das alles ein einziges, zusammenhangsloses Durcheinander. Die Nerzfarm fand darin noch keinen sinnvollen Platz.

»Ich werde das mit der Gruppe besprechen.« Julia stand auf. Die Sache erlaubte keinen Aufschub. Milda erhob sich ebenfalls. Dann zögerte sie.

»Gibst du dir die Spritzen selbst?«, fragte sie vorsichtig.

»Bitte?« Julia hielt mitten in der Bewegung inne.

»Ich habe gehört, dass ihr mitten in einer … Behandlung steckt. Bekommst du das mit den Spritzen selber hin, oder brauchst du Hilfe? Ich kann das für dich machen.«

Julia hatte plötzlich einen Kloß im Hals. Sie hasste die Vorstellung, dass die anderen über sie redeten. Aber dass es im Präsidium keine Geheimnisse gab, hätte ihr mittlerweile längst klar sein müssen. Langsam streckte sie die Hand nach der

Spritze hinter dem Bilderrahmen aus. Sie reichte sie Milda und zog die Bluse aus dem Hosenbund. Eine Welle der Erleichterung überkam sie.

Es tat nicht einmal weh, als Milda ihr die Spritze gab.

Mit der Fernbedienung in der Hand saß Vincent vor dem Fernseher. Er wusste, dass er sich schon im Alter von siebenundvierzig Jahren zum Dinosaurier entwickelt hatte. Niemand sah heutzutage mehr fern. Aber ihm gefiel es, dass die Sendungen nur zu bestimmten Zeitpunkten gezeigt wurden. Wenn man sie dann nicht sah, verpasste man sie.

Natürlich konnte man fast alles streamen, und daher war es im Grunde nicht möglich, etwas zu verpassen. Aber genau das war das Problem. Ihm war vollauf bewusst, dass auch er nur ein Opfer des Verfügbarkeitsprinzips war. Alles Unverfügbare wirkte sehr viel spannender und attraktiver. Doch die moderne Welt hatte ihm vor Augen geführt, dass dieses Prinzip auch andersherum funktionierte. Wenn man über alles jederzeit verfügen konnte, war nichts interessant. Und für uninteressante Dinge hatte Vincent keine Zeit.

Es war auffällig still im Haus. Aus Benjamins Zimmer hörte er dessen leises Gemurmel, was bedeutete, dass sein Sohn online war. Dass Benjamin tatsächlich Freunde hatte, wenn auch unsichtbare, erstaunte ihn immer noch. Aston schlief ausnahmsweise friedlich, Rebecka war unterwegs und Maria … Was die machte, wusste er gar nicht. Wahrscheinlich lag sie im Bett und las ein Buch voller Ratschläge für ein sinnerfülltes Leben. Maria liebte solche Bücher. Sie verschlang sie geradezu. Andere studierten reihenweise Trainingspläne, ohne jemals zum Sport zu gehen. Maria war genauso. Anstatt auch nur einen Vorschlag aus den vielen Ratgebern in die Tat umzusetzen, kaufte sie sich lieber den nächsten. Und wenn sich in ihrem Leben dann noch immer nichts geändert hatte, gab sie den Büchern die Schuld.

Na gut, das war vielleicht ein wenig gemein. Aber er hatte Schwierigkeiten mit der kleinen Bibliothek auf dem Nachttisch seiner Frau. Jeder Titel versprach, endgültig ein Geheimnis zu lüften oder einen Code zu knacken. Er rümpfte die Nase. Die Verfasser solcher Bücher verstanden weder etwas von Codes noch vom wirklichen Leben.

Ein Geräusch riss ihn aus seinen Gedanken. Da war etwas vor dem Wohnzimmerfenster. Er blickte auf und sah draußen gerade noch eine Gestalt vorüberhuschen. Dann war sie verschwunden. Oder hatte er sich getäuscht? Es war ein heller Abend, aber der Wald, der an sein Grundstück grenzte, warf einen Schatten auf die Rasenfläche. Die solarbetriebenen Außenlampen, die er rechts und links von dem schmalen Kiesweg zum Haus montiert hatte, reichten nicht aus, um die gesamte Vorderseite des Grundstücks zu beleuchten. Er schaltete den Fernseher aus und trat ans Fenster.

Nichts.

Einer der Büsche am Rand bewegte sich, als würde ein Tier hindurchkriechen, um in den Wald zu gelangen. Vermutlich ein Reh. Nachdem sie aufs Land gezogen waren, hatte er schnell gelernt, wie wenig Angst die Natur vor dem Menschen hatte. Er fragte sich, wie lange das Tier schon im Garten gestanden und ihn durch die Scheibe beobachtet hatte. Und das Reh hatte sich vermutlich gefragt, was er mitten in seinem Wald zu suchen hatte.

Auf Augenhöhe bemerkte er zwei Fettflecken auf der Scheibe und versuchte, sie mit dem Ärmel wegzuwischen, aber die Flecken waren außen am Glas. Sie sahen aus wie Halbmonde. Er formte die Hände zu einem Fernglas und hielt sie auf die Flecken. Sie passten genau auf die Abdrücke. Als ob er dadurch rausschauen sollte. Oder rein, ging ihm durch den Kopf. Auf der anderen Seite hatte jemand gestanden. Dort hatte jemand gestanden und hatte ihn durch die Scheibe beobachtet. Und ein Reh war es definitiv nicht gewesen.

Als er ein Klopfen hörte, schrie er beinahe auf vor Schreck.

Erneut wurde an die Tür geklopft. Er ging hin und machte vorsichtig auf.

Mina stand davor.

»Oh, guten Abend.« Er konnte seine Verwunderung nicht verbergen. »Spionierst du mir nach?«

»Was? Nein«, sagte sie, »ich wollte nur nicht klingeln, weil ich dachte, dass Aston schon schläft.«

»Äh, ach so, aber es muss jemand hier gewesen sein …«

Er zeigte hinaus auf den Wald, verstummte aber, als er Minas Gesicht sah.

»Ist etwas passiert?«, fragte er.

Er trat auf den Treppenabsatz vor dem Haus.

»Nein, ich dachte nur …« Minas Stimme erstarb, als würde sie selbst nicht ganz an das glauben, was sie als Nächstes sagen wollte. »Ich dachte, wir könnten was zusammen machen.«

Er wusste nicht, was er sagen sollte. Er betrachtete die Frau, die vor ihm stand. Mina war vielleicht speziell. Aber im Gegensatz zu den meisten anderen Menschen tat sie nicht nur so. Und das wusste er zu schätzen. Es musste ihr einiges an Mut abverlangt haben, zu ihm nach Hause zu fahren. Ein Nein zu riskieren. Vor allem in Anbetracht dessen, was sie ihm im Taxi erzählt hatte. Wie hatte er jemals auf die Idee kommen können, sie hätte ihm das Buch geschickt. Wie blöd konnte man eigentlich sein? Manchmal war er wirklich ein Idiot. Als er hinter sich ein Geräusch hörte, warf er schnell einen Blick durch den Türspalt. Wenn Maria ihn mit Mina sah, war die Hölle los.

»Ich dachte, ich könnte vielleicht mal deine Familie kennen lernen«, sagte Mina. »Jetzt, wo wir so eng zusammenarbeiten.«

»Das ist keine gute Idee«, sagte er. »Jedenfalls nicht heute Abend.«

Mina wich einen Schritt zurück. Er konnte ihr Gesicht nicht mehr deutlich erkennen, aber ihre hängenden Schultern sagten alles. Er hatte ihr wehgetan. Und sie hatte das Nein zu hören bekommen, vor dem sie solche Angst gehabt hatte.

»Also, es ist eine super Idee, dass wir zwei was zusammen machen«, beeilte er sich zu sagen. »Wir müssen uns nämlich dringend was überlegen. Wegen meiner Familie, meine ich. Maria ist heute ein wenig labil und selbst unter normalen Umständen ziemlich eifersüchtig. Und wenn sie dich jetzt, wo sie sich in ihrer eigenen Haut gerade überhaupt nicht wohlfühlt, *so* sehen würde …«

»Was meinst du denn mit *so?*«, fragte Mina. »Stimmt was nicht mit mir?«

Vincent sah Mina an. Nein, das konnte man wirklich nicht behaupten. An Mina stimmte alles. Das schwarze, straff zu einem Pferdeschwanz zusammengebundene Haar und der weiße Rollkragenpullover unterstrichen nicht nur ihre Gesichtszüge, sondern auch ihre Persönlichkeit. Der Gesamteindruck raubte ihm den Atem. Er hoffte, dass man es ihm nicht zu stark anmerkte, und vermied es, ihr auf die roten Lippen zu schauen, während sie redete. Zudem hatte er offensichtlich ein größeres Bedürfnis nach Gesellschaft, als ihm selbst bewusst gewesen war. Es ging sogar so weit, dass er sich eingebildet hatte, jemand würde sich anschleichen. Dabei war doch völlig klar, dass es ein Reh gewesen sein musste.

»Hat Maria denn Grund, eifersüchtig zu sein?«, fuhr Mina fort.

Die Andeutung eines Lächelns schien ihren Mundwinkel zu umspielen, aber er war sich nicht sicher. Es konnte auch ein Schatten gewesen sein.

»Auf dich?« Er merkte selbst, dass er rot wurde. »Also, sie …«

»Natürlich nicht«, fiel sie ihm ins Wort. »Wir kennen uns ja gar nicht. Ich meinte, ob sie generell Grund zur Eifersucht hat. Hast du Affären mit anderen Frauen?«

Und da war sie wieder, die Mina, die schon an jenem ersten Abend in Gävle seine Neugier geweckt hatte. Diese fast unbeholfen ehrliche Frau, die jegliches Fingerspitzengefühl vermissen ließ, das die Gesellschaft von einem erwartete und das doch so unendlich ermüdend sein konnte. Vor allem wenn man, so wie er, die Konventionen, die das gesellschaftliche Leben in Gang hielten, auch nicht mit der Muttermilch eingesogen hatte. Mit Mina hatte er, vielleicht zum ersten Mal, das Gefühl, er selbst sein zu können. Und weder eine Rolle spielen noch irgendwelche Erwartungen erfüllen zu müssen. Er warf einen Blick auf ihre Hände. Sie sahen nicht trocken aus. Sie musste sie eingecremt haben. Ein zarter Duft nach Vanille stieg ihm in die Nase.

»Keine Affären«, sagte er. »Doch, einmal hatte ich eine Affäre, obwohl ich verheiratet war. Aber da bin ich mit ihr fremdgegangen. Mit Maria. Und dann habe ich sie geheiratet.«

Mina nickte bedächtig, als würde sie ihn verstehen.

»Lass uns spazieren gehen.« Er machte die Tür hinter sich zu. »Maria ist vermutlich die beste Mutter der Welt. Du müsstest sie mal mit Aston erleben. Aber ansonsten ist die Kommunikation in dieser Familie sehr … anstrengend. Ich schicke ihr eine SMS und sage, du brauchtest mich. Das stimmt ja irgendwie auch.«

»Aber du musst mir versprechen, nicht über die Arbeit zu reden. Ich habe seit Monaten an nichts anderes gedacht.« Sie hakte sich bei ihm unter. »Normale Leute haben jetzt Ferien. Und wir machen wenigstens heute Abend mal Pause.«

Ihr Arm fühlte sich steif an, und es war unbequem, so zu gehen, aber er wusste ihre Bemühungen zu schätzen.

»Deal. Wir plaudern ganz unverfänglich über meine angeblichen Affären und meine eifersüchtige Ehefrau.«

Sie gingen den Kiesweg entlang, der die kleine Rasenfläche vor dem Haus durchschnitt, und gelangten auf die gewundene Straße. Es war ein heller Sommerabend, und die Luft war noch warm.

Am Briefkasten blieb er stehen. Irgendetwas fehlte. Vor einer seiner früheren Vorstellungen hatte Umberto als Werbematerial kleine magnetische Schilder mit der Aufschrift »Gedankenlesen verboten« drucken lassen. Vincent hatte eins davon beim Einzug an den Briefkasten geklebt. Nun war das kleine Schild verschwunden. Vermutlich lag es im Gras. Er konnte sich kaum vorstellen, dass jemand es geklaut hatte, denn außer ihm hatte es niemand besonders witzig gefunden. Aber der Briefkasten sah ohne den Magneten viel langweiliger aus.

»Ziemlich ruhig hier in Tyresö«, sagte Mina. »Man hat ja das Gefühl, man wäre auf dem Land. Ohne Navi hätte ich die Adresse nie gefunden. Die Zivilisation scheint weit weg zu sein.«

Vincent lachte.

»Da gibt es nichts drum rumzureden, wir *sind* auf dem Land. Aber ich fühle mich wohl hier. Wir fühlen uns wohl hier, besser gesagt. Wenn ich auf Tournee bin, treffe ich unheimlich viele Menschen. Da ist es schön, wieder hier draußen zu sein, mit einem Abstand von zweihundert Metern zum nächsten Nachbarn. Ove kennst du ja, das ist der mit dem Bagger. Aston tut die Natur auch gut, und der Schulbus fährt dahinten ab. Man muss nur ein Stück die Straße runtergehen. Aber genug davon. Wie sieht's denn bei dir aus? Fühlst du dich wohl in deiner Wohnung in Årsta?«

Er merkte plötzlich, wie wenig er über Mina wusste, obwohl sie schon seit fünf Monaten zusammenarbeiteten. Dabei wollte er so viel über sie wissen. Was war ihm vorhin zum Prinzip der Unverfügbarkeit durch den Kopf gegangen? »Alles Unverfügbare wirkt sehr viel spannender und attraktiver.« Was für ein Unsinn. Er war ganz anders. Natürlich hatte Mina eine faszinierende Persönlichkeit und war noch dazu äußerst attraktiv. Er war froh, sie kennengelernt zu haben. Aber ihr Verhältnis war erwachsen und professionell. Vielleicht entwickelte sich gerade eine Freundschaft daraus. Und das reichte ihm vollkommen.

Maria war natürlich trotzdem eifersüchtig. Was unvermeidlich war. Aber das war sie andererseits auch, wenn er bei ICA an der Kasse ein paar Worte mit Liv wechselte. Liv, die fünfundfünfzig Jahre alt und mit Corinne verheiratet war, die immer die Molkereiprodukte auffüllte.

Er wünschte, Maria hätte ein positiveres Selbstbild gehabt. Wenn doch wenigstens *eins* ihrer vielen Bücher ihr geholfen hätte. Nachdem er selbst an dieser Aufgabe so grandios gescheitert war.

»Ja, ich fühle mich dort einigermaßen wohl«, sagte Mina. Er brauchte einen Moment, bis ihm wieder eingefallen war, was er sie gefragt hatte.

»Übrigens habe ich doch eine berufliche Frage«, sagte er zögernd. »Aber nur eine, versprochen. Du kannst dich sicher noch an unser Treffen in Gävle erinnern. Du sagtest damals, jemand habe dir empfohlen, mich zu kontaktieren. Wer war das?«

Mina blieb abrupt stehen und drehte sich zu ihm um.

»Warum willst du das wissen?«

»Das werde ich dir ganz bestimmt erzählen, aber nicht jetzt. Bitte beantworte zuerst meine Frage. Es könnte wichtig sein.«

Noch immer sah sie ihn unverwandt an. Sie schien zu überlegen, was sie sagen sollte.

»Ich … habe eine Freundin, die ich ein bisschen im Alltag unterstützt habe, zu den Anonymen Alkoholikern begleitet habe«, sagte sie.

Damit hatte er nicht gerechnet. Aber jede Information konnte wichtig sein. Daher nickte er nur.

»Dort habe ich diese Frau getroffen. Sie heißt Anna. Sie hat mir empfohlen, dich zu kontaktieren. Außer der Tatsache, dass sie dich kennt, weiß ich von ihr nur, dass sie einen Delfin in die Wade eintätowiert hat. Und, neben einigen kleinen Tattoos, auf dem Arm einen Wolf. Wenn du mit ihr sprechen möchtest, musst du einfach wie ein Stalker vor dem Saal auf Kungsholm warten. Ich kann dir die Adresse geben.«

Sie hielt noch etwas länger Augenkontakt, als wollte sie erst abwarten, was er dazu sagte.

»Anna.« Er lächelte. »Delfin. Kungsholm. Danke. Genug über die Arbeit geredet, Ehrenwort.«

Sie hielt den Zeigefinger nach oben und steckte die andere Hand in die Tasche, um ihr Telefon rauszuziehen. Er hatte gar nicht gemerkt, dass es vibriert hatte.

»Es ist Julia.« Sie zeigte auf das Display. »Ich gehe da besser dran, sonst lässt uns das keine Ruhe, fürchte ich. Hallo Julia!«

Mina verstummte und schien aufmerksam zuzuhören.

»Nerzfarmen, im Ernst?«, sagte sie nach einer Weile. »Okay. Danke für die Info.«

Mina legte auf und steckte das Handy wieder ein, er bekam aber mit, dass sie es vorher auf lautlos stellte.

»Sollten wir vielleicht doch lieber arbeiten?«, fragte er, als Mina aufgelegt hatte. »Das klang wichtig.«

Mina schüttelte den Kopf.

»Ich bin genauso frustriert und besorgt wie du, weil wir nicht wissen, wann der nächste Mord passiert«, sagte sie. »Aber heute Abend werden wir den Mörder nicht mehr kriegen. Milda, unsere Rechtsmedizinerin, hat eine Verbindung zwischen den Morden und Nerzfarmen entdeckt. Und auf dem Weg hierher habe ich deine Mail gelesen. Du schreibst, dass wir es vermutlich nicht nur mit einem Mörder zu tun haben, sondern mit zwei Personen, die zusammenarbeiten.«

»Ja, wobei das keine nennenswerten Auswirkungen auf das psychologische Profil hat«, sagte Vincent. »Im Gegenteil, es wird eher verständlicher. Aber wenn es sich um zwei Personen handelt, haben sie eine besorgniserregend stark ausgeprägte Fähigkeit, über einen langen Zeitraum hinweg extrem brutale Taten rational zu planen. Vielleicht sogar über einen sehr langen Zeitraum.«

Mina nickte.

»Dadurch kommen wir ihnen allerdings auch nicht näher«, sagte sie. »Jedenfalls nicht heute Abend.«

Er nickte, und sie sah auf die Uhr. Es gefiel ihm, dass sie eine trug. Die meisten Leute benutzten heutzutage ihr Mobiltelefon als Uhr. Die Armbanduhr war zum einen eleganter, und zum anderen konnte er den Mangel an Selbstdisziplin schwer ertragen, dass die meisten Menschen jedes Mal bei den sozialen Medien hängen blieben, wenn sie nur wissen wollten, wie spät es war.

»Heute Abend ist es zu spät, um noch jemanden loszuschicken, der sich die Nerzfarmen mal ansieht«, sagte sie. »Da arbeitet jetzt sowieso niemand mehr. Wir kümmern uns morgen darum. Ruben kann ja hinfahren. Heute Abend versuchen wir zwei ausnahmsweise mal, an was anderes zu denken.«

»Julia hat mit Ruben geschlafen, stimmt's?«, fragte er.

»Sei still, davon weiß niemand was«, sagte sie. »Abgesehen natürlich von allen Kollegen, die auf dieser Weihnachtskreuzfahrt dabei waren. Aber das ist ja schon fünf Jahre her. Oder noch länger. Warum fragst du?«

»Ruben interessiert mich. Nach außen tut er so, als wäre er ein noch größeres Gottesgeschenk an die Frau als dieser selbstverliebte Autor Björn Ranelid. Aber darunter verbirgt sich mehr.«

Mina verzog das Gesicht.

»Deine Meinung«, sagte sie. »Wo gehen wir eigentlich hin?«

»Keine Ahnung, aber die Luft ist herrlich.« Er wich einer Pfütze aus. »Worauf hast du denn Lust?«

»Ich habe auch keine Ahnung«, sagte sie. »Ich wusste ja nicht mal, ob du Lust hast, mich zu treffen. Aber lass uns ruhig ein Stück aus dem Wald rausgehen. Den habe ich jetzt gesehen.«

Er hatte den Verdacht, dass Mina nur mit Mühe den Impuls unterdrückte, sich all die kleinen Viecher vorzustellen, die zwischen den Bäumen und vor allem im Unterholz herum krabbelten. Es war vermutlich besser, den großen Ameisenhaufen nicht zu erwähnen, an dem sie in diesem Moment vorbeikamen.

»Tja, wenn wir schon nicht arbeiten, könnten wir vielleicht … ins Kino gehen?« Es war das Erste, was ihm einfiel.

Sie lachte laut auf und sah ihn dann mit einem etwas schiefen Lächeln an. Aber diesmal war es immerhin ein Lächeln.

»Ins Kino? Wie bei einem Date?«

Wieder wurde er rot. Verdammt. So weit hatte er gar nicht gedacht.

»Ach ja, stimmt. Entschuldige. Was machst du denn gerne?«

»Sport«, sagte sie. »Und Billard spiele ich auch gerne. Ich bin eine richtig gute Billardspielerin. Aber ins Kino gehe ich auch gerne mit dir. Ich habe schon lange keinen Film mehr gesehen.«

Sie versetzte ihm einen Stoß mit dem Ellbogen.

»Wenn Maria sowieso eine Krise kriegt, können wir ihr doch auch einen Grund dazu geben.«

Sie fuhren mit ihrem Auto zum Filmstaden-Kino im Stadtteil Söder. Während der Fahrt sagte er nicht viel. Wenn er ihren Gesichtsausdruck nicht sehen konnte, fiel ihm das Reden schwer. Folglich war es eine schweigende Autofahrt. Als er mit seiner App den Parkschein bezahlte, musste er sich zwingen, die Parkzeit nicht so einzustellen, dass eine glatte Summe rauskam. Er wollte nicht zu seltsam erscheinen.

An der Kasse kauften sie sich Karten für einen Film, von dem keiner von ihnen etwas gehört hatte. Dann gingen sie ins Foyer. Neben den Kassen standen große Glasbehälter voller Popcorn, das in Eimern aus Pappe verkauft wurde. Er steuerte darauf zu, aber dann hielt er inne. Sollte er ein paar Snacks und etwas zu trinken kaufen? Oder lieber nicht? Wurde dann ein Date daraus? Er war sich nicht sicher.

Er drehte sich um, um Mina zu fragen, aber die stand nicht mehr neben ihm. Sie war ein paar Meter hinter ihm stehen geblieben. Mina stand wie angewurzelt da und starrte die Popcorneimer an. Sie war kreidebleich. Dann starrte sie zum Getränkeautomaten und dem Berg von Trinkhalmen daneben. Die geweiteten Pupillen und die angespannte Kiefermuskulatur verrieten die Panik, die in ihr hochkochte.

Er war ein Idiot.

Jeder, der hier arbeitete, und natürlich auch die Kinobesucher, konnte dieses Popcorn angefasst haben. Hunderte von

Menschen mit ungewaschenen Händen hatten in den Strohhalmen gewühlt. Ganz zu schweigen von all den Menschen, die bereits auf den Kinosesseln gesessen hatten, auf denen sie gleich sitzen würden, und den verschütteten Getränken, die im Saal an ihren Schuhsohlen kleben würden. Wie hatte er nur auf die Idee kommen können, dass ihr das hier gefallen könnte?

»Mina.« Vorsichtig berührte er sie am Ellbogen. »Wir gehen hier weg.«

Sie reagierte, indem sie ruckartig den Arm wegzog, ließ das Popcorn aber nicht aus den Augen.

»Aber wir haben doch schon bezahlt«, sagte sie.

Sie rieb die Handflächen aneinander, als ob sie sich die Hände waschen würde. Sie waren wieder trocken und spröde geworden.

»Wir können doch nicht einfach gehen«, sagte sie, »wenn wir schon bezahlt haben.«

»Natürlich können wir das. Wir haben bezahlt, damit wir machen können, was wir wollen. Nur weil man sich etwas auf den Teller getan hat, muss man es nicht aufessen. Man hat immer die Wahl. Eltern haben nicht recht.«

Behutsam hielt er ihren Ellbogen umfasst und führte sie aus dem Kino. Sobald sie das Foyer hinter sich gelassen hatten, konnte sie leichter atmen. Doch das Kino befand sich in den alten Markthallen von Söder, in deren verzweigten Gängen mittlerweile zahllose Restaurants untergebracht waren.

»Setz dich hierhin.« Er zeigte auf das nächste Lokal. »Bestell dir was zu trinken. Du brauchst dringend Flüssigkeit. Ich bin gleich wieder da.«

Ohne ihre Antwort abzuwarten, rannte er aus den Markthallen und zum Coop direkt nebenan. Er verfluchte sich für seine Gedankenlosigkeit.

Drei Minuten später kam er zurück. Mina saß an einem Tisch ganz hinten. An seinem Platz stand ein Bier. Vor ihr eine Cola Zero. Die Flasche sah unberührt aus.

»Hier.« Er drückte ihr die Packung Trinkhalme in die Hand,

die er gerade gekauft hatte. »Ich nehme an, du hast deine eigenen heute nicht dabei.«

Mina machte ein Gesicht, als würde sie gleich in Tränen ausbrechen.

»Entschuldige bitte«, begann sie. »Ich will nicht, dass du mich für verrückt hältst. Ich versuche es ja, aber es ist einfach so …«

Wenn sie angefangen hätte zu weinen, hätte er nicht gewusst, was er machen sollte. In der Packung waren fünf Trinkhalme. Sieben Packungen hatte es bei Coop noch gegeben. Das waren insgesamt fünfunddreißig Trinkhalme. Mina war erst dreiunddreißig. Zwischen der dreiunddreißig und der fünfunddreißig fehlten zwei. Ein Trinkhalm für sie und einer für ihn. Er wollte auf keinen Fall, dass sie anfing zu weinen.

»Ich sehe es so«, sagte er. »Du bist die Person auf der Welt, die als Allerletzte eine Grippe bekommt. Das ist doch gut.«

Mina lächelte dankbar, öffnete die Packung und steckte einen Trinkhalm in ihre Colaflasche. Dann sah sie ihn an und steckte ihm auch einen in sein Bier.

Als Vincent nach Hause kam, war es noch nicht übertrieben spät, aber seine Familie schlief schon. Aston fiel meistens gegen acht vor Müdigkeit um, Maria ging gerne spätestens um halb zehn ins Bett und die Teenager etwa eine Stunde später. Er selbst hatte seine kreativste Phase zwischen zweiundzwanzig Uhr und zwei Uhr morgens und fand es daher optimal, um Mitternacht nach Hause zu kommen. Es lagen dann noch zwei Stunden vor ihm, in denen er gut und effektiv arbeiten konnte.

Doch nicht an diesem Abend. Sein Kopf war voller Gedanken an Mina und die Gespräche, die sie geführt hatten. Er putzte sich die Zähne und schlich sich auf Zehenspitzen ins Schlafzimmer, um Maria nicht zu wecken. Falls sie wach geworden wäre, hätte sie ihn in ihrem vorwurfsvollen Ton mit Fragen bombardiert und wissen wollen, wo er denn mitten in der Nacht herkäme, und er war nicht in der Verfassung, sich zu rechtfertigen.

Er zog sich aus, ohne die Nachttischlampe anzuknipsen. Socken und Unterhose ließ er auf den Boden fallen. Das war Schmutzwäsche. Die Kleidungsstücke, die er noch einmal anziehen konnte, kamen auf die Kommode. Als sich seine Augen an die Dunkelheit gewöhnt hatten, sah er einen Schatten auf Marias Nachttisch. Ihr Bücherstapel. Er seufzte. Im Grunde wusste er auch nicht viel mehr als seine Ehefrau darüber, wie man sein Leben am besten lebte. Und genau wie sie hätte er es aus diesen Büchern auch nicht lernen können. Der Unterschied war nur, dass ihm das bewusst war.

Aber er wurde allmählich besser darin.

Er lernte es allmählich von Mina.

Mora 1982

Jane saß auf einem Stuhl in Ylvas Flur. Auf der Kommode neben ihr stand das Telefon der Familie. Jane hatte die Hand schon auf den grauen Hörer gelegt, hob ihn aber nicht ab. Zu Hause anrufen oder nicht zu Hause anrufen. Das war die Frage. Sie hatte jeden Tag Angst gehabt, dass ihre Mutter sie bei ihrer Freundin anrufen könnte, um sie zu fragen, wie es ihr gehe und wann sie endlich nach Hause komme. Ylvas Eltern hatte sie erklärt, ihre Mutter könne hin und wieder ein wenig manisch sein, und hatte sich schon im Voraus für sie entschuldigt.

Doch ihre Mutter hatte sich erstaunlich gut benommen. Sie hatte nur am ersten Tag angerufen. Und da auch nur, um sich zu erkundigen, ob Jane gut angekommen war. Dann hatte sie sich nicht mehr gemeldet. Obwohl ihr das ungeheuer schwergefallen sein musste. Aber das war ja gut. Vielleicht hatte

Mama gemerkt, wie wunderbar sie allein zurechtkam. Genau wie Jane die Zaubertricks ihres Bruders in logischen Rückwärtsschritten auseinandernahm, hatte ihre Mutter vielleicht begriffen, dass sie gar nicht auf Jane angewiesen war. Vielleicht würde ihr Auszug doch kein Problem werden.

Trotzdem saß sie nun mit schweißnasser Hand auf dem Telefonhörer da. Denn irgendetwas war da nicht in Ordnung. Gar nicht in Ordnung. Sie hätte es nicht erklären können, es war nur so ein mulmiges Gefühl. Vermutlich albern. Vermutlich spukte da nur ihr schlechtes Gewissen rum. Sie hätte doch eigentlich froh sein müssen, dass ihre Mutter sich nicht so verhielt wie sonst immer.

Und gleichzeitig. Gleichzeitig spürte sie, dass etwas nicht stimmte. Zu Hause. Sie wand sich das Telefonkabel um den Finger. Wenn sie jetzt anrief und besorgt nachfragte, bat Mama sie sofort, nach Hause zu kommen. Und wenn sie nicht anrief, ging dieser irrationale Klumpen in ihrem Magen gar nicht weg.

Sie nahm den Hörer in die andere Hand, wischte sich die nassen Hände an der Hose ab und wählte die Nummer. Es dauerte ein paar Sekunden, bis es in der Leitung genug geknackt und geknistert hatte und die Verbindung hergestellt war. Als es am anderen Ende endlich klingelte, klangen die Signale so leise und schwach, als hätte sie in einem anderen Erdteil angerufen. Endlich ging jemand ans Telefon.

»Boman hier. Hallo?«

»Hallo, Brüderchen! Hier ist Jane!«

Schweigen. Sie wusste, dass ihr kleiner Bruder nicht gern telefonierte. Dieses Gespräch würde sie allein bestreiten müssen.

»Wie geht es euch?«, fragte sie.

»Gut. Ich frühstücke gleich.«

Sie lächelte in sich hinein. Es war alles gut. Der Klumpen in ihrem Magen war lächerlich.

»Lass mich raten«, sagte sie. »Mamas dreieckige Toastbrote?«

»Ja, ohne Kanten. Mit Ei. Du weißt …«

»Gute Gewohnheiten sind wichtig.«

»… gute Gewohnheiten sind wichtig.«

Sie mussten beide lachen.

»Kann ich Mama mal sprechen?«, fragte sie. »Wenn sie dir deine Brote gemacht hat?«

»Nein, sie kann gerade nicht reden.«

»Ist es wieder … so ein Tag?« Sie senkte die Stimme. »Kommst du zurecht?«

»Nein, also, sie ist nur nicht im Haus. Mir geht's gut.«

Dann war ihre Mutter zumindest fit genug, um Frühstück zu machen. Immerhin. Das mulmige Gefühl hatte also nur von ihrem schlechten Gewissen hergerührt. Und solange nur ihr Bruder am Telefon war, konnte ihre Mutter sie auch nicht bitten, nach Hause zu kommen.

»Hast du nicht vor meiner Abfahrt an einem heimlichen Zaubertrick gearbeitet?«, fragte sie. »Mama hat gesagt, sie würde da vielleicht mitmachen. Zeigt ihr mir den, wenn ich wieder da bin?«

Am anderen Ende wurde es still. Sie drückte sich den Hörer ans Ohr und lauschte. War er überhaupt noch da? Sie hörte ein leises Atmen. Über seine Geheimnisse redete er nicht gern. Da ging die Magie verloren, sagte er immer. Aber andererseits musste er ja auch nicht immer so empfindlich sein.

»Mach dir keine Sorgen«, sagte sie. »Mama hat nichts verraten.«

»Ich will jetzt nicht mehr weiterreden. Ich will essen. Mein Toast wird kalt.«

»Okay, Brüderchen. Wir sehen uns in einer Woche. Grüß Mama schön von mir.«

Er legte auf, bevor sie den Satz beendet hatte. Sie zog ihren Finger aus dem Kabel und legte auf. Während des Telefonats hatte sie das Gefühl gehabt, es wäre alles in Ordnung. Aber nun kam das mulmige Gefühl zurück. Am Ende hatte ihr kleiner Bruder so komisch geklungen. Vielleicht sollte sie doch nach Hause fahren. Und mal nachsehen.

»Hör auf, Jane«, sagte sie laut zu sich selbst und schüttelte den Kopf.

Ihre Mutter war der manipulativste Mensch, der ihr je begegnet war. Sie war Spezialistin darin, anderen ihre Klauen in die Haut zu hacken, bis die nicht mehr konnten. Bei Jane steckten die Klauen offenbar noch tiefer drin, als ihr selbst bewusst gewesen war. Beinahe hätte ihre Mutter sie dazu gebracht, nach Hause zu fahren. Dabei hatte ihre Mutter gar nichts gesagt. Aber diesmal würde Jane sich nicht unterkriegen lassen.

Sie ging mit ihrer Badetasche vom Vortag in den Garten hinaus. Ylva lag auf einer Decke und las ein Buch.

»Ylva«, sagte sie. »Wollen wir nicht ins Schwimmbad?«

»Du kriegst mich nicht!« Ylva sprang von der Decke auf.

Ihren Bikini hatte sie schon an.

»Der Letzte muss vom Siebener springen!«, rief Jane und rannte zu den Fahrrädern.

Sie würde nicht nach Hause fahren, ehe sie sich selbst dazu entschieden hatte.

Zum etwa hundertsten Mal streckte Ruben die Hand nach dem Schaltknüppel aus und musste feststellen, dass keiner da war. Und zum hundertsten Mal bereute er, nicht seinen Chevrolet Camaro genommen zu haben. Automatik, was für ein Schwachsinn. Er war doch nicht behindert. Aber Nerzfarm klang nach Matsch, herumfliegenden Schrottteilen und Haaren überall. Das wollte er Ellinor, wie er seinen geliebten Wagen nannte, nicht antun. Wenn ihn jemand nach dem Namen fragte, wies er ihn auf einen alten Actionfilm mit Nicolas Cage hin. Der wahre Grund ging nur Ruben etwas an.

Ellinor war gerade in der Inspektion gewesen und glänzte frisch poliert unter ihrer Plane in der Garage. Die Nachbarn, mit denen er sich die Garage teilte, zogen ihn natürlich wegen der Plane auf, aber die mit ihrer schmutzigen Karre sollten mal schön still sein. Er würde die öligen Partikel in der Garagenluft jedenfalls nicht an Ellinors weißen Lack heranlassen.

Und so hatte er diesmal einen Dienstwagen genommen. Wenn man unangekündigt zu Besuch kam, war es auch gar nicht schlecht, wenn POLIZEI auf dem Auto stand. Die Nervosität, die das auslöste, machte er sich gerne zunutze. Trotzdem war die ganze Aktion Zeitverschwendung gewesen. Genau, wie er vermutet hatte. Drei Nerzfarmen hatte er sich bereits angesehen. Nach der nächsten würde er Feierabend machen.

Vorerst sollte er sich nur mal umschauen. Um ein Gefühl dafür zu bekommen, ob Nerzfarmen überhaupt geeignete Orte waren, um Menschen unbemerkt gefangen zu halten oder vielleicht sogar zu ermorden. Doch auf den Anlagen, die er bisher besichtigt hatte, war kein einziger Quadratzentimeter frei gewesen. Überall wuselten Nerze herum, Tausende von ihnen. Eingepfercht in ein System, das von einem einzigen Menschen gesteuert werden konnte. Es war kaum genug Platz für die Tiere gewesen, geschweige denn für eine geheime Tischlerwerkstatt.

Die letzte Farm des Tages lag auf Lidö im Schärengarten von Norrtälje. Die Insel war nur mit der Fähre zu erreichen. An Bord schaltete er sofort den Motor ab und stieg aus dem Auto. Der Wind fuhr ihm durchs Haar und unters Jackett, aber das machte ihm nichts aus. Die frische Luft tat ihm gut. Der Gestank auf diesen Farmen war unerträglich. Er wusste, dass sich viele Menschen über die Bedingungen dort aufregten. Bei den Menschen, die sich kritisches Bewusstsein zuschrieben, stand die Nerzindustrie nicht besonders hoch im Kurs. In gewisser Weise konnte er das nachvollziehen. Was er im Laufe des Tages zu sehen bekommen hatte, war auch für ihn nicht unbedingt ein Anlass zur Freude.

Andererseits gab es genügend Menschen, die noch dringender Hilfe benötigten. Wenn man nun schon seine Liebe zu den leidenden Kreaturen auf dieser Erde ausleben musste. Wenn man sich nützlich machen wollte, musste man auch wissen, wie. Man konnte zur Polizei gehen und etwas Sinnvolles tun. Oder man wurde ein Linker und ging auf die Straße.

Nach einer Viertelstunde hatte die Fähre ihr Ziel erreicht. Er hatte sich gerade wieder ins Auto gesetzt, als sein Handy klingelte.

»Ruben Höök«, sagte er über die Freisprechanlage.

»Hallo Ruben, hier ist Vincent. Wie läuft's bei dir? Ich habe gehört, dass du der möglichen Verbindung zu den Nerzfarmen nachgehst?«

Vincent? Mit dem hatte er am allerwenigsten gerechnet. Mina hatte ihm anscheinend mal wieder alles brühwarm erzählt. Sie schien der Meinung zu sein, dieser Zauberfuzzi mache bessere Arbeit als die Polizei. Wahrscheinlich wollte sie nur mit ihm ins Bett. Mit Frischhaltefolie umhüllt. Er lachte laut über die Bilder, die ihm durch den Kopf gingen.

»Um ehrlich zu sein, ist es totale Zeitverschwendung.« Er ließ den Motor an. »Ich bin gerade auf dem Weg zur letzten Farm für heute. Hoffentlich reicht beim restlichen Mageninhalt des guten Robert die Laboranalyse aus, ich habe nämlich keine Lust, jede McDonald's-Filiale rund um Stockholm abzuklappern.«

Ein Beben ging durch den Wagen, als die Fähre anlegte.

»Wieso rufst du eigentlich an?«, fragte er, während der Schlagbaum hochging.

»Ich wollte etwas mit dir besprechen, ohne dass die anderen aus der Gruppe es mitbekommen.«

Außer ihm waren nur zwei weitere Autos auf der Fähre gewesen. Er fuhr an ihnen vorbei und warf gleichzeitig einen Blick auf seine Karten-App. Die Nerzfarm war nicht weit vom Fähranleger entfernt. Er sehnte das Ende dieses Tages wirklich herbei.

»Wir kennen uns nicht«, sagte Vincent. »Aber ich habe dich beobachtet. Habe dir zugehört. Und dabei ist mir deine Haltung gegenüber Frauen aufgefallen. Wie lang ist es her, dass sie dich verlassen hat?«

Ruben stieß einen Pfiff aus und fuhr an den Straßenrand. Die beiden Autos, die er eben überholt hatte, zogen hupend an ihm vorbei. Noch bevor sein Wagen ganz zum Stehen gekommen war, kramte er in seinen Taschen nach den AirPods. Das Thema war zu persönlich, um es laut zu besprechen. Er saß zwar allein im Auto, aber trotzdem.

»Was ist das für eine dämliche Frage?«, antwortete er, nachdem er sich die Kopfhörer in die Ohren gesteckt hatte. »Erstens habe ich keine Ahnung, was du meinst, und zweitens ist mir das viel zu privat. Für wen hältst du dich eigentlich?«

»Es ist nicht meine Absicht, in deinem Privatleben herumzuschnüffeln«, sagte Vincent. »Aber ich erkenne ein gebrochenes Herz, wenn ich es sehe. Das meine ich ganz objektiv.«

Ruben wusste nicht, was er dazu sagen sollte. Er wollte es weder sich selbst noch irgendjemandem sonst eingestehen. Aber dieser verdammte Mentalist hatte recht, auch wenn er überhaupt keine Manieren hatte. Ruben hatte nur keine Lust, darüber nachzudenken. Weder jetzt noch später. Frauen konnte man nicht vertrauen, so war das eben.

»Tut mir leid, dass ich so direkt bin«, sagte Vincent in einem Tonfall, der zum Glück frei von schleimiger Freundlichkeit war. »Aber ich habe das Gefühl, du willst gar nicht, dass man anders mit dir redet. Und mir ist es lieber, wenn ich mich irre und man mich für einen groben Klotz hält, als mit anzusehen, wie schlecht es dir geht. Vorausgesetzt, es geht dir wirklich so schlecht, wie ich glaube.«

»Klingt, als wolltest du mich heiraten.« Schnaubend ließ Ruben den Motor wieder an. »Wieso interessierst du dich eigentlich dafür, wie es mir geht? Das könnte dir doch völlig egal sein.«

Er hatte die Nerzfarm erblickt. Wahrscheinlich kam gleich eine Abzweigung, die zu einem Parkplatz vor dem Hauptgebäude führte. In wenigen Minuten würde er dort sein.

»Ist es aber nicht.«

»Willst du mich etwas therapieren?«, fragte Ruben.

»Auf keinen Fall«, sagte Vincent. »Und ich möchte noch nicht einmal wissen, ob ich recht habe oder nicht. Aber Ruben, du bist ein richtig guter Polizist. Das haben mir deine Kollegen vermittelt. Aber diese andere Sache scheint dich zu belasten. Und deine Arbeit leidet darunter.«

Ruben stellte den Streifenwagen auf dem Parkplatz ab und stieg aus. Auf den anderen Farmen hatte er die unverkennbaren Geräusche sofort gehört. Industrielle Tierhaltung erforderte maschinelle Fütterung, eine leistungsfähige Klimaanlage und ein Transportsystem. Gar nicht zu reden von den Tieren selbst. All diese Dinge machten Krach. Hier war es vollkommen still. Er nahm an, die Farm war nicht mehr in Betrieb. Das kam anscheinend immer öfter vor. Dass das Hauptgebäude so verwaist aussah, passte zu seiner Vermutung. Circa zehn Meter dahinter konnte er ein Gewässer erkennen. Das Ganze hätte geradezu idyllisch wirken können, wenn der Geruch nicht gewesen wäre. Der war sogar noch schlimmer als auf den anderen Farmen. Falls es hier keine Tiere mehr gab, musste es zumindest bis vor Kurzem welche gegeben haben. Von allen Anlagen, die er heute besucht hatte, schien diese theoretisch am ehesten einem abgelegenen Ort zum Morden zu entsprechen.

»Aber vor allem beeinträchtigt dein Verhalten die Arbeit deiner Kollegen«, fuhr Vincent fort und riss ihn damit aus seinen Gedanken. »Und ich sage das ganz ohne Wertung. Deine Bemerkungen und Blicke gehen nicht spurlos an den anderen vorbei. Du hältst deine Ausdrucksweise vielleicht für witzig und, was weiß ich, vielleicht ist sie das ja auch. Aber sie bringt die anderen aus dem Gleichgewicht. Und erhöht auf diese Weise ihre Fehlerquote. Keine Wertung, wie gesagt. Nur eine objektive Beobachtung.«

Eine objektive Beobachtung? Was redete der da?

»Sprichst du jetzt von Mina?«, fragte Ruben.

Aus einer Art Wohnhaus seitlich vom Hauptgebäude kam ein älterer Mann mit Bart. Meine Güte, wohnte der Alte hier? Auf einer Nerzfarm? Man konnte ihm nur wünschen, dass er seinen Geruchssinn schon vor Jahren eingebüßt hatte.

»Wie gesagt, es geht mich nichts an«, sagte Vincent. »Aber ich halte es für ungünstig, wenn ihr als Gruppe euer Potenzial nicht ausschöpft. Vor allem, wenn man bedenkt, auf welchem Stand ihr mit den Ermittlungen seid.«

Wenigstens hatte er sich selbst nicht mit einbezogen. Immerhin etwas. Der Mann ging zu den weißen Gartenmöbeln auf dem Rasen neben dem Haus. Ruben sah schon von Weitem, dass der Lack vom Holz abblätterte. Auf einem der Stühle saß eine Frau. Nun bemerkte ihn der Mann, änderte die Richtung und kam direkt auf ihn zu.

»Kann ich Ihnen helfen?«, fragte der Mann, als er den Streifenwagen erreicht hatte.

Ruben deutete auf seine Kopfhörer, um dem Mann zu signalisieren, dass er telefonierte.

»Und außerdem, Ruben, wäre es mir persönlich viel lieber, wenn es dir gut ginge«, endete Vincent.

»Warte mal kurz, Vincent.« Ruben wandte sich an den Mann. »Ist das Ihre Farm?«

»Sie gehört mir und meiner Frau.«

Der Mann zeigte auf sie.

»Früher jedenfalls. Nun ist leider nicht mehr viel davon übrig. Aktivisten sind hier eingebrochen und haben die Tiere ›befreit‹. Wir haben es nicht geschafft, sie wieder einzufangen. Göran und Martin, unseren Angestellten, mussten wir kündigen. Der Betrieb ist geschlossen. In den Wäldern hier und auf den umliegenden Inseln leben immer noch ungewöhnlich viele Nerze. Nerze sind nämlich gute Schwimmer, müssen Sie wissen.« Der Mann lachte auf. »Wir haben zwar Anzeige erstattet, aber es ist nichts passiert. Sind Sie deswegen gekommen? Es wäre höchste Zeit, dass die Polizei den Fall untersucht, damit diese Aktivisten zur Rechenschaft gezogen werden.«

Ruben nickte.

»Wissen Sie, ob Sie ungebetene Gäste auf der Farm hatten?«, fragte er. »Abgesehen von den Aktivisten?«

»Hier draußen?« Der Mann wollte sich kaputtlachen. »Das ist eine winzige Insel. Wenn man kein eigenes Boot hat, kommt man nur mit der Fähre hierher. Nee, das hätten wir gemerkt. Wilde Partys finden hier nicht statt, oder was immer Sie im Sinn hatten.«

Er gluckste.

»Ohne unsere Nerze sind wir für die Aktivisten uninteressant«, fuhr er fort. »Hier kommt niemand zufällig vorbei. Wir überlegen auch, das Grundstück zu verkaufen und nach Herrljunga zu ziehen. Da haben wir Verwandte, wissen Sie.«

Ruben brummte verständnisvoll und machte sich Notizen. Wieder eine Sackgasse. Die Farbe, die allmählich von der Fassade des Hauses rieselte, war mit Abstand das Spannendste auf dieser Insel. Hier passierte überhaupt nichts. Allerdings mussten die Leute dringend etwas gegen den Geruch unternehmen.

»Falls Ihnen doch jemand einfällt, der hier gewesen sein könnte, rufen Sie mich an.« Er reichte dem Mann seine Karte.

Der Mann nickte und steckte sie ein. Dann drehte er sich um und ging zu den Gartenmöbeln und seiner Frau hinüber. Sie winkte Ruben zu.

Er stieg wieder ins Auto und aktivierte die Kopfhörer. Nachdem er dem alten Ehepaar zum Abschied gewinkt hatte, fuhr er von dem kleinen Parkplatz zurück auf die Straße.

»Hier bin ich wieder, Vincent«, sagte er. »Was willst du mir damit eigentlich sagen?«

Er wunderte sich selbst, dass er in seiner eigenen Stimme gar keine Gereiztheit wahrnahm. Normalerweise war es für ihn das Schlimmste überhaupt, wenn Leute über Gefühle redeten und in seinem Inneren herumbohrten. Aber dieser Mentalist war nicht dumm, das musste er zugeben. Ein Teil von ihm hätte nichts lieber getan, als das Gespräch mit Vincent fortzusetzen.

»Ich dachte schon, du hättest aufgelegt«, sagte Vincent. »Ich habe mir Folgendes überlegt. Ich schicke dir eine Telefonnummer. Sie gehört jemandem, mit dem man sehr gut über solche Dinge reden kann. Ruf da an. Oder lass es bleiben. Ich werde nicht erfahren, wie du dich entschieden hast, und ich will es auch gar nicht wissen. Dir ist hoffentlich klar, dass deine Kollegen dich mögen und schätzen. Du bedeutest ihnen etwas. Wenn du dich nicht benimmst wie ein Idiot.«

Schweigend fuhr Ruben zur Fähre. Vincents sanfte Stimme hallte in ihm wider. Er wollte erzählen. Er. Wollte. Erzählen.

»Es ist fast elf Jahre her«, sagte er dann. »Sie hieß Ellinor. Seitdem habe ich niemandem mehr vertraut. Nicht, dass dich das was anginge.«

Den letzten Satz hatte er nicht so gemeint, aber dem normalen Ruben ging dieses Gequatsche furchtbar gegen den Strich. Und nun hielt er es auch nicht länger aus, denn wenn das so weiterging, stürzten noch die Mauern ein, die er seit einem Jahrzehnt verbissen verteidigte.

Er klickte das Gespräch weg und fuhr auf die Fähre, den Kopf voller Gedanken an das, was Vincent wachgerufen hatte. An das, was einst gewesen war. Gedanken, die er nur selten oder noch nie zu denken gewagt hatte, brachen plötzlich mit unaufhaltbarer Wucht über ihn herein. Ellinor. Ell-i-nor. Sie war sein Anker und sein Fels in der Brandung gewesen. Sie war perfekt gewesen, aber er jung und dumm. Und daher hatte er nicht gewusst, was er an ihr hatte. Er war selber schuld. Da war sie. Die bittere Wahrheit, die er sich seit zehn Jahren vom Leib zu halten versuchte, indem er wie ein Blöder herumvögelte. Denn Ellinor war eine endlose Reihe von Isabelles, Jannikas und Melissas gefolgt. Nach einer Sanna war sein Frauenhass total gewesen. Und berechtigt noch dazu. Denn wenn er aus dieser Erfahrung eins gelernt hatte, dann, dass Frauen es ganz offensichtlich nur auf das eine abgesehen hatten, auf sein Bankkonto. Was angesichts seines Gehalts nicht unbedingt für ihre Ansprüche sprach, aber sei's drum. Wenn es das war, was sie wollten, durften sie sich hinterher auch nicht beschweren. Und er hatte wieder und wieder erlebt, dass der neue, der ruppige Ruben bei Frauen gut ankam. Sie waren scharf auf ihn. Und keine wollte wissen, warum er eigentlich so war. Solange er lustig und frech war, gut bezahlte und es ihnen zumindest besser besorgte als ihre Ehemänner. Was dahintersteckte, interessierte keine.

Ellinor.

Bis Vincent Walder aufgetaucht war. Dieser Schwachkopf. Ruben richtete den Rückspiegel und sah sich einen Moment lang im Spiegel. Zu seiner Verwunderung lächelte er. Es war kaum zu erkennen, aber eindeutig ein Lächeln. Er verspürte eine merkwürdige Erleichterung. Sein Handy gab ein Ping von sich. Er wusste, was das war. Er beschloss, kurz zu warten, und löschte dann Vincents SMS.

Mina zog die weissen Baumwollhandschuhe aus, warf sie in den Mülleimer und nahm ein neues Paar aus der Schachtel. Sie hatte im Büro einen ganzen Tag am Computer gesessen, ohne die Handschuhe zu wechseln. An die Bakterienmassen, die nun zwischen all dem anderen Müll landeten, wagte sie gar nicht zu denken. Den Mülleimer hatte sie seit dem Kaffee um zehn Uhr am Vormittag nicht geleert. Am liebsten hätte sie ihn in Brand gesteckt. Vor ihrem inneren Auge sah sie, wie die Flammen den Inhalt sterilisierten. Aber dann wäre der Rauchmelder angesprungen. Sie streifte die frischen Handschuhe über und legte den Kopf in die Hände. Zu spät fiel ihr ein, dass der direkte Kontakt mit ihrer Stirn die Handschuhe unbrauchbar machte. Sie warf sie zu den anderen und nahm sich noch ein neues Paar.

Dann stand sie auf und holte eine Flasche Allzweckreiniger hervor. Die Wände hatte sie schon seit einer Woche nicht mehr abgewischt, es war also höchste Zeit. Außerdem half ihr das Putzen, sich zu konzentrieren. Doch der Geruch des Putzmittels erinnerte sie plötzlich an ihre Großmutter. Oma Ellen war ihr Fels in der Brandung gewesen.

Die kleine Zweizimmerwohnung am Mariatorg war immer frisch geputzt gewesen. Der Geruch nach grüner Seife hatte sich mit dem Duft von Rührkuchen vermischt, der gerade aus dem Ofen kam. Mina war jeden Tag nach der Schule zu ihr gegangen und nicht in das leere Einfamilienhaus. Dort, bei ihrer fürsorglichen Oma, war sie aufgewachsen. Manchmal dachte sie, dass sie schon damals, im Alter von fünfzehn Jahren, als Oma Ellen ganz plötzlich an einem Schlaganfall starb, angefangen hatte, in diese Einsamkeit abzurutschen. Im Grunde hatte sie sich seitdem zu keinem Menschen mehr zugehörig gefühlt. Nicht einmal zu dem Mann, mit dem sie zusammengelebt hatte. Bis sie Vincent getroffen hatte.

Mina betrachtete die Sprühflasche in ihrer Hand und verstaute sie seufzend wieder in der Schublade.

Vor dem Fenster war Hochsommer, und da die Sonne direkt hereinschien, war es fast unerträglich heiß im Raum. Sie wollte das Fenster aber nicht öffnen, weil sie wusste, dass die Luft nicht nur Abkühlung mit sich bringen würde, sondern auch Pollen, Abgase, Fahrbahnabrieb, Zigarettenrauch und all den anderen Schmutz, der da unten auf der Straße entstand. Am liebsten hätte sie immer einen Schutzanzug getragen, aber das wäre vermutlich nicht gut angekommen. Also schwitzte sie lieber. Kleidung konnte man waschen, und Unterwäsche und Socken warf sie nach der Benutzung sowieso weg.

Sie war kein Stück weitergekommen. Drei Opfer. Drei Personen, die von derselben Person getötet worden waren. Sie konnte nicht glauben, dass sie zufällig ausgewählt worden waren. Dafür waren sie zu verschieden. Es *musste* einen gemeinsamen Nenner geben. Aber seit Robert war nichts dazugekommen. Kein weiterer Mord, keine Bekennerschreiben, nichts. Es konnte noch nicht vorbei sein, das wusste sie. Der Countdown war noch nicht zu Ende.

Mina drehte sich mit ihrem Schreibtischstuhl zur Wand, an der Farbkopien der Fotos von Agnes, Tuva und Robert sowie der Mordwaffen hingen. Der Illusionen. Oder besser gesagt der Kisten. Es war auch ein Foto von Daniel und ein Zeitungsartikel über Agnes' Vater Jesper dabei. Er hatte beteuert, von dem Mord an Daniel nichts gewusst zu haben. Zwei Verdächtige saßen in Untersuchungshaft. Augenzeugen hatten sie identifiziert. Da die mutmaßlichen Täter schon öfter mit der Polizei zu tun gehabt hatten, war die Suche nach ihnen nicht schwer gewesen. Die Männer behaupteten steif und fest, aus eigenem Antrieb gehandelt zu haben. Ob das stimmte oder ob Jesper Ceci doch etwas mit der Sache zu tun gehabt hatte, würde sie nie erfahren. Aber dass *Schwedens Zukunft* bei den anderen drei Morden ihre Finger im Spiel gehabt hatte, konnte sie sich kaum vorstellen. Tuva war zwar Jüdin, und Robert hatte eine Behinderung. In der Welt, die *Schwedens Zukunft* errichten wollte, wäre für beide kein Platz gewesen. Aber dass eine Partei, die ins Parlament strebte, planmäßig mordete, glaubte sie auch wieder nicht. Daniel war aller Wahrscheinlichkeit nach rassistischen Individuen mit hohen Testosteronspiegeln zum Opfer gefallen, die im Affekt gehandelt hatten. Eine Verschwörung steckte vermutlich nicht dahinter.

Dank Tuvas Großeltern hing auch ein Foto von Tuvas Ex-Freund an der Wand. Da er in London lebte, hatten sie noch keinen Kontakt zu ihm aufgenommen. Mina sah es genauso wie Julia. Es wäre wahrscheinlich nichts dabei herausgekommen. Die Wahrheit lag näher.

Vincent hatte gesagt, dass der Mörder vermutlich öfter im Café am Hornstull gewesen war. Daniel hatte jemanden gesehen. Mit anderen Worten, der Mörder wählte seine Opfer also sorgfältig aus. Er entführte sie nicht wahllos von der Straße, wie Jonas Rask es getan hatte. Rask, der noch immer auf freiem Fuß und bislang nicht auffindbar war.

Mina stand auf, ging zur Wand und studierte die Gesichter, als ob sie sie auf diese Weise dazu bringen konnte, ihr Rede und Antwort zu stehen. Warum waren gerade sie ausgewählt worden? Was verband sie?

Sie setzte sich wieder an den Computer und schnitt an ihrer rechten Zeigefingerkuppe vorsichtig ein Loch in den Stoff, damit sie das Touchpad ihres Laptops benutzen konnte. Es war ein schmerzliches Opfer, aber anders hätte sie nicht mit dem Laptop arbeiten können. Ständig diese Kompromisse und Ausnahmen, immer diese Risse in ihrem Panzer, durch die Dreck zu ihr durchdrang.

Mina holte tief Luft und bewegte die freigelegte Fingerkuppe über das Touchpad. Dann suchte sie die Angaben über Agnes, Tuva und Robert im Melderegister heraus und druckte die Protokolle der Befragungen der Angehörigen aus. Sie musste noch einmal ganz von vorne anfangen und alles erneut durchgehen. Irgendwo gab es eine Verbindung. Man musste sie nur finden. Und die Zeit drängte. Der Mörder war noch nicht fertig.

Vincent wusste auch irgendetwas, das er ihr nicht erzählte. Er hatte sich nach dem Delfinmädchen erkundigt, und es hatte geklungen, als ob es wichtig gewesen wäre. Es gefiel ihr gar nicht, nicht Bescheid zu wissen, aber sie musste wohl darauf vertrauen, dass er es ihr so bald wie möglich mitteilen würde.

Es konnte jederzeit wieder ein unschuldiger Mensch in einen dieser grauenhaften Apparate gesperrt werden, von denen Vincent berichtet hatte. Sie musste einen Schritt voraus sein.

Vincent ging die schmale Brücke zum Restaurant Gondolen hinüber. Das Lokal war fast voll. Obwohl es erst halb acht war, drängten sich die Touristen und die Einheimischen, die ihre Sommerferien genossen, an den Tischen. Ulrika war nirgendwo zu sehen.

»Guten Abend, haben Sie einen Tisch reserviert?«, fragte ein Kellner.

»Nein, ich will nicht lange bleiben. Ich setze mich an die Bar.«

Mit ein wenig Glück könnte er das Gespräch mit Ulrika schnell hinter sich bringen. Er würde sich nur auf Rebeckas Bedürfnisse konzentrieren und die Seitenhiebe auf ihre Ehe und Ulrikas Schwester ignorieren. Zu Maria hatte er gesagt, ein Restaurant wäre ein guter Treffpunkt, weil es ein neutraler Ort war, und das stimmte zwar, aber vor allem würde Ulrika in der Öffentlichkeit nicht wieder Annäherungsversuche machen.

Er bestellte sich eine Tasse Kaffee. Eigentlich hätte er dringend etwas anderes gebraucht, er hatte schon Magenschmerzen, weil er seit dem Frühstück nichts gegessen hatte. Aber er wollte nicht länger als nötig bleiben. Sobald er und Ulrika mit ihrem Gespräch fertig waren, würde er sich an der Ecke Kebab holen.

Er hatte seinen Kaffee halb ausgetrunken, als ein großes Glas Rotwein vor ihn hingestellt wurde. Neben ihm stand Ulrika. Sie hatte auch ein Glas in der Hand. Er sah sie fragend an.

»Du kannst es gebrauchen«, sagte sie.

»Ach, ist es so ernst?« Ein wenig Rotwein schwappte über den Rand, als er sein Glas drehte. »Wann kommen denn deine Freundinnen?«

Er beobachtete den Weinstrudel, der langsam flacher wurde und an den Wänden des Glases runterrann wie Regentropfen an einer Fensterscheibe.

»Wir haben eine Stunde Zeit, bevor sie kommen.« Ulrika setzte sich neben ihn und deutete mit einer Kopfbewegung auf seinen Wein. »Prüfst du den Promillegehalt?«

Vincent seufzte. Eine Stunde. 60 Minuten. 3600 Sekunden. So lange musste er sich noch gedulden, bis er etwas zu essen bekam. Er trank einen großen Schluck Wein.

»Es ist ein Mythos, dass man den mit bloßem Auge erkennen kann«, sagte er. »Alkohol verdunstet schneller als Wasser, hat daher eine höhere Oberflächenspannung und bildet Tropfen an der Innenseite des Glases. Das kann man sehen. Ein chemisches Phänomen. Aber daraus lassen sich keine Schlüsse über Qualität oder Geschmack ziehen.«

Noch 3510 Sekunden.

»Ich wusste gar nicht, dass du dich zum Weinkenner entwickelt hast.«

»Nein, ich verstehe nichts von Wein. Aber ich weiß, wie Flüssigkeiten funktionieren. Du, ich möchte lieber nicht mehr hier sein, wenn deine Freundinnen eintreffen, also lass uns jetzt reden.«

»Wir haben keine Eile«, sagte sie sanft. »Wie läuft es bei dir zu Hause? Wie sind Rebecka und Benjamin eigentlich, wenn sie bei dir sind?«

Mit dieser Frage hatte er am wenigsten gerechnet. Ulrika sprach eigentlich nicht gerne über ihre gemeinsamen Kinder. Es passte vermutlich nicht zu ihrem karriereorientierten Lebensstil, auch Mutter von zwei Teenagern zu sein. Und außerdem äußerte sie sich zum Leben der Kinder bei ihm zu Hause nur, wenn sie etwas auszusetzen hatte. Dass sie gezwungen worden war, sich ihre Kinder mit ihrer Schwester zu teilen, war eine Wunde, die vielleicht nie verheilen würde.

Er sah sie an und versuchte, herauszufinden, was sie bezweckte. Was wirklich hinter ihrer Frage steckte. Doch der schief gelegte Kopf und der erwartungsvolle Blick verrieten keine heimlichen Absichten. Soweit er es beurteilen konnte, war sie wirklich nur neugierig. Diese Ulrika hier war längst nicht so aggressiv wie die, die ihn im Frühjahr besucht hatte. Er glaubte, sich ein wenig entspannen zu können. Vielleicht war es ja doch möglich, ein zivilisiertes Gespräch zu führen.

»Nun, zunächst einmal nennen sie deine Schwester ständig Tante«, sagte er.

Ulrika hatte gerade ihr Glas am Mund und prustete nun hinein. Der Wein schwappte beinahe über, und ihr Lachen war derb und voller Schadenfreude, aber wegen ihrer heiseren Stimme klang es trotzdem interessant. Genau das war so irritierend an ihr. Sie hatte alles. Gutes Aussehen, Geld und eine enorme Motivation. Sie wollte gewinnen. Sogar wenn sie lachte, war sie brillant. Man wusste bei ihr nur nicht so genau, ob sie Gefühle hatte.

»Entschuldige«, sagte er. »Aber das ist sie ja auch. Ihre Tante, meine ich.«

Im Laufe der Jahre war er in seiner Überzeugung nur noch bestärkt worden, dass seine Ex-Frau einen pathologischen Mangel an Empathie hatte. Anfangs hatte er geglaubt, sie wäre einfach nur kalt. Nicht interessiert an anderen Menschen. Dann hatte er begriffen, dass das Problem tiefer ging. Sie war unfähig, sich in die Lebensumstände oder Gefühlswelten von anderen hineinzuversetzen. Etwas vortäuschen dagegen konnte sie gut. Sie wusste genau, was sie sagen musste, um Leute auf ihre Seite zu ziehen. Wahrscheinlich war sie deshalb so eine erfolgreiche Anwältin.

»Ich glaube, sie hat es trotzdem lieber, wenn man sie Maria nennt«, sagte er. »Im Übrigen hat Benjamin sein Zimmer bestimmt seit zwei Wochen nicht verlassen. In den Schmutzwäschehaufen auf dem Fußboden haben sich mittlerweile Trolle eingenistet, fürchte ich. Rebecka hat einen riesigen Freundeskreis und behauptet, es wäre alles super, und daher geht es ihr mit Sicherheit furchtbar schlecht. Ihre Unterarme zeigt sie immer noch nicht …«

»Vielleicht findet sie sich nur zu pummelig?«

Er war sprachlos. Da war er. Der Grund, warum er es am Ende nicht mehr mit Ulrika ausgehalten hatte. Es war eine Sache, dass sie an sich selbst unerreichbar hohe und sogar ungesunde Ansprüche stellte. Sie war erwachsen. Da mischte er sich nicht ein. Aber wenn sie darüber hinaus verlangte, dass an alle um sie herum die gleichen Maßstäbe angelegt wurden, war er nicht mehr einverstanden. Und wenn sie diese Ansprüche dann auch noch an die Kinder stellte und denen vorschrieb, wie viel Geld sie verdienen und wie sie aussehen müssten, um akzeptiert zu werden, dann reichte es ihm. Und da hatten die Streitereien angefangen.

»Wenn Rebecka Minderwertigkeitskomplexe hat, ist das deine Schuld«, sagte er in scharfem Ton. »Aber es ist sogar noch schlimmer. Bei deinem letzten Besuch hatte ich keine Gelegenheit, es zu sagen, aber ich glaube, unsere Tochter ritzt sich. Mit Rasierklingen. Oder einem Messer. Bis sie blutet. Okay?«

Er trank seinen Wein aus. Ulrika war das Lachen vergangen. Sie leerte ihr Glas ebenfalls und bestellte zwei starke Gin Tonics. Die Information über Rebecka nahm sie offenbar nicht auf die leichte Schulter. Auch wenn sie damit auf ihre Weise umging.

»Bei mir zu Hause ritzt sie sich jedenfalls nicht«, sagte sie. »Das muss etwas sein, das ihr in ihr auslöst. Bei mir hat sie meistens gute Laune.«

»Mein Gott.« Er starrte seine Ex-Frau an. »Bist du wirklich so weltfremd? Was weißt du eigentlich über deine Tochter? Wann hast du zum letzten Mal ein richtiges Gespräch mit Rebecka geführt?«

»Was soll das heißen, natürlich reden wir.« Ulrika trank einen Schluck Gin Tonic.

Er rührte seinen verärgert um. Wenn das Gespräch so weiterging, konnte er den Alkohol wirklich gebrauchen.

»Wie heißt denn ihre beste Freundin?«, fragte er. »Und jetzt sag bitte nicht, das wärst du. Es gibt nichts Schlimmeres als Mütter, die mit ihren Teenagertöchtern BFF spielen.«

»Tja, Emma, nehme ich an.«

Vincent drehte sich mit seinem Barhocker herum, bis er Ulrika direkt gegenübersaß.

»Sie hat keine beste Freundin«, sagte er ernst. »Sie hat massenhaft Bekannte, aber keine echten Freunde. Das Lächeln, das du auf ihren Lippen siehst, ist kein echtes Lächeln. Es reicht nie bis zu den Augen. Wieso fällt dir so etwas denn nicht auf? Oder willst du es nicht sehen, weil es nicht in dein Bild von der erfolgreichen, durchtrainierten Frau mit den perfekten Kindern passt?«

Sein Glas war fast leer. Vor Wut hatte er schnell getrunken. Er musste aufpassen. Durfte nicht vergessen, dass er noch nichts gegessen hatte.

»Mann, Vincent«, zischte sie. »Jetzt hör aber auf. Ist ja nett von dir, dass du mich für erfolgreich und durchtrainiert hältst. Aber trotzdem…«

Vincent seufzte. Wie üblich hatte sie es geschafft, ihm die Argumente im Mund umzudrehen.

»Bin ich jetzt plötzlich schuld daran, dass du nicht merkst, was los ist?«, fragte er. »Oder ist vielleicht sogar meine Schuld, wenn es Rebecka nicht gut geht? Manchmal frage ich mich, ob du ein Herz hast. Bist du eigentlich ein Mensch aus Fleisch und Blut?«

»Vergiss es.« Sie rührte mit dem Stäbchen in den klirrenden Eiswürfeln. »Ich bin nur eine perverse Ausgeburt deiner Fantasie, und du sitzt hier ganz allein und redest mit dir selbst. Die anderen Leute gucken schon.«

Sie hielt dem Barkeeper ihre leeren Gläser hin.

»Haben Sie vielleicht Salzmandeln oder sonst etwas Essbares für mich?«, fragte Vincent.

Der Barkeeper verschwand kurz und kam dann mit einem Schälchen Mandeln zurück, das er vor Vincent hinstellte. Als Abendessen reichte das bei Weitem nicht, aber vorerst kam er damit über die Runden.

Vincent steckte sich eine Handvoll in den Mund. Das Brennen in seinem Magen vom vielen Alkohol ließ ein wenig nach.

Ulrikas Handy gab ein Ping von sich.

»Die anderen verspäten sich«, sagte sie, nachdem sie die Nachricht gelesen hatte. »Du kannst mir also noch eine Weile Gesellschaft leisten.«

Er warf einen Blick auf die Uhr. Eben waren es nur noch 840 Sekunden gewesen.

»Betrachte es als kinderfreien Abend mit erwachsener Begleitung«, fügte sie hinzu. »Damit bist du ja wahrscheinlich nicht gerade reich gesegnet. Frieden?«

Er nickte. Sie hatte recht. Wenn sie schon einmal hier waren, konnten sie auch das Beste aus der Situation machen. Er fragte sich nur, ob sie irgendwann anfangen würden, ernsthaft über Rebecka zu sprechen.

An der Bar wurde es im Laufe des Abends immer voller. Ulrika bestellte immer wieder nach. Er war im Gedränge immer näher an sie herangerückt und saß nun Schulter an Schulter mit ihr. Anschauen konnte er sie nicht mehr. Wenn er ihr den Kopf zugewendet hätte, wäre sein Gesicht nur zehn Zentimeter von ihrem entfernt gewesen. Viel zu nah. Normalerweise brauchte er einen Radius von mindestens einem halben Meter für sich. Aber diese Sicherheitszone konnte er hier vergessen.

Vor ihm stand schon das dritte Schälchen Mandeln, und wieder warf er sich eine Handvoll in den Mund.

»Vincent, Vincent.« Beim ersten Buchstaben war Ulrikas Aussprache schon etwas undeutlich.

Sie strahlte, als der Barkeeper ihr ein Glas Cava und Vincent einen Whisky hinstellte. Den Gin Tonic hatten sie längst hinter sich gelassen.

»Was ist eigentlich mit dir los?«, fuhr sie fort und presste ihre Schulter an seine.

»Was mit *mir* los ist?«, seufzte er. »Ich weiß nicht, Ulrika. Was ist mit *dir* los? Du sitzt da wie eine perfekte Puppe und siehst niemanden außer dir selbst. Warst du immer schon so?«

»Findest du mich perfekt?«

Im Augenwinkel meinte er, ein befriedigtes Grinsen zu erkennen, aber aus so unmittelbarer Nähe war es schwer zu erkennen. Außerdem schien er mit dem Sehen ähnliche Schwierigkeiten zu haben wie sie mit dem Sprechen.

»Hör auf«, sagte er. »Es ist doch klar, dass du schön bist, objektiv betrachtet jedenfalls. Das weißt du ganz genau. Das Problem ist nur …«

Sie wandte sich ihm zu. Und kam ihm so nah, dass er ihren Atem am Ohr spürte.

»Du willst mich küssen, nicht wahr?«, fragte sie.

»Was soll das?« Er fuchtelte mit den Armen, so gut das in der Enge ging.

»Genau das meine ich. Du bist unmöglich.«

Er trank seinen Whisky aus und stellte das leere Glas neben sie. Wann sie ihr Sektglas geleert hatte, wusste er nicht. Er dachte, der Barkeeper hätte gerade erst frische Getränke vor sie hingestellt. Anscheinend nicht. Dabei hatte er sich doch zurückhalten wollen. Das lief ja super.

»Wann habt ihr eigentlich zum letzten Mal gefickt?«, fragte sie nah an seinem Ohr. »Wie viele Monate ist das jetzt her?«

Er wusste, dass er darauf besser nicht einging. Denn sonst ließ Ulrika sich wieder darüber aus, wie viel besser der Sex mit ihr gewesen war. Als ob regelmäßige Einstundenficks bedeutet hätten, dass es in den restlichen Stunden des Tages keine Probleme gab.

»Und selbst?«, konterte er stattdessen. »Ich habe gehört, du hast zurzeit nichts Festes. Beschränkst du dich lieber darauf, nachts die Ladenhüter am Tresen abzuschleppen?«

»Und wem habe ich das zu verdanken?« Sie kippte die Hälfte eines Cavas runter, den ihr der Barkeeper unbemerkt serviert haben musste, ohne dass Vincent es merkte.

Er wusste nicht, was er darauf erwidern sollte. Ratlos starrte er vor sich hin und durch die Panoramafenster des Restaurants. Dank seiner Lage bot das Gondolen eine fantastische Aussicht auf die ganze Stadt. Er liebte es, nachts auf Stockholm runterzublicken. Vor allem aus einem Flugzeug. Wenn er von seinen Auftritten zurückkam, versuchte er immer zu erkennen, welchen Stadtteil er gerade überflog, indem er die Anordnung der Lichter unter ihm betrachtete.

Von seinem Sitzplatz aus konnte er Skeppsholmen und Djurgården sehen, das wusste er, aber sein Gehirn weigerte sich, die hellen Punkte zu einem sinnvollen Puzzle zusammenzusetzen. Die nächtlichen Lichter tanzten vor seinen Augen. Er war viel zu betrunken. Sein Blick fiel auf sein leeres Glas. War das nicht gerade noch voll gewesen? Wenn, dann musste es jemand anders ausgetrunken haben. Er konnte sich gar nicht erinnern, noch einen Whisky gekippt zu haben. Doch die tanzenden Lichter da unten sprachen eine andere Sprache. Er hätte wirklich etwas Ordentliches essen sollen.

»Und was machen wir jetzt?«, fragte er, ohne den Blick von dem traumhaften Panorama abzuwenden.

»Mit Rebecka, meinst du?«, fragte sie. »Oder meinst du uns?«

Natürlich hatte er Rebecka gemeint. Aber es war nichts mehr selbstverständlich. Er wagte kaum, den Mund aufzumachen, weil er keine Ahnung hatte, was er dann gesagt hätte.

»Mach dich nicht lächerlich, Vincent«, sagte sie. »Du glaubst doch wohl nicht, dass ich immer noch scharf auf dich wäre.«

»Danke, gleichfalls.« Er prostete ihr mit seinem leeren Glas zu. »Ich muss pinkeln.«

Kaum war er vom Barhocker aufgestanden, drehte sich alles. Verdammt. Er hatte wirklich voll einen im Kahn. Na ja. Jetzt war daran wohl nichts mehr zu ändern. Und die Reue würde noch früh genug kommen. Am nächsten Morgen. Aber im Moment musste er sich erst einmal darauf konzentrieren, den Weg zum Klo zu finden, ohne einen allzu peinlichen Eindruck zu hinterlassen. Dann würde er sich höflich verabschieden und mit dem Taxi nach Hause fahren. Das Gespräch über Rebecka würden sie ein andermal fortsetzen. Er brauchte jetzt wirklich was zu essen, damit das Ganze nicht aus dem Ruder lief.

Er wankte auf die Herrentoilette, stellte sich ans Waschbecken und drehte den Hahn auf. Als das Wasser kalt genug war, wusch er sich das Gesicht. Es brachte überhaupt nichts. Außer, dass sein Hemd nass wurde. Hinter ihm kam jemand rein. Eine Person, die auch nicht gerade gehen konnte.

»Du Idiot«, hörte er Ulrika sagen.

Bevor er reagieren konnte, hatte sie ihn am Kragen gepackt.

Sie drückte ihn an eine der Türen und presste sich an ihn. Als ihre Lippen seine berührten, leistete er keinen Widerstand. Ihre Zungen berührten sich, dann küssten sie sich wie hungrige Raubtiere.

Er griff mit beiden Händen in ihr Haar und zog ihren Kopf nach hinten. Sie stöhnte leise. »Miststück.«

Dann öffnete er die Tür, stolperte rückwärts in die Kabine, und sie schloss hinter ihnen ab. Sie öffnete seine Hose, während er an den Knöpfen ihrer Bluse rumfummelte, aber dann stieß sie seine Hände weg.

»Setz dich«, herrschte sie ihn an, und er ließ sich mit der Hose und den Boxershorts zwischen den Knöcheln auf den Klodeckel sacken.

Sie hob ihren Rock, schob den Slip zur Seite und setzte sich rittlings auf ihn. Als er mühelos in sie hineinglitt, war er selbst erstaunt über seine kräftige Erektion. Er umfasste ihre Hüften, um sie festzuhalten. Und damit sie ihm nicht zu nahe kam. Sie ritt ihn mit der besinnungslosen Wut eines Menschen, der schon so lange enttäuscht und wütend war, dass er kein anderes Gefühl mehr kannte. Da war keine Liebe, als sie ihn umfing, nur Zorn. Er wusste nicht, ob sie eigentlich auf ihn wütend war oder auf jemand anderen, aber es war ihm auch egal. Er sah ihr nicht ins Gesicht, sondern wollte nur ihre Hüften sehen und wie er sich in sie bohrte. Sie würden alles kaputtficken, was je zwischen ihnen gewesen war, würden alles vernichten, was daran gut gewesen war, und das war nicht nur unverzeihlich, sondern auch unumkehrbar, und das wussten sie beide.

Plötzlich hielt sie inne. Sie hustete kräftig und stieg von ihm herunter.

Sie sah ihn nicht an, und er sie nicht.

Ulrika zog ihren Slip hoch, strich ihren Rock glatt und knöpfte sich die Bluse zu, während er auf sein halb steifes Geschlechtsteil hinunterblickte. Sie ging raus und ließ die Tür hinter sich ins Schloss fallen.

Vincent blieb mit der Hose zwischen den Knöcheln sitzen.
Verdammt.
Verdammte Scheiße.

Sie wollte gerade ins Bett gehen, als das Telefon klingelte. Sie stand im Bad und hatte soeben den Slip weggeworfen, den sie am Tag getragen hatte, und für die Nacht einen frischen angezogen. Am liebsten wäre sie so schnell wie möglich zwischen ihre frisch gewaschenen Laken gekrochen, denn wenn bis dahin zu viel Zeit verging, würde sich der neue Slip nicht mehr ganz sauber anfühlen, und dann müsste sie ihn noch einmal wechseln.

Zuerst überlegte sie, einfach nicht dranzugehen. Es war schon nach Mitternacht. Doch das Telefon klingelte weiter. Mina ging ins Schlafzimmer, wo ihr Handy am Ladekabel hing, und warf einen Blick auf das Display. Es war Vincent. So spät noch anzurufen, war sonst gar nicht seine Art. Es musste etwas passiert sein.

Sie steckte ihre Kopfhörer in die Ohren und meldete sich.

»Hallo Vincent, wie geht's?«

»Mina, hallo«, sagte er zu schnell und viel zu laut.

Er lallte ein wenig. Sie merkte sofort, dass er betrunken war.

Im Hintergrund war Verkehrsrauschen zu hören. Er war also irgendwo draußen unterwegs. Es klang, als würde er eine Straße entlanggehen.

»Entschuldige, ich wollte dich nicht wecken«, fuhr er fort. »Ich wusste nur nicht, wen ich anrufen sollte.«

Er sprach so undeutlich, als hätte er den Mund voller Watte. Sie hörte, dass er sich bemühte, die Konsonanten deutlich auszusprechen. Vincent war offensichtlich sehr, sehr betrunken. Sie hoffte, dass er genügend Abstand von der Fahrbahn hielt.

»Ist was passiert?«, fragte sie stirnrunzelnd.

So kannte sie Vincent gar nicht. Er war doch sonst immer so kontrolliert.

»Das kann man wohl sagen«, lallte er. »Ich habe was Dummes gemacht. Was verdammt Dummes.«

Dann schwieg er lange.

Sie schlüpfte in ihren Bademantel und setzte sich auf die Bettkante, während sie wartete, bis er weitersprach. Die vorbeifahrenden Autos im Hintergrund wurden etwas leiser. Anscheinend hatte er einen etwas geschützteren Ort zum Telefonieren gefunden.

»Ich habe Maria betrogen«, sagte er dann. »Mit ihrer Schwester. Meiner Ex-Frau.«

»Deiner Ex-Frau«, sagte sie überrascht.

Sie wusste plötzlich nicht mehr, ob sie dieses Gespräch überhaupt führen wollte. Es wurde ihr zu persönlich, zu intim. Zu klebrig. Sie und Vincent verband die Arbeit. Sie hielten einen vernünftigen Abstand voneinander. Sie mochte ihn und hatte ihn auch so nah an sich herangelassen wie schon lange niemanden mehr, aber das reichte ihr. Und jetzt eröffnete er ihr einen Teil seines Lebens, mit dem sie nichts zu tun haben wollte. Noch dazu schien sein Privatleben höchst chaotisch zu sein. Aber andererseits. Er hatte sie angerufen. Weil er ihr vertraute. Ausgerechnet sie. Er hätte jeden anrufen können, aber er hatte sie gewählt. Nur ihr wollte er sich anvertrauen. Das musste doch etwas zu bedeuten haben.

Im Geist redete Mina fieberhaft auf sich ein. Versuchte, sich davon zu überzeugen, dass dies ein wichtiges Gespräch war. Ein Gespräch unter Freunden. Doch insgeheim wusste sie die Wahrheit. Sie hatte schon Bauchschmerzen vor Eifersucht.

»Vincent«, sagte sie streng. »Willst du damit sagen, dass du mit deiner Ex-Frau im Bett warst?« Sie versuchte, in einem sachlichen Ton zu sprechen, merkte aber, dass ihre Hand krampfhaft den Hörer umklammert hielt.

»Nein, im Bett waren wir nicht«, stammelte er. »Es war eine

Art Nahkampf. So … aggressiv. Und so bescheuert. Ich weiß nicht, was ich jetzt machen soll.«

Die letzten Worte schien er zu schluchzen, und trotz des Verkehrslärms meinte sie zu hören, dass er weinte.

»Weiß Maria davon?«

»Nein, nein, dann hätte sie mich schon erschlagen. Ich traue mich nicht nach Hause. Ich habe alles kaputt gemacht.«

Sie sah auf ihre rissigen Hände und dachte an die Entscheidungen, die sie selbst getroffen hatte. Entscheidungen, durch die sie ihre Freunde verloren hatte. Und ihre Familie. Entscheidungen, die dazu geführt hatten, dass sie nun jede Woche ins AA-Meeting ging, aber niemanden hatte, dem sie sich anvertrauen konnte. Und sie hatte Angst vor dem, was Vincent noch alles kaputt gemacht hatte.

Vielleicht mehr als seine Familie.

»Was empfindest du für deine Ex-Frau?«, fragte sie.

Sachlich. Kühl. Ihre Handflächen wurden nass.

»Empfinden?« Vincent klang einen Tick nüchterner. »Eine Zeit lang dachte ich, ich würde sie hassen. Aber das … ach, alles verflogen. Schall und Rauch. Weißt du, es war ja alles so chaotisch zwischen uns. Schon so lange. Eigentlich ist es das ja immer noch. Aber ich habe mich auch nicht mit Absicht in ihre kleine Schwester verliebt, das … das kam einfach so … Und zwischen Ulrika und mir, na ja, da lief es sowieso nicht gut, wir haben kaum noch miteinander geredet, und deswegen weiß ich eigentlich gar nicht, warum es ihr so viel ausgemacht hat. Aber es war natürlich etwas ungünstig, dass ich mich ausgerechnet in ihre Schwester …«

Vincents undeutliche Stimme erstarb. Dann war sie auf einmal mit voller Kraft wieder da.

»Es hat zehn Jahre gedauert, aber jetzt hat sie sich gerächt. So eine Scheiße. Ich habe nicht gewusst, dass man so hassen kann.«

Mina legte sich aufs Bett und schloss die Augen. Das gestärkte Laken unter ihr raschelte leise unter ihrem Bademantel. Irgendwie konnte sie ihn ja verstehen. Ihre eigenen Entscheidungen hatte sie auch nicht bewusst getroffen. Es war einfach so gekommen. Zumindest hatte sie sich das im Nachhinein eingeredet. Es stand ihr also nicht zu, über ihn zu urteilen. Und wieso lag sie hier und hatte Bauchschmerzen? Ihr gehörte er doch am allerwenigsten. Sie hatten sich nichts versprochen. Zwischen ihnen war nichts.

Aber es tat so weh.

Sie räusperte sich. Kniff die Augen zusammen.

»Fahr nach Hause, Vincent. Du und deine Ex-Frau, ihr seid erwachsene Menschen. Ihr habt eine Dummheit begangen. So was kommt vor. Sogar unter Erwachsenen. Wir machen nicht immer alles richtig. Wichtig ist für dich doch nur zu wissen, dass es ein Fehler war. Und dass es nicht noch mal passiert. Du musst es ihr nicht sagen. Lass es in Zukunft einfach bleiben.«

Wenn sie bei AA eins gelernt hatte, dann, dass das Leben aus ein paar Schritten in die richtige Richtung und einem stolpernden Schritt zurück bestand. Wer etwas anderes glaubte, wurde nur enttäuscht. Sie waren Menschen, und daher machten sie Fehler. Wie viel Wahrheit in diesem Mantra steckte, hatte sie öfter, als ihr lieb war, am eigenen Leib erfahren.

»Ich schäme mich so furchtbar vor dir«, sagte Vincent leise. »Bitte verachte mich nicht. Ich bin eigentlich nicht so. Ich … ich mag dich sehr, Mina.«

Sie öffnete die Augen wieder. Lauschte dem nächtlichen Lärm der Stadt, der aus dem Hörer drang. Sie lag hier in ihrem warmen weichen Bett. Er war irgendwo da draußen in der Dunkelheit. Aber sie atmeten zusammen. Eine Zeit lang sagte keiner von beiden ein Wort.

»Danke, Mina.« Vincent brach das Schweigen. »Und entschuldige bitte, dass ich dich angerufen habe.«

Er legte auf. Sie blieb mit geschlossenen Augen und dem Handy in der Hand liegen. Die Bauchschmerzen waren weg. Aber die Einsamkeit wurde plötzlich fast unerträglich. Sie legte sich auf die Seite und rollte sich zusammen wie ein Embryo.

Vincent stand vor dem Haus auf Kungsholmen. Nach dem Treffen im Gondolen hatte er zwei Tage abgewartet, weil er ganz sichergehen wollte, dass er keine Fahne hatte. Er hatte das Gefühl gehabt, sein ganzer Körper war in Alkohol mariniert worden. Eine reinigende Wirkung hatte der Alkohol nicht gehabt, im Gegenteil. Die Scham über den Vorfall im Gondolen war groß. Und daran war er selber schuld. Aber alles zu seiner Zeit. Jetzt musste er sich auf etwas anderes konzentrieren.

Das Haus sah aus wie alle anderen Gebäude im Stadtteil. Nur an dem kleinen Schild neben der Klingel war zu erkennen, dass sich im Erdgeschoss die Anonymen Alkoholiker trafen. Aber ein großes Leuchtschild wäre vermutlich auch nicht angemessen gewesen. Die Frage war, was er jetzt machen sollte. Hier vor dem Eingang stehen bleiben und hoffen, dass er diese Anna mit den Tiertattoos auf Anhieb erkannte? Oder lieber reingehen? War er dort überhaupt willkommen, wenn er kein Suchtproblem hatte? Er hätte natürlich so tun können, als ob, aber dabei hätte er kein gutes Gefühl gehabt.

Während er nachdachte, spielte sein Gehirn mit den Buchstaben auf der kleinen Messingplakette herum. Aus den *Anonymen Alkoholikern* wurden die *Anonymen Melancholiker*. Er grinste zufrieden, aber bei der Suche nach dieser Anna half ihm das nicht weiter. Es blieb ihm nichts anderes übrig, als reinzugehen.

Auf einem Tisch im Eingangsbereich vor dem Saal stand eine Thermoskanne Kaffee. Was er durch die geöffnete Tür erkennen konnte, sah genauso aus, wie er es erwartet hatte: ein großer Raum mit einem Stuhlkreis. Gut zu wissen, dass manche Klischees doch zutrafen. Die Stühle waren leer. Er sah auf die Uhr. Noch zehn Minuten. Durch eine Seitentür kam eine Frau um die fünfzig. Als sie Vincent erblickte, winkte sie ihn herein.

»Wir haben noch nicht angefangen«, sagte sie. »Aber nimm dir doch einen Kaffee und setz dich. Ist es dein erstes Mal?«

Er wollte gerade sagen, dass er keiner von ihnen sei, biss sich aber auf die Zunge, als ihm bewusst wurde, wie das geklungen hätte. Stattdessen schenkte er sich einen Pappbecher Kaffee ein und ging in den Saal.

»Lena.« Die Frau gab ihm die Hand. »Ich weiß ja nicht, was du so gehört hast, aber du musst nicht mehr erzählen, als du selber möchtest. Du musst nicht einmal deinen Namen sagen. Es besteht zwar die Gefahr, dass dich außer mir noch mehr Leute aus dem Fernsehen kennen, aber wenn du zu uns kommst, hast du bestimmt wichtigere Dinge im Kopf.«

»Hm, okay. Danke.« Mehr bekam er nicht heraus.

Er setzte sich auf einen der Plastikstühle und überlegte, was er noch hätte sagen können, aber ihm fiel nichts ein. Aber vielleicht war es gar keine schlechte Idee, mal bei so einem Meeting dabei zu sein. Da konnte er die anderen in aller Ruhe beobachten. Vielleicht war es gut, zu wissen, wie diese Anna tickte.

Allmählich füllte sich der Saal, aber eine junge Frau mit einem Delfintattoo auf der Wade sah er nicht. Als das Meeting begann, war sie immer noch nicht da.

Er lauschte den Berichten über verlorene und wiedergefundene Hoffnung, über Mut und Kraft, aber auch über Selbstbetrug. Anna schien heute nicht zu kommen.

»Wir machen ein paar Minuten Pause«, sagte Lena nach einer Weile. »Draußen gibt es wie immer Kaffee und Kekse.«

Vincent stand auf und ging in den Eingangsbereich. Er hoffte nur, dass keiner von denen, die ihn eventuell erkannt hatten, bei einer Boulevardzeitung arbeitete. Aber Lena hatte recht gehabt, er hatte wichtigere Dinge im Kopf. Auch wenn sie den Grund seines Kommens falsch gedeutet hatte.

»Kaffee?«

Ein Mann mit Bart stand ihm im Weg.

»Nein danke, ich wollte gerade gehen.« Vincent lächelte.

»Kluge Entscheidung. Nicht, dass du gehst, sondern den Kaffee hier zu verschmähen. Ich habe immer meinen eigenen dabei. Kenneth.«

Der Mann gab ihm die Hand.

»Alte Gewohnheit«, sagte er mit entschuldigender Miene. »Du brauchst mir deinen Namen nicht zu sagen, wenn du nicht willst. Ich nehme an, du bist zum ersten Mal hier? Ich glaube, beim ersten Mal bin ich auch in der Pause gegangen. Es kann einem schon mal ein wenig zu viel werden.«

Vincent schüttelte Kenneth die Hand, ohne sich vorzustellen.

»Ich suche jemanden«, sagte er. »Sie hat ein Delfintattoo.«

»Du musst Anna meinen.« Der Mann lachte. »Ich glaube, zu diesem Delfin hat sich in der letzten Zeit ein ganzer Zoo gesellt.«

Er holte eine Plastiktüte von der Garderobe und nahm eine Thermosflasche heraus.

»Sie kommt nicht jedes Mal«, sagte er. »Seid ihr befreundet?«

»Nein, sie hat mir nur einen Auftrag vermittelt. Indirekt. Ich wollte mich bedanken.«

Eine ältere Dame mit einem lila Halstuch ging zum Kaffeetisch. Sie bewegte sich mit einer Anmut, die eher in eine luxuriöse Wohnung als in diesen schlichten Versammlungssaal gepasst hätte.

»Olga«, rief Kenneth der Dame zu. »Weißt du, an welchem Wochentag Anna meistens kommt?«

»Natürlich. Donnerstags.« Die Dame rollte das R auffallend stark.

Aber Vincent war sich nicht sicher, ob ihr Akzent echt war. Kenneth nickte.

»Versuch es am Donnerstag«, sagte er. »Bist du sicher, dass du keinen Kaffee möchtest?«

Vincent lächelte höflich. Das hier brachte überhaupt nichts.

»Nächstes Mal«, sagte er.

Er würde Mina um Hilfe bitten müssen. Es wäre besser gewesen, wenn er ihr gleich alles erzählt hätte.

SARA TEMERIC RIEB SICH DIE SCHLÄFEN. Sie war jetzt seit fast zehn Jahren bei der Polizei. Zuerst hatte sie beim Rikskriminalen, dem schwedischen Reichskriminalamt, gearbeitet, und seit dies von der NOA ersetzt worden war, der Nationalen Operativen Abteilung, war sie dort tätig. Bei der NOA hatte sie untersucht, wie Terrororganisationen ihre Aktivitäten finanzierten, und in der Kommission gesessen, die für die Nationalen Einsatztruppen zuständig war. Für jemanden, der gerade mal dreißig war, waren das verantwortungsvolle Aufgaben, aber sie machte ihre Arbeit gut. Und sogar so gut, dass man ihr vor vier Jahren einen neuen Posten samt neuem Titel und vorübergehender Beschäftigung in New York angeboten hatte. Sie sollte als Prozesskoordinatorin arbeiten. Was immer sich dahinter verbergen mochte.

Sie hatte keine Sekunde gezögert. Und in New York natürlich einen Mann kennengelernt. Sie und Michael hatten mittlerweile zwei Kinder, Leah und Zachary, die ihr Ein und Alles waren. Sie hatte jedoch Wert darauf gelegt, dass die Kinder nicht in den USA, sondern in Schweden aufwuchsen, und Michael hatte nichts gegen diesen Plan einzuwenden gehabt. Der Plan war, solange die Kinder klein waren, noch ein paar Jahre in den Staaten zu bleiben, damit Michael sich als Spieleentwickler einen Namen machen konnte, und dann mit der ganzen Familie nach Schweden umzuziehen. Sie war sozusagen die Vorhut und sollte, während sie sich einarbeitete, eine Wohnung für die Familie und ein Büro für Michael suchen.

Sie liebte ihren Job und fand die Wohnungssuche extrem befriedigend. Es war herrlich, wieder in Schweden zu sein. Aber sie vermisste ihre Familie jeden Tag und konnte es kaum erwarten, dass sie endlich hinterherkam.

Da sie mitten im Sommer angefangen hatte, war sie bisher hauptsächlich als Entlastung für die Fallanalytiker tätig gewesen. Das war eigentlich unter ihrem Niveau, aber sie war froh, sich an der praktischen Arbeit beteiligen zu können, während sich ihr eigentliches Aufgabenfeld erst noch herauskristallisieren musste.

Leider hatte sie in diesem Zusammenhang auch mit Ruben Höök zu tun gehabt. Sie war ihm erst einmal begegnet, und das war vor ihrem USA-Aufenthalt gewesen. Doch einmal hatte ihr gereicht. Er hatte nur einen Blick auf sie geworfen und trocken gesagt: »*Heist* hätte besser gepasst.« Erst viel später hatte sie erfahren, dass die Firma *Heist* Unterwäsche für Frauen produzierte, die an der einen oder anderen Stelle zusätzlichen Halt brauchten.

Sie war immer sehr stolz auf ihre weiblichen Rundungen gewesen, aber nach diesem Kommentar von Ruben war sie sich dick und abstoßend vorgekommen. Ihr damaliger Freund hatte den ganzen Abend damit zubringen müssen, ihr zu beteuern, wie schön sie war, und dieser Ruben vermutlich ein Idiot, der auf magersüchtige Schulmädchen stand.

Doch manche Stacheln saßen tief. Ruben Höök hatte ihr das Gefühl gegeben, dick und hässlich zu sein. Das hatte sie ihm nie verziehen. Und nun musste sie mit ihm zusammenarbeiten. Wenigstens hatte sie diesmal ein bisschen recherchiert und wusste jetzt, dass die Marke *Addicted* Männerunterhosen produzierte, die an den entscheidenden Stellen gepolstert waren. »Zur Verstärkung deiner Maskulinität«, lautete der Werbeslogan. Falls dieser Ruben ihr dumm kam, würde sie ihm ein Fünferpack bestellen.

Als sie in den Besprechungsraum kam, hatte Julia zu Saras großer Erleichterung auch den Rest der Gruppe zusammengetrommelt. Sie mochte Julia. Julia war scharfsinnig und klug, und es war klar erkennbar, dass sie ihre Position nicht ihrem Vater, sondern der Tatsache zu verdanken hatte, dass sie genauso gut war wie er. Und sie hatte Ruben im Griff.

Sara begrüßte alle der Reihe nach. Als sie Ruben die Hand gab, sah sie Peder in die Augen, der direkt hinter ihm stand. Es war eine reine Machtdemonstration, aber das hatte Ruben verdient. Wahrscheinlich erinnerte er sich gar nicht daran, dass sie sich schon einmal getroffen hatten. Außerdem hatte ihr Peder geholfen, die Verbindungsnachweise zu sortieren. Ruben war ihr überhaupt nicht behilflich gewesen.

Sie schloss ihr Notebook an den großen Monitor im Besprechungsraum an und begann mit ihrer Präsentation. Ein Koordinatensystem voller Ziffern und Balken erschien.

»Falls ihr mich noch nicht kennt, ich heiße Sara«, sagte sie. »Ich habe die Datenanalytiker bei der Nachverfolgung eurer Anrufer unterstützt. Diese Verbindungsnachweise der Telefonanbieter sind ein einziger Dschungel. Aber zum Glück habt ihr da einen echten Crack in euren Reihen, und zwar Peder.«

Trotz der dunklen Ringe unter seinen Augen lächelte Peder stolz. Sie klickte mit der Maus einen der Punkte im Koordinatensystem an, der daraufhin mit einem roten Quadrat markiert wurde.

»Das hier ist der Anruf, den ihr bekommen habt.«

»Den *ich* bekommen habe«, sagte Ruben.

»Ach ja?« Mina sah ihn an. »Soweit ich weiß, warst du zu dem Zeitpunkt gar nicht im Raum. Badminton oder wie war das noch mal?«

»Du solltest nicht alles glauben, was man sich so erzählt.« Ruben biss die Zähne zusammen. »Und außerdem war es Padel-Tennis.«

»Habt ihr da inhaltlich eigentlich was rausbekommen?« Sara richtete die Frage an Julia. »Ihr habt doch bestimmt die Hintergrund- und Nebengeräusche analysieren lassen?«

»Ja, aber da war nichts Interessantes zu hören. Der Akustik nach zu urteilen, befand er sich wahrscheinlich in einem relativ leeren Raum mittlerer Größe. Verkehrslärm, aber nichts Auffälliges. Die psychologische Analyse eines externen Beraters, den wir eigens hinzugezogen haben, hat ergeben, dass der Anrufer tatsächlich der Mörder ist«, sagte Julia.

»Einer der Mörder.« Ruben verdrehte theatralisch die Augen.

»Stimmt. Im Moment gehen wir von der Hypothese aus, dass es sich um zwei Personen handeln könnte. Und einer davon ist möglicherweise Jonas Rask«, erklärte Julia.

»Ich weiß nicht, ob es euch weiterhilft.« Sara zeigte einen Stadtplan. »Aber der Anruf kam von einem Handy, das mit einer Basisstation hier in der Innenstadt verbunden war. Genauer gesagt, auf Kungsholmen. Schade, dass die Analyse der Hintergrundgeräusche nichts Genaueres ergeben hat.«

»Ich nehme an, dass du überprüft hast, wem der Anschluss gehört?«, fragte Mina.

Peder schlürfte Kaffee aus einem Becher mit der Aufschrift »Bester Papa der Welt«, aber das Wort »Bester« war durchgestrichen und mit »Müdester« überschrieben. Es sah aus, als hätte er es selbst gemacht. Oder seine Frau.

»Leider eine Prepaidkarte«, sagte Sara, klickte den Stadtplan weg und öffnete wieder das Koordinatensystem mit den Ziffern und den Balken. »Aber das hatte ich mir fast gedacht. Solange das Handy eingeschaltet ist, können wir seine Bewegungsmuster verfolgen, indem wir uns zumindest anschauen, mit welchen Basisstationen es sich verbindet. Das machen wir jetzt schon seit zwei Monaten. Weiter zurückliegende Daten werden leider nicht gespeichert. Aber dieses Handy hier ist nirgendwo gewesen. Weder vor noch nach dem Anruf.«

»Nur einmal benutzt?«, fragte Julia, die sich die ganze Zeit Notizen gemacht hatte, obwohl alle später eine Zusammenfassung per Mail bekommen würden. Sara nahm an, dass sie so besser nachdenken konnte.

»Wahrscheinlich.« Sara nickte. »Der Anrufer hat sich extra ein billiges Handy und eine Prepaidkarte gekauft, um das Bürgertelefon anzurufen.«

»Ich gehe davon aus, du hast eine Genehmigung gebraucht, um das Handy zu beobachten?«, fragte Mina.

»Ja, haben wir eingeholt.« Sara nickte. »EÜK, Überwachung von elektronischer Kommunikation. Ist ein ziemlich aufwendiger Prozess. Die Staatsanwaltschaft braucht dafür eine richterliche Entscheidung. Es ging zum Glück trotzdem schnell. Vermutlich aufgrund der Umstände.«

»Wenn die Überwachung fortgesetzt wird, würdest du es also merken, wenn die Nummer noch mal benutzt wird?«, fragte Mina.

»Ich werde mal bei der Staatsanwaltschaft nachfragen. Es dürfte eigentlich kein Problem sein, wenn man bedenkt, wie speziell dieser Fall ist. Aber stellt euch darauf ein, dass dieses Handy längst kaputt ist und in irgendeinem Mülleimer liegt.«

Sara beendete ihre Präsentation und machte sich bereit zu gehen. Einen Stoßseufzer der Erleichterung würde sie jedoch erst von sich geben, wenn sie sich nicht mehr in einem Raum mit Ruben befand.

»Ah ja«, sagte Ruben in dem Moment, als er ihr in den Sinn gekommen war. »Saras kleine PowerPoint-Präsentation hat, mit anderen Worten, gar nichts gebracht. Der Anrufer könnte ein Einwohner des schönen Stadtteils Kungsholmen oder irgendein Norweger sein, der zufällig in der Gegend war.«

»Ihr wisst doch, dass wir uns hier gerade auf Kungsholmen befinden, oder?«, fragte Christer in für seine Verhältnisse heiterem Tonfall. »Es könnte ein Kollege hier aus dem Haus gewesen sein. Wäre das nicht witzig?«

Mina betrat den vertrauten Raum. Langsam hatte sie genug davon. Nicht von dem Saal, sondern von allem hier. Immer dieselben Leute, die immer wieder von den gleichen Säuferkarrieren erzählten, auf Plastikstühlen im Kreis saßen, die gleiche Plörre aus der Thermoskanne tranken und die langweiligen Kekse aßen.

Heute waren die trockenen Dinger wenigstens mit einem

Klecks Himbeermarmelade verziert, stellte sie fest, nachdem sie einen Blick in die Keksdose auf dem Tisch geworfen hatte. Eine gewisse Verbesserung. Vermutlich hatte einer der Trinker sie selber gebacken. Angewidert betrachtete Mina die Krümel auf der weißen Papierdecke. Die sieben Personen, die vor ihr eingetroffen waren, hatten wahrscheinlich jeden Keks angefasst, bevor sie sich für einen entschieden hatten. Die restlichen hätte sie nicht einmal gegessen, wenn sie vorher sandgestrahlt worden wären.

Einige neue Gesichter waren heute dabei. Das Delfinmädchen, nach dem Vincent gefragt hatte, war nicht da. Als Kenneth durch die Tür kam, nickte er ihr zu. Sie wusste, dass es Zeit für den obligatorischen Small Talk war, und war vorbereitet.

»Wie geht es deiner Frau?« Sie zeigte auf die Thermoskanne. »Möchtest du Kaffee?«

»Danke der Nachfrage, es geht ihr jetzt besser. Und danke nein«, sagte Kenneth amüsiert. »Du bist aber redselig heute.«

Sie zuckte nur mit den Schultern.

»Du, da wir gerade von ihr sprechen.« Kenneth holte seine eigene Thermoskanne hervor. »Sie wird noch ein paar Wochen im Krankenhaus bleiben müssen, und ich schaffe es eigentlich gar nicht, mich zu Hause allein um alles zu kümmern. Ich weiß, es ist viel verlangt, nachdem Bosse schon einen ganzen Monat bei dir war, aber wäre es okay für dich, wenn er noch bis zum Ende des Sommers bliebe? Ich kann auch bezahlen.«

Sie starrte ihn unbeweglich an.

Flehentlich sah er sie an. Sein Blick hatte eine gewisse Ähnlichkeit mit dem von Bosse.

Das Schlucken fiel ihr schwer. Kenneth wusste nicht, dass Bosse schon vor langer Zeit bei Christer das Zuhause gefunden hatte, das sie ihm niemals hätte bieten können. Und jetzt war definitiv die Gelegenheit, es ihm zu erzählen. Aber wie formulierte man so etwas. Sorry, aber ich habe deinen Hund verliehen?

»Oh, warte mal kurz, mein Diensthandy klingelt.« Mit entschuldigender Miene eilte sie davon.

»Wie gesagt, ich kann dir Geld geben«, rief Kenneth ihr hinterher.

Auf der Damentoilette schloss sie die Tür ab. Dann rief sie Christer an. Er ging nach dreimaligem Klingeln ans Telefon.

»Hallo Mina, wie geht's? Hast du was auf deinem Schreibtisch vergessen? Ich bin auf dem Weg in die Teeküche gerade dort vorbeigekommen und kann gerne noch mal zurückgehen, wenn du möchtest …«

»Das ist es nicht«, unterbrach sie ihn. »Es geht um Bosse.«

»Der sitzt hier neben mir«, sagte Christer fröhlich. »Deswegen sind wir ja in die Küche gegangen. Ich glaube, ich soll dir Grüße ausrichten. Aber sag mal, Mina, wieso flüsterst du?«

Sie merkte, dass sie nicht nur flüsterte, sondern sich auch neben die Toilettenschüssel gekauert hatte. Sie stand auf und sprach etwas lauter, aber immer noch gedämpft weiter, damit niemand sie durch die Tür hören konnte.

»Ich weiß nicht, wie ich es ausdrücken soll«, sagte sie. »Aber ich habe gerade mit Bosses Besitzer gesprochen.«

Am anderen Ende wurde es still.

»Oh, nein«, sagte Christer nach einer Weile niedergeschlagen. »Er will ihn wiederhaben, oder? Und wir wollten doch heute in die Stadt gehen und uns ein paar schöne Bürsten für sein Fell kaufen. Vielleicht auch so ein schickes Seidenband.«

Mina schloss die Augen. Bosse war ein großer verspielter Golden Retriever. Der einen mit lebhaften Augen ansah und immer die Zunge aus dem Maul hängen ließ. Das Letzte, was sie mit dem Tier verband, waren Bürsten und Schleifen. Aber es war nicht der richtige Moment, um das Christer zu erklären. Und wenn er sich nun mal in den Kopf gesetzt hatte, Bosse wäre ein Pudel, dann war das wohl seine Sache. Solange er sich über das, was sie ihm zu sagen hatte, freute.

»Das klingt toll«, sagte sie. »Denn es ist anders, als du denkst. Der Besitzer hat gefragt, ob Bosse nicht noch bis zum

Ende des Sommers bei mir bleiben könnte. Du hast sicher andere Pläne, aber vielleicht können wir uns ja auch abwechseln …«

»Super!«, fiel Christer ihr ins Wort.

Bei ihrem sonst so lakonischen Kollegen zählte das schon fast als Freudenschrei.

»Vor Bosse und mir liegt der schönste Sommer unseres Lebens«, sagte er. »Grüß den Besitzer von mir und sag vielen Dank!«

Als sie aus der Toilette kam, stand Kenneth noch am Kaffeetisch. Er betrachtete sie ebenso belustigt wie vorher.

»Erledigst du deine beruflichen Telefonate immer auf dem Klo?«, fragte er.

»Wenn sie vertraulich sind, schon.« Sie versuchte, möglichst unbekümmert auszusehen.

Aber ihr Lächeln geriet ziemlich steif.

»Ich kann Bosse nehmen. Kein Problem. Sag einfach Bescheid, wenn er wieder zurücksoll. Wir sehen uns ja hier. Was ist, spendierst du mir einen richtigen Kaffee?«

Kenneth bedankte sich überschwänglich, während er ihr aus seiner eigenen Thermosflasche Kaffee in eine frische Tasse einschenkte. Sie ließ sich die Tasse geben, obwohl sie wusste, dass sie keinen Schluck trinken würde. Auf die Geste kam es an. Sie musste sich gut mit Kenneth stellen. Und das Thema wechseln.

Mit der Tasse in der Hand ging sie in den Saal rüber und setzte sich auf einen Stuhl, von dem sie die Tür im Blick hatte. Vielleicht war es an der Zeit, mal etwas zu ändern. Wenn sie es nun schon so satt hatte, dass diese Treffen hier immer nach dem gleichen Schema abliefen, konnte sie ja selbst dafür sorgen, dass es heute anders war.

Während sie nachdachte, hätte sie beinahe am Kaffee genippt, merkte es aber in letzter Sekunde. Schnell stellte sie die Tasse unter ihren Stuhl und hoffte, dass Kenneth es nicht gesehen hatte.

Zum Aufwärmen hatte sie heute bereits ein persönliches Gespräch geführt. Vielleicht konnte sie nun sogar etwas teilen.

Als alle saßen, hatte sie sich entschieden. Sie nickte, um zu signalisieren, dass sie anfangen wollte. Alle sahen sie an. Gespannt. Erwartungsvoll. Mina bereute ihren Entschluss jetzt schon. Doch nun war es zu spät, es sich anders zu überlegen. Der Zug war bereits ins Rollen gekommen.

Sie stand auf und räusperte sich.

Dann setzte sie sich wieder.

Sämtliche Passagiere hatten die Notbremse gezogen. Es ging nicht.

Kenneth sah sie eindringlich an.

Mina drehte sich weg. Das hier ging nur sie etwas an.

Der Tantolunden-Park in Söder war voller Picknickdecken, junger Leute, die Volleyball spielten, und Familien, die einfach die Sonne genossen. Von den Würstchen- und Hamburgerbuden unten an der Strandpromenade zogen Essensgerüche herüber, und er konnte fünf verschiedene Musikstile unterscheiden, die an verschiedenen Orten gespielt wurden. Vincent fand es herrlich. Mitten im Gewimmel fühlte er sich am wohlsten. Eigentlich hätten große Menschenmengen ihn anstrengen müssen, aber ihm vermittelten sie ein Gefühl von Zugehörigkeit. Hier kam er sich vor wie einer von ihnen, ein Picknickprofi, der den Korb bis oben hin voll mit Erdbeeren und Sekt gepackt hatte, mit Butterkeksen und Holundersirup oder Leichtbier oder was auch immer. Er wusste es nicht so genau.

»Die Arbeitsatmosphäre ist hier viel besser als im Präsidium«, sagte Mina.

Sie gingen durch den Park zum Wasser hinunter. Vincent hatte vorgeschlagen, am Ufer von Hornstull entlangzugehen und bis zum Skanstull zu spazieren. Wasser hatte er immer schön und inspirierend gefunden.

Außerdem lenkte es ihn von Mina ab, die heute eine helle Hose und ein blaues Top mit schmalen Trägern anhatte. Es fiel ihm schwer, den Blick von ihrem Nacken abzuwenden. Trotz der sommerlich lässigen Kleidung wirkte sie so kontrolliert wie immer. Das Top sah neu aus und saß wie angegossen, die helle Leinenhose war vollkommen knitterfrei. Mina überließ nichts dem Zufall, und so sollte es auch sein.

»Wenn ich mich bewege, kann ich besser denken«, sagte er. »Man schüttet Endorphine aus und hat einen höheren Puls. Dadurch wird das Gehirn besser versorgt. Kommt dann noch dazu, dass die Aussicht eine solche Augenweide ist, werden außerdem Serotonin und Dopamin gebildet, da flutscht es in den Synapsen zwischen den Gehirnzellen regelrecht. Mehr Gedanken pro Sekunde bieten mehr Möglichkeiten für Problemlösungsstrategien.«

Sie bogen auf die Strandpromenade ein. Das eine oder andere Motorboot tuckerte friedlich den Kanal entlang, und im Wasser spiegelte sich die Sonne.

»Danke«, sagte Mina. »Ich nehme an, das war ein Kompliment. Auch wenn es sich etwas altmännerhaft angehört hat, Vincent.«

»Was meinst du?«

Er hatte offenbar etwas verpasst. Redete Mina schon länger? Er überlegte, was genau er eben gesagt hatte, aber seine Ausführungen über Gehirnzellen und Serotonin waren bestimmt nicht altmännerhaft gewesen. Hatte sie vielleicht irgendwas falsch verstanden?

»Mich als Augenweide zu bezeichnen«, sagte sie. »Solltest du als Siebenundvierzigjähriger dir nicht endlich mal Gedanken über deinen Hang zur Objektifizierung machen?«

Er wurde knallrot und musste plötzlich pinkeln.

»Es war wirklich nicht meine Absicht …«, stammelte er. »Ich habe mich doch auf das Wasser … und nicht auf dich …«

Am liebsten wäre er im Boden versunken. Wie unerträglich peinlich. Natürlich hätte er niemals …

»Vincent«, sagte sie in scharfem Ton.

Er kniff die Augen zusammen.

»Das war ein Scherz, Vincent.«

Er begann, laut zu lachen. Ein wenig zu laut. Aber die Lautstärke spiegelte seine Erleichterung wider.

Sie gingen weiter die Strandpromenade entlang und hielten sicheren Abstand von den vorbeisausenden Fahrrädern.

»Außerdem hätte ich dich nie als Augenweide bezeichnet«, sagte er. »Du bist doch ein Schmuckstück.«

»Hör mal!« Sie boxte ihm gegen den Oberarm. »Wie hast du es bloß geschafft, eine Familie zu gründen.«

»Es war nicht einfach. Zum Glück kann man sie leasen.«

»Apropos Familie. Wie ist denn die Situation mit Maria und … Ulrika?«

Über dieses Thema wollte er eigentlich nicht sprechen, aber nachdem er sie mitten in der Nacht angerufen hatte, war er ihr wohl eine Antwort schuldig.

»Ulrika tut, als ob nichts passiert wäre«, sagte er. »Und Maria weiß nichts davon. Sie wird schon eifersüchtig, wenn ich die Post aus dem Briefkasten hole. Sie würde es nie verstehen. Ich möchte mich noch mal entschuldigen, dass ich dich in dem Zustand angerufen habe.«

Mina nickte nur. Er betrachtete ihr Gesicht. Ihre Züge wirkten ein wenig steif, aber ausnahmsweise wurde er aus ihrer Mimik nicht schlau.

»Wie hältst du es überhaupt aus?«, fragte er nach einer Weile, um das Thema zu wechseln. »Draußen in der Natur?«

»Siehst du, dass ich was anfasse?« Sie wackelte mit den Fingern. »Die Bäume sind meterweit von mir entfernt. Und falls es doch eng werden sollte, habe ich immer Einweghandschuhe dabei.«

Sie kamen an einem bunt bemalten Wohnwagen vorbei, der zum Café umfunktioniert worden war, und schlängelten sich zwischen den Liegestühlen auf dem Gehweg hindurch. Als Dekoration waren künstliche Palmen aufgestellt und Lichterketten aufgehängt worden, und aus einem knackenden Lautsprecher drangen Rumbarhythmen. Er hatte für einen Augenblick nicht mehr das Gefühl, in Schweden zu sein, sondern irgendwo in einem fernen Urlaubsland. Er und Mina.

»So, worüber wollte der große Mentalist denn diesmal reden?«, fragte sie.

Er schwieg ein paar Sekunden. Plötzlich war er unsicher, wie er anfangen sollte.

»Du erinnerst dich doch noch, dass ich dich gefragt habe, wer dir mich empfohlen hat«, sagte er. »Ich habe dich das aus einem bestimmten Grund gefragt. Und ich habe auch schon versucht, Anna zu kontaktieren, aber es ist mir nicht gelungen. Ich würde zwar lieber alleine mit ihr sprechen, aber noch wichtiger ist, dass wir sie überhaupt ausfindig machen. Ich bekam nämlich eine Nachricht geschickt. Eine Mitteilung, die man nur findet, wenn man die Morddaten kennt. Und der Absender muss ein genauso eigenartiges Gehirn haben wie ich.«

»Ja, ich kann mir vorstellen, dass du eine Menge … seltsame … Fans hast«, sagte sie. »Die Daten sind im Netz nicht schwer zu finden, seit wir die Pressekonferenz gemacht haben.«

»Ich habe mich nicht deutlich ausgedrückt. Die Nachricht wurde mir geschickt, bevor ich überhaupt angefangen habe, euch bei den Ermittlungen zu unterstützen.«

Sie starrte ihn an.

»Das verstehe ich nicht. Wie … wie meinst du das?«

»So, wie ich es sage. Schon vor Weihnachten, etwa einen Monat, bevor Agnes auf dieser Bank aufgefunden wurde, hat jemand meinem Agenten eine codierte Nachricht zukommen lassen und ihn aufgefordert, diese an mich weiterzuleiten. Als Weihnachtsgeschenk. Da er es vergessen hat, habe ich das Geschenk erst viel später erhalten. Und die Mitteilung habe ich erst kürzlich verstanden.«

»Mein Gott.« Mina schlug sich die Hand vor den Mund.

Sie gingen auf einen Pier hinaus. Er sah, dass sie angestrengt nachdachte.

»Die Person, die dir die Nachricht geschickt hat, vermutete also schon, dass du bei uns mitarbeiten würdest, als ich dich noch gar nicht gefragt hatte? Jetzt verstehe ich, warum du unbedingt mit Anna reden willst. Vincent, das müssen wir mit dem Rest der Gruppe besprechen.«

Er war kurz davor, ihr seine Hand auf den Arm zu legen, hielt sich aber im letzten Moment zurück. Es war unnötig, etwas zu tun, das nur dazu führte, dass sie einmal mehr duschen musste. An einem Geländer blieb er stehen und blickte auf die glitzernden Wellen hinaus.

»Ich weiß nicht«, sagte er. »Ich habe Angst, dass sie mich aus der Gruppe ausschließen, wenn sich herausstellt, dass ich in irgendeiner Weise involviert bin.«

»Es wird schon gut gehen«, sagte sie. »Sie mögen dich.«

Aber überzeugend klang sie nicht.

»Ich möchte gerne bleiben«, sagte er. »Weißt du, vom Präsidium da oben auf Kungsholmen, da hat man eine Aussicht, die mir außerordentlich gut gefällt.«

»Schleimer.«

Mina hatte der Gruppe den Rücken zugewandt, während Vincent erläuterte, wie ihn die Morddaten zur Nachricht in dem Buch geführt hatten. Vorgeblich nur, um alle Informationen, die er vortrug, ans Whiteboard zu schreiben. Aber vor allem brauchte sie aus emotionalen Gründen etwas Abstand. Ihre Hand zitterte. Sie zwang sich, ein paar Mal tief durchzuatmen, bevor sie sich umdrehte. Das Buch lag auf dem Tisch. Die Seite mit den roten Linien und der Mitteilung war aufgeschlagen.

»Vincent und ich sind uns einig, dass die Person, die mir den Tipp gegeben hat, ihn zurate zu ziehen, ihm auch das Buch geschickt haben könnte.«

Sie setzte sich an den Tisch, wich aber den Blicken der anderen aus, und sah auf ihre Hände, die immer noch zitterten.

»Das klingt total psycho«, sagte Ruben kopfschüttelnd. »Wir haben uns ziemlich weit von Jonas Rask entfernt. Entschuldigt bitte, aber lebt ihr noch in der normalen Welt? Und nicht in irgendeinem Film oder einem billigen Krimi? Im wirklichen Leben sind die Dinge unkompliziert. Die Leute schlagen sich meistens im Affekt die Köpfe ein und schmieden nicht vorher ausgeklügelte Pläne voller Codes und so einem Quatsch, den sie dann verschlüsselt in kryptischen Büchern über Leoparden verstecken. Bin ich der Einzige hier, der es so sieht, oder seid ihr jetzt alle derselben Sekte beigetreten?«

Frustriert warf Ruben seinen Stift auf den Tisch, lehnte sich zurück und verschränkte die Arme vor der Brust.

»Danke für deinen ausgewogenen Beitrag, Ruben«, sagte Julia ruhig und wandte sich dann an Mina. »Wer hat dir denn eigentlich empfohlen, Vincent zu kontaktieren?«

Mina starrte auf ihre Hand. Und schickte ein Stoßgebet zum Himmel, dass niemand sah, wie stark sie zitterte. Dann blickte sie auf. Vincent hatte sie natürlich beobachtet. Sie ignorierte ihn und beantwortete Julias Frage so beherrscht wie möglich.

»Ich habe eine Freundin, die ich ein bisschen im Alltag unterstütze, zu den Anonymen Alkoholikern hier auf Kungsholmen begleitet. Und da habe ich die Frau getroffen, die mir den Tipp gegeben hat. Sie heißt Anna.«

»Ach du Scheiße, du hast Freunde?« Ruben lachte derb.

Peder sah ihn verärgert an, und zu Minas Freude verfinsterte sich auch Vincents Blick. Sogar Christer schüttelte den Kopf.

»Erzähl weiter, Mina«, sagte Julia.

Ruben schnaubte.

»Anna war dort und, tja … sie kam zu mir.«

»Einfach so? Woher wusste sie denn, wer du bist?« Peder beugte sich neugierig vor.

Mina spürte, wie ihre Handflächen nass wurden. Sie wagte Vincent nicht anzusehen, aber sein Blick war unmissverständlich. Sie breitete die Arme aus und zuckte mit den Schultern.

»Sie hat gehört, wie ich am Telefon darüber gesprochen habe. Manchmal ist man da bei beruflichen Gesprächen zu unvorsichtig. Sie ist jedenfalls oft dort.«

»Es könnte also gut sein, dass Vincent das Buch von dieser Anna geschickt bekommen hat«, sagte Julia, »weil sie den Vorschlag gemacht hat, ihn an den Ermittlungen zu beteiligen.«

»Oder sie kennt die Person, die die Nachricht verfasst hat«, sagte Vincent.

»Wie auch immer, wir müssen sie sofort finden«, sagte Julia.

Mina lief der Schweiß über den Rücken. Sie konnte keinen Kollegen zu AA begleiten. Sonst wäre ihr Kartenhaus eingestürzt. Entweder durfte sie den Auftrag allein und ohne Rückendeckung erledigen, was unwahrscheinlich war, oder jemand anders …

»Peder«, sagte Julia. »Würdest du das übernehmen. Du bekommst von Mina eine genaue Personenbeschreibung. Geh zu AA und finde so viel wie möglich über diese Anna raus. Möglichst auch ihre Adresse. Und sei vorsichtig. Wenn du sie siehst, forderst du sofort Verstärkung an. Falls sie etwas mit der Sache zu tun hat, wissen wir nicht, wie sie auf die Polizei reagiert.«

»Wäre es nicht besser, wenn Mina hingeht?«, fragte Peder. »Sie kennt sich da doch aus.«

»Eben. Wenn Mina dort bisher immer als Begleitperson war, wäre es merkwürdig, wenn sie jetzt dienstlich hinginge. Das könnte ihrer Freundin unangenehm sein.«

»Danke«, sagte Mina. Sie war Julia wirklich dankbar, aber vermutlich aus Gründen, die der gar nicht bewusst waren. »Danke.«

Ihre Hände hörten endlich auf zu zittern. Sie lehnte sich zurück, damit ihr Oberteil die Schweißperlen aufsaugen konnte, die sich an ihrem unteren Rücken angesammelt hatten. Sie sah Vincent an. Er lächelte sie an.

»Vincent, ich möchte, dass sich unsere Techniker das Buch ansehen«, sagte Julia.

»Selbstverständlich.« Vincent deutete auf das Buch. »Das wollte ich auch gerade vorschlagen. Aber ich hätte es gerne so schnell wie möglich zurück. Ohne das Buch kann ich die Nachricht nämlich nicht entschlüsseln. Und das habe ich noch nicht.«

»Da es sich um Beweismaterial handelt, würde es nicht dem Standardverfahren entsprechen«, sagte Julia.

Dann seufzte sie.

»Aber bei diesem Fall entspricht wohl nichts dem Standard. Ich wage gar nicht, daran zu denken, wie oft wir schon gegen die Vorschriften verstoßen haben. Aber was soll's. Ich rede mit dem NFZ, damit du es so bald wie möglich wiederbekommst. Christer, du ziehst dir jetzt Handschuhe an und gibst es ganz, ganz vorsichtig in der Technik ab. Okay?«

»Ich wollte gerade in die Pause gehen, kann das ...«

Julia fiel ihm ins Wort.

»Es muss sofort dorthin gebracht werden. Und zwar von dir. Fünf Minuten weniger Mittagspause werden dir schon nicht schaden. Sonst überziehst du ja immer um mindestens zehn Minuten, und daher müsste der Steuerzahler inzwischen ...« Sie warf einen Blick auf die Uhr, um der Pointe mehr Nachdruck zu verleihen. »Ein Jahr, vier Monate, eine Woche und drei Tage gut bei dir haben.«

Peder unterdrückte ein Kichern.

Christer erhob sich schnaubend.

»Kein Grund, mich so anzugehen, ich mache es. Wie du siehst, bin ich schon unterwegs ...«

Er wollte nach dem Buch greifen, zuckte aber zusammen, als Julia einen leisen Schrei ausstieß.

»Handschuhe, Christer!«

»Ja, ja, ja.«

Er drehte sich um und holte sich ein Paar.

»Ich verstehe das nicht«, sagte Vincent.

»Was ist denn schon wieder?« Ruben verdrehte die Augen. »Noch mehr Geheimnisse?«

»Nein, aber wenn Christer jede Mittagspause um zehn Minuten überzogen und auf diese Weise ein Zeitdefizit von gut einem Jahr und vier Monaten angesammelt hat, dann müssten das … leicht abgerundet … siebzigtausend Mittagessen gewesen sein. Ein Jahr hat ungefähr zweihundertfünfzig Arbeitstage, also müsste Christer zweihundertachtzig Jahre lang gearbeitet haben.«

Vincent sah Ruben mit unschuldiger Miene an. Mina musste sich das Lachen verkneifen. Sie war sich nicht sicher, ob Vincent scherzte. Aber sie nahm es an.

»Da wir hier von Christer sprechen, halte ich das für unwahrscheinlich«, sagte Peder.

Ruben machte jedoch genauso wie Christer ein mürrisches Gesicht.

»Ihr habt sie doch nicht mehr alle«, brummte er. »Für mich klingt das alles wie ein müder Abklatsch vom *Da Vinci Code.* Sagt man nicht, die einfachste Lösung ist immer die richtige?«

»Ockhams Rasiermesser«, sagte Vincent.

»Wessen?«, fragte Peder gähnend. »Und was hat das alles mit Rasur zu tun?«

»Was für ein Irrenhaus.«

Kopfschüttelnd verließ Ruben den Besprechungsraum, aber Mina ärgerte sich nicht über ihn. Sie war zu erleichtert, dass ihr Geheimnis noch eine Weile sicher sein würde.

Als ihr Anna wieder einfiel, verflog dieses Gefühl. Anna mit den Tätowierungen. Anna, die immer so einen harmlosen Eindruck gemacht hatte. Möglicherweise war sie gefährlicher, als sie geahnt hatten.

August

Der Sommerabend war hell und warm. Die totale Windstille vermittelte das Gefühl, dass man in eine Wolldecke gehüllt war. Der Himmel über Stockholm schimmerte in tausend verschiedenen Rosatönen. Mina hatte gehört, dass das an den Abgasen in der Luft lag, aber sehenswert war das Schauspiel trotzdem.

Das Mädchen saß ein Stück weit weg und ließ die Beine über die Kaikante baumeln. So nah und doch so fern. Wie so oft. Eine Schwanenfamilie glitt in majestätischer Langsamkeit vorüber, und als ein Kajak ihnen zu nahe kam, zischte das Elternpaar erbost. Vor ihnen ragte das königliche Schloss auf, ein an ein Gefängnis erinnernder Kasten in Gamla Stan, den vor allem amerikanische Touristen aufgrund fehlender Zinnen und Türmchen enttäuschend fanden.

Die vielen Angler, die sich am Kai aufgereiht hatten, legten ihren Fang in Plastikeimer. Mina schlich sich näher heran. Sie war dem Mädchen von der Haustür bis hierher gefolgt. In sicherem Abstand natürlich. Aber nun wurde die Versuchung zu groß.

Das dunkle Haar war kürzer als beim letzten Mal. Es mussten mindestens zehn Zentimeter abgeschnitten worden sein, und nun reichte es ihr nur noch bis knapp über die Schultern. Dick, glatt und glänzend. Der lange Pony fiel ihr ins Gesicht. Als ob das Mädchen ihre Gedanken gelesen hätte, strich sie sich den Pony hinters Ohr. Ein Fischer legte einen großen Barsch in seinen Eimer. Sofort befestigte er einen neuen Köder am Haken und warf die Angel wieder aus. Die Schwanenfamilie zog irritiert zischend vorüber.

Mina wagte sich noch ein paar Schritte näher heran. Sie runzelte die Stirn. Blieb stehen. Zwei Teenager gingen zu dem Mädchen und setzten sich neben sie. Sie waren zu weit weg, sodass Mina nicht verstehen konnte, was sie sagten, und es konnten natürlich auch Freunde sein, mit denen das Mädchen verabredet war. Aber irgendetwas an ihrer Körpersprache ließ vermuten, dass sie das nicht waren. Mina zögerte und ging noch ein Stück näher heran.

So nah war sie dem Mädchen noch nie gewesen.

Auch von hinten konnte sie erkennen, dass das Mädchen die Schultern anspannte und ein wenig hochzog. Eine typische Schutzhaltung. Einer der Jungs hatte die Hände nach ihrem Rucksack ausgestreckt. Mina analysierte die Situation blitzschnell und ging zu ihnen.

»Na, was ist hier los?«, sagte sie streng und hielt den Jungs ihren Dienstausweis hin.

Die Jungs sahen zuerst den Ausweis und dann sie an, sprangen auf und rannten in Richtung Kungsträdgården weg. Das Mädchen lächelte Mina dankbar an. Den Rucksack drückte sie an sich.

»Sie wollten mir den wegnehmen«, sagte sie.

»Habe ich mir gedacht.« Mina wurde es abwechselnd heiß und kalt.

»Danke.«

Das Mädchen sah ihr ins Gesicht.

»Das ist mein Job.« Mina wollte gehen. Aber ehe sie darüber nachdenken konnte, hörte sie sich selbst sagen:

»Darf ich dich auf eine Cola einladen?«

Sie sah das Mädchen zögern.

»Wir haben gerade eine Schulung bekommen. Die Polizei soll mehr Kontakt zur Jugend suchen. Um von Anfang an ein gutes Verhältnis zu pflegen. Damit eure Generation uns nicht auch als Bullenschweine betrachtet und so … Was meinst du? Der Staat gibt einen aus.«

»Ich trinke keine Cola.« Das Mädchen stand auf. »Aber einen Cappuccino nehme ich gerne.«

Mina bekam Herzklopfen vor Nervosität und lauter anderen Gefühlen, die sie nicht genau einordnen konnte. Sie hätte das nicht tun sollen. Hätte nicht fragen dürfen. Aber nun war es zu spät.

»In dem Café da drüben gibt es guten Kaffee.« Das Mädchen zeigte auf den Kungsträdgården.

In dieselbe Richtung waren die Jungs gerannt. Mina nickte. Die Jungs waren bestimmt längst weg. Sie warf einen Blick auf ihr Handy. Weder Peder noch Julia hatten sich gemeldet. Sie hatte ein bisschen Zeit für sich.

Sie spazierten zu dem Café, das ziemlich voll war, aber zum Glück wurde in dem Moment, als sie ankamen, ein Tisch für zwei Personen frei. Ausnahmsweise machte Mina sich nichts daraus, dass der Tisch nicht gründlich abgewischt war und die Stühle so aussahen, als wären sie seit Jahren nicht sauber gemacht worden. Nichts davon war in diesem Moment von Bedeutung.

An der Theke bestellte sie zwei Cappuccinos, während sich das Mädchen an den Tisch setzte. Aus alter Gewohnheit bat sie um Pappbecher, obwohl sie den Kaffee hier trinken wollten.

»Danke.« Das Mädchen strahlte, als Mina mit den beiden Bechern kam.

Das Mädchen nahm ihr den einen aus der Hand und schloss die Augen, als sie den ersten Schluck trank.

»Bist du nicht eigentlich ein bisschen zu jung, um Kaffee zu mögen?«, fragte Mina.

»Als ich klein war, haben wir in Italien gelebt. Dort lernen Kinder das Kaffeetrinken schon früh. Ich liebe Cappuccino, aber ich hasse Filterkaffee, der zu lange in der Maschine gestanden hat. So was trinkt man bei der Polizei den ganzen Tag, oder?«

Das Mädchen lachte, aber ihr Lachen war nicht böse gemeint.

»Da muss ich dir leider recht geben«, sagte Mina.

Eine müde aussehende Kellnerin räumte lustlos das schmutzige Geschirr ab, das noch auf ihrem Tisch stand.

»Ich will vielleicht auch Polizistin werden«, sagte das Mädchen gut gelaunt. Mina verschluckte sich fast.

Sie starrte das Mädchen an.

»Wieso das?«

»Tja … Meine Mutter ist bei einem Autounfall ums Leben gekommen. Fahrerflucht. Wahrscheinlich war der Täter betrunken, sagt mein Papa. Sie haben ihn nie geschnappt. Das ist nicht richtig. So was will ich beruflich machen.«

»Tut mir leid«, sagte Mina.

»Ich muss mich ja jetzt noch nicht entscheiden«, fuhr das Mädchen fort. »Aber ich könnte es mir wirklich vorstellen. Oder ich werde Influencerin. Dann verbringe ich Stunden damit, das perfekte Foto zu machen, wenn hier im Kungsträdgården die Kirschbäume blühen.«

Das Mädchen zeigte auf die Bäume, die ihre rosa Farbe längst verloren hatten und nun ganz normale grüne Bäume und bei Weitem nicht mehr so fotogen waren. Sie zog ihr Handy aus dem Rucksack. Warf einen Blick darauf, seufzte schwer und steckte es wieder ein.

»Macht sich jemand Sorgen um dich?«, fragte Mina.

»Ach, das war nur mein Papa. Er ist ein bisschen … überbehütend. Er soll sich mal beruhigen.«

»Wenn man in meinem Beruf arbeitet, kann man überbehütende Eltern gut verstehen.«

»Ja, Sie bekommen bestimmt einiges mit«, stellte das Mädchen nüchtern fest und trank noch einen Schluck Cappuccino.

Ein wenig Schaum blieb an ihrer Oberlippe hängen. Mina musste sich zusammenreißen, um ihn nicht wegzuwischen.

Sie fragte nicht, wie das Mädchen hieß. Das wusste sie bereits, aber um sich nicht versehentlich zu verraten, nannte sie sie insgeheim immer nur »das Mädchen«.

»Am liebsten würde ich Ermittlerin werden. Keine Polizistin, die im Streifenwagen durch die Stadt fährt und Junkies jagt. Ich habe aber gehört, dass man zuerst ein paar Jahre im Streifendienst absolvieren muss. Stimmt das? Um ehrlich zu sein, weiß ich gar nicht, ob ich mich das traue.«

»Ja, doch, im Moment ist es so.« Mina nickte. »Vielleicht

wird es aber geändert. Aus genau diesem Grund. Der Polizei gehen viele Bewerber durch die Lappen, die gute Ermittler wären, aber einfach nicht für den Streifendienst gemacht sind.«

»Und wie war es für Sie?« Das Mädchen sah sie neugierig an.

Mina überlegte, wie sie die Frage beantworten sollte. Sollte sie ehrlich zugeben, wie schwer es gewesen war? Nicht wegen der Pöbeleien, des frühen Aufstehens, der Angst und all der anderen Dinge, mit denen die Absolventen der Polizeihochschule zu kämpfen hatten. Sie hatte sich vor allem mit ihren eigenen Dämonen herumschlagen müssen. Mit dem Schmutz, der Umgebung, über die sie keine Kontrolle hatte, dem Druck, ihre Eigenheiten zu verbergen, damit ihre Kollegen sie nicht für seltsam hielten. Es war wichtig gewesen, dazuzugehören. Die Gruppe und der Zusammenhalt zwischen den Kollegen konnte über Leben und Tod entscheiden, wenn Entscheidungen im Bruchteil von Sekunden gefällt werden mussten.

»Es ging irgendwie«, sagte sie nur.

Sie hätte zu viele Dinge erklären müssen. Da war es leichter, gar nichts zu erklären.

»Ich möchte Ihnen etwas geben«, sagte das Mädchen plötzlich und nahm eine der vielen Ketten ab, die sie um den Hals trug. »Als Dankeschön.«

»Das ist nicht nötig, ich habe nur meine Arbeit gemacht«, protestierte Mina.

»Aber Sie sind nett«, sagte das Mädchen. »Das sind nicht alle. Der Anhänger ist magnetisch.«

»Magnetisch?«

»Soll gesund sein. Hat was mit roten Blutkörperchen zu tun, glaube ich. Ich möchte sie Ihnen einfach schenken.«

Mina hätte nichts lieber getan, als sie anzunehmen, aber das wäre endgültig ein schwerer Regelverstoß gewesen. Andererseits konnte sie das Geschenk nicht ablehnen. Zumindest sah die Kette nicht so aus, als wäre sie teuer gewesen.

»Magnetisch, sagst du?« Sie nahm die Kette in die Hand. »Danke. Das bedeutet mir mehr, als du denkst.«

Sie versuchte, sich nicht anmerken zu lassen, dass ihr Tränen in die Augen stiegen, als sie die Kette umlegte. Es war bestimmt nur Einbildung, aber sie meinte zu spüren, dass der Anhänger auf ihrer Brust wärmte wie eine kleine Sonne. Sie umschloss ihn mit der gewölbten Hand.

»Und was ist jetzt mit der Polizeihochschule?«, fragte sie.

»Mal sehen.« Das Mädchen trank den letzten Schluck aus ihrem Becher. »Ich habe ja noch Zeit.«

Im Augenwinkel nahm Mina eine Bewegung wahr. Ein Mann war an ihren Tisch gekommen und packte das Mädchen am Arm. Widerstandslos stand sie auf, aber ihr Blick war verzweifelt.

»Schön, Sie kennenzulernen«, rief das Mädchen, bevor es sich umdrehte und zusammen mit dem Mann verschwand.

Mina wollte ebenfalls aufstehen, aber eine Hand drückte sie wieder runter. Ein anderer Mann stand hinter ihr. Er kam um den Tisch herum und setzte sich auf den Platz, auf dem eben noch das Mädchen gesessen hatte. Sein Aussehen war unauffällig. Shorts und T-Shirt, Turnschuhe einer bekannten Marke und eine Armbanduhr von Daniel Wellington.

Anstatt etwas zu sagen, zog der Mann nur sein iPhone aus der Tasche und reichte es ihr. Mina wusste, wer am anderen Ende der Leitung war. Wessen Stimme sie zum ersten Mal seit vielen Jahren hören würde. Welche Konsequenzen die Kontaktaufnahme haben würde, hatte sie gewusst. Es war verboten. Doch was hätte sie machen sollen? Sie war schließlich Polizistin.

Stumm lauschte sie der Stimme.

Sagte nichts.

Als sie dem Mann das iPhone zurückgab, zitterte ihre Hand. Wortlos steckte der Mann das Telefon ein und ging. Mina blieb sitzen. Sie befürchtete, umzukippen, wenn sie aufgestanden wäre.

Er war gerade die Treppe runtergekommen und wollte in die Küche gehen, als an die Haustür geklopft wurde. Zweimal. Er blieb stehen. Zuerst überlegte er, ob er sich verhört hatte. Eigentlich klopfte nie jemand bei ihnen an. Durch das Milchglas neben der Tür konnte er jedoch den Umriss einer Person erkennen.

Mama war es nicht, das wusste er. Und Jane würde vorerst auch nicht nach Hause kommen. Er wurde nervös. Wer immer da vor der Tür stand, sollte gehen. Er brauchte niemanden. Wenn er sich nicht rührte, würde die Person vielleicht verschwinden.

Es wurde erneut geklopft. Diesmal dreimal. Und dann ertönte eine männliche Stimme.

»Hallo?«

Der Mann hatte natürlich die Treppe knarren gehört. Es war nichts zu machen. Er öffnete die Tür nur einen Spalt und stellte sich direkt davor.

»Hallo«, rief Allan von der Vortreppe. »Ich wusste nicht, ob du mich gehört hast.«

Allan, dem die Holzhandlung gehörte. Ein Freund von Mama. Vor einer Stunde hatte er ihn angerufen, das hatte er ganz vergessen. Es hätte auch vor zwei Wochen gewesen sein können. Die Zeit verlief so anders als sonst.

Allan nahm seine grün-gelbe Kappe mit dem BP-Logo ab und strich sich über die schweißnasse Stirn. Neben ihm standen zwei prall gefüllte Einkaufstüten vom ICA-Supermarkt.

»Ich glaube, ich habe alles bekommen, was du haben wolltest«, sagte Allan. »Auch wenn es nicht wenig war. Deine Mutter ist also richtig krank?«

»Ja, sie kann kaum sprechen. Deshalb sollte ich dich anrufen. Hier. Das müsste stimmen.«

Er gab ihm zwei Hundertkronenscheine, die Allan in die Hosentasche steckte.

»Aber wer kümmert sich denn dann um dich?«, fragte Allan besorgt. »Und habt ihr einen Arzt gerufen? Oder vielleicht sollte ich mal nach ihr sehen. Ich könnte doch was aus der Apotheke in Halmstad holen.«

Als Allan die Hand auf die Klinke legte, drückte er mit dem Fuß gegen die Tür.

»Sie schläft jetzt.« Er hustete. »Und … du willst dich doch bestimmt nicht anstecken. Eigentlich solltest du nicht mal in meine Nähe kommen.«

Allan nickte und nahm die Hand weg. Dann wischte er sich noch einmal über die Stirn.

»Du hast vollkommen recht«, sagte er. »Ich bin diese Woche allein in der Holzhandlung und habe jede Menge zu tun. Ich kann es mir gar nicht erlauben, krank zu werden. Aber die Tüten könnte ich dir reintragen. Dann brauchst du das nicht selbst zu machen.«

»Danke.« Er trat einen Schritt zur Seite. »Da lang.«

Er zeigte auf die Küche, und Allan hob ächzend die Einkaufstüten hoch. Aus einer kullerte ein grüner Apfel. Er starrte hinter dem Apfel her und hielt sich die Hände auf den Bauch, damit man das Knurren nicht hörte. Er hatte schon viel zu lange nichts gegessen. Allan kam aus der Küche, hob den Apfel auf und blieb am Fuß der Treppe stehen.

»Bist du sicher, dass sie da oben schläft?«

Er nickte, ohne die Hände von seinem Bauch zu nehmen.

»Okay.« Allan drückte ihm den Apfel in die Hand. »Sag ihr gute Besserung. Und ruf einfach an, wenn ihr noch was braucht.«

Er blieb auf der Vortreppe stehen und sah Allan hinterher, bis er sich ganz sicher war, dass er nicht noch mal zurückkommen würde. Erst dann biss er in den Apfel. Er ging ins Haus und schloss sorgfältig die Tür ab.

Auch um Zahnpasta und Zahnseide hatte er Allan gebeten. Er packte alles aus und stellte die Sachen auf den Küchentisch. Mama achtete immer darauf, dass er sich zwei Minuten lang die Zähne putzte. Er hatte sich den Wecker gestellt, den er zu Weihnachten bekommen hatte, damit er keine Sekunde zu wenig putzte. Oder zu viel.

Zwei Minuten. Was passierte, wenn man zu lange putzte, wusste er nicht, und er wollte es auch nicht wissen. Das mit der Zahnseide war schon schwieriger. Er wusste nicht mehr, ob man sie vor oder nach dem Zähneputzen verwendete. Was hatte Mama gesagt?

Vorher wirkte logischer.

Oder hinterher?

Oh, nein. Er hatte alles durcheinandergebracht. Obwohl er so gut aufgepasst hatte. Aber zwei Minuten waren einhundertzwanzig Sekunden. Und 12 plus 0 ergab 12. Er würde vor dem Zubettgehen einfach zwölf Zentimeter Zahnseide benutzen, und dann war alles wieder gut.

Mamas Gewohnheiten waren wichtig.

Unsere Gewohnheiten prägen uns, hatte sie gesagt.

Er würde sich all ihre Gewohnheiten in Erinnerung rufen müssen.

Mit einem Handy in der Hand rannte Aston schreiend auf ihn zu.

»Mann, Papa, wenn es klingelt, verliere ich das Rennen!«

Vincent ließ den Kochlöffel ins Nudelwasser fallen und nahm seinem Sohn das Handy weg, bevor der es durch das ganze Zimmer schleudern konnte.

»Mach das aus«, kreischte Aston weiter. »Ich spiele doch gerade *Asphalt 9* auf dem Handy!«

»Jetzt nicht mehr«, sagte Vincent und scheuchte seinen Sohn mit einer wedelnden Handbewegung zu seiner Mutter.

Auf dem Display sah er, dass es Mina war. Endlich. Er hatte sie das ganze Wochenende nicht erreicht. Seine Nachrichten hatte sie nicht beantwortet. Wieder einmal musste er sich klarmachen, auch bei ihm wirkte der psychologische Spotlight-Effekt, dass sich Menschen für die Ursache von Ereignissen hielten, die unabhängig von ihnen eingetreten waren. Trotzdem wurde er den Eindruck nicht los, dass Mina ihm absichtlich aus dem Weg ging.

»Hallo Mina«, sagte er in dem Moment, als Aston sich brüllend auf Maria stürzte.

Mutter und Sohn verhakten sich augenblicklich ineinander und veranstalteten auf dem Wohnzimmerteppich einen Kitzelkampf. Aston schien klar im Vorteil zu sein.

Vincent drehte sich wieder zum Herd, rührte im Nudeltopf und wendete die Fleischwurst in der Pfanne. Die Scheiben waren ein bisschen angebrannt. Am anderen Ende war es still.

»Mina, bist du da?«

Er hörte sie atmen, aber ihr Atem kam stoßweise. Es klang fast, als würde sie … weinen? Er sprach so leise, dass der Dunstabzug ihn fast übertönte.

»Ist was passiert?«, fragte er vorsichtig.

Jetzt war eindeutig zu erkennen, dass Mina weinte. Das abgehackte Schluchzen verriet ihr verzweifeltes Bemühen, ihre Stimme wieder unter Kontrolle zu bekommen. Er wartete ab, bis sie sich gefasst hatte. Als das Nudelwasser überkochte, reagierte er nicht.

»Ich bin da«, sagte er. »Lass dir Zeit.«

Es war ihm äußerst unangenehm, dass Mina weinte. Mit Gefühlsäußerungen anderer Menschen hatte er immer Probleme gehabt, aber das hier war besonders schlimm. Mina war immer so beherrscht und korrekt. Konzentriert. Mitzubekommen, wie sie die Kontrolle verlor, war ein Einblick in etwas, das allzu privat war. Dass sie trotzdem angerufen hatte, sagte wohl einiges über den Ernst der Lage aus.

Der Induktionsherd stand unter Wasser. Automatisch gingen beide Platten aus. Ein Glück, denn die Fleischwurstscheiben rochen ziemlich verbrannt.

»Es geht mir nicht gut«, sagte sie schließlich. Die Worte kamen genauso abgehackt wie das Schluchzen. »Ich habe das ganze Wochenende nichts gegessen und kein Auge zugetan.«

»Bildlich gesprochen oder buchstäblich?«

»Buchstäblich. Ich bin seit zweiundsiebzig Stunden wach. Oder sogar noch länger. Ich bin so traurig. Ich weiß nicht mehr, was ich machen soll.«

Das Wasser tropfte vom Herd auf seine Füße. Erst als sich sein Zeh verbrannt anfühlte, merkte Vincent, dass er das Abendessen ruiniert hatte. Die Fleischwurst wagte er gar nicht anzusehen. Aber sie war im Moment auch das geringste Problem.

»Bist du zu Hause?«, fragte er. »Ich bin in einer halben Stunde bei dir. Bleib, wo du bist, und fass nichts an. Rühr dich am besten gar nicht vom Fleck.«

Er erklärte ihr nicht, warum er das gesagt hatte, aber er hatte panische Angst davor, auf was für Ideen sie kommen konnte.

»Okay«, sagte Mina mit brüchiger Stimme.

Sie hatte nicht protestiert. Und den Türcode hatte er auch.

Vincent blickte auf den nassen Küchenfußboden. Den hätte er dringend sauber machen sollen. Aber das musste warten.

Rebecka steckte den Kopf aus ihrem Zimmer.

»Was wird das, Papa?«, fragte sie. »Es riecht verbrannt.«

»Rebecka, sehr gut.« Er wischte die Herdplatte notdürftig mit einem Küchenhandtuch ab. »Mach du mit dem Essen weiter, ich habe noch was zu erledigen.«

»Aber ich … was? Oh, nein!«

Rebecka hob empört die Hände, kam aber in die Küche.

»Ich gehe Pizza holen«, sagte sie nach einem Blick auf das Desaster. »Das Geld kannst du mir überweisen. Du weißt, dass der Boden nass ist, oder?«

Vincent griff zum Handy und überwies den Betrag auf Rebeckas Konto. Dann holte er sein Laptop.

»Was machst du da?« Maria stand vom Boden auf. Aston hing wie ein Klammeraffe an ihrem Bein. »Wer hat angerufen?«

Er zögerte. Holte tief Luft.

»Mina. Es ist was passiert. Ich muss sie trösten.«

Schnell öffnete er Google.

»Sehr witzig«, sagte Maria mit schriller Stimme. »Hat sie sonst niemanden, den sie anrufen kann? Es ist Sonntagabend.«

Er starrte auf den Bildschirm.

Maria hatte Mina nicht gehört.

»Sie hat nun mal mich angerufen«, sagte er. »Also habe ich die Verantwortung.«

Seine Frau verschränkte demonstrativ die Arme.

»Ich habe wirklich Angst um sie bekommen«, sagte er.

»Warum fährst du dann nicht einfach los? Wenn du nun schon den Ritter auf dem weißen Pferd spielen musst?«

»Weiß? Der Toyota ist doch rot.«

»Also manchmal ...« Maria schüttelte den Kopf.

»Mit Ritterlichkeit hat es nichts zu tun«, sagte er. »Ein Mensch in meinem engeren Umfeld befindet sich in einer potenziell gefährlichen Situation. Psychisch und physisch. Ich scheine der Einzige zu sein, der davon weiß, und bin daher der Einzige, der ihr helfen kann. Rational betrachtet, bin ich also dazu verpflichtet. Ich muss mich nur erst informieren, damit ich nichts falsch mache.« Er drehte den Laptop zu ihr hin.

Er hatte eine Wikipediaseite mit der Überschrift »How to comfort a friend« angeklickt.

»Soll das ein Witz sein?«, fragte Maria voller Abscheu. »Wie autistisch kann man eigentlich sein? Musst du wirklich googeln, wie man jemanden tröstet? So was weiß man einfach. Das Wichtigste ist, dass du sagst: ›Ich bin hier, wenn du was brauchst.‹ Fehlt dir wirklich jede Empathie?«

Wie üblich hatte sie ihn falsch verstanden. Er recherchierte nicht im Netz, um Mitgefühl zu faken, sondern gerade, weil er Mitgefühl hatte. Er war überzeugt, dass die Dinge, die die Menschen »eben einfach wussten«, oft falsch waren. Es gab so viele Dummheiten. Zum Beispiel »wussten« alle, dass Kinder eine Stunde nach dem Essen nicht schwimmen durften, weil sie sonst Krämpfe bekamen. Was eine Lüge war. Erfunden von pappsatten Eltern, die ihre Ruhe haben wollten. Und alle »wussten«, dass in der Mikrowelle Nährstoffe verloren gingen. Auch Quatsch. Natürlich war auch er nicht immun gegen diese Art von Wahnvorstellung, und Mina war ihm zu wichtig, um unter diesen Umständen ein Risiko einzugehen. Doch wie hätte er das Maria erklären sollen?

»Ich bin es nicht gewohnt, Erwachsene zu trösten«, sagte er. »Und ich will die Situation nicht noch schlimmer machen. Und daher wollte ich nachschauen, ob es da vermeidbare Fehler gibt. Wie zum Beispiel den hier: ›Ein typischer Fehler ist der Satz: Ich bin da, wenn du was brauchst. Das Problem besteht darin, dass die Formulierung zu allgemein ist. Von der zu tröstenden Person wird verlangt, sie müsse selbst wissen, wie man ihr helfen kann. Mach lieber konkrete Vorschläge. Du könntest zum Beispiel aufräumen, für die Person kochen oder bei ihr übernachten.‹«

»Übernachten.« Maria schürzte die Lippen. »Klar.«

Er seufzte tief. Den Sinn der Sache hatte sie mal wieder in den falschen Hals bekommen.

»Weißt du was«, sagte Maria verbittert. »Du brauchst gar nicht nach Hause zu kommen.«

Vincent runzelte die Stirn. Sie wollte nicht, dass er bei Mina übernachtete. Aber nach Hause kommen sollte er auch nicht. Herrgott. Wann würde er endlich weibliche Logik verstehen?

MINAS WOHNUNGSTÜR WAR NICHT ABGESCHLOSSEN. Die Fußmatte in ihrem Wohnungsflur war gerade groß genug, um sich darauf die Schuhe auszuziehen. Zumindest, wenn man relativ gelenkig war und ein gutes Gleichgewichtsgefühl hatte. Vincent zog die Schuhe vorsichtshalber schon im Hausflur aus und stellte sie dann vorsichtig auf die kleine Matte. Ohne nach Mina zu rufen, ging er in die Wohnung.

Mit dem Telefon noch in der Hand, saß Mina im Wohnzimmer auf dem Sofa. Anscheinend hatte sie tatsächlich weder geschlafen noch gegessen. Sie war leichenblass, nur um die Augen hatte sie dunkle Ringe. Ihre Haltung erinnerte an einen geplatzten Luftballon. Das bisschen Kraft, das ihr noch zur Verfügung stand, schien fürs Weinen draufzugehen, das ihren Körper schüttelte.

Die Papiertüte mit den Sachen, die er unterwegs gekauft hatte, stellte er auf den Wohnzimmertisch. Dann ging er in die Küche und holte zwei Gläser. Als er zurückkam, nahm er eine Saftflasche aus der Papiertüte und schenkte ihr ein Glas halb voll. Er nahm an, dass sie bei sich zu Hause keine Trinkhalme brauchte.

»Saft, Joghurt und ein Brot«, sagte er, während er den Rest auspackte. »Sogar ein richtig gesundes, ich habe dir Avocado mitgebracht.«

Er krümelte ein wenig, aber das war ihr im Moment wahrscheinlich egal. Sie schüttelte nur den Kopf.

»Ich weiß«, sagte er. »Du kannst jetzt nichts essen. Ich werde dich auch nicht dazu auffordern. Aber wenn du nachher Appetit bekommst, hast du etwas da. Im Moment möchte ich nur, dass du etwas trinkst. Aber das eilt auch nicht.«

Er stellte das Glas direkt vor sie und rückte dann ein Stück von ihr ab, um zu signalisieren, wie unwichtig ihm das Essen war. Er hoffte, dass sie seiner Stimme nicht angehört hatte, für wie akut er die Lage tatsächlich hielt. Mina sah aus, als könnte sie jeden Augenblick zusammenbrechen.

Stattdessen setzte er sich neben sie und legte ihr nach kurzem Zögern den Arm um die Schultern. Sie ließ es zu und schmiegte sich an seine Brust. Obwohl sein Hemd noch immer nach angebrannter Fleischwurst und verkochten Nudeln roch.

Während sie leise weinte, strich er ihr über den Kopf. Auf einer der Illustrationen in »How to comfort a friend« war genau zu sehen gewesen, wie man es machen musste. Aber vermutlich wäre er auch allein darauf gekommen. Es fühlte sich gut an. Ganz natürlich.

Er wartete, dass der schlimmste Sturm sich legte, und sah sich um. Er hatte geglaubt, in der Wohnung wäre alles weiß. Weiße Möbel, weiße Wände und weiße Bilder. Damit der Schmutz sich nicht verstecken konnte. Doch die Wände in Minas Wohnung waren hellgrau, und ihre Möbel waren aus hellem Holz, zumindest im Wohnzimmer und in der Küche. Ihr guter Geschmack erstaunte ihn. Bei ihrem minimalistischem Einrichtungsstil wirkte es natürlich auch nicht merkwürdig, dass alle Gegenstände rechtwinklig angeordnet und staubfrei waren. Hätte er Mina nicht gekannt, hätte er das Gefühl gehabt, in ein Hochglanzmagazin spaziert zu sein. Doch das hier war ein sorgfältig sterilisiertes Leben. Soweit er sehen konnte, gab es auch keine Anzeichen für Interaktionen mit anderen Menschen. Keine Fotos von Verwandten oder Freunden, kein Kalender an der Wand, in den Abendeinladungen oder andere Verabredungen eingetragen waren.

Nach einigen Minuten wurde ihre Atmung etwas ruhiger. Er streckte die Hand nach ihrem Glas aus und reichte es ihr. Sie trank einige Schlucke. Sie machte eine Pause und schien zu überlegen, ob sie ihm das Glas zurückgeben sollte, aber dann trank sie es ganz aus. Er atmete auf. Nun hatte sie wenigstens ein paar Vitamine und Zucker im Körper. Das reichte hoffentlich, um auch ihren Appetit allmählich wieder anzuregen.

»Darf ich was fragen?«

»Wenn es sein muss«, sagte sie leise.

»Es muss nicht sein. Ich werde so lange bleiben, wie du mich meiner Ansicht nach brauchst. Ich werde dir dabei helfen, zu essen und zu trinken. Aber nur, wenn du willst. Und wir brauchen nicht zu reden.«

Der letzte Satz hatte nicht auf der Seite gestanden. Auf den war er selbst gekommen. Offensichtlich war er richtig, denn Mina nickte stumm. Erneut legte sie den Kopf an seine Brust.

Die Tränen liefen ihr immer noch übers Gesicht, aber sie schluchzte nicht mehr so krampfhaft.

»Was hat Maria eigentlich gesagt?«, fragte sie. »Ist sie eifersüchtig geworden?«

»Ist die Erde eine Kugel? Vor allem findet sie mich dumm und würde mir gerne eine Störung bescheinigen.«

Mina lachte.

»Letzteres sehe ich genauso«, sagte sie. »Weißt du, dass du nach Fleischwurst riechst?«

Jetzt musste er lachen. Dann wurden sie still. Mina war offensichtlich erschöpft. Es wäre gut gewesen, hätte er sie zum Einschlafen bringen können. Er passte seine Atmung der ihren an, bis sie im selben Rhythmus ein- und ausatmeten. Ihr Körper entspannte sich. Er machte noch eine Weile weiter und genoss das Gefühl, körperlich völlig im Einklang mit jemandem zu sein. Das erlebte er nicht oft. Und außerdem war es sehr lange her. Bald atmete er langsamer und überprüfte, ob sie es unbewusst genauso machte. In kleinen Schritten senkte er langsam das Tempo. Nach fünf Minuten schlief sie fest. Er holte tief Luft. Maria oder Ulrika hatte er nie zu trösten gewagt, sie hätten ihn wahrscheinlich ausgelacht. Mit Mina war es nicht nur ganz einfach gewesen, es fühlte sich auch selbstverständlich an.

Behutsam legte er sie aufs Sofa. Was der nächste Schritt war, wusste er nicht. Er sah sich im Wohnzimmer um. Auch wenn man heutzutage nicht mehr in Platten- und Büchersammlungen stöbern konnte, weil die Leute zunehmend Spotify und Storytel nutzten, verriet jedes Zuhause Details über seine Bewohner. Seiner Erfahrung nach fand man die interessantesten Informationen dort, wo die Menschen unwissentlich Spuren hinterlassen hatten. Kühlschrankmagneten, die versteckte Botschaften waren. Vergessene Gegenstände im unteren Fach des Wohnzimmertischs.

In Minas Wohnzimmer und ihrer Küche entdeckte er nichts. Und die Bilder an den Wänden schien sie bei Ikea gekauft zu haben. In ihr Schlafzimmer wollte er nicht gehen, vor allem nicht, wenn sie schlief. Auf dem Schreibtisch im Wohnzimmer lag ein Zauberwürfel. Wahrscheinlich der, den sie bei ihrem ersten Treffen in der Tasche gehabt hatte.

Er nahm den Würfel in die Hand und hielt ihn mit Daumen und Mittelfinger an der unteren Ecke fest, sodass er ihn mit Zeige- und Ringfinger drehen konnte. Die Reihen, die er verschob, bewegten sich wie geschmiert. Es hatte recht gehabt. Es war ein Speedcube, der sich mit einer Hand verdrehen ließ. Er war verwundert, dass Mina das Rätsel nicht gelöst hatte. Er selbst war in dieser Hinsicht altmodisch. Er begann immer mit dem Kreuz. Es gab zwar schnellere Lösungswege, aber diesen fanden seine Finger fast blind.

Außerdem lagen auf dem Schreibtisch Unterlagen, die er kannte. Sie hatten alle mit den Ermittlungen zu tun. Aber ein kleines gerahmtes Foto erregte seine Aufmerksamkeit. Am Rahmen hing eine Kette. Vincent erkannte das magnetische Schmuckstück wieder. Es wunderte ihn. Mina war sonst gar nicht der Typ für esoterischen Kram. Doch das ging ihn natürlich nichts an.

Auf dem Sofa bewegte sich Mina unruhig. Sie murmelte etwas, das er nicht verstand. Das Bild im Rahmen war das Porträt eines kleinen Mädchens. Es erinnerte ihn an die Fotos, die der Schulfotograf in seiner Kindheit gemacht hatte. Bilder, von denen die Eltern in der Hoffnung, den Großeltern damit auch dieses Jahr eine Freude zu machen, viel zu viele Abzüge bestellten. Meist war die Mühe vergeblich, nahm er an.

»Natti«, murmelte Mina.

Diesmal war er sich ziemlich sicher, das Wort verstanden zu haben.

»Natti Nacht«, sagte er sanft. »Du musst jetzt schlafen.«

»Natti, Liebling, ich bin da.« Sie zog die Stirn in Falten. »Siehst du mich nicht?«

Liebling? Er wurde rot. So gut kannten sie sich nun auch wieder nicht. Mina schien immer noch zu schlafen, bewegte sich aber hin und her. Er sah das Mädchen auf dem Foto noch einmal an. Dann drehte er den Rahmen vorsichtig um. *Nathalie, 10 Jahre* stand auf der Rückseite. Er wurde noch roter. Mina hatte gar nicht ihn gemeint. Natti war ein Name. Er stellte das Bild sorgfältig wieder an dieselbe Stelle und hängte die Kette darüber. Dann suchte er nach einem Kugelschreiber und drehte das oberste Blatt im Bericht über Agnes um.

Ich werde keine Fragen stellen. Aber wenn du reden möchtest, werde ich dir zuhören, schrieb er auf die Rückseite.

Erst jetzt merkte er, dass der Zauberwürfel wieder intakt war. Er hatte das Rätsel gelöst, ohne es zu merken.

PS: Sorry wegen des Würfels, fügte er hinzu und legte die Nachricht mit dem Würfel neben das Brot auf dem Wohnzimmertisch.

An einem Ende des Sofas lag eine perfekt gefaltete Wolldecke. Behutsam breitete er sie über Mina aus. Er nahm seine Schuhe in die Hand und schlich sich leise aus der Wohnung.

VINCENT KONNTE NICHT SCHLAFEN. Die Selbsthypnose, die er sonst immer praktizierte, funktionierte nicht. Das war ihm noch nie passiert. In seinem Kopf herrschte immer noch Chaos. Der Brief hatte ihn kalt erwischt. Er war es gewohnt, Fanpost und Zuschriften von Menschen zu bekommen, die ihn um Hilfe bei Lebensfragen oder Bewerbungsgesprächen baten. Und über die Drohbriefe im Frühjahr hatte er sich auch Gedanken gemacht. Doch nun hatte ihm dieselbe Person erneut geschrieben.

Er setzte sich auf die Bettkante und schaltete nur die Taschenlampe im Handy an, um Maria nicht zu stören. Dann faltete er den Brief zum fünften Mal auseinander.

Es wird nur dich und mich geben, stand da. *Ich kann aber verstehen, dass du es deiner Frau nicht sagen kannst. Darum kümmere ich mich.*

Jedes Mal, wenn er die Sätze las, hatte er das Gefühl, ihm

liefe ein unsichtbarer Eiswürfel über den Rücken. Die späte Stunde machte das Denken nicht leichter. Er musste sich die Kontrolle über sein Gefühlszentrum zurückerobern. Es spielte ganz offensichtlich verrückt. Wenn er nicht weiter auf seine Ängste einging, würden sie allmählich nachlassen. Die einfachste Methode war, ein abstraktes Problem zu lösen. Oder ein kompliziertes Buch zu lesen. Aber seine Bücher waren alle unten im Arbeitszimmer. Er war zu müde, dorthin zu gehen. Es war schließlich mitten in der Nacht.

Er betrachtete die dunkle Gestalt auf der anderen Betthälfte. Seine Frau hatte die Fähigkeit, sich im Schlaf in die Bettdecke einzuwickeln. Wie eine Kohlroulade sah sie aus. Maria hatte Bücher, das wusste er. Zwar mit Regenbögen auf dem Umschlag, aber vielleicht sollte er seine Vorurteile ausnahmsweise unterdrücken. In seiner Kindheit hatte er sich auch gewünscht, es gäbe Magie. Er hatte sogar alles getan, um sie zu finden. Außerdem herrschten nachts andere Regeln. Und wenn Marias Bücher ihm jemals einen Nutzen verschaffen könnten, dann jetzt.

Er ging ums Bett herum zum Nachttisch und machte die kleine Lampe an. Sie war kugelförmig und stellte den Mond dar. Was auch sonst. Seine Frau grunzte und drehte sich vom Licht weg.

Auf ihrem Nachttisch lagen vier Bücher. Man konnte sagen, was man wollte, aber mit der Selbstoptimierung nahm Maria es ernst. Jedenfalls theoretisch. Der Titel des obersten Buchs auf dem Stapel lautete »*GRIT – Die neue Formel zum Erfolg: Mit Begeisterung und Ausdauer ans Ziel*«. Das Buch würde ihm nicht weiterhelfen. Er hatte es sogar gelesen, und die Autorin, Angela Duckworth, war eine sehr kluge Frau. Er brauchte etwas Verrückteres; Ideen, die ihn provozierten.

Der nächste Titel war »*Wie du alle bedingungslos liebst – Zauber des Lebens*«. Auf dem Umschlag war ein Pflanzentrieb abgebildet, der aus einer Sonne wuchs. Der Trieb war herzförmig und in der Mitte mit einem weiteren Herz verziert. Anstelle eines Verfassers wurde nur auf eine Webseite hingewiesen. Langsam wurde es interessant, aber vielleicht fand er ja noch was Besseres.

Das dritte Buch hieß *»Lerne zu lieben, was du hast«* und das letzte *»Er ist ein Idiot, aber er gehört zu dir«*. Mit den drei Büchern in der Hand stand er da.

Lerne zu lieben.

Er ist ein Idiot.

Wie du alle bedingungslos liebst.

Als es ihm schlagartig klar wurde, überkamen ihn Angst und Schwindel in gleichem Maße. Er hatte geglaubt, bei Marias intensivem Buchkonsum sei es ihr darum gegangen, sich mit sich selbst zu beschäftigen. Er mochte gar nicht daran denken, wie oft er sich darüber lustig gemacht hatte. Aber die Dinge lagen ganz anders. Offensichtlich hatte sie versucht, nicht sich, sondern *ihn* besser zu verstehen. Und einen Weg zu einer Familie zu finden, in der zwei Kinder nicht die eigenen waren. Er hatte alles falsch verstanden. Seine Frau hatte recht gehabt. Er war ein Idiot. Ein totaler Idiot. Ihr Mann lebte wirklich auf einem anderen Planeten. Und er wusste nicht, ob er es überhaupt verdient hatte, geliebt zu werden.

»Vincent«, murmelte Maria verschlafen. »Was machst du da?«

Er legte den Stapel ordentlich zurück auf den Nachttisch. Dann wischte er sich übers Gesicht und hoffte, dass sie seine Tränen nicht sah. Maria kniff die Augen zusammen.

»Ist was passiert?«, fragte sie.

Er machte die Mondlampe aus, damit sie nicht merkte, wie sehr er sich schämte.

»Weißt du noch, wie wir uns verliebt haben?«, fragte er mit dünner Stimme.

»Hm … was?«

»Ich habe dir damals gesagt, dass es schwer ist, mit mir zu leben. Ich wusste gar nicht, wie schwer.«

»Ja, es ist ziemlich mühsam«, sagte sie gähnend. »Vor allem mitten in der Nacht. Kommst du wieder ins Bett?«

»Lohnt sich die Mühe denn?«

Maria machte die Augen ganz auf.

»Mit dir zusammenzuleben?«

Er nickte stumm, war sich aber nicht sicher, ob sie ihn im Dunkeln sehen konnte.

»Das kommt auf dich an, glaube ich«, sagte sie. »Möchtest du denn, dass sich die Mühe lohnt?«

Wieder nickte er. Diesmal vor allem für sich.

»Es tut mir leid«, sagte er. »Ich war ein Idiot.«

»Ich weiß.« Sie lächelte. »Und manchmal könnte ich dich erwürgen. Aber du gehörst zu mir. Komm her. Ich kann dich löffeln, wenn du willst.«

»Aber du weißt gar nicht, was ich …«

»Ich weiß nur, dass es halb drei ist.« Sie sah auf die Uhr mit der Digitalanzeige unter der Mondlampe. »Wenn du nicht willst, dass ich dich verlasse, kommst du jetzt sofort ins Bett. In vier Stunden klingelt der Wecker.«

Maria legte den Kopf aufs Kissen und wälzte sich eine Weile hin und her, bis sie die bequemste Stellung gefunden hatte. Nach einer Weile wurden ihre Atemzüge schwerer und ruhiger.

Er stand immer noch da und betrachtete die Silhouette seiner Frau. Der Mutter seines jüngsten Sohnes. Er hatte ihre Beziehung nicht nur aufgegeben, er hatte ihr sogar mutwillig geschadet. Aber sie hatte nie aufgegeben. Sie hatte sich viel mehr Mühe gegeben, als er jemals von sich hatte behaupten können. Von nun an würde sich das ändern. Nicht, dass er es verdient gehabt hätte. Aber falls von ihrer Ehe noch ein klitzekleines bisschen zu retten war, würde er das versuchen. Wenn sie ihn ließ.

Ein dezentes Klopfen liess Mina zusammenzucken. Sie hatte gar nicht bemerkt, dass Julia hereingekommen war.

»Du musst mit deinen Gedanken sehr weit weg gewesen sein«, sagte Julia. »Hat Peder diese Anna schon gefunden?«

Mina drehte sich herum. Ihr Bürostuhl bestand nur aus Stahl und Chrom und hatte keine gepolsterte Sitzfläche. Bezüge waren unglaubliche Bakterienherde. Vor allem, wenn man den ganzen Tag darauf saß. Stahl konnte man abwischen.

»Nein, aber er hat eine Adresse herausgefunden.« Sie stand auf. »Er hat sich gerade gemeldet.«

Peder hatte sich schon wieder kinderkrank melden müssen, hatte aber die wichtigsten Informationen per SMS geschickt, bevor er wieder in eine Welt voller Babykotze abtauchte.

»Ich wollte gerade mit Vincent hinfahren.«

Irgendetwas sagte ihr, dass sie ihn an ihrer Seite brauchen würde, auch wenn ihr Geheimnis dann ans Licht zu kommen drohte. Sie wunderte sich selbst, dass ihr der Gedanke, er könnte davon erfahren, so wenig ausmachte.

»Ist es wirklich eine gute Idee, Vincent mitzunehmen?«, fragte Julia. »Aus der Nachricht in dem Buch zu schließen, ist er ja persönlich involviert. Solltest du nicht lieber mit Christer hingehen?«

Mina schüttelte heftig den Kopf. »Nein, ich will Vincent mitnehmen. Dass wir überhaupt so weit gekommen sind, haben wir ihm zu verdanken. Und falls Anna aggressiv werden sollte, kann ich mich schon selber wehren.«

Julia grinste.

»Deine Kollegen haben auch etwas beigetragen. Lass dir von deiner rosaroten Brille nicht den Blick vernebeln …«

»Rosarot?«

Mina war empört, merkte aber selbst, dass sie errötete.

»Ich möchte Vincent aufgrund seiner Kompetenz dabeihaben, und nicht, weil ich irgendwelche …«

»Jaja, reg dich nicht so auf. Nimm ihn mit, wenn du unbedingt willst. Aber sei vorsichtig.«

Mit einem Augenzwinkern drehte Julia sich um und ging. Ein Teil von Mina wollte sie aufhalten und ihr alles erklären, aber dann hätte sie sich nur noch tiefer hineingeritten.

Stattdessen holte sie ihre Desinfektionstücher hervor und wischte sorgfältig die Stelle ab, auf die Julia geklopft hatte.

»PEDER IST IHR ALSO NIE PERSÖNLICH BEGEGNET?«, fragte Vincent neugierig, als Mina einparkte. »Warum war sie nicht beim AA-Meeting?«

»Laut Peder wussten das die anderen auch nicht. Sie sei einfach nicht mehr gekommen.«

»Adressen dürfen die wahrscheinlich nicht weitergeben, nehme ich an. Bei AA geht es ja gerade um Anonymität.«

Mina nickte und zog die Handbremse an.

»Stimmt. Aber ein Teilnehmer wusste, wo sie wohnt. Sie sind anscheinend fast Nachbarn und fahren manchmal zusammen hin.«

Sie stiegen aus und sahen sich um. Es war ein grauer Tag, Regen hing in der Luft. Das Navi hatte sie in eine trostlose Hochhaussiedlung geführt. Stahl und Beton in einer deprimierenden Mischung, die einst in Rekordzeit Wohnraum für die wachsende Stadt geschaffen hatte.

»Welche Etage?« Vincent sah nach oben.

»Zweites Obergeschoss.« Mina drückte auf die Klingel.

Nach einiger Zeit klickte es im Türschloss. Im Treppenhaus hing ein unangenehmer Geruch, der sich aus altem Urin und den scharfen Ausdünstungen der gesundheitsschädlichen Baumaterialien zusammensetzte, die Anfang der Siebziger verwendet worden waren.

»Ich weiß, ich weiß, wir verzichten auf den Fahrstuhl.« Vincent ging zur Treppe.

Die Wände waren in einem schäbigen Hellgrün gestrichen, das überall abblätterte. Sie wusste nicht mehr, wie viele dieser

Treppenhäuser sie im Dienst schon raufgestiegen war. Immer diese Farbe. Und dieser Geruch.

»Hier.« Vincent zeigte auf ein mit Blumen bemaltes Holzschild an der Tür. *Anna* stand darauf.

Vor der Wohnungstür lag eine Fußmatte mit der Aufschrift *The queen of fucking everything.*

»Na, dann los«, sagte Mina trocken und nickte Vincent zu.

Das Klingeln überließ sie ihm. Ein bakterienverseuchter Klingelknopf weniger. Bauchschmerzen hatte sie trotzdem. Bald würde Vincent vermutlich ihr Geheimnis erfahren. Aber das Risiko musste sie eingehen.

Die Tür ging auf. Das Delfinmädchen starrte sie an. Einige Sekunden lang blieb Annas Gesicht ausdruckslos, dann zeigte es eine Welle von Gefühlen, die sich schließlich bis zu einem Schrei steigerten, der Mina fast aus den Schuhen riss.

»VINCENT!«

Anna warf sich ihm an den Hals, er schwankte. Mina blieb die Luft weg. Mit der schreienden Anna am Hals stand Vincent da. Mina begriff überhaupt nichts mehr. Sie wusste natürlich, dass Anna ihn kannte, sonst wären sie ja nicht hier gewesen, aber mit diesem Empfang hatte sie nicht gerechnet. Und Vincent offenbar auch nicht. Er sah verwirrt aus. Als würde er krampfhaft in seinem Gedächtnis kramen.

»Oh, guten Tag ...« Er wand sich aus der Umklammerung.

»Können wir reinkommen?«, fragte Mina. »Wir müssen was mit dir besprechen.«

Sie merkte selbst, wie barsch sie klang, aber sie musste sich erst von Annas Überfall auf Vincent erholen. Für jemanden, der möglicherweise in einen Mord verwickelt war, war das ein, gelinde gesagt, seltsames Benehmen.

»Klar, kommt rein! Entschuldigt bitte meinen Aufzug und wie es hier aussieht. Wenn ich gewusst hätte, dass du heute kommst, hätte ich mich natürlich schick gemacht und hier aufgeräumt, Vincent.«

Anna plapperte nervös und wich rückwärts in den Wohnungsflur, um sie reinzulassen. Vincent wirkte immer noch nachdenklich und schien sich nicht sicher zu sein, ob er die Wohnung wirklich betreten wollte, tat es dann aber schließlich.

»Außerdem war ich gerade dabei, Hackfleisch für Ingo zu braten, und der mag es gar nicht, wenn es angebrannt ist, es soll außen nur ganz leicht gebräunt und innen am besten roh sein, aber man weiß ja nie, was da so alles drin ist, und deshalb brate ich es lieber durch …«

Anna hielt inne und sah sie an, als hätte sie jetzt erst gemerkt, dass Vincent nicht allein gekommen war.

»Du heißt Mina, nicht wahr? Wir sehen uns doch immer …«

»Auf Kungsholmen.« Mina sah das Delfinmädchen eindringlich an. »Ich war ein paar Male als Begleitperson da.«

Die Botschaft kam anscheinend an, oder sie konnte sowieso an nichts anderes als Vincent denken, denn Anna nickte nur und verschwand in der Wohnung. Mina folgte Vincent zögernd.

Der Flur war nicht so unaufgeräumt, wie Anna angedeutet hatte, aber völlig überladen. Gerahmte Sinnsprüche, ein Emailleschild mit der Aufschrift *Carpe diem* und eins, auf dem sich der Titel *The queen of fucking everything* wiederholte, Spiegel, künstliche Blumen und ein Haufen Dekozeug. Offenbar gab es Leute, die Weisheiten wie »Wenn es nichts zu essen gibt, ist ein großer Schwanz nur ein schwacher Trost« mit Kreuzstich auf Leinen stickten. In der Küche quasselte Anna munter weiter. Langsam folgten ihr Mina und Vincent.

»Ich gebe Ingo nur schnell was zu essen, dann mache ich euch einen Kaffee. Kekse müsste ich irgendwo auch noch haben. Also, ich kann echt nicht fassen, dass du wirklich gekommen bist, Vincent, das muss ich gleich Lindsy erzählen, die hat so viel negative Energie verströmt und die ganze Zeit gesagt, es würde nie passieren, weil ich mir das alles angeblich nur einbilde und diese Briefe niemals hätte schreiben dürfen, weil sich das alles nur in meinem Kopf abspielt! Ha! Hast du so was schon mal gehört, Vincent! Und jetzt stehst du hier!«

Übers ganze Gesicht strahlend, stand Anna vor der rauchenden Bratpfanne. Erst jetzt bemerkte Mina die langhaarige große Ragdoll-Katze, die geduldig vor dem Herd wartete. Minas Augen begannen schon beim Anblick des Tiers zu jucken, und sie hatte das Gefühl, keine Luft mehr zu bekommen. Nicht, dass sie gegen Katzenhaare allergisch gewesen wäre, aber mit nach Hause nehmen wollte sie die Haare auf keinen Fall. Die Katze warf ihr und Vincent einen Blick zu und wandte sich dann wieder der bevorstehenden Mahlzeit zu, die sie um einiges interessanter zu finden schien.

»So, mein Lieber, jetzt gibt Mama dir was zu essen, hm, ist das lecker, nicht wahr, mein Schatz?«

Anna holte einen großen Löffel aus der Schublade und stellte die Pfanne auf einen Untersetzer auf dem Küchentisch. Sie setzte sich an den Tisch, während die Katze aufgeregt mit dem Schwanz über den abgenutzten Fußboden wischte. Mina wagte Vincent nicht anzusehen, nahm aber an, dass er genauso schockiert war wie sie. Das Delfinmädchen fütterte die Katze mit einem Löffel. Unfassbar. Jeden Donnerstag hatte sie mit Anna ein paar Worte gewechselt und sich geduldig angehört, was sie mit der Gruppe geteilt hatte. Sie hatte Anna für einigermaßen normal gehalten. Vielleicht ein wenig überdreht. Aber das hier …

Unwillkürlich schüttelte sie den Kopf und sah sich nach einer Sitzgelegenheit um. Die Sache konnte länger dauern. Erleichtert stellte sie fest, dass die Wohnung einen erstaunlich sauberen Eindruck machte. Sie würde es überleben, sich auf einem Küchenstuhl niederzulassen, auch wenn sie ihn natürlich lieber vorher desinfiziert hätte.

Vincent setzte sich neben sie, und nun traute sich Mina auch, in seine Richtung zu schauen. Fasziniert beobachtete er die Fütterung der Katze. Dabei schien er angestrengt nachzudenken. Dann sah er sie an. Mina nickte.

»Anna«, sagte er. »Wir würden dich gerne etwas fragen. Erinnerst du dich noch, dass du mit Mina über mich gesprochen hast?«

»Ja, klar, aber meine Güte, Vincent, ich spreche mit jedem über dich. Das weißt du doch.«

»Weiß ich das?«

Vincent räusperte sich.

Sie hatten sich darauf geeinigt, das Buch nicht zu erwähnen, zumindest nicht gleich zu Beginn, weil Anna sonst möglicherweise die Flucht ergriffen hätte. Doch von Minute zu Minute war Mina sich sicherer, dass Anna weder mit dem Buch noch mit der Nachricht darin etwas zu tun hatte. Um das zu erkennen, brauchte man kein Mentalist zu sein.

»Aber warum? Und wieso mit Mina? Wieso hast du ihr den Tipp gegeben, mich zu kontaktieren?«

Während sie sprach, fütterte sie die Katze weiter mit dem Hackfleisch.

»Wieso denn nicht? Einige von uns hatten Minas Telefongespräch mit angehört, und ich hatte den Eindruck, sie bräuchte Hilfe. Und da lag es ja nahe, dass ich ihr dich empfohlen habe.«

Das Delfinmädchen sprach über Mina, als wäre sie nicht im Raum. Vincents Erscheinung nahm offenbar ihre ganze Aufmerksamkeit in Anspruch. Sie sah ihn mit strahlenden Augen an, aber ganz gesund wirkte ihr Blick nicht. Schließlich kratzte sie das letzte bisschen Hackfleisch aus der Pfanne.

»Wieso lag das nahe?«, fragte Mina.

Anna grinste.

»Ich denke immer an Vincent.«

Mina warf dem Mentalisten verblüfft einen Blick zu. Das ganze Gespräch erschien ihr merkwürdig. Hier ging etwas vor sich, das sie nicht mitbekam. Aber zumindest sagte Anna nichts weiter zu dem Umfeld, in dem sie und Mina sich kennengelernt hatten.

»Komm, ich muss dir was zeigen, Vincent!«

Anna sprang vom Stuhl auf und stellte die Pfanne auf den Herd. Schnell ging sie zu einer Tür auf der anderen Seite des Flurs und winkte ihm. Vincent und Mina folgten ihr zögernd.

»Schau mal! Ist das nicht toll!«

Anna riss die Tür weit auf. Sie zeigte mit dem ganzen Arm ins Zimmer und hüpfte vor Begeisterung auf der Stelle. Neugierig kam Mina näher. Vincent war dicht hinter ihr. Dann blieb sie ruckartig stehen.

Die Wände waren vollständig mit Fotos von Vincent bedeckt, aber auf den meisten war er nicht allein zu sehen. Er war darauf zusammen mit Anna abgebildet.

Einige der Fotos waren Selfies, die auf Lesungen oder bei Signierstunden gemacht worden waren. Im Vordergrund war eine glückliche Anna und im Hintergrund Vincent zu sehen. Andere Bilder waren eigentlich Fotocollagen, die Anna selbst gemacht hatte. Einige hatte sie mit Zeitungsüberschriften wie »Promiliebe blüht« oder »Sommerhochzeit« verziert. Überall hingen handgemalte Herzchen.

Mina stellten sich die Nackenhaare auf. Bis jetzt hatte sie Anna unterhaltsam gefunden, wenn auch etwas überspannt. Aber dieser mit Vincent tapezierte Raum war Wahnsinn. Gegen so etwas bekamen Leute Medikamente.

Ganz hinten stand ein kleiner Tisch mit einem Foto von Vincents neuester Show. Vor dem Bild stand ein kleines Schild mit der Aufschrift *»Gedankenlesen verboten«*. Die eine Ecke war hochgebogen, als hätte jemand das Schild irgendwo abgerissen.

Es war ein Altar.

Mina sah Vincent an. Er war wie vom Schlag gerührt.

»Du warst das«, sagte er langsam. »Du bist nach meinen Vorstellungen auf die Bühne gekommen …«

»Ja, natürlich! Das weißt du doch.«

Anna lachte verzückt und zog Vincent weiter in den Raum. Er wollte sich wehren, aber Anna hielt seinen Arm fest umklammert.

»Anscheinend war es keine Übertreibung, dass du immer an Vincent denkst«, sagte Mina diplomatisch.

So viele Bilder von Vincent.

»Anna, ich muss dich etwas fragen«, sagte er. »Hast du mir

ein Buch geschickt? Mit einem Leoparden vorne drauf? Oder hat jemand anders dich gebeten, es zu tun?«

Jetzt sah Anna verwirrt aus. Ihre Verblüffung war echt, das konnte sogar Mina erkennen. Ihr Bauchgefühl hatte sie nicht getäuscht.

»Ein Buch?«, fragte Anna. »Mit einem Leoparden? Ich mag zwar Wildkatzen, aber ich habe dir nur Briefe geschickt. Die hast du doch bekommen, oder?«

»Ja. Briefe, in denen du mir und meiner Familie drohst.«

Von dem Buch wusste Anna nichts, so viel stand fest. Doch Vincent war blass geworden. Sie musste ihn von hier wegbringen. Am besten, bevor diese Katze zutraulich wurde.

»Der Besuch hier war ein Fehler«, sagte er zu Mina.

»Danke für deine Gastfreundschaft, Anna«, sagte Mina freundlich, aber bestimmt. »Falls Vincent nicht noch eine Frage an dich hat, müssen wir jetzt weiter.«

Anna wirkte bestürzt. Dann wandte sie sich an Vincent.

»Willst du denn nicht bleiben? Jetzt, wo du endlich hier bist. Endlich bist du gekommen. Weil du meine Briefe gelesen hast. Du bist jetzt bei mir. Und nicht bei der da.«

Anna zeigte auf Mina.

»Also, euer Haus auf Tyresö ist ja sehr schön«, sagte Anna. »Aber so viel Platz brauchen wir beide nicht.«

»Woher weißt du …?«, begann Vincent.

Dann riss er die Augen auf.

»Dieses Schild da … Ist das nicht von meinem Briefkasten?«

Anna wurde plötzlich still und strich mit dem Finger über das Schild. Dann nickte sie.

»Ich schaue dich so gerne an. Aber als sie kam«, sie blickte in Minas Richtung, »da musste ich mich verstecken. Aber ich habe euch gesehen. Ihr seid immer zusammen.«

»Vincent?« Mina spürte wieder die Gänsehaut im Nacken. »Wovon redet sie?«

Vincent antwortete nicht. Er studierte die Bilder an den

Wänden. Besonders genau sah er sich die Selfies an, auf denen sie beide waren. All diese Momente, in denen Anna in seiner Nähe gewesen war, ohne dass er sie bemerkt hätte. All diese Momente, in denen sie alles Mögliche hätte tun können.

Auch Mina sah sich die Bilder erneut an. Ihr Blick blieb an einem hängen, auf dem Anna mit nacktem Oberkörper bäuchlings auf einer Liege lag. Irgendjemand machte etwas mit ihrem Rücken. Oh, nein. Das Foto war unscharf, aber Mina kannte das Delfinmädchen gut genug, um zu wissen, was das zu bedeuten hatte.

Als Anna merkte, wo Mina hinsah, drehte sie sich jauchzend um, zog ihr T-Shirt hoch und präsentierte ihren Rücken. Direkt über dem Po hatte sie sich ein großes Herz eintätowieren lassen. In dem Herz war ein Porträt von ihr – und eins von Vincent. Sie sahen sehr glücklich zusammen aus.

»Unsere Zeit ist endlich gekommen«, flötete Anna.

Mina starrte auf das Tattoo. Vincent wich langsam vor dem nackten Rücken zurück. Dann drehte er sich um, verließ fluchtartig die Wohnung und raste die Treppe runter.

Den Wald hatte er sich anders vorgestellt. Da er noch nie auch nur in der Nähe eines Waldes gewesen war, hatte er nicht wissen können, wie feucht, ja, nass es hier war. Man konnte sich nicht einfach hinlegen und ficken.

»Wir gehen noch ein Stück.« Er drehte sich zu ihr um.

Ein Zweig schlug ihm ins Gesicht. Er hielt sich die Wange.

Sie sah ihn müde an und nickte widerwillig.

»Ja, aber nicht mehr so weit. Ich will meine neuen Reeboks nicht kaputt machen.«

Sie zeigte auf den matschigen Boden. Für blütenweiße neue Schuhe definitiv nicht der richtige Untergrund.

»Ich habe bezahlt«, rief er ihr in Erinnerung.

Ihre Schuhe waren ihm doch scheißegal. Er wollte ihr nur

seinen Schwanz reinstecken. Es hinter sich bringen. Er sah sich um. Er musste jetzt schnell eine trockene Stelle finden. Bevor sie es sich anders überlegte. Seine Freunde warteten schon auf ihren Mopeds am Kiosk in Tallkrogen. Er konnte nicht ungefickt zurückkommen, das ging einfach nicht. Alle anderen hatten es schon mal gemacht und ließen keine Gelegenheit aus, ihn darauf hinzuweisen.

»Auf der Lichtung da drüben scheint es trockener zu sein.«

Er zeigte in die Richtung und ging los.

Sie folgte ihm widerstrebend. Seufzte demonstrativ.

»Damit das klar ist. Du hast nur für Missionarsstellung bezahlt, keine Extras. Blasen werde ich dir keinen.«

Ihre Stimme klang arrogant. Unpersönlich.

Er fragte sich, mit wie vielen sie schon gefickt hatte. Der Gedanke ekelte und erregte ihn gleichzeitig.

Sein harter Schwanz scheuerte an der Jeans. Er schob ihn ein kleines Stück zur Seite.

Bibbernd trottete sie hinter ihm her.

Er hatte sie im Netz gefunden. Seine Kumpel hatten sie mit ausgesucht. Einen ganzen Nachmittag lang hatten sie zusammen bei Adde abgehangen und nach jemandem gesucht, den er ficken konnte. Ohne zu viel Geld auszugeben. Er hatte nur fünfhundert Kronen, das Geld, das er von seiner Oma zu Weihnachten bekommen hatte. Bei Lizette reichten fünfhundert für einen normalen Fick. Auf ihrer Homepage stand eigentlich tausend, aber Mehmet hatte sie auf fünfhundert runtergehandelt.

»Guck mal, da! Ein Wohnwagen!« Seine Stimme machte vor Erleichterung einen kleinen Kiekser, als er den heruntergekommenen Wohnwagen auf der Lichtung erblickte.

Die Bäume standen hier nicht so dicht, und der Boden war, wie erhofft, trockener.

Sein Penis war jetzt so hart, dass er wehtat, und er atmete schneller. Er fragte sich, wie es sich wohl anfühlte. Er hatte zwar schon Tausende von Pornos gesehen und wusste genau, was passierte und wie sich das Ganze anhörte, aber noch hatte er keine Ahnung, wie es war, den Schwanz in eine Fotze zu stecken. Aber ganz, ganz bald würde er es wissen.

»Und was, wenn da jemand wohnt?« Sie fluchte, als sie über einen Ast stolperte.

»Keine Sorge, ich sehe mal nach.« Gespannt ballte er die Fäuste.

Bald, ganz bald würde er ficken.

Als sie den Wohnwagen erreichten, schnupperte er. Es roch so komisch. Bestimmt nach Schimmel oder verstopftem Abfluss. Aber das interessierte ihn jetzt nicht. Sein Schwanz war steinhart und merkte nichts von dem Geruch. In wenigen Sekunden würde er auf ihr liegen.

Er öffnete die Tür und ging hinein. Dann kam er wieder heraus und kotzte. Im Augenwinkel sah er Lizette davonrennen. Sie schrie was von Polizei. Ihre weißen Turnschuhe blitzten zwischen den Bäumen auf. Scheiße. Aus dem Fick würde nichts werden.

»Ach du Scheisse.«

Christer spuckte auf den Boden. Einer der Kriminaltechniker vor Ort warf ihm einen wütenden Blick zu. Er hob entschuldigend die Hände.

»Ah ja. Frisch sieht der ja nicht mehr aus …«, brummte Ruben.

»Nein, Herr Rask hat in den letzten Monaten bestimmt weder Robert noch sonst jemanden umgebracht.« Christer musste aufstoßen.

Die Tür des Wohnwagens stand auf, und über der Lichtung hing schwerer Verwesungsgeruch.

»Kein Wunder, dass wir ihn nicht gefunden haben.« Ruben schüttelte den Kopf. »Aber …«

Seine Augen sahen plötzlich hoffnungsvoll aus.

»Aber er könnte ja von dem anderen Mörder ermordet worden sein!«

»Hast du nicht immer was von einfachen Lösungen gesagt?« Christer trat ein Stück zur Seite, um die Techniker in ihren raschelnden Anzügen vorbeizulassen. Er trat in ein Matschloch und warf einen finsteren Blick auf seine Schuhe. Sie stammten noch von seiner Mutter, die immer erstklassige Qualität gekauft hatte. Seit über siebzehn Jahren trug er sie jetzt schon, und sie sahen noch immer nicht abgenutzt aus. Doch dieser verdammte Wald drohte ihnen den Garaus zu machen.

»Warten wir ab, wie er zu Tode gekommen ist.« Ruben klang immer noch hoffnungsvoll.

Eine Kriminaltechnikerin mit blauem Haar blieb stehen.

»Bevor Milda ihn nicht obduziert hat, können wir es nicht endgültig sagen«, sagte die schöne junge Frau. »Aber es sieht definitiv so aus, als wäre Jonas Rask schon letzten Winter an einer Überdosis gestorben.«

»Mit anderen Worten, lange vor Roberts Tod«, murmelte Ruben. Dann räusperte er sich. »Wie sicher seid ihr euch bei der Todesursache?«

»Die Kanüle steckte noch in seinem Arm«, sagte die Blauhaarige.

»Das hatte sich Jonas im Knast angewöhnt«, sagte Christer.

Er trauerte immer noch um seine durchweichten Schuhe. Die Socken waren auch nass. So viel Natur hatte er seit Jahren nicht erlebt, und der Ausflug machte definitiv keine Lust auf mehr.

»Wer tut das nicht. Und er hat immerhin zwanzig Jahre gesessen.« Ruben fröstelte.

Es war eigentlich ein warmer Tag, aber durch die Feuchtigkeit in dem dunklen Wald erschien die Temperatur viel niedriger. Der Wohnwagen jedoch hatte den ganzen Sommer in der prallen Sonne gestanden.

In einem schwarzen Sack mit Reißverschluss wurde die Leiche abtransportiert. Aus dem Schlitz sickerte ein wenig Flüssigkeit, und der Gestank schlug ihnen mit voller Wucht entgegen. Christer hielt sich die Nase zu, hatte aber trotzdem mit akuter Übelkeit zu kämpfen. Zu seiner Zufriedenheit hatte auch Rubens Gesicht eine grünliche Farbe angenommen.

Da es nicht möglich gewesen war, ein Fahrgestell in den Wald zu rollen, musste der Leichensack auf einer Tragbahre transportiert werden. Milda stand eine nicht sehr angenehme Aufgabe bevor. Und die Techniker würden im Wohnwagen noch einiges zu tun haben.

Bosse erwartete ihn im Auto. Bei halb geöffnetem Fenster und mit einem großen Napf Wasser im Fußraum. Er würde sich wenigstens freuen, wenn er wiederkam. Christer seufzte über die Lage der Dinge. Kaputte Schuhe, nasse Socken – und noch eine Spur, die in einer Sackgasse endete.

Oh, wie sie Ferien hasste. Es gab nur wenige, ihr von außen aufgezwungene Ereignisse, die sie mit solcher Inbrunst verabscheute. Ferien. Schon allein das Wort widerte sie an.

»Genau wie alle anderen müsst ihr euch mal ein bisschen erholen«, hatte die Leitung gesagt. »Es ist August. Nehmt euch frei. Es gibt andere Ermittler im Haus, die hier ein, zwei Wochen lang die Stellung halten können.«

Mina sah es anders. Ihre Gruppe war nicht ohne Grund gebildet worden. Um Erholung war es dabei nicht gegangen. Sie hatte jedoch den Verdacht, dass die plötzliche Fürsorglichkeit von oben der Anfang vom Ende sein sollte. Wahrscheinlich wollte man ihnen allmählich den Hahn abdrehen. Aber das würde sie nicht zulassen.

Trotz all der Arbeit, die sie investiert hatten, war es ihnen nicht gelungen, Jonas Rask zu finden. Dabei hätte das einfach sein müssen. Jemand, der nach zwanzig Jahren aus dem Gefängnis entlassen wurde, konnte an sich nicht schwer zu lokalisieren sein. Sich vor der Polizei zu verstecken, erforderte einiges an Geschick und Ressourcen. Und dass Menschen Gewohnheitstiere waren, kam der Polizei immer zugute. Doch Rasks alte Verbindungen hatten nichts ergeben, und seinen Wohnwagen hatten sie auch nicht entdeckt. Da hatte erst ein vor Hormonen strotzender Fünfzehnjähriger kommen müssen.

Ein Desaster.

Sie musste besser werden. Sie brauchte einen konkreten Anhaltspunkt. Mina trat einen Schritt zurück und betrachtete ihr Werk. Das einzig Positive an diesem erzwungenen Urlaub war die Tatsache, dass sie in aller Ruhe ihr Material durchgehen konnte, ohne dass einer der Kollegen sie störte. Auch wenn es schade war, dass sie Vincent nicht sah. In den vergangenen zwei Wochen hatte er einen Vortrag nach dem anderen gehalten, die meisten davon nicht mal in Schweden. Seit sie zusammen in der Wohnung von Anna, dem Delfinmädchen, gewesen waren, hielt er sich überwiegend im Ausland auf. Und das war vielleicht auch besser so. Zum einen, weil sie sich kaum vorstellen konnte, dass Anna ihn bis ins Ausland verfolgen würde, denn sie schien ihr Geld größtenteils in neue Tattoos zu investieren. Und zum anderen wusste Mina nicht, ob sie schon bereit war, mit ihm über seinen Besuch bei ihr zu Hause zu reden. Bald vielleicht, aber jetzt noch nicht.

An einer Wand im Wohnzimmer hatte sie Dokumente und Fotos aufgehängt. Zudem hatte sie sich erlaubt, mit Filzstiften direkt auf die Tapete zu malen und zu schreiben. Das ließ sich hinterher leicht überstreichen, und sie strich die Wohnung sowieso jeden Herbst, weil die hellgrauen Wände dann nicht mehr sauber wirkten, so gründlich sie sie auch abwusch.

Dass den zusätzlichen Grauschleier niemand bemerkte, war ihr egal. Ihr selbst fiel er eigentlich auch nicht auf, wenn sie ganz ehrlich war. Aber sie wusste, dass die Wände vom Schmutz nachdunkelten. Und außerdem hatte das Streichen eine heilsame Wirkung. Denn natürlich machte sie es selbst.

Nie im Leben hätte sie einen Handwerker in schmutziger Arbeitshose in ihre Wohnung gelassen.

Tuva. Agnes. Robert.

Sie starrten ins Leere. Es waren die gleichen Fotos wie im Präsidium. Sie hatte das gesamte Material von den Wänden genommen und fotokopiert. Doch zu Hause hatte sie weitere Bilder hinzugefügt. Weitere Zettel. Und sie hatte das Ganze mit Linien verbunden und Dinge, die ihr besonders wichtig erschienen, unterstrichen und eingekreist.

In einer Ecke hatte sie eine Liste von möglichen Verbindungen zwischen den Opfern notiert. Es war ein Sammelsurium der verschiedensten Begriffe. Zahnarzt. Schule. Supermarkt. Verwandtschaft. Und noch ein Dutzend Wörter mehr. Wenn die Leute gewusst hätten, wie einfach es war, sich einen Überblick über ihre alltäglichen Bewegungsmuster zu verschaffen. Facebook. Instagram. Manchmal musste man ein wenig raten oder ihnen hinterhertelefonieren, um sich eine Vermutung bestätigen zu lassen. Wenn sie rausfand, was die drei verband, würde sie der Wahrheit näherkommen, das wusste sie.

Doch bisher war sie zu keinem Ergebnis gekommen. Allem Anschein nach gab es überhaupt keine Verbindung zwischen den Opfern. Null.

Mina zog frustriert an ihrem Pferdeschwanz. Bereute es jedoch sofort und griff nach dem Desinfektionsgel. Sie spritzte sich einen kräftigen Klacks in die Hand, rieb sich gründlich die Hände ein und trat einen Schritt zurück. Versuchte, die gesamte Collage auf einen Blick zu erfassen. Dann wanderte ihr Blick nach rechts. Zu Vincents Spalte.

Denn natürlich hatte sie auch über ihn Recherchen angestellt. Vor allem, seit er persönlich in den Fall involviert zu sein schien. Andererseits hatte sie schon im März beschlossen, auf seine Meinung zu einem schwierigen Mordfall zu vertrauen, ohne viel mehr über ihn zu wissen als das, was Wikipedia hergab. Das war vielleicht ein wenig verantwortungslos gewesen, musste sie im Nachhinein zugeben, auch wenn er für die Ermittlungen ein Glücksfall gewesen war. Ihre Wissenslücken über Vincent Walder hatte sie im Laufe der letzten Wochen gefüllt. Verglichen mit den anderen Personen, die bei ihr an der Wand hingen, wusste sie zwar relativ wenig über ihn, aber er war ja auch weder ein Mordopfer noch ein Verdächtiger.

Bis jetzt.

Sie betrachtete das Porträtfoto von Vincent, ein Werbebild für eine seiner Shows. Sie kannte ihn erst seit einem halben Jahr, aber es kam ihr sehr viel länger vor. Eine solche Nähe empfand sie selten zu anderen Menschen. Im Grunde war ihr das nicht passiert, seit …

Schnell schob sie die Gedanken beiseite und zwang ihr Gehirn, sich auf Vincent zu konzentrieren. Sein Bild sah sie direkt an. Manchmal fühlte sie sich von seinen Augen regelrecht verfolgt.

Sie hatte Vincents Alltag nach den gleichen Kriterien untersucht wie den der anderen. Sorgfältig hatte sie die Begriffe der Reihe nach abgearbeitet. Und dabei hatte sie viel über ihn erfahren. Zum welchem Zahnarzt er ging. Wo er einkaufte. Wo er aufgewachsen war. Sie hatte sogar ein Klassenfoto von ihm im Netz gefunden. Es lag auf ihrem Schreibtisch. Mit seiner Zahnlücke und dem breiten Grinsen war er unheimlich niedlich gewesen.

Sie hatte allerdings den Schulfotografen gehasst. Und ihre Klassenkameraden hatte sie auch gehasst. Alle außer ihrer besten Freundin Pia. Und daher hatte sie kurzerhand alle anderen Gesichter durchgestrichen. Und die Namen.

Die Namen standen der Reihe nach unter dem Foto. Und wie immer war auch der Name einer Person dabei, die am Tag des Fotos nicht da gewesen war. Vincent und sie kamen aus verschiedenen Teilen Schwedens, und er war mehr als zehn Jahre älter, aber ihre Klassenfotos ähnelten sich. Einen Moment lang fragte sie sich, was Pia wohl jetzt machte. Ihre Freundschaft hatte bis ins Erwachsenenalter gehalten. Doch die Entscheidungen, die Mina getroffen hatte, hatte Pia nicht verstanden. Und daher hatten sich ihre Wege getrennt. Seitdem hatte sie keine Freunde mehr gehabt. Freunde kamen einem zu nah. Wollten zu viel. Stellten zu viele Fragen. Verlangten Aufmerksamkeit und Interesse. Für so etwas hatte sie keine Kraft gehabt, bis sie Vincent kennenlernte. Und nun war die Frage, ob sie ihn wirklich in ihrem Leben haben wollte. Sie kam doch ganz gut allein zurecht. Sie hatte alles im Griff. Vincent brachte ihr Leben durcheinander und mischte sich ein. Der Zauberwürfel auf ihrem Schreibtisch war der beste Beweis.

Seufzend drehte Mina sich um und wollte sich gerade einen Kaffee holen gehen, als ihr Handy klingelte. Auf dem Display sah sie, dass Christer anrief.

»Hallo! Bosse und ich wollten mal fragen, wie es dir so geht in deinem … Urlaub.« Das letzte Wort hatte er mit einer gewissen Gereiztheit ausgesprochen. »Bosse ist heute nicht gut drauf, deshalb sind wir zu Hause geblieben.«

Er war offenbar auch nicht nur erfreut über die aufgezwungenen freien Tage. Ansonsten war er gegenüber früher wie ausgewechselt. Sie hatte sich immer noch nicht an den gut gelaunten Christer gewöhnt.

»Macht ihr etwa alles gemeinsam?«, fragte sie.

»Du, das hat mich Ruben auch gefragt. Bosse ist nicht gern allein, er braucht Stabilität und Geborgenheit. Aber für jemanden, der bislang höchstens für eine Yuccapalme gesorgt hat, ist das natürlich schwer nachzuvollziehen.«

»Was?«

»Ich meinte Ruben«, sagte er. »Nicht dich.«

Sie betrachtete die Wand voller Bilder und Notizen. Das war also ihr Urlaub. Sollte sie Christer anlügen und behaupten, sie wäre gerade auf einem Weingut in der Toscana, zum Shoppen in New York oder an einem Strand in Las Palmas?

»Wenn ich Urlaub sage, meine ich natürlich die Ermittlungen«, fuhr Christer fort.

Mina fühlte sich ertappt.

»Bin ich so leicht zu durchschauen?«, fragte sie.

»Nur, wenn jemand genau hinschaut. Und ich bin ja gerade auch nicht auf einem Segeltörn draußen im Schärengarten.«

»Ehrlich gesagt, komme ich nicht weiter«, seufzte sie. »Ich habe mir sogar schon die Eltern der Opfer angesehen. Aber da habe ich auch nichts gefunden. Sie wohnen an unterschiedlichen Orten. Sie haben verschiedene Berufe. Sie sind nicht verwandt. Ich habe sie auf Herz und Nieren geprüft, aber ich kann keine verbindenden Elemente entdecken. Momentan hoffe ich vor allem, der Mörder hätte einfach aufgegeben.«

Sie setzte sich auf den Schreibtisch und musste Vincents Klassenfoto ein Stück zur Seite schieben, um es nicht zu zerknicken.

»Und was ist mit dieser Hallandsverbindung? Hat die auch nichts ergeben?«, fragte Christer. Im Hintergrund bellte Bosse. »Entschuldige, ich muss ihm mal schnell was zu essen geben.«

Als das Trockenfutter in die Metallschale rieselte, musste sie den Hörer vom Ohr weghalten. Dann hörte sie den Golden Retriever intensiv kauen. Bosse hatte schon im Normalzustand übertrieben gute Laune, sie wagte nicht, die sich vorzustellen, wenn er etwas zu fressen bekam.

»Welche Hallandsverbindung?«, fragte sie, als Bosse etwas ruhiger geworden war.

»Na ja, Verbindung ist vielleicht zu viel gesagt, aber du musst zugeben, dass es ein witziger Zufall ist.«

»Ich habe keine Ahnung, wovon du redest.«

Sie hörte, wie Christer laut und vernehmlich seufzte.

»Ach, mein Gott. Ich habe auch eine Weile gebraucht, um es zu bemerken, aber wenn es einem erst einmal aufgefallen ist … Ich habe es doch bestimmt erwähnt, aber vielleicht ist es …«

»Christer«, sagte Mina ungeduldig. »Komm zum Punkt. Wovon sprichst du?«

»Na ja, Agnes' Vater ist doch aus Halland, das hört man sofort«, sagte er. »Und Roberts Vater stammt aus der Käseindustrie, und da denkt man natürlich gleich an Kvibille-Käse. Die

Firma liegt in Halland. Und was Tuva anbelangt … ihr Großvater ist Hobby-Ornithologe und hat zu Hause eine Riesenschautafel von einem Wanderfalken hängen, und der ist ein Wahrzeichen Hallands. Das steht doch alles in meinen Berichten. Ich dachte eigentlich, der Zusammenhang wäre so offensichtlich, dass man ihn gar nicht übersehen kann.«

Sie konnte sich bildlich vorstellen, wie zufrieden Christer war. Schade, dass sie ihm einen Dämpfer verpassen musste.

»Hatte Tuvas Großvater auch Schautafeln von anderen Vögeln zu Hause hängen?«

»Kann sein«, gab Christer widerwillig zu.

»Und wie viele Käsehersteller gibt es in Schweden? Kvibille ist doch bei Weitem nicht der Einzige.«

»Okay. Erschieß mich. Der Zusammenhang ist vielleicht nicht ganz eindeutig, aber ich habe das Gefühl, dass sie alle aus Halland sind. Falls das was zu bedeuten hat. Aber ich muss jetzt Schluss machen, Bosse möchte fernsehen.«

Sie hatte nicht die Absicht, ihn zu fragen, woher er das wusste. Und welche Sendungen für Hunde geeignet waren. Als ihr der Film *Hachiko – Eine wunderbare Freundschaft* einfiel, musste sie beinahe lachen. Mit Richard Gere hatte Christer überhaupt keine Ähnlichkeit.

Was hatte sie noch mal machen wollen, bevor er anrief? Ach ja, Kaffee. Sie sprang vom Schreibtisch runter, legte das Handy weg und ging in Richtung Küche. Auf halbem Weg wirbelte sie herum. Starrte ihre Bilderwand an. Vor allem die neuen Fotos, die außer ihr noch niemand gesehen hatte. Dann hielt sie das Bild hoch, das auf ihrem Schreibtisch lag. Und las die Namensliste unter dem Klassenfoto.

Sie hätte Christer küssen können. Mit Halland hatte er richtiggelegen. Aber er hatte den typisch männlichen Fehler begangen, sich nur auf die Männer zu konzentrieren. Die Lösung sah natürlich ganz anders aus.

Sie wusste, was alle verband.

Endlich wusste sie, was alle verband.

Die Matte hinter Minas Wohnungstür war seit seinem letzten Besuch nicht größer geworden. Einen Schuh hatte er bereits ausgezogen, und nun versuchte er auf einem Bein, auch den anderen auszuziehen. Er wollte nicht der Erste sein, der auf dem gefliesten Boden einen Schuhabdruck hinterließ. Schwankend hielt er sich an der Tür fest.

Mina sah auf seine Hand, wendete sich jedoch ab, als ihr auffiel, dass er ihren Blick bemerkt hatte. Er wusste, dass sie sich bereits die Fettflecken ausmalte, die er auf der Tür hinterlassen hatte, und sich beherrschen musste, um sie nicht sofort einzusprühen und wegzuwischen. Er kam ihr zuvor, als er eine Packung Einweg-Reinigungstücher aus der Tasche zog und damit die Tür abrieb. Dann starrte er betrübt auf die Packung.

»Moment mal«, sagte er. »Das sind ja die *benutzten* Tücher. Mit denen habe ich doch schon die Haltegriffe in der U-Bahn gesäubert.«

Sie sah entsetzt aus.

»Ha, ha.« Sie schlug ihm fest genug auf die Schulter, um ihm zu verstehen zu geben, wie wenig witzig sie seinen Scherz fand. »Willkommen zurück in Schweden. Hast du dich eigentlich von der Begegnung mit deiner Stalkerin Anna erholt? Du hast sie ja gar nicht hypnotisiert, um dich aus ihrem Gedächtnis zu löschen. Warst du vielleicht doch ein bisschen geschmeichelt?«

Vincent stand der Mund offen. Anscheinend fand sie die Geschichte sehr viel unterhaltsamer als er. Er hatte sein Bestes gegeben, um das Herztattoo zu vergessen, aber es tauchte ständig ungefragt vor seinem geistigen Auge auf.

Er strich sich übers Gesicht und folgte Mina ins Wohnzimmer. Die Wohnung war genauso aufgeräumt wie beim letzten Mal. Nur das Chaos an der Wohnzimmerwand störte die Ordnung. Es war neu. Auf dem Fußboden lagen gerahmte Bilder.

Offensichtlich hatte sie die abgenommen, um Platz für das Ermittlungsmaterial zu schaffen. Einiges davon hatte er noch gar nicht gesehen.

»Es war nicht das erste Mal«, sagte er. »Stalker kommen immer wieder vor. Nur nicht so extrem. Meistens sind es gelangweilte Hausfrauen oder total haltlose junge Männer, die aus irgendeinem Grund glauben, alle ihre Probleme würden sich in Wohlgefallen auflösen, wenn sie mit mir zusammenkämen.«

»Casanova.«

»Ganz und gar nicht. Wenn ich nicht gewesen wäre, hätten sie ihre Gefühle auf jemand anders projiziert. Aber Anna unterscheidet sich von ihnen. Im Gegensatz zu den meisten Stalkern gibt sie sich nicht mit einer Fantasie zufrieden. Da hilft nur genügend Abstand zwischen ihr und mir. Falls nötig, mit polizeilicher Unterstützung.«

»Soll ich dich beschützen?« Mina lächelte.

»Das machst du doch schon.«

»Ruben wäre begeistert, wenn er das von Anna erfahren würde«, sagte sie lachend.

»Ich weiß. Und daher lass uns die Sache doch für uns behalten.«

Wieder betrachtete Vincent die Wand. Er hatte nie verstanden, warum in Krimiserien immer alles aufgehängt wurde, wobei es sich in Filmen natürlich gut machte. Als er vor Minas Wand stand, begriff er es plötzlich. Es war eine umgekehrte Mindmap. Anstatt von einem zentralen Gedanken auszugehen, legte man die Verästelungen zuerst an. Und in der Mitte hing ein Foto. Er trat näher.

»Bin ich …«

»Deshalb habe ich angerufen«, sagte sie.

Minas Stimme klang etwas brüchig. Als ob sie Angst vor seiner Reaktion gehabt hätte. Er brauchte sich das Bild nicht lange anzugucken, um zu wissen, was es war. Er hatte es schon oft gesehen. Auch wenn der Anlass lange her war. Sehr lange. Er streckte die Hand aus, um das laminierte Foto von der

Wand zu nehmen, hielt aber inne, als Mina nach Luft schnappte. Er hätte es wissen müssen. Auf dem Schreibtisch hinter ihnen stand eine Schachtel Einweghandschuhe. Er zog ein Paar heraus, streifte es über und griff wieder nach dem Foto. Diesmal hielt sie ihn nicht davon ab.

Es war ein Klassenfoto. Er drehte es um.

Grundschule Kvibille Klasse 1b stand auf der Rückseite. Er betrachtete das Bild genauer. Die Kleidung ließ keinen Zweifel daran, dass es sich um die frühen Achtziger handelte.

»Du musst der da in der hinteren Reihe sein.« Mina zeigte auf einen grinsenden Jungen mit Zahnlücke, der zur Hälfte von einer korpulenten Grundschullehrerin verdeckt wurde.

Vincent schluckte schwer. Es war das einzige Foto, das in der Grundschule in Kvibille von ihm gemacht worden war. Danach war er umgezogen und hatte die Schule gewechselt. Er konnte jedoch keine Ähnlichkeiten zwischen dem Jungen auf dem Bild und sich erkennen. Wie hatte er sich nur aus diesem Kind entwickeln können? Und war es gut oder schlecht, dass er sich selbst nicht wiedererkannte? *Wollte* er sich überhaupt wiedererkennen?

»Ich wusste gar nicht, dass du Boman geheißen hast.« Mina las den Namen unter dem Bild vor.

Vincent Adrian Boman.

Boman. Den Namen hatte er schon sehr lange nicht mehr gehört.

»Meine Pflegeeltern hießen Walder.« Er nickte nachdenklich. »Ich habe ihren Namen angenommen. Vorher hieß ich Boman. Aber wie bist du auf mein altes Klassenfoto gestoßen?«

»Ehrliche Polizeiarbeit. Familie Walder war im Melderegister nicht schwer zu finden. Es gibt zwar mehrere, aber nur eine, die ein Waisenkind namens Vincent aufgenommen hat. In den Unterlagen vom Jugendamt stand, dass du vorher Boman geheißen und in Kvibille gewohnt hast. Der Rest war einfach. Aber das ist nicht der Grund, warum ich dir das Foto gezeigt habe.«

Mina zeigte auf eine seiner Mitschülerinnen.

»Dieses Mädchen da heißt Jessica Widergård. Sie ist die Mutter von Robert. Sie hat sich kaum verändert. Ich habe sie sofort erkannt, weil ich sie in den Fernsehberichten über Bobban so oft gesehen habe.«

Vincent wurde bleich. Lange betrachtete er das Bild. Dann zeigte er auf zwei weitere Mädchen, die neben Jessica saßen.

»Es waren drei. Jessica, Malin und Charlotte. Sickan, Malla und Lotta.«

»Waren sie gut befreundet?« Mina sah ihn mit großen Augen an.

»Das kann man wohl sagen. Sie waren immer zusammen. Wie Schwestern. Aber warum fragst du?«

»Weil Malin Bengtsson und Charlotte Hamberg die Mütter von Tuva und Agnes sind.«

Ohrenbetäubende Stille.

»Kanntest du sie?«, fragte Mina schließlich.

»Sickan, Malla und Lotta?«, sagte er tonlos. »Ja, gut sogar. Wir haben in dem Sommer, nachdem das Foto gemacht worden war, ziemlich viel Zeit miteinander verbracht. Das war vor meinem Schulwechsel.«

Erinnerungen, die er sein Leben lang verdrängt hatte, kamen jetzt mit der Wucht einer Lawine zurück. Seine Zauberwerkstatt im Stall. Die Kiste mit den Sternen drauf, die er selbst gebaut hatte.

Es hatte eine Überraschung für Jane werden sollen.

Mama war so glücklich an dem Tag gewesen.

Sieben Kinder in jeder Reihe, in drei Reihen aufgestellt. 7+3 war 10. Das Foto war 1982 gemacht worden. 8+2 ergab auch zehn. 10+10+10. Drei Seiten eines gleichschenkligen Dreiecks. Wie Mamas dreieckige Toastbrote. Es war wichtig, dass sie genau auf Kante geschnitten wurden. Sosehr er sich auch bemühte, in anderen Bahnen zu denken, führten ihn doch alle Gedanken zurück zu Mama.

Eine halbe Minute, höchstens.

Sie waren Fahrrad gefahren und hatten gebadet.

»Ich verstehe das nicht«, sagte er. »Ihre Namen hätten mir sofort auffallen müssen, wenn sie in einem der Berichte vorgekommen wären, aber ich habe sie nirgendwo gesehen. Wie kann das sein?«

»Sie kamen in den Ermittlungsakten nicht vor. Charlotte ist kurz nach der Geburt von Agnes verstorben. Malin ist die Mutter von Tuva, aber sie zog mit ihrem Mann nach Frankreich, als Tuva sechzehn war. Sie ist seitdem nicht wieder in Schweden gewesen. Jessica, die Mutter von Bobban, kennst du aus dem Protokoll, aber dass sie dir nicht aufgefallen ist, liegt daran, dass sie seit ihrer Eheschließung nicht mehr Widgård heißt. Du hast deinen Namen doch auch geändert.«

Er starrte auf das Foto. Seine Freundinnen von damals. Der Sommer, in dem sie baden gegangen waren. Jedenfalls die anderen, er nicht. Er hatte am Ufer gesessen und auf den See geschaut. Er spürte, wie der tiefe dunkle Schatten jenes Sommers so groß wurde, dass er sich bis auf die Gegenwart erstrecken und ihn verschlingen konnte.

»Wie auch immer«, sagte Mina. »Dieses Klassenfoto beweist, dass die Mütter sich kannten. Und jetzt sagst du, dass alle drei *dich* kannten. Und dass ihr befreundet wart. Das kann kein Zufall sein.«

Mina stellte sich vor ihn und legte zu seinem großen Erstaunen ihre Hände auf seine. Sie war jetzt vollkommen ernst.

»Was hast du mit der Sache zu tun, Vincent?«

»Ja? Aber … muss ich denn etwas damit zu tun haben? Es gibt doch garantiert noch andere Menschen, die alle drei kannten. Gib mir zehn Minuten, dann beweise ich dir, dass Malin, Jessica und Charlotte ihre Süßigkeiten im selben Laden gekauft oder in ihrer Jugend mit demselben Typen geknutscht haben. Vielleicht hatten sie als Erwachsene denselben Arbeitsplatz. Willst du jeden ins Kreuzverhör nehmen, der möglicherweise alle drei kannte?«

Mina nahm ihre Hände weg und wich erschrocken zurück.

Es war nicht seine Absicht gewesen, sie zu kränken. Er war nur überhaupt nicht auf das vorbereitet gewesen, was sie gesagt hatte. Und das, was sie nicht gesagt hatte. Bis jetzt.

»Entschuldige.« Er streckte die Hand nach ihr aus.

Sie griff nicht danach.

»Du hast recht«, sagte er. »In Anbetracht der Tatsache, dass ich euch bei den Ermittlungen unterstütze, ist es unwahrscheinlich, dass es Zufall ist. Das macht von ihren eventuellen anderen Bekannten niemand. Ich will nur nicht, dass du glaubst, ich wäre irgendwie in die Sache verwickelt oder wüsste etwas, wovon ich dir nicht erzählt habe. Vor allem, wenn man an die Nachricht in diesem Buch denkt. Ich habe keine Ahnung, was das alles zu bedeuten hat.«

Er tippte auf das Klassenfoto.

»Falls nicht … Glaubst du, ich bin das vierte Opfer? Oder eher mein Sohn Benjamin? Werdet ihr ihn mit einer eingeritzten Ziffer auf der Stirn in eine *Origami Box* gepfercht auffinden?«

Er hatte das Gefühl, neben sich zu stehen und sich von außen zu beobachten. Doch Mina schüttelte den Kopf.

»Ich glaube, du spielst eine ganz andere Rolle.« Sie ging zum Schreibtisch und holte ein laminiertes Blatt Papier, das sie ihm in die Hand drückte. Es war ein alter Zeitungsartikel aus der *Hallandsposten*. Eine Doppelseite, und die sensationsheischende Überschrift endete mit einem Ausrufezeichen. Den meisten Platz nahm jedoch ein Foto ein. Er hatte es erst einmal in seinem Leben gesehen. Anschließend hatten seine Pflegeeltern die Zeitung weggeworfen. Trotzdem würde er den Anblick nie vergessen. Ein kleiner Junge auf einem Bauernhof war darauf zu sehen. Was für ein Hof es war, konnte man nicht erkennen, aber Vincent wusste es auch so. Eine größere Zeitung hätte sicher ein anderes Bild ausgewählt – oder gar keins abgedruckt. Doch der Redakteur der *Hallandsposten* hatte keine Skrupel gehabt, Fotos von Kindern zu veröffentlichen. Und außerdem waren die Achtziger eine andere Zeit gewesen.

Der Junge stand vor einem gestreiften Absperrband. Und hinter dem Band, vor einem Stall, war ein mit Sternen bemalter Kasten zu sehen.

Der Junge sah direkt in die Kamera. Sein Blick war voller Trauer und dem Schmerz der ganzen Welt. Vincent erkannte den Blick problemlos wieder. Wenn er morgens in den Spiegel schaute, sah er immer noch genauso aus.

»Wie viele deiner Kollegen wissen davon?«, flüsterte er.

»Noch keiner«, sagte Mina.

Sie machte eine lange Pause.

»Warum hast du nichts gesagt?«, fragte sie dann. »Ich hasse dich.«

Sie legte den Kopf in den Nacken und kniff die Augen zusammen, sie weinte.

»Was soll ich jetzt denken, Vincent. Ich habe dir vertraut.«

»Ich war ein Kind, Mina.«

Jetzt liefen ihr die Tränen übers Gesicht. Mit dem Ärmel wischte sie sie weg.

»Prinzipiell vertraue ich niemandem«, sagte sie. »Aber für dich habe ich eine Ausnahme gemacht. Und die anderen habe ich auch dazu gebracht, dir zu vertrauen. Ich hasse dich, weil du mich eines Besseren belehrt hast. Dir ist doch wohl klar, dass du unser Hauptverdächtiger bist, sobald ich den anderen davon erzähle.«

Vincent blickte zu Boden.

»Und was glaubst du?«, fragte er. »Glaubst du, ich habe sie alle ermordet?«

Mina schluchzte noch einmal auf, dann sammelte sie sich und sah ihn mit einem ausschließlich professionellen Blick an.

»Das ist eine gute Frage«, sagte sie. »Hast du das?«

Der Sommerabend war dunkler als gewöhnlich. Wolken, die noch nicht da gewesen waren, als er zu Mina fuhr, bedeckten nun den Himmel. Es sah aus, als könnte es jeden Augenblick zu regnen anfangen. Vincent hatte Schwierigkeiten, sich aufs Autofahren zu konzentrieren. Zum Glück herrschte wenig Verkehr. Die Leute waren größtenteils noch im Urlaub. Was angesichts seiner Fahrweise ein Glück für sie war.

Andererseits wollte er auch nicht zu schnell nach Hause. Wenn er erst einmal dort war, fehlte ihm der geistige Freiraum, den er brauchte, um zu verarbeiten, was Mina gesagt hatte. Maria hatte ihm bereits per SMS angekündigt, dass Aston ein gigantisches Legoraumschiff bauen wollte. Eine Aufgabe, die sie liebend gerne ihm überließ. Oder besser gesagt, »euch Männern«, wie sie sich ausdrückte. Und dabei pochte Maria vehement auf Gleichberechtigung. Mit dem eigenen Sohn Lego zu bauen, gehörte anscheinend nicht zu den Privilegien, die ihr erstrebenswert schienen. Aber Vincent störte das nicht. Sie hatte keine Ahnung, was ihr entging.

Er fuhr absichtlich einen Umweg, um Ordnung in seinen Gedanken zu schaffen. Vielleicht würde er noch am Großmarkt in Årsta vorbeifahren, um sich anzuschauen, wo Robert aufgefunden worden war. Möglicherweise half ihm das gedanklich auf die Sprünge. Andererseits machte es vielleicht einen seltsamen Eindruck, wenn er als fast schon Verdächtiger den Fundort einer Leiche aufsuchte. Mina hatte Julia vermutlich schon angerufen und ihr alles erzählt. Wen sie wohl mit seiner Verhaftung beauftragen würden? Christer? Nein. Christer nicht. Ruben. Natürlich würden sie Ruben schicken. Als leichter Regen einsetzte, schaltete er die Scheibenwischer ein.

Minas Informationen waren wie ineinandersteckende Schachteln, die in der richtigen Reihenfolge ausgepackt werden mussten. Er musste ganz am Anfang beginnen. Mit seinen Klassenkameradinnen. Malin, Jessica und Charlotte. Oder Malla, Sickan und Lotta. Seinen Freundinnen von damals. Die dann die Mütter von Tuva, Robert und Agnes geworden waren. Aber es musste doch nicht unbedingt etwas mit ihm zu tun haben. Oder?

Der Regen wurde stärker. Der Scheibenwischer musste schneller arbeiten. Das Prasseln auf dem Autodach hatte eine hypnotische Wirkung, seine Gedanken wollten abschweifen, und er musste sich anstrengen, um sie in eine logische Reihenfolge zu bringen.

Was hätte es bedeutet, wenn es bei Minas Entdeckung nicht speziell um ihn gegangen wäre? Brachte jemand die Kinder aller seiner ehemaligen Klassenkameraden um? Und wenn ja, warum dann nicht die Kinder der Schülerinnen und Schüler aus der Parallelklasse?

Aber es betraf ja auch gar nicht die Kinder von allen Schülern der Klasse. Der Countdown sprach eine deutliche Sprache. Es würden nur vier Morde werden. Und wenn die Null erreicht war, würde etwas ganz Besonderes passieren, davon war er überzeugt. Etwas, das Malin, Jessica und Charlotte verband. Hatten sie einen gemeinsamen Feind gehabt? Aber noch einmal. Falls sie einen gemeinsamen Feind gehabt hätten, wären sie doch selbst ermordet worden, und nicht ihre Kinder, die sich nicht einmal kannten.

Und wer war die vierte Person, Mord Nr. 1, wenn nicht er? Denn trotz des Buchs mit der Nachricht des Mörders war er immer noch nicht bereit, zu akzeptieren, dass er der gemeinsame Nenner war. Die drei Mädchen und er waren zwar eine Zeit lang unzertrennlich gewesen. Einen Sommer lang. Aber als er von dort wegzog, mussten sie einen Ersatz für ihn gefunden haben. Die vierte Person *konnte* möglicherweise er sein, aber nicht unbedingt. Vielleicht hatten sie sich mit noch jemandem angefreundet. Sie hatten schließlich eine lange Zeit ohne ihn und nur eine kurze Zeit mit ihm verbracht.

Und außerdem wusste niemand von seiner Geschichte. Nach dem Zeitungsartikel hatten seine Pflegeeltern alles getan, um die Vergangenheit zu begraben. Und sie hatten ganze

Arbeit geleistet. Er war, ehrlich gesagt, beeindruckt, dass Mina dieses Foto entdeckt hatte. Vincent Walder hatte damals noch nicht existiert. In Kvibille war er Vincent Boman gewesen.

Boman.

Bo-man.

Moment mal

Moment mal

Moment mal.

Er trat aufs Gas und raste in den nächsten Kreisverkehr. Hinter ihm hupte jemand. Da öffnete sich der Himmel, ein Sturzregen setzte ein. Doch das war egal. Es war alles egal. Außer den Daten. Er wusste, was sie bedeuteten. Er musste sich zwar noch einmal bei Benjamin rückversichern, aber im Grunde hatte er den Code geknackt. Er sah die Ziffern vor sich. Schimmernd schwebten sie über der Motorhaube und verwandelten sich in Buchstaben. Die Lösung erfüllte ihn mit Entsetzen.

SIE SASS AUF DEM KALTEN FUSSBODEN und starrte ihre Wand an. Das Foto von Vincent starrte zurück. Sie hängte den Zeitungsartikel genau darüber, in die Mitte des Spinnennetzes, das sie selbst gesponnen hatte. Mina warf ihren Zauberwürfel von einer Hand in die andere. Vincent hatte das Rätsel gelöst. Am liebsten hätte sie den Würfel wieder verdreht, aber sie traute sich nicht. Sie war sich nicht sicher, ob sie ihn jemals wieder hinbekommen würde. Als hätte sie mit jeder Veränderung eine unaufhaltsame Kettenreaktion ausgelöst, aufgrund der alle Versuche, den Würfel wieder in Ordnung zu bringen, nur zu noch mehr Chaos geführt hätten. Genau wie in ihrem Leben.

Der siebenjährige Vincent Boman sah sie mit traurigen Augen an.

Ihm hatte sie Vertrauen geschenkt. Mein Gott, er war hier gewesen, während sie geschlafen hatte.

Der Würfel flog von einer Hand in die andere.

Ihm hatte sie einen Einblick in ihr Innerstes gewährt. Und er hatte sie die ganze Zeit angelogen.

In hohem Bogen sauste der Würfel zurück.

Wenn er ihr doch nur davon erzählt hätte. Was seiner Mutter zugestoßen war. Er behauptete, es verdrängt zu haben. Sich nicht daran erinnern zu können. Und sie wollte ihm glauben. Aber sie wusste nicht, ob sie es jemals wieder konnte.

Warum begnügte sie sich nicht einfach mit der Einsamkeit?

Sie betrachtete den Würfel. Dann knallte sie ihn mit voller Wucht an die Wand. Er traf den jungen Vincent an der Stirn und zerfiel in seine Einzelteile. Sie schlang sich die Arme um die Knie und schaukelte weinend vor und zurück.

Ohne anzuklopfen, stürmte Vincent in Benjamins Zimmer. Sein Sohn lag wie üblich mit Kopfhörern und seinem Laptop auf der Brust im Bett. Er zuckte zusammen, als Vincent hereinkam.

»Was soll das?« Benjamin klappte den Laptop zu. »Und pass auf, da liegen Bücher. Du machst ja alles nass!«

Benjamin hatte recht. Vincent triefte vor Nässe. Er hatte sich nicht die Mühe gemacht, seine Jacke auszuziehen, bevor er zu Benjamin ins Zimmer gerannt war. Auf dem kurzen Weg von der Garage zur Haustür war er vollkommen durchnässt worden. Das Wasser tropfte ihm sogar von der Nasenspitze. Er wollte nach einem Handtuch greifen, das über dem Schreibtischstuhl hing, aber Benjamin hielt ihn davon ab.

»Das möchtest du wirklich lieber nicht benutzen.«

Vincent zog die Hand zurück. Er würde nicht nachfragen.

»Der Mord.« Er zog die Jacke aus. »Guck dir mal die Daten an.«

»Ist es wieder mal so weit?«, ächzte Benjamin, stieg langsam aus dem Bett und ging zum Computer am Schreibtisch. »Du weißt, dass diese Woche die Uni wieder angefangen hat, ja? Ich habe ziemlich viele Vorlesungen.«

»Ich muss die Daten vor mir sehen«, sagte Vincent, ohne auf den Einwand seines Sohnes einzugehen.

»Würdest du dich wenigstens abtrocknen?«, fragte Benjamin verärgert und brachte einige *Warhammer*-Figuren in Sicherheit.

Vincent holte sich schnell ein Handtuch aus dem Badezimmer, während Benjamin die Excel-Tabelle öffnete.

»Weißt du noch, was wir als Erstes gemacht haben, als wir versuchten, den Code zu knacken?«, fragte Vincent, als er wieder in Benjamins Zimmer kam.

»Du meinst, dass wir die Ziffern in Buchstaben übersetzt haben? 1 gleich A, 2 gleich B und so weiter. Die simpelste Chiffrierung der Welt. Und sie bringt uns gar nichts.«

»Lass es uns noch mal versuchen.« Vincent rubbelte sich das Haar trocken. »Sortiere sie mal nach der Nummerierung.«

»Okay, wenn es dich beruhigt. Ich verstehe aber nicht, warum.«

Benjamin zog die Fotos von Agnes, Tuva und Robert mit den Daten und Uhrzeiten auf den Bildschirm.

»Der erste Mord, Agnes' sogenannter Selbstmord, geschah am dreizehnten Januar um vierzehn Uhr«, sagte Benjamin. »13–1–14. In Buchstaben übertragen ergibt das übersetzt M-A-N.«

Während er sprach, ersetzte er die Ziffern durch Buchstaben.

»Tuva wurde am zwanzigsten Februar um fünfzehn Uhr in dem Schwertkasten ermordet. Das ergibt T-B-O. Und Robert wurde laut dem anonymen Anrufer am dritten Mai um vierzehn Uhr zerstückelt. 3–5–14 ergibt C-E-N.«

Er verwandelte auch die letzten drei Ziffern in Buchstaben und rollte mit seinem Schreibtischstuhl ein Stück zurück, damit Vincent auf den Monitor schauen konnte.

»M-A-N-T-B-O-C-E-N. Es bedeutet gar nichts. Aber das wussten wir ja bereits.«

»Es bedeutet nichts, weil du sie chronologisch sortiert hast.« Vincent stellte sich auf das Handtuch, um die Lache auf dem Fußboden damit aufzusaugen. Die Nummerierung verläuft genau entgegengesetzt. Agnes hatte eine Vier eingeritzt. Tuva eine Drei. Robert eine Zwei. Sortiere die Daten mal nach der Nummerierung, also zwei-drei-vier. Robert-Tuva-Agnes.«

Benjamin tauschte Robert und Agnes aus und betrachtete die neue Buchstabenkombination.

»C-E-N-T-B-O-M-A-N. Ich verstehe das nicht.« Er runzelte die Stirn. »Es ergibt immer noch keinen Sinn.«

»Weit gefehlt«, sagte Vincent. »Wir können daraus sogar auf den nächsten Mord schließen, Mord Nummer eins. Er wird am 22. September um vierzehn Uhr geschehen. Also in einem Monat.«

Benjamin sah ihn verblüfft an.

»Wie leitest du das Datum ab?«

»22. September um vierzehn Uhr ist das Gleiche wie 22–9–14. Das entspricht den Buchstaben V-I-N. Und der Mord Nummer eins gehört natürlich an den Anfang. Siehst du nicht, was ich meine?«

Frustriert zog Vincent die Tastatur zu sich heran und tippte die Buchstaben V, I und N vor die anderen. Dass die Tastatur nass wurde, musste er in Kauf nehmen.

»Ein, zwei, drei und vier. Vier Morde«, sagte er.

Auf dem Bildschirm stand V-I-N-C-E-N-T-B-O-M-A-N.

»Vincent Boman ist mein richtiger Name. Die Morde waren die ganze Zeit eine Botschaft an mich.«

Dass diese verdammten Sonntagsfahrer auf dem Essingeleden nicht lernten, auf der rechten Spur zu bleiben. Ruben schaltete in den zweiten Gang runter. Es war zwar Donnerstag, na und? Was hatten die überhaupt hier zu suchen? Er wechselte wieder in den dritten Gang und hoffte, es bis zum vierten zu schaffen, wenn er einen Tick beschleunigte, aber da vorne sah es nicht gut aus. Ein weißer Toyota Auris fädelte sich direkt vor ihm ein.

»Ist ja gut, Ellinor«, sagte er zu seinem Auto. »Ganz ruhig.«

Er bildete sich ein, der Motor würde ärgerlich knurren. Im Gegensatz zum Rest der Welt würde Ellinor ihn nie im Stich lassen. Er strich mit dem Finger über das Armaturenbrett und stellte fest, dass er mal wieder Staub wischen musste.

Doch so gerne er auch in seinem geliebten Wagen über die Autobahn gerast wäre, zunächst einmal musste er ins Präsidium. Die Ermittlungen stagnierten schon viel zu lange. Alle Spuren hatten sich als Sackgassen erwiesen. Und nun nahmen offenbar andere Leute das bisschen, was sie bis jetzt rausbekommen hatten, unter die Lupe. Er wusste gar nicht, ob ihre sogenannte Spezialgruppe offiziell noch existierte. Vermutlich schütteten sich die Kollegen über ihre Inkompetenz aus vor Lachen. Es war ziemlich peinlich, dass er in nicht allzu ferner Zukunft mit einem aufsehenerregenden, aber ungelösten Serienmord in Verbindung gebracht werden würde. Doch der Gipfel war das, was jetzt passiert war. Als diese Schwuchtel namens Vincent Walder wieder einmal eine Besprechung einberufen hatte. Vincent war kein Polizist. Er war ein Blender. Und er hatte kein Recht, ihn aufs Präsidium zu bestellen. Noch dazu mitten im Urlaub.

Empört legte Ruben die Hand auf den braunen Umschlag auf dem Beifahrersitz. Er wollte sich nur vergewissern, dass er noch da war. Das Kuvert hatte im Briefkasten gesteckt. Ohne Absender. Der Inhalt hatte ihn zuerst sprachlos gemacht, dann hatte er gelacht. Und dann war er wütend geworden. Wer auch immer ihm das geschickt hatte, musste von Vincents Beteiligung an den Ermittlungen wissen.

Was er im Umschlag vorgefunden hatte, führte ihm ein völlig neues Bild dieses Mentalisten vor Augen. Ruben wusste jetzt, dass Vincent sie alle getäuscht hatte. Aber offensichtlich hatte der Gedankenleser immer noch nicht genug, er musste ihnen auch noch direkt ins Gesicht lügen. Dazu sollte diese Besprechung dienen. Da war sich Ruben ganz sicher. Dieser verdammte Vincent Walder. Er hatte beinahe angefangen, ihn ganz okay zu finden. Hatte geglaubt, Vincent wollte ihm helfen. Das würde er ihm nie verzeihen.

Er klopfte auf den braunen Umschlag.

»Vincent Walder, *you are going down.*« Verbissen trat er aufs Gas.

Der Toyota da vorne sollte endlich Platz machen.

Ruben erschien als Erster im Besprechungsraum. Er setzte sich auf einen Stuhl direkt gegenüber vom Whiteboard, auf dem Vincent voraussichtlich seine neuen Erkenntnisse präsentieren würde. Ruben würde ihn genau im Auge behalten.

Kurz nach ihm schlenderte Peder herein. Was sein Gesicht zierte, konnte man nur als Vollbart bezeichnen. Er hatte offensichtlich seit Ferienbeginn keinen Rasierer angefasst. Verblüffenderweise sah Peder zudem braun gebrannt und erholt aus. Ruben musste seine Verwunderung anzumerken gewesen sein, denn Peder zwinkerte ihm gut gelaunt zu.

»Wir waren zwei Wochen bei meinen Eltern.« Er strahlte. »Im Moment ist alles eitel Sonnenschein. Erstaunlich, was für eine heilsame Wirkung zwei fitte Sechzigjährige auf die psychische Gesundheit haben. Jedenfalls auf meine und Anettes. Leider werden sie uns wohl erst in ein paar Jahren wieder einladen. Als er das letzte Mal die Windeln wechselte, sah mein Vater ziemlich erschöpft aus. Aber dafür habe ich sogar angefangen, ein Buch zu lesen. Oder na ja, ich habe wenigstens überlegt, welches Buch ich gerne lesen würde.«

Mit einem wohligen Seufzer ließ Peder sich neben ihm nieder, als Christer und Mina reinkamen. Sie waren in ein Gespräch vertieft. Minas Augen waren rot gerändert. Sie sah aus, als ob sie geweint hätte. Oder sie wusch sich jetzt auch das Gesicht mit Desinfektionsmittel. Gewundert hätte es ihn nicht.

»Keine Sorge«, sagte Christer. »Es ist überhaupt kein Problem. Wie ich schon gesagt habe, kümmere ich mich sehr gerne um ihn. Ich habe sogar schon eine etwas hübschere Leine für Bosse gekauft. Es sind zwar keine echten Diamanten dran, aber Strass glitzert ja genauso.«

»Ich schulde dir ein Jahresgehalt.« Seufzend setzte sich Mina neben Peder.

Christer setzte sich lachend auf Rubens andere Seite.

»Hübsche Kette, Mina«, sagte Peder plötzlich. »Ich glaube, ich habe mal eine Werbung dafür im Fernsehen gesehen. Ist der Anhänger nicht magnetisch?«

»Was dir alles auffällt.« Christer lachte schon wieder. »Du wirkst ja richtig ausgeschlafen.«

»Ja. Nachdem ich für ein paar Stunden ins Koma gefallen war, konnte ich mich wieder konzentrieren.«

»Habe ich geschenkt bekommen«, murmelte Mina.

Ruben merkte, dass sie aus irgendeinem Grund nicht darüber reden wollte. Aber Peder war offenbar so erfreut über seine wiedergefundene Geistesgegenwart, dass er die eindeutigen Signale übersah.

»Ich dachte, Vincent würde zusammen mit dir kommen«, wechselte Ruben das Thema, bevor Peder weitere Fragen zu der Kette stellen konnte.

»Wieso das denn?«, gab Mina mürrisch zurück. »Wir wohnen ja nicht zusammen.«

»Man wird ja wohl noch fragen dürfen.«

Mina runzelte die Stirn und warf Ruben einen wütenden Blick zu. Offenbar stand Vincent nicht mehr hoch im Kurs. Das war ja immerhin etwas. Er legte sich gerade ein paar bissige Worte über diesen Mentalisten zurecht, als Julia und Vincent hereinkamen.

»Prima, alle schon da«, sagte Julia. »Dann fangen wir gleich an.«

Sie trug ein Sommerkleid, das ihr bis kurz über die Knie reichte. Es war vielleicht nicht der angemessenste Aufzug für polizeiliche Ermittlungen, aber auch Julia hatte Urlaub. Und Ruben hatte eigentlich nichts daran auszusetzen. Den Rest der durchtrainierten Beine konnte er sich sehr gut vorstellen, und ihren Po auch. Er wusste genau, wie es unter dem Kleid aussah. Er hätte wetten können, dass Julia einen Stringtanga trug. Allein der hätte ausgereicht, um ihm die Besprechung mit einer sehr angenehmen Fantasie zu versüßen, aber Vincent machte alles kaputt. Er stand da und tat, als ob er nervös wäre. Das selbstgerechte Arschloch. Aber Ruben hatte es nicht eilig. Er würde auf die passende Gelegenheit warten. Das Telefonat, das sie geführt hatten, war sicher eine Falle gewesen. Wahrscheinlich hatte Vincent ihm entlocken wollen, wie viel er eigentlich wusste.

»Sollten wir nicht die Weihnachtsmänner dazuholen, die den Fall in die Hand genommen haben?«, fragte er. »Denn offiziell sind wir doch noch im ›Urlaub‹.«

»Vorher möchte ich euch etwas erzählen.« Vincent wand sich unbehaglich. »Je weniger Leute davon wissen, desto besser.«

»Hat es was mit der AA-Tante zu tun?«, fragte Ruben.

»Das hat nichts ergeben«, sagte Julia. »Sie hat sich als Fan von Vincent herausgestellt. Von dem Buch wusste sie nichts.«

»Oh, mein Gott.«

»Ich will nicht lange drum herumreden.« Vincent räusperte sich. »Ich habe ja die ganze Zeit darauf beharrt, dass die Morde einen Code oder eine Nachricht enthalten. Jetzt haben wir die Lösung gefunden. Wir hatten sie die ganze Zeit direkt vor Augen.«

Er schrieb *Agnes-Tuva-Robert* ans Whiteboard.

»In dieser Reihenfolge sind die Morde passiert.« Er zeigte auf die Namen. »Aber wenn wir uns stattdessen an der Nummerierung orientieren, sieht die Abfolge so aus.«

Er wischte die Namen weg und schrieb stattdessen *Ro-*

bert-Tuva-Agnes hin. Dann setzte er ein Fragezeichen an den Anfang.

»Das Fragezeichen symbolisiert Mord Nummer eins. Die letzte Stufe des Countdowns. Wenn wir Tag, Monat und Uhrzeit aller drei Morde in Buchstaben übertragen, also nach dem Schema 1 gleich A, 2 gleich B und so weiter, erhalten wir das hier.«

Vincent zog einen Strich unter den Namen und schrieb CEN-TBO-MAN darunter.

»Diese Buchstabenkombination enthält zwei wichtige Informationen«, fuhr er fort. »Zum einen das Datum des nächsten Mordes. Und das ist gut. Aber falls diese Annahme zutrifft, dann bin auch ich auf eine Weise in den Fall verwickelt, auf die ich leider nicht näher eingehen kann.«

Vincent räusperte sich, als ob ihm das Ganze äußerst unangenehm gewesen wäre. Ein guter Schauspieler war er, das musste Ruben ihm lassen. Eine Weile würde er ihn noch zappeln lassen.

»Eine Sache noch«, sagte Vincent. »Ich hieß früher Boman.«

Er schrieb *VIN-* unter die Eins.

VIN-CEN-TBO-MAN. Ruben lachte leise. Er musste zugeben, dass er beeindruckt war. Dass Vincent so weit gehen würde, hatte er ihm nicht zugetraut. Dafür brauchte man wirklich Eier. Oder musste größenwahnsinnig sein. Da kannte Ruben sich aus.

»Aber da steht ja Vincent Boman!«, rief Christer eine Sekunde, nachdem alle Anwesenden es begriffen hatten. »Was zum Teufel!«

»Vorausgesetzt, dass ich richtigliege«, fuhr Christer unbeirrt fort, »wird der letzte Mord also am zweiundzwanzigsten September um vierzehn Uhr geschehen. Denn 22-9-14 entspricht V-I-N.«

»Der Geburtstag meiner Frau!«, rief Peder verschlafen.

Der wache Zustand, den er seinem zweiwöchigen Erholungsurlaub zu verdanken gehabt hatte, war offenbar aufgebraucht.

Die anderen starrten ihn an.

»Äh, am 22. September. Da hat Anette Geburtstag.« Er wurde rot.

»Und ich habe da einen Arzttermin«, sagte Julia ironisch.

»Ich verstehe das nicht«, sagte Peder. »Wieso bilden die Morde deinen Namen?«

»Ruben, ich glaube, wir sind jetzt offiziell wieder für den Fall zuständig«, sagte Julia. »Ich informiere die Leitung.«

»Der Name ist nicht der einzige Hinweis auf Vincent.« Sie bemühte sich um einen neutralen Tonfall. »Die Mütter der Opfer waren Vincents Spielkameradinnen.«

Ruben grinste, als er sah, dass Vincent rot anlief. Er schien am liebsten im Erdboden versinken zu wollen. Diese Enthüllung konnte nicht Teil seines Plans gewesen sein. So ein guter Schauspieler war selbst er nicht. Es war doch nicht zu fassen. Vincents Spielkameradinnen? Mina hatte gute Arbeit geleistet. Vincent steckte in der Scheiße. Und Ruben hatte noch nicht mal den Mund öffnen müssen.

»Glaubt mir.« Vincent sah niemandem in die Augen. »Ich habe keine Ahnung, was das alles zu bedeuten hat. Irgendwie geht es bei diesen Morden um mich. Das Buch war nur der Anfang. Ich habe wirklich versucht, rauszufinden, wer es auf mich abgesehen haben könnte, aber mir fällt niemand ein. Abgesehen von ein paar neidischen Kollegen vielleicht habe ich keine Feinde. So was haben Menschen nur in Büchern oder Filmen. Nicht in der Wirklichkeit.«

»Scheint, als hätte es jemand grundlos auf dich abgesehen.« Ruben schob die Unterlippe vor. »Armer Vincent.«

Dann zog er den Umschlag aus seiner Aktentasche und legte ihn auf den Tisch.

»Allerdings hätte ich da noch eine andere Erklärung zu bieten«, sagte er. »Vincent hat die Morde begangen. Und sein Ego ist so groß, dass er seinen eigenen Namen in den Morddaten versteckt hat. Als wir die Botschaft nicht entschlüsselt haben, wurde er nervös und hat uns von sich aus darauf hingewiesen.«

»Ruben!« Christer sah ihn entsetzt an. »Was sagst du da?«

»Ich habe auch einiges über Zauberei gelesen«, sagte Ruben. »Und dabei habe ich gelernt, dass man Dinge am besten dort versteckt, wo sie jeder sehen kann. Los, Vincent, erzähl den anderen doch mal von Al Koran und seinem Ring.«

Ruben merkte Vincent an, dass das saß.

»Al Koran war ein berühmter Zauberer«, begann Vincent langsam. »Er war bekannt für einen Trick, bei dem er zwei geliehene Eheringe miteinander verband. Allerdings war einer davon sein eigener Ring. Der Legende nach soll er zuerst einen mit einem unsichtbaren Schlitz präparierten Ring präsentiert und erklärt haben, er selbst würde niemals schummeln. Und dann ist er genauso vorgegangen. Das Publikum konnte nicht begreifen, wie er das gemacht hat, nachdem er kurz vorher die herkömmliche Vorgehensweise offengelegt hatte. Ich verstehe allerdings nicht, was das mit unserem Fall zu tun hat.«

»Und ob du das tust.« Ruben wandte sich an seine Kollegen. »Ich glaube, dass Vincent uns nach der Methode von Al Koran getäuscht hat. Er verrät uns, wie der Trick funktioniert, und vertraut darauf, dass wir deshalb glauben, er würde ihn nicht anwenden. Obwohl alle Beweise auf das Gegenteil hindeuten.«

»Ruben, das sind sehr schwere Anschuldigungen«, sagte Julia. »Von welchen Beweisen sprichst du? Ich hoffe wirklich, du hast mehr zu bieten als einen Zaubertrick.«

»Habt ihr denn alle ein Gedächtnis wie ein Sieb?«

Frustriert richtete er einen Zeigefinger auf Vincent und den anderen auf die Buchstaben auf dem Whiteboard.

»Der gute Vincent liebt es doch, seinen eigenen Namen zu verwenden, wenn er Leute manipuliert. ›Künstler signieren immer ihre Werke.‹ Klingelt da was? Erinnert ihr euch an den Mann, der hundertmal VINCENT WALDER an die Wände geschrieben hat, nur weil es Vincents Ego schmeichelte?«

Vincent wurde kreidebleich.

»Das Experiment sollte erklären, wie Fanatismus funktioniert«, begann er leise, aber als er sah, wie die anderen ihn anstarrten, verstummte er.

Ruben war hingerissen.

Und er war noch nicht fertig.

Das Beste hatte er sich bis zum Schluss aufgespart.

Er öffnete den Umschlag und legte den Inhalt gut sichtbar auf den Tisch.

»Das kam mit der Post«, sagte er. »Von einem anonymen Absender, der offenbar verhindern will, dass wir Vincent auf den Leim gehen. Und bevor ihr jetzt nachfragt, ja, ich habe die Echtheit des Artikels überprüft.«

MAGIE MIT TRAGISCHEM AUSGANG! lautete die Überschrift des alten Zeitungsartikels aus der *Hallandsposten*. Christer, Peder und Julia beugten sich neugierig vor. Mina warf Vincent einen Blick zu, der Ruben nicht entging. Für sie war der Artikel offenbar keine Überraschung. Sie war wirklich gut.

»Auf einem ehemaligen Bauernhof in der Nähe von Kvibille wurde aus einer spielerischen Illusion plötzlich tödliche Wahrheit«, las Ruben laut vor.

Dann sah er Vincent wieder fest an.

»Kein Wunder, dass Vincent so genau weiß, wie man Leute mit Illusionen umbringt. Unser werter Vincent *Boman* hat lebenslange Erfahrung mit dem Töten von Menschen in Kästen.«

Kvibille 1982

Er war extra besonders früh in die Küche runtergegangen. Es war nicht leicht, für Mama Frühstück zu machen, und er brauchte dafür viel länger als sie. Er wusste, dass es auf *Genauigkeit* ankam. Rituale, sagte Mama dazu. Er steckte zwei Scheiben Brot in den Toaster, überprüfte, ob der Regler wirklich auf

3,5 stand, und wartete. Draußen schien schon die Sonne. Sie war zwölf Minuten später als noch vor ein paar Wochen aufgegangen. Die Sommerferien waren fast zu Ende. Heute würde Jane nach Hause kommen. Heute musste *alles* stimmen.

Als die Brotscheiben hochsprangen, spießte er sie mit einem Zahnstocher auf, um sich nicht die Finger zu verbrennen. Dann schnitt er vorsichtig auf einer Seite der Brotscheiben die Kanten ab. Genau wie Mama es ihm gezeigt hatte, drückte er das Messer ins Brot. Auch die zweite Seite klappte gut. Als er die Kanten auf der dritten Seite abschnitt, bekam das Brot einen Riss. Und der war einen ganzen Zentimeter lang. So ging das nicht. Er warf das Brot in den Müll und fing noch einmal von vorne an. Zwei Scheiben Brot in den Toaster, der Regler auf 3,5. Nachdem er eine Weile überlegt hatte, stellte er ihn lieber auf 3. Der Toaster war ja schon aufgewärmt. Die Brotscheiben sollten nicht zu dunkel werden.

Er brauchte drei Versuche, bis die Dreiecke perfekt waren. Endlich. Der erste Schritt war geschafft. Er warf eine der vier Hälften weg.

Drei Brote.

Drei Seiten eines Dreiecks.

Die dritte Kante war gerissen.

Drei plus drei plus drei ergab 9.

Aber drei mal drei mal drei ergab 27. Und 2 plus 7 war auch 9.

Egal, wie er rechnete, die 9 war immer ein Dreieck.

Er legte den Kopf in die Hände und drückte seine Finger an die Schläfen. Neun plus sein eigenes Alter ergab sechzehn, also Janes Alter. Der Altersunterschied zwischen ihnen betrug also neun. Ein Dreieck. Er, Jane, Mama. Das war ihr Dreieck.

Ein Dreieck, das an einer Seite einen Riss bekommen hatte.

Aufhören, aufhören, aufhören.

Er verstand, warum Mama Rituale so wichtig waren. Solange man alles auf genau die gleiche Weise machte, nahmen die Gedanken nicht überhand. Und außerdem hatte er etwas vergessen. Was wollte er …

Der Kaffee. Er hatte vergessen, Mamas Kaffeemaschine einzuschalten. Er füllte die Glaskanne mit Wasser und stellte sie auf die Heizplatte. Währenddessen fragte er sich, was zuerst da gewesen war. Die Rituale oder die Gedanken, die sie damit in Schach hielt. Oder konnte man das vielleicht gar nicht trennen?

Als Jane am Abend den Hof erreichte, war es viel später geworden, als sie beabsichtigt hatte. Aber es hatte sich auch niemand die Mühe gemacht, ihr zu helfen. Das sagte einiges darüber aus, wie wenig sich ihre Mutter in Wirklichkeit für andere interessierte. Vor der Abreise hatte Mama ihr ein schlechtes Gewissen gemacht. Aber dann hatte sie sich nicht mal gemeldet.

Jane stieg die Stufen zum Haus hinauf und drückte die Klinke hinunter. Abgeschlossen. Seit wann schlossen sie die Haustür ab? Wütend klingelte sie. Jetzt reichte es aber. Wenn die beiden nicht da waren, würde sie durchdrehen. Dann konnte sie ja gleich wieder gehen.

Die Tür wurde aufgeschlossen, und vor ihr stand ihr kleiner Bruder im Schlafanzug.

»Warum geht ihr nicht ans Telefon?« Sie ließ den schweren Rucksack fallen.

Ihr kleiner Bruder sah sie fragend an.

»Telefon?«

Sie legte die Hände ins Kreuz und streckte ächzend den Rücken. Das letzte Stück war sie zu Fuß gegangen. Für so weite Strecken war der Rucksack nicht geeignet.

»Ich habe vom Bahnhof angerufen, bevor ich in den Zug gestiegen bin«, sagte sie. »Und von Halmstad aus habe ich noch mal angerufen. Und dann noch einmal von der Bushaltestelle in Kvibille. Ich dachte, ihr holt mich vielleicht ab. Ihr hättet mir ruhig beim Tragen helfen können.«

Ihr kleiner Bruder sah zur Küche rüber, sie folgte seinem Blick. Der Hörer lag neben dem Telefon.

»Was soll das?«, fragte sie.

»Ich muss vergessen haben, den Hörer aufzulegen«, stammelte er.

»Oh, mein Gott. Hier hat sich wohl nichts verändert.«

Kopfschüttelnd ging sie in die Küche.

»Aber jetzt bin ich wenigstens zu Hause«, sagte sie. »Wenn auch nur für ein paar Tage. Das hat Mama dir doch erzählt, oder?«

Sie öffnete den Kühlschrank und nahm alles heraus, was sie finden konnte. Ylvas Vater hatte ihr für die Zugfahrt zwei Brote geschmiert. Das war alles, was sie heute gegessen hatte. Es war eine Ewigkeit her.

»Was denn erzählt?«

Seufzend zeigte sie auf einen Küchenstuhl. Ihr kleiner Bruder setzte sich. Sie setzte sich neben ihn und nahm seine Hand. Sie fühlte sich kalt und ein wenig feucht an.

»Ich ziehe weg«, sagte sie. »Ich will die gymnasiale Oberstufe in Mora besuchen. Mora ist zwar nicht Stockholm, wie ich eigentlich geplant hatte, aber immerhin. Besser als das hier. Erinnerst du dich noch an meine drei Ts?«

»Theater, Tivoli und Transport«, sagte ihr kleiner Bruder ernst.

»In Mora gibt es wenigstens zwei davon«, sagte sie. »Und wenn man nicht von dort stammt, darf man in der Schule wohnen. Ylvas Vater hat mir geholfen, alles zu organisieren. Jetzt muss Mama nur noch unterschreiben, dass ich dort wohnen darf.«

Er hatte Tränen in den Augen. Wie hatte ihre bescheuerte Mutter ihr das nur antun können? Sie hatte wirklich gehofft, sie hätte den Mut gehabt, ihm alles in Ruhe zu erklären, bevor sie nach Hause kam. Ihr kleiner Bruder konnte nicht gut mit Veränderungen umgehen. Er musste sich innerlich darauf vorbereiten.

»Und in wie viel Jahren ziehst du weg?«, fragte er.

»Nicht in ein paar Jahren, sondern jetzt. Ich bin nur für vier Tage nach Hause gekommen. Dann fahre ich wieder.«

»Aber Jane, das geht nicht!«

Er warf sich ihr um den Hals.

»Ein Dreieck kann doch nicht nur eine Seite haben.« Jetzt weinte er bitterlich. »Sonst ist es nur noch ein Strich. Der fällt doch um. Ich will nicht umfallen, Jane. Bitte nicht, Jane. Ich will nicht umfallen.«

Sie schob ihn ein Stück von sich weg und sah ihm in die Augen.

»Was redest du da?«

»Du. Ich. Mama«, schluchzte er. »Wir sind doch ein Dreieck. Ich kann doch nicht alleine bleiben. Du bist älter und kannst schon allein zurechtkommen, aber ich … ich … ich verspreche auch, mich ganz genau an alle Rituale zu halten. Ich habe so geübt. Geh nicht weg, bitte.«

Das mulmige Gefühl, das sie schon gehabt hatte, als sie zwei Wochen zuvor zu Hause angerufen hatte, kam zurück. Sie hatte befürchtet, dass etwas nicht stimmte. Doch dann hatte sie sich eingeredet, es wäre alles in Ordnung. Aber hier stimmte wirklich etwas nicht. Und zwar gewaltig. Ihr kleiner Bruder machte ihr Angst.

»Wo ist Mama?« Vorsichtig löste sie sich aus seiner Umklammerung.

Ohne sie anzusehen, zeigte er auf die Küchenarbeitsplatte. Sie war voller dreieckiger Toastbrote. Es waren an die hundert. Perfekt getoastet.

»Das sind Mamas Brote«, sagte sie. »Wo ist *Mama?*«

Langsam bekam sie richtig Angst. Das mulmige Gefühl entwickelte einen starken Sog.

»Auf der Arbeitsplatte«, sagte er. »Weißt du noch? ›Unsere Gewohnheiten prägen uns‹, hat sie immer gesagt. Ich habe ganz oft Frühstück gemacht. Genau wie sie. Und deswegen liegen sie jetzt da.«

Es fühlte sich an, als würden Insekten in ihrem Nacken herumkrabbeln. Sie stand auf und wich vor ihrem kleinen Bruder zurück, der immer noch auf den Boden starrte.

Panisch rannte sie die Treppe rauf und riss alle Zimmertüren auf. Aber hier war ihre Mutter nicht.

Sie rannte die Treppe wieder runter und zur Haustür. Ihr kleiner Bruder saß immer noch am Küchentisch und weinte. Sie hätte bei ihm bleiben, ihn in den Arm nehmen und sagen sollen, es sei alles gut, aber dafür war jetzt keine Zeit. Und es war auch nicht alles gut.

Sie musste Bescheid wissen.

Draußen dämmerte es. Licht hatten sie nur am Haus und vor dem Stall. Die Sterne am Himmel leuchteten kaum. Die große Rasenfläche war voller dunkler Schatten, aber ihre Mutter war nicht zu sehen. Der Wald hinter dem Garten war pechschwarz. Bevor es hell wurde, konnte sie nicht hineingehen.

»Mama!«

Sie rief noch einmal. Ihre Mutter konnte natürlich auch bei Allan sein. Sie besuchte ihn gerne. Vielleicht hatte sie vergessen, dass heute ihre Tochter nach Hause kommen würde. Aber warum hatte ihr kleiner Bruder ihr dann nichts davon gesagt? Und wieso hatte der Hörer neben dem Telefon gelegen?

Was sollte das alles?

Schlimmstenfalls hatte ihre Mutter eine Panikattacke gehabt, lag irgendwo da draußen in der Dunkelheit und konnte nicht aufstehen. Vielleicht brauchte ihre Mutter Hilfe. Natürlich hatte ihr kleiner Bruder Angst bekommen. Er stand wahrscheinlich unter Schock. So eine Panikattacke konnte einem einen Schreck einjagen. Er war ja noch klein.

Sie rannte zum Stall. Im Lichtkegel davor blieb sie stehen und holte tief Luft. Irgendetwas roch hier. Es war ein süßlicher und … ekelerregender Geruch. Am Ende des letzten Schuljahrs hatte ihr kleiner Bruder seine Brotdose im Stall vergessen. Die Überreste waren in der Sommerhitze allmählich gebraten worden. Das hier roch so ähnlich. Nur schlimmer.

Viel schlimmer.

Sie öffnete die Tür und schlug sich augenblicklich die Hand vor Mund und Nase. Von dem Gestank kamen ihr die Tränen. Es roch nach Urin und Schweiß und Verwesung und Tod. Das Licht der Außenlampe reichte nur ein kleines Stück in den Stall hinein. Der hintere Teil lag im Dunkeln.

Sie blinzelte und merkte, dass die Dunkelheit sich bewegte.

Und Geräusche machte.

Was sie für dunkle Schatten gehalten hatte, waren in Wirklichkeit Fliegenschwärme. Tausende von fetten Schmeißfliegen flogen und krabbelten surrend durcheinander. Der Schwarm war größer als sie. Bitterer Magensaft füllte ihren Mund. Sie musste hier weg, bevor sie sich übergab. Kurz bevor sie ins Freie stürzte, flog die Fliegenwolke für einen Augenblick von dem Gegenstand auf, den sie umschwärmte, sodass Jane die Umrisse erkennen konnte.

Es war ein Kasten.

Ein Kasten, der mit einem Vorhängeschloss verschlossen und mit Sternen bemalt war.

Der Hagel knatterte auf die Plane über ihrem Kopf. Sie hatte vorgeschlagen, sich im TAK zu treffen, dem Restaurant auf der Dachterrasse der Galleria. So weit oben zu sein, hatte etwas Angenehmes. Die Luft atmete sich dort leichter. Als ob der Dreck am Boden geblieben wäre.

Doch kaum waren ihnen ihre Nudeln in den Pappschachteln serviert worden, setzte der Hagel ein. Gemeinsam mit allen anderen Gästen waren sie unter die Plane gerannt, die eigentlich nur den Küchen- und Barbereich des Restaurants bedeckte. Die weißen Körner kamen mit unbändiger Wucht herunter. Als hätten sie schon viel zu lange warten müssen. Bibbernd betrachtete sie ihre Arme. Sie hatte eine Gänsehaut. Sie wünschte sich beinahe, Vincent hätte ihr sein Jackett angeboten, wusste aber, dass er es nicht tun würde. Vor allem nicht, seit die Stimmung zwischen ihnen so angespannt war. Bei der Besprechung im Präsidium hatte sie sich nicht direkt auf seine Seite geschlagen. Dazu war sie von dem, was er erzählt hatte, viel zu geschockt gewesen.

»Vincent, du musst es mir jetzt sagen.«

Er wandte den Blick von den faszinierenden Hagelkörnern ab und sah sie an.

»Ich werde dich nur ein einziges Mal fragen«, fuhr sie fort. »Aber du musst ehrlich sein. Bist du irgendwie in diese ganze Sache verwickelt? Du brauchst mir keine Details zu erzählen, sag mir nur, *ob* du es bist.«

Sie sah, wie sehr ihre Worte ihn verletzten. Er verlor seine sonst so aufrechte Haltung und das Leuchten in seinen Augen. Aber sie musste es wissen. Ein für alle Mal. In sich zusammengesunken wandte er sich von ihr ab und schwieg lange. Dann trat er hinaus in den Hagel. Weg von ihr.

»Wenn ich das wäre«, sagte er, »glaubst du denn, ich hätte mich dann im letzten Winter bereit erklärt, an dem Fall mitzuarbeiten? Hätte ich dann nicht fluchtartig wegrennen müssen, als du an jenem Abend in Gävle zu mir kamst? Es ist doch klar, dass ich nichts damit zu tun habe.«

Hagelkörner blieben in seinem blonden Haar hängen, schmolzen langsam und tropften ihm in den Nacken.

»Entschuldige bitte«, sagte sie. »Ich musste dich das fragen.«

Er drehte sich zu ihr um und sah ihr in die Augen.

»Musstest du das?«, fragte er. »Wirklich? Ich dachte, wir zwei würden uns besser kennen. Ich dachte, wir … wir …«

Sie nickte ihm zu, um ihn zum Weitersprechen aufzufordern, aber der Mentalist verstummte. Sie trat aus dem Schutz der Plane raus und stellte sich zu ihm in den Hagel. Ein bisschen gefrorenes Wasser hatte noch niemandem geschadet. Gemeinsam blickten sie auf die nassen Dächer. Ohne nachzudenken, verflocht sie ihre Finger mit seinen. Mist. Das hatte sie nicht gewollt. Mit angehaltenem Atem wartete sie seine

Reaktion ab. Aber er zog seine Hand nicht weg. Er drückte ihre.

»… wir verstehen uns«, beendete sie seinen Satz.

Er nickte stumm.

Dann kniff er die Augen zusammen und zog erschrocken die Schultern hoch.

»Ach du Scheiße«, sagte er. »Jetzt dachte ich kurz, ich hätte Anna gesehen.«

Sie schaute in die Richtung, aber in dem dichten Hagel waren die anderen Gäste nicht gut zu erkennen.

»Das war sie nicht.« Er schüttelte den Kopf. »Jetzt halluziniere ich meine Stalker schon selbst herbei. Wunderbar.«

Der Hagel endete so schnell, wie er angefangen hatte. Zögernd kamen die anderen Gäste unter der Plane hervor, und Mina und Vincent ließen einander los.

»Und jetzt?«, fragte sie und starrte auf die durchnässte Nudelschachtel in ihrer anderen Hand. »Willst du jetzt wegrennen?«

Er erblickte einen Mülleimer, in den sie die Überreste ihres Mittagessens werfen konnten. Dann fischte er ein Fläschchen Desinfektionsmittel aus der Jackentasche und reichte es ihr. Er wirkte immer noch gekränkt.

»Im Gegenteil«, sagte er. »Ich dachte, das wüsstest du.«

»VINCENTS THEORIE ZUFOLGE WISSEN WIR, wann der nächste Mord geschieht. Und da die anderen Morde alle in Stockholm passiert sind, haben wir Grund zu der Annahme, dass es diesmal genauso sein wird.«

Als Julia verstummt war, sah Ruben sie zweifelnd an.

»Vincent, ja.« Er verdrehte die Augen. »Wie oft soll ich dir noch sagen, dass wir ihn verhaften müssen. Steck ihn als mutmaßlichen Verdächtigen in Untersuchungshaft. Bis zum Zweiundzwanzigsten sind es nur noch ein paar Wochen. Er könnte

Mittäter haben, von denen wir nichts wissen. Habt ihr ihn danach schon mal gefragt? Habt ihr ihn gefragt, ob er Rask kannte? Wir wissen noch immer nichts. Wir suchen doch nach der Nadel im Heuhaufen. Und den Einzigen, der etwas weiß, wollt ihr auf keinen Fall vernehmen. Merkt das denn keiner außer mir? Wie viele Beweise braucht ihr noch?«

Mina sah ihn böse an. Rubens Einstellung verschlimmerte ihre Hoffnungslosigkeit nur.

Sie fühlte sich völlig überfordert. Da draußen lief ein Mensch herum, lebendig und vollauf beschäftigt mit seinen alltäglichen Aufgaben, seinen Freunden und seinen sonstigen Beschäftigungen, und glaubte, das Leben würde noch endlos vor ihm liegen. Wenn sie das Ganze nicht stoppten, würde das Leben dieses nichts ahnenden Menschen in wenigen Wochen vorbei sein. Und das Schlimmste war, dass Ruben möglicherweise recht hatte.

Aber sie kannte Vincent. Er war brillant, aber er brauchte zehn Minuten, um sich die Schuhe richtig zuzubinden. Und er hatte ihr sein Wort gegeben. Er war unschuldig.

Zumindest nahm Vincent den Verdacht gegen ihn nicht auf die leichte Schulter. Er hatte für den Rest des Monats alle Auftritte abgesagt und versprochen, die Stadt nicht zu verlassen. Aber zum Team gehörte er nicht mehr.

Julia ließ sich nicht aus der Ruhe bringen.

Das war eine der Eigenschaften, die Mina an ihrer Chefin wirklich zu schätzen wusste.

Sie bewahrte immer die Ruhe. Sogar wenn Ruben sich danebenbenahm.

»Ich habe persönlich mit dem Polizeichef gesprochen und für den 22. September Verstärkung bewilligt bekommen«, sagte Julia. »Wir kennen den Ort nicht, da habt ihr recht, aber bislang sind die Opfer an ganz speziellen Orten in Stockholm aufgefunden worden. Es handelte sich um bekannte und öffentliche Orte und keine zufällig ausgewählten Hinterhöfe.«

Peder hob die Hand, und Julia nickte ihm zu.

»Außerdem waren es verschiedene Plätze«, sagte er. »Vielleicht sollten wir mal auf gut Glück versuchen, die Orte zu streichen, die schon verwendet worden sind. Wir brauchen ja keine Einsatzkräfte zu verschwenden, die den Vergnügungspark Gröna Lund, den Park am Chinatheater oder den Großmarkt in Årsta bewachen.«

»Guter Gedanke, da könntest du recht haben. Es ist natürlich ein Risiko, weil wir uns möglicherweise täuschen, aber wir müssen uns wohl darauf einlassen. Die Orte werden nicht überwacht. Was gibt es denn noch für bekannte Orte, die charakteristisch für Stockholm sind?«

Sie hielt den Stift in die Höhe, bereit, eine Liste ans Whiteboard zu schreiben.

»Der Kaknästurm, der Pilz auf dem Stureplan, Humlegården«, sagte Mina.

Julias Handschrift war schwer zu entziffern.

»Der Platz vor dem Kulturhuset, das Schloss«, sagte Ruben gelangweilt.

»Junibacken, Djurgården, Vasamuseum«, fügte Peder hinzu, während Julia alles aufschrieb.

»Hornstull«, sagte Peder.

Ruben schnaubte.

»Hornstull? In Södermalm?«

Er sprach das Wort Södermalm mit Abscheu aus.

»Horns…tull«, murmelte Julia, während sie auf das Whiteboard kritzelte.

»Wieso, sollen wir Söder etwa aussparen?«, fragte Peder.

»Von mir aus gerne, wer interessiert sich schon für diesen Hipster-Stadtteil. Und Hornstull, ich bitte euch, was soll da sein?«

»So, jetzt reißt euch mal zusammen«, sagte Julia streng.

Mina verdrehte die Augen. Ruben ließ immer den abgeklärten Stockholmer raushängen. Dabei wusste sie zufällig, dass er in einem winzigen Dorf namens Rimbo aufgewachsen war. Und nicht im schicken idyllischen Innenstadtbezirk Vasastan, wie er immer behauptete.

»Dramaten.« Christer nickte bedächtig. »Ich bin fest vom Dramaten überzeugt. Wenn ich ein Mörder wäre, hätte ich definitiv eine Leiche auf die Treppe vor dem Königlichen Dramatischen Theater gelegt. Das ist doch ungeheuer wirkungsvoll.«

»Wir wissen aber gar nicht, ob es der Mörder auf Wirkung abgesehen hat, oder ob ihn vielleicht persönlich etwas mit diesen Orten verbindet.«

»Oder ob die Plätze auch Teil eines Codes sind«, warf Mina ein.

Ruben seufzte.

»Langsam reicht es«, sagte er. »Vincent hat uns auf eine verschlüsselte Botschaft hingewiesen. Die er sich selbst ausgedacht hat. Es gibt aber im Leben mehr als Chiffrierungen und Geheimcodes. Ehrliche Polizeiarbeit ist jetzt gefragt. Und nicht lauter Hokuspokus, der alles noch komplizierter macht.«

»Dramaten«, schrieb Julia aufs Whiteboard und trat einen Schritt zurück.

»Ihr dürft eins nicht vergessen«, sagte Mina. »Die Orte, an denen die Opfer aufgefunden wurden, waren nicht die eigentlichen Tatorte. Die Morde haben doch woanders stattgefunden. Ich stimme euch zu, dass eine Überwachung dieser Plätze die Chance erhöht, den Mörder zu finden. Aber erst, nachdem er den Mord begangen hat. Und wir müssen immer noch einen Mord verhindern.«

»Und das werden wir mit allen uns zur Verfügung stehenden Mitteln tun«, sagte Julia. »Aber das hier ist zumindest ein Anfang. Ich setze mich jetzt hin und rechne aus, wie viele Einsatzkräfte wir brauchen, erstelle einen Dienstplan und so weiter, und falls euch noch mehr Orte einfallen, dann fügt ihr sie der Liste hinzu. Außerdem werde ich Sara Temeric aus der Datenanalyse-Abteilung bitten, das Mobilfunknetz ab jetzt etwas genauer im Blick zu behalten. Wir werden natürlich auch die allgemeine Polizeipräsenz in der Stadt erhöhen. Alle weiteren Vorschläge zum Vorgehen vor Einsatz dieser Liste sind ebenfalls willkommen.«

»Eine Nadel im Heuhaufen, wie gesagt«, brummte Ruben. »Namens Vincent Walder.«

Julia drehte sich zu ihm und warf ihm einen wütenden Blick zu.

»Deine Einstellung bringt uns überhaupt nicht weiter! Was schlägst du denn vor? Abgesehen von deiner brillanten Idee, Vincent Walder in Untersuchungshaft zu stecken? Sollen wir alles andere einfach bleiben lassen? Däumchen drehen und abwarten, bis das Telefon klingelt? Verstehst du das unter ehrlicher Polizeiarbeit?«

»Man könnte ja mal die anderen Klassenkameraden und seine Lehrer von damals befragen«, brummte Ruben. »Und diese Jessica, die Mutter von Robert, die war doch mit ihm befreundet. Wieso sprechen wir denn nicht mit ihr?«

»Weil Vincent kein Verdächtiger ist!«, schrie Julia. »Es gibt keinen konkreten Hinweis auf seine Tatbeteiligung. Was genau verstehst du daran nicht?«

Ruben hatte rote Wangen bekommen und wich ihrem Blick aus.

Mina hätte jetzt gerne Popcorn gehabt. Zuzusehen, wie Ruben zusammengestaucht wurde, war ganz großes Kino.

»Vielleicht solltest du Ruben mit der Überwachung von Södermalm betrauen«, frotzelte Christer. Peder unterdrückte ein Kichern.

»Ihr seid so witzig«, murmelte Ruben verbissen.

Während die anderen aufstanden, verließ er eilig den Raum. Mina blieb noch einen Augenblick da und betrachtete die Liste, die vermutlich noch länger werden würde. In einem Punkt hatte Ruben recht. Es war die Suche nach der Nadel im Heuhaufen.

September

Zum ersten Mal seit Langem war außer ihm niemand zu Hause. Aston war in der Schule, Benjamin hatte ausnahmsweise eine Präsenzveranstaltung an der Uni draußen in Kista, Rebecka war mit einer Freundin unterwegs und Maria beim Yoga. Ihm war es recht. So blieb ihnen der Anblick des Einsatzfahrzeugs erspart, das auf der anderen Straßenseite parkte. Von dort aus hatte man Haus und Garageneinfahrt im Blick. Er galt nicht als Verdächtiger, jedenfalls nicht offiziell, aber als Ruben darauf bestanden hatte, war er mit der Überwachung einverstanden gewesen. Dies war schließlich der Tag, an dem der nächste Mord geschehen sollte. Der 22. September. Zumindest würde er heute seine Unschuld beweisen können. Jedenfalls, wenn er am Ende des Tages zu Rubens großer Enttäuschung niemanden umgebracht hatte.

Ruben hätte auch ein Zivilfahrzeug benutzen können. Vincent nahm an, dass das üblich war, wenn Leute beschattet wurden. Aber nein, Ruben musste ja unbedingt auffallen. Wenn ihn nicht alles täuschte, war der weiße Wagen mit den blauen und gelben Rechtecken sogar in der Waschanlage gewesen. Es musste ein schwerer Schlag für Ruben gewesen sein, als ihm aufging, dass Vincent gar keine Nachbarn hatte. Vincent winkte ihm durchs Küchenfenster. Als Ruben sich wegdrehte, zeigte Vincent seiner Rückseite den Mittelfinger.

Da die ganze Familie ausgeflogen war, hatte er das Haus für sich. Er hätte auf Benjamins Computer Pornos gucken, Astons Legokonstruktionen fertigstellen, für Rebecka Kekse backen oder nackt durchs Wohnzimmer tanzen können, ohne dass es jemanden interessiert hätte. Wobei er dazu überhaupt keine Lust hatte. Jedenfalls nicht zu Letzterem. Nackt zu tanzen, war eher Marias Ding. Nicht in Wirklichkeit, aber sie hätte es wahrscheinlich gerne getan.

Er nahm das Album *Telekon* von Gary Numan aus der Hülle und legte es auf den Plattenspieler im Wohnzimmer. Die erste Erwachsenenmusik, die er als Kind gehört hatte, war von Gary Numan, Kim Wilde und anderen Künstlern aus der britischen New-Wave-Szene gewesen. Die Songs waren damals im schwedischen Radio gelaufen. Als er mit fünf zum ersten Mal »I Die: You die« hörte, hatte er anschließend die ganze Nacht Albträume gehabt. Diese Klänge wurden nicht von Instrumenten hervorgebracht, die er kannte. Die Töne und Harmonien waren alles andere als beruhigend. Zuerst hatte ihm das Angst gemacht. Und dann hatte es ihn fasziniert. Seine Auffassung von Musik, die auf der Lebenserfahrung eines Fünfjährigen beruhte, erwies sich als völlig falsch. Und wenn es mit Musik schon so war, konnte es dann nicht bei anderen Dingen genauso sein? Die Welt war vollkommen anders, als er geglaubt hatte. Alles war möglich. Und es gab keine Sicherheit.

Die Musik versetzte ihn immer noch in den gleichen Zustand. Und momentan brauchte er genau das. Denn er musste kreativ sein. Und außerhalb der eingefahrenen Bahnen denken. Denn auch wenn er selbst Ruben leider enttäuschen musste, weil er heute keinen Mord begehen würde, hatte irgendjemand es vor. Oder auch mehrere Personen hatten es vor. Dass Rask etwas damit zu tun gehabt hatte, glaubte er keine Sekunde. Und auch Anna war höchstwahrscheinlich nicht involviert.

Er beugte sich über das Aquarium, aber die Hundsfische versteckten sich. Als spürten sie die Anspannung.

Er drehte die Lautstärke hoch und ging dann ins Arbeitszimmer. Zwar hatte er das ganze Haus zur Verfügung, aber dort hielt er sich trotzdem am liebsten auf. Es gab dort keine Überraschungen, er wusste genau, wo alles zu finden war, und kannte jeden Gegenstand. Und vor allem gehörte das Zimmer ihm. Niemand beschwerte sich darüber, dass er die Bücher im Regal nach Farben und nicht nach dem Alphabet sortiert hatte. Oder dass zwischen all den Preisen, die er bekommen hatte, ein Gemälde von ihm als Zombie im Regal stand, das ihm ein bekannter Comiczeichner geschenkt hatte, der ihn bewunderte.

Vincent streckte sich auf dem flauschigen grünen Teppich aus, weil er so besser nachdenken konnte. Im Wohnzimmer sang Gary Numan »When you fall«. Vincent hatte versucht, sich einen Überblick über alle Einzelteile zu verschaffen und herauszufinden, wie er in dieses Puzzle hineinpasste, aber sosehr er sich auch bemühte, er bekam das alles nicht zusammen. In seinem Kopf herrschte ein einziges Durcheinander. Seine Gedanken machten, was sie wollten. Sie wirbelten so wild durch sein Hirn, dass er Angst bekam umzufallen, obwohl er bereits auf dem Boden lag. Er streckte die Arme aus, um das Schwindelgefühl zu unterdrücken, und konzentrierte sich auf die Teppichfasern unter seinen Handflächen und auf seine Atmung. Allmählich drehte sich der Raum nicht mehr. Alle Puzzleteile waren da. Aber er verstand überhaupt nichts.

Es war reines Glück, dass die anderen Kollegen nicht genauso davon überzeugt waren wie Ruben, dass er der Schuldige war. Nicht, dass er Ruben einen Vorwurf gemacht hätte, er selbst hätte vermutlich genauso gedacht. Doch früher oder später konnten Mina und die anderen ihn nicht länger schützen, auch wenn er unschuldig war. Dann würde alles ans Licht der Öffentlichkeit gezerrt werden.

Er konzentrierte sich auf das gelbliche Licht der Deckenlampe. Er hatte es gedimmt, bevor er sich hingelegt hatte. Nun sah es so aus, als würde der goldgelbe Globus über ihm schweben.

Die Medien würden ihn bei lebendigem Leib fressen. Mentalist Vincent Walder, der Houdinimörder. Letztendlich würde er für schuldig befunden werden. Drei Morde würde man ihm zur Last legen. Am Ende des Tages vielleicht sogar vier. Es würde ihnen nichts anderes übrig bleiben. Es war nur eine Frage der Zeit. Und Zeit blieb ihm vermutlich nicht mehr viel. Was hatte er denn eigentlich in der Hand? Er ging alles zum hundertsten Mal durch, um zu prüfen, ob er etwas übersehen hatte.

Vincent schloss die Augen und zog drei Schubfächer aus seinem inneren Archiv. In jedem hatte er verschiedene Überlegungen, Schlussfolgerungen und eventuelle Muster einsortiert. Im Moment begnügte er sich jedoch damit, die Etiketten zu studieren.

Auf dem ersten Schubfach stand: *Mütter der Opfer: Alte Spielkameradinnen.* Die Mörder wussten also, wo und mit wem er aufgewachsen war.

Auf dem zweiten Schubfach: *Alle Opfer starben in schlecht gebauten Illusionen: Genau wie Mama.* Die Mörder wussten also, was seiner Mutter zugestoßen war.

Und auf dem dritten Schubfach: *Die Morddaten ergeben seinen alten Namen.* Siehe erstes Schubfach.

Er öffnete die Augen wieder und sah die gelbe Kugel an.

Es deutete alles auf seine Kindheit hin.

Man konnte leicht die Schlussfolgerung ziehen, dass die Mörder ihn gekannt haben mussten und vielleicht sogar mit ihm zusammen aufgewachsen waren. Doch das war ein Fehlschluss. Man glaubte leicht, alles würde mit einem selbst zusammenhängen. Man selbst wäre die Ursache allen Geschehens. Im Grunde dachte jeder so, weil der Mensch sich nun einmal als Mittelpunkt des eigenen Universums wahrnahm. Doch das hieß nicht, dass es der Realität entsprach.

Die Informationen über seine Kindheit waren alle im Netz zu finden. Wenn man wusste, wo man suchen musste, waren sie nicht einmal schwer zu finden. Die Mörder mussten keine persönliche Verbindung zu ihm gehabt haben. Sie brauchten nur einen Internetzugang.

Aber wenn die Mörder ihn nicht kannten, konnte er kein Motiv erkennen. Warum hätte ein Fremder all das tun sollen? Um ihm zu schmeicheln? Ihn vor eine Herausforderung zu stellen? Sein Ego war vielleicht groß, aber doch nicht so groß, um etwas in der Richtung ernsthaft zu glauben. Der Wahnsinn von Stalkern ging normalerweise nicht über Annas Fantasien hinaus. Klar, Moriarty hatte rätselhafte Morde nur arrangiert, damit Sherlock Holmes sie aufklärte. Aber das war in einem Roman. Was Agnes, Tuva und Robert zugestoßen war, enthielt äußerst wenig Schauerromantik.

Auf einmal drehte sich die gelbe Kugel, und das Licht wurde heller. Anscheinend musste der Dimmer mal ausgewechselt werden. Mit lang ausgestreckten Beinen setzte er sich auf dem Teppich auf. Wechselte die Spur und spielte den Gedanken durch, dass die Mörder ihn doch kannten. Nicht, dass es in seinem Umfeld jemanden gegeben hätte, der zu so etwas in der Lage gewesen wäre, aber wieso auch nicht. Rein theoretisch. Gary Numan schien ihm auf perverse Weise zuzustimmen, denn nun ertönte aus dem Wohnzimmer der Refrain von »I Die: You Die«.

Aber selbst wenn er die Mörder kannte. Ein Motiv hatte er dann noch immer nicht gefunden. Und der vierte Mord sollte schon heute passieren.

Plötzlich sah er ein viertes Schubfach vor seinem geistigen Auge. Er konnte sich gar nicht erinnern, es eingerichtet zu haben. Aber da war es, in einer Reihe mit den anderen dreien. Er schloss die Augen und schaute rein. Das Schubfach war leer. Sein Unterbewusstsein versuchte offenbar, ihm etwas zu sagen. Vier Fächer, vier Puzzleteile. Ein Fach war leer.

Ach so. Natürlich.

Das Puzzle war noch nicht vollständig. Er musste also wichtige Informationen übersehen haben. Ein viertes Puzzleteil, das die Wahrheit ans Licht brachte.

Im Wohnzimmer war die Platte zu Ende. Er hörte die Nadel über das Etikett scharren, aber er rührte sich nicht.

Das vierte Puzzleteil, das noch fehlte, war nicht, wie sie geglaubt hatten, der letzte Mord. Er wusste genau, was es war. Und es war hier bei ihm zu Hause.

Mina hatte sich gerade frisch angezogen und die Kette von Nathalie umgehängt, als es an der Tür klingelte. Sie zuckte zusammen. Es klingelte nie. Niemand hatte sie je besucht. Oder? Konnte es Vincent sein? Hatten sie unbemerkt eine Ebene erreicht, auf der es völlig okay war, spontan vorbeizuschauen? Nein. Vor allem heute nicht, wo ihm den ganzen Tag Ruben auf den Fersen war. Das passte nicht zu Vincent. Es musste ein Vertreter sein. Irgendein junger Mensch, der ihr Fußballsocken oder Tulpen andrehen wollte.

Oder Jehovas Zeugen. Ordentlich gekämmte junge Männer in weißen Hemden mit Krawatte, denen das Licht Gottes aus den leblosen Augen leuchtete. An gehirngewaschene Roboter erinnerten sie diese Leute.

Sie machte die Tür auf. Kenneth stand davor.

»Oh. Hallo«, sagte sie verwundert. »Du hier?«

»Hallo, ja. Ich wollte Bosse abholen. Tut mir leid, dass es so lange gedauert hat. Zum Glück habe ich deine Adresse im Netz gefunden. Ein netter Nachbar von dir hat mich unten reingelassen.«

Erleichterung mischte sich mit Gewissensbissen. Erleichtert war sie, weil Bosses Herrchen endlich aus der Versenkung aufgetaucht war. Gewissensbisse hatte sie, weil Kenneth glaubte, sein Hund wäre bei ihr.

»Ich habe schon gedacht, du wärst untergetaucht«, sagte sie, um Zeit zu gewinnen. »Seit letztem Sommer habe ich dich bei AA nicht mehr gesehen.«

»Wahrscheinlich waren wir an unterschiedlichen Tagen dort«, sagte er. »Ist mit Bosse alles in Ordnung?«

Kenneth schaute sie erwartungsvoll an, dann blickte er sich nach dem Hund um. Mina spürte, wie ihr Gesichtsausdruck abweisend wurde.

»Ja, also, Bosse geht es gut, aber er ist nicht hier …«

»Wo ist er denn?«

Kenneth sah verwirrt aus. Mina zuckte entschuldigend mit den Schultern.

»Bei meinen Arbeitszeiten ging es einfach nicht, ihn hierzubehalten. Ich hätte es gerne getan. Aber es war leider nicht möglich. Ich habe aber einen ganz wunderbaren Kollegen, der seine Hilfe angeboten hat. Bosse ist also bei Christer.«

»Aha. Bei Christer also.« Kenneth wirkte immer noch verwirrt.

»Und wie geht es deiner Frau?«

»Lieb von dir, dass du fragst. Ja, eine Weile sah es nicht gut aus, aber es war offenbar nur ein leichter Schlaganfall. Sie haben sie schnell wieder stabilisiert, und dann hat sie sich bis in den Spätsommer zu Hause erholt. Jetzt geht es ihr zumindest so gut, dass ich mich wieder um Bosse kümmern kann.«

»Freut mich zu hören.« Und das meinte Mina auch.

Die liebevolle Verbundenheit zwischen Kenneth und seiner Frau rührte sie, und sie hatte sich in den vergangenen Monaten oft gefragt, wie es den beiden wohl ging.

»Wo finde ich … Christer?« Kenneth zog die Augenbrauen hoch.

Mina griff nach ihrem Handy und durchsuchte die Kontaktliste.

»Er wohnt am Skurusund. Wenn du auf dem Värmdövägen weiter geradeaus fährst, siehst du nach etwa zehn Kilometern den Sund. Bieg gleich hinter dem Kreisverkehr rechts ab. Nach etwa fünfhundert Metern siehst du auf der rechten Seite ein braunes Holzhaus. Es sieht aus wie ein Wochenendhäuschen.«

Sie wusste das nur, weil sie neulich in einem Anfall von schlechtem Gewissen hingefahren war und einen großen Sack Hundefutter vor seiner Tür abgestellt hatte.

»Hier ist die Nummer. Ruf doch an und frag nach der Adresse …«

»Puh, das ist jetzt ganz schön viel. Kannst du nicht mitkommen?«

Seine Stimme klang flehentlich, und seine Augen waren so groß wie die von Bosse. Mina sah aus dem Fenster. Vor dem Haus stand ein Kastenwagen. Er schien schon ein paar Jahre auf dem Buckel zu haben. Die hygienischen Verhältnisse im Inneren des Fahrzeugs konnte sie sich lebhaft vorstellen.

»Es wäre wirklich nett von dir. Wir haben Bosse schließlich dir anvertraut, und du hast versprochen, dich um ihn zu kümmern …«

Mina wand sich vor Unbehagen. Heute passte es ihr überhaupt nicht. Aber andererseits konnte Christer sie anschließend mit ins Präsidium nehmen. Kenneth drückte den Knopf, der ihr schlechtes Gewissen aktivierte. Wie hätte sie ihm diese Bitte abschlagen sollen? Auch wenn ihr ganzer Körper und ihre Seele dagegen rebellierten, in den schmutzigen Kastenwagen da unten auf der Straße zu steigen. Sie holte ihre Jacke.

»Okay. Ich komme mit und zeige dir das Haus.«

Sie schloss die Wohnungstür hinter sich ab, rannte an ihm vorbei und die Treppen hinunter und lief schnell auf den Kastenwagen zu, damit sie es sich gar nicht erst anders überlegen konnte. Kenneth eilte ihr hinterher und schloss den Wagen auf der Fahrerseite auf. Als Mina die Beifahrertür öffnete, musste sie tief durchatmen. Es war genau, wie sie befürchtet hatte. Sie holte noch einmal Luft. Und dann stieg sie ein.

VINCENT STAND VON DEM WEICHEN TEPPICH AUF und holte das Buch. Das dicke Buch, das irgendjemand vor Weihnachten an Umberto von *ShowLife* geschickt hatte, damit er es ihm gab. Das Buch mit dem Leoparden auf dem Cover. Vor einer Woche hatte er es von der Polizei zurückbekommen. Die Technik hätte es sicher gerne noch länger behalten, aber er glaubte nicht, dass die Lösung in der chemischen Zusammensetzung irgendeiner Substanz auf den Buchseiten zu finden war. Außer seinen und Umbertos Fingerabdrücken war da vermutlich auch nichts zu finden. Die Lösung musste sich in der Nachricht verbergen.

Sie stammte garantiert von den Mördern, aber da er sie damals noch nicht mit den anderen Puzzleteilen in Zusammenhang gebracht hatte, war sie ihm zunächst nicht so interessant erschienen. Er hatte sie eher als eine bewusste Provokation aufgefasst. Aber vielleicht hatte er nicht genau hingeschaut. Er schlug Seite 873 auf, die Seitenzahl, bei deren Ermittlung Benjamin ihm geholfen hatte. Wofür »achter Juli drei Uhr« stand, wusste er immer noch nicht. Oder ob das überhaupt etwas zu bedeuten hatte. Wieder klingelte da irgendetwas, aber so leise, dass er es sich auch einbilden konnte. Manchmal gab es gar keine Muster, obwohl man ganz sicher war, sie zu erkennen.

Die Mitteilung starrte ihn genauso geheimnisvoll an wie beim letzten Mal.

Hallo Vincent.
Falls du gedacht hast, der achte Juli wäre das Datum eines weiteren Mordes, bin ich schwer enttäuscht von dir.
Kannst du dich wirklich nicht erinnern? Wenn du mich finden willst, musst du genauer hinschauen.

Genauer hinschauen. Eine seltsame Formulierung. Warum stand da nicht »gründlicher suchen« oder »dich mehr anstrengen«? Er ignorierte die Nachricht und wandte sich dem Rest der Seite zu. Den aggressiven Strichen und den roten Klecksen. Zunächst hatte er Letztere nur als Klumpen wahrgenommen, aber jetzt fiel ihm auf, dass sie bei Weitem nicht so unstrukturiert waren wie gedacht. Sie hatten scharfe Umrisse, aber die Form war merkwürdig. Allmählich nahm in dem Durcheinander in seinem Kopf etwas Gestalt an. Ein Sommertag, an den er seit Jahren nicht gedacht hatte. Die Erinnerung war von den folgenden Ereignissen jenes Sommers überlagert worden. Eine Wolldecke auf dem Rasen.

Mamas Geburtstag.

Er hieß noch Vincent Boman.

Mamas Sommerkleid.

Eine Glückwunschkarte.

Wieder betrachtete er die Linien auf der Seite. Einige von ihnen waren durchgezogen, andere gestrichelt. Aber es konnte doch nicht … Es war unmöglich. Es durfte nicht sein. Mit zitternden Händen riss er die Seite vorsichtig heraus. Beinahe wäre sie gerissen.

Sie sollte einen Papierflieger daraus falten.

Er wollte nicht sehen, was sich in seinen Gedanken herausbildete, und schüttelte den Kopf, um es loszuwerden, aber nun gab es kein Zurück mehr. Er musste es wissen.

Mamas Lieblingskleid hatte ein Leopardenmuster gehabt.

Ein Leopard auf dem Cover des Buches.

Sie hatte ein Kartenspiel in der Hand gehalten.

Er faltete die gestrichelten Linien nach innen und die durchgezogenen nach außen, und die roten Flecken nahmen allmählich Form an.

»Heute ist der achte Juli, und es ist jetzt genau drei Uhr nachmittags. Prägt euch diesen Tag ein, denn ihr werdet noch euren Enkelkindern davon erzählen.«

Genau das hatte er gesagt. Um drei Uhr nachmittags des achten Juli. 873. Der Geburtstag seiner Mutter. Er hatte ihn seit fast vierzig Jahren nicht mehr begangen.

Als er die Seite fertig zusammengefaltet hatte, starrte er das Gebilde an. Dreimal derselbe fette und blutrote Buchstabe.

T T T.

Schreiend knüllte er das gefaltete Blatt zusammen. Dann nahm er das Buch und schleuderte es mit solcher Wucht an sein Regal, dass seine Preise scheppernd zu Boden fielen. Das Zombieporträt kippte um, und das Glas löste sich aus dem Bilderrahmen. T T T. Er hatte diese Buchstaben in seiner Kindheit so oft gehört, dass er sofort wusste, wofür sie standen.

Und zu den Plätzen, an denen Agnes, Tuva und Robert aufgefunden worden waren, passten sie auch. Agnes im Berzelii Park am Chinatheater. Tuva vor dem Vergnügungspark Gröna

Lund, der schwedischen Version des Kopenhagener Tivoli. Robert auf einem Parkplatz.

Theater, Tivoli, Transport.

Jane.

Seine große Schwester war die Mörderin. Es war einerseits völlig absurd, aber andererseits die einzige Erklärung. Er musste Mina erreichen. Und zwar schnell.

»Es tut mir leid … Ich hätte es dir sagen sollen. Bosse …«

Mina fiel es schwer, die richtigen Worte zu finden. Sich zu entschuldigen, gehörte nicht zu ihren starken Seiten, und daher vermied sie es nach Möglichkeit. Doch Kenneth kam ihr zu Hilfe.

»Kein Problem«, sagte er. »Bosse ist gut versorgt worden, das ist die Hauptsache.«

»Danke«, sagte Mina wortkarger als beabsichtigt.

Um ihre Verlegenheit zu überspielen, griff sie zu einem Mittel, um das sie sonst einen großen Bogen machte. Small Talk. Es gab wenig Dinge, die sie so verabscheute wie Konversation, die kein konkretes Ziel verfolgte. Doch in diesem Moment diente das Gespräch ja doch einem bestimmten Zweck. Von dem Schmutz im Kastenwagen fühlte sie sich vollkommen verseucht. Das war zwar eher im übertragenen Sinne gemeint, aber wenn sie ehrlich war, hatte sie körperlich das Gefühl, unsichtbare Partikel würden auf ihr herumkrabbeln. Die Stille zu füllen, half ihr zumindest ein wenig, dass sie von der langsam aufsteigenden Panik abgelenkt wurde.

»Wie habt ihr euch eigentlich kennengelernt, du und … deine Frau? Entschuldige, mir fällt gerade auf, dass ich gar nicht weiß, wie sie heißt.«

»Jane. Sie heißt Jane.«

»Jane. Schöner Name. Und? Wie habt ihr euch kennengelernt?«

Mina hörte selbst, dass ihr holpriger Versuch, ein ungezwungenes Gespräch zu führen, verriet, wie ungeübt sie auf diesem Gebiet war. Die meisten Menschen beherrschten diese Kunst, und daher war sie theoretisch wohl auch dazu in der Lage, sie hatte nur nie Lust gehabt, sie zu praktizieren.

»Ich habe sie aus der Gosse gezogen.«

»Aus der Gosse?«

Mina sah ihn an. Damit hatte sie nicht gerechnet. Ihr Interesse war geweckt. Kenneth blickte starr auf die Fahrbahn.

»Ich habe sie auf der Straße gefunden. Halb totgeschlagen. Sie hatte … Probleme. Ihr Leben war nicht leicht gewesen. Meins auch nicht. Ich hatte auch Probleme. Aber minus und minus ergibt manchmal plus. Als ich sie da liegen sah, passierte was mit mir. Ihr Kiefer war ausgerenkt. Das eine Auge war völlig zugeschwollen. Sie hatte drei gebrochene Rippen und ein gebrochenes Bein. Der rechte Arm war auch gebrochen. Und außerdem hatte ihr jemand so kräftig in den Rücken getreten, dass ihr Rückgrat verletzt war.«

Mina nickte.

»Sie hat also keine Skoliose?«, fragte sie.

Kenneth schüttelte den Kopf.

»Da vorne müssen wir nach rechts abbiegen«, sagte sie. Er blinkte.

»Im Allgemeinen wollen die Leute die Wahrheit gar nicht hören. Deshalb lügen wir. Es ist einfacher so«, sagte er.

»Das verstehe ich gut.« Mina sah aus dem Fenster.

Sie machte es genauso. Sie log alle an. Das war immer am einfachsten gewesen.

»Ich habe einen Krankenwagen gerufen. Sie ins Krankenhaus begleitet. Seitdem gehören wir zusammen.«

»Und ihr habt zu AA gefunden. Hilft euch das? Bei euren … Problemen?«

»Ja, das tut es. Das und die Sachen, die wir sonst noch so machen. Für uns allein. Manchmal muss man proaktiv sein. Man kann nicht nur rumsitzen und warten, dass was passiert.

Dass die Dinge sich von selber ändern. Manchmal muss man die Dinge selbst in die Hand nehmen.«

»Ich weiß, was du meinst.« Und das tat Mina wirklich. »Seid ihr von hier? Aus Stockholm?«

»Ja. Und nein.«

Mehr sagte er nicht. Und sie fragte nicht weiter.

»Wie viel Zeit bleibt dir noch?«, fragte sie stattdessen.

Kenneth zuckte nicht einmal zusammen. Sie hatte die Frage bereut, sobald sie ihr über die Lippen gekommen war. Aber genau dieser Filter, den andere Menschen zwischen Hirn und Mund zu haben schienen, der fehlte ihr ja. Auch aus diesem Grund vermied sie Small Talk. Am Ende trat sie anderen oft zu nahe.

»Woher wusstest du es?«, fragte er, ohne den Blick von der Straße abzuwenden.

»Bis eben war ich mir nicht sicher. Aber ich habe es mir gedacht. Du hast gelbliche Augäpfel und einen gelblichen Hautton. Genau wie mein Großvater, bevor er an Leberkrebs starb. Im Fußraum liegt eine Packung Nexavar. Das hat mein Großvater auch bekommen.«

Mit der Fußspitze stupste Mina gegen die leere Tablettenschachtel auf dem Boden des Wagens.

»Ein paar Monate, wenn ich Glück habe«, sagte er. »Zu viele Metastasen. Nexavar nehme ich gar nicht mehr.«

»Tut mir leid.«

Sie schwiegen eine Weile.

»Für Jane muss ich alles tun«, sagte er schließlich. »Das ist das Einzige, was ich ihr geben kann. Das Einzige, was ich überhaupt kann. Ihr geben, was sie braucht.«

»Schön«, sagte Mina.

Sie rutschte unruhig auf dem Beifahrersitz hin und her. Das Gespräch wurde ihr langsam zu persönlich. Es menschelte ihr zu sehr. Sie spürte etwas Klebriges an der Hand. Ein Bonbonpapier. Angewidert versuchte sie, es abzustreifen, aber es haftete hartnäckig an ihrem Finger. Ihre Übelkeit wurde stärker. Endlich löste sich das Papier. Sie blickte auf.

»Du hättest da abbiegen müssen.« Sie zeigte auf die Ausfahrt, an der sie soeben vorbeigekommen waren.

Doch anstatt langsamer zu fahren, beschleunigte er.

»Du hast die Ausfahrt verpasst.« Mina drehte sich stirnrunzelnd zu ihm um.

Kenneth antwortete nicht. Er gab nur noch mehr Gas, und die Geschwindigkeitsanzeige zeigte nun einhundertfünfzig Kilometer pro Stunde an.

»Was machst du?«, rief Mina entsetzt.

Langsam drehte er den Kopf in ihre Richtung.

»Du kommst mit zu mir.«

Er sprach ganz ruhig. Dann wandte er den Blick entschlossen der Fahrbahn zu. Einige Sekunden lang saß Mina reglos da, dann zog sie ihr Handy aus der Tasche. Bevor sie reagieren konnte, hatte Kenneth es ihr aus der Hand gerissen und aus dem Fenster geworfen. In diesem Augenblick begriff Mina, dass sie einen Fehler gemacht hatte.

Einen großen Fehler.

Kvibille 1982

Ihr kleiner Bruder saß zusammengekauert auf dem Sofa im Wohnzimmer. Er hatte die Arme um die Knie geschlungen und weinte. Seine Tränen hatten bereits sein T-Shirt durchnässt. Sie konnte kaum verstehen, was er sagte.

»Sie ist in den Kasten gekrochen«, schluchzte er. »Ich habe ihn mit dem Vorhängeschloss verschlossen. Dann wollte ich nur schnell meinen Umhang holen. Den du mir geschenkt hast. Ich bin ins Haus gerannt. Da habe ich Hunger bekommen. Ich habe drei Brote mit je einer Käsescheibe und einer halben Scheibe Schinken gegessen. Und getrunken habe ich …«

»Was du gegessen und getrunken hast, ist nicht wichtig!«, schrie sie unbeherrscht.

»Doch, es ist wichtig!«, schrie er zurück. »In der Küche lief das Radio. Es kam gerade eine Sendung über bipolare … na ja, wie Mama manchmal ist. Und deswegen habe ich mir das angehört. Dann kamen Malla, Sickan und Lotta. Die wollten ein Picknick machen. Wir sind an den See gefahren und haben gebadet. Und dann gab es bei Sickan zu Hause Abendessen.«

Sie hatte das Gefühl, sich wieder übergeben zu müssen.

Dieser verdammte Umhang. Wenn sie ihm den nicht geschenkt hätte, wäre er im Stall geblieben. Dann wäre nichts passiert. Es war alles ihre Schuld. Wobei, nein. Dieser Gedanke gehörte zur alten Jane. Diesmal nicht. Das war vorbei.

»Haben dich deine Freundinnen gefragt, wo Mama ist?«

»Doch, sie haben nach ihr gefragt, und da ist mir eingefallen, dass sie im Stall war, aber sie haben mich überredet, heimlich zu verschwinden. Es war ein Streich.«

Ein Streich. Jane hätte diese Mädchen umbringen können.

»Wann ist dir wieder eingefallen, dass du sie im Stall zurückgelassen hast?«, fragte sie. Sie zwang sich, äußerlich ganz ruhig zu bleiben.

Sie setzte sich zu ihrem kleinen Bruder aufs Sofa. Er legte die Stirn an die Knie.

»Am Abend«, sagte er leise. »Als ich ins Bett gehen wollte.«

»*Am Abend?* Und dann hast du es wieder vergessen? Ausgerechnet du?«

»Ich habe es nicht vergessen! Es war dunkel draußen! Das war unheimlich.«

Er sah plötzlich trotzig aus.

»Und außerdem hätte sie ja rausgekonnt! Es gab eine … ich darf es eigentlich nicht sagen, weil Zauberer niemals ihre Tricks verraten, aber …«

»Du bekommst Schläge.«

»Es gibt eine Geheimtür. Der Trick ist, dass man auf der Rückseite aussteigen kann. Ich dachte, sie wäre rausgekrabbelt, als ich nicht wiedergekommen bin, und hätte dann jemanden besucht. Oder Löwenzahn gejätet. Was weiß ich.«

Sie schluckte. Er war erst sieben. Und er war auch anders als die meisten Siebenjährigen. Das durfte sie nicht vergessen. Aber trotzdem. Das ging zu weit.

»Warum bist du denn nicht einfach hingegangen und hast nachgesehen?«, fragte sie. »Als sie nicht nach Hause gekommen ist?«

»Ich hatte Angst. Dass sie böse wird. Oder Schmerzen hat, weil sie zu lange in dem Kasten gehockt hatte. Ich wollte keinen Ärger bekommen. Aber Jane, ich verstehe das nicht. Wieso ist sie denn da drin geblieben?«

»Weil deine bescheuerte Geheimtür nicht funktioniert hat!«

Ihr kleiner Bruder zuckte zusammen. Dann runzelte er die Stirn.

»Nicht funktioniert?«, sagte er. »Ich glaube nicht, dass ich mich verrechnet habe. Und außerdem müsste sie dann doch geklopft haben.«

Manchmal war er wirklich blöd. Dass er mit seinem Umhang nicht in der Stalltür hängen geblieben war und sich selbst stranguliert hatte, war ein Wunder.

»Woher willst du wissen, ob sie nicht geklopft hat?«, antwortete sie. »Du warst ja weg. Und dann hast du nicht mal nachgesehen! Du bist zwei Wochen lang nicht in den Stall gegangen. Weil du keinen Ärger bekommen wolltest. Was hast du dir eigentlich dabei gedacht? Vielleicht hat sie ja stundenlang geklopft. Oder sogar tagelang!«

Ein kleiner Teil von ihr hatte seine Zweifel. Vielleicht war es ja doch nicht ganz so einfach, wie sie es darstellte. Stand denn wirklich fest, dass es die Schuld ihres kleinen Bruders war? Sie hatte noch genau vor Augen, wie ihre Mutter auf dem Rasen gehockt hatte. Und sie hatte die Worte im Ohr, als ob ihre Mutter sie gerade erst ausgesprochen hätte.

Wenn du gehst, bringe ich mich um.

Aber es nahm sich doch niemand das Leben, indem er sich selbst zu Tode hungerte, geschweige denn, sich selbst in einer sonnenbeheizten Holzkiste kochte. Nein. Jedenfalls nicht bewusst. Ihre Mutter hatte die Luke sicherlich nicht absichtlich ignoriert. Aber als sie bemerkt hatte, dass sie eingeschlossen war… Hatte da vielleicht ein Teil von ihr schon aufgegeben? Hatte eine Stimme in ihrem Inneren gesagt, es sei auch besser so? Sie würden sowieso besser ohne sie zurechtkommen? Und dann hatte sie vielleicht nur noch … gewartet.

Jane schüttelte den Kopf so heftig, dass ihr der Nacken wehtat. Der Gedanke war unmenschlich. So etwas konnte man doch nicht machen. Oder doch? Sie betrachtete den kleinen Jungen neben ihr auf dem Sofa und traf eine Entscheidung. Es war alles seine Schuld. Ihr bescheuerter kleiner Bruder hatte noch nicht einmal nachgesehen. Wenn er nicht so blöd gewesen wäre, hätte jetzt alles anders ausgesehen. So war es und nicht anders.

Es klingelte an der Tür.

»Wer kann das sein?«, schluchzte ihr kleiner Bruder.

Sie sah an die Decke und kniff die Augen zusammen, um die Tränen wegzudrücken. Er hatte ihr Leben zerstört. Aus der gymnasialen Oberstufe in Mora würde nichts werden. Sie würde Pflegeeltern bekommen, und wie es ihr mit denen ergehen würde, konnte sie sich lebhaft vorstellen. Wenn sie in den Jahren in Kvibille eins gelernt hatte, dann, dass sie anders war als andere. Die Lehrer verdrehten die Augen, wenn sie ihre Aufgaben viel zu schnell erledigt hatte und Fragen stellte, die sie nicht verstanden. Keiner der Jungs in ihrer Klasse interessierte sich für sie, offenbar wollte keiner mit einem Mädchen zusammen sein, das mühelos komplizierte Zusammenhänge begriff. Auch die Mädchen verstummten, wenn sie näher kam. Als wüssten sie nicht, in welcher Sprache sie mit ihr sprechen sollten. Sie konnte doch auch nichts dafür, dass die anderen so beschränkt waren.

In Mora wäre alles anders geworden. Dort gab es noch mehr Leute, die so waren wie sie. Und gut denken konnten. Das hatte Ylva ihr erzählt. Dort wäre sie normal gewesen. Sie hätte ihr Licht nicht unter den Scheffel stellen müssen, sondern wäre sogar aufgeblüht.

Ein neues Leben.

Sie sprang vom Sofa auf und öffnete der Polizei die Tür. Vor etwa einer Stunde hatte sie dort angerufen. Ihr neues Leben war vorbei, bevor es überhaupt angefangen hatte. Sie hasste ihren kleinen Bruder so sehr. Und seine verdammten Freundinnen auch.

KENNETH PARKTE DEN KASTENWAGEN vor einem großen grauen Gebäude. Bei ihren Recherchen über die Verwendung von Ketamin hatte sie Bilder des Komplexes gesehen. Sie hatten recht gehabt. Es war tatsächlich eine Nerzfarm. Kenneth schaltete den Motor aus und drehte sich zu ihr um.

Ohne Vorwarnung gab er ihr eine Ohrfeige. Jagte ihr einen Schreck ein. Das war Taktik. Auf diese Weise machte man sein Opfer gefügiger. Das befürchtete jeden Augenblick, dass es wieder passieren würde. Sie wusste alles darüber. Aber das bedeutete nicht, dass es nicht funktionierte. Die Kraft des alten Mannes versetzte ihr einen Schock. Cortisol und Adrenalin explodierten in ihrem Körper, sie erstarrte vor Angst.

»Sitzen bleiben.« Er stieg aus.

Sie kämpfte gegen das Adrenalin und die Angst an, die sie hinderten, klar zu denken. Sie musste sich auf ihre Intuition verlassen und hoffte, dass ihr die vielen Jahre bei der Polizei Reflexe einprogrammiert hatten, die ihr das Leben retten würden.

Kenneth ging vorne um das Auto herum, um ihre Tür zu öffnen. Als er direkt vor dem Auto war, überlegte sie, ob sie sich auf der Fahrerseite rausstürzen sollte, aber dann hätte er es vermutlich geschafft, kehrtzumachen und wieder bei der Tür zu sein, bevor sie draußen war. Sie schnallte sich stattdessen ab und zog die Beine an. Als Kenneth die Klinke runterdrückte, trat sie so fest zu, wie sie konnte. Die Tür traf ihn am Kopf und am Oberkörper. Schreiend fiel er rücklings auf den Kies. Sie hoffte, dass er sich wehgetan hatte.

Sie stürzte sich aus dem Kastenwagen und rannte an dem benommenen Kenneth vorbei. Der Geruch, der ihr entgegenschlug, war überwältigend. Sie hatte damit gerechnet, dass es nach Tieren riechen würde, aber das hier ... das war etwas anderes. Etwas Krankhaftes. Sie schlug sich die Hand vor den Mund.

Von der Kiesfläche vor den Gebäuden schien nur eine Straße wegzuführen, und auf dieser Straße waren sie eben gekommen. Sie rannte in die Richtung, war aber erst ein paar Schritte weit gekommen, als zwischen den Bäumen ein lauter Knall ertönte. Sie wirbelte herum. Vor dem grauen Haus saß Jane in ihrem Rollstuhl. Sie zielte mit ihrer Pistole auf Mina. Mina verfluchte sich, dass sie so unüberlegt gewesen war. Sie hätte sich doch denken können, dass Jane hier war!

»Tu jetzt nichts Dummes«, sagte Mina und hob langsam die Hände.

Janes routinierter Griff verriet, dass sie die Pistole nicht zum ersten Mal in der Hand hielt. Sie war vielleicht alt und saß im Rollstuhl, aber zielen konnte sie.

»Das Gleiche könnte ich zu dir sagen.« Jane sah sie ernst an. »Du hast selbst gesehen, was ich damit machen kann.«

»Agnes?«

Jane nickte zufrieden.

»Gut gefolgert, Frau Kommissarin. Direkt in den Mund. Du hättest mal ihr erstauntes Gesicht sehen sollen.«

Mina musste Jane die Waffe abnehmen, schnell. Jane war offensichtlich eine geübte Schützin. Aber ein bewegliches Ziel zu treffen, erforderte erheblich mehr Geschick. Vor allem, wenn es sich auf einen zubewegte. Minas einzige Chance war, im Zickzackkurs auf Jane zuzurennen. Nicht, dass sie auf einen Schuss in den Arm aus war, aber wenn es ihr auf diese Weise gelang, Jane zu entwaffnen, dann war das ein hinnehmbares Übel.

Sachte senkte sie die Arme, hielt aber die ganze Zeit Augenkontakt zu Jane. Sie durfte sich nicht das geringste bisschen

Muskelanspannung in den Beinen oder im Bauch anmerken lassen. Nichts durfte darauf hindeuten, dass sie sich auf einen Sprint vorbereitete. War sie erst einmal losgerannt, musste sie es innerhalb von Sekunden geschafft haben.

Plötzlich warf sie ein harter Schlag in den Rücken nach vorn. Auf dem Kies schlug sie sich zuerst die Knie auf, fiel dann mit dem Gesicht auf die Steinchen. Alle Luft war aus ihrem Brustkorb gewichen, aber als sie versuchte, einzuatmen, rasselte es nur in ihrer Lunge. Sie hörte Schritte, sah zwei Füße. Es gelang ihr nicht, den Kopf nach hinten zu drehen. Sie hatte schon mit dem Atmen genug zu tun. Andererseits brauchte sie auch nicht hinzugucken. Sie wusste, wer das war. Wie dumm von ihr.

»Ich glaube, die hier ist etwas wilder als die anderen«, gluckste Kenneth.

ALS ER ZUM FÜNFTEN MAL ANRIEF, hörte er genau die gleiche Ansage wie viermal zuvor. Eine freundliche Stimme teilte ihm mit, die gewählte Rufnummer sei nicht erreichbar. Minas Telefon war ausgeschaltet.

Mina legte zwar großen Wert auf ihre Privatsphäre, aber ihr Telefon schaltete sie eigentlich nur aus, wenn sie zu diesen Treffen ging, die sie für geheim hielt. Und selbst dann vergaß sie es öfter. Ansonsten war sie immer erreichbar. Vor allem für ihre Kollegen. Sie war auf eine fast schon altmodische Art loyal. Es konnte natürlich sein, dass sie gerade bei so einem Treffen war und ihr Telefon ausgeschaltet hatte. Aber nicht an einem solchen Tag. Nicht an einem Tag, der mit einem bestialischen Mord enden würde, wenn sie es nicht rechtzeitig schafften, ihn zu verhindern. Und trotzdem ging sie nicht ans Telefon.

Vincent konnte sich das schicksalhafte Gefühl, das ihn überkam, nicht rational erklären und hätte es deshalb ignorieren müssen. Aber es hatte sich bereits in seiner Amygdala festgebissen und übertönte die rationalen Frontallappen.

Er musste einen der anderen anrufen. Das Problem war nur, dass er außer der Nummer von Mina nur die von Ruben und Julia hatte. Ruben saß wenige Meter von ihm entfernt in einem Auto und hätte ihm niemals geglaubt. Er hätte Vincent sofort unterstellt, sich unter einem Vorwand aus dem Haus stehlen zu wollen.

Bei Julia war der Anrufbeantworter an. Er legte auf, bevor die Ansage geendet hatte. Schaute aus dem Fenster. Es ging um *Mina*. Wenn ihr etwas zustieß, würde er sich das nie verzeihen. Wenn es in seiner Macht gestanden hätte, hätte er nicht einmal zugelassen, dass sie Kopfschmerzen bekam. Er musste Ruben dazu bringen, ihm zu glauben.

Bevor er die Haustür geöffnet hatte, klingelte das Telefon in seiner Hand. Die Nummer kannte er nicht. Noch dazu war es ein Videoanruf. Der einzige ihm bekannte Mensch, der Videoanrufe toll fand, war sein Sohn, aber der hatte kein eigenes Handy. Er zögerte, dann ging er doch dran.

»Hallo?«

Ihm stockte der Atem. Ein Bild von Mina. Sie saß auf einem Rollstuhl und war mit den Händen an die Lehnen gefesselt. Das sonst immer so glatt zusammengebundene Haar hing strähnig runter, ihr Gesicht war dreckig. Sie trug die Kette, die er auf ihrem Schreibtisch gesehen hatte, ihr weißer Rollkragenpullover war beinahe schwarz. Ein Ärmel hatte einen langen Riss. Sie hatte mit jemandem gekämpft. Es war anscheinend ein brutaler Kampf gewesen. Und sie hatte ihn verloren.

Neben ihr stand ein älterer Mann. Sobald Mina merkte, dass die Kamera lief, begann sie, sehr schnell zu reden.

»Vincent«, sagte sie. »Ich weiß nicht, wo ich bin, aber es stinkt hier nach …«

Der Mann ohrfeigte sie. Vincent hatte ihn schon mal gesehen. Es war der Mann von diesem AA-Meeting. Kenneth.

»Weißt du eigentlich, wie dumm es ist, eine Polizistin so zu schlagen?«, schrie Mina und zerrte an ihren Fesseln. »Dafür kann ich dich lebenslänglich einsperren lassen.«

Kenneth lachte glucksend. Dann zog er ruckartig an einem Seil, das um den Rollstuhl und Minas Oberkörper herumlief. Mina wimmerte vor Schmerz, als das Seil ihr in die Brust schnitt. Dann wurde sie still. Die Person, die das Handy hielt, stellte in den Selfie-Modus um, und nun blickte Vincent direkt in die Augen einer alten Frau. Sie sah krank aus. Ihr Gesicht schien zusammengeschrumpft zu sein und war viel kleiner, als es hätte sein müssen. Die Haut war ledrig und rissig zugleich. Offenbar hatte sie einen Großteil ihres Lebens unter freiem Himmel verbracht. Und das Leben schien nicht besonders freundlich zu ihr gewesen zu sein.

Dann sah er ihren Blick – und erkannte ihn. Der Blick war genauso intensiv, wie er immer gewesen war. Vincent riss die Augen auf, als er begriff, wen er vor sich hatte. Wie hatte seine Schwester so alt werden können?

»Na, kleiner Bruder«, sagte sie. »Wie geht es dir so?«

»Was hast du mit Mina gemacht?«, schrie er.

»Ts. Kein Benehmen.« Jane rümpfte die Nase. »Ein Hallo wäre nett gewesen. Du scheinst nicht erstaunt zu sein, mich zu sehen, und daher nehme ich an, du hast das Rätsel im Buch am Ende doch noch gelöst. Gib zu, dass dir dieses Detail gefallen hat.«

Seine Schwester lachte zufrieden in sich hinein.

»Bei AA mussten wir übrigens hören, dass du Anna belästigt hast. Dabei bewundert sie dich doch so«, sagte sie. »Das war nicht nett von dir. Sie redet immer nur von diesem wundervollen Vincent Walder. Mein Gott, die lässt auch alles mit sich machen. Kenneth brauchte nur zu sagen, dass vielleicht einer von uns Mina auf die Sprünge helfen sollte, und schon hat sie die ganze Arbeit für uns erledigt und dich vorgeschlagen. Und dabei hatten wir einen schönen Plan ausgetüftelt, um dich da mit hineinzuziehen. Ganz umsonst, die ganze Arbeit. War fast ein bisschen schade, dass es derart leicht ging.«

»Lass Mina los«, zischte er.

Das Gesicht seiner Schwester bedeckte noch immer das gesamte Display. Er musste Mina sehen.

»Ich verstehe«, sagte Jane. »Du willst gleich anfangen. Von mir aus gerne. Für Small Talk ist später noch genug Zeit. Aber zuerst erkläre ich dir die Spielregeln.«

»Wovon sprichst du? Was willst …«

»Du sollst die Erwachsenen nicht unterbrechen«, herrschte Jane ihn an. »Das ist wieder typisch. Immer musst du im Mittelpunkt stehen. Ich kann mir vorstellen, dass du eine Menge Fragen an Mina hast. Wo sie ist, wie es ihr geht und so weiter. Das Übliche. Aber ich schwöre dir, wenn du auch nur eine einzige Frage stellst, ist sie auf der Stelle tot. Und Mina, für dich gilt das Gleiche. Wenn du noch einen Pieps sagst, ist das hier vorbei, bevor wir auch nur angefangen haben.«

Vincent war still. Jane schien es ernst zu meinen. Was war mit seiner Schwester passiert? Sie war doch immer so intelligent gewesen. Jetzt war sie psychotisch. Verrückt. Er konnte kaum fassen, dass die Frau am Telefon das Mädchen war, das er einst auf einer Decke mit Kartentricks zum Staunen gebracht hatte.

Jane stellte die Kamera wieder um, und nun sah er, wie der Mann Minas Kiefer packte. Sie warf den Kopf vor und zurück, um sich aus seinem festen Griff zu befreien, aber es nützte nichts. Der Mann drückte ihre Wangen zusammen.

»Verstanden?«, fragte Jane.

Der Mann bewegte seine Hand hoch und runter, sodass Mina stumm mit dem Kopf nickte. Doch das Entsetzen in ihren Augen war nicht zu übersehen. Aber es war auch ein Zeichen, dass sie noch nicht aufgegeben hatte.

»Alles okay, Mina«, sagte Vincent und versuchte, ihr zu vermitteln: *Ich sehe dich und sehe, dass du Schmerzen hast, aber die wissen nicht, was zwischen uns ist und was uns verbindet.* »Wir tun, was sie sagen.«

Mina durchbohrte ihn mit ihrem Blick.

Wir kommen da wieder raus, ich vertraue dir.

»Ach Gott, jetzt war ich ja selbst ganz unhöflich«, sagte Jane. »Und dir mache ich Vorwürfe. Ts. Kenneth kennst du? Er ist mein Mann und mein Partner.«

Der Mann, der immer noch Minas Gesicht festhielt, verbeugte sich lächelnd. Jane wich zurück, und nun konnte er erkennen, dass Mina hinter einer Werkbank saß. Auf der Werkbank lag ein Schwert. Vincent erkannte den Typ sofort. Ein Condor Grosse Messer. Mit demselben Modell war Tuva durchbohrt worden. Der Griff steckte in einer Schraubzwinge, die wiederum mit einem Schlagbohrer verbunden war. Das erklärte die Abdrücke, die er an den Schwertern gesehen hatte, als er in der Rechtsmedizin gewesen war. Der Schlagbohrer sah aus wie die Presslufthämmer, mit denen Asphaltdecken von Fahrbahnen entfernt wurden, nur kleiner. Scheiße. Sie hatten die Schwerter mit diesem Hammer in Tuva gebohrt. Unvorstellbare Schmerzen hatte sie erlitten.

Doch etwas anderes als Schwert und Schlagbohrer erregte seine Aufmerksamkeit.

Vor Mina standen fünf nummerierte Papiertüten mit der Öffnung nach unten. Sie waren groß genug, um Achtzollnägel stehend darunter zu verbergen. Vincent wurde es eiskalt.

»Ich bin nicht herzlos«, sagte seine Schwester. »Ich weiß, wie viel dir Mina bedeutet. Oh, mach doch nicht so ein erstauntes Gesicht. Anna hat mir erzählt, wie oft sie euch in der Stadt zusammen gesehen hat. Anscheinend habt ihr überall herumpoussiert. Im Rålambshovspark. In der Fjällgata. Diesem Restaurant auf der Dachterrasse. Sogar bei ihr zu Hause. Also spiel nicht den Gleichgültigen. Ich bin mir ziemlich sicher, dass dir im Moment niemand wichtiger ist als sie. Und weißt du was? Du hast Gelegenheit, ihr das Leben zu retten.«

Kenneth gluckste.

»Oder sie zu töten.« Er lachte kalt.

»Ist es nicht irgendwie witzig, dass es immer der Assistentin an den Kragen geht?« Jane beugte sich vor und sah Vincent in die Augen. »Es ist die Aufgabe der jungen hübschen Frau, in den Verschlag zu kriechen und sich foltern zu lassen. Aber damit kennst du dich ja aus, kleiner Bruder. Weißt du eigentlich, wie wir Mina kennengelernt haben? Weißt du von ihrem kleinen … Problem?«

Jane starrte Mina an, doch die erwiderte den Blick nicht.

»Sie ist feige. Wusstest du das? Weißt du, wie feige Mina ist?«

Es war eine rhetorische Frage, und Jane schien auch keine Antwort zu erwarten.

»Sie hat dort gesessen«, fuhr sie fort. »Immer wieder. Woche für Woche. Hat sich angehört, wie die anderen sich geöffnet haben. Etwas geteilt haben. Hat Anteil an ihrem Schmerz, ihren Kämpfen und ihren Geschichten genommen. Aber sie selbst hat nichts preisgegeben. Nie. Aber jetzt. Jetzt ist deine Chance gekommen, Mina. Was hast du zu sagen? Was wirst du heute mit uns teilen? Hier ist dein Publikum. Vielleicht ist es deine letzte Chance. Also lass sie dir nicht entgehen.«

Mina verzog keine Miene.

»Ich werde eine Tüte wegnehmen. Eine ohne Nagel darunter. Wenn du nichts mit uns teilst.«

Janes Stimme war ruhig. Vollkommen gefühllos. Kenneths Hand bewegte sich auf die Papiertüten zu.

»Mina. Tu, was sie sagen.« Vincent riss sich zusammen, um nicht die Fassung zu verlieren.

Fünf Tüten bedeuten, dass die Chance, auf den Nagel zu treffen, 20 Prozent betrug. Egal, welche Tüte man wählte. Jede Tüte weniger erhöhte das Risiko auf 25 Prozent.

Mina hob langsam den Kopf. Sah Vincent direkt an und holte tief Luft. Falls sie Angst vor seiner Reaktion hatte, waren ihre offensichtliche Besorgnis und ihre Nervosität unbegründet. Er wusste bereits, was sie sagen würde.

»Ich … Ich heiße Mina. Und ich … bin tablettenabhängig.«

»So, prima. War doch gar nicht so schwer.«

Jane lächelte. Ihr Lächeln war erstaunlich warmherzig.

»Ist das nicht großartig, Vincent? Warum ist es ihr nur so schwergefallen? Im Grunde ist sie gar nichts Besonderes. Jedenfalls kein bisschen besser als wir anderen in der Runde. Oder was meinst du, Vincent? Sie ist genauso beschissen drogenabhängig wie wir, und trotzdem trägt sie die Nase so …«

»Ich weiß das alles«, unterbrach Vincent seine Schwester.

Die Schadenfreude in Janes Miene wich nun Verbitterung, und Mina sah Vincent verwundert an. Jane schien noch etwas sagen zu wollen, aber er hörte ihr nicht mehr zu. Er starrte auf die Tüten und spürte, wie ihm am ganzen Körper der Schweiß ausbrach. Er sah zuerst Mina an. Dann Jane. Die Gedanken schossen ihm durch den Kopf wie Billardkugeln, prallten gegen die Innenseite seines Schädels und hätten den beinahe gesprengt. Er und Jane und Mina waren drei Seiten eines Dreiecks, eines perfekten Dreiecks, bei dem das Toastbrot keinen Riss bekommen durfte, weil Mama es sonst wegwarf, aber es waren auch fünf Tüten, und drei plus fünf ergab acht, aber das ergab keinen Sinn.

Aufhören

Aber acht plus Kenneth (warum hieß der Mann seiner Schwester eigentlich Kenneth, so hieß doch kein Mensch) ergab neun, und neun Zentimeter waren 3,5 Zoll

Aufhören aufhören

Und 3,5 war genau die richtige Einstellung, wenn der Toaster noch nicht aufgewärmt war, und das Dreieck wurde dann perfekt knusprig, aber die Seiten gingen immer wieder kaputt, genau wie er und-und-und

AUFHÖREN.

»Ich war sieben Jahre alt, Jane«, sagte er. »Es war ein Unfall.«

Der Blick seiner Schwester wurde stechend.

»Glaubst du etwa, es ginge mir nur um Mama?«, zischte sie. »Du bist noch ein genauso egozentrisches Kleinkind wie damals, kleiner Bruder. Aber genug geredet. Es ist so weit.«

Sie verschwand aus dem Bild, und er konnte Mina und die Papiertüten jetzt wieder deutlich sehen.

»Ihr reitet euch nur immer tiefer hinein.« Erneut ruckte Mina an dem Seil.

Doch auch diesmal wurde sie ignoriert. Kenneth packte sie am Hinterkopf.

»Du kennst die Regeln, kleiner Bruder«, sagte Jane. »Es ist schließlich dein Lieblingstrick. Such dir eine Zahl aus.«

Vincent schluckte und konzentrierte sich auf seine Atmung, bis er seine Gedanken wieder unter Kontrolle hatte. Er musste tun, was Jane sagte. Konnte es sich nicht leisten, aus der Rolle zu fallen. Er zweifelte keine Sekunde daran, dass sie Mina in der Sekunde getötet hätten, in der er die Regeln nicht befolgt hätte. Doch andererseits? Wie hätte er sich entscheiden können?

»Woher weiß ich, dass du nicht unter jede Papiertüte einen Nagel gestellt hast?«, fragte er.

»Entscheide dich jetzt für eine Zahl«, herrschte Jane ihn an. »Sonst tu ich es.«

Er konzentrierte sich.

Fünf Tüten. Fünf Positionen. Wenn Leute aufgefordert wurden, sich für einen von fünf aufgereihten Gegenständen zu entscheiden, wählten sie meistens den auf der vierten Position aus. Die zweite Position errang den zweiten Platz. Psychologische Erklärungen gab es viele, aber zumindest in einem Punkt waren sich alle Theorien einig, es war so. Falls Jane nichts von dem Phänomen wusste und den Nagel ohne spezielle Hintergedanken platziert hatte, war die Chance also groß, dass der Nagel auf Position zwei oder vier stand.

Falls sie das Phänomen allerdings doch kannte, hätte sie ihn auf einer anderen Position platziert, um auf diese Weise die Wahrscheinlichkeit zu erhöhen, dass Vincent sich für die Tüte mit dem Nagel entschied. Sie wusste, dass Vincent Position zwei und Position vier nicht wählen würde, wenn er geglaubt hätte, dass der Nagel dort war.

Rechnete sie jedoch nicht damit, dass Vincent die Finte durchschaute und begriff, dass der Nagel nicht unter der vierten oder der zweiten Tüte stehen würde, dann konnte sie den Nagel natürlich absichtlich unter der zweiten oder vierten Tüte platziert haben. Sie nahm ja an, Vincent würde sich für eine dieser beiden Positionen entscheiden, weil er glaubte, der Nagel stünde auf einer der drei anderen Positionen.

Vorausgesetzt, es gab nicht mehrere Nägel.

Verdammt.

Er hatte seine Schwester seit seiner Kindheit nicht gesehen. Aber sie war immer sehr intelligent gewesen. Ihn hingegen hatte sie nie für intelligent gehalten. Deshalb hatten sie seine Zaubertricks auch so verblüfft. Obwohl sie im Nachhinein immer behauptete, alles rekonstruiert zu haben. Dass es ihm gelingen würde, sie zu überlisten, hatte sie ihm überhaupt nicht zugetraut. Und wahrscheinlich traute sie es ihm noch immer nicht zu.

»Ich wähle Tüte zwei.« Vincent hielt den Atem an.

»Was jetzt passiert, ist deine Schuld«, sagte Jane. »Ich will, dass du das weißt.«

Kenneth stieß Minas Kopf nach vorne. Ihre Stirn donnerte auf Tüte zwei und knüllte sie zusammen.

»Au!«, schrie Mina.

Kenneth zog ihren Kopf am Haar zurück. Sie hatte einen roten Abdruck auf der Stirn. Aber keinen Nagel. Vincent atmete auf.

»Anfängerglück«, sagte seine große Schwester. »Noch mal.«

Er wagte es, eine Frage zu stellen.

»Alles okay, Mina?«

Sie schüttelte den Kopf. Tränen liefen ihr übers Gesicht. Sie sah völlig aufgelöst aus.

»Weißt du, wo der Nagel ist?«, fragte er.

Wieder schüttelte sie den Kopf. Die Widerstandskraft, die er in ihren Augen gesehen hatte, war nahezu erloschen.

»Ich warne dich, Vincent«, sagte Jane. »Stell keine Fragen, wenn du nicht willst, dass Kenneth und ich dieses Schwert benutzen. Entscheide dich. Jetzt.«

»Okay, okay, warte kurz, ich wähle … Tüte eins«, sagte Vincent.

Er hatte keine Ahnung, und er hatte auch keine Anhaltspunkte. Aber die Statistik war immer noch auf seiner Seite. Bei vier Tüten betrug die Chance, eine leere Tüte zu wählen, fünfundsiebzig Prozent. Auf der anderen Seite bestand ein fünfundzwanzigprozentiges Risiko, dass er Mina soeben getötet hatte.

Mina schrie laut auf, als ihr Kopf erneut auf die Werkbank gestoßen wurde. Er hörte durchs Telefon, wie der Schädel aufs Holz donnerte. Unmittelbar danach zerrte Kenneth sie wieder in eine sitzende Position. Ihr Körper wurde von Krämpfen geschüttelt. Sie weinte hemmungslos und sah Vincent nicht mehr in die Augen. Der Abdruck auf ihrer Stirn war dunkelrot. Aber es war immer noch kein Nagel zu sehen.

»Ist das nicht ein Spaß, Vincent?«, sagte Jane juchzend. »Jetzt wird es spannend. Noch drei übrig. Das Publikum hält den Atem an. Entscheide dich.«

»Hört jetzt auf«, sagte er leise. »Es reicht. Sie bekommt ja eine Gehirnerschütterung. Ich tue, was du willst. Aber hört jetzt bitte auf. Ich kann nicht mehr.«

Er kniff die Augen zusammen, Tränen liefen ihm übers Gesicht.

»Entscheide dich!«, brüllte seine Schwester.

»Nein«, brüllte er zurück.

»Wie du willst.«

Jane gab Kenneth ein Zeichen, der Minas Kopf daraufhin ohne Vorwarnung auf Tüte fünf stieß. Mina wimmerte nur noch. Wieder wurde sie hochgerissen. Diesmal hatte ihre Stirn einen Blutfleck auf der Werkbank hinterlassen. Sie schien kurz vor einer Ohnmacht zu sein. Ihr Weinen hatte aufgehört, und ihre Schultern hingen kraftlos herunter. Mina sah Vincent an, aber ihr Blick wirkte leer. Er konnte nicht erkennen, ob sie sich nicht längst an einen Ort geflüchtet hatte, den er nicht erreichen konnte. Ein wenig Blut lief aus der Wunde auf ihrer Stirn und in Richtung ihrer schönen Augen. Auf der Stirn war zwar ein feuerroter Abdruck, aber noch immer steckte kein Nagel in ihrem Kopf.

Vincent starrte auf die beiden Tüten, die noch übrig waren. Nummer drei und vier. Fifty-fifty. In diesem Moment war Mina sowohl tot wie lebendig.

Schrödingers Katze, dachte er auf einmal. Ihr Zustand war unbestimmt. Bis er sich entschied und sie zu einem von zwei möglichen Endzuständen verurteilte. Er, Vincent. So viel Macht über sie konnte er nicht ertragen, er konnte doch nicht ihr Leben in seinen Händen halten, das war einfach zu viel.

Er sah sie an, sah die Polizistin, die er besser kennengelernt hatte als je einen Menschen zuvor. Er kannte sie besser als sich selbst. Ihr dunkles Haar, ihre schönen Gesichtszüge und die fein geschnittene Nase. Die vollen Lippen und die rissigen, gefesselten Hände. Mina starrte ausdruckslos vor sich hin, aber sie hatte die intelligentesten Augen, die er je gesehen hatte.

Sie hatte ihm einen Strohhalm ins Bier gesteckt.

Sie hatte seine Hand genommen.

Sie hatte an seiner Schulter geweint.

Sie hatte ihm vertraut.

Und nun würde er sie im Stich lassen.

Er brauchte sie, weil sie ihn in der Wirklichkeit verankerte. In der wirklichen Welt. Seit Mina in sein Leben getreten war, hatte sich alles verändert, und zwar auf eine Weise, von der sie nichts wusste und die er ihr auch niemals würde erklären können. Wenn sie bei ihm war, dann hatte der dunkle Schatten in ihm keine Kraft. Ohne sie war er … er konnte den Gedanken nicht zu Ende denken.

Zwei Tüten. Eine Entscheidung.

Sie würde leben.

Sie würde sterben.

Natürlich ging es nicht. Er brauchte irgendeine Methode, um es zu ermitteln. Er musste einfach rausfinden, wo der Nagel war.

»Okay, und jetzt … Trommelwirbel«, sagte Jane in dramatischem Ton. »In fünf Sekunden wird der große Mentalist seine allerletzte Entscheidung fällen.«

Mina blinzelte und schien in die Realität zurückzukehren. Sie sah die beiden Tüten an und schüttelte den Kopf, als sie die Situation begriff. Sie sah Vincent an. Wahrscheinlich wirkte er genauso panisch wie sie.

»Nein«, murmelte sie immer wieder. »Nein, nein, nein.«

Er dachte schneller als je zuvor. Der große Mentalist, hatte Jane gesagt. Aber ein Mentalist war auch ein Illusionist. Und der hatte mehr Tricks im Ärmel, als das Publikum ahnte. Unsichtbare Fäden. Dubletten. Spiegel. Und … Ja. JA. Er biss sich in die Wange, um sich nicht anmerken zu lassen, dass er Hoffnung geschöpft hatte. Das würde vielleicht funktionieren. Etwas anderes hatte er nicht.

»Wäre es okay, wenn ihr sie etwas näher an die Tüten schiebt?«, fragte er so sachlich wie möglich.

»Oh, ein wenig Drama, warum nicht?« Jane lachte. »Wir werden ihre Hirnmasse in Großaufnahme zeigen!«

»Vincent«, stammelte Mina, »wieso soll ich denn …«

Dann verstummte sie.

Wir machen das hier zusammen. Wir müssen einander vertrauen. Wir schaffen das.

»Beug dich mal über Tüte drei.«

Sie tat, was er gesagt hatte.

»Gut. Und jetzt über Tüte vier.«

Wieder beugte Mina sich vor. *Da.* Vincent bemühte sich, auch nicht die winzigste Regung zu zeigen. Mina hatte nicht sehen können, was passiert war. Jane und Kenneth schienen auch nichts bemerkt zu haben, aber Vincent hatte deutlich gesehen, wie der magnetische Anhänger an Minas Kette sich einen Millimeter bewegt hatte, als er Tüte vier näher kam.

Als ob er auf Metall reagiert hätte.

Zum Beispiel einen zwanzig Zentimeter langen Nagel.

»Drei!«, schrie Vincent. »Ich wähle Tüte drei!«

»Vergiss nie, dass du die Entscheidung gefällt hast, kleiner Bruder«, sagte seine Schwester. »Mach's gut, Mina!«

Mina holte tief Luft und kniff die Augen zusammen. Sie leistete so viel Widerstand, wie sie konnte, aber Kenneth war stärker. Er drückte ihren Kopf nach vorn, bis ihre Stirn direkt über dem oberen Rand von Tüte drei war. Dann stieß er ihn langsam, aber entschieden weiter nach unten. Die Tüte wurde unter dem Druck des Kopfes zerknüllt. Kenneth hielt den Kopf mit beiden Händen fest, als würde er ihn mit ganzer Kraft auf einen spitzen Nagel pressen, der jetzt den Schädelknochen durchbohren musste. Ein gurgelndes Geräusch drang aus Minas Rachen, Speichel lief ihr aus dem Mund, und ihr Körper zuckte. Als Kenneth sie schließlich losließ, blieb sie mit der Stirn auf der Werkbank liegen. Ihr Kopf schien am Holz festzukleben. Mina war ganz still. Viel zu still.

Sie rannte durch den Korridor im Präsidium. Endlich passierte was. Anfang August waren auch Michael und die Kinder aus New York hierhergezogen. Sie hatten drei Wochen zusammen Urlaub gemacht und waren mit dem Auto durch Schweden gefahren. Zachary hatte die Schule angefangen. Sara glaubte, die Kinder würden sich schnell an das Leben in Stockholm gewöhnen. Aber da hatte sie sich getäuscht.

Mit großen Schritten rannte sie die lange Treppe runter. Immer zwei Stufen auf einmal. Sie durchquerte den Lichthof und raste weiter. Sie hatte Julia nicht angerufen, weil sie keine Zeit verschwenden wollte. Das hier war so wichtig, dass sie es persönlich besprechen mussten.

Verglichen mit dem pulsierenden Leben in New York, herrschte in dem Stockholm, in das sie zurückgekehrt war, völliger Stillstand. Die Kinder vermissten ihre amerikanischen Freunde immer noch, und Michael redete jetzt davon, nach Kalifornien zu ziehen, weil er ohnehin für eine dort ansässige

Spielefirma arbeitete. Allmählich fand sie immer mehr Gefallen an dieser Idee. Aber sie konnte wenigstens noch diese eine Sache erledigen, bevor sie bei der Polizei kündigte.

Da sie nicht darauf vertraute, dass der Fahrstuhl sie schnell genug in das Stockwerk raufbringen würde, in dem Julias Büro lag, hastete sie die Treppen hinauf.

Sie hatte geduldig auf eine genaue Definition ihrer Arbeitsaufgaben gewartet, aber bis jetzt wusste niemand so genau, worin ihre Funktion eigentlich bestand. Als Julia sie im Frühjahr um Unterstützung gebeten hatte, war sie dankbar gewesen. So hatte sie wenigstens etwas zu tun. Und aus demselben Grund hatte sie wieder Ja gesagt, als Julia erneut Hilfe brauchte. Diesmal war die Arbeit anspruchsvoller gewesen. Tagein, tagaus hatte sie in der vergangenen Woche am Computer gesessen und den Traffic im Mobilfunknetz überwacht. Anfangs hatte Peder ihr geholfen. Seinem scharfen Blick entging nichts. Jedenfalls, wenn er die Augen auf hatte. Nachdem er während der Überwachung zweimal eingeschlafen war, hatten sie gemeinsam beschlossen, dass es besser war, wenn Sara die Arbeit allein erledigte. Das Netz enthielt natürlich viel zu viele Informationen, um sie auf sinnvolle Weise zu filtern. Sara hatte jedoch ihre schlaue Software dafür, und die wusste ganz genau, wonach sie Ausschau halten musste. Allerdings war sie wirklich nicht davon ausgegangen, dass dabei etwas herauskommen würde. Ihrer Erfahrung nach wurden Handys in solchem Kontext nur ein einziges Mal verwendet. Dann wurden sie entsorgt, damit sie nicht aufgespürt werden konnten. Bei der Arbeit machte sie selten Fehler. Dafür war sie viel zu gewissenhaft. Aber diesmal hatte sie falschgelegen. Und das war das Beste, was passieren konnte.

Nach monatelanger Funkstille hatte der Mörder soeben sein Handy benutzt.

Vincent starrte auf die leblose Mina auf seinem Bildschirm. Sie war schwer zu erkennen, weil seine Hand zitterte. Er hatte gehofft, Minas magnetischer Anhänger würde auf den Nagel reagieren. Und das hatte er auch. Vielleicht. Die Bewegung war winzig gewesen. Möglicherweise war sie auch durch Minas Zucken ausgelöst worden. Vielleicht war der Nagel gar nicht magnetisch. Die meisten Nägel waren es nicht.

Doch was hätte er machen sollen. Einer von zwei. Er hätte sich auch richtig entscheiden können, wenn er einfach geraten hätte. Oder falsch. Es war so furchtbar ungerecht. Er hatte es doch wirklich versucht.

Minas Kopf zeichnete sich als dunkler Fleck auf dem hellen Holz der Werkbank ab. *Auf dem hellen Holz*, weil da … Weil da kein Blut war.

Überhaupt kein Blut.

Sein Herzschlag setzte einmal aus.

Langsam hob Mina den Kopf. Sie sah ihn nicht an.

Sie hatten gewonnen. Aber es fühlte sich nicht so an. Ganz und gar nicht.

»Donnerwetter«, sagte Jane lachend. »Passt gar nicht zu dir, kleiner Bruder, deine Assistentinnen am Leben zu lassen.«

»Du bist krank im Kopf«, sagte er. »Ekelhaft. Es gibt gar keinen Nagel, oder?«

Anstelle einer Antwort lüftete Kenneth die letzte Tüte. Tüte Nummer vier. Für die sich die meisten Leute entschieden hätten. Der Nagel ragte aufrecht aus einem Brett. Die Spitze war so scharf, dass sie blitzte. Als Mina den Nagel sah, erbrach sie sich auf die Werkbank.

Jane wendete die Kamera von der Werkbank und Mina ab, damit Vincent die übrige Werkstatt sehen konnte. In der Mitte des Raumes stand ein Gegenstand, der wie ein gigantisches Aquarium aussah. Hochkant.

»Das haben wir uns für dich aufgespart«, sagte sie. »Bis heute. Ehrlich gesagt, habe ich gar nicht damit gerechnet, dass sie überlebt. Nun stecken wir sie eben rein.«

»Halt, ich habe doch gemacht, was du wolltest!«, schrie er. »Lass sie los!«

»Klar. Wenn du herkommst und sie ablöst. Ich schicke dir eine Adresse. Mit dem Auto braucht man normalerweise eine Stunde und vierzig Minuten. Vorausgesetzt, man verpasst die Fähre nicht. Wir setzen deine Freundin jetzt in den Tank. In fünfundneunzig Minuten beginnen wir, das Wasser einzulassen. Es dauert fünf Minuten, bis der Tank voll ist. Ich rate dir, die Fähre zu erwischen.«

Kenneth schob Mina im Rollstuhl auf den Wassertank zu. Mina warf sich vergeblich in ihren Fesseln hin und her.

»Und Vincent.« Seine große Schwester sah ihm ins Gesicht. »Wenn wir auch nur die Vermutung haben, dass du jemand anderen schickst oder nicht alleine kommst, dann schieße ich ihr ins Gesicht.«

So laut er konnte, schrie er Minas Namen, aber Jane hatte bereits aufgelegt. Vincent sah aus dem Küchenfenster. Ruben parkte immer noch an der Straße vor dem Haus. Vincents Auto stand in der Garage. Er würde nicht zum Auto kommen, ohne dass es Ruben auffiel. Aber wie sollte er es dann machen? Ruben durfte nicht merken, dass er das Haus verließ. Wenn die Polizei ihm folgte, mündete das Ganze in einer Katastrophe. Er wünschte, er hätte sich einfach wegzaubern und nur eine Rauchwolke hinterlassen können, aber das wäre eher Tom Prestos Ding gewesen. Wenn er geschickt gewesen wäre, hätte er vielleicht eine Attrappe von sich aus einer Jacke und einem Hut basteln und hinter den Vorhang stellen können. Er lachte verbittert. Dieser Trick funktionierte wahrscheinlich nur im Fernsehen.

Aber eine Kopie von sich.

Die hatte er doch.

Er rannte ins Arbeitszimmer. Die Pappfigur, die ihn in Lebensgröße darstellte, war nicht schwer zu finden. Sie lehnte hinter ein paar Kartons an der Wand. Die Pappe war ein wenig schmutzig geworden, weil das Fernsehteam kurzerhand mit einer Kopie von ihm feiern gegangen war, als er keine Zeit zum Ausgehen gehabt hatte. Aber sie war viel besser als eine Jacke und ein Hut. Die Figur sah aus wie er. *Selbstverliebtheit*, wie gesagt.

Zumindest für die fünf Sekunden, bis Ruben begriff, dass er sich nicht bewegte.

Er musste die Illusion verstärken. Ein kurzer Blick auf die Uhr. Zwei Minuten waren seit dem Telefonat vergangen. In maximal drei Minuten musste er im Auto sitzen. Er nahm sich eine halbe Minute Zeit, um sich genauso anzuziehen wie die Attrappe. Dann rannte er über den Rasen vor dem Haus zu Ruben hinüber, der das Fenster des Einsatzwagens öffnete, als er Vincent sah.

»Hallo Ruben«, sagte Vincent mit erhobenem Zeigefinger, sodass Ruben überhaupt nicht anders konnte, als nach oben zu schauen.

Er hatte gehofft, Ruben wäre ein Mensch, der Anweisungen automatisch Folge leistete, ohne sie infrage zu stellen, und das schien zu stimmen. Ruben fixierte seinen Finger.

»Und jetzt machst du *das* hier.« Vincent bewegte seinen Finger in hohem Tempo nach unten und senkte beim Wort »das« die Tonlage um eine Oktave.

Ruben verfolgte die Abwärtsbewegung des Fingers, bis sich seine Augen von alleine schlossen. Schnell legte ihm Vincent eine Hand in den Nacken, damit er den Kopf ein wenig vorbeugte. Ruben würde ihm nicht verzeihen.

»Du wirst ganz ruhig und atmest tief«, sagte Vincent. »Mit jedem Atemzug wirst du ruhiger. Du entspannst dich immer mehr.«

Nachdem er ein paar Sekunden gewartet hatte, atmete Ruben schwer und gleichmäßig.

»Du siehst mich gleich am Küchenfenster stehen«, fuhr er fort. »Und dann spielen wir *Wer zuerst lacht, hat verloren*. Verstanden?«

»Ja. Wer zuerst lacht, hat verloren«, murmelte Ruben mit

der monotonen Stimme eines Menschen unter leichter Hypnose.

»Wir starren uns reglos an«, sagte Vincent. »Und wir erhöhen den Schwierigkeitsgrad. Wer auch nur blinzelt, hat verloren. Keine Miene zu verziehen, ist für mich ein Kinderspiel, Ruben. Also je länger ich durchhalte, desto entschlossener bist du, mich zu besiegen. Verstanden?«

»Du verziehst keine Miene«, murmelte Ruben. »Aber ich besiege dich.«

Vincent nahm die Hand weg und lehnte Rubens Kopf an die Kopfstütze. Rubens Augen waren immer noch geschlossen. Vincent hätte nur mit den Fingern zu schnipsen brauchen, und Ruben wäre zusammengezuckt und hätte die Augen geöffnet, aber dieses Fingerschnippen hatte ihm nie gefallen. Es war so … unelegant.

»Sieh mich an, Ruben«, sagte er stattdessen im Befehlston.

Ruben blinzelte verwirrt.

»Gut, dann machen wir es so.« Vincent nickte. »Danke für das Gespräch, ich denke in Ruhe darüber nach. Ich habe heute Abend viel Zeit.«

Wenn man jemandem eine Suggestion eingepflanzt hatte, musste man viel reden. Rubens Gehirn durfte gar nicht erst auf die Idee kommen, sich zu fragen, was gerade passiert war.

»Hm, ja.« Ruben versuchte, wieder zu sich zu kommen. »Ich behalte dich im Auge, Vincent. Keine Tricks.«

Vincent sah auf die Uhr, als er zum Haus zurückrannte. Das Ganze hatte anderthalb Minuten gedauert. Eine Minute hatte er noch. Drinnen hockte er sich unter das Küchenfenster und stellte die Pappfigur direkt gegenüber vom Einsatzfahrzeug auf. Er sah, dass Ruben sich aufsetzte.

Dann schlich er sich aus der Terrassentür auf der Rückseite und simste Benjamin, er möge doch bitte am Nachmittag seinen kleinen Bruder von der Schule abholen.

Vincent ging dicht an der Mauer ums Haus herum. Sein Auto stand vor der Garage und war also das Einzige, was Ruben die Sicht auf ihn versperrte. Für den Fall, dass Ruben in diese Richtung sah, hockte Vincent sich hinter das Auto. Ruben würde zwar hoffentlich noch eine Weile seine gesamte Aufmerksamkeit auf das Küchenfenster richten, aber er ging lieber auf Nummer sicher.

Vorsichtig schloss Vincent auf, öffnete die Beifahrertür und robbte zum Fahrersitz. Dann fuhr er wenige Meter vom Einsatzwagen entfernt rückwärts auf die Straße. Der Schotter knirschte unter den Reifen, aber Ruben schien nicht zu reagieren. Vincent wagte es nicht, am Einsatzwagen vorbeizufahren, weil er dann Rubens Blickfeld durchquert hätte. Also musste er in die andere Richtung fahren. Als er um die Ecke gebogen war und Ruben ihn nicht mehr sehen konnte, trat er aufs Gaspedal. Die Route musste er während der Fahrt auf Google Maps raussuchen. Er durfte jetzt nicht die Fassung verlieren, sondern musste sich konzentrieren. Musste einen Schritt nach dem anderen machen. Immer nur einen auf einmal.

Mina.

Jane.

Nicht an den engen Wassertank denken. Nicht daran denken, dass er so schnell fuhr, damit ihn seine große Schwester in einen Glaskasten voll Wasser sperren konnte. Nicht daran denken, dass Jane ihn ertrinken lassen würde, nicht daran denken, dass er mit Vollgas in den Tod raste. Autos hupten, wenn er knapp an ihnen vorbeifuhr, dass er ihnen den Lack zerkratzte. Er fuhr noch ein bisschen schneller.

Mina.

Jane.

Vor Julias Tür holte Sara kurz Luft. Dann klopfte sie und trat ein. Das Zimmer war leer. Damit hatte sie nicht gerechnet. Sie hatte geglaubt, heute wären alle an ihren Arbeitsplätzen. Schließlich waren alle in Alarmbereitschaft. Sie wusste, dass Christer sein Büro auch auf diesem Gang hatte, und ging die wenigen Schritte dorthin. Seine Tür stand offen, aber auch er war nicht da. Was war hier los? Waren sie ausgerückt? In dem Fall brauchten sie die Informationen noch dringender.

Ein paar Zimmer weiter waren Gelächter und Musik zu hören. Wenn sie nicht alles täuschte, Bob Marley. Was zum Teufel! Sie rannte zu der offenen Tür, aus der die Geräusche gekommen waren, und blieb ruckartig bei dem Anblick stehen, der sich ihr in dem Zimmer bot.

Peder hatte den Kopf in den Nacken gelegt und tanzte zu »No Woman, No Cry«, indem er tapsig die Knie anhob. Im BabyBjörn vor seinem Bauch giggelte ein Baby. Auf einer dicken Decke auf dem Fußboden lagen zwei weitere Babys. Mit einer Mischung aus Angst und Entzücken ließen sie die nassen Küsse eines überglücklichen Golden Retrievers über sich ergehen. Christer zog an dessen Leine, damit er die Kinder nicht verspeiste. Peder erblickte Sara, hielt mitten in einer besonders schwungvollen Bewegung inne und lief puterrot an.

»Meine Frau hat heute Geburtstag«, stammelte er verlegen.

Sara ging nicht darauf ein. Sie war noch vollauf damit beschäftigt, das Geschehen zu erfassen.

»Sie hat sich gewünscht«, fuhr Peder fort, als würde er eine unausgesprochene Frage beantworten, »oder, besser gesagt, sie hat verlangt, dass sie heute Mittag essen gehen kann. Allein. Und danach zum Friseur. Allein. Und danach will sie irgendwo in einem Café in der Ecke sitzen und eindösen. Das haben wir schon vor langer Zeit abgemacht. Tja. Hm.«

Als ob das alles erklärt hätte, warf er einen vielsagenden Blick auf die Drillinge.

»Wenn ich Julia richtig verstanden habe, ist heute ein wichtiger Tag«, sagte Sara. »Erhöhte Alarmbereitschaft. Damit hat sie doch nicht den Geburtstag deiner Frau gemeint.«

Peder räusperte sich. Seine Verlegenheit schien sich noch gesteigert zu haben. Er schaltete Bob Marley aus, und Christer zog den Hund von den glucksenden Kindern auf der Wolldecke weg. Das Tier wirkte auf einmal tief betrübt.

»Das mit der Alarmbereitschaft stimmt«, sagte Christer. »Laut Vinc… äh, also, wir haben Informationen darüber, dass heute ein Mord geschehen könnte. Alle Einsatzkräfte in der Stadt sind in erhöhter Bereitschaft. Aber da wir ansonsten momentan keine Anhaltspunkte haben, halten Peder, du und ich hier die Stellung. Falls irgendwas passiert, das schnelles Handeln erfordert.«

»Dann wird euch das hier gefallen«, sagte Sara. »Erinnert ihr euch noch an das Handy, das wir im Frühjahr überwacht haben? Das von Kungsholmen aus angerufen hatte? Ihr hieltet es für wahrscheinlich, dass es dem Mörder gehört.«

Peder und Christer nickten gespannt. Die Drillinge und der Hund hatten die ernste Stimmung im Raum offenbar auch mitgekriegt, denn sie waren alle vier still.

»Julia hat mich gebeten, die Nummer diese Woche im Auge zu behalten, falls sie wieder aktiviert wird. Und genau das ist soeben passiert. Vor zehn Minuten wurde das Handy eingeschaltet und ein Anruf damit gemacht. Allerdings kam er diesmal aus dem Schärengarten vor Norrtälje.«

Das Baby in Peders Bauchtrage jammerte leise. Zärtlich umfasste er die speckigen kleinen Hände.

»Norrtälje?«, fragte er. »Und worum ging es bei dem Anruf?«

»Weiß ich nicht. Abhören dürfen wir das Handy nicht, dafür bräuchte man noch eine andere Genehmigung. Julia hat mich nicht damit beauftragt, die einzuholen.«

Sara überkam das unangenehme Gefühl, einen peinlichen Fehler gemacht zu haben. Sie hätte Julia natürlich fragen müssen, was die Gruppe genau haben musste. Genehmigungen brauchten Zeit, daher musste man sie rechtzeitig beantragen. Aber wenn man nicht täglich mit diesen Abläufen zu tun hatte, war es schwer, den Überblick zu behalten. Aber natürlich hätte sie sich absichern müssen. Mist. Seit drei Monaten im Haus und immer noch blutige Anfängerin.

»Ist nicht deine Schuld«, sagte Christer, als hätte er ihre Gedanken gelesen. »Julia hätte es dir sagen müssen, aber sie hatte zu viele andere Dinge im Kopf. Wissen wir noch was, außer dass der Anruf aus dem Schärengarten kam?«

»Viel mehr«, antwortete Sara erleichtert. »Der Angerufene ist ein Victor, äh … Verzeihung, Vincent Walder.«

Peder und Christer sahen sich entsetzt an. Sara begriff nicht, warum sie so heftig reagierten. Oder warum sie überhaupt reagierten. Julia hatte ihr anscheinend einiges nicht erzählt.

»Scheiße«, sagte Peder leise und drehte sich zu ihr um. »Wir kennen ihn.«

»Ich rufe sofort den Einsatzleiter an. Die sollen eine Spezialeinheit hinschicken«, sagte Christer. »Komm, Bosse. Es gibt was zu tun.«

»Ruben hält bei Vincent vorm Haus Wache«, sagte Peder. »Ich kontaktiere ihn jetzt sofort, und danach versuche ich, Julia zu erreichen. Danke, Sara. Gut gemacht.«

Sara musste lächeln, als sie sah, wie sich Peder und Christer in die Arbeit stürzten. Für diese Momente lebte sie. Augenblicke, in denen sie wusste, dass sie etwas bewirkt und die endlose Datenanalyse tatsächlich etwas genützt hatte. Vielleicht konnten Michael und sie mit dem Umzug nach Kalifornien ja doch noch ein bisschen warten.

Resigniert betrachtete sie die Reisetasche auf dem Bett. Sie hatte ihn nicht nur einmal darauf hingewiesen, dass sie nicht wie für eine Auslandsreise packen müssten. Uppsala war höchstens eine Autostunde entfernt. Und sie würden keine Minute länger als nötig bleiben. Aber Torkel war gern vorbereitet. Und zwar so gut vorbereitet, dass er es mit den Preppern hätte aufnehmen können, über die sie eine Dokumentation auf Netflix gesehen hatten. Julia brauchte nicht in die Reisetasche zu schauen, um zu wissen, dass sie damit einen kleinen Krieg überstanden hätten. Und zu Hause hatten sie Vorräte für mehrere Jahre. Vor allem mit Klopapier hätte man das ganze Viertel eine Weile versorgen können. Was für ein Trottel bunkerte bloß Klopapier? Aber immerhin gehörte dieser Trottel zu ihr.

Aber andererseits. Viel tun konnte er in dieser Phase eben nicht. Schließlich wurde ja nicht ihm eine Art Staubsauger eingeführt und Dutzende von Eiern abgesaugt, weil man prüfen wollte, ob vielleicht zwei oder drei davon verwendbar waren.

Das einzig Sinnvolle, was er machen konnte, war, ihre Reisetasche zu packen. Und sie konnte ihm nicht zum Vorwurf machen, dass er zumindest diese Aufgabe mit Bravour erledigte.

Allerdings ärgerte sie sich im Moment gerade über seine Einstellung. Sie war schließlich nicht nur seine Frau und die Mutter ihrer eventuellen zukünftigen Kinder. Er wollte einfach nicht einsehen, dass sie auch einen Job hatte.

»Die schaffen das auch ohne dich«, rief er. »Komm jetzt.«

Sie hörte, dass er nach dem Autoschlüssel griff.

»Ich weiß nicht, wie ich es dir noch erklären soll«, zischte sie. »Ich arbeite da nicht nur mit. Ich leite die Ermittlungen. Ich bin die Chefin einer Gruppe. Und zwar einer ganz speziellen, bei der ich in alle Arbeitsbereiche involviert bin. Und heute ist der Tag, an dem wir versuchen, einen Mord zu verhindern. Warum begreifst du nicht, was es für einen Eindruck machen würde, wenn ich heute nicht im Büro wäre?«

Sie war kurz davor, in Tränen auszubrechen. Wie konnte er nur so ein Brett vor dem Kopf haben? Auf der anderen Seite hatte sie sich ja wirklich zahlreiche Spritzen in den Bauch gejagt und dieses verdammte Spray so oft eingeatmet, dass sie schon gar nicht mehr mitzählen mochte. Irgendwann musste das alles mal ein Ende haben. Torkel kam ins Schlafzimmer. Er war sichtbar bemüht, sich seinen Ärger nicht anmerken zu lassen.

»Du musst den Fall ja nicht alleine lösen«, sagte er. »Der Rest der Gruppe kommt auch ohne dich zurecht. Die wissen alle, was sie zu tun haben. Und diesen Mord wirst du ja wohl nicht eigenhändig verhindern müssen?«

»Sehr witzig.« Sie wich einen Schritt zurück.

Torkel setzte sich seufzend aufs Bett. Sie wusste, dass ihr niedriger Östrogenspiegel sie reizbar machte, aber manchmal war er wirklich bescheuert.

»Für uns kannst du heute viel mehr tun«, sagte er. »Gib uns eine Chance. Ja, beim letzten Mal ist es schiefgegangen. Und ich weiß, dass das Timing eine Katastrophe ist. Aber dieses Datum ist im Kalender schon lange rot markiert. Wenn wir heute nicht nach Uppsala ins Akademiska fahren, musst du wieder ganz von vorne anfangen, mit Spritzen und dem ganzen Zirkus, wochenlang. Nur um wieder an genau diesen Punkt zu kommen, wo wir jetzt stehen. Ist es das wirklich wert?«

Sie setzte sich neben ihn und wischte sich mit dem Ärmel die Tränen ab. Dann ließ sie ratlos die Schultern hängen.

»Nein, das ist es nicht wert«, sagte sie. »Aber du verlangst von mir, mich zwischen einem neuen Leben, von dem ich noch nicht mal weiß, ob es zustande kommt, und einem Menschen, der heute noch lebt, aber morgen vielleicht nicht mehr, zu entscheiden. Das ist nicht gerecht.«

Unter ihrem Po vibrierte es. Sie hatte sich auf ihr Handy gesetzt. Sie stand auf und zog es aus der Hosentasche. Auf dem Display blinkte eine SMS von Peder. Drei Wörter. Drei lumpige Wörter, die ihr die Entscheidung abnahmen.

»Ich muss sofort los«, sagte sie. »Gib mir den Autoschlüssel.«

Torkel drückte ihn ihr wortlos in die Hand.

»Küsschen, Liebling, wir reden später weiter«, sagte er, während sie sich die Jacke überwarf.

Auf dem Weg zum Auto las sie die SMS noch einmal.

Es ist Vincent.

Was war das für ein nerviges Geräusch? Er musste sich doch konzentrieren. Es klang wie ein Wecker, der in der Nachbarwohnung klingelte. Seit einer Woche oder so. Ruben runzelte die Stirn.

Er durfte jetzt nicht gestört werden. Wenn er auch nur ein kleines bisschen das Gesicht verzog, hatte Vincent gewonnen.

Vincent bewegte sich überhaupt nicht. Ruben gab sich wirklich Mühe.

Er begriff nicht, wie man nur so reglos dastehen konnte wie dieser Mentalist da hinter seinem Fenster.

Aber aufgeben würde er bestimmt nicht.

Er durchbohrte Vincent noch entschlossener mit seinem Blick.

Da war das Geräusch wieder, sehr viel deutlicher diesmal. Verglichen damit, hatte er es beim vorigen Mal fast wie durch Watte gehört. Jetzt klang es geradezu schneidend.

Er kniff die Augen zu.

Irgendwie sah Vincent plötzlich anders aus.

Da stimmte doch etwas nicht.

Es klingelte zum dritten Mal. Ruben blinzelte, als ob er aufgewacht wäre. Aus richtig tiefem Schlaf, aus dem man sich erst langsam hochkämpfen muss.

Dabei wusste er genau, dass er nicht geschlafen hatte. Kein bisschen.

Er hatte Vincent die ganze Zeit angestarrt und war nicht eine Sekunde eingenickt.

Aber mit den Schatten in Vincents Gesicht stimmte wirklich etwas nicht.

Wie konnte das sein?

Als das Telefon zum vierten Mal klingelte, musste er den Blick von Vincent abwenden, um das Telefon auf dem Beifahrersitz zu finden. Er schaltete die Lautsprecherfunktion ein und meldete sich.

»Ruben Höök, worum geht es?«, fragte er gereizt.

»Hier ist Peder. Der Mörder hat gerade bei Vincent angerufen. Ich weiß, dass du ihn verdächtigst, und dieser Anruf bestätigt natürlich diesen Verdacht. Aber er könnte auch in Schwierigkeiten stecken. Christer hat ein Einsatzkommando angefordert. Bleib, wo du bist, und unternimm nichts, bevor die Kollegen nicht da sind.«

Ruben legte auf. Dachte nach. Sah zum Haus hinüber. Dann stieg er aus. Einen Moment lang zögerte er, aber dann rannte er über den Rasen ans Fenster. Die Attrappe sah ihn seelenruhig an. Doch Ruben hätte wetten können, dass sie ein wenig grinste.

Er fuhr auf die Kiesfläche vor der Nerzfarm. Kenneth erwartete ihn bereits. Das Arschloch winkte sogar. Vincent hasste ihn. Als er aus dem Auto stieg, schlug ihm ein starker Verwesungsgeruch entgegen, der aus dem Hauptgebäude zu kommen schien. Auf der Farm war irgendetwas passiert, das stand fest. Was genau, war ihm im Moment völlig egal. Er wollte Kenneth umbringen und hätte ihn aus Rache für das, was er Mina angetan hatte, am liebsten kaltgemacht, aber er wusste, dass es keinen Sinn gehabt hätte, sich auf den bärtigen Rentner zu stürzen. Denn dann hätte er Mina nie wiedergesehen.

»Wo ist sie?«, fragte er.

Kenneth wandte ihm den Rücken zu und ging einfach weg. Vincent blieb nichts anderes übrig, als ihm zu folgen. Am anderen Ende des Gebäudes war eine kleine Tür, durch die der Mann verschwand. Mit der Hand vor dem Mund blieb Vincent auf der Schwelle stehen. Die Sonne schien draußen so hell, dass er drinnen nichts erkennen konnte. In der Dunkelheit hätte sich alles verbergen können. Es konnte auch eine Falle sein. Aber Mina war da drin.

Der Raum war eine Werkstatt. Die Werkstatt, die er aus dem Videoanruf kannte. Mittendrin stand der Wassertank. Auf dessen Boden saß Mina. Er rannte zu ihr und pochte gegen die Glaswand des Tanks. Ging in die Hocke, um Mina besser sehen zu können. Das Blut auf ihrer Stirn war getrocknet. Sie würde ein kräftiges Hämatom zurückbehalten, aber ansonsten war sie unverletzt, soweit er das beurteilen konnte. Aber sie bewegte sich nicht.

»Mina!« Er presste den Mund ans Glas.

»Wir haben sie betäubt.« Der Mann machte die Tür zu und sperrte das warme Herbstlicht aus. »Sie hat zu viel rumgezappelt.«

Das Neonlicht war kalt. Irgendwo brummte ein Generator.

»Aber sie wird bestimmt wach, wenn wir das Wasser einlassen.« Kenneth streckte die Hand aus. »Dein Telefon.«

Vincent stand auf. Als er den Tank auf dem Display gesehen hatte, war er sich nicht ganz sicher gewesen, aber nun bestand kein Zweifel mehr. Der Glaskasten war eine originalgetreue Kopie von Houdinis *Water Torture Cell*. Er war gerade groß genug für einen Menschen. Aber im Original war der Kasten nicht nur eng gewesen, Houdini hatte auch kopfüber darin gehangen. An den Füßen gefesselt. Bald würde auch er dort so hängen. Es war unvorstellbar. Aber es gab keine andere Möglichkeit.

Er musste sich anstrengen, um seine Atmung zu kontrollieren. Durfte sich nicht anmerken lassen, wie viel Angst er hatte. Er gab Kenneth sein Telefon, und der ging damit zu einem großen Container in der Ecke.

»Ihr braucht das Wasser nicht einzulassen«, rief Vincent ihm hinterher. »Jetzt bin ich ja da. Das wolltet ihr doch. Lasst sie raus.«

Der Wassertank machte einen sehr viel überzeugenderen Eindruck als die anderen Kästen, in denen sie die Opfer aufgefunden hatten. Er schien echt zu sein.

»Es ist der einzige Kasten, den wir nicht selbst gebaut haben«, sagte seine Schwester.

Sie kam in ihrem Rollstuhl aus dem Schatten gefahren, hielt neben dem Tank an und klopfte darauf.

»Den haben wir uns bis zum Schluss aufgehoben«, sagte sie. »Für dich ist uns nur das Beste gut genug.«

»Aber wie …?«

»Die anderen hatte ich alle von dir«, fuhr sie fort und warf ihm etwas vor die Füße.

Das dünne Buch hatte er seit seinem siebten Lebensjahr nicht gesehen. Es hatte den Titel *Hobby-Serie 12: Bau deinen eigenen Zaubertrick!*

»Die Anleitungen funktionieren überhaupt nicht.« Sie lachte grausam. »Nicht, dass wir das beabsichtigt hätten, aber trotzdem. Die hier hingegen haben wir diesem Illusionisten abgekauft. Wie hieß er noch mal, Tomas Pesto? Ach, nein, Presto.«

Sein Magen krampfte. »Keine Ahnung, wo das Aquarium jetzt rumsteht, aber sag Bescheid, wenn ich mich mal umhören soll«, hatte Umberto gesagt. Er hatte es wörtlich im Ohr. Aber Vincent hatte ihn nicht gebeten, auf die Suche danach zu gehen. Was war er für ein Idiot gewesen.

»Sei unbesorgt«, fuhr seine große Schwester fort. »Presto hat uns erklärt, wie das Ding funktioniert. Es sieht zwar aus, als könnte man es nicht öffnen, wenn es verriegelt ist, aber in Wirklichkeit kann man die Abdeckung samt Schloss und Bolzen in einem Stück anheben und sich auf diese Weise befreien. Unglaublich clever gemacht. Deswegen hat Kenneth die Abdeckung angeschweißt. Ich garantiere dir, da kommt niemand raus.«

Er sah seine Schwester an. In ihrem Rollstuhl sah sie so gebrechlich und alt aus. Ihre Haut war grau, und sie zitterte bei jeder Bewegung. Es war schwer vorstellbar, dass sie nur neun Jahre älter war als er.

»Aber warum, Jane?«, fragte er.

Wie in ihrer Kindheit durchbohrte sie ihn mit ihrem Blick.

»Du hast mir mein Leben geraubt«, sagte sie. »In dem Sommer, als du Mama umgebracht hast. Da war ich zum letzten Mal lebendig. Weißt du, in wie vielen Pflegefamilien ich gewesen bin? Soll ich dir mal von dem Mann erzählen, der mich vor den Augen seiner Frau mit einer Radioantenne ausgepeitscht hat? Oder von dem Säufer, vor dem wir uns in der Toilette versteckt haben? Von meinem ersten Freund, der mich auf eine Party mitgenommen hat, damit seine Kumpel mich vergewaltigen konnten? Von den Pillen? Den Spritzen? Seit dem Sommer damals ist mein Leben die Hölle. Und obwohl du die Ursache von alldem warst, weil du unsere Mutter umgebracht hast, durftest du weiterleben und hast dir sogar ein glückliches Leben aufgebaut. Eine Karriere. Wo bleibt da die Gerechtigkeit?«

Vincent hatte Kopfschmerzen, so fieberhaft arbeitete sein Gehirn. Er bekam gar nicht richtig mit, was Jane da redete, weil er in Gedanken noch mit dem Satz: »Die Anleitungen funktionieren überhaupt nicht«, beschäftigt war.

Er hob das Buch vom Boden auf. Sains hatte bei Vincents Besuch etwas Ähnliches gesagt. Ach ja, jetzt wusste er es wieder. *Außerdem sind in die klassischen Anleitungen absichtlich Fehler eingebaut.* Vincent wusste noch genau, dass er Sains gefragt hatte, was passierte, wenn man sich an die falschen Bauanleitungen hielt. *Es klappt einfach nicht,* hatte Sains gesagt. *Eine Falltür öffnet sich nicht. Wände schließen nicht bündig ab. Was weiß ich. Ich will damit sagen, dass man in der Lage sein muss, eine Bauanleitung zu adaptieren, wenn man selbst eine Illusion herstellen will, die auch funktioniert.*

Er hatte nichts falsch gemacht. Damals mit sieben. Er hatte sich nur an die Anleitung im Buch gehalten. Er war ein Kind gewesen. Er hatte Angst gehabt, dass Mama böse werden würde. Doch das reichte nicht. Nicht mehr. Janes Wut war zu viele Jahre befeuert worden, er konnte sie jetzt nicht mit der Wahrheit löschen. Und außerdem hatte sie ja recht. Wenn er keine Kästen gebaut hätte, wäre nichts von alldem passiert.

»Ich habe mir geschworen«, fuhr sie fort, »dir alles zu nehmen, was du mir genommen hast. Ich war nur nicht stark genug, es aus eigener Kraft zu tun. Bis Kenneth in mein Leben kam. Er ist der Erste, der mich versteht.«

Kenneth streckte die Hand aus, und sie ergriff sie zärtlich. Im Augenwinkel sah Vincent, dass Mina sich bewegte. Allmählich schien sie wieder wach zu werden. Wenn es ihm gelang, noch mehr Zeit zu schinden, konnten sie sich vielleicht gemeinsam aus dieser Lage befreien.

»Aber warum all die anderen?«, fragte er. »Warum hast du, ich meine, warum habt ihr Agnes, Tuva und Robert getötet? Wenn ihr euch doch an mir rächen wolltet?«

Er versuchte, sich unbemerkt nach einer Waffe umzusehen. Nach irgendeinem Gegenstand, mit dem er Jane und Kenneth stoppen konnte. An der hinteren Wand stand die Werkbank, auf der sie Mina gequält hatten. Doch sie sah leer aus. Kein Schwert. Sie gingen kein Risiko ein.

»Du weißt, wer ihre Mütter sind«, sagte Kenneth. »Jane hat mir von deinen Freundinnen erzählt. Sie waren auch schuld am Tod eurer Mutter. Nur, dass dein Anteil an der Schuld am größten ist. Sie haben Jane die Mutter genommen. Wir nehmen ihnen ihre Kinder. Karma.«

»Und außerdem.« Jane gluckste in sich hinein. »Außerdem hätte es ja niemanden gejuckt, wenn wir ein paar alte Tanten umgebracht hätten. Aber ihre Kinder, Vincent, oh, ihre Kinder. Junge Frauen und ein behinderter Junge? Medien lieben so was. Den Jungen und Unschuldigen Gewalt anzutun, ist das Schlimmste, was du machen kannst, Vincent.«

Er horchte auf. Musste sich verhört haben.

»Ich?« Er schüttelte den Kopf.

»Ich habe doch gesagt, ich nehme dir, was du mir genommen hast«, sagte Jane. »Du hast mir das Leben genommen, das ich hätte haben können. Und jetzt lösche ich deins aus. Wenn sie dich tot in dem Wassertank auffinden, finden sie außerdem einen Brief. Von dir. Und in dem erklärst du, dass du die Welt zu einem besseren Ort gemacht hast, weil du es von Ungeziefer befreit hast.«

Er verstand noch immer kein Wort. Jane redete offenbar wirr.

»Du hast ja immer noch eine lange Leitung, kleiner Bruder«, sagte Jane ärgerlich. »Agnes hat Rassenschande begangen. Tuva war Jüdin. Und Robert war ein Mongo. Alles Dinge, die du hasst. Zumindest steht das in dem Brief. Zusammen mit der Tatsache, dass du deinen Namen verschlüsselt in den Morddaten hinterlassen hast, führt dieses Bekennerschreiben dazu, dass dich auch kommende Generationen abgrundtief verachten werden. Du wirst aus den Geschichtsbüchern ausradiert wie ein Schandfleck. So, als hätte es dich nie gegeben.«

»Die Polizei hat meinen Namen gar nicht bemerkt«, sagte er. »Ich musste sie erst auf den Code hinweisen.«

Wieder brach Jane in heiseres Gelächter aus.

»Oh, kleiner Bruder! Du nimmst mir die Arbeit ab! Und die haben natürlich gedacht, du würdest deine Unschuld beteuern.«

»Nicht ganz.«

Janes Augen blitzten wie verrückt vor Glück, und er senkte den Blick. Wie hatte er nur so dumm sein können?

»Deswegen hast du Ruben den Zeitungsartikel geschickt«, sagte er. »Um der Polizei bei dem Code auf die Sprünge zu helfen.«

»Zeitungsartikel?« Jane sah ihn fragend an. »Jetzt weiß ich wirklich nicht, was du meinst. Aber dass man den Hütern des Gesetzes manchmal einen kleinen Stups versetzen muss, stimmt natürlich. Wenn man zum Beispiel dafür sorgt, dass ein etwas rabiater Fan ihnen die Zusammenarbeit mit dir empfiehlt.«

»Das Delfinmädchen.«

Jane kicherte zufrieden.

»Ja, manchmal muss man eben auch Glück haben«, sagte sie. »Kenneth und sie haben beide mit angehört, wie Mina mit ihrer Chefin telefonierte. Und da witterten wir unsere Chance. Als Kenneth dann gar nicht gezwungen war, Mina den Tipp zu geben, sondern Anna nur von dieser Idee zu erzählen brauchte … Mein Gott. Manchmal meint das Schicksal es einfach gut.«

Mina.

Vincent sah verstohlen in ihre Richtung. Sie bewegte sich nicht mehr. Sie brauchte noch etwas Zeit.

»In deinem Bekennerschreiben steht, du hast dein ›großes Werk‹ damit vollendet, dass du dir das Leben genommen hast«, sagte Kenneth. »Doch als Anna uns erzählt hat, wie viel Mina dir bedeutet, konnten wir es einfach nicht lassen. Und außerdem – eine Frau, die mit Nachnamen Dabiri heißt, passt doch perfekt ins Muster. Muslime hasst du nämlich auch, musst du wissen.«

Die Stimmung hatte sich ein wenig verändert. Er spürte, dass das Gespräch zu Ende ging.

»Ich sehe dir an, was du denkst«, sagte Jane. »Du denkst, dass das Telefon, von dem ich dich angerufen habe, überwacht worden ist. Dass die Polizei weiß, wo du bist, und schon auf dem Weg hierher ist. Das stimmt. Ich habe sie absichtlich informiert. Ich rufe sie sogar noch mal an, um ganz sicherzugehen, dass sie auch kommen. Und zwar, damit so viele Einsatzkräfte wie möglich deine letzte Vorstellung und deine Botschaft an die Nachwelt mitbekommen. Wenn du grade deinen letzten Atemzug getan hast, treffen sie hier ein.«

Seine letzte Chance.

»Mina, wach auf!«, rief er und hämmerte, so fest er konnte, an das Glas.

Ihre Lider flatterten, und es klang, als würde sie etwas sagen. Dann sackte sie wieder in sich zusammen.

Kenneth packte Vincent an den Schultern und zog ihn vom Wassertank fort.

»Reiß dich am Riemen«, sagte Kenneth.

»Genug geplaudert.« Jane fuhr zu einer Leiter, die an der Wand lehnte. »Es ist an der Zeit, kleiner Bruder.«

Er sah die Leiter an. Sah den Glaskasten an. Für zwei Personen war er nicht groß genug.

»Zuerst holt ihr Mina raus«, sagte er.

»Dabei brauche ich deine Hilfe«, sagte Kenneth. »Du steigst rein und drückst sie hoch, dann ziehe ich sie von oben raus.«

Er hatte keine Wahl. Jetzt war es so weit. Niemand würde kommen und sie retten. Er stieg auf die Leiter. Die Öffnung des Kastens starrte ihn an wie ein Schlund, der seinen Verstand verschlingen würde. Zu eng. Viel zu eng. Und das war noch nicht alles. Maria würde dem Brief glauben. Benjamin, Rebecka und Aston würden ihn bis in alle Ewigkeit hassen. Sie würden sich einen anderen Nachnamen zulegen müssen. Die Presse würde Mina gar nicht zuhören, wenn sie seine Unschuld beteuerte. Nicht angesichts der erdrückenden Beweislast. Aber vielleicht würde seine Familie es tun. Das war die einzige Hoffnung, die ihm blieb. Dass seine Familie ihr zuhören würde.

Seine Gedanken richteten sich auf Rebecka, Benjamin, Aston und Maria, während er die letzten Sprossen rauf- und in den Tank reinstieg. Vielleicht würden sie ihn gar nicht hassen. Vielleicht. Als er unten angekommen war, strich er Mina das Haar aus dem Gesicht. Der Platz reichte, um sich zu bücken. Er musste mit aufrechtem Oberkörper in die Knie gehen.

»Mina.« Zärtlich strich er ihr über die Wange. »Du musst jetzt wach werden. Wenn du nicht mithilfst, kommst du hier nicht raus.«

Mina murmelte benommen vor sich hin. Was hatten sie ihr eigentlich verabreicht? Hoffentlich kein Ketamin.

»Wach auf, Mina.«

Über ihm knirschte es. Er blickte nach oben. Kenneth hatte den Deckel auf den Kasten gelegt. Etwas rasselte. Eine Kette. Natürlich. Jane klopfte ans Glas.

»Du verstehst doch, dass wir sie nicht am Leben lassen können, kleiner Bruder? Sie könnte ja alles kaputt machen.«

Jane holte einen Stift und ein zusammengefaltetes Blatt Papier hervor.

»Da muss ich wohl noch eine Zeile hinzufügen«, sagte sie.

»Und darin erklärst du, warum du mit ihr zusammen sterben willst. Du willst nämlich auch nach ihrem Tod verhindern, dass sie ins Moslemparadies kommt. Schon ironisch, aber Mina hat mir das Leben gerettet. Wenn sie nicht den Notarzt gerufen hätte, als ich im AA-Meeting zusammengeklappt bin, wäre ich heute nicht hier. Du kannst ihr meinen Dank ausrichten.«

Sie faltete das Blatt auseinander, schrieb ein paar Zeilen dazu, faltete es wieder zusammen und steckte es in den Umschlag.

»Jane!«, schrie er und pochte gegen das Glas. »Du bist meine Schwester! Wir hatten eine Abmachung! Mina sollte doch am Leben bleiben!«

»Deine Schwester?« Sie starrte ihn mit ihren eiskalten Augen an. »Die Jane ist vor dreißig Jahren gestorben. Und ihr kleiner Bruder stirbt heute.«

Er hämmerte an den Deckel über seinem Kopf, es war zwecklos. Kenneth stieg von der Leiter runter und ging zu der Wand, wo ein Schlauch an einem Wasserhahn befestigt war. Der Schlauch reichte bis zum Tank. Als Kenneth den Hahn aufdrehte, zischte es im Schlauch. Ein paar Sekunden später umspülte das Wasser Vincents Füße. Instinktiv hob er einen Fuß, doch dann begriff er, dass er der Nässe nicht ausweichen konnte. Doch irgendwo musste das Wasser doch reinkommen. Mit ein wenig Glück würde es ihm zumindest gelingen, das Loch zu verstopfen. Fieberhaft suchte er den Boden des Kastens ab, konnte aber nirgendwo ein Loch entdecken. Vermutlich war es hinter einem Ventil verborgen. Gutes Design.

»Wir sind quitt, Vincent«, sagte Jane hinter der Scheibe. »Oder zumindest bald. Wir rufen jetzt die Polizei. Von Norrtälje brauchen sie mit der Fähre eine halbe Stunde. Wenn sie deine und Minas Leiche und dein zauberhaftes Bekennerschreiben gefunden haben, ist es endlich vorbei. Bitte entschuldige, dass wir nicht so lange bleiben.«

Lächelnd befestigte sie den Brief auf Augenhöhe am Glas, sodass Vincent ihn lesen konnte. Dann seufzte sie, als wäre ihr eine schwere Last von den Schultern genommen, und ließ sich von Kenneth aus der Werkstatt schieben. In einem Film hätte sie zum Abschied einen messerscharf formulierten Satz gesagt, und Vincent hätte sich in letzter Minute auf geniale Weise aus dem Tank befreit, oder es wäre jemand vorbeigekommen und hätte, kurz bevor sie alle Hoffnung fahren ließen, die Glasscheiben zerschlagen.

Doch nichts dergleichen geschah.

Man hörte nur das leise Blubbern des Wassers, das langsam stieg. Dann sagte jemand den Namen seiner Schwester, während ein alter Mann eine Frau in einem Rollstuhl durch die Tür und hinaus in die Sonne schob.

DIE PAPPFIGUR, DIE WIE VINCENT AUSSAH, hatte er in der Mitte knicken müssen, damit sie ins Auto passte. Als Christer ihn gefragt hatte, was er damit wollte, hatte er nur was von Beweismaterial gebrummt.

Um ehrlich zu sein, wusste Ruben nicht so genau, was er mit der Attrappe auf der Rückbank wollte. Und außerdem brachte ihn Vincents arrogante Fresse schon in Rage, wenn er sie nur sah. Was Vincent ihm angetan hatte, war unverzeihlich. Da hätte er ihm auch gleich die Schnürsenkel verknoten und die Hose runterziehen können.

Keiner der Kollegen hatte gewagt zu lachen, jedenfalls nicht in seiner Gegenwart, aber er sah es ihnen an. Der große Ruben Höök. Von einem albernen Mentalisten an der Nase rumgeführt. Als er sich unbeobachtet fühlte, versetzte er der Pappfigur einen Faustschlag. Arschloch.

Dann ging er zu Christer, der ein Stück weiter die Straße runter neben dem Mannschaftswagen stand.

»Musstest du unbedingt das komplette Einsatzkommando mitschleppen?«, fragte er Christer säuerlich. »Morgen weiß es das ganze Präsidium.«

»Wir konnten die Situation ja nicht einschätzen«, sagte Christer. »Nach unseren Informationen hätte es auch gut sein können, dass Vincent das nächste Opfer gewesen wäre.«

»Kapiert ihr denn nicht, dass er uns von Anfang hinters Licht geführt hat? Ich habe gleich gesagt, dass wir diesen Vincent verhaften sollten. Hättet ihr auf mich gehört, wäre das alles nicht passiert. Denkt an meine Worte, wenn ihr sein nächstes Opfer auffindet.«

Peder und diese Frau aus der Datenanalyse, Sara irgendwas, stiegen aus einem Zivilfahrzeug. Peder musste die Drillinge doch seiner Frau aufs Auge gedrückt haben. So viel zum Thema Geburtstag.

Bei ihrer letzten Begegnung hatte ihn diese Sara wie Luft behandelt. Er hatte keine Ahnung, warum. Sicher eine Lesbe.

»Wissen wir denn, wo Vincent gerade steckt?«, fragte er Peder.

»Nicht genau«, sagte Sara. »Eine Mobilfunkverbindung wird über die nächstgelegene Basisstation hergestellt. Der Anruf, den Vincent bekommen hat, ließ sich auf die Basisstation auf der Insel Gräddö im Skärengarten vor Norrtälje verfolgen. Wir nehmen also an, dass er da draußen irgendwo ist. Leider decken die Basisstationen im Schärengarten viel größere Gebiete ab als in der Innenstadt. Hier hätten wir gewusst, in welcher Straße er sich aufgehalten hat, aber jetzt haben wir die Auswahl zwischen einigen Inseln. Tjockö, Edsgarn, Lidön …«

»Lidön?«, unterbrach Ruben sie. »Das kann kein Zufall sein. Da bin ich doch gewesen. Auf der Nerzfarm.«

Er sah sie alle der Reihe nach an.

»Ich weiß genau, wo das ist.«

Das Wasser reicht ihm bis über die Schnürsenkel, durchnässt seine Socken und läuft ihm in die Schuhe. Nicht darüber nachdenken. Nicht an das Wasser denken, das nur fünf Minuten braucht, um den ganzen Kasten zu füllen. Diesen Kasten mit den vier Seiten, sechs, wenn man Boden und Deckel mitzählt, und der viel zu eng ist, er kann hier nicht sein, und er kann hier vor allem nicht mit Mina sein.

Er muss Mina helfen.

Vier und sechs ergibt zehn, ist eins und null, Mann und Frau, er und Mina. Sie sind eine mathematische Funktion dieses Wassertanks, er muss sie befreien. Fünf Minuten bleiben ihm. Das fünfte Rad am Wagen. Fünf Finger an jeder Hand. Zwischen zwei Himmelskörpern, die einander umkreisen, gibt es fünf Punkte, in denen ein Gegenstand von der Gravitation beider Himmelskörper im perfekten Gleichgewicht gehalten würde, angezogen von beiden gleichermaßen, würde er vollkommen zur Ruhe kommen. Zwei Körper. Er und Mina. Im perfekten Gleichgewicht. Solange sie zu zweit sind.

Da Mina auf dem Boden sitzt, ist ihre Hose schon nass. Sie runzelt die Stirn und murmelt vor sich hin, aber öffnet nicht die Augen.

»Mina, du musst aufwachen!«

Er beugt die Knie, bewegt sich mit aufrechtem Oberkörper nach unten, weil es so eng ist, versucht, ihr den Arm um die Schultern zu legen, um sie hochzuziehen, bekommt sie aber nicht richtig zu fassen. Es geht nicht. Der Kasten ist so klein, dass sich nur einer von ihnen aufrichten kann. Selbst wenn sie sich aneinanderdrücken. Einer von beiden muss unter dem anderen sein.

Einer von ihnen wird zuerst vom Wasser bedeckt.

Einer von ihnen muss zuerst sterben.

Plötzlich holt Mina tief Luft und öffnet die Augen. Das Entsetzen in ihren Augen.

»Vincent! Wo sind wir, was geht hier vor, warum …«

Sie legt den Kopf in den Nacken, um hochzugucken, und schlägt mit dem Kopf ans Glas.

»Au!«, ruft sie und schnappt nach Luft.

»Vier Glaswände«, sagt er unwillkürlich. »Ein geschlossener Raum, genannt *Water Torture Cell.* Der vierte Buchstabe des Alphabets ist das D. Das Wort Tod beginnt im Englischen mit D. D wie Death.«

Sein Gehirn befindet sich im freien Fall. Seine Gedanken stoßen verzweifelt gegen die Wände, sind genauso eingesperrt wie er. Dabei hat er doch nur die Bauanleitung und überhaupt immer alle Anweisungen genauestens befolgt, es war nicht seine Schuld, er war doch erst sieben …

»Vincent!«, schreit Mina und boxt ihm fest gegen den Oberschenkel. »Hör auf!«

»Verzeih mir«, sagt er. »Verzeih mir alles.«

JANE BLICKT AUFS WASSER und die Inseln im Schärengarten, als Kenneth sie den Weg hinter der Nerzfarm entlangschiebt. Es ist wunderschön auf der Insel. Besonders heute.

Sie ist ihm dankbar. Sie kann nicht behaupten, dass sie ein gutes Leben gehabt hätte. Aber Kenneth hat diesem Leben am Ende wenigstens einen Sinn verliehen. Er hätte sich nicht um sie kümmern müssen. Aber er hat sie verstanden. Vielleicht, weil er selbst so ein Wrack war, als sie sich kennenlernten. Am Ende hat er ihr geholfen, sich zu rächen. Für sie hätte es keine größere Liebeserklärung geben können.

Als sie den schmalen Holzsteg erreichen, bleibt Kenneth stehen. Das Wasser plätschert so friedlich an die Pfähle, auf denen der Steg ruht, und eine Möwe schreit ihren Freunden in der Ferne etwas zu. Er legt ihr seine Hand auf die Schulter, und sie tätschelt sie liebevoll, ohne sich zu ihm umzudrehen.

»Es ist bald vorbei«, sagt er.

»Ich weiß«, antwortet sie. »Danke. Ohne dich wäre es immer weitergegangen.«

Mehr brauchen sie nicht zu sagen. Er braucht sie nicht zu fragen, ob sie wirklich will. Diese Frage hat er ihr schon lange nicht mehr gestellt. All das liegt hinter ihnen. Und jetzt haben sie sowieso keine andere Wahl mehr.

Er holt eine Rolle stabiles, silbernes Klebeband aus dem Beutel am Rollstuhl und wickelt damit seine linke Hand an den Rollstuhlgriff. Viele Male. Es ist wichtig, dass die Hand nicht bewegt werden kann. Dann klebt sie auch seine rechte Hand fest. Erst dann sieht sie zu ihm auf, aber er erwidert ihren Blick nicht, weil sich sein Blick schon am Horizont verloren hat.

Er schiebt sie auf den Steg. Zunächst langsam. Die Räder rattern über die Bretter. Je weiter sie kommen, desto schneller wird er. Sie hält sich am Stuhl fest, um nicht rauszufallen. Am Ende des Stegs hält er nicht an, sondern springt ab und lässt den Rollstuhl durch die Luft fliegen.

Kvibille 1982

»Vincent? Ich glaube, die Klappe geht nicht.«

Sie drückt gegen die geheime Tür, die ihr Sohn ihr gezeigt hat, aber die klemmt. Bombenfest. Oder macht sie was falsch? Vielleicht muss sie ja aus einer bestimmten Richtung dagegen drücken. Gar nicht so einfach, eingepfercht in dieser gekrümmten Haltung. Offenbar muss man als Assistentin eines Zauberers zierlich sein. Und biegsam.

»Vincent? Wo bist du?«

Sie drückt gegen die Abdeckung, aber die sitzt auch fest. Die hat er ja auch mit dem Vorhängeschloss gesichert. Vincent wollte nur schnell was holen. Wahrscheinlich soll es eine Überraschung sein. Klar. Er weiß, dass sich die Klappe nicht öffnen lässt. Bestimmt spielt er ihr nur einen Streich. Kommt jeden Augenblick zurück und präsentiert ihr das Kleidchen mit den bunten Pailletten, das er für sie genäht hat. Oder etwas anderes. Sie darf nicht zu doll mit ihm schimpfen.

Aber er braucht so lange. Viel zu lange in dieser für sie unbequemen Haltung. Sie ändert ihre Meinung. Doch, sie wird ordentlich mit ihm schimpfen. Das hier war wirklich keine besonders gute Idee von Vincent.

Endlich hört sie Geräusche. Stimmen. Sie sind nicht im Stall, jedenfalls noch nicht. Sie sind draußen. Vincent ist eindeutig dabei. Und er ist nicht allein. Es sind mehrere Stimmen. Mädchenstimmen. Sie lachen. Vincent auch. Dann machen sie alle pst! Als hätten sie einen Streich im Sinn.

»Sei doch nicht so wasserscheu, Vincent!«, ruft eine von ihnen. »Jetzt komm.«

Dann entfernen sich die Stimmen wieder.

»Vincent!« Sie hämmert an die vordere Wand. Sehr viel fester diesmal.

»Bist du wieder da, Vincent?«

MINA SIEHT IHN PRÜFEND AN. Er nickt nur. Kann nichts sagen, weil er sich so schämt. Beim Versuch aufzustehen, muss sie sich an ihn pressen. Es geht mit Müh und Not. Das Wasser reicht ihnen bis zu den Oberschenkeln. Ihre Oberkörper werden so fest aneinandergedrückt, dass es die Luft aus ihren Lungen presst. Er kann Mina nicht ansehen. Sie ist zu nah. Aber er fühlt sie. Nicht nur, weil sie an ihn gepresst wird, sondern weil sie … da ist. Vier und sechs gleich zehn gleich eins und null gleich er und Mina. Zwei Körper mit aufeinander abgestimmten Umlaufbahnen. Zwischen ihnen ein Gegenstand, so etwas wie Verständnis. Im Gleichgewicht. Aber das sagt er nicht, er ist ja kein Idiot.

»So können wir uns nicht bewegen«, ächzt er. »Und dann kommen wir hier nicht raus.«

»Sag doch, dass du weißt, wie wir hier rauskommen«, sagt sie unter ebenso großer Anstrengung.

»Ich weiß, wie wir hier rauskommen.«

»Im Ernst?«

»Nein. Ich habe keine Ahnung. Ich weiß nur, dass wir nicht genug Kraft haben, das Glas von innen zu zerschlagen. Das funktioniert nur im Fernsehen.«

»Es ist sehr viel Wasser, Vincent.«

»Ich weiß. Tut mir leid.«

»Hör endlich auf, dich zu entschuldigen. Denk lieber nach. Das kannst du doch so gut. Manchmal.«

Das Wasser reicht ihnen bis zum Bauch. Sie haben maximal noch zwei Minuten. Aber sie hat recht. Und seine Gedanken hat er auch wieder unter Kontrolle. Er ignoriert das Wasser, ignoriert den Glaskasten und denkt nach.

Moment. Noch mal zurück.

Der Glaskasten. Im Gegensatz zu Agnes, Tuva und Robert stecken sie nicht in einer dilettantisch zusammengezimmerten Kiste. Dies ist eine professionelle Wasserillusion. Und darin stecken mehrere Schichten von Geheimnissen. Vielleicht hat Presto Jane gar nicht alles erzählt. Es muss eine Möglichkeit geben, hier rauszukommen, und eine … um Luft zu bekommen.

Schnorchel.

Jede Wasserillusion verfügt über ein verstecktes Rohrsystem, durch das der Magier atmen kann. Frustriert schlägt er mit der Stirn an die Scheibe.

»Vincent?«, fragt Mina. Er hört ihre Angst.

Aber er kann sich selbst nicht verzeihen. Er hätte längst darauf kommen müssen. Dieser Kasten behindert noch immer sein Denken. Es ist so eng. In einer Minute wird hier kein Sauerstoff mehr sein. Er muss schnell die Rohre finden.

Falls Jane und Kenneth sie nicht entfernt haben.

EINE SEKUNDE LANG HAT SIE das Gefühl zu fliegen. Als wäre sie schwerelos oder würde aufsteigen wie ein Ballon. Dann schlägt der Rollstuhl mit lautem Klatschen auf. Die Kälte des Wassers nimmt ihr den Atem. Sie hat gewusst, dass es sich kalt anfühlen würde. Aber so kalt? Als der Rollstuhl langsam untergeht, hält sie sich noch immer an den Armlehnen fest.

Die Sonne verschwindet fast augenblicklich. Das Meerwasser ist dunkel, sie sieht nichts. So hat sie sich das nicht vorgestellt. Sie lässt los, dreht sich um und tastet im Dunkeln nach Kenneths Armen. Da die an dem sinkenden Rollstuhl festgeklebt sind, kann er nicht reagieren. Sie hält sich an seinem Arm fest und dreht sich zu ihm um, bis sie ihn umarmen kann. Er kann nur mit den Oberarmen zudrücken.

Sie wollten gemeinsam ihrem Ende entgegengehen.

Eng umschlungen durchs Blaue gleiten.

Würdevoll und ruhig.

Aber es ist pechschwarz und kalt, und es tut weh.

So weh.

Sie kneift die Augen zusammen und rüttelt an Kenneth, versucht, ihn hochzureißen, raus aus der Dunkelheit. Sie spürt, wie er verzweifelt versucht, die Hände vom Rollstuhl zu lösen, aber das Klebeband hält sie fest.

Viele Schichten Klebeband.

Der Stuhl zieht sie weiter nach unten. Glaubt sie. Panik überkommt sie, als sie begreift, dass sie nicht mehr erkennen kann, in welche Richtung sie sich bewegen, oder ob sie sich überhaupt bewegen. Die Dunkelheit hat sie erfasst. Zwischen oben und unten gibt es keinen Unterschied mehr.

Kvibille 1982

»Vincent, Vincent, Vincent«, flüstert sie, die Lippen ganz nah am Holz.

Sie hat sich heiser geschrien, als sie darauf wartete, dass die Stimmen zurückkamen. Aber sie kamen nicht zurück. Jetzt bringt sie kaum noch einen Ton heraus. Und deshalb haucht sie seinen Namen nur noch. Bis auch das nicht mehr geht.

In der Kiste ist es glühend heiß. Ihr Haar hängt strähnig herunter, Schweiß tropft ihr von der Nasenspitze. Sie spürte die Nässe auf ihrem Rücken, auch wenn sie mit den Händen nicht dorthin kommt.

Wenn der Kasten aus dünnen Holzfaserplatten gebaut worden wäre, hätte sie ihn vielleicht zertreten können. Aber Vincent hatte seine Arbeit gut gemacht. Allan muss ihn mit Baumaterial versorgt haben. Und die Kanten sind nicht nur vernagelt, sondern auch verleimt.

In ihren Gliedern brennt es. Wenn sie nicht bald die Beine strecken kann, verliert sie den Verstand. Es ist unmenschlich, stundenlang so sitzen zu müssen. Genau weiß sie nicht, wie viel Zeit vergangen ist. Vielleicht waren es auch Tage. Oder Jahre.

»Hilfe«, flüstert sie.

Sie will auch schreien. Bald. Wenn sie wieder Kraft hat.

Vincent holt tief Luft und beugt die Knie so weit, bis er mit den Fingern den Boden erreicht. Fährt an den Kanten entlang. Auf dem Boden ist nichts. Dann spürt er etwa einen Zentimeter oberhalb des Bodens mit dem Nagel des kleinen Fingers in der Ecke einen kleinen Widerstand. Da ist er. *Da ist er.* Jane hat ihn übersehen.

Vorsichtig dreht er die Öffnung des Röhrchens nach oben. Natürlich ist der Schnorchel unten befestigt, der Magier hing ja kopfüber im Kasten. Vincent richtet sich wieder auf und spuckt aus. Das Wasser reicht Mina jetzt bis zu den Lippen.

»Bist du sicher, dass man das Glas nicht kaputt schlagen kann?«, fragt sie undeutlich, bevor ihr das Wasser in den Mund läuft.

In ihrer Stimme spürt er Verzweiflung. Er nickt und wirft einen Blick auf den Brief, den Jane von außen an den Kasten geheftet hat, seine letzte Mitteilung an die Nachwelt. Er würde alles tun, um diesen Kasten zu zerstören und den Brief zu zerreißen. Er will nicht von seiner Familie gehasst werden.

»Da unten ist ein Schnorchel«, sagt er. »Nimm ihn.«

»Du brauchst nicht den Gentleman zu spielen, ich bin Polizistin.« Wieder muss sie Wasser ausspucken.

»Du bist kleiner als ich«, sagt er. »Mir bleibt hier oben bestimmt noch eine halbe Minute Zeit, eine Lösung zu finden. Dann komme ich runter. Wir werden ja sehen, wer stärker ist.«

»Haha.«

Aber Mina tut, was er sagt, und bevor das Wasser ihre Nase erreicht, taucht sie unter. Dadurch gerät das Wasser in Bewegung und spritzt ihm in Mund und Augen. Er hat nie geübt, die Luft anzuhalten. Den Schnorchel hätten sie sich natürlich teilen können, wenn sie nicht so lange gebraucht hätten, die Plätze in der engen Kiste zu tauschen und währenddessen fast erstickt wären. Und dann hätten sie gleich wieder die Plätze wechseln müssen. Er versucht, ruhig zu atmen.

Das Wasser kitzelt ihn an den Lippen, er schließt den Mund. Atmet stoßweise durch die Nase. Hat jetzt schon das Gefühl, keine Luft mehr zu bekommen. Kein Sauerstoff mehr im Tank. Er hämmert an den Deckel. *Lasst uns raus, bitte, lasst uns raus.* Es reicht jetzt. Das Pochen seiner Fäuste hallt durch den Raum, ansonsten ist es um den Glaskasten herum völlig still. Er schafft es nicht. Hält es nicht aus. Kann doch so nicht sterben. Als ihm das Wasser fast bis an die Nasenlöcher reicht, hämmert er panisch gegen die Scheibe. Wenn er der Panik nachgibt, ist er verloren, aber jetzt kann er nicht mehr.

Panik.

War da nicht was?

Wasser in den Nasenlöchern, er springt hoch und glaubt, zum letzten Mal Luft zu holen. Jetzt bleibt ihm noch so viel Zeit, wie seine prall gefüllte Lunge ihm lässt. Etwas zieht ihn an der Hose. Er schaut runter und sieht Mina auf den Schnorchel zeigen, aber er schüttelt den Kopf. Keine Zeit. Der Druck in seinem ganzen Körper ist kaum noch auszuhalten. Er hätte wirklich üben sollen, die Luft anzuhalten. Jetzt muss er seine gesamte Konzentration darauf richten, den Mund nicht aufzumachen. Sehen kann er kaum noch, er hat Wasser in den Augen. Wenn er jetzt die Kontrolle verliert, ist alles aus. Die Lunge brennt, und sein Gehirn will aufgeben

Panik

Panik …

Panik…

… hebel.

Umberto. Was hat er gesagt? Vor Vincents Augen flimmert es. Irgendwas von einem Hebel. Als das Wasser bis über seine Ohren reicht, wird es still. Von einem Hebel, den es bei Presto nicht gab. Er ist völlig isoliert. Vom Wasser umschlossen. Hinter der Scheibe ein leerer Raum. Luft. Leben. Den Hebel gab es nicht, weil Presto angeblich das Risiko liebte. Er drückt gegen die Scheibe. Dahinter ist die Rettung, hier drin ist der Tod. Doch der Tom Presto, den Vincent kennengelernt hat, hätte nicht mit Leben und Tod gespielt. Im Gegenteil. Niemals hätte er sich vollständig einem anderen Menschen ausgeliefert. Er kann nicht mehr denken, sein Gehirn schaltet sich ab, er versinkt in Dunkelheit. Schlägt um sich, aber seine Bewegungen haben keine Kraft mehr. Er reißt den Mund auf, und sein Körper saugt reflexartig Wasser in die Lunge. Umbertos französischer Sammler hat sich getäuscht. Tom hätte nie auf einen Panikhebel verzichtet. Nur hat er ihn nicht außen montiert, sondern … *im Innern des Tanks.*

Das perfekte Gleichgewicht zwischen zwei Himmelskörpern wird zerstört, wenn sie ihre Umlaufbahnen verlassen.

Es dauert nicht lang.

Fühlt sich an wie ein kurzer Schwindel.

Der Rest ist wie Einschlafen.

Der Körper, an den Jane sich klammert, wird von heftigen Krämpfen geschüttelt. Sie will das alles nicht mehr. Sie will leben. So hat sie sich das nicht vorgestellt.

Sie lässt Kenneth los und versucht, nach oben zu schwimmen. Lässt ihn seinem Schicksal auf dem dunklen Meeresboden entgegensinken. Sie weiß, dass die Wasseroberfläche zu weit weg und ihre Beine unbrauchbar sind. Kann nur die Arme bewegen.

Es dauert zu lang. Vielleicht schwimmt sie nicht mal in die richtige Richtung. Vielleicht bewegt sie sich nach unten. Aber sie will nicht.

Nach drei Schwimmzügen explodiert ihre Lunge.

So nicht.

So.

Kvibille 1982

Sie weiß nicht mehr, wer sie ist. Sie weiß nur, dass es schon so lange wehtut. Ihre Gelenke. Die Hitze. Der Durst. Sie saugt an ihren blutigen Fingern, damit ihr Körper wenigstens ein bisschen Flüssigkeit bekommt. Die Nägel hat sie sich am Holz abgekratzt. Sie ist schon so lange hier eingesperrt. Sie verflucht die Welt und bittet gleich danach um Vergebung.

»Vincent. Jane. Es ist besser so. Ich rufe euch nicht mehr. Ohne mich kommt ihr besser zurecht. Das weiß ich. Ich habe es immer gewusst.«

Sie ist sich nicht sicher, aber vermutlich sagt sie es nicht laut.

Dann sagt sie gar nichts mehr.

Kvibille 1982

»Hast du den Kasten gebaut?«

Vor ihm stand eine fremde Frau mit einem Block und einem Stift in der Hand. Sie redete so schnell, fast gierig. Er antwortete nicht. Sie schien sowieso alles zu wissen. Er sah auf ihre Hände. Ein Stift war ein Strich. Eine Dimension. Ein Block ein Rechteck. Zwei Dimensionen. Der Kasten, den er gebaut hatte, war ein Quader. Drei Dimensionen. Die vierte Dimension war Zeit. Aber im Moment befand er sich außerhalb von ihr. Er stand seit einer Ewigkeit auf dem Hof. Oder seit einer Sekunde. Jemand hatte mit ihm geredet. Oder auch nicht.

Der Polizist, den er irgendwo schon mal gesehen hatte, wahrscheinlich, als Mamas Auto vor dem Supermarkt liegen geblieben war, packte die Frau am Arm und zog sie weg.

»Lass den Jungen in Ruhe«, sagte der Polizist. »Er müsste längst weg sein. Aber die Frau vom Jugendamt verspätet sich.«

Die Stalltür war mit Flatterband abgesperrt, und die mit Sternen verzierte Kiste stand mitten auf dem Hof. Zum Glück hatte er Räder angebaut, denn zum Tragen wäre sie viel zu schwer gewesen. Doch wie sollte er nun in seine Werkstatt kommen, wo er all seine Geheimnisse verwahrte. Hoffentlich brachten sie nichts durcheinander. Das hätte ihn sehr traurig gemacht.

»Ich bin von der *Hallandsposten.*« Die Frau klang schnippisch. »Die Öffentlichkeit hat ein Recht, informiert zu werden.«

Er betrachtete seinen eigenen Schatten, der immer länger wurde. Der Schatten war alles, was von ihm übrig war. Nur der Kernschatten, den das Licht nie erreichte. Und eindimensional war er auch. Von der Seite war er nicht zu sehen. Die Frau beugte sich zu ihm runter.

»Wie fühlt es sich an, keine Mutter mehr zu haben?« Sie hielt ihren Stift über das Papier.

Er verstand nicht, wie sie ihn sehen konnte, er stand doch mit der Seite zu ihr. Und was sollte das heißen, keine Mutter? Mama war doch in der Küche. Sie war da, wenn er sich die Zähne putzte. Es waren doch die Gewohnheiten, die einen Menschen formten, das hatte sie immer gesagt. Wenn er will, ist sie da.

»Jetzt reicht es aber.« Der Polizist wurde laut. »Entweder verlassen Sie jetzt sofort den Unglücksort, oder ich bunkere Sie wegen Behinderung von polizeilichen Ermittlungen ein.«

Die Frau zückte ihre Kamera und drückte ab, bevor der Polizist eingreifen konnte. Das Blitzlicht blendete ihn.

»Du hast gar nicht gelächelt, mein Junge«, sagte sie. »Aber das ist auch besser so. Ernste Kindergesichter machen sich gut. Wo ist denn deine Schwester? Vielleicht ist die gesprächiger.«

Die Frau verschwand. Der Polizist stellte sich vor ihn und legte ihm die Hände auf die Schultern. Verdeckte die Sonne.

»Es war ein Unfall«, sagte der Mann. »Ihr bekommt ein neues Zuhause. Vergiss nie, dass dir niemand die Schuld gibt.«

»Kommen wir in dieselbe Familie?«, fragte er ängstlich.

»Das weiß ich nicht, Vincent. Kommt darauf an, ob jemand euch beide nimmt. Vielleicht nicht. Aber Jane wird in deiner Nähe wohnen. Bestimmt könnt ihr euch sehen, sooft ihr wollt. Es muss alles sehr schwer für dich sein. Aber ihr seid doch so kluge Kinder. Ihr seid stark genug, das alles hinter euch zu lassen. Ihr habt ja euch. Und irgendwann ist alles vergeben.«

MINA SASS AUF DEM BODEN von Houdinis *Water Torture Cell* und versuchte, einen klaren Kopf zu bekommen. Ganz plötzlich war das Wasser aus dem Tank geflossen. Es lief immer noch frisches Wasser ein, aber das floss sofort ab.

Vincent stand leblos da. Er lehnte mit der Stirn an der Scheibe und war ein wenig zusammengesackt, aber der enge Kasten hielt ihn aufrecht. Sie hatte mit angesehen, wie er in Panik um sich geschlagen hatte, als er keine Luft mehr bekam. Beinahe hätte er ihren Kopf getroffen, als er wie wild mit den Füßen strampelte. Dabei musste er gegen den Hebel getreten haben, mit dem man das Wasser abließ.

Doch sie waren immer noch in diesem verdammten Aquarium eingesperrt. Sie wusste nicht, ob Vincent noch lebte, aber auf jeden Fall nicht mehr lange, wenn er nicht sofort eine Herz-Lungen-Massage bekam. Er hatte gesagt, man könne das Glas nicht zerschlagen. Aber wer würde denn gleich aufgeben. Sie zog einen Schuh aus und klopfte systematisch mit dem Absatz gegen das Glas. Sie achtete darauf, dass jeder Hieb auf genau dieselbe Stelle traf. Sie brauchte fünfzehn feste Schläge. Er hatte recht gehabt, unter Wasser wäre es nicht möglich gewesen. Als das Glas zersplitterte, hielt sie sich instinktiv die Arme vors Gesicht. Vincent kippte nach vorn, aber da ihr Körper im Weg war, landete er nicht auf den Glassplittern.

Sie stieg aus dem Wassertank, zerrte Vincent raus und legte ihn vorsichtig auf eine Stelle, wo keine Scherben lagen. Er war leichter, als er aussah. Oder sie war stärker geworden.

Sie sah ihn an. Den Mentalisten. Sie hatte ihn da reingezogen. Weil Kenneth diese Anna dazu gebracht hatte, ihr den Tipp zu geben, ihn zu kontaktieren. Sie war ahnungslos in die Falle getappt. Dann hätte Vincents Schwester sie um ein Haar umgebracht, und nun war Vincent vielleicht tot. Aber so leicht würde er ihr nicht davongekommen. Das Wasser hatte inzwischen bestimmt alle Bakterien restlos abgewaschen. Sie umfasste sein Kinn und legte ihm die andere Hand auf die Stirn. Dann drückte sie ihre Lippen auf seinen Mund.

VINCENT WAR NOCH ZU ERSCHÖPFT, um ihr zu helfen. Keuchend lag er auf dem Rücken. Mina hatte keine Ahnung, wann Jane und Kenneth wiederkommen würden. Sie wunderte sich, dass die beiden nicht geblieben waren, um sie und Vincent sterben zu sehen, aber vielleicht reichte ihnen die Gewissheit, dass sie ihr Ziel erreicht hatten. Jetzt fragte sie sich nur, ob sie geflohen oder noch in der Nähe waren.

Sie versuchte, klar zu denken.

Ihr Gehirn befand sich im Schockzustand, und sie musste den Impuls unterdrücken, einfach die Flucht zu ergreifen. Zum einen konnte sie Vincent nicht allein zurücklassen. Sie hatte ihm soeben das Leben gerettet. Chinesischer Philosophie zufolge war sie dadurch für ihn verantwortlich, hatte sie irgendwo gelesen. Zum anderen wollte sie Kenneth und Jane nicht in die Arme laufen.

Sie sah sich um. Unterdrückte ein Würgen, weil es noch immer süßlich nach Verwesung stank. Sie musste Hilfe holen. Und dafür brauchte sie ein Telefon. Ihr eigenes Handy hatte

Kenneth Dutzende von Kilometern entfernt aus dem Autofenster geworfen, und Vincent hatten sie das Handy auch abgenommen, aber es musste hier noch irgendwo sein, wenn sie es nicht dabeihatten. Sie sah auf der Werkbank nach, das einzige Möbelstück, das sich überhaupt im Raum befand, aber da lag das Handy nicht.

»Vincent.« Energisch drehte sie sich zu ihm um.

Er lag auf dem Rücken, hatte die Augen so weit nach oben gerollt, dass das Weiße zu sehen war, und atmete stoßweise. Sie war sich nicht sicher, ob er bei Bewusstsein war.

»Vincent!«, rief sie noch energischer. »Hast du gesehen, was sie mit deinem Handy gemacht haben? Auf der Werkbank ist es nicht. Meinst du, sie haben es mitgenommen?«

Ihr Mut sank. Natürlich hatten sie das.

Doch Vincent hob mühsam eine Hand und zeigte in eine Ecke des Raums. Dort stand ein Container. Einer, den man mit Sperrmüll oder Bauabfällen füllte und dann abholen ließ. Sie hatte dem Container gar keine Beachtung geschenkt, weil er allein durch sein Vorhandensein Gefühle in ihr weckte, die sie niemals würde abschrubben können, aber Vincent zeigte weiter darauf.

Widerwillig ging sie zum Container. Je näher sie kam, desto intensiver wurde der Verwesungsgeruch. Der Mageninhalt brannte in ihrer Speiseröhre, aber sie schluckte den bitteren Geschmack tapfer runter. Mit jedem Schritt hatte die Panik sie fester im Griff. Sie wollte nicht sehen, was in dem Container war. Wollte ihn nicht anfassen. Wollte nicht einmal im selben Raum sein.

Sie drehte sich um und sah Vincent flehentlich an. Sah, dass er etwas zu sagen versuchte, aber immer noch nicht sprechen konnte und nun zum dritten Mal auf den Container zeigte. Scheiße. Verfluchte Scheiße.

Draußen meinte sie, ein Geräusch zu hören. Sie blieb regungslos stehen und horchte, aber es war still. Niemand würde ihnen zu Hilfe kommen. Es hing alles von ihr ab.

Der Container war hoch, zu hoch für sie. Aus eigener Kraft würde sie niemals hineinkommen. Sie sah sich um. Die Leiter, die am Wassertank gelehnt hatte, war umgefallen. Sie war klitschnass und rutschig und außerdem unter einem Berg von Glassplittern begraben. Unbrauchbar. An der hinteren Wand stand noch eine Leiter. Sie sah sehr viel älter aus und schien schon seit Jahren nicht mehr benutzt worden zu sein, aber zumindest war sie nicht mit Scherben bedeckt. Mina sah noch einmal zur Tür und ging dann hin.

Die Leiter war voller Spinnweben. Und nicht nur das, Spinnen saßen auch darauf. Massen von kleinen Spinnen krabbelten darauf herum und zogen sich in ihre klebrigen Netze zurück, als Mina angeekelt nach den Holmen griff. Als sie die Leiter ein Stück von der Wand weggezogen hatte, sah sie, woher all die kleinen Spinnen kamen. Eine dicke, fette und haarige Mutterspinne hatte auf der Rückseite einer Sprosse gesessen und huschte nun über Minas Hand.

Sie schrie laut auf. Konnte nichts dagegen tun. Ihr Schrei hallte von den Wänden wider, und sie blickte mit klopfendem Herzen zur Tür. Hatten sie sie gehört? Würden Jane und Kenneth jetzt kommen und merken, dass sie und Vincent nicht in dem Wassertank gestorben waren?

Aber nichts passierte.

Niemand kam.

Es war still.

Immer noch mit klopfendem Herzen trug sie die Leiter zum Container. Ihr ganzer Körper juckte, und sie sah vor sich, wie winzige Spinnen ihre Haut bedeckten und sicher schon ihre Eier abgelegt hatten.

Sie musste an ein Youtube-Video denken, das Ruben ihr einmal gezeigt hatte, wahrscheinlich, um sie zu ärgern. Es handelte von einer südamerikanischen Fliegenart, deren Larven in der Haut von Menschen heranwachsen. In dem Video war zu sehen, wie jemandem eine dicke, zappelnde Larve aus der Kopfhaut entfernt wurde.

Sie hätte sich beinahe übergeben, aber da sie Ruben diese Genugtuung nicht gönnte, hatte sie sich zusammengerissen. Genau wie jetzt hatte sie ihre gesamte Willenskraft eingesetzt.

So leise wie möglich lehnte sie die Leiter an den Container. Als die Spinnennetze an einigen Stellen rissen, krabbelten die Spinnen nervös herum.

Aber Mina beachtete die Spinnweben kaum noch. Der stechende Geruch war beinahe unerträglich. Ihre Augen tränten. Was immer diesen Gestank verbreitete, musste von einer Wolke aus Bakterien und Mikroorganismen umgeben sein, die jetzt auf ihr herumkrochen. *Und in sie hinein.*

Sie zwang sich, sich auf ihr Vorhaben zu konzentrieren. Auf ihr Ziel. Als sie einen Blick in Vincents Richtung warf, sah sie, dass er sich aufgesetzt hatte, aber den Kopf gesenkt hatte. In einem Schwall würgte er auch noch das letzte bisschen Wasser aus der Lunge.

Wieder füllte sich ihr Mund mit Galle. Sie schluckte und schluckte. Sie konnte sich jetzt nicht übergeben, nicht schon wieder. Dann hätte sie nicht geschafft, was sie tun musste. Kotzen war das Schlimmste überhaupt. Es war schlimmer als Fliegenlarven unter der Haut.

Drei Sprossen war sie hochgestiegen. Ihr Scheitel war jetzt auf einer Höhe mit dem oberen Rand des Containers. Sie konnte noch nicht sehen, was darin war. Aber der Geruch wurde immer stärker. Sie zog sich ihren Rollkragen vor Mund und Nase. Kleine Spinnen flitzten über ihren Handrücken, aber im Vergleich zu dem Geruch spielten sie keine Rolle.

Ein Schritt nach oben.

Noch einer – und sie schaute über die Kante.

Der Container war voller Kadaver.

Nerze.

Hunderte von toten Nerzen in verschiedenen Stadien der Verwesung starrten sie an. Und sie bewegten sich. Sie wusste auch, warum. Die Kadaver waren mit Gasen, Würmern und unendlich vielen Fliegen gefüllt. Sie drehte sich zur Seite und erbrach sich.

Tränen liefen ihr übers Gesicht, ihr Herz schlug wie wild, und ihre Handflächen waren nass. Eine Panikattacke drohte sie zu überwältigen, aber sie riss sich zusammen, denn sie wäre verloren gewesen, hätte sie dem Gefühl auch nur eine Sekunde nachgegeben.

Sie sah sich um. Vincent wirkte stabiler. Er hatte wieder ein wenig Farbe im Gesicht und schaute ihr zu. Vielleicht konnte er sogar laufen. Vielleicht sollten sie sich davonschleichen und hoffen, dass Kenneth und Jane längst das Weite gesucht hatten.

Doch sie wusste, dass das nicht möglich war. Vincent war sicher noch zu wacklig auf den Beinen, um schnell voranzukommen, und wäre völlig wehrlos gewesen.

Sie brauchten Unterstützung.

Mina musste das Handy finden.

Sie stellte einen Fuß in den Container. Versuchte, die wabbeligen Tierkörper zu ignorieren. Weigerte sich, an die Millionen von Maden zu denken. Stellte sich stattdessen Regenbögen und Einhörner, Sommerwiesen und niedliche Katzenbabys vor.

Und dann sprang sie.

Als die Polizei in Norrtälje eintraf, kauerten Mina und Vincent auf dem Fußboden in der Werkstatt. Mina hatte sich mit dem Wasserschlauch notdürftig abgespritzt, aber Blut und Leichenteile, an die sie nicht mal denken mochte, klebten noch immer in ihrem Haar. Sobald sie einen scharfen Gegenstand zu fassen bekäme, würde sie sich das Haar abschneiden.

Ihre Sachen lagen in der Ecke. Schreiend hatte sie sich die Kleider vom Leib gerissen. Aber immerhin hatte sie Vincents Handy gefunden. Es war voller Blut, aber funktionierte noch. Gleich nach dem Anruf warf sie es auf den Boden und ertränkte es mit dem Wasserstrahl.

Vincent hatte ihr wortlos seine Kleider gereicht. Sie waren zwar viel zu groß und klitschnass, aber wenigstens weder mit Spinnen noch mit Würmern oder Leichenteilen bedeckt. Vincent saß in der Unterhose da. Dass sie mit Blumen bedruckt war, entging Mina nicht.

Norrtälje hatte zwei weibliche Einsatzkräfte geschickt. Als die erste Mina und Vincent erblickte, blieb sie stehen.

»Wir brauchen Decken!«, rief sie der anderen zu.

»Wir haben einen Anruf von hier bekommen«, sagte die andere Polizistin. »Und kurz darauf einen von der Polizei Stockholm.«

Mit besorgtem Gesicht hockte sie sich neben Mina.

»Ich habe angerufen«, schluchzte Mina. »Das ging ja schnell.«

»Sie?« Die Polizistin wirkte verwundert. »Die Stimme klang aber viel älter. Angeblich sollten hier zwei Leichen liegen. Die Anruferin sagte etwas von Hassverbrechen und von Selbstmord. Und von einem Brief. Sagt Ihnen das was?«

Mina sah Vincent fragend an.

»Jane und Kenneth haben die Polizei angerufen, bevor sie gingen«, sagte er erklärend. »Ich bin noch nicht dazu gekommen, es dir zu erzählen.«

Sie fuhren an der Ausfahrt zum Flughafen Arlanda vorbei und weiter in Richtung Norden. Hinter Arlanda herrschte viel weniger Verkehr, und im Moment waren sie die Einzigen auf der Autobahn. Sie wusste jedoch, dass wieder mehr los sein würde, wenn sie sich Uppsala näherten. Christer hatte sie im Auto angerufen und ihr berichtet, dass Vincent zur Fahndung ausgeschrieben war, aber das war jetzt Sache der Polizei Norrtälje.

Christer hatte es sich nicht nehmen lassen, in vielsagendem Ton zu beteuern, er hätte natürlich keine Ahnung, warum sie noch zu Hause sei, aber falls sie heute etwas Wichtiges zu erledigen habe, dann sei das im Prinzip kein Problem. Sie war sofort umgekehrt und hatte Torkel angerufen. Dass ihre Kollegen keine Geheimnisse für sich behalten konnten, erfüllte sie ausnahmsweise mit Dankbarkeit.

Sie drückte seine Hand auf dem Lenkrad. Er erwiderte die zärtliche Berührung, ohne den Blick von der Fahrbahn abzuwenden.

»Danke«, sagte sie. »Dass du es mit mir aushältst. Diese verdammten Hormone.«

»Hey, du Super-Polizistin.« Er lächelte. »Du musstest heute eine schwere Entscheidung fällen. Es tut mir leid, dass ich sie dir so schwer gemacht habe. Aber eins musst du wissen.«

Er wandte sich ihr für eine Sekunde zu.

»Ich liebe dich. Und ich finde, du hast dich richtig entschieden. Wir haben noch viele Gelegenheiten, ein Kind zu bekommen. Aber was wäre ich für ein Vater, wenn ich dich daran gehindert hätte, einen Menschen da draußen, den es schon gibt, zu beschützen? Dieser Mensch ist ja auch das Kind von jemandem. Entschuldige bitte, dass ich so dumm war.«

»Schon okay.« Sie legte ihm die Hand auf den Oberschenkel. »Ich habe mir dich nicht wegen deiner Intelligenz ausgesucht.«

Torkel musste lachen, und sie lachte mit ihm. Das Lachen war wie ein Dammbruch. Eine Anspannung, die sie nicht losgelassen hatte, seit sie wieder mit der Hormonbehandlung angefangen hatten, löste sich. Und Torkel schien es genauso zu empfinden. Sie öffnete das Fenster und ließ die kalte Septemberluft herein. Der Fahrtwind wehte ihr ins Gesicht und verwirbelte ihr Haar. Lächelnd schloss sie die Augen.

Oktober

Vincent war nicht zur Pressekonferenz gekommen. Mina konnte ihn verstehen. Die Medien hatten sich auf seinen persönlichen Bezug zu den Morden gestürzt wie Piranhas auf eine tote Kuh. Es war gut, dass er sich ein wenig zurückgezogen hatte.

Julia betrat das Podium. Einige Informationen waren bereits durchgesickert, und Teile der Wahrheit waren von der Presse fantasievoll ausgeschmückt worden. »Mögliches Szenario«, hieß das im journalistischen Jargon.

Allmählich verstummte das Gemurmel, und alle Blicke waren auf Julia gerichtet. Mina stand seitlich vom Podium hinter einem Vorhang. Auch über sie war ausführlich berichtet worden. Sie hatte keine Ahnung, wo diese Leute die Fotos aufgetrieben hatten. Sie hatte das Licht der Öffentlichkeit immer gescheut und stand auch privat nicht gern vor der Kamera. Trotzdem hatten sie ein altes Schwarz-Weiß-Foto von ihr ausgegraben, auf dem sie eine Uniform trug und furchtbar aussah.

»Die Täter sind noch nicht gefasst, aber es handelt sich eindeutig um Jane Boman und Kenneth Bengtsson. Wie die Presse bereits festgestellt hat, ist Jane die Schwester des Mentalisten Vincent Walder.«

»Seit wann weiß Vincent davon?«, fragte ein Reporter vom *Expressen* ohne Umschweife.

»Ich möchte Sie bitten, Handzeichen zu geben. Wir nehmen Sie dann der Reihe nach dran«, sagte Julia streng. »Sonst wird es zu chaotisch.«

Erst jetzt bemerkte Mina Julias Vater, den Stockholmer Polizeichef, in der hintersten Reihe. Er sah stolz aus. Mina wusste, dass Julias Gruppe eine heikle Angelegenheit für ihn war, und dass Julia aufgrund der verwandtschaftlichen Beziehung doppelt so hart wie alle anderen hatte arbeiten müssen. Und deswegen freute seine stolze Miene Mina ganz besonders. Julia hatte es wirklich verdient.

»Aber um Ihre Frage zu beantworten«, sagte Julia. »Vincent erfuhr erst von der Täterschaft seiner Schwester, als er und unsere Kollegin Mina Dabiri gefangen genommen wurden.«

»Warum eigentlich? Was war das Motiv?«

Derselbe Reporter hatte die Frage gestellt und sich wieder nicht vorher gemeldet. Mina sah, dass Julia langsam der Geduldsfaden riss.

»Wären Sie bitte so freundlich, Handzeichen zu geben. Das Motiv hängt in der Tat mit dem Vorfall zusammen, über den Sie und Ihre Kollegen sich in den vergangenen Tagen bis zum Gehtnichtmehr ausgelassen haben. Und damit meine ich den Unglücksfall, der sich in Vincents und Janes Kindheit ereignet hat. Ihre Mutter Gabriella Boman kam unter tragischen Umständen ums Leben, und Jane machte Vincent nicht nur für den Tod ihrer Mutter, sondern auch für ihr eigenes Schicksal verantwortlich.«

Ein anderer Reporter meldete sich.

»Wozu die Illusionen? Ist das nicht unnötig kompliziert?«

»Was soll ich sagen? Nach meiner Erfahrung gehen Mörder nie besonders rational vor. Wie gesagt, sowohl das Motiv als auch die Vorgehensweise bei den Taten hängen eng mit den Umständen von Gabriellas Tod zusammen.«

»Hat der Tod von Daniel Bargabriel etwas damit zu tun?«

»Nein. Abgesehen davon, dass Daniel zwei der Opfer persönlich kannte, nicht. Ich kann Ihnen jedoch mitteilen, dass wir heute sämtliche Täter, die mutmaßlich am Mord von Daniel beteiligt waren, in Untersuchungshaft genommen haben. Laut Staatsanwaltschaft ist eine Verurteilung zu erwarten.«

Mina verspürte einen Anflug von Trauer über den Tod des jungen Mannes, der letztlich ebenfalls Janes Rachedurst zum Opfer gefallen war, auch wenn sie ihn nicht getötet hatte. Sein Tod war so sinnlos. Sie hoffte jedoch, dass *Schwedens Zukunft* aufgrund des Skandals nach der nächsten Wahl in der Versenkung verschwinden würde.

Julia wurde noch länger mit aufgeregten Fragen bombardiert. Mina zog sich geräuschlos zurück, und allmählich verklang die Stimme, die auf alle Fragen eine Antwort hatte.

Das Trockenfutter fiel raschelnd in den Metallnapf. Kaum hatte er das Geräusch gehört, kam Bosse angerannt und stürzte sich auf seine Mahlzeit.

»Ja, mein Guter«, sagte Christer.

Er musste sich an der Tischkante festhalten, um sich neben den Hund zu hocken. Das war nicht leicht, aber auch nicht mehr ganz so schwer wie früher. Die Spaziergänge mit Bosse hatten ihm offensichtlich gutgetan. Er lehnte sich an den Küchenschrank und streichelte den Hund. Herrchen und Frauchen sind wie vom Erdboden verschluckt«, sagte Christer. »Auf der Insel sind sie nicht. Und niemand hat gesehen, dass ein Boot weggefahren ist. Die Fähre haben sie definitiv nicht genommen. Es ist ein Rätsel. Die Polizei Norrtälje hat natürlich auch Taucher rausgeschickt, aber die werden nichts finden. Das Meer ist tief da draußen.«

Bosse hörte auf zu fressen und sah Christer fragend an. Er musste den Stimmungswechsel am Tonfall bemerkt haben.

»Ich kann verstehen, dass du traurig bist.« Christer kraulte Bosse hinter den Ohren. »Aber ich dachte mir, wir machen einen großen Spaziergang, wenn du fertig gefressen hast, und dann kaufen wir dir einen dieser Bälle, auf denen du so gerne rumkaust. Mit Glitzer. Weißt du, ich glaube nicht, dass sie wiederkommen. Du bleibst jetzt bei mir.«

Bosse gab ein kurzes Kläffen von sich und leckte Christer dann ausgiebig das Gesicht ab. Der Hund roch aus dem Maul nach Trockenfutter. Aber ein wenig Gesellschaft war nicht schlecht.

Wieder einmal dachte er an seine Jugend zurück. Und an Lasse. Eigentlich war es ein Skandal, dass er keine Ahnung hatte, was aus Lasse geworden war. Dabei hatten sie sich doch mal so nahegestanden. Auf einmal empfand er fast so etwas wie Eifersucht auf all die Dinge, die Lasse seitdem ohne ihn erlebt hatte. Doch es war noch nicht zu spät, um etwas dagegen zu unternehmen. Er arbeitete schließlich bei der Polizei. Und heutzutage gab es ja auch die sozialen Medien. So schwer konnte es nicht sein herauszufinden, was Lasse inzwischen so machte.

Als Christer so auf dem Boden saß und Bosses Fell unter den Händen spürte, regte sich in seinem Innern etwas. Zuerst war er sich gar nicht sicher, ob er es sich womöglich nur eingebildet hatte, aber je stärker das Gefühl wurde, desto sicherer war er sich. So etwas hatte er noch nie gespürt, aber er glaubte, dass es eventuell Glück war.

Milda war am Esstisch sitzen geblieben. Vera und Conrad hatten wie immer in Rekordzeit gegessen. Anschließend war Vera zu ihrer Playstation zurückgekehrt, und Conrad hatte seine Schulsachen geholt. Nun war er in sein Gesellschaftskundebuch vertieft und machte sich auf dem Laptop fleißig Notizen.

Ihr Conrad. Es war ein anstrengender Sommer für ihn gewesen. Doch die Entzugsklinik schien eine geradezu magische Wirkung auf ihn ausgeübt zu haben. Er machte keine Dummheiten mehr und hatte auch eine völlig neue Einstellung zur Schule und zum Leben im Allgemeinen. Sogar Vera war aufgefallen, dass er zufriedener wirkte. Und jetzt setzte er sich sogar freiwillig an seine Hausaufgaben.

Milda wusste natürlich, dass sie nicht zu viel erwarten durfte. Sie hatte sich schon mehrmals der Illusion hingegeben, Conrad hätte sein Leben wieder im Griff. Und nach einem

Monat war er rückfällig geworden. Doch diesmal schien es anders zu sein. Und einen Lichtblick hätten sie alle gut gebrauchen können.

Vor allem jetzt.

Sie brauchte den Brief von Adi nicht zu holen, sie kannte ihn auswendig. Er war eigentlich nicht von ihm gekommen, sondern von seinem Anwalt. Sie schnaubte. Anwalt, klar. Wahrscheinlich eher so ein Kerl, den er bei einem seiner dubiosen Geschäfte oder warum nicht gleich im Knast kennengelernt hatte. Im Gegensatz zu Conrad hatte Adi sich überhaupt nicht verändert. Er jagte noch immer dem schnellen Geld hinterher.

Und Geld war genau das Problem. Sie und Adi hatten das Haus geerbt, in dem sie wohnte. In einem völlig untypischen Anflug von Großzügigkeit hatte Adi ihr und den Kindern das Haus überlassen, als deren nichtsnutziger Vater sie im Stich ließ. Milda wusste jedoch, dass Adis Großzügigkeit nicht echt war. Adi hatte es auf Großvater Mykolas Haus in Enskede abgesehen, das nicht nur größer, sondern auch besser gelegen war. Sobald ihr Großvater das Zeitliche segnete, würde Adi Anspruch auf dessen Haus erheben, weil er Milda ja die Hälfte des Hauses geschenkt hatte, in dem sie mit den Kindern lebte.

Doch mit dieser vorgetäuschten Generosität war offensichtlich Schluss. Sie konnte ihm keinen Vorwurf machen, er hatte das Recht auf seiner Seite. Es war nur so plötzlich gekommen. Sie hatte geglaubt, sie könne die Sache vorher mit ihm besprechen. Doch nun hatte Adis sogenannter Anwalt ihr mitgeteilt, dass sie Adi ausbezahlen müsse, wenn sie weiter hier wohnen wolle. Ansonsten müsse das Haus verkauft werden. Sie könne jedoch auch auf ihren Anteil am Haus des Großvaters verzichten.

An Verkauf war nicht zu denken, weil sie sich von dem Erlös keine Bleibe leisten konnte, die den Kindern zuzumuten war. Und einen Kredit, um Adi auszuzahlen, hätte die Bank ihr auch nicht gewährt. Conrads Entzug hatte in einer Privatklinik stattgefunden – und eine Menge gekostet.

Ansonsten wusste sie nicht, wie sie das Geld sonst auftreiben könnte. Sie betrachtete Conrads Kopf über dem Schulbuch. Sie und ihre Familie brauchten ein Wunder.

RUBEN ZÖGERTE. sich so weit aus der eigenen Komfortzone herausbewegen konnte, ohne vom Schreibtisch aufzustehen. Doch jetzt kam es ihm plötzlich sinnlos vor. So schlecht war sein Leben doch gar nicht.

Sein Job war nicht allzu anstrengend, und diese neue Gruppe, die nun offenbar weiterbestehen sollte, ließ ihm einige Freiheiten. Mit den strikten Vorschriften von früher musste er sich nicht mehr rumärgern. Und als Single konnte er sowieso machen, was er wollte. Keine Kinder, die schon nach dem Mittagessen aus dem Kindergarten abgeholt werden mussten oder im Winter ständig krank waren. Kinderkrankentage. Er schnaubte. Eine Geißel der Menschheit war das. Armer Peder.

Eine ganze Stadt voller williger Bräute, die rund um die Uhr die Beine für ihn breit machten. Und keine, die alles kaputt machte, weil sie hinterher noch reden wollte.

Keine Frau am Hals, die ihm wegen des Abwaschs oder der Schmutzwäsche in den Ohren lag, und keine, die sich beschwerte, weil sie am Valentinstag keine Blumen bekommen hatte.

Keine, die mit ihm vor dem Fernseher zu Abend aß und sich vor dem Einschlafen an ihn kuschelte, keine, die im Sommer überall winzige Sommersprossen hatte.

Keine wie …

Keine wie Ellinor.

Er schnappte sich den Zettel und wählte, bevor er es sich anders überlegen konnte, die Nummer. Dann holte er tief Luft.

»Tag. Ruben Höök hier. Ich muss mal mit jemandem reden.«

Anette sah ihn an wie schon lange nicht mehr. Er nahm automatisch an, sie würde einen Scherz machen. Erst als sie ihm das Hemd aufknöpfte, wurde ihm bewusst, dass sie es ernst meinte.

»Ist dir aufgefallen, dass die Drillinge schlafen?«, fragte sie zärtlich. »Alle drei. Gleichzeitig.«

Peder griff nach der Fernbedienung und schaltete den Fernseher ab. Dann sank er zurück aufs Sofa. Anette schob eine Hand unter sein Hemd und streichelte ihn.

»Du hast recht.« Er horchte in die Stille. »Sie schlafen wirklich alle drei. Wenn man bedenkt, wie selten das vorkommt, sollten wir uns einen Lottoschein kaufen.«

»Oder wir verbringen die Zeit mit anderen Dingen«, flüsterte ihm Anette ins Ohr.

Sie stand auf und hielt ihm die Hand hin. Er ließ sich von ihr ins Schlafzimmer führen.

»Bist du sicher?«, fragte er, während sie ihn auszog.

Zuerst antwortete sie nicht. Als er nur noch die Unterhose anhatte, legte sie sich ins Bett. Nachdem sie eine Weile unter der Decke rumgewühlt hatte, warf sie ihm ihren Pulli und die Hose zu. Dann klopfte sie auf sein Kopfkissen.

»Ganz sicher«, sagte sie. »Vielleicht können wir sogar eine halbe Stunde schlafen, bevor sie wieder aufwachen.«

Peder sah erst das Kissen und dann seine Frau an. Er sah nicht, wie blass sie war, und er sah ihre Augenringe nicht. Er sah nur, wie sehr er sie liebte. Als sein Kopf das Kissen berührte, schlief Peder augenblicklich ein.

Das kleine Foto bewegte sich langsam über die Karte auf dem Display. Mina hatte das gerahmte Bild auf ihrem Schreibtisch abfotografiert. Es gab zwar keine Ähnlichkeit mehr mit dem heutigen Aussehen des Mädchens, aber ein aktuelleres Porträt hatte sie nicht. Mehrmals war sie versucht gewesen, Nathalie aus der Entfernung zu fotografieren, aber ihr Selbsterhaltungstrieb hatte sie jedes Mal davor bewahrt. Sie wagte gar nicht, daran zu denken, was hätte passieren können, wenn sie erwischt worden wäre.

Mina hatte gar nicht gewusst, dass sie vorgehabt hatte, dem Mädchen einen GPS-Sender an den Rucksack zu stecken, bevor sie es tatsächlich gemacht hatte. Doch als sie im Kungsträdgården zusammen Kaffee getrunken hatten, war sie Nathalie so nah gewesen wie lange nicht mehr, und sie wusste nicht, wann sie wieder die Gelegenheit dazu haben würde.

Zuerst hatte sie geglaubt, die Männer, die auf Nathalie aufpassten, hätten sie dabei beobachtet. Als sie an den Tisch kamen und das Mädchen abholten, hätte Mina sich vor Angst beinahe in die Hose gemacht. Und zwar buchstäblich. Doch wenn sie den Sender wirklich bemerkt hätten, wäre ihr am Telefon sicher viel schärfer gedroht worden. Und sie hätte Nathalie wahrscheinlich nie wiedergesehen.

Daher wagte sich Mina seit einiger Zeit nicht mehr in die Nähe des Mädchens. Sie konnte nicht auf dem Bahnsteig der U-Bahn-Station Blåsut stehen und Nathalie auf dem Weg zur Schule beobachten. Sie konnte nicht in Östermalm vor der Haustür stehen oder ihr auf ihren üblichen Wegen durch die Innenstadt folgen. Bis Mina sie wieder mit eigenen Augen sah, würde es ein bisschen dauern.

Aber das machte nichts.

Sie hatte das Mädchen ja direkt vor sich.

Mithilfe der App konnte sie genau sehen, wo Nathalie sich befand. Konnte sich ausmalen, was sie dort machte und mit wem sie zusammen war. Im Moment bewegte sich das kleine Porträt nicht. Laut Karte befand sie sich in Östermalm und war vermutlich zu Hause. Mina hätte die Adresse heranzoomen können, aber sie kannte sie ja schon längst.

Natürlich würde sie nicht hinterherspionieren. Natti hatte ein Recht auf ihr Privatleben. Aber hin und wieder nach ihr schauen würde sie schon.

Nachsehen, ob alles in Ordnung war. Und ob die Männer mit den Sonnenbrillen gut auf sie aufpassten.

»Hallo, meine Süße.« Sie strich mit dem Finger über das Display. »Ich werde dafür sorgen, dass dir nichts passiert.«

VINCENT NAHM DEN *Glitzerfotze*-Becher aus dem Schrank und goss kochendes Wasser auf das Tee-Ei. Dann stellte er seiner Frau den dampfenden Becher hin.

»Bitte sehr, Liebling«, sagte er. »Wird dir guttun.«

»Ist das grüner?«

Er zögerte einen Moment.

»Nein«, gab er zu. »Das ist Chai.«

»Gott sei Dank.« Maria pustete. »Ich kann die Plörre nicht mehr sehen. Ich glaube, ich bekomme Durchfall davon.«

Kurze Zeit später stand das Abendessen auf dem Tisch. Es gab Korv Stroganoff aus Chorizo mit Chiliflocken und dazu Wildreis, Salat und Grünkohlchips. Der Grünkohl passte eigentlich nicht dazu, aber er wusste, dass Benjamin den knusprig gebackenen Kohl liebte. Als er die Pfanne auf den Tisch stellte, tat er so, als würde er Rebeckas Handy mit Soße bekleckern.

»Mann!« Sie schob das Handy fünf Millimeter zur Seite.

Dann blickte sie vom Display auf und lachte.

»Gut, dass wir keine Nachbarn haben. Meine Freunde wären gestorben, wenn sie dich gesehen hätten, als die Polizei dich nach Hause gebracht hat. Und noch dazu klitschnass. Manchmal frage ich mich wirklich, was mit dir los ist, Papa.«

Vincent lächelte.

»Ja, das war wirklich ungeschickt von mir. Nächstes Mal spaziere ich nicht so nah an der Kaikante entlang.«

Maria sah ihn über den Becherrand prüfend an. Er hatte zu Hause nicht viel von dem Fall erzählt, aber die Überschriften in den Zeitungen waren seiner Familie natürlich nicht entgangen. Doch Maria sagte nichts.

»Was meinst du, Liebling«, sagte er. »Sollen wir nächste Woche mal deine Eltern einladen? Ich habe noch ein verspätetes Geburtstagsgeschenk für deinen Vater.«

Maria hielt sich eine Serviette vor den Mund, weil sie so kräftig husten musste, dass sie beinahe die Wurst ausgespuckt hätte.

»Hat dein Kopf was abbekommen?« Sie rang nach Luft, aber hinter der Serviette grinste sie, das sah er genau.

Rebecka aß mit einer Hand und chattete mit der anderen. Im Grunde war ihre Multitasking-Fähigkeit beeindruckend. Aston zählte wie üblich die Einzelteile seines Essens, das Maria ihm wider besseres Wissen klein geschnitten hatte. Vincent wusste genau, von wem Aston das hatte. Benjamin schien mit seinen Gedanken ganz woanders zu sein. Er war in dem Alter, in dem er sich vor allem für Mädchen – oder Jungs – hätte interessieren müssen, aber Vincent wusste, dass sein Sohn vermutlich mit einem Matheproblem beschäftigt war. Hoffentlich ging es diesmal nicht um Mord und Totschlag.

»Mama, ich hab dich lieb«, sagte Aston plötzlich.

»Und Mama hat dich lieb«, antwortete Maria lächelnd.

»Aber dich habe ich auch lieb.« Aston sah Vincent ernst an.

»Und du bist jetzt also Privatdetektiv?« Benjamin schien wieder in der Realität gelandet zu sein.

»Du solltest nicht alles glauben, was auf *Aftonbladet* Online steht«, sagte Vincent schnell.

»Aber jetzt sag mal, war sie wirklich deine Schwester?«, fragte Rebecka. »Ich wusste gar nicht, dass du eine hattest.«

Er schüttelte den Kopf und wischte sich den Mund ab.

»Diese Morde hatten nichts mit mir zu tun«, sagte er. »Sie hatten mit Menschen zu tun, die es schon lange nicht mehr gibt.«

»Und wie lange gibt es uns?«, fragte Aston besorgt.

Vincent konnte es sich nicht verkneifen, seinem Sohn durchs Haar zu fahren, obwohl er wusste, dass Aston das nicht mochte.

»Diese Familie hier gibt es so lange, wie wir wollen«, sagte er. »Mit allem, was dazugehört.«

Julia räumte die Unterlagen auf ihrem Schreibtisch zusammen und legte sie in einen Hefter. Sie stand auf, Mina und Vincent ebenfalls.

»Danke, dass du noch mal gekommen bist.« Julia gab Vincent die Hand. »Es ist ein gutes Gefühl, das Ganze auch formal zum Abschluss zu bringen. Und zwar ohne Medienaufgebot. Und jetzt lassen wir dich in Ruhe, versprochen.«

Vincent lachte. Mina hatte das Gefühl, dass er nicht ganz glücklich war. Julia streckte die Hand aus.

»Die Chipkarte für die Schranke unten kannst du mir wiedergeben.«

»Ja, klar. Vielen Dank.« Vincent reichte ihr die Karte. »Es war eine … aufwühlende Erfahrung.«

»Ich begleite ihn zum Ausgang«, sagte Mina. »Sonst lassen sie ihn vielleicht nicht durch.«

Sie ließen Julia allein in ihrem Büro zurück und gingen Seite an Seite durch den Flur. Mina wollte nicht als Erste etwas sagen. Sie hatte keine Ahnung, wie man sich in solchen Situationen verhielt. Außerdem war sie nicht sicher, ob sie einen Ton herausbekommen würde.

»Das war's dann wohl«, sagte Vincent schließlich.

»Ja«, antwortete sie.

Sie zögerte.

»Jane hatte recht«, sagte sie. »Ich bin wirklich feige.«

»Du bist nicht feige.«

»Woher … woher wusstest du es?« Sie sah ihn von der Seite an. »Hast du es mir angesehen?«

Vincent rieb sich die Nase.

»Du ziehst beim Gehen das rechte Bein ein wenig nach, und die linke Schulter ziehst du hoch. Außerdem blinzelst du doppelt so oft wie normale Menschen. Das sind eindeutig Symptome der neurologischen Schäden durch deine Tablettenabhängigkeit.«

Mina blieb ruckartig stehen.

»Was mache ich?«

Sie starrte auf ihren rechten Fuß. Vincent lachte.

»Nein, das war nur ein Witz. Keine Sorge. Ich habe nur die AA-Medaille in deiner Wohnung gesehen. Ich konnte natürlich nicht sicher sein, dass es um Tabletten ging, aber Alkohol erschien mir angesichts deiner Vorliebe für Cola Zero unwahrscheinlich. Mal abgesehen vom Desinfektionsmittel. Wie viel Promille hat das eigentlich? 85 Prozent? Gönnst du dir ab und zu ein Schlückchen.«

»Hör auf.«

Mina boxte ihn in die Seite. Sie wurden wieder still. Sie gingen die Treppe hinunter, und unten ließ sie ihn mit ihrer Karte an der Rezeption durch die Schranke, begleitete ihn dann zum Ausgang. Plötzlich blieb Vincent stehen.

»Es tut mir leid«, sagte er. »Dass meine Schwester dir das angetan hat. Ich kann seitdem nicht mehr schlafen, weil ich dich jedes Mal, wenn ich die Augen zumache, in diesem Tank vor mir sehe. Und es war alles meine Schuld. Ich habe wirklich überlegt, wie ich es wiedergutmachen könnte, aber das geht gar nicht.«

Dann lächelte er.

»Die kurzen Haare stehen dir«, sagte er.

Sie fuhr sich durch die neue Frisur, besann sich dann aber schnell und rieb ihre Finger an der Jeans ab. Ihr Haar war noch immer verseuchtes Gebiet für sie. Ganz egal, wie oft sie es schon gewaschen hatte, seit sie in dem Container gewesen war.

»Ja, du hättest mir ziemlich viel Angst und eine Kurzhaarfrisur ersparen können, wenn du das Detail, dass die Polizei schon unterwegs war, erwähnt hättest …«

Sie sah ihn verärgert an, schaffte es aber nicht, richtig wütend zu werden. Er lächelte verlegen.

»Ich war ja kaum bei Bewusstsein«, sagte er. »Und ich hätte doch nie gedacht, dass du in diesen widerlichen Container springst. Tut mir leid. Aber wie gesagt, die Frisur steht dir.«

Mina rollte noch einmal mit den Augen, ließ dann das Thema auf sich beruhen. Jetzt war es sowieso zu spät. Und wenn sie ehrlich war, fühlte sie sich mit den kurzen Haaren ganz wohl. Mina dachte an das, was Vincent über seine Schwester gesagt hatte, und schüttelte den Kopf.

»Wir sind noch hier«, sagte sie. »Wir haben überlebt. Die beiden wahrscheinlich nicht. Sie werden nicht noch mehr Unschuldige ermorden.«

Er nickte stumm. Dann sah er zum Ausgang.

»Da hast du recht. Ich mache es wie Julia und lasse euch jetzt in Ruhe.«

Er streckte die Hand aus, um sich von ihr zu verabschieden. Aber das war das Letzte, was sie wollte. Nach allem, was sie zusammen durchgestanden hatten, konnte es nicht einfach mit einem Händedruck enden. Sie hatte Vincent einen Teil von sich geschenkt. Er war vermutlich der einzige Mensch, der wusste, wie sie wirklich war. Da gab man sich nicht einfach die Hand. Da gehörte man für immer zusammen.

Und andererseits.

Andererseits war das hier kein romantisches Drama und sie keine fünfzehn mehr. Sie standen an einem normalen Mittwoch im Oktober an der Rezeption des Präsidiums auf Kungsholmen, und sie war im Dienst. Wenn Vincent weg war, würde sie raufgehen und ihren vollen Posteingang abarbeiten.

Sie gehörte zu niemandem.

»Ja, ebenfalls. Mach's gut.« Sie griff nach seiner Hand.

Sie wusste nicht, wie lange sie so blieben. Zehn Minuten, ein Jahr, eine halbe Sekunde.

Dann ließ er los und ging zum Ausgang.

Sie lief in Richtung Sperre.

»Warte, Mina«, rief er plötzlich, rannte auf sie zu und kramte etwas aus seiner Jackentasche. »Hier!«

Er drückte ihr eine ungeöffnete Packung Trinkhalme in die Hand. Ihre Augen wurden feucht, aber dann steckte sie die Packung lächelnd ein.

»Für dich.« Sie warf ihm den Zauberwürfel zu. »Pass damit auf, die Teile sind ein bisschen locker.«

Als ihre Blicke sich trafen, lächelte auch Vincent.

Dann drehte er sich um und ging mit dem bunten Spielzeug in der Hand durch die Tür.

Instinktiv wollte sie ihr Desinfektionsgel aus der Tasche holen und sich die Hände einreiben, aber dann ließ sie es bleiben.

Dank

So ein Buch schreibt man nicht allein. Nicht einmal zwei Personen reichen dafür aus. Wir hatten das Glück, von extrem klugen Menschen umgeben zu sein, die uns vor allzu großen Fehlern auf der sachlichen Ebene bewahrt haben.

Kelda Stagg, M. Sc., Kriminaltechnikerin der Polizeibehörde Region Stockholm, hat uns unsere falschen Vorstellungen von der Rechtsmedizin und den Umgang mit Mordopfern höflich ausgetrieben und uns viel über Obduktionen beigebracht. Jetzt wissen wir, was man mit Augenflüssigkeit alles machen kann.

Teresa Maric von der Nationalen Operativen Abteilung (NOA) hat uns so viele spannende Details über Telefonüberwachung verraten, dass wir ein extra Buch darüber schreiben können.

Alle korrekten Beschreibungen auf dem Gebiet der Polizeiarbeit sind Keldas und Teresas Verdienst, für die Fehler sind wir verantwortlich.

Was die Geschichte der Zauberkunst und den Bau von Illusionen angeht, fallen wir auf die Knie vor dem Magiekonstrukteur Andreas Sebring, der sein Wissen ganz uneigennützig mit uns geteilt hat. Andreas ist das reale Vorbild für Sains Bergander, und die Werkstatt ist seiner nachgebildet.

Magier und Ausbrecherkönig Andreas Sebring gilt besonderer Dank für ein erhellendes Gespräch darüber, wie man aus Sachen herauskommt, aus denen man eigentlich nicht rauskommen soll.

Obwohl wir Wert auf Genauigkeit legen, haben wir uns gewisse Freiheiten erlaubt, wo sie dem Erzählfluss dienlich waren. Zum Beispiel haben wir die Nerzfarm auf die Insel Lidön verlegt, obwohl die dortige Farm seit Langem geschlossen ist und auch nicht am Wasser lag. Im Theater Gävle gibt es eigentlich sechs Balkons und nicht acht. Wir sind an vielen derartigen Stellen kreativ mit den Fakten umgegangen. Wenn wir die Realität in allen Einzelheiten beschrieben hätten, wäre das Buch noch länger geworden – und viel langweiliger.

Der größte imaginäre Blumenstrauß der Welt geht an unser fantastisches Team beim Bokförlaget Forum; unsere Verlegerin Ebba Östberg, der Manuskriptcoach John Häggblom und unsere Lektorin Kerstin Ödeen. Wir haben zusammen gelacht und geweint, aber unser Verlag hat selbst dann nicht das Handtuch geworfen, als wir kurz davor waren. Ohne den Einsatz des Forumteams wäre dieses Buch heute nicht mal halb fertig.

Wir verbeugen uns dankbar vor Joakim Hansson, Anna Frankl, Signe Lundgren und der gesamten Nordin Agency sowie Lili Assefa und dem Team von Assefa Communication, das schon früh an diese Buchreihe geglaubt und es auf geradezu magische Weise geschafft hat, auch den Rest der Welt davon zu überzeugen. Wir wissen nicht genau, wie sie es gemacht haben, aber wir erstarren vor Bewunderung. Möglicherweise waren Ninjaschwerter im Spiel.

Camillas persönlicher Dank:

Ohne enorme Unterstützung von zu Hause könnte ich keine Bücher schreiben. Mein fantastischer Mann Simon ist der beste Ehemann im Allgemeinen und im Besonderen der beste Autorinnen-Ehemann, den man sich wünschen kann. Auch meine Kinder, meine Freunde und der Rest meiner Familie lassen mich nie im Stich. Danke, dass ihr mich angefeuert habt, bis ich die Ziellinie erreicht hatte.

Henriks persönlicher Dank:

Ich danke meiner geliebten Frau Linda. Du hast uns unglaublich wertvolles Feedback gegeben, wenn wir nicht weiterkamen, hast mir zwei Jahre lang zugehört, wenn ich dir von Vincent und Mina erzählt habe, und vor allem hast du nie aufgehört, an mich zu glauben, und erträgst mich sogar, wenn ich es gar nicht verdient habe. Ich danke auch meinen Söhnen Sebastian, Nemo und Milo. Ohne euch hätte nichts von dem, was ich tue, einen Sinn.

Schließlich und endlich möchten wir allen Lesern danken, die dieser Buchreihe eine Chance gegeben haben. Wir hoffen, dass ihr euch, wenn ihr den ersten Teil gelesen habt, genauso auf ein Wiedersehen mit Vincent und Mina freut wie wir.

»In Tornaby entkommt niemand der Vergangenheit. Alles wiederholt sich, wieder und immer wieder, nur mit neuen Gesichtern. Wie ein einziges langes Ritual.«

ANDERS DE LA MOTTE

BLUTEICHE

KRIMINALROMAN

In der Walpurgisnacht 1986 wird ein 16-jähriges Mädchen in einem Schlosswald in der schwedischen Provinz Skåne nahe der kleinen Gemeinde Tornaby getötet. Alles deutet auf einen Ritualmord hin, eine Art Frühlingsopfer. Als über dreißig Jahre später die Ärztin Thea Lind in das Schloss einzieht, entdeckt sie ein vergilbtes Polaroidfoto, versteckt im Stamm einer uralten Eiche. Es zeigt eine Gruppe Jugendlicher, die sich um das tote Mädchen schart. Thea kennt sie alle. Es sind die Bewohner Tornabys, die den Geist des ermordeten Mädchens bis heute nicht loswerden können. Es scheint, als sei die Wahrheit über jene Nacht nie ans Licht gekommen. Gibt es am Ende noch andere Opfer?

DROEMER

»DIE ERFOLGREICHSTE SCHRIFTSTELLERIN SCHWEDENS«
BRIGITTE über Camilla Läckberg

»Ein Serienmörder, der mit Zaubertricks und Illusionen arbeitet, ist natürlich wie geschaffen für einen Thriller, der den Puls in die Höhe treibt. Läckberg und Fexeus wissen einfach, wie man einen Pageturner schreibt.«
GÖTEBORGS-POSTEN

»UNVERSCHÄMT SPANNENDE UNTERHALTUNG«
YSTADS ALLEHANDA